KB083177

100년 촛불

100년 촛불

처음 펴낸 날 | 2019년 3월 1일

지은이 | 손석춘
펴낸이 | 김태진
펴낸곳 | 다섯수레

편집 | 김경회, 정헌경, 장예슬
마케팅 | 이상연, 박주현
제작관리 | 송정선
디자인 | 이영아

등록번호 | 제 3-213호
등록일자 | 1988년 10월 13일
주소 | 경기도 파주시 광인사길193(문발동) (우 10881)
전화 | 031)955-2611   팩스 | 031)955-2615
홈페이지 | www.daseossure.co.kr

ISBN 978-89-7478-419-5 03810

100년 촛불

손석춘
장편소설

당신에게 촛불은 예술이다.　　　혁명이 가장 붉은 피 머금은 꽃이라 했던가.

다 피지 않아 더 예술이라　　　　　　　　그보다 더

내 가슴에 남은 말은 '혁명의 어둠까지 담아 생명의 꽃이라는 촛불의 정의다.

다섯수레

들어가는 말

내 몸엔 무슨 사랑이 숨어있을까. 누군가의 피투성이 진실이 담겨있진 않을까. 스스로 그 질문을 던지게 된 까닭은 촛불이 바다를 이룬 그해 겨울에 나와 가장 가까운 사람, 정치에 무관심했고 심지어 보수적이었던 남자의 살과 피가 새롭게 다가와서다.

무릇 모든 나에겐 몸의 기원이 있다. 부모의 싱그러운 사랑이다. 내가 사랑하는 사람이 살아 숨 쉬게 된 역사랄까, 나와 살을 섞으며 살고 있는 남자 집안의 4대 이야기가 가슴에 사무쳤다.

최인경, 내 남자의 할머니다. 그녀의 부모가 최사인과 이성녀다. 사인의 아비 최바우까지 내가 그 이름을 알기 전에 모두 저 캄캄한 어둠으로 사라졌기에 한 마디 대화는커녕 만나보지도 못했다.

최인경의 사진은 몇 장 있다. 사인의 얼굴은 달랑 빛바랜 사진 한 장으로 남았다. 바우는 그나마도 없어 삼가 옷깃을 여미고 그 어둠에 촛불을 들었으나 시간이라는 괴물이 친 장막을 걷어내기란 쉽지 않았다.

연필로 꾹꾹 눌러쓴 적바림이 길라잡이가 되었다. 최인경이 만년에 적어둔 단편적 기록이다. 그 소중한 유품과 함께 인경의 아들 한민주가 들려준 가족사를 날줄로, 역사적 인물의 실제 삶을 씨줄로 삼아 100년의 사랑을 담았다.

차례

1부
녹두의 아우

1

청동촛대에 촛불을 켰다. 벗 자혜가 오기로 약속한 시간이다. 간호사 자혜의 묵직한 가방에는 직업과는 아무래도 어울리지 않을 솔잎동동주가 들어있을 터이기에 산월은 이미 한 시간 전부터 목말라 있었다.

1919년 2월 24일 저녁 6시. 모처럼 그러나 작심한 일탈이었다. 이윽고 안채 문이 열리는 소리가 들리자 산월은 곧장 마루로 나가 자혜를 맞이하고 손을 잡으며 함께 안방으로 들어왔다.

"어머, 촛불까지 밝히고 나를 기다렸네?"

자혜는 언제나 명랑했다. 더구나 씩씩했다. 천성이 본디 착하지만 자혜보다는 조금 의뭉스러운 산월이 답했다.

"동동주는 가져왔겠지?"

"어쩌나, 우리 산월 마님께옵서 동동주를 기다린 건지 날 보고 싶었던 건지 도무지 판단이 안 서는걸?"

"그야 물론……."

"그야 물론?"

"둘 다이겠지."

서그러운 자혜는 말없이 눈을 흘겼다. 동시에 성글대며 소반 앞으로 다가갔다. 세 겹으로 쌓인 녹두전을 보며 사부자기 앉은 자혜는 기대를 저버리지 않았다는 듯이 가방을 열어 술병을 꺼냈다.

"끊었던 술을 다시 마시겠다는 걸 보니 무슨 일이 있는 게로구나?"

"그래, 자칫 남편을 잃게 생겼어."

"뭐? 아니, 소소 선생이 어째서?"

"쉿! 지금 세상을 뒤흔들 일이 은밀히 준비되고 있단다."

"대체 무슨 이야기야?"

"그냥 술자리 이야기지. 먼저 술부터 한잔 나눌까?"

농하듯 눙치며 하얀 사발을 내밀었다. 모처럼의 자유로운 자리였다. 자혜는 흘끗 산월을 바라보고는 방시레 웃으며 호리병을 기울여 따랐다.

산월은 술병을 낚아채듯 받았다. 자혜 사발에도 술을 따르고 부딪친 뒤 단숨에 마셨다. 얼마나 오랜만인가, 조선 최고의 명월관에서 명성 자자해 고종의 아들 의친왕도, 철종의 부마 박영효도, 대지주 김성수도 올 때마다 애타게 찾을 만큼 선드러진 명기였다.

하지만 혼인하며 명월관은 근처도 가지 않았다. 술도 싹둑 끊었다. 첫날밤, 서른세 살 많은 신랑이 건넨 술잔을 비운 뒤 처음 마신 술이어서 그런지 예전과 달리 얼굴이 화끈거렸다.

자혜는 동료이던 기생을 통해 사귄 친구이다. 본디 왕궁에 살던 궁녀였다. 자혜는 말없이 술잔을 주고받은 뒤 자신이 무너진 조선왕조의 마지막 궁녀였음을 입증이라도 하겠다는 듯이 사뭇 조신하게 물었다.

"무슨 일이 분명 있는 게로구나. 조선을 뒤흔들 일이라……."

"박자혜, 술자리 문법으로 들어야지, 그건 깨끗이 잊어. 오늘은 그냥 조선의 마지막 궁녀가 보고파 불렀을 뿐이니까."

"그래야겠지? 아무튼 영광이다. 조선의 마지막 명기가 불러주었잖아."

"좋아, 쓸쓸한 사람끼리 나누는 술잔은 아름답더구나. 명기와 궁녀, 조합이 좋은데?"

"쓸쓸한 사람끼리? 나야 혼자이니 그렇지만 솔직히 마지막 명기는 뭐가 쓸쓸하니? 천하의 사내다운 사내를 만나 귀염과 사랑 듬뿍 받고 있잖아."

"그렇지? 그런데 난 그 풍류남아를 내 것으로 잡아두지도 못하고 잡아둘 수도 없네."

"그건 결혼할 때 각오한 거 아니니? 그분이 조선에서 해온 일이 있고 앞으로도 할 일이 있는데?"

"맞아. 너에게 그런 말을 듣고 싶었어. 그런데 말이야. 여러 가지를 각오하고 그분을 신랑으로 맞았는데, 막상 혼례를 치르고 보니 욕심이 생기더구나."

"무슨 욕심?"

"신랑 나이도 잊고 백년해로하고 싶은"

"그게 무슨 욕심이니? 당연한 거지. 산월이 너는 너무 쓰잘머리 없는 고민을 하는 게 흠이란다. 알고는 있는 거지?"

"백의 천사, 귀하는 기생 출신으로 결혼하는 마음을 모를 거라네. 아무렴."

"내가 전직 궁녀라는 사실을 금세 잊었나 보네? 왕의 기생이나 다름없었어. 늙은 대신들 연회장에나 불려 가 춤추고 노래 부르고 그랬거든."

"딴은 무능한 왕에 비루한 대신들이었지. 그래도 기생인 나와는 달라."

"뭐가 달라?"

"나는 내 몸에 스며든 악취를 정화해야 해. 촛불이 악취를 제거해준다잖아."

"너에게 무슨 악취가 난다고 그래? 정말이지 향기만 넘쳐."

"분 바른 향기겠지."

"아니야, 산월이 너 분위기 있잖니. 거기서 나오는 향기란다."

"빈말이라도 고맙다."

"어라? 다른 이들도 그렇게 말하지 않던? 조선 고유의 아름다운 향기, 우리 의암 선생도 거기에 반한 거 아닐까."

"아무래도 촛불을 켜놓아 아늑한 분위기가 널 들썽대게 했나보다."

"그건 덤이겠지. 그런데 정말 나를 반기려고 켜놓은 건가?"

"물론이지, 귀한 친구가 올 때는 촛불을 켜 방 안의 탁한 기운을 없앤다 하잖아?"

"고마워, 지금 자세히 보니 촛대도 너처럼 은근하네."

"여기 청동촛대 두 개, 시집올 때 인사동에서 샀어. 소소 선생은 천도교 교리대로 맑은 물 떠놓고 기도를 하더군. 나는 촛불을 켜고 기도 드려왔어."

"가시버시인데 뭐든지 함께해야지."

"응, 소소 선생이 새해부터 함께하자고 그러더라. 기도실에 가보았더니 촛대까지 준비했더라고."

"그래?"

"다만 모든 교인에게 권장하긴 어렵대. 우리 교단은 날마다 저녁 9시에 기도하는데 가난한 민중들이 그때마다 촛불을 켜야 한다면 그걸 사들이는 비용이 만만치도 않고 무엇보다 자칫 초가삼간을 불태울 수 있다더군."

"맞는 말이네."

"그렇지? 그래서 나도 곧바로 수긍했어. 그런데 소소 선생도 촛불을 좋아하시더라고. 자신의 몸을 불사르며 불꽃 피우는 촛불을 바라보노라니 새로운 영감이 생긴다고 했어."

"잘됐어. 그래서 부부는 서로 닮아간다고 하잖아."

"하지만 짜장 나와는 격이 다르더라."

"너, 또 신랑 자랑이니?"

"아니야, 우리 천도교가 지난 1월 5일부터 그저께까지 모든 교인들에게 49일 특별기도를 권고했어. 교인들이 술과 담배를 금한 가운데 날마다 저녁 9시에 촛불을 밝히고 기도식을 봉행했단다."

"촛불은 쓰지 않는다며?"

"아, 일상적인 기도와 달라. 특별 기도를 올릴 때는 예외야. 더 정성을 들인다고 할까. 아무튼 2월 22일까지 49일 기도를 마치고 소소 선생이 내게 글을 하나 적어주셨어."

"뭐라 쓰셨는데?"

산월은 옆에 있던 문갑 서랍을 열었다. 서예 한지를 꺼내 내밀었다. '소두일촉 암실중재 창벽개흑 혼구방황인 하이접인(小頭一燭 暗室中在 窓壁皆黑 昏衢彷徨人 何以接引)'이라 적혀있었다.

"음. 무슨 말인지 조금 알 것 같다."

"그렇지? 작은 한 촛불이 암실 중에 있어 그 창과 벽이 모두 검으면 어두운 거리에서 방황하는 사람들을 어떻게 인도하겠는가, 참 옳은 말이지. 내가 고개를 끄덕이자 성긋이 눈 미소를 지으며 말했어. 마음공부를 어느 정도 이루면 촛불을 들고 어둠의 거리로 나가야 한다고. 거리의 사람들과 만날 때 마음공부도 더 깊이 나아간다고."

"그렇구나. 이러다가 우리 산월이도 도인이 되는 거 아닌가."

"도는 이루지 못했지만 이미 도인의 길로 들어선 지 오래인걸. 자혜 너는 미더운 도반이고."

"그런가? 좋아. 그런데 그 사랑스러운 신랑을 우리 절세미인 산월이 잃게 생겼다고 근심하고 있으니 대체 뭐가 문제인 게지?"

"놀리지 마, 문제랄 것은 없어. 그냥 이렇게 편하게 너를 만날 시간이 앞으로 많지 않을 것 같았지. 마침 오늘 신랑, 아니 소소 선생이 봉황각에 갔거든."

"봉황각? 삼각산 아래 말이야?"

"그래 내일 돌아온다고 했어. 거기서 밤을 새며 천도교 고위간부들과 긴요한 이야기를 나누나 봐."

"무슨 이야기?"

"그건 비밀이야. 너도 그냥 모른 체해줘."

"아까 조선을 뒤흔들 일이라는 말이 그거였구나."

"그래, 촛불 특별기도를 한 이유이기도 한데 그 이야긴 여기까지만 하자. 널 위해서도 그래. 암튼 절대 비밀이다?"

"알았어. 삐지지도 않고 입에 자물쇠도 채울 테니 안심하렴."

"좋아, 자 그럼, 오늘 중요한 건 우리 남편이 집에 오지 않는다는 사실, 지금 너와 내가 술잔을 나눈다는 사실이지."

"그래서 수행비서인가 그 청년도 보이지 않았구나."

"어머? 너 최사인 씨에 관심 있구나?"

"아니, 그런 말이 어디 있어? 안채로 다가설 때마다 어디선가 나타나던 사람이 보이지 않아서 물어보았을 뿐인데."

"정말? 음, 아직 얼굴이 빨개지지 않는 걸 보면 믿어줘도 되겠군. 어? 아니네, 아주 조금 붉어졌나?"

"전혀 아니야. 잘못짚었어."

"최사인 씨, 수행비서 일을 얼마나 똑 부러지게 하는지 몰라. 남편도 친아들처럼 키웠더라고. 사연이 좀 있는데…… 무엇보다 심성이 따뜻한 남자지. 우리 자혜와 어울릴지는 내가 더 연구해보아야겠는걸?"

"무슨 그런 소리를, 나는 궁녀 출신인데."

"아니, 궁녀가 어때서?"

"자, 그만두자, 아무튼 소소 선생이 오늘 귀가하지 않는 걸 진즉 말하지 그랬어, 그럼 술병을 좀 더 들고 올 걸 그랬잖아."

푼더분한 자혜가 호리병에 눈을 돌리며 말했다.

"아니야, 냄새가 배도록 마실 수는 없어."

"왜? 아무도 없는데 마시고 내일 아침 일어나면 되잖아? 나도 자고 갈게. 여기서 병원은 코앞이거든."

"자고 가는 건 좋아. 하지만 몸에 술 냄새가 조금이라도 배서는 안

돼. 그건 존경하는 남편에 대한 배신이니까."

"호! 열녀 나셨네? 아님, 몸 만져주시길 학수고대하는 걸까."

"호호호, 그래 나 열녀이기도 하고 몸도 만져주기를 고대한다, 어쩔래."

산월은 소리 내어 웃었다. 술의 기운일까, 술의 도움일까. 산월은 아름드리 느티나무를 두 팔 벌려 안아보는 소녀의 가슴처럼 내일 소소가 귀가하면 그 곰 같은 몸을 반드시 품겠노라 속다짐했다.

산월의 웃음 어딘가에 불안감이 엿보였다. 하지만 자혜는 그리 걱정하진 않았다. 산월은 속이 깊고 당차 어떤 어려움도 능히 이겨낼 슬거운 친구였기에 '조선을 뒤흔들 사건'의 실체도 더는 캐묻지 않았다.

자혜는 되우 만족하며 살고 있었다. 궁녀 동기들 가운데 기생으로 풀린 친구가 많았다. 하지만 자신은 간호사로서 아픈 사람을 도우며 월급도 받는다는 사실에 가슴마저 뿌듯할 때가 한두 번이 아니었다.

자혜는 3월 1일이 되어서야 '조선을 뒤흔들 일'을 비로소 알았다. 그날의 '동동주 회합'으로부터 닷새가 지나서였다. 자혜는 산월이 점점 다가오는 소소의 거사를 앞두고 심리적 압박을 견디기 어려워 그날의 자리를 마련했다는 생각이 비로소 들었다.

자혜는 퇴근하면 산월을 바로 찾아가야겠다고 생각했다. 하지만 그럴 수 없었다. 퇴근할 무렵부터 피투성이 부상자들이 쉴 새 없이 병원으로 실려 왔는데 모두 평범한 조선인이었는데도 칼날이 깊숙이 파고든 자국이 몸에 현현했다.

자혜는 늘 자신이 대담하다고 자부해왔다. 그런데 환자 앞에 서자 그만 비명을 질렀다. 피투성이로 실려 온 또래 여성의 두 팔이 모두 잘린 몸을 보았을 때 경악한 나머지 두 손으로 얼굴을 감쌌다.

하지만 곧 현실을 직시했다. 쏟아지는 눈물도 참았다. 후들거리는 다리로 달려가듯 응급실까지 옮겼지만 가여운 여성은 끝내 살아나지 못했다.

2

괘종시계가 새벽 5시를 알렸다. 사위가 고요하고 아직 어두웠다. 서울 가회동 집 기도실에서 소소가 손수 성냥을 그으며 나란히 서있는 산월에게 애잔히 말을 건넸다.

"새로운 세상을 열 때까지 우리 촛불을 밝히세."

소소의 눈은 불꽃으로 일렁였다. 산월은 다소곳 눈웃음으로 답했다. 언제나 소소를 그림자처럼 수행하는 최사인은 소소보다 다섯 걸음 뒤에 떨어져 두 손을 고요히 모으고 기도실 바깥을 경계하고 있었다.

1919년 3월 1일. 그날 새벽부터였다. 스물다섯 살의 산월은 여든여덟 살이 넘을 때까지 날마다 새벽 5시면 어김없이 맑은 물 올려놓고 청동촛대에 촛불을 밝혔다.

본디 천도교인은 매일 저녁 9시에 기도한다. 하지만 산월은 3월 1일 아침에 소소와 함께한 특별 기도를 고집스레 이어갔다. 소소와 그날 시작한 촛불기도를 언제 마칠지 미처 이야기 나누지도 못했거니와 그날의 엄숙한 순간을 재현하고 싶은 마음이 컸고 실제로 소소가 생생하게 되살아나 때로는 체취마저 코끝에 맴돌았다.

산월과 소소는 그날 함께 기도했다. 거사가 뜻대로 이루어지길 염원했다. 삼각산 아래에서 숱한 세월 정성으로 준비한 날이자, 1910년 대한제국이 망하고 10년째에 300만 천도교인들이 촛불기도에 나선 49일을 총화할 날이다.

그래서일까. 쉰여덟 살의 소소도 강건해 보였고 자랑스러웠다. 기미년 3월 1일 다음 날부터 60년 넘도록 홀로 촛불을 켜온 산월의 작은 몸은 거친 풍파를 견뎌내느라 몹시 이울어 얼굴 가득 주름이 쪼글쪼글 퍼져갔지만, 새벽에 맑은 물 올리고 촛불을 켜면 산월은 어느새 새색시처럼 가슴마저 도근거렸다.

산월은 신혼시절 내내 설렜다. 안팎에선 두 사람의 나이 차이를 두고 수군거렸다. 하지만 산월은 아랑곳하지 않았고 소소의 명성이 자기 때문에 조금이라도 금 가지 않을까 마음 졸이며 사소한 언행도 조심했다.

거사를 앞두고 소소는 다 비웠다. 교단 최고지도자로서 모든 권한을 내려놓았다. 전날 밤늦게 '박인호 대도주에게 교단 일을 넘긴다'는 유시문을 쓰고 수행비서 최사인을 불러 '내일 거사 전에 교단을 찾아가 전달하라'며 건넸다.

비장했다. 하지만 산월의 방으로 들어설 때는 미소가 흘렀다. 사람들이 '소소 거사'라 부른 바로 그 부드러운 미소로 나직이 건넨 말에 산월의 가슴은 서늘했다.

"산월, 그동안 참으로 고마웠네."

"무슨……."

소소는 산월의 두 손을 잡았다. 서머한 기색이 스쳤다. 곧 웅숭깊은 눈빛으로 돌아와 말을 이었다.

"내일이면 자네 지아비 자리에서도 물러나야 할지 모르겠어."

"네에? 어찌 그런 말씀을 다 하세요."

"아니라네. 아무래도 감옥에 들어가면 몸 성히 나오기 어려울 듯싶어. 자네가 선뜻 내게 와주어 늘 고마웠다네. 내 여기까지 힘을 내는데 큰 도움을 주었구먼."

"그렇지 않아요, 이렇게 건강하신데요. 반드시 무사귀환하시리라 믿어요."

"우리 교단은 후학들이 잘 끌어가겠지. 산월, 자네도 자신의 삶을 자유롭게 열어가길 바라네. 나 소소의 진심일세."

"네에? 제가 그렇게도 미덥지 못했단 말씀인가요?"

소소는 빠르게 도리머리를 흔들었다. 이어 천천히 다시 저었다. 산월의 큰 눈 가득 이슬이 고이자 소소가 큼직한 두 손으로 얼굴을 포근히 감싸며 말했다.

"우리 교단이 꿈꾸는 개벽을 이루려면 긴 시간이 필요할 걸세. 어쩌면 백 년이 걸릴지 모르지. 교단이 나로부터 독립하듯이 내일부터 자네도 그리해야 하네."

"말씀 잘 알아듣겠지만, 저는 살아서는 물론, 죽어서도 영원히 옆에서 모실 거예요. 다시는 그런 말씀 마세요."

"이런…… 이런……."

두 손으로 감싼 얼굴을 들여다보았다. 미소가 다사롭게 출렁였다. 산월의 맑은 눈동자에서 샘솟는 눈물을 집게손가락으로 살그니 닦아주며 속삭였다.

"고마운 말일세. 하지만 내 분명히 말하거니와 행여 그 말에 얽매이진 말게나. 지금 자네 뜻은 충분히 고맙게 알았으니……, 그래도 한마디 더함세. 우리 천도교는 동학 때부터 청춘과부의 개가를 적극 권장했다는 사실 자네도 잘 알고 있지 않은가. 내가 잘못되면 자네 나이가 너무 아까워 그러네."

"불길한 말씀은 어울리지 않으십니다."

"그래, 그래, 알았네. 아무튼 감옥에서도 내 건강히 지낼 테니 걱정마시게."

소소(笑笑). 천도교 지도자 손병희의 아호다. 소소에게 도통을 넘겨준 해월 최시형은 '의암(義庵)'이라는 도호를 주었고, 집 밖에선 두루 '의암 선생'으로 불렸으나 스스로 '소소 거사'가 가장 좋다고 했을뿐더러, 특히 산월에게는 '소소'라 부르라 했다.

간곡한 당부였다. 산월로선 따를 수밖에 없었다. 산월이 '소소님'이라 부를라치면 어김없이 '소소'라고 부르라는 나무람을 많이 들었으나 그럴 수는 없는 일이었다.

새벽 기도를 마친 산월은 바삐 움직였다. 정성껏 아침상을 차렸다. 자신을 저 명월관 기생의 굴레에서 건져준 은인이자 사랑하는 지아비를 위해 차리는 마지막 밥상일지 모른다는 생각이 불쑥불쑥 들어 그럴 리 없다며 애써 툭툭 털어버렸지만, 일본제국주의자들이 그간 저질러온 잔인무도함이 떠오를라치면 금세 소름마저 돋아났다.

조선독립선언은 일제에겐 내란죄였다. 여느 날과 달리 전화 오는 소리가 끊어지지 않았다. 전화를 받을 때마다 소소의 육중한 음성이 답답하다는 듯이 들려왔다.

"허허, 아, 글쎄, 거사를 하느냐 안 하느냐의 문제는 이미 결정됐다니까 자꾸 그러시오. 남은 문제는 임자가 민족대표 33인의 하나가 되기로 서명하고도 불참할 것인가, 아니면 의연히 참여할 것인가, 그거라오. 그래, 내 다시 묻겠소. 어쩌시겠소? 분명히 말하시오."

전화 건 상대를 압박하는 응대였다. 소소의 매운 결기가 부엌까지 전해왔다. 오늘의 거사가 위험할 수 있다는 불안감이 하릴없이 가슴으로 퍼져갈 때마다 산월은 도리질을 해대며 정성을 쏟아 곰국을 끓이고 대파를 잘랐다.

김치와 무를 썰어 정갈하게 담았다. 소소는 밥그릇을 깨끗이 비웠다. 산월이 눈물을 보이지 않으려고 애썼지만 눈시울이 붉어지는 것만은 어쩔 수 없어 공연히 애처로운 미소를 지을 때, 소소는 짐짓 태연히 숭늉을 마시며 다정하게 말했다.

"참 잘 먹었소. 진수성찬이었소. 산월의 솜씨는 참으로 일품이오."

"진작부터 반찬을 많이 올려드리고 싶었지만 그럴 수 없었어요."

"산월의 마음 잘 알고 있소. 곰국 한 그릇 비우니 몸에서 힘이 솟아오르는 게 느껴지오. 덕분에 오늘 거사도 잘 풀리겠소."

"그리 말씀 주시니 감사합니다."

귀여웠다. 산월을 애틋이 바라보았다. 조금은 가라앉은 목소리로 소소가 말했다.

"산월, 자네의 정성을 어찌 잊겠는가."

이슬이 핑그르르 돌았다. 혹여 눈물을 보일까 싶어 바삐 방을 나왔다. 다시 기도실에 들어가 천도교의 고갱이 '지기금지 원위대강(至氣今至 願爲大降)'을 되뇌었다.

정말이지 오늘 거사를 잘 풀어내야 했다. 얼마나 치성드려 맞은 날인가. 그 과정에서 짊어질 수밖에 없었던 적잖은 오해, 호사스럽다거나 기생에 푹 빠졌다거나 따위의 험담도 이제 깔끔히 사라질 터다.

1910년 8월부터 1919년 3월까지 옹근 8년이 넘었다. 소소는 철저히 이중적 삶을 살았다. 소소가 그 시기에 조선인은 소유하지 못했던 자동차까지 수입해 타고 다니며 기생집을 드나들자 총독부는 이윽고 그에 대한 경계를 대폭 줄이며 더러는 경멸의 냉소까지 보냈다.

하지만 일제의 노골적 조소가 소소의 노련한 노림수였다. 기생을 찾아 술과 노래와 춤을 즐기는 듯했다. 하지만 바로 그곳에서 함께 거사할 사람을 만나고 뜻을 모아가며 일제의 번득이는 감시망을 피할 수 있었다.

명월관은 가장 안전한 접선 공간이었다. 그런데 상상도 못 한 '사건'이 일어났다. 소소는 명월관에서 독립운동을 으밀아밀 논의해가는 과정에서 노래와 춤에 서화로 소문 자자했던 명기와 마주쳤고, 산월은 겉도 풍류남아로되 속은 조선독립의 강철 의지로 더 꽉 차있는 소소에게 자석처럼 끌렸다.

당시 기생 사회는 화류계가 아니었다. 1919년 그해 '대일본제국의 경성 치안 책임자'는 조선 기생들의 수상한 분위기를 감지했다. 총독부에 낸 보고서에서 "경성 화류계는 술이나 마시고 춤이나 추고 놀아나는 그런 기색이 전혀 보이지 않았다. 800여 명의 기생은 화류계 여자라기보다는 독립투사라는 것이 옳을 것 같다"고 경각심을 촉구했다.

기생들의 빨간 입술에서는 불꽃이 튀었고 그곳으로 놀러오는 조선 청년들의 가슴에 독립사상을 불 지르고 있었다. 경성 장안 100여 곳의 요정은 불온한 소굴이었다. 간혹 일본인들이 기생집에 놀러 가면 그 태도는 냉랭하기가 얼음장 같고 이야기도 않거니와 웃지도 않는다. 그 분위기야말로 유령들이 저승에서 술을 마시는 기분이었다.

산월을 만나기 전이었다. 소소는 삼각산 정기 모이는 곳에 봉황각을 세웠다. 1911년 천도교 간부들과 삼각산 아래 우이동을 답사하다가 땅을 사들이라 지시하고 '종교수련 시설'로 봉황각을 건립하고는 독립운동에 나설 인재를 알토란처럼 차곡차곡 길러냈다.

혼사를 치른 산월은 가회동 집으로 들어갔다. 소소를 찾아온 사람을 접대하는 과정이 곧 3·1혁명의 준비 사업이었다. 가회동 집은 대지 2000여 평에 건물이 200여 칸으로 저당 잡혀 넘어가는 부호의 저택을 소소가 반값에 사들였다.

대가족이 살았다. 소소의 가족만이 아니었다. 처형당한 최시형의 부인과 아들인 동희, 조카들이 더불어 살면서 동학농민군 최바우의 아들 사인까지 30여 명이 대식구를 이뤘다.

정원은 소나무 숲이 울창했다. 사랑채·안채·별채가 규모 있게 자리 잡고 있었다. 정자가 있는 정원 가운데로 졸졸졸 맑은 냇물이 흘렀으며 수많은 운동가와 명사들이 무시로 드나들었다.

　산월은 소소와 천도교 간부들의 대화를 들을 때가 많았다. 가슴 부푼 진실도 뒤늦게 알았다. 조선왕조가 무너진 1910년 8월에 소소는 천도교 고위간부들 앞에서 "앞으로 국권회복은 내가 하지 않으면 안 될 터이니 내 반드시 10년 안에 이루리라"고 공언했다.

　산월은 새삼 존경심이 더해졌다. 민족대표 33인 중 15명이 봉황각에서 수련한 천도교인이었다. 새로운 시대를 열어갈 선구자들의 도량 봉황각이 마침내 3·1혁명을 출산하는 날, 촛불을 밝히는 소소의 너그러운 얼굴은 거룩하고 장엄했다.

3

21세기 한국인들에게 천도교는 낯선 종교이다. 귀에 익은 말로 동학이 곧 천도교이다. 1860년 수운(水雲) 최제우를 교조로 출발한 동학이 안팎으로 위기에 몰리던 1905년에 3대 교주 손병희의 결단으로 이름을 바꿔 창립했으며 동학혁명전쟁에 나섰던 투사들이 천도교 깃발 아래 다시 뭉쳤다.

소소는 교단 출범 때부터 혁명을 준비했다. 그가 온 정성을 쏟아 세운 역사적 기념비가 3·1혁명이다. 더러 동학혁명과 3·1혁명 사이에 마치 큰 심연이라도 있는 듯이 여기기 십상이지만 두 사건이 일어난 시차는 겨우 25년으로 20대 초반에 동학혁명에서 죽창을 거머쥔 사람이 3·1혁명에 나설 때 아직 40대였거니와 굳이 견주자면 6월대항쟁과 촛불혁명 사이보다 짧다.

반만년 긴 역사에 견주면 더 짧은 시간이다. 그 25년에 상황은 크게 바뀌었다. 500년 넘게 양반 지주계급이 지배해온 조선왕조 체제는 낡은 목조건물처럼 힘없이 무너져 내렸고, 왕조의 끝자락에 세운 대한제국도 짧은 삽화로 그치고 사라졌다.

결국 식민지로 전락했다. 일본제국의 한 변방이 되었다. 조선인들은 과거 자신들이 문명을 전해준 이웃나라 일본인들에게 '원주민'으로 모멸당하는 나락에 떨어졌다.

25년이 소소에겐 더 짧았다. 마치 어제와 오늘처럼 이어졌다. 소소는 동학혁명의 농민전쟁과 3·1혁명의 만세운동 사이에 놓인 사반세기 내내 오직 민족혁명을 화두로 살아왔다.

3월 1일 새벽 촛불을 켤 때다. 소소의 가슴엔 살풍경이 꽉 차있었다. 25년 전 동학혁명의 최후 결전장인 우금티를 물들인 피의 강, 찢겨진 살의 산이다.

일본군은 미제 기관총으로 무장했다. 그 앞에 민중은 꽃잎처럼 떨어졌다. 붉은 원혼을 위로하며 소소는 이 땅에서 일본군을 몰아낼 때까지 정녕 단 한순간도 허투루 보내지 않겠노라고 맹세했다.

산월과 아침을 먹으며 목이 엉겼다. 살뜰한 아내와 언제 다시 밥상 앞에 마주할 수 있을까. 내색하지 않은 채 즐겁게 아침을 먹고 새삼 결기를 다진 소소는 걸려 오는 전화를 받고 최사인을 통해 긴박한 상황을 점검해갔다.

소소가 사인을 곁에 둔 사연은 처연하다. 보은 겸 다짐이다. 25년 전 갑오년의 전장에서 사인의 아비인 바우가 아니었다면 삶에 마침표를 찍었을 터이기에 그의 아들을 볼 때마다 자신이 덤으로 살고 있다는 진실을 새삼 깨우칠 수 있었다.

사인은 아비를 빼닮았다. 우연히 얼굴을 마주칠 때면 더 그랬다. 그날 그 순간의 바우가 아닌지 착각마저 일어 새삼 생명의 은인을 기리게 했다.

최바우는 소소의 호위용사였다. 농민군이 패퇴하던 길이었다. 가까운 능선에서 일본군이 깃발 아래 서있던 소소를 조준하는 모습을 발견하자마자 몸을 던져 탄환이 바우의 등줄기에 박혔다.

바우는 소소의 몸을 덮치며 넘어졌다. 시뻘겋게 달군 쇳물이 등뼈 속으로 쏟아지는 고통이 몰려왔다. 일그러진 망막으로 소소의 호위병에 선발될 때의 사위스런 예감, 망설였던 순간이 빠르게 스쳐갔다.

소소를 위해 죽을 수 있을까. 그 질문을 던지자 아내가 어른어른했다. 고향에 두고 온 신혼의 색시는 바우가 동학농민군으로 출정하기 전날에 차마 나가지 말라 매달리지는 못하고 부끄러운 얼굴로 다가와 속삭였다.

"당신 아이를 가졌어요. 꼭 살아오셔야 해요."

바우는 가슴이 싸했다. 기쁨과 불안감이 시계추처럼 오갔다. 아내가 밤새도록 잠을 이루지 못하며 뒤척이는 모습을 보고는 가만히 끌어안았다.

솔직히 바우는 출정을 피할까 싶었다. 슬그머니 숨으면 그만이었다. 농민군으로 나서는 일은 동학인들에게 어디까지나 자발적 선택이었기에 얼마든지 그럴 수 있었고 마을에서 크게 손가락질받을 일도 아니었다.

장고 끝에 고개 저었다. 동학이 깨우쳐준 도의 때문만은 아니었다. 이제 곧 세상에 나타날 자식은 권세 있고 가진 것 많은 자들에게 휘둘리지 않고 살기를 소망했다.

기름진 양반네의 빈정대는 얼굴이 떠올랐다. 자신을 시들방귀로 여겨왔다. 그들로부터 지렁이처럼 짓밟혀온 세월과 더불어 순박한 아내를 바라보는 저들의 느끼한 눈길이 스쳐갔다.

야속히 날이 밝았다. 바우는 아내의 거친 두 손을 모아 쥐었다. 바우는 반드시 살아오겠지만 시간이 오래 걸릴지 모른다며 "그 전에 아이를 낳으면 이름을 '사인'이라 해주오. 우리 도에서 내가 가장 좋아하는 가르침 '사인여천'에서 따왔소. 섬길 사, 사람 인, 사람을 섬기라는 뜻, 알잖소"라고 말했다.

"몰라요. 당신이 돌아와 지어주구려."

아내는 끝내 눈물을 흘렸다. 바우는 아내에게 손 흔들며 출정했다. 호위병으로 선발되었을 때 바우는 자식에게 물려줄 새로운 세상을 여는 일에 자신보다 사령관 소소가 몇 곱절이나 더 중요한 사람이라고 생각했다.

신명을 바쳐 사령관을 보위하겠노라. 다부진 결기를 세운 이유다.

그 하냥다짐이 실제 운명의 순간에 아무런 망설임 없이 바우로 하여금 몸을 던지게 했다.

바우는 평생 성실했다. 최후의 순간에도 그랬다. 바우는 간신히 소소의 커진 눈을 마주 보았다.

"고향 밀골에…… 임신한 아내가……."

마지막 힘을 다해 띄엄띄엄 전하는 말에 소소가 큰 소리로 입다짐했다.

"걱정 마시게. 내 자네 아이를 내 자식처럼 키우겠네."

바우가 피를 쏟았다. 붉은 입술이 미소를 짓는가 싶더니 그대로 굳었다. 사령관 손병희는 끝내 감지 못한 바우의 부릅뜬 두 눈을 쓸어주며 눈물을 삼켰다.

소소는 약속을 지켰다. 피신 길에 굳이 밀골로 들어갔다. 동학 도인을 통해 바우의 집을 은밀히 찾아가 오열하는 아내에게 반드시 다시 오겠다는 언질을 주었고, 훗날 사인이 열한 살이 되었을 때 다시 찾아왔다.

소소는 바우의 희생을 허투루 여기지 않았다. 은인자중일 수도 절치부심일 수도 있는 10년을 보냈다. 동학을 천도교로 단장하고 다시 15년이 흘러 소소가 마침내 거사를 결단한 계기는 국제 정세의 급변이었다.

소소는 늘 신문을 가까이했다. 언론 사업에도 나서《만세보》를 창간했다. 나라가 망한 뒤에 총독부의 기관지이나마 조선에서 유일하게 발행되던《매일신보》를 비판적으로 읽으며 세계정세의 흐름을 꾸준히 짚어갔다.

천도교 교주 집무실에는 신문이 더 있었다. 일본《아사히신문》과《오사카마이니치신문》도 구독했다. 소소는 교단 간부들에게도 신문 읽기를 게을리하지 말라고 권하는 한편 자신이 파악한 내외 정세를 교인들에게 그때그때 최대한 쉽게 들려주었다.

일제가 조선을 병탄하고 4년이 흐른 1914년 7월이다. 세계적 전쟁이 벌어졌다. 저마다 다른 나라 침략에 광분하던 자본주의 국가들이 서로 충돌해 4년 넘도록 살육전을 벌이더니 1918년 11월에 이르러서야 독일 제국이 항복하며 끝났다.

조선인들의 기대는 빗나갔다. 일본은 승전국이 되어 더 기고만장했다. 전쟁의 흐름을 주시하던 일본제국주의자들은 중국 산둥반도에 자리한 독일의 이권을 물려받고 남태평양 섬들에 위임 통치권을 확보하기 위해 재빠르게 영일 동맹을 내세워 독일에 선전포고했다.

일제의 전략적 선택은 적중했다. 다만 국제 정세가 조선에 꼭 부정적이진 않았다. 전쟁 중이던 1917년 10월 러시아제국에서 혁명을 일으키고 집권한 레닌 정부는 민중을 지배해오던 지주계급의 드넓은 대지, 자본가들이 소유하던 모든 산업시설과 금융기관을 국유화하며 제국의 질서를 안에서 무너트렸다.

러시아혁명은 조선인들에게 새 지평을 열어주었다. 종래의 러시아제국과 달리 혁명정부는 민족자결원칙을 천명했다. 모든 민족에겐 정치적 운명을 스스로 결정할 권리가 있으므로 외부 간섭을 배격한다고 선언하며 식민지 민족의 해방 투쟁을 적극 지원하겠다는 레닌의 공언은 제국주의 지배 아래서 독립운동을 벌이는 사람들에겐 '복음'이었다.

그 복음은 빈말이 아니었다. 레닌은 조선독립운동에 깊은 관심을 보였다. 조선의 최대 종교단체인 천도교 간부들을 모스크바 집무실에서 직접 만나 대화를 나눈 레닌의 성의는 그의 혁명적 신념에서 비롯했지만, 그의 몸에 할머니로부터 받은 몽골의 피가 흐르고 있었듯이 존재 자체가 아시아와 무관하지 않았다.

레닌의 주장에 식민지 민중은 환호했다. 미국 대통령 윌슨은 머쓱해졌다. 결국 레닌의 선언 뒤 두 달이 지나 윌슨은 의회 연설로 발표한 평화원칙 14개조에 '강화조약 공개와 비밀외교 폐지'에 이어 '식민지 문제의 공정한 해결'을 담았다.

레닌에 이어 윌슨까지 민족자결을 천명하자 조선 내부가 꿈틀거렸다. 천도교 간부들 사이에서 거사를 결행하자는 목소리가 힘을 얻어갔다. 소소는 교단의 최고 지도자이기도 했거니와 오랜 세월에 걸쳐 공을 들여온 일이었기에 신중을 거듭할 수밖에 없었다.

소소는 윌슨의 발표를 세밀히 짚어보았다. 평화원칙에 한계가 뚜렷했다. 오스트리아-헝가리제국과 오스만제국이 억압하고 있던 여러 민족의 자결, 발칸제국의 민족적 독립 보장, 폴란드의 재건이 들어가긴 했지만 미국과 더불어 승전국이 된 일본의 식민지인 조선에 대한 언급은 없었다.

윌슨의 '민족자결'은 승전국의 선언이었다. 패전국인 독일·오스만·오스트리아-헝가리제국을 겨냥했다. 그들 제국의 지배 아래 있는 민족을 독립시켜 경쟁국들의 힘을 영구히 약화시키려는 전략적 차원의 '자결'임이 명확했다.

소소는 아직 때가 아니라고 판단했다. 천도교 간부들부터 제어하고 나섰다. 소소가 '봉황각 간부'들을 불러 적절한 시기를 노리자며 다독여 가는 과정을 지켜본 산월은 새삼스레 소소에 미쁨이 더해졌다.

그럼에도 투지 넘치는 이들이 줄을 이어 가회동을 찾았다. 소소의 조곤조곤한 설명에 모두 고개를 끄덕이고 돌아갔다. 소소는 중국과 러시아에 잇따라 승리하고 조선을 병탄한 데 이어 세계대전의 승전국으로 막강한 군사력을 지닌 일본제국에 견주어 객관적으로 국력이 약한 조선이 독립하려면 민족구성원들의 힘부터 축적해야 옳다고 보았다.

일본제국은 강국이었다. 전략 없이 패기로만 맞설 수 없었다. 조선 민중의 힘을 모아낸 상태에서 국제 정세의 변화를 능동적으로 포착해낼 때 비로소 일본제국에 큰 타격을 주고 여세를 몰아 독립을 쟁취할 수 있다고 보았다.

1918년 12월 초 일본 신문을 뒤적이던 소소는 긴장했다. 이듬해 1월 18일부터 파리에서 평화회의가 열린다는 기사에 눈이 번쩍 뜨였다. 일본도 승전국의 하나로서 대표를 파견한다는 외교 방침과 더불어 평화회의가 최소 여섯 달 예정으로 열리고 윌슨의 평화원칙을 논의한다는 대목이 눈길을 사로잡았다.

소소는 마침내 때가 왔다고 판단했다. 국제회의를 통해 조선독립을 공론화할 기회였다. 천도교 핵심 측근들을 불러 지금은 사람과 물체가 개벽하는 때라며 국제 정세의 변화를 들려주고 거사에 나설 만반의 준비를 갖추라고 지시했다.

"우리 앞에 전개될 시국은 참으로 중대하오. 천재일우의 호기를 아무런 행동도 하지 않은 채 놓쳐버릴 수는 없소이다. 죽음을 초월해서 민중을 선도해야 하오. 그 길만이 우리의 정정당당한 의사를 천명하는 길이 될 것이오."

천도교의 비밀결사 '천도구국단'이 움직였다. 구체적으로 거사 준비에 들어갔다. 소소는 날마다 측근들과 세계정세를 논의하며 국제 사회가 조선독립에는 무심하다는 사실이 갈수록 또렷해졌지만, 바로 그렇기에 절망할 일이 아니라 오히려 거사가 더 절박하다는 뜻을 모아갔다.

민족자결원칙은 분명 새 물결이었다. 한계만 내세워 방관할 일은 아니었다. 소소는 일본제국이 조선의 국권을 부당하게 박탈한 사실을 알리고 냉혹한 무단통치를 고발함으로써 조선민족의 주권회복과 독립 의사를 세계 여론에 호소하자고 역설했다.

천도교 내부는 두루 공감했다. 희망도 퍼져갔다. 레닌의 식민지 민족해방과 윌슨의 민족자결원칙은 자본주의 국가들이 식민지를 놓고 서로 살육전을 벌이는 상황과는 확실히 다른 새로운 변화였다.

4

산월은 소소와 몸을 맞대고 살며 새삼 경탄했다. 가슴 설레 흠모하던 때와 사뭇 다른 풍모를 발견했다. 명월관을 출입할 때 호사스러운 언행이나 정원에 냇물이 흐르던 가회동의 너른 집과 달리 집안에서 소소와 30여 명의 식솔은 모두 더없이 검소했다.

결혼 직전에 짐작은 했다. 천도교 고위간부가 산월에게 혼사 뜻을 물어 왔을 때다. 산월이 긍정적인 대답을 하자 환한 얼굴로 돌아간 그는 소소가 다음 날 오후 2시에 찾아올 테니 외출할 준비를 하고 있으라는 쪽지를 보내왔다.

이튿날 산월은 붉은 한복으로 단장하고 기다렸다. 명월관 앞에 소소의 승용차가 도착했다. 소소는 곱게 차려입은 산월을 보더니 평소와 달리 눈이 휘둥그레지며 저절로 퍼지는 함박웃음을 굳이 감추지 않았다.

산월은 소소 옆자리에 앉았다. 수행비서 최사인이 직접 운전석에 앉아있었다. 사전에 이야기해두었는지 소소가 행선지를 알리지 않았는데도 자동차는 서대문을 빠져나가 독립문을 지나더니 홍제천을 따라 한강 쪽으로 달렸다.

이윽고 한강이 나타났다. 소소는 사인에게 여기서 기다리라 했다. 산월이 한 손으로 한복 치마를 맵시 있게 거머쥐고 내리자 소소는 선뜻 손을 잡고 작은 섬이 보이는 강가로 서풋서풋 걸어갔다.

평일 오후 2시 강가는 한적했다. 작은 섬 사이로 맑은 샛강이 흘렀다. 수양버들 사이로 보이는 샛강 너머로 꽃들이 만발해 봄바람을 타고 향기를 전해주었다.

그런데 샛강에 다리가 없었다. 돌다리 흔적은 있었지만 이어져있지 않았다. 소소가 돌연 신사복 바지를 걷어 올리곤 산월에게 등 돌리고 앉으며 말했다.

"자, 업히시오. 강을 건너갑시다."

"아이, 어떻게……."

"얕아서 괜찮소. 저 섬에 꽃들이 많아 거닐만하오. 자, 업히시오."

산월이 부끄러워 망설일 때다. 소소가 일어나더니 돌아섰다. 두 팔로 산월을 불끈 들어 안은 채 성큼성큼 샛강으로 들어서자 산월은 저도 모르게 두 손으로 소소의 목을 감쌌다.

멀리서 지켜보던 사인은 돌아섰다. 삼각산 능선이 한눈에 들어왔다. 샛강이라야 폭이 넓지 않아 곧바로 건널 수 있었지만 소소의 두 팔에 안겨 가던 산월은 되레 아쉬웠다.

소소가 산월의 육감적인 몸을 내려놓았다. 걷어 올렸지만 바지 끝이 젖어있었다. 소소는 개의치 않는 듯 바지 끝을 펴더니 다시 산월의 손을 잡고 걸으며 말했다.

"이 섬이 난지도라오. 지금 건넌 샛강은 난지천이지. 딴은 그저 사람이 붙인 이름인 것을……."

하얀 꽃, 파란 꽃이 지천이었다. 향기가 은은했다. 마치 밀물처럼 끝없이 코끝으로 스며왔다.

"그래도 이름이 난지도라면 난초와 지초가 많다는 뜻이겠군요."

"그렇소. 한강과 홍제천이 만들어준 모래섬이라오. 예로부터 난초와 지초가 많이 피었다고 하오. 샛강 너머 사람들이 건너와 땅콩이나 야채를 심는다고 들었소."

"향기가 넘쳐요."

"자, 저 반대쪽을 보오."

"어머? 삼각산이 보이네요?"

"그렇다오. 삼각산도 한강도 보이는 곳이라오."

"아름다워요, 서울에 이런 곳이 있었군요."

"산월."

"네."

"여기서 산월에게 고백할 게 있소."

순간 긴장했다. 아무 말도 못 했다. 산월은 짐짓 한강만 바라보았다.

"산월이 가회동으로 들어온다는 말을 듣고 지난밤 참으로 고마워 제대로 잠을 이루지 못 했소. 그런데 막상 나와 살면 많은 게 다를 터요. 이를테면 밖에선 사치스럽지만 집안에선 전혀 아니라오. 괜찮겠소?"

"그럼요."

"고맙소. 나는 독립운동에 몸 바칠 생각을 오래전에 굳혔소. 산월과 이렇게 한가하게 보내는 시간은 어쩌면 마지막일 수도 있소. 더구나 산월에게 험한 순간이 다가올지도 모르오. 그 모든 게 괜찮겠소?"

"사치스럽지 않으시고 독립운동에 몸 바치신다고 예상했답니다. 이렇게 확인해주시니 저로선 연모의 감정이 더해질 뿐이옵니다."

"산월, 벗 사이의 높고 맑은 사귐을 지란지교라 하오. 난초와 지초의 사귐이오. 여기 난지도에서 나 소소는 그대와 남은 삶을 함께하자고 정식으로 제안하오. 받아주시겠소?"

"그럼요."

그날 산월은 샘솟는 눈물로 마음을 도슬렀다. 비로소 가치 있는 삶의 길목에 들어선 기쁨마저 느꼈다. 가회동 집으로 들어가 살아보니 실제 검소한 일상은 상상 이상이었고 새벽부터 밤늦게까지 소소는 쉼 없이 독립의 길을 모색하며 종단 일을 주재했다.

소소는 윌슨의 한계를 잘 알고 있었다. 레닌을 의식한 윌슨의 민족자결주의는 어디까지나 승전국의 논리였다. 하지만 유럽에서 폴란드와 체코슬로바키아가 민족자결의 원칙에 따라 독립국을 선포하고 미국마저 이를 적극 지원한 일 또한 엄연한 사실이기에 그냥 손 놓고 있을 상황은 결코 아니었다.

더구나 레닌은 모든 식민지의 독립을 주창했다. 소소는 본디 무장투쟁을 원천적으로 배제하진 않았다. 그 자신도 동학농민전쟁의 북접 사령관이었거니와 천도교 교단 차원에서 틈나는 대로 권총을 비롯해 무기를 구입해 모아두기도 했다.

다만 소소에겐 한이 깊었다. 1894년 피로 물든 우금티를 잊지 못했다. 수십만 명의 민중이 학살된 현장을 뼈저리게 체험한 소소로서는 도심에서 무장 시위를 벌일 때 어떤 상황이 벌어질 것인가를 고려하지 않을 수 없었다.

고심 끝에 소소는 거사의 윤곽을 확정했다. 조선이 독립국가임을 당당히 선언하고 평화적으로 거리 행진을 벌일 계획을 세웠다. 일본제국주의 앞에 정면으로 맞서서 특정인이나 단체가 아니라 온 겨레의 이름으로 조선독립을 선포하고 선언문을 길거리와 주요 기관에 배포하며, 전국 곳곳의 시장도 철시해 장터에 온 민중을 대상으로 강연회를 열기로 했다.

첫술에 배부를 순 없을 터다. 독립을 이루려면 더 많은 민중이 깨어나야 한다. 당면한 목표와 가야 할 길을 선명히 제시하고, 국제 사회에서도 조선민족이 일본제국주의로부터 핍박받는 진실을 알려 독립에 우호적 여론을 형성할 수 있다면, 앞으로 그 누구도 민중의 독립 의지를 꺾을 수 없을 터다.

소소는 거사를 독려했다. 앞장서서 차근차근 실행에 옮겨 갔다. 조선 밖에서도 독립운동가들이 바삐 움직여 윌슨이 특사 크레인을 중국에 보낸다는 소식도 놓치지 않았다.

크레인의 방중은 파리평화회의에서 미국의 입장을 알리기 위해서였다. 1918년 11월 상하이에 도착했다. 중국 정부가 연 환영회에서 크레인은 파리평화회의가 피압박민족이 해방을 도모하는 데 최적의 기회라며 중국도 대표를 파견해 피해 상황을 설명할 필요가 있다는 연설을 했다.

미국 대통령특사 말을 들으러 여운형도 참석했다. 연설을 듣고 크게 고무된 여운형은 크레인의 숙소를 방문했다. 자신을 조선의 신한청년당 대표라고 정중히 소개한 여운형은 크레인에게 대한제국이 일제 식민지로 전락한 과정을 설명하고 파리에 대표를 공식 파견할 수 있는지 타진했다.

크레인은 신중했다. 정부의 공식 의견은 말할 수 없지만 개인적으로는 지지한다고 답했다. 여운형은 동지들을 모아 회의를 열고 영어에 능숙한 김규식을 파리에 파견할 대표로 결정하며 톈진에 머물고 있던 그를 신한청년당 입당과 동시에 이사장 자리에 앉혔다.

그런데 김규식이 프랑스에 갈 비용이 만만치 않았다. 여운형의 머리에 소소가 어른거렸다. 평화회의에 조선대표가 참석해 활동할 자금을 후원해줄 수 있는지 문의하자 소소는 어떤 조건도 걸지 않고 선뜻 거액을 내놓았고, 김규식은 1919년 2월 1일 상하이를 출발해서 3월 13일 파리에 도착할 수 있었다.

김규식은 소소가 준 자금으로 파리 시내에 사무실을 임대했다. '코리아 공보관'을 열고 활동에 들어갔다. 소소는 일본 도쿄에서 유학생들이 독립선언 움직임이 있자 그 준비 자금도 지원해 조선 학생들이 2월 8일 기독교회관에서 조선독립을 선포하는 데 결정적인 도움을 주었다.

다음은 독립선언의 민족대표 문제였다. 어떻게 구성해야 효과가 클지 고심했다. 소소는 최대한 폭넓게 참여할수록 의미가 더 크다고 보아 일제로부터 귀족 작위를 받은 자들까지 독립선언에 끌어들이려고 박영효·윤치호·윤용구·한규설을 접촉했다.

박영효는 철종의 사위다. 오늘날의 서울시장인 한성판윤을 지냈다. 나름대로 개화파의 지도자였지만 차츰 친일의 길로 접어들며 나라가 망한 뒤엔 일본제국의 후작으로 변신했다.

윤치호는《독립신문》사장과 독립협회 회장을 지냈다. 그 또한 갈수록 친일 색채가 짙어졌다. 그럼에도 미국에 유학한 기독교인이기에 미국인들에게 알려진 인물이었고, 윤용구는 대한제국 대신으로 일제로부터 작위를 받았지만 세평이 그런대로 괜찮았으며, 한규설은 을사늑약이 체결될 때 그나마 반대한 참정대신이었다.

소소는 작심하고 접근했다. 하지만 저마다 구차한 이유를 내세웠다. 몸을 사려 끝내 동참을 끌어내지 못했지만 소소는 실망도 포기도 하지 않은 채 차라리 매국노 이완용이 가담하면 효과가 크리라 생각했다.

소소는 이완용을 교섭할 뜻을 밝혔다. 거사를 함께 준비하던 천도교 간부들은 크게 반발했다. 박영효나 윤치호 따위를 만나겠다고 할 때도 탐탁하지 않았으되 소소의 권위에 눌려 가까스로 참았던 그들은 매국노 이완용의 참여는 독립운동에 대한 모독이라고 완강히 반대했다.

이완용 접촉엔 다른 문제도 있었다. 그가 동참 거부에 머물지 않을 가능성이었다. 만일 이완용이 총독부에 거사 계획을 조금이라도 누설한다면 자칫 모든 일이 물거품이 될 수 있다는 간부들의 우려는 터무니없지 않았다.

소소는 숙고했다. 이완용의 흉중도 헤아려보았다. 이윽고 생각을 정리한 소소는 교단 간부들을 둘러보며 힘주어 말했다.

"이완용이 매국적 소리를 들을지라도, 그런 자까지 독립을 원한다면 2000만이 다 독립을 원한다는 뜻이 되지 않겠소? 그가 총독부에 고발하리라는 염려는 하지 않아도 되오. 내가 집까지 찾아가서 동참을 제안하면 이완용이 거절은 할지언정 거사 계획을 누설하지는 않으리라 확신하오."

소소를 잘 아는 간부들은 더 만류하지 않았다. 더러는 회의실을 나오며 '황소고집'을 들먹였다. 사인은 자칫 천도교 교주로서 소소의 권위가 조금이라도 손상되는 사태가 올까 싶어 망설이다가 조심스레 말했다.

"외람되지만 감히 한 말씀 올려도 될까요?"

"응? 왜 그런 질문을 하나, 내게 너무 거리를 두지 말게."

"그게 아니라 제 소견이 워낙 짧아서……."

"무슨 소리야. 나는 자넬 아들처럼 여겨왔는데 자넨 날 아비처럼 생각하지 않는구먼."

"늘 감사합니다만 저로선 언감생심입니다."

"앞으론 공연한 거리 두지 말게나. 자넨 수행비서 이전에 내 아들이나 다름없어. 언제든 할 말 있으면 솔직히 말하게."

"네, 그럼 말씀 올립니다. 아까 간부들도 그렇듯이 저 또한 이완용이 동참하지 않을 것 같은데요. 어찌 그리 확신하십니까?"

"하하하, 그런가. 실은 나도 이완용이 거부하리라 생각하네."

"네? 그럼 어찌해서 교단 간부들이 반대하는데도 굳이 만나고자 하십니까?"

"이봐, 사인이. 우리 종지가 무엇인가."

"사람이 곧 하늘이라 알고 있습니다."

"맞아, 인내천일세. 이완용이 아직 깨닫고 있지 못하지만, 그 매국적 안에도 하늘이 있지 않겠는가. 그가 깨우칠 가능성이 백에 하나, 아니 만에 하나라 하더라도 시도는 해야겠지. 혹시라도 그 하나의 가능성이 실현되어 거사에 이완용까지 동참한다면, 말 그대로 온 민족적 선언이 되어 효과는 백 배, 만 배 이상일 거야. 그렇다면 어찌해야 옳겠는가. 정성을 다해보아야지. 사람이 곧 하늘이다, 그게 우리 천도교인들의 믿음 아닌가."

"그렇겠군요. 깊은 뜻 잘 알겠습니다. 하지만 이완용이 거사 계획을 자칫 누설할지도 모릅니다. 만일 이완용이 총독부에 넌지시 알린다면, 거사는 물론 교단에서 성사님의 권위도 큰 손상을 입을 텐데요."

"음, 두고 보게. 거부는 하더라도 그자가 밀고하진 않을 게야. 그렇게 보는 근거는 두 가지일세. 첫째, 이완용에게도 아주 희미하나마 하늘이 있어. 내가 그를 찾아 거사 계획을 털어놓는 것만으로도 이완용의 가슴 어딘가에서 한 가닥 양심이 작동할 걸세. 둘째, 완용은 대단한 부라퀴 아닌가. 기회주의적 처신에도 능한 자이지. 밀고로 위험을 감수하진 않을 걸세. 이완용을 만날 때 자네도 수행할 테니 잠자코 지켜보게나."

이완용의 조카가 천도교인이었다. 소소는 조카를 앞세웠다. 극비리에 이완용의 집으로 찾아갈 때 수행비서로서 경호까지 맡고 있던 사인은 권총을 안주머니에 넣고 따라갔다.

대문으로 들어서자 밖에서 상상한 이상이었다. 기둥과 처마까지 윤기가 흠치르르했다. 이완용은 소소보다 세 살 위지만 천도교 교주 손병희가 친히 찾아와 자신에게 거사 계획을 모두 밝히자 내심 놀라는 낌새였다.

얍삽하던 표정이 굳었다. 잠깐이지만 밀알진 얼굴이 조금은 진지해졌다. 큰 한숨을 작위적으로 토해내더니 밥풀눈을 나름 지긋이 뜨고 낮은 목소리로 야비다리를 피웠다.

"손 선생, 나는 이천만 동포에게 매국적이라는 소리를 들은 지 오래랍니다. 이제 새삼스러이 그런 운동에 가담할 수는 없소이다. 이번 운동이 성공하여 독립이 되면 아마도 나를 때려죽일 사람은 먼 다른 동리 사람들을 기다릴 것 없이 바로 우리 동네 이웃사람일 것이외다. 손 선생의 이번 운동이 성공해서 내가 그렇게 맞아 죽게 된다면 다행한 일이올시다."

과연 노회했다. 어떤 상황을 맞든 '보험'을 들어두려는 계산이 읽혔다. 소소는 더 권하지 않았고 이완용이 거사 계획을 누설하지 않으리라는 확신도 들었다.

소소는 태연히 미소를 지었다. 이완용과 악수하고 집을 나왔다. 가회동으로 돌아오는 길에 사인이 위로를 건넬 겸 말문을 뗐다.

"선생님 뜻대로 안 돼 속상하시지요. 다행히 밀고는 하지 않을 것

같습니다."

"계산이 빠른 사람이지. 다만 이완용의 마음속 어딘가에 찔리는 곳은 있을 거야. 바로 그곳이 하늘이지. 아주 작은 부분이지만 어쨌든 오늘의 만남이 이완용의 가슴 어딘가에 씨를 뿌렸을 거라네. 다만 그것이 싹트고 안 트고는 앞으로 이완용의 성찰하는 능력에 달린 거겠지. 워낙 영악해서 쉽지는 않을 거야. 다만, 나는 최선을 다했네."

사인의 눈빛에 감동이 스쳐갔다. 소소가 큰 산처럼 새삼 다가왔다. 예상대로 이완용은 거사에 가담도 밀고도 않았지만 끝까지 모든 사람에게 정성을 다하는 소소의 자세는 사인에게 큰 가르침을 주었다.

5

소소는 언뜻 일상을 보면 털털한 호인이다. 하지만 실상은 하도 치밀해 빈틈이라곤 없었다. 거사에 문빗장은 사람 못지않게 돈임을, 호언장담은 물질적 현실이 뒷받침되지 못할 때 객쩍은 허언이 될 수밖에 없음을 소소는 또바기 직시했다.

적잖은 이들이 의기만으로 싸운다. 서로 투지를 북돋기도 한다. 빈손이기에 어쩔 수 없다손 치더라도 그들과 달리 소소는 어쩌면 더 많은 사람을 끌어들일까 못지않게 독립운동에 절실한 자금을 어떻게 두둑이 마련할까를 늘 고심했다.

숙고한 결과다. 소소는 교당 건축에서 답을 찾았다. 천도교는 1918년 4월 중앙대교당과 중앙총부 건물을 새로 짓기로 결의하고 특별 성금을 10월 28일 교조 최제우의 탄신기념일까지 모금한다고 발표했다.

예상보다 호응이 컸다. 총독부는 지켜만 보지 않았다. 기부행위 금지법을 위반했다며 한성은행에 3만 원, 상업은행에 3만 원, 한일은행에 6600원, 모두 6만 6600원의 예금을 동결했는데 1910년대 후반의 1원은 현재 4~5만 원의 가치를 지녔으므로 30억 원에 이른다.

그럼에도 천도교인들은 멈추지 않았다. 일경의 감시를 따돌리는 슬기도 백태였다. 성금 액수를 10분의 1로 줄여 장부에 적어달라 자진해서 요청하거나 건축 성금을 되돌려 받은 것처럼 위장해달라고도 했다.

심지어 논밭과 황소까지 팔았다. 곰비임비 성금을 냈다. 가난한 집안에선 지아비가 짚신을 삼고 지어미가 삯바느질 품삯을 모아 성금으로 보태 동학의 후신인 천도교가 얼마나 민중 속에 깊이 뿌리내리고 있는가를 입증했다.

건축 성금이 100만 원을 넘어섰다. 천도교 본부는 도심의 경운동 땅 1800여 평을 사들였다. 소소는 건축비를 27만 원으로 책정하고 대부분의 성금을 3·1혁명을 비롯해 나라 안팎의 독립운동 자금으로 돌렸다.

군자금은 두툼할수록 좋았다. 소소는 교인에게 호소했다. '어육주초(魚肉酒草)를 끊고 날마다 짚신 한 켤레씩을 더 삼자'는 교주의 구체적 제안에 민중이 뜨겁게 화답하며 1919년 1월까지 500만 원을 모았다.

최사인은 모금 과정에서 자신을 정화했다. 자만심과 이기심 따위를 눈물로 씻어갔다. 무지렁이 차림으로 돈을 아랫배에 묶어 오는 늙은 농부나 허리띠에 누벼 오는 천도교 아낙들을 보며 저도 모르게 글썽이다가 흘린 눈물들은 사인의 내면을 맑고 단단하게 해주었다.

소소는 독립운동 자금을 지출할 때 조금도 아끼지 않았다. 하지만 집 안에선 좁쌀 한 톨도 버리지 않았다. 물적 기반을 튼튼히 다져가면서 '사람 사업'도 끊임없이 펼쳤고, 비록 박영효와 윤치호·이완용 따위의 동참을 끌어내지 못했지만 사인의 건의를 받아들여 민족대표를 새롭게 구성해갔다.

"장강의 뒷물결이 앞물결을 밀어내고, 한 시대의 새로운 사람이 옛 사람을 대신한다고 하지 않습니까. 이미 흘러간 인물들에 연연하실 필요 없습니다."

"그런가, 장강후랑추전랑 일대신인환구인(長江後浪推前浪 一代新人換舊人), 내가 그 말을 잊고 있었구먼. 사인이 공부가 이제 몰라보게 숙성했어. 앞으로 우리 교단에 뼈를 묻겠다는 각오로 최선을 다해가게나. 교단의 미래가 자네 같은 사람의 어깨에 달려있네."

"말씀은 잘 알겠습니다만, 저는 그런 재목이 못됩니다."

"이런, 겸손은 좋지만 그런 말이 혹 자신에게 주어진 책임을 방기하는 변명이 되어서는 안 되네. 자네 안에 하늘이 있어. 누구보다 용맹했던 최바우의 하늘이기도 했지. 부친이 남겨준 이름 '사인'을 늘 새기게. 사인이란 이름은 여천이 따라붙듯이 하늘을 부르는 말이잖은가."

딱히 사인의 건의 때문은 아니었다. 소소는 동참을 거부한 '명망가'들과 선을 그었다. 종교계 안팎에서 신망받는 '새로운 사람'을 찾아 나선 소소는 이승훈을 만나 총독부에 독립청원을 내려던 기독교인들을 견인해 '청원' 아닌 독립선언으로 바꾸는 합의를 이끌어내며 연대를 이뤘고, 젊은 스님 만해 한용운과도 접촉했다.

소소는 자금이 있어야 운동이 가능하다는 사실을 잘 알고 있었다. 이승훈이 활동비가 필요하다고 말하자 소소는 묻지도 않고 거금을 내주었다. 파리평화회의에 가는 김규식의 여비에 이어, 중국·만주에 보내는 독립운동 자금도, 감옥에 들어간 사람들의 차입 비용도 모두 소소와 산월의 안방과 사인이 머무는 방 깊숙한 곳에 놓인 평양반닫이에서 나왔다.

민족대표를 확정할 때 기독교 비율이 늘고 천도교 비율이 줄었다. 장로·감리 교파가 있으니 더 늘려달라는 기독교계 요구를 소소는 선뜻 받아들였다. 천도교는 민족대표에 굳이 많이 들어가지 않아도 어차피 전체 교단 차원에서 성심으로 참여할 것이 틀림없고 국제적 파급 효과를 거두려면 기독교계가 많이 참여할수록 좋다고 보았다.

소소는 천도교 간부들을 개별적으로 불렀다. 마음의 준비를 당부했다. 처음부터 거사 계획에 참여해온 권동진·오세창·최린을 비롯해 15명을 민족대표에 넣으며 앞으로 천도교를 끌어갈 박인호 대도주와 젊은 간부들은 인선에서 제외했다.

드디어 민족대표 구성을 마쳤다. 기독교 16명, 불교 2명, 천도교 15

명 총 33인이다. 독립선언문 초안 작성을 맡은 최린은 당대의 문필가로 꼽히던 최남선을 은밀하게 찾아가 거사 계획을 설명하고 소소의 뜻을 전달했다.

소소는 누가 초안을 작성해도 좋다고 보았다. 다만 작성 지침 세 가지를 반드시 담아야 한다고 강조했다. 평화적이고 감정에 흐르지 않아야 하며, 동아시아 평화를 위해 조선의 독립이 필요하다는 사실을 적시하고, 민족자결과 자주독립의 정신을 바탕으로 정의와 인도에 입각한 운동임을 부각하라가 그것이다.

소소는 거사 전략도 간추렸다. 3대 원칙으로 대중화·일원화·비폭력을 제시했다. 최남선은 소소가 내린 지침에 담긴 사상적 깊이와 운동의 전략적 방향에 모두 공감했기에 역사적인 선언문이 될 초안을 자신이 작성하고 싶은 욕심이 일었다.

최남선은 초안 작성을 수락했다. 다만 조건을 달았다. 자신은 평생 학자로 살아갈 뜻을 굳혔으므로 독립운동 표면에는 나서지 않겠으며 따라서 초안 작성에 대한 책임도 최린이 져야 한다고 한 발 뺐다.

선언문 작성이 다급한 최린은 조건을 다 받아들였다. 소식을 들은 만해가 최린을 찾았다. 독립운동에 직접 책임을 지지 않겠다는 사람에게 선언서를 쓰게 할 수는 없는 일이라며 차라리 자신이 집필하겠다고 주장했지만 최린은 받아들이지 않았다.

소소는 초안을 받고 최종 손질했다. '하늘의 뜻'을 강조하며 수정했다. 최종 선언문은 들머리부터 만해가 작성한 '공약 3장' 마지막 문장까지 힘찰 뿐만 아니라 뜻이 깊었다.

吾等은 玆에 我朝鮮의 獨立國임과 朝鮮人의 自由民임을 宣言하노라. 此로써 世界萬邦에 告하야 人類平等의 大義를 克明하며, 此로써 子孫萬代에 誥하야 民族自存의 正權을 永有케 하노라. 半萬年歷史의 權威를 仗하

야 此를 宣言함이며, 二千萬民衆의 誠忠을 合하야 此를 佈明함이며, 民族의 恒久如一한 自由發展을 爲하야 此를 主張함이며, 人類的良心의 發露에 基因한 世界改造의 大機運에 順應并進하기 爲하야 此를 提起함이니, 是ㅣ 天의 明命이며, 時代의 大勢ㅣ며, 全人類共存同生權의 正當한 發動이라, 天下何物이던지 此를 沮止抑制치 못할지니라.

선언서 아래에 서명이 필요했다. 민족대표 33인의 이름을 넣기로 했다. 소소가 거사를 지도해왔을뿐더러 흔쾌히 모든 책임을 지겠다고 밝혔기에 민족대표 맨 앞에 손병희 이름을 넣는 데 이의를 제기할 사람은 아무도 없었다.

남은 과제가 있었다. 선언문을 대량으로 인쇄해야 했다. 극도의 비밀 유지가 필요했으므로 소소는 민족대표들과 상의한 뒤 자신에게 맡겨달라고 했다.

소소는 보성사를 염두에 두었다. 천도교는 보성 소학교·중학교·전문학교를 모두 경영했다. 보성사 운영에 적자가 적잖았음에도 소소가 인쇄소를 끝까지 유지해온 까닭을 천도교 간부들도 비로소 깨달을 수 있었다.

보성사는 총독부와 가까운 수송동에 자리했다. 일본 순사들의 감시망이 삼엄했다. 하지만 등잔 바로 밑은 어둡다는 말도 있거니와 달리 뾰족한 수도 없었기에 선언문 인쇄와 배달을 보성사 사장 이종일로 하여금 직접 챙기도록 했다.

그래도 마음이 놓이지 않았다. 최사인에게 이종일을 돕게 했다. 소소의 곁을 잠시 떠나 보성사로 떠나는 사인에게 소소는 권총을 챙겼는지 나직이 확인했다.

6

묵암 이종일은 민족대표 33인의 한 사람이다. 묵암은 인쇄소 노동인들을 평소보다 일찍 퇴근시켰다. 문을 걸어 잠근 뒤 불빛이 새어 나가지 않도록 모든 창문을 가리고 묵암이 지켜보는 가운데 공장 감독이 손수 인쇄기를 돌렸다.

작업은 순조롭게 나아갔다. 그런데 종로경찰서 신승희가 거리를 순찰하다가 수상한 낌새를 챘다. 보성사 안에서 달가닥달가닥 인쇄하는 소리가 분명 들리는데, 창문으로는 불빛이 보이지 않아 의아했던 신승희의 눈에 건물 환기통으로 새어 나오는 희미한 전등 빛이 들어왔다.

고등계 형사 신승희는 차가운 미소를 지었다. 동물적 감각으로 사뿐사뿐 걸어갔다. 출입문에 다다르자 기습하듯이 쾅쾅 두들겼고 달가닥 소리는 거짓말처럼 멈췄다.

신승희는 온몸에 전율을 느꼈다. 바로 권총을 뽑았다. 한 건 단단히 물었다고 확신하며 문 너머로 소리쳤다.

"빨리 문 열지 못해? 나 신승희다. 당장 열어!"

묵암은 신승희라는 말에 사색이 되었다. 언제나 의연했던 평소 모습과 달랐다. 조선인 신승희는 종로경찰서에서 10년 내내 독립투사들을 체포하고 감시하는 일로 '공'을 세운 자로서 거리를 지나가는 사람의 얼굴 표정만 보고도 그가 독립운동을 하고 있는지 아닌지를 알아내 체포할 정도라고 소문이 자자했다.

묵암은 꼼짝없이 걸려들었다는 생각에 멍멍했다. 이미 찍은 인쇄물을 감출 곳도 없었다. 벼르던 아기 눈이 먼다고 두 다리에서 힘이 스르르 빠져나가며 결국 거사 마지막 순간에 모두 물거품이 되었다 싶어 주저앉고 싶었다.

최사인은 더 지켜볼 수 없었다. 묵암에게 바로 다가갔다. 두 팔로 묵암을 힘주어 잡아 눈을 맞추고는 귓전에 속삭였다.

"저자를 돈으로 회유해보세요."

"응? 그렇군! 그 방법이 있네 그려. 맞아, 그런 길이 있었어!"

핏기가 거의 사라져가던 묵암의 얼굴이 밝아졌다.

"해볼 만합니다. 성사님께 말씀드리겠다고 하십시오."

"알았네, 알았어."

문으로 가려던 이종일이 멈췄다.

"그런데 만약 말을 듣지 않으면?"

"그땐 제가 놈을 없애겠습니다."

사인이 귓속다짐하며 안주머니에서 권총을 꺼냈다.

"옳구먼, 아무래도 그래야겠지. 그래도 일단은 겨누고만 있게나. 총소리가 나면 다 끝나는 게야."

"물론이죠. 걱정 마세요. 총성 없이 해치울 수 있습니다. 놈이 돈에 넘어가지 않는다면 거사에 돌입하는 순간까지 놈의 몸은 살아서든 시체로든 여기서 나가진 못할 겁니다."

낮은 목소리였지만 힘이 있었다. 묵암은 평상심을 찾았다. 최사인이 권총을 들고 해우소 안으로 빠르게 숨는 모습을 보며 묵암은 문을 따라 걸어갔다.

절망할 까닭이 없다고 판단해서일까. 묵암의 걸음도 야금받았다. 크게 숨을 내쉬며 문을 열자 곧바로 권총을 들이밀고 들어온 신승희는 좌우로 번갈아 총을 겨누며 사뭇 조심스러웠다.

안면 있는 묵암과 공장 감독만 보였다. 다소 긴장을 풀었다. 그래도 뱀처럼 번들거리는 눈으로 인쇄소 곳곳을 샅샅이 훑더니 권총을 든 채 인쇄기로 다가가 한 손으로 전단지를 들었다.

읽자마자 도끼눈이 되었다. 전단지를 팽개쳤다. 이럴 줄 알았다는 듯이 소리쳤다.

"손 들어! 어서!!"

신승희는 권총을 두 손으로 움켜쥐었다. 묵암과 공장 감독을 90도 각도로 번갈아 겨눴다. 공장 감독이 번쩍 두 손을 들었을 때 묵암은 마치 기도하듯 두 손을 모아 합장하고 신승희에게 호소했다.

"이보시게, 내 말을 들어보시게. 그쪽도 조선 사람 아닌가. 조선 사람이면 독립을 소망하는 마음은 같을 게 아닌가. 제발 이 건만은 눈감아주게나. 우리가 10년 걸려 준비한 걸세. 곧 거사가 있을 테니, 그날까지 못 본 것으로 해주게. 환갑 지난 늙은이가 이렇게 비네."

"조선독립? 그게 가당키나 한 말인가?"

"길고 짧은 건 대봐야 알 수 있지 않은가. 여보시게, 내게 잠깐 시간을 내주게. 나와 함께 지금 바로 우리 손병희 교주님을 뵈러 가세."

"오, 10년 걸려 준비했다더니 과연 손 선생이 총책이구먼. 좋았어. 그런데 말이야. 내가 왜 지금 거길 가야 하지?"

"손 교주님은 그쪽도 알다시피 참 너그러운 분 아닌가. 내가 자초지종을 설명드리면 섭섭하지 않게 해주실 걸세. 손 교주님 손이 큰 건 그쪽도 잘 알고 있잖은가."

신승희의 눈이 순간 반짝였다. 잠깐이나마 골똘했다. 하지만 곧 능글맞은 미소를 띠며 언구럭을 부렸다.

"손 선생이야 아무것도 모르고 집에 있을 터이니 날이 밝으면 어차피 잡으러 가면 되겠지."

"제발 그러지 말고……."

"내 말은, 그러니 지금 내가 굳이 거기로 갈 필요가 없다는 게야."

미묘한 대꾸였다. 하지만 묵암도 산전수전 다 겪었다. 새실새실 웃는 신승희의 탐욕스러운 마음을 재빨리 간파했다.

"아하, 그래, 그러고말고. 나 혼자 빨리 다녀오겠네. 그럼 여기서 꼼짝하지 말고 잠깐만 기다리고 계시게나. 내 곧바로 다녀올 테니."

"오래 기다릴 순 없어!"

묵암은 이미 발걸음을 옮겼다. 달리듯이 문 앞까지 갔다. 인쇄소를 나가려다 멈칫하더니 뒤돌아보며 공장 감독에게 당부하듯이, 사인도 들으라는 듯이 너무 크지 않은 목소리로 말했다.

"내가 다시 올 때까지 우리 형사님 섭섭해서 돌아가시지 않도록 잘 모시고 있게나. 반드시 그래야 하네."

사인은 마른침을 삼켰다. 신승희는 인쇄기에 걸터앉았다. 어떤 기대감에 부풀었는지, 아니면 자기감정에 연막이라도 치려는 듯이 콧노래까지 흥얼거릴 때 공장 감독은 총구가 가리키는 곳을 따라 벽 쪽으로 붙어 선 채 불안한 눈망울만 굴렸다.

얼마나 지났을까. 긴장한 사인의 이마에 땀방울이 맺혔다. 흥타령을 마친 신승희가 일어나는 소리가 들리더니 발자국이 점점 해우소 쪽으로 다가왔다.

사인은 권총으로 맞설 준비를 했다. 다만 총성이 울려선 안 될 일이었다. 둘이 권총을 겨누고 대치한다면, 공장 감독에 더해 곧 돌아올 묵암이 있기에 승산이 높다고 판단했다.

발자국이 바투 다가왔다. 온 머릿살이 팽팽히 당겨졌다. 사인이 심호흡을 하며 두 손으로 권총을 쥐는 순간 보성사 문이 다시 열리며 묵암이 들어왔고, 신승희는 돌아서서 가는지 발자국 소리가 조금씩 멀어졌다.

"손 교주님께 당신 이야길 했더니 흔쾌히 수고비를 주시더군. 이거 5000원일세. 평생 처자식 모두 호강하며 살 돈이니 부디 받아주시게."

5000원, 쌀 1000가마 값이 넘는 돈이다. 10년 경력 형사 신승희의 월급이 40여 원이었다. 어느덧 마흔 살이 넘은 그의 전 재산이 11칸짜리 집을 포함해 1000원 정도였기에 큰 유혹임에 틀림없었다.

신승희는 짐짓 시큰둥해하며 받았다. 안주머니로는 돈을 재빠르게 집어넣었다. 묵암이 손 교주의 말씀이라며 "그대도 자랑스러운 조선의 아들"이라 했다고 덧붙이자 신승희는 권총을 집어넣으며 못 들은 듯이 딴 이야기를 했다.

"이 인쇄는 내가 다녀간 시각 이후부터 찍기 시작한 거요. 무슨 말인지 알겠소?"

말투도 조금 달라졌다.

"그럼, 그럼 여부가 있겠나. 고맙네. 정말 고마우이."

"아니, 나는 아예 여기에 들르지 않은 걸로 합시다. 보성사 앞을 지날 때 불이 다 꺼져있었고 달가닥거리는 소리도 들리지 않았던 거요. 그렇지 않소?"

"그럼, 잘 알았네. 알고말고. 여기 이 친구에게도 내가 입단속 하겠네. 어서 계속 순찰하시게나."

신승희가 들떠 나갔다. 묵암이 부른 뒤에야 사인은 해우소에서 나왔다. 묵암은 어찌나 긴장했던지 사인이 권총을 다시 안주머니에 넣으며 다가오자 부둥켜안았다.

다시 인쇄기가 돌아갔다. 계획대로 3만 장 인쇄를 마쳤다. 잘 포장해서 밤을 이용해 천도교 본부 건물을 신축하고 있는 경운동으로 들키지 않고 옮겨야 했다.

그 과정에서도 고비가 있었다. 손수레에 싣고 교당 앞까지 거의 갔을 때였다. 일본 순사가 검문하고 나서며 굳이 내용물을 들춰보려고 해

아연 긴장했는데 마침 정전으로 가로등이 꺼졌다.

묵암은 기회라고 판단했다. "아니, 뭘 족보 인쇄한 것까지 검색하시오?"라고 둘러댔다. 수레 끌던 공장 감독의 등을 밀며 서둘러 교당으로 들어가라 재촉했고 일본 순사도 정전의 원인이 무엇인지 다급하게 움직이느라 더는 간섭하지 않았다.

천도교는 곧 선언문 배포에 나섰다. 천도교·기독교·불교·학생단체로 나눠 극비리에 보냈다. 일경이 보자기 들고 가는 여학생까지 검문하지는 않았기에 주된 전달자로 삼아 학생들과 종교 조직의 손을 타고 평양, 원산, 개성, 해주, 대구, 마산, 전주, 군산으로 보내기 시작했다.

소소는 집에서 인쇄물을 받아 보았다. 고개를 갸웃갸웃하다가 사인을 불렀다. 한자어를 모르는 민중도 쉽게 읽을 수 있도록 독립선언 문장을 모두 한글로 옮겨보라고 지시하며 인쇄 사정으로 당장은 배포할 수는 없겠지만 다음에는 한글로 된 선언서를 인쇄하자고 말했다.

최사인은 밤을 도와 한글로 수정했다. 소소의 깊은 사상을 새삼 깨우쳤다. 최남선에게 전달한 원칙과 지침이 선언문에 잘 담긴 데다가 소소가 최종 수정까지 보았기에 더 그랬다.

소소는 사인이 작성한 한글 초안에 만족했다. 꼼꼼히 검토하며 일부 수정했다. 사인은 최종 한글 수정본을 두 부 필사해 하나는 소소에게 올리고 하나는 자신이 보관했다.

문건 앞에 '소소의 독립선언서'라고 썼다. 선언에 나선 33인의 대표여서만은 아니다. 구체적 지침과 원칙을 내리고 최종 수정까지 했기에 집필자는 당연히 소소라 기록해야 옳을 뿐만 아니라, 동학농민전쟁에 북접 사령관으로 참전한 소소의 인내천 사상이 그렇듯이 독립선언문에도 역사의 고난을 온몸으로 겪어낸 민중의 고통과 담대한 소망이 맑고 밝은 정신으로 다듬어져 있었다.

소소의 독립선언서

우리는 오늘 조선이 독립국이고 조선 사람은 자주적 민중임을 선언하노라. 이를 세계 모든 나라에 일러 인류 평등의 큰 뜻을 밝히며, 자손만대에 일러 민족자존의 정당한 권리를 길이 누리게 하노라.

반만년 역사의 권위에 기대어 조선독립을 선언하며, 이천만 민중의 정성을 모아 이를 널리 알리며, 한결같은 겨레의 자유로운 발전을 위하여 이를 주장하며, 온 인류가 맑은 마음으로 세상을 바꾸는 큰 흐름에 함께 나아갈 수 있도록 독립을 주장하는 것이니, 이는 하늘의 뜻이며 시대의 큰 흐름이며 인류가 더불어 살아가는 권리를 얻기 위한 정당한 주장이자 활동이므로, 하늘 아래 그 무엇도 우리의 독립을 막을 수 없다.

낡은 시대의 유물인 침략주의와 강권주의에 나라를 빼앗겨 역사 이래 수천 년 만에 처음으로 다른 민족에게 억눌려 고통을 겪은 지 어느새 10년이 되었다. 우리 생존권을 얼마나 빼앗겼던가. 우리 정신 발전에 얼마나 장애를 입었던가. 우리 민족적 권위와 명예가 얼마나 훼손당했던가. 새롭고 날카로운 기백과 독창성을 가지고 세계문화의 큰 물결에 이바지할 기회를 또 얼마나 많이 놓쳤는가.

오호라, 예로부터 쌓인 억울함을 풀어가려면, 지금의 고통을 벗어나려면, 앞으로 다가올 두려움을 없애려면, 겨레의 양심과 나라의 도의가 짓눌려 시든 것을 다시 살려 키우려면, 사람마다 자신의 인격을 바르게 가꾸어 나가려면, 우리 가여운 아들딸에게 부끄러운 유산을 물려주지 않으려면, 자자손손 온전히 행복을 길이 누리려면, 가장 긴급한 임무는 민족독립이다.

이천만 민중 개개인이 저마다 가슴에 칼날을 품고, 인류의 공통된 품성과 시대의 양심이 정의로운 군대와 인도적 무기가 되어 우리를 지켜주는 오늘, 나아가 얻고자 하면 어떤 강적인들 물리치지 못할 것이며, 물러서서 일을 꾀하면 어떤 뜻인들 펴지 못하겠는가.

조일수호조약 이래 두 나라 사이의 굳은 약속을 일본이 때때로, 여러 모로 저버렸다고 해서 일본의 신의 없는 죄를 묻지는 않겠노라. 일본이 우리가 선조로부터 물려받은 터전을 식민지로 삼아 우리 문화민족을 마치 미개한 사람들처럼 취급하며 정복자의 즐거움을 누린다고 해서, 우리 사회의 유서 깊은 기초와 뛰어난 민족성을 무시한다고 해서 일본의 의리 없음도 책망하지 않겠노라.

자신을 탓하고 격려하기도 급한 우리는 남을 원망하지 않겠노라. 오늘을 다스리기에 급한 우리는 지난 잘못을 추궁하지 않겠노라. 오늘 우리가할 일은 '자기 건설'이지 남을 파괴코자 함이 아니다. 엄숙한 양심의 명령으로 우리 겨레의 새로운 운명을 개척함이지 해묵은 원한과 일시적 감정으로 남을 시기하고 배척함이 아니다. 낡은 사상과 낡은 세력에 얽매여 공명을 세우고자 했던 일본 위정자들이 이룬 부자연스럽고 불합리한 작금의 그릇된 현실을 고치고 바로잡아 자연스럽고 합리적인 올바른 세상으로 되돌아가고자 함이다.

처음부터 우리 겨레가 바라지 않았던 두 나라 병합의 결과로 억압과 차별에서 오는 불평등과 거짓된 통계숫자들로 이해가 서로 다른 두 민족 사이에 화합할 수 없는 원한의 골이 갈수록 깊이 파인 작금의 상황을 살펴보라. 용기 있고 과감하게 잘못을 고치고 참된 이해와 공감을 밑절미로 우호적인 새 시대를 열어감이 서로 화를 멀리하고 행복을 불러들이는 지름길임을 똑똑히 알아야 하지 않겠는가.

울분과 원한이 겹겹이 쌓인 이천만 조선 민중을 힘으로 억누르는 짓은 결코 동아시아의 영원한 평화를 보장하는 길이 아닐 뿐만 아니라, 동양의 안전과 위기를 좌우하는 4억 중국인들의 일본에 대한 두려움과 시새움을 갈수록 짙게 함으로써, 동아시아 전체가 함께 망하는 비극을 부를 수밖에 없다.

오늘 우리가 조선독립을 선포하는 까닭은 조선 사람으로 하여금 정당한 삶과 번영을 이루게 하는 동시에, 일본으로 하여금 잘못된 길에서 벗어나 동아시아의 안전을 지켜야 할 무거운 책임을 통감케 함이며, 중국으로 하여금 꿈속에서도 벗어나지 못하는 불안과 공포로부터 벗어나게 함이며, 세계 평화의 중요한 요소로서 동아시아 평화를 실현하여 모든 인류의 행복에 반드시 거쳐야 할 다리를 만들고자 함이다. 이 어찌 구구한 감정의 문제이겠는가.

아아, 새 하늘과 새 땅이 눈앞에 펼쳐지고 있노라. 힘의 시대는 가고 정의의 시대가 오고 있다. 과거 모든 세기를 통해 깎고 다듬어온 인도적 정신이 바야흐로 새로운 문명의 찬란한 빛을 인류 역사에 비추기 시작한다. 새봄이 온 누리에 찾아들어 만물의 소생을 재촉한다. 찬바람과 꽁꽁 언 얼음 때문에 숨도 제대로 쉬지 못한 것이 지난 시대의 불길한 기운이었다면, 온화한 바람과 따뜻한 햇볕으로 서로 통하는 것이 다가올 시대의 상서로운 기운이니, 하늘과 땅에 새 생명이 되살아나는 이때에 세계 변화의 도도한 물결에 올라탄 우리에게는 머뭇하거나 거리낄 그 어떤 것도 없다.

우리는 우리가 본디 타고난 자유와 권리를 온전히 지켜 풍성한 삶의 즐거움을 마음껏 누릴 것이며, 우리의 풍부한 독창력을 발휘하여 봄기운 가득한 천지에 조선민족의 우수함을 꽃피우리라.

하여, 우리 분연히 일어나노라. 양심이 우리와 함께 있고, 진리가 우리와 더불어 전진하니, 남녀노소 구별 없이 음침한 옛집에서 힘차게 뛰쳐나와 세상에 존재하는 모든 것들과 더불어 즐거운 부활을 이루리라. 천만년 이어오는 조상의 신령이 우리를 안에서 지키고, 온 세계의 새로운 형세가 우리를 밖에서 보호하니, 일을 시작하면 곧 성공을 이루리라. 오직 저 앞길의 빛을 따라 힘차게 전진할 따름이노라.

공약 삼장
하나, 오늘 우리의 거사는 정의·인도·생존·번영을 찾는 겨레의 요구이니, 오직 자유정신을 발휘할 것이고, 결코 배타적 감정으로 치닫지 말라.

하나, 최후의 한 사람까지, 최후의 순간까지 민족의 정당한 의사를 상쾌하게 발표하라.

하나, 모든 행동은 질서를 존중해서 우리의 주장과 태도가 어디까지나 당당하고 빛나게 하라.

등잔 밑이 어둡다는 속담이 있다. 흔히 알고 있는 독립선언서에 담긴 사상은 사뭇 깊다. 목숨 걸고 3·1혁명에 기꺼이 나선 소소와 선인들이 꿈꾼 세상을 오롯이 담고 있다.

먼저 '조선이 독립국이고 조선 사람은 자주적 민중임을 선언'했다. '인류 평등의 큰 뜻'도 강조했다. 조선의 독립은 조선 사람으로 하여금 정당한 생존과 번영을 이루게 하려는 민족주의적 요구만이 아니라 일본으로 하여금 그릇된 길에서 벗어나게 함으로써 동아시아의 평화를 이루고 더 나아가 '세계평화와 인류행복으로 가는 다리'라는 주장은 언제 읽어도 신선하다.

오늘날 이 땅은 동강 났다. 자주와 평등도 크게 부족하다. 새 하늘과 새 땅이 눈앞에 펼쳐지며 '과거 모든 세기를 통해 깎고 다듬어온 인도적 정신이 바야흐로 새로운 문명의 찬란한 빛을 인류 역사에 비추기 시작한다'고 전망했지만 그 빛이 아직도 희미한 그만큼 소소의 조선독립선언서는 더 아름답다.

7

거사를 하루 앞두고 민족대표들이 소소의 집에 모였다. 마지막 점검 자리였다. 민족대표들을 둘러보며 소소는 "내일 우리의 거사는 선조들의 거룩한 유업을 계승하고 아래로 자손만대의 복지를 꾀하는 일"이라며 모두의 슬기를 모은 만큼 성스러운 민족적 거사를 반드시 성취하자고 말문을 열었다.

구체적 실행 계획을 논의했다. 내일이면 거리 곳곳에 선언문이 뿌려질 터였다. 그런데 민족대표들이 3월 1일 토요일 오후 2시에 탑골공원에 모여서 독립선언문을 낭독하고 조선독립 만세를 외치는 방안에 반대 의견이 나왔다.

학생들 동향을 보고한 직후였다. 박희도는 민족대표들이 탑골공원에서 연행되면 뜻밖의 사태가 일어날 수 있다고 우려했다. 소소의 수행비서이자 학생들과의 연락을 담당했던 최사인은 회의 현장을 지켜보며 박희도의 우려가 과도하다고 생각했으나 자칫 비폭력 운동이 불가능해질 수 있다고 판단한 민족대표들은 논란 끝에 거사 장소를 탑골공원과 가까운 태화관으로 최종 결정했다.

사인은 실망했지만 수행비서가 나설 상황이 아니었다. 태화관은 명월관의 별관 한식당으로 한때 이완용이 살았던 집이다. 매국노가 이토 히로부미와 을사늑약을 밀의하던 장소, 1907년 7월 고종을 물러나게 하고 순종을 황제에 오르게 한 음모가 벌어진 곳, 조선의 고관 모리배들이 나라를 팔아먹은 바로 그 공간에서 민족대표들이 조선독립을 나라 안팎에 선언하는 셈이기에 그 나름의 의미를 애써 찾았다.

다음 날 사인은 거사 준비를 최종 점검했다. 권동진·오세창·최린이 집으로 찾아왔다. 소소가 그들과 더불어 가회동 대문을 나섰고 사인은 천도교 본부에 들러 박인호 대도주에게 교권을 넘기는 유시문을 전한 뒤 태화관에 합류해 소소를 수행키로 했다.

소소는 의연히 인력거에 몸을 실었다. 하늘에 감사 기도를 드렸다. 민족적 거사를 치르는 오늘 이 순간까지 일제에 발각되지 않았고 거사를 계획대로 순조롭게 진행해왔기 때문이다.

일제의 경찰력은 고종 장례식에 집중하고 있었다. 더구나 소소는 기생집을 들락거렸다. 호화스러운 생활을 내놓고 과시함으로써 일제의 감시망을 느슨하게 만든 소소는 상대적으로 자유롭게 활동하며 교인을 300만 명까지 늘렸고 그만큼 재정적 기반도 튼튼했기에 거사를 치밀히 준비할 수 있었다.

소소가 태화관에 도착한 시각은 정오였다. 주인 안순환이 직접 맞았다. 소소 도착에 맞춰 태화관 동쪽 처마에 태극기를 걸었고 민족대표 33인도 하나둘 들어왔다.

조선이 온 세계에 자주독립을 선포하는 역사적 순간이 초읽기에 들어갔다. 현장에 참석한 민족대표는 33인 가운데 29명이었다. 3명은 지방에서 오느라 늦어졌고 나머지 한 사람은 독립선언과 만세운동을 세계에 알리기 위하여 중국 상하이로 이미 떠났다.

탑골공원에 많은 사람이 모여 있다는 보고가 들어왔다. 일부 대표는 지금이라도 탑골로 가자고 주장했다. 소소는 이미 어제 점검회의에서 결론 내린 문제라며 재론을 막았는데 실은 자신도 밤늦게까지 진지하게 되짚어보다가 사인을 불렀다.

"거사 장소를 태화관으로 옮겼는데 어떻게 생각하는가?"

"제가 보기에 학생들의 분위기와 민족대표들의 생각은 많이 다른 것이 사실입니다. 학생들은 그냥 선언만 하고 멈추지는 않을 생각이더군요."

"예상대로군. 그렇다면 박희도 말이 타당하다고 보아야겠지."

"그렇기도 하고 그렇지 않기도 합니다."

"그건 무슨 말인가?"

"어차피 만세시위가 벌어지면 일경은 폭력으로 진압할 겁니다. 시위가 끝까지 비폭력으로 전개될 가능성은 없다고 봅니다. 다만 처음부터 학생들이 격앙되면 곧바로 일경이 발포할 터이고 그럴 경우에 자칫 만세운동이 퍼져가기 어려울 수 있습니다."

"흠, 내 생각과 같아. 학생들의 독립 열망이 민족대표들의 의지와도 다르다고 했나?"

"제가 보기엔 그렇습니다. 독립선언의 주체가 민중이라면, 그리고 앞으로 독립운동을 벌여갈 주체도 민중이라면 탑골공원에선 민중 스스로 독립선언을 하고 미래를 열어가는 것도 나쁘지 않다고 생각합니다."

"알겠네. 그러니까 자네 말은 민족대표 33인은 말 그대로 매개체로 그쳐야 하며 주체로 나서는 것은 바람직하지 않다는 것 아닌가."

"짧은 소견입니다. 다만 성사님께선 매개체 아닌 지도자이시지요."

"이 사람, 알겠네. 그럼 자네도 내일을 위해 쉬게나. 아침부터 바쁠 게야."

소소는 물러가는 사인을 흐뭇하게 바라보았다. 말끔히 생각을 정리할 수 있었다. 소소가 거사 당일에 나온 일각의 이의 제기를 단호히 자른 이유이기도 했다.

정각 2시였다. 민족대표들은 모두 자리에서 일어났다. 태화관 동쪽 하늘에 나부끼는 태극기를 바라보고 경례를 올린 뒤 조선독립선언문을 꺼내 들었다.

소소가 묵암과 눈이 마주쳤다. 선언서를 인쇄한 묵암에게 낭독을 권했다. 묵암이 위엄 서린 목소리로 낭독해 내려갈 때, 탑골공원에서 달려온 학생대표 세 명이 민족대표들이 모인 방으로 들이닥쳤다.

"지금 탑골공원에는 학생들과 민중 수천 명이 모여 선생님들을 기다리고 있습니다. 그런데 여기서 뭐 하시는 겁니까? 안 오시면 선생님들이 변절한 것이라며 분격할 것입니다."

"거사 순간까지 비밀을 지키려고 장소를 이곳으로 변경한 것이라네. 지금 우리가 선언서를 공표하고 있으니 학생들은 탑골공원에서 거사를 시작하게나."

최린이 나서 해명했다. 학생들은 이해할 수 없다는 반응을 보였다. 소소가 보기에도 최린의 설명은 다소 부족했지만 굳이 나서지 않은 까닭은 새로운 세대가 민족대표들에 의존하지 말고 스스로 독립운동의 길을 열어갈 계기가 될 수 있어서였다.

묵암이 다시 독립선언서를 읽었다. 민족대표들이 함께 낭독하기 시작했다. 선언서가 공표되는 모습을 본 학생대표들은 잠깐 서로 눈빛을 나누며 이를 악물더니 힘주어 말했다.

"그럼 저희도 탑골공원으로 돌아가 조선독립을 선언하고 만세운동을 벌이겠습니다."

"건투를 기원하네."

소소가 번쩍이는 눈빛으로 흔쾌히 답했다. 학생들은 쏜살처럼 돌아갔다. 민족대표들이 선언문 본문을 끝까지 읽자 만해 스님이 일어나 공약 삼장을 힘주어 외쳤다.

공약 삼장은 '배타적 감정'을 경계했다. 동시에 최후의 한 사람, 최후의 순간까지를 역설했다. 소소가 특히 마음에 들어 한 대목으로, 만해 한용운은 공약 삼장을 읽은 뒤 벅찬 소회를 짧게 밝혔다.

"오늘 우리가 모인 것은 조선의 독립을 선언하기 위한 것으로 자못 영광스러운 날이외다. 민족대표로서 조선독립 선언을 한 우리의 책임이 막중합니다. 앞으로 공동 협심하여 기필코 조선독립을 이룹시다."

참석자 모두 우렁차게 삼창했다.

"조선독립 만세!"

"조선독립 만세!!"

"조선독립 만세!!!"

두루 눈시울을 슴벅였다. 소소는 태화관 주인 안순환을 불렀다. 조선의 민족대표들이 온 천하에 독립을 선언했으므로 총독부도 마땅히 들어야 하니 전화를 걸어 당당히 독립선언을 알려주라고 일렀다.

탑골공원에는 정오부터 인파가 몰렸다. 여러 학교에서 5000여 명의 학생들이 모여들었다. 엄숙한 독립선언식을 기다리던 학생들은 오후 2시를 넘어 팔각정 중앙 단상으로 9년 만에 대형 태극기가 올라오자 열광하며 환호했다.

경신학교 출신 정재용이 단상에 올랐다. 독립선언서를 또박또박 읽어갔다. 처음에는 학생들만 모였던 탑골공원은 선언서를 읽어가는 과정에서 고종의 장례에 참석하러 전국에서 온 민중이 모여들어 2만여 명에 이르렀다.

선언문 낭독이 끝났다. '조선독립 만세'가 터져 나왔다. 거대한 함성이 퍼져가며 천지가 진동했고 시위 대열이 거리로 나와 질서 정연하게 행진에 들어갔다.

시위대는 빠르게 불어났다. '조선독립 만세'로 천지가 진동했다. 10만여 민중이 종로를 해일처럼 지나가며 골목골목마다 만세 함성이 터져 나왔다.

서울 바깥에서도 만세시위가 일어났다. 조선 산하의 골골샅샅으로 퍼져가기 시작했다. 바다 건너 일본은 물론, 미국과 프랑스의 동포들에게도 전화로 거사 사실을 전했다.

총독부는 태화관 주인의 전화를 받았다. 처음엔 무슨 말인지 이해를 못 했다. 꼬치꼬치 캐묻다가 갑자기 전화를 끊고 긴급 출동해 태화관으로 일제 헌병과 순사들 80여 명이 들이닥쳤다.

민족대표들은 '최후의 오찬'을 나누고 있었다. 태연히 아직 점심을 먹는 중이라고 말했다. 조선의 민족대표를 모셔가려면 자동차를 갖고 오라고 일경을 크게 꾸짖는 사람도 있었다.

결국 자동차가 왔다. 서너 명씩 차에 올랐다. 조선독립 만세를 외치는 민중들의 뜨거운 함성이 점차 가까이 들려와 가슴 뿌듯했다.

소소는 자동차 창밖으로 독립선언서를 뿌렸다. 다른 자동차에 탔던 민족대표들도 모두 독립선언서를 거리로 던졌다. 민중은 열정적으로 선언서들을 받아 다시 하늘로 날리며 끌려가는 민족대표들에게 뜨거운 박수를 보냈다.

총독부는 거사에 깜깜나라였다. 철통 치안을 자부하던 일제는 당황했다. 소소는 바로 그만큼 야만적인 고문을 저지를 가능성이 클 수밖에 없다고 보아 새삼 결기를 곧추세웠다.

25년 전 녹두 형의 늠름한 자태가 어렸다. 그 눈빛 얼마나 형형했던가. 녹두장군과 부둥켜안고 혁명을 결의한 순간이 생생하게 겹쳐졌다.

소소는 형을 흐놀았다. 녹두와 소소를 맺어준 매체가 동학이었다. 마침내 장군의 아우로서 부끄럽지 않은 일을 한 걸까라는 물음에 자신은 없지만 적어도 일제의 고문 앞에선 형에게 부끄럽지 말자고 어금니를 사리물었다.

차창 밖으로 만세운동이 큰 물결로 퍼져갔다. 민중들의 비장한 얼굴이 애잔하게 다가와 목이 메었다. 얼마나 긴 세월 우리 민중이 싸워야 할까, 얼마나 긴긴 나날 이 겨레가 촛불을 밝히며 세상의 어둠과 맞서야 할까.

8

선언은 마른 들판의 불씨였다. 독립 열망이 활활 타올랐다. 평화적으로 조선독립선언을 한 민족대표들을 체포하러 일경이 몰려갔다는 사실이 전해지자 탑골공원에 모인 젊은 학생들의 가슴은 울컥했다.

탑골공원을 나서며 조선독립 만세를 외쳤다. 거리의 민중도 눈물로 호응했다. 정치는 물론 말도 글도 문화도 다른 민족에게 폭압적으로 지배받는 굴레를 벗어나 조선의 자주독립을 선언하는 거대한 파도가 일었다.

만세 해일은 길을 따라 나아갔다. 대한문 앞 광장에 이르러 고종의 영전에서 '조선독립 만세'를 외쳤다. 다른 대열은 광교와 남대문을 돌아 프랑스 영사관 앞으로 행진했고, 대한문 앞에서 집회를 마친 일부는 정동으로 들어가 미국 영사관 앞에서 혈서를 들고 시위했다.

일부는 광화문으로 나아갔다. 더러는 창덕궁으로도 행진했다. 서울의 거리는 조선독립 만세를 목 놓아 부르는 민중으로 가득 찼으며 종이로 만든 태극기도 빠르게 퍼져 물결쳤다.

모든 대열의 앞은 학생들이 맡았다. 어느새 광화문 앞도 만세 민중으로 가득했다. 마침 인력거를 타고 지나던 일본인을 발견한 민중들이 "여기는 조선 땅이다!"라고 호통을 쳤다.

10대 소녀가 외쳤다. "모자를 벗고 만세를 불러라!" 당황한 일본인이 모자를 든 손으로 고분고분 만세를 부르며 황급히 한길에서 사라지자 박수가 터졌다.

길가로 찬물 담은 동이들이 나타났다. 수건을 둘러쓴 아주머니들도 거리로 나왔다. 할머니들까지 나서서 시위하는 학생들에게 물을 떠주다가 바가지를 번쩍 들고 만세, 조선독립 만세를 불렀다.

진고개는 일본 상인들이 많았다. 좁은 거리에도 만세를 부르는 민중이 넘실댔다. 거리 좌우편 상점의 주인인 일본인들은 처음에 무슨 영문인지 몰라 그저 구경만 했다.

도심 곳곳으로 만세운동이 퍼져갔다. 평화적 시위였기에 강경대응을 자제했던 총독부는 조금씩 위기를 느꼈다. 시간이 갈수록 무장 늘어나는 만세운동의 추이를 보고받던 총독은 군경을 총동원해 시위대를 해산하라고 명령했다.

일본군 보병에 기마병까지 투입했다. 느닷없이 나타난 기마대는 말위에서 창과 칼을 휘둘렀다. 시위하는 민중을 마구 내리쳐 조선독립 만세를 부르던 여성의 팔이 한순간에 잘려 나갔다.

일부는 채찍을 들었다. 달려오며 휘둘렀다. 채찍이 조선 민중에 연달아 감길 때마다 피가 튀며 살점이 흩어졌다.

다른 곳에선 일본 헌병이 발포했다. 앞서 나가던 시위대가 쓰러졌다. 만세운동 대열이 골목으로 흩어지자 헌병들은 수갑이나 포승을 사용할겨를도 없어 두 손에 한 사람씩 손목을 잡고 연행했다.

칼부림은 잔인했다. 총소리가 갈수록 커졌다. 내내 지켜만 보고 있던 일본 상인과 거주민들의 도움을 받아가며 시위대원들을 마구잡이로 검거해 134명이 검속됐다.

저녁 무렵에는 교외로 만세시위가 퍼져갔다. 마포전차 종점에서 내린 사람들은 흩어지지 않았다. 누가 계획한 것도 아니었지만 밤 8시께에 1000여 명으로 불어났을 때 만세시위를 벌였다.

밤 11시에도 시위가 벌어졌다. 신촌 연희전문 인근이었다. 학생 200여 명이 모여 조선독립 만세를 부르며 일본제국주의자들과 싸울 의지를 다졌다.

민중은 일경에 끌려가는 과정에서도 위엄찼다. 계속 만세를 불렀다. 남산 아래 경무총감부에 꿇려 앉은 사람들도 새 사람이 잡혀 들어올 적마다 '조선독립 만세'를 합창하며 환영했다.

앞서 연행된 민족대표들도 경무총감부에 구금됐다. 지방에서 뒤늦게 온 민족대표 길선주·유여대·정춘수는 자진 출두했다. 일경은 민족대표들을 개별적으로 불러내 취조에 들어가면서도 손병희를 나름대로 예의 갖춰 대우했다.

하지만 이튿날 상황이 급변했다. 만세 불길이 꺼지기는커녕 더 타올랐기 때문이다. 더구나 서울뿐만 아니라 평양과 원산에서도 만세운동이 벌어지고 있다는 보고를 받은 조선총독은 경무총감에게 직통전화를 걸어 노발대발하며 조직적 전모를 낱낱이 밝혀내라고 엄명했다.

혼쭐이 난 경무총감은 붉으락푸르락했다. 전화를 끊자마자 고위간부들을 닦달했다. 군국주의 체제의 성격상 피라미드 아래로 갈수록 화풀이가 증폭될 수밖에 없어 이윽고 가장 포악하면서도 교활한 형사가 손병희의 취조를 맡았다.

일본 유도대표였던 형사는 취조실 앞에서 갸웃갸웃 목운동을 했다. 이어 들어가자마자 다짜고짜 소소의 멱살을 잡았다. 소소는 의연히 "너 이놈, 감히 뉘 몸에 손을 대는가"라며 위엄 있게 꾸짖었다.

순간 소소의 몸이 공중으로 떴다. 이어 바닥에 내동댕이쳐졌다. '사무라이 칼날' 같은 눈빛으로 다가온 형사는 살천스레 비웃으며 멱살을 잡아 올리는가 싶더니 다시 내동댕이치고 질질 끌고 갔다.

소소는 본디 당당한 체구였다. 하지만 어느새 쉰아홉 살이었다. 형사는 창문 하나 없는 철문을 연 다음에 소소를 앞세우고는 등을 발로 힘껏 차서 안으로 던져 넣었다.

소소는 바닥에 쓰러진 채 둘러보았다. 사면 모두 음습한 살기로 도배된 것 같았다. 형사가 소소의 손목을 빠르게 묶고는 곧바로 천장에 매달고 가죽 채찍을 높이 들었다.

소소는 어이가 없었다. 하지만 실소도 잠깐이었다. 채찍이 몸에 감기는 순간 소소는 숨이 막혔고 몽둥이를 들고 와서 무릎 관절을 때릴 때는 저절로 신음이 나왔다.

그럼에도 정신을 가다듬었다. 민족대표의 대표로서 자존을 지켜야 했다. 일경의 고문에 정면으로 맞서자고 결기를 세우며 고문하는 형사를 한껏 조롱했다.

"고얀 놈, 대일본제국이라 나불대더니 수준이 고작 이 정도인가?"

"어라? 아직도 입이 살아있어? 조선 놈과 명태는 때리면 때릴수록 좋다 했겠다. 아무렴 어떻겠어. 오늘 여기서 죽고 싶거든 계속 나불대봐."

모욕에 이어 몽둥이세례 다음이었다. 천장에 매달린 손목 밧줄을 풀었다. 소소가 바닥에 툭 떨어지자 얼굴에 수건을 올려놓고 고춧가루 푼 뜨거운 물을 들이부었다.

소소는 몸서리쳤다. 어느새 전의를 상실해가는 자신을 발견했다. 옆방에서 악패듯 퍽퍽 소리와 함께 비명과 신음이 이어지자 형사는 천천히 물을 부으며 이죽거렸다.

"이거 봐. 손 상. 저 소리 들리는가? 우리 대일본제국 경관들이 축구공 놀이하느라 그래. 그대도 아쉬워할 건 없어. 곧 이리로 경관 8명이 들이닥칠 거거든. 그대를 공으로 여기고 마음껏 때리는 놀이야. 오, 그렇지. 맞아, 조선말로는 돌림매라 하던가? 다만, 우리 일본은 조선인과 달라. 뭐든지 중간에서 멈추는 법이 없지."

소소는 섬뜩했다. 녹두 형이 삼삼했다. 그 순간에 25년 전 북접동학군의 사령관으로서 만난 녹두장군이 떠오르지 않았다면, 자신을 살리려

몸을 날린 농민군 최바우가 나타나지 않았다면, 정신을 놓았을지 모른다.

신문이 시작됐다. 소소에게 배후를 대라고 세모눈으로 다그쳤다. 몸을 곤죽으로 만들어놓았음에도 소소가 '배후' 추궁에 가소로운 미소를 짓자 형사는 당황했다.

"배후는 바로 너희가 천황이라 부르는 놈일세."

소소가 또박또박 말했다. 형사는 어리벙벙했다. 그 정도 고문을 했으면 없던 일도 있었다고 자백해야 순리인데 감히 천황폐하께 '놈'이라 지칭하는 늙은 소소의 눈빛은 빛났고 목소리마저 맑았다.

"왜 그런지 일러줄까? 너희가 이웃나라를 침략해서 빚어진 일이거든. 두고 보렴. 너도, 네놈 처자식도 반드시 대가를 치를 거야."

형사는 소소의 기세에 눌렸다. 마지막 말엔 고향 히로시마에 두고 온 처자식이 새삼 감쳤다. 유도대표 형사의 몸은 어느새 축 늘어져 더는 신문할 힘이 남아있지 않은지 슬그머니 일어나 철문을 열고 나갔다.

소소의 고문은 더 이어지지 않았다. 젊은 형사가 들어오더니 소소를 끌고 나왔다. '축구공 고문'은 생략했지만 소소는 온전치 못한 걸음으로 긴 복도를 지나 작은 독방에 갇혔다.

참담했다. 뼛속으로 파고드는 고통 때문이 아니었다. 처음부터 끝까지 평화적으로 조선독립을 선언한 민족대표들을 일본의 일개 순사 나 부랑이들이 돌림매 놓는 현실을 마주하며 과연 자신이 3·1혁명을 기획하고 주도하며 제시한 비폭력 원칙이 얼마나 정당했는가를 짚어보지 않을 수 없었다.

거사를 앞두고 일각에서 이의가 있었다. 비폭력은 투항주의 아니냐는 항변이었다. 그때 소소는 단호히 지금 조선에는 일본 정규군 2만 3000명이 주둔해 있고 더하여 일제 헌병경찰 1만 3380명, 조선총독부 관리 2만 1312명이 있으며, 34만 명의 일본인 이주민 가운데 무장한 자가 2만 3384명이라고 강조했다.

"더구나 바다만 건너면 언제든지 조선에 증파할 강력한 군사력을 갖추고 있소. 놈들이 삼천리 곳곳에 수천 개의 일본군 주둔소와 헌병·경찰관 주재소, 조선총독부 행정조직을 거미줄같이 늘어놓고 있소. 저들의 총칼 앞에 우리는 어떻소? 지금 조선인들은 산에 짐승이 날뛰어도 처치할 총기 하나 보유하지 못했단 말이오. 그런데 비폭력 원칙이 투항주의다? 그런 주관적 언사는 용기가 아니라 무책임이오. 독립운동을 물덤벙 술덤벙 할 생각이오? 모든 게 단계가 있는 법이오."

소소는 한 자리 숫자까지 정확히 제시했다. 누구도 반대에 나서지 못했다. 우금티 피의 개울을 체험한 소소는 운동의 객관적 조건을 결코 무시할 수 없었다.

비폭력을 공언한 이유다. 소소는 무장봉기를 암시조차 할 수 없었다. 아무리 원점에서 되짚어보아도 폭력투쟁에 나서면 초기에 무참히 진압되어 소규모 폭동으로 끝날 수밖에 없다고 예측했다.

한 사람의 생명도 하늘이었다. 대량학살은 피해가야 했다. 만일 비폭력 원칙을 밝히지 않는다면 3월 1일 시작한 독립혁명은 대중운동으로 줄기차게 이어가지 못하리라는 판단이 컸다.

문제는 비폭력 선언 이후다. 그 원칙을 언제까지 고수해야 할까. 일제 감옥에서 모진 고문을 당하며 손병희는 앞으로도 비폭력 원칙을 지켜야 할까를 냉철하게 짚고 또 짚었다.

비폭력운동엔 전제가 있다. 상대가 성찰할 수 있다는 믿음이다. 그런데 일본제국주의가 스스로 성찰할 가능성이 허튼 기대라면 적어도 일본 민중이라도 거듭나야 하지만 그 가능성은 더 없어 보였다.

소소는 수행에 들어갔다. 악랄한 고문을 자기수련의 도구로 삼았다. 일본제국주의의 성찰이나 일본인의 거듭남을 기대하는 일과 무장투쟁으로 독립운동을 이루는 일 가운데 무엇이 더 실현 가능성이 높은가를 숙고하고 또 숙고했다.

9

산월은 소소의 건강을 우려했다. 도무지 잠을 이루지 못했다. 3월 1일 거사에 나서는 소소를 배웅하고 집으로 돌아온 산월은 애써 침착하자고 속다짐하며 대식구인 집안을 두루 안정시키고 천도교단도 뒷받침해주어야 한다고 결기를 세웠다.

3월 1일 그날, 실낱 기대는 무망했다. 거사는 예상보다 더 큰 호응을 받았다. 산월은 기쁘면서도 민중의 호응에 비례해서 소소의 운명이 더 힘들어지지 않을까 우려했는데 괘종시계가 다섯 번 울리는 순간에 전화가 걸려 와 심호흡하며 받았다.

"성사님께서 민족대표들과 함께 연행되셨습니다. 교단에서 백방으로 알아보고 있으니까요. 마음 굳게 가지십시오."

"알겠어요. 제 걱정 마시고 몸조심하세요."

최사인이었다. 한집에 있어 마음이 놓였다. 하지만 이내 소소가 평소에도 위가 좋지 않고 치아도 훼손이 심해 어찌 감옥 생활을 해나갈까 싶어 눈물이 솟아났다.

산월은 고문 사실을 전혀 몰랐다. 어쩌면 다행일 수도 있다. 만일 산월이 소소가 가죽 채찍으로 난타당하고 물고문을 겪은 사실을 알았다면 과격한 항의로 자칫 감옥에 갇혔을지도 모른다.

일제 감옥에서 배식이 온전할 리 없었다. 산월은 가만히 앉아서 눈물만 흘릴 때가 아니라고 생각했다. 소소가 남산 경무총감부에서 헌병사령부를 거쳐 최종적으로 서대문감옥에 갇혔다는 소식을 들은 산월은 작심하고 집을 나섰다.

산월은 서대문감옥 주위를 두루 살폈다. 거처를 마련할 생각이었다. 감옥 옆에 머물며 면회 시간에 맞춰 소소가 소화에 부담 없도록 부드러운 음식을 식기 전에 가져갈 계획을 세웠다.

하지만 빈집은커녕 빈방도 없었다. 낙심해서 감옥 둘레를 돌았다. 후미진 도린곁에 거의 폐허가 된 초가가 있어 가까이 가 살펴보니 싱겅싱겅했으나 사람이 살고 있는 흔적은 없어 반가웠다.

초가 주인을 물어 찾아갔다. 집을 빌려달라고 통사정했다. 집주인은 사람 살 곳이 못 되어 버려둔 공간에 월세를 내며 들어오겠다는 사람이 반가웠지만, 산뜻한 한복을 입은 미인을 아래위로 훑어보더니 도리질을 하며 정중히 말했다.

"여기는요. 송장을 보관했던 곳이랍니다. 아씨 같은 분이 사실 곳이 아닙니다."

"그런 문제라면 괜찮습니다. 제게 꼭 필요하거든요."

"아, 글쎄, 양반 댁 규수님을 이곳에 들였다가 제가 나중에 무슨 꼴을 당하겠어요."

"지금이 어떤 시대인데 양반을 찾으시나요. 제가 양반집 규수도 아니고요."

주인은 의심스러운 눈길을 거두지 않았다. 혹 뒤탈이라도 날까 완강히 거절했다. 그러다 산월이 독립선언을 한 민족대표이자 천도교 교주의 옥바라지를 하려고 방을 구한다는 말을 듣고는 자세가 달라졌다.

주인은 앞장서서 거미줄을 걷어냈다. 빗자루와 걸레를 들고 청소에 나섰다. 바로 그날 저녁에 간단히 짐을 챙겨 이사 온 산월은 나이 든 주인에게 머리 숙여 인사하며 한사코 받지 않겠다는 월세를 두툼하게 봉투에 넣어 선지급해주었다.

산월은 '송장이 누워있던 방'에서 잤다. 면회가 허용된 날부터 그녀의 손끝 체온이 아직 남은 음식을 소소에게 건넸다. 산월을 기생 출신이라며 은근히 낮춰보던 천도교 고위간부들은 안락한 집을 떠나 샐그러진 초가에서 지아비 — 저들에게는 교주 — 에 쏟는 정성에 감동했다.

최사인은 안쓰러웠지만 자신이 나설 일이 아니었다. 다만 교단과 협의해 교인들이 돌아가며 산월의 거처를 지키게 했다. 산월은 그마저도 자신의 몸은 스스로 지킬 수 있다고 단호히 사양하며 차례로 찾아오는 교인들을 돌려보냈다.

사인은 불안했다. 결국 산월을 찾아 권총을 건넸다. 소소 경호용으로 자신이 지녀왔던 권총에 총알을 장전하고 방아쇠 당기는 법까지 자세히 일러주는 것으로 '타협'할 수밖에 없었다.

감옥의 소소는 산월이 끼니마다 해 오는 밥을 나눠 먹으려 했다. 하지만 교도관이 허락하지 않았다. 정성이 담긴 음식을 삼킬 때마다 산월의 체취가 아른거려서인지 고문으로 악화되었던 소소의 건강은 빠르게 회복되어갔다.

민족대표들이 재판을 받으러 감옥을 나선 날이다. 산월은 서둘러 법정으로 달려갔다. 재판소 뜰에서 대기하던 소소는 여기저기를 살피더니 한구석으로 성큼성큼 걸어가 담장 아래 피어있는 이름 모를 꽃 한 송이를 꺾어 산월을 향해 조용히 들어 올리며 다사롭게 미소 지었다.

꽃과 눈을 번갈아 마주친 산월은 화사하게 웃었다. 평생 소소의 꽃으로 살고 싶은 마음을 들킬세라 남몰래 얼굴을 붉혔다. 민족대표들을 문초하고 고문하며 대질 심문하느라 경성지방법원의 예심은 넉 달이나 이어졌고 조서만 10만 쪽을 훌쩍 넘겼다.

일제의 요란한 사법절차는 애오라지 하나를 노렸다. 민족대표들을 내란죄로 얽는 일이다. 법정에서 누가 검사이고 누가 판사인지 모를 정도로 일제는 조선독립운동에 민감한 반응을 보였으며, 공약 3장을 내란죄의 확실한 증거라고 들이댔다.

"최후의 일인까지라 함은 조선 사람이 폭동이든지 전쟁이든지 일으켜 마지막 한 사람까지 궐기하라는 것 아닌가."

소소는 미소를 머금었다. 느긋하게 더 잘 알고 있지 않느냐고 반문했다. 소소는 총독부가 조선 사람의 총기를 모두 빼앗은 까닭에 산에 맹수들이 득실거려 인명 피해가 늘어나도 속수무책이라고 말했다.

"총기 하나 없는 상황에서 폭동을 일으킨다? 그건 상식 있는 사람으로서 생각할 수 없는 일 아니오? 아무런 무기가 없는 사람들이 무엇으로 싸울 수 있단 말인가 내가 묻고 싶소. 그래서 분명히 말하거니와 모든 조선 민중이 스스로 독립 의사를 당당히 선언하라는 뜻, 그 이상도 이하도 아니오."

논리에 밀릴수록 일제는 더 살천스레 몰아갔다. 민족대표들은 각각 독방에 감금되었다. 일제는 독립선언서에 서명치 않은 사람들도 줄줄이 엮었고 결국 초안을 쓴 최남선도 체포됐다.

거사와 관련해 구속된 민족대표는 48인으로 늘었다. 일제는 모조리 내란죄를 들씌우려고 유도 심문과 가혹한 고문을 번갈아 자행했다. 만세운동이 끊임없이 조선 전역으로 퍼져가자 악명 자자하던 일본인 형사는 숨은 민족대표를 찾겠다며 송진우를 체포한 뒤 발가벗겨 기둥에 묶고는 경찰견을 풀어 송진우의 생식 능력을 빼앗을 정도로 잔인했다.

민족대표 33인의 상징인 손병희는 극형에 처한다는 소문이 파다했다. 산월과 사인은 물론, 천도교 전체가 아연 긴장했다. 소문과 고문으로 감옥 안 분위기가 흉흉한 가운데 1919년 5월 26일 민족대표의 한 사람이자 천도교 간부였던 양한묵이 끝내 옥중에서 운명했다.

소소는 격노했다. 감옥 안에서 소리소리 질렀다. "이놈들! 양한묵을 살려내라, 이 살인마들아!" 소소의 절규에 독방에 갇힌 모든 민족대표들이 호응했고 일제는 더 잔혹한 고문으로 답했다.

여론이 들끓자 일제는 영국인 의사가 검시케 했다. 의사는 검시한 뒤 지금은 사인을 밝힐 때가 아니라고 말해 더 분노를 샀다. 결국 쉰여덟 살의 민족대표 양한묵은 '책상을 탁 치니 억 하고 죽었다'는 식의 '돌연 사망'으로 처리됐다.

소소는 새삼 현실을 직시했다. 살아서 감옥을 나가지 못할 수 있다는 생각이 처음 들었다. 아른거리는 죽음의 그림자에 모골이 송연하지 않았다면 거짓말이겠지만 곧바로 마음을 다잡았다.

동학을 창시한 수운이 걸어간 길 아닌가. 2대 교주 해월도 뒤를 이은 길이다. 소소는 3대 교주로서 만세운동을 벌여 모든 민족구성원에게 이미 방향을 제시했으니 놈들의 손에 처형당한다면 수운과 해월의 제자로서는 물론, 녹두의 아우로서도 부끄럽지 않다고 생각을 정리했다.

다만 산월 생각에 가슴 저몄는데 변수가 생겼다. 민족대표들의 생명을 위기로 몰고 간 그 만세운동이 고비를 넘겨주었다. 1919년 3월 1일 이후 전국 골골샅샅에서 만세시위가 벌어지고 두만강 국경 너머 간도 환인현을 시작으로 만주와 러시아령, 미주 지역까지 만세운동이 일어나며 조선 안팎에서 끊임없이 이어지자 일본제국주의는 한껏 벌린 야수의 이빨을 엄벙뗑 다물었다.

조선 민중은 강인했다. 어떤 탄압에도 독립만세의 함성은 줄어들지 않았다. 총독부가 3월 1일부터 4월 30일까지 두 달간 작성한 '일별 통계표'를 보더라도 3월 1일부터 20일까지 20일간 날마다 평균 12곳에서 만세운동이 일어났고, 3월 21일부터 4월 10일까지 20일간은 그 갑절인 평균 25곳에서 일어났다.

언론인이자 사학자 박은식은 《한국독립운동지혈사》에서 3·1혁명의 규모를 기록했다. 총독부 통계와 차이가 크고 더 구체적이다. 총독부 조사와 같은 기간에 전국 곳곳에서 만세시위 1542회, 참여자 205만 1448명, 사망자 7509명, 부상자 1만 5850명, 체포된 사람 4만 6306명, 불탄 교회당 47개, 불탄 민가 715채였다.

일제는 끈질긴 저항 앞에서 억압으론 한계가 또렷하다고 판단했다. 전략적 전환을 했다. 무단통치를 벗어나 '문화정치'를 하겠노라 선언하면서 조선인들의 감정과 분노를 다독이기 위한 정책의 하나로 구속된 민족대표들에게 '가벼운 형벌'을 내려야 한다는 주장이 일본 제국의회에서 공공연히 나왔다.

경성고등법원은 지방법원이 적용한 내란죄를 접었다. 보안법 및 출판법 위반으로 혐의를 낮췄다. 소소는 조선 민중의 줄기찬 투쟁이 일본 제국주의자들의 야수성까지 길들이는 모습을 지켜보며 역사 발전의 동력이 민중에 있음을 새삼 절감했다.

거액을 챙긴 신승희는 비극을 맞았다. 3·1혁명이 일어나자 수사한다며 설레발치다가 신의주로 출장 갈 일이 생기자 자원했다. 적당히 거리를 두고 소나기를 피해보자는 심리로 만주 봉천까지 갔다가 1919년 5월 14일 서울로 돌아왔는데 곧장 체포됐다.

일경의 수사 과정에서 보성사 공장 감독이 털어놓았다. 신승희는 처음엔 완강히 부인했다. 하지만 결국 오천 원을 받았다고 자백하자 그간 온갖 충성을 바쳐온 종로경찰서장이 자신을 벌레처럼 취급하며 '조센징'을 들먹일 때 배신감과 참담함에 몸을 부르르 떨었다.

문득 돌아보니 비루한 삶이었다. 유치장에서 청산가리를 먹고 자살했다. 자신의 초라한 모습을 견딜 수 없었을뿐더러 목숨을 걸고 만세운동을 벌여나간 숱한 동포들을 체포해 고문하고 죽음을 맞게 한 과거가 떠오르며 사실상 그들의 거사 자금까지 강탈한 자신이 더없이 바끄러웠다.

조선인들의 각성은 빠르게 번져갔다. 최사인은 선언 현장을 정리하다가 선비들이 늘키는 풍경과 마주쳤다. 탑골공원에서 학생들이 모두 빠져나간 뒤라서 네 명의 선비는 눈에 쉽게 띄었는데, 배포된 독립선언서 33인 민족대표 명단에 유림이 한 사람도 없기에 부끄러움을 씻을 수 없어 곡한단다.

최사인은 충분히 이해했다. 하지만 그들을 구경하던 민중은 달랐다. 초로의 한 무지렁이 사내가 잔뜩 이맛살을 찌푸리며 그들을 아래위로 훑어보다가 도저히 역겨움을 참을 수 없다는 듯이 버럭 소리를 질렀다.

"예끼, 이 사람들아, 노는 꼴 보니 유림 양반네가 맞구먼. 통곡은 왜 해? 나라 망칠 때 너희 놈들이 온갖 죄악을 다 저질러놓고 독립선언을 하자는 데는 한 놈도 안 껴들어? 그래놓고 지금도 유림이라 행세하는 거냐? 예라, 이 오만한 놈들아, 통곡은 무슨 통곡?"

"당장 집어치워라."

"구역질 난다."

사람들이 거들었다. 험한 말을 들으며 최사인은 괜스레 민망했다. 경북 성주에서 고종 장례식에 참석하러 올라온 선비 김창숙과 그의 동행들은 통곡을 멈추고 자신들을 꾸짖은 평민들을 초점 잃은 눈으로 둘러보았다.

잠깐 침묵이 흘렀다. 김창숙이 일어났다. 평민으로 보이는 사내들에게 차례로 공손히 고개를 숙이자 당당히 꾸짖던 사람들이 외려 멋쩍어했다.

"선생님들께 배웠습니다. 감사합니다."

김창숙은 조용히 탑골공원을 걸어 나갔다. 동행한 세 선비가 바삐 뒤를 따랐다. 최사인은 마흔 살쯤 된 선비의 솔직하고 단아한 모습을 마음에 담으며 언젠가 다시 만날 것만 같은 예감이 들었다.

심산 김창숙이 역사의 무대에 나타난 순간이다. 김창숙은 그날부터 독립운동의 길에 투신했다. 전국의 유림에 조선독립선언 소식을 알린 뒤 유림 137명의 연명으로 독립을 요구하는 글을 모든 향교에 배포했고 중국으로 망명해서는 유림의 성명을 파리에 가있는 김규식에게 우편으로 보내 파리평화회의에 제출했다.

10

산월이 소소의 옥바라지에 한창일 때다. 자혜도 인생의 갈림길을
맞았다. 총독부의원에서 간호사로 일하던 자혜는 일제의 총칼을 맞아
곰비임비 실려 오는 피투성이 부상자들을 돌보며 왈칵 눈물을 쏟았다.

자혜의 눈에 사태는 간명했다. 조선 사람들이 조선 땅에서 우리끼
리 살고 싶다고 평화적으로 선언했다. 그런데 그 이유만으로 제 땅 두고
남의 나라를 침략해 들어온 일본이 살육을 일삼는 현실에 민족적 의분
을 도저히 억누를 수 없던 자혜는 총독부의원에서 일하던 조선인 의사
와 간호사를 모았다.

의사들은 동참을 망설였다. 하지만 자혜는 가까스로 설득해냈다. 만
세시위를 준비하던 자혜는 산월이 솔잎동동주를 나누며 들려준 천도
교인들의 49일 촛불기도가 왜 필요했는지를 비로소 짐작할 수 있었다.

불길한 예감일수록 적중하는 법이다. 실행 직전에 만세시위 정보가
누설되었다. 자혜는 만세시위로 중상을 입은 환자를 돌보다가 병실에서
일경에 체포되었고 종로경찰서에 수감됐다.

배신자로 짐작되는 의사가 떠올랐다. 끌려가던 계단에서 마주친 그
의사는 눈을 마주치지 못했다. 자혜는 어차피 병원 일을 더 할 수 있
는 상황은 아니라는 생각에 굳이 밀고한 자를 나무라고 싶지 않았다.

자혜는 사흘 뒤 풀려났다. 예상대로 그날로 해직되었다. 며칠을 골몰히 생각한 박자혜는 식민지 조선을 벗어나 중국에서 독립운동을 벌이고 있는 지사들을 힘닿는 한 돕겠다고 다짐했다.

산월은 자혜와의 작별이 아쉬웠다. 하지만 우정에 매몰될 겨를이 없었다. 그 시점에 수감된 민족대표들이 일경으로부터 심한 고문을 당한 사실을 뒤늦게 알았기에 더 그랬다.

산월은 양한묵의 옥사에 충격을 받았다. 소소도 고문을 당했으리라 직감했다. 그런데 면회장에서 그간 얼마나 심한 고문을 당했는지 걱정하는 산월에게 소소는 완강히 부인했다.

"아무리 그래도 놈들이 나까지 고문하진 않소. 안심하시오. 천도교 교주 손병희를 일본 형사 나부랭이가 감히 고문할 순 없소."

산월에게 안심하라 이른 말이다. 동시에 천도교인들의 자부심을 지켜주고 싶은 마음도 컸다. 그 결과 공식적으로 손병희는 다른 민족대표들과 달리 아무런 고문도 당하지 않은 것으로 알려졌다.

산월은 소소의 말을 반신반의했다. 그럼에도 마음이 다소 편안해졌다. 하지만 언제 봉변을 당할지 모른다는 생각에 가슴이 타들어갔고, 친구 자혜마저 떠나 일상이 더없이 스산하던 산월에게 힘을 준 사건이 일어났다.

기생들이 만세운동에 나섰다. 진주·수원·해주·통영에서 기생 시위가 잇따랐다. 1919년 3월 19일 경상도 진주에서 기생 30여 명이 태극기를 앞세우고 촉석루로 시위행진하며 독립만세를 부르짖었다.

기생 한금화는 손가락을 깨물었다. 하얀 천에 피로 "기쁘다, 삼천리 강산에 다시 무궁화 피누나"를 썼다. 악대를 앞세운 예기(藝妓)들은 행진을 막으며 해산하라고 위협하는 일본 경찰에게 당당히 소리쳤다.

"우리는 자랑스러운 논개의 후예다."

"진주 예기의 전통과 긍지를 잃지 않겠다."

태극기 흔들며 만세를 불렀다. 3월 29일에는 수원 기생들이 나섰다.

조합 소속의 기생 일동이 경찰서 앞에서 독립만세를 불러 주모자 김향화는 6개월 옥고를 치러야 했다.

다음은 황해도 해주였다. 기생조합장 월선이 앞장섰다. 월선은 월희와 함께 고종의 장례를 보려고 서울에 왔다가 만세시위를 목격하고 가슴이 뭉클했다.

더구나 지도자가 손병희였다. 산월의 남편이다. 평양 기생 출신으로 명월관으로 간 산월이 손병희의 아내가 된 사실은 기생들 사이에 마치 전설처럼 퍼져있었다.

월선이 해주 기생조합을 만들 때다. 서울로 산월을 찾은 적도 있다. 산월은 해주에서 기생조합을 만들려고 온 월선에게 자신의 경험을 자세히 들려주고 여비도 살갑게 챙겨주었다.

해주로 돌아온 월선과 월희는 기생들을 모았다. 중국 식당의 뒤채를 빌렸다. 4월 1일에 거사하기로 굳게 언약한 기생들은 보성사에서 인쇄한 독립선언서를 구할 길이 없었기에 직접 선언문을 썼다.

"남자의 힘을 빌리지 않고 서로 합심동체가 되어 독립운동의 투사가 되자."

낮에는 술과 웃음을 팔았다. 밤에 모여 독립선언서 5000장을 인쇄했다. 거사를 함께 준비하던 기생들 모두 손가락을 깨물어 흐르는 피로 태극기 붉은빛을 그렸다.

1919년 4월 1일 오후 2시. 월선과 월희가 선두에 나섰다. 해주 기생들이 태극기를 들고 독립만세를 부르며 도심 행진에 들어가자 민중들이 호응해 시위 대열은 3000여 명에 이르렀다.

열기를 모아 집회도 가졌다. 기생들은 거침없이 연단에 올랐다. 즉석 연설도 하고 서로 격려하는 글도 낭독할 때 월희와 월선은 자작시를 인쇄물로 만들어 나눠주었다.

실 물줄기 모여 대하를 이루고 / 티끌 모아 태산도 이룩한다 하거든 / 우리 민족이 저마다 죽기를 맹세하고 / 마음에 소원하는 독립을 외치면 / 세계의 이목은 우리나라로 집중될 것이요 / 동방의 한 작은 나라 우리 조선은 / 세계 강대국의 마음을 얻어 / 민족자결 문제가 해결되고 말 것이다.

해주 기생들은 계월향의 후예를 자처했다. 임진왜란이 일어났을 때 평양의 애국적 기생이다. 그들이 시위를 주도하자 "기생들도 독립을 위해 몸 바쳐 투쟁하는데"라며 집안에 머물던 주부들까지 가세했다.

이윽고 일제 헌병과 경찰이 몰려왔다. 조합장 월선을 비롯해 8명을 연행했다. 기생들은 구타에 이어 불로 살을 지지는 모진 고문을 당했음에도 끄떡하지 않아 온몸에 멍이 들고 화상을 입었다.

일경은 기생들을 고문한 뒤 감방에 내던졌다. 기생들이 수감된 감방 맞은편에 기자가 잠시 수감되어 있었다. 곧 풀려난 기자는 "매를 맞은 기생들의 시퍼런 몸뚱이가 구렁이를 칭칭 감아놓은 것처럼 부풀어 올라서 차마 눈 뜨고 볼 수 없을 지경이었다"고 기사를 써서 일제의 잔혹한 고문을 고발했다.

산월은 기생들의 만세운동에 애잔했다. 총독부 기관지《매일신보》에서 기사를 읽었을 때는 반가움이 앞섰다. "해주 기생 일동이 해주 종로에 집합하여 만세를 부르고 남문에서 동문을 경유하여 서문으로 시위행진하였는데 월선과 해중월·벽도·월희·향희·화용·금희·채주 등이 다른 남자들과 함께 체포되다"가 기사 전부였는데 이름까지 신문에 보도될 정도라면 지금쯤 어떤 고초를 당하고 있을지 마음이 아렸다.

해주 기생 시위 다음 날 남쪽의 통영 기생들이 나섰다. 홍도와 국희가 앞장섰다. 예기조합 기생 33명이 금비녀와 금반지를 팔아 광목을 구입해 소복을 만들어 입고 태극기를 흔들며 만세시위를 전개했다.

기생들만이 아니었다. 박자혜가 시위를 조직했던 사실이 간호사들 사이에 퍼져있었다. 세브란스병원 간호사들이 서울 종로로 나와 태극기와 '조선독립만세'를 쓴 깃발을 흔들며 거리행진을 했다.

절은 산중에 있어 소통하기가 쉽지 않았다. 민족대표 33인에도 스님은 둘이었다. 하지만 만세운동은 깊은 산사로도 퍼져 독립선언서에 서명한 용성 스님이 오래 수행한 해인사에서 시위가 일어났다.

용성은 민족의 고통에 무심한 산중 불교를 비판했다. 민중과 아픔을 함께하는 불교를 추구하며 선농(禪農)일치를 실천했다. 해인사는 고려시대 몽고의 침입에 맞서 불심으로 새긴 팔만대장경을 보관한 절이고, 임진왜란 때 승병장으로 큰 공을 세운 사명대사가 입적한 홍제암도 품고 있다.

해인사 스님들은 관음전 다락으로 들어갔다. 촛불을 밝히고 철필로 독립선언서를 썼다. 종무실과 지방학림 및 보통학교에서 각각 등사판을 들고 나와 극락전에서 등사했다.

1919년 3월 31일 해인사 홍하문 앞이었다. 스님과 주민이 속속 모였다. 전국에서 벌어지고 있는 만세운동에 적극 호응하며 스님들과 인근 마을에 사는 민중 200여 명이 '조선독립 만세'를 소리 높여 외쳤다.

집회를 마치고 산문을 나섰다. 일본 경찰이 상주하는 '해인사 주재소'에 이르렀다. 일제는 '팔만대장경 보호'라는 그럴듯한 명분으로 주재소에 경비 전화를 설치해놓고 있었지만 실제로는 항일의식을 지닌 스님들을 감시하려는 의도가 컸다.

일경은 시위 대열에 깜짝 놀랐다. 곧장 방어 태세로 들어가 총을 겨눴다. 태극기를 흔들며 독립만세를 목청껏 외치던 맨손의 스님들과 민중은 일단 해산할 수밖에 없었지만 그날 밤 11시에 200여 명이 다시 모였다.

해인사 들머리에서 만세를 불렀다. 일본 경찰이 출동해 무력으로 해산했다. 해인사 만세운동은 범어사·통도사의 만세운동과 함께 전국의 사찰에 알려졌고 스님들의 민족적 각성을 이끌었다.

더러는 감옥도 얼마든지 수행 공간이라고 한다. 실제로 소소가 고문을 수행의 방편으로 삼기도 했다. 하지만 일제의 감옥은 너무나 악명 높아 민족대표들을 비롯해 만세운동으로 구속된 조선인들 모두 여름에는 무더위, 겨울에는 차가운 시멘트 바닥에서 강추위에 시달리느라 여간해선 수행에 몰입할 수 없었다.

감방 밥은 콩과 보리를 버무린 덩어리와 소금 국물이 전부였다. 그나마 돌이 많이 섞여 나이 든 대표들은 이에 금이 가는 수난마저 당했다. 소소에게 사식이 허용된 것도 산월이 명월관에서 만난 바 있던 총독부 정무총감을 여러 차례 찾아가 호소한 끝에 가까스로 얻어낸 성과였다.

서대문감옥은 1908년 세워졌다. 일제가 통감부를 설치하며 문을 열었다. 조선을 '보호'한다는 구실로 선전포고도 없이 침략해 들어와 내내 눌러앉은 일본군은 동학농민군에 이어 의병들을 조직적으로 학살하고 이어 미처 죽이지 못한 의병들과 '불순한 조선인'을 가두려고 전국에 감옥을 짓기 시작했다.

처음 이름은 '경성감옥'이다. 조선을 병탄한 뒤 마포에 감옥을 더 지으면서 서대문감옥으로 개칭했다. 1923년에 다시 이름을 바꾼 서대문형무소는 소장을 지낸 일본인 스스로 인정했듯이 낮에도 어둡고 침침했다.

아침저녁으로 수감자를 점검했다. '죄수'들은 무릎 꿇고 인사하도록 규칙을 만들었다. 하지만 민족대표들은 어림도 없어 그 누구도 무릎 꿇는 것은 물론 인사조차 거부했다.

가령 한용운은 평소 참선했다. 그러다가도 점검 때면 아무렇게나 앉은 자세로 고쳤다. 간수 부장의 얼굴을 내놓고 응시했지만 그렇다고 일선 간수들까지 '적'으로 돌리진 않아 "당신들 잘못이 아니다. 우린 당신들에겐 아무 유감이 없다. 우리는 조선 사람이기 때문에 잃어버린 나라를 찾으려 할 따름"이라고 '학습'시켰다.

11

소소는 산월의 보살핌으로 건강을 되찾아갔다. 그런데 끔찍한 소식이 전해졌다. 서양의 기독교단체들이 3·1혁명 직후 일제가 저지른 잔혹한 범죄를 조사한 뒤 기록했는데, 만세운동이 수그러들지 않자 일제가 조선 여학생들에게 야만적인 고문을 저지르기 시작했다는 흉보였다.

'문화통치'는 호도였다. 그 뒤에선 '예전엔 사용하지 않았던 새로운 고문'을 도입했다. 일제 순사들은 1919년 10월부터 조선 여인들의 기세를 꺾는다는 명분을 내세워 만세운동에 조금이라도 가담한 여학생과 젊은 부녀자들은 무조건 옷부터 벗겼다.

조직을 캔다며 채찍질을 했다. 이어 악랄한 성고문을 했다. 공개된 장소에서 강간을 서슴지 않았고 인두를 달궈 젖가슴을 지지거나 자궁에 막대를 넣어 휘저었다.

아직 10대 후반의 어린 여학생들이었다. 일제의 고문은 짐승의 네굽질을 뺨칠 만큼 잔학했다. 나이 어린 여학생들이 차라리 죽여달라며 비명을 질렀지만 강간한 순사들 누구도 처벌받지 않았다.

소문은 감옥 안에 퍼져갔다. 소소는 격노했다. 일본제국주의의 '문화통치' 아래 형사들이 무시로 강간을 자행하던 1919년 11월 28일 옥중의 소소는 뇌일혈로 쓰러졌다.

다음 날 산월이 음식을 들고 면회장에 들어섰을 때다. 소소가 위독하다는 통보를 받았다. 평소 위장병만 걱정했던 산월로서는 건강했던 소소가 뇌일혈로 병감에 있다는 말이 마른하늘에 날벼락이었다.

간수는 보석을 신청하라 권했다. 산월은 바로 교당에 전화했다. 천도교 본부는 비상을 걸었고 곧장 의사를 대동해 달려와 면회를 신청했다.

서대문감옥은 무슨 '배려'라도 하는 듯이 병감 출입을 허용했다. 소소는 혼수상태였다. 산월과 천도교 간부들이 다가갔을 때 온전히 의식을 회복하지 못한 상태에서 가끔 버럭 소리쳤다.

"내가 감옥에서 죽는단 말인가? 그럴 수 없다."

그러고는 다시 혼수상태가 되었다. 눈을 뜨면 온 힘을 다해 "조선독립! 만세!"를 외쳤다. 어느새 모여든 간수들은 시간이 다 되었다고 잘라 말하며 산월과 천도교인들을 몰아냈고 본디 일요일에는 보석 신청을 받을 수 없으니 내일 다시 오라고 살천스레 내뱉었다.

산월은 눈물로 밤을 보냈다. 먼동이 트자마자 교인들과 함께 달려갔다. 서대문감옥은 딴전을 피우며 환자의 병에 차도가 있으니 보석을 허가할 수 없다고 잡아뗐다.

산월은 직접 환자 상태를 확인하겠다고 맞섰다. 하지만 면회도 거부당했다. 총독부는 서대문감옥으로부터 눈엣가시인 손병희가 뇌일혈로 쓰러져 보석 처리하겠다는 보고를 받자 '손대지 않고 코 풀 절호의 기회'라고 판단해 즉각 저지에 나섰다.

며칠 뒤 복심법원 공판이 열렸다. 소소는 들것에 누운 채로 공판정에 나왔다. 몸 반쪽이 마비된 게 역력했지만 소소는 재판장의 심문에 답하며 일본이 조선을 병탄한 것은 사기극이고, 동양 평화와 독립을 약속한 일본제국을 믿은 대한제국을 배신한 행위라고 떠듬떠듬 말하면서도 뜻만은 명확히 전했다.

산월은 들것에서 고개만 돌려 말하는 소소의 모습이 서러웠다. 보석을 거부한 일제에 이가 갈렸다. 일제의 식민지 행형 체제는 제국주의 국가들 사이에서도 손가락질을 받을 만큼 가혹했는데 특히 조선의 독립투사들에게는 더했다.

무릇 수감자가 병을 앓으면 곧바로 치료해야 옳다. 병감으로 옮기는 것도 당연하다. 일제의 감옥 규칙이나 행형 법규도 그러했으나 식민통치에 위험한 인물로 낙인찍힌 독립투사들에게 그 조항은 한낱 허울이었다.

일제는 병든 독립투사가 죽음에 이르도록 방치했다. 사망 직전에야 선심 쓰듯 병보석으로 풀어주었다. 사실상 옥사나 다름없지만 독립운동 지도자가 감옥에서 죽었다는 원성은 듣지 않겠다는 교활한 술책이었다.

소소의 병세는 오른쪽 반신불수로 위중했다. 하지만 일제에게 소소는 '국사범 1호'였다. 총독부의 지령을 받은 서대문감옥은 신문기자들에게 손병희의 증세가 나날이 호전되고 있다고 허위 발표를 일삼았다.

해가 바뀌어 3·1혁명 1주년을 맞은 날이다. 소소의 눈앞에 연도에서 독립만세를 외치던 동포들의 모습이 아른거렸다. 소소가 회상에 젖던 그 순간 감옥에 갇혀있던 학생들―그중에는 유관순도 있었다―이 만세운동 기념일을 맞아 "조선독립 만세"를 부르짖었다.

소소는 힘을 냈다. 아픈 몸으로 이신환성의 수행에 몰입했다. '자신의 몸을 성령으로 바꾸라'는 이신환성(以身換性)은 그가 차근차근 거사를 준비하던 1916년 봉황각에서 천도교 간부들에게 인내천의 주체적 수행 방법으로 제시한 새 교리였다.

천도교에서 '성령'이란 본성이다. 영원한 품성을 뜻한다. 유한한 육신의 삶을 넘어 영원한 정신의 삶을 주체적으로 이루라는, 몸의 관점을 넘어 영원의 관점으로 세상을 보라는 가르침이다.

'이신환성'은 거사에 임하는 정신적 무기였다. 독립운동에 나서려면 고통도 죽음도 두려워 않을 의지를 다져야 했다. 소소는 반신불수의 고통을 겪으며 이신환성을 스스로 현실에서 체화할 좋은 기회라고 생각해 수행에 전념했다.

이신환성의 수행은 효과가 컸다. 마음이 청안해졌다. 5월 들어서는 간호사의 부축을 받아 지팡이를 짚고 면회소까지 걸어 나올 정도로 건강을 찾아갔다.

하지만 더위가 찾아오면서 또 뇌일혈이 왔다. 산월은 물론 교인들이 서대문감옥으로 달려오고 다시 보석 신청을 했다. 산월이 언론에도 적극 알려 손병희가 위독하다는 기사가 연일 신문에 보도됐지만 일제는 보석 신청을 9일이나 검토하더니 기각했다.

산월은 다시 정무총감을 찾아갔다. 간곡한 호소에도 철벽이었다. 민족대표들에 대한 경성 법원 공판이 7월에 열렸으나 소소는 재발된 뇌일혈로 출정하지 못했으며 거듭된 보석 신청도 죄다 거부당했다.

구속 1년 8개월 만이다. 1920년 10월 30일 판결이 나왔다. 만세운동으로 똘똘 뭉친 조선의 민심을 무마하려는 듯이 손병희를 비롯해 이종일, 한용운 등 7명에게 징역 3년 형을 선고했고 다른 민족대표들에겐 징역 1년 6월에서 2년 형을 선고했다.

누구도 상고하지 않았다. 일제의 법정을 인정하지 않겠다는 확고한 뜻이었다. 언뜻 보기엔 손병희의 징역 3년이 가벼운 형벌처럼 느껴질 수 있겠지만 실상을 들여다보면 전혀 아니다.

소소 병세는 전신 불수에 중태였다. 형을 언도한 그날 오후에 '형 집행 정지 결정'을 내렸다. 감옥에 들어갈 때 더없이 건강했던 소소는 20개월 만에 온몸이 붓고 손가락은 떡가래처럼 굵어져 움직일 수도 없을 만큼 거의 의식이 없는 상태로 출감했다.

일제는 노회했다. 징역 3년으로 가벼운 형량에 석방까지 했다며 생색이었다. 손병희의 몸을 망가트릴 대로 망가트리고는 몽따며 거주지도 천도교 본부와 가까운 가회동을 불허하고 동대문 밖에 있는 상춘원으로 제한했다.

상춘원은 본디 박영효의 별장이었다. 1915년 천도교가 매입했다. 여러 교단 행사를 치러온 곳이고 숲이 우거졌지만 천도교 본부나 병원과는 먼 거리였다.

소소의 병세는 위독했다. 산월은 간호에 온 정성을 쏟았다. 의식이 가까스로 돌아올 때도 있으나 이내 몽롱해지는 소소의 병세를 누구보다 잘 알고 있으면서도 일제는 상춘원을 포위하고 감시했다.

세월이 바람처럼 흘렀다. 3·1혁명 60돌을 맞은 1979년이다. 산월은 특집으로 인터뷰 기사를 내겠다며 취재하러 온 한민주 기자에게 당시 상황을 증언했다.

"왜적은 정말이지 잔인했다오. 그토록 병보석을 호소했건만 의암 성사가 거의 시신처럼 되어 더는 희망이 없을 때에야 출감케 했소. 시신이 다 된 분을 내어놓으면서도 온 집안을 순사들로 둘러싸고, 안사랑에도 파수를 세우고, 자기들이 의사도 지정했지. 우리 집을 그저 또 하나의 감옥으로 취급한 거라오. 그때의 차마 겪지 못할 치욕과 압박당한 일을 생각하노라면 여든이 넘은 지금도 피가 끓고 살이 떨린다오."

그랬다. 소소는 간신히 숨만 붙어 나왔다. 말은 아예 못 하고, 겨우 실눈만 뜨고 있었기에 20개월 전의 걸출했던 소소를 기억하는 사람이라면 누구나 일제의 만행에 치를 떨지 않을 수 없었다.

다만 이신환성으로 단련된 소소의 정신은 몸과 달랐다. 살아있었을 뿐만 아니라 무장 현현해갔다. 누운 채 산월의 정성으로 조금씩 기운을 차려가던 소소에게 가장 행복한 순간은 새벽 5시 자신이 누워있는 방 옆에서 산월이 촛불을 켜고 기도하는 모습을 지켜볼 때였다.

열린 문 사이로 촛불이 보였다. 20대 산월의 자태는 여전히 매혹적이었다. 퉁퉁 부은 몸으로 가물가물 타오르는 촛불을 보다가 눈을 감을 때면 캄캄한 어둠으로 60년 남짓한 지난 세월이 열차의 한 칸 한 칸처럼 덜컹덜컹 지나갔다.

12

천도교 교주임을 늘 자기경계하며 살아와서일까. 가장 먼저 스물한 살 때인 1882년 어느 가을날이 떠올랐다. 청년 손병희가 천도교 전신인 동학에 첫발을 내디딘 순간으로 조카 손천민이 오두막 거처에 찾아온 그날 모든 일이 시작됐다.

손병희는 양반 핏줄이 아니었다. 충청도 청주의 중인 집안, 그것도 서자로 태어났다. 자신이 양반 아님은 차치하고 가문에서도 차별받는다는 사실을 일찌감치 몸으로 깨우쳤다.

소년 병희는 총명하고 튼튼했다. 하지만 조선왕조에서 중인의 서자에게 미래는 닫혀있었다. 양반계급이 지배하는 체제에서 아무런 뜻을 펼칠 수 없었던 병희는 결국 마을의 노라리들과 사귀며 술과 도박을 일삼았다.

손천민은 이복형의 아들이되 일곱 살 연상이었다. 무엇보다 적자였다. 비록 중인 집안이지만 유학을 배워 어떤 선비보다 학식이 깊던 손천민이 그날 찾아오지 않았다면 병희는 평생 놈팡이로 살았을 가능성이 높다.

평소에도 병희는 조카 천민이 부담스러웠다. 연상에 '본처' 혈통이었다. 지방 하급관리 손천민은 유학을 공부할수록 그것으로 조선왕조를 개혁할 방안이 보이지 않아 갑갑했던 차에 관가에 붙잡혀 온 동학 도인들을 다루면서 그들의 사상에 매료되었다.

손천민은 동학의 사상서인《동경대전》을 찾아 읽었다. 새 시대를 열 사상임을 확신했다. 당시 조선왕조는 임오군란의 여파로 외세의 간섭이 커져가고 있었음에도 마땅히 난국을 풀어가야 할 책임이 있는 양반계급은 오랜 세월 제 잇속만 챙겨오며 부패했고 무능했다.

더구나 양반계급은 분열되어있었다. 수구파와 개화파가 그것이다. 조선왕조의 전통적인 질서를 옹호하는 양반과 개화가 필요하다는 양반 사이에 권력 다툼이 벌어지고 있었지만, 두 세력 모두 민중과 더불어 새로운 시대를 열겠다는 생각은 없었다.

손천민은 동학에 입도했다. 가장 먼저 거칠진 병희가 떠올랐다. 누구보다 신분의 질곡 아래 신음하던 서출, 엄연한 숙부이지만 나이는 일곱 살 아래인 병희에게 동학의 진리를 전하고 싶었다.

병희는 일찌감치《논어》와《맹자》를 술술 읽을 만큼 똑똑했다. 하지만 그 못지않게 신분의 제약 또한 일찌거니 간파했다. 손천민은 술과 노름으로 세월을 보내는 나이 어린 숙부를 가슴 한쪽에 늘 안타깝게 여겨왔다.

병희가 혼례를 치른 해에 일어난 일을 손천민은 잊을 수 없었다. 장가든 병희는 일가친척 틈에 끼어 성묘하려 했다. 항렬에 따라 한 사람씩 나가 술을 따르고 절하는 풍경을 지켜보다가 이윽고 그의 차례라고 생각한 병희가 앞으로 걸음을 내디뎠을 때다.

문중 어른이 눈을 흡떴다. 병희 앞을 가로막았다. 떠름해서 바라보는 병희를 두 손으로 밀쳐내고 호통을 쳤다.

"어허! 감히 서출 주제에 여기가 어디라고 나서는가? 썩 물러나지 못할까?"

병희는 모욕을 느꼈다. 얼굴이 시뻘겋게 달아올랐다. 손천민은 적서 차별의 문제 이전에 문중 성묘에서 쓸데없이 공개적으로 망신을 주고 쫓아내는 '어른들' 때문에 마음이 언짢았다.

돌발 상황이 일어났다. 집으로 간 병희가 곡괭이를 들고 나타났다.

문중 어른들이 사뭇 긴장해서 바라보는 순간, 병희가 성묘를 마친 산소 하나를 느닷없이 곡괭이로 내리쳤다.

문중은 경악했다. 병희에게 우르르 달려갔다. 헌걸찬 병희는 문중 어른들이 자신을 둘러싸고 있는 상황에서도 의연히 곡괭이질을 이어갔다.

"이놈이 미쳤나?"

몇몇 어른이 손병희를 밀쳤다. 병희는 모지락스럽게 되받아 밀었다. 열여섯 살이지만 튼실했던 병희의 손에 대여섯 명이 밀리다가 비탈로 나뒹굴었다.

문중 어른들의 분노가 터지려 했다. 그 순간이다. 병희가 곡괭이를 산소 앞에 힘주어 꽂고 울분에 가득 찬 목소리로 외쳤다.

"아니, 서자는 사람도 아니란 말입니까? 나 손병희도 엄연히 손 씨 핏줄을 받은 사람입니다. 그렇다고 여기서 성묘하게 해달라고 애원할 생각은 추호도 없습니다. 다만 조상님 뼈 하나 파내어 가렵니다. 내 따로 산소를 모시고 성묘할 테니 그리 아시고 더는 내 일에 나서지 마십시오."

병희는 날 선 눈빛으로 찬찬히 돌아보았다. 기세등등하던 문중 어른들이 숙지근해졌다. 결국 나이 어린 숙부 병희가 그날 이후로 당당히 성묘에 참여할 수 있었던 사실을 천민은 잊지 않고 있었다.

천민은 몰랐지만 병희는 어린 시절 이미 아버지에 당당히 맞섰다. 어느 날 아버지가 아들을 불렀다. 어린 병희가 짐짓 못 들은 척 아무런 대꾸도 하지 않자 아버지는 버럭 소리를 질렀다.

"이놈! 아비 말이 말 같지 않으렷다? 고얀 놈 같으니."

병희가 비로소 고개를 돌렸다. 기다렸다는 듯이 당당히 말했다. "오늘 이 순간부터 저는 아버지가 없습니다" 하고 당돌히 선언하는 모습은 도무지 소년답지 않았다.

"어째서 적자와 서자의 차별을 둡니까? 이제부터 적자와 서자의 차별이 없어지지 않는다면 저는 죽어도 아버지를 아버지라 부를 수 없습니다."

아버지는 기가 막혔다. 하지만 어린 아들이 기특했다. 그날로 집안에서 적서 차별은 풀렸으나 집 밖에서 차별은 여전하다는 이유로 병희는 아버지가 세상을 뜰 때까지 끝내 '아버지'라 부르지 않았다.

나이가 들수록 '신분'의 굴레를 체감했다. 그만큼 좌절이 깊어갔다. 어느새 술과 노름에 빠져들었지만 백수건달이 되어서도 양반들의 못된 언행을 보면 참지 않고 결연히 나섰다.

병희가 스무 살 때다. 옛적에 세종대왕이 행차한 초정약수에 들렀다. 세종이 약수를 마시며 한글 창제를 마무리했다는 그곳에는 이미 많은 사람이 줄을 서서 기다리고 있었다.

그런데 줄이 도무지 줄지 않았다. 병희가 줄을 이탈해 앞쪽으로 가보았다. 군수를 지냈다는 양반 두 명이 약수터 앞을 독점하며 앉아있었고 하인들은 다른 사람의 접근을 가로막았다.

청년 병희는 성큼성큼 다가갔다. 약수 담긴 바가지를 들어 돌연 두 양반에게 끼얹었다. 그 순간 제법 기골 있는 하인이 이참에 주인 눈에 띄고 싶었는지 병희에게 달려들어 멱살을 잡았다.

"이놈이 감히 어디서 행패야?"

"너에게 유감이 없으니 앞으로 쓸데없이 나서지 말거라."

병희는 가벼운 손놀림으로 내박쳤다. 잘못 덤빈 꼴이었다. 그때까지 거드름을 피우던 두 양반이 슬그니 자세를 고치며 긴장할 때, 병희는 자신을 '청주의 상놈'이라 소개하며 시를 지어 읊었다.

비록 가시나무라 불러도 꽃은 아름답고 / 더러운 못의 연꽃이 향기는 더욱 좋더라 / 예로부터 양반 상놈 무슨 차이 있으랴 / 초정에 마음 씻으니 사람은 평등하더라(雖云芒木發花佳 蕩地蓮花尤香好 古今班常何有別 椒井洗心平等人).

병희는 약수에도 반상이 있더냐며 거듭 물었다. 두 양반은 엉거주춤 일어나 살금살금 달아났다. 줄을 서서 기다리던 사람들은 한바탕 웃으며 병희를 한목소리로 칭찬하고 차례차례 약수를 마시면서도 양반을 혼쭐낸 광경을 서로 입에 올렸다.

앞길이 막혀 허구한 날 빠대는 발록구니가 되었으되 병희의 의협심은 누구보다 강했다. 손천민은 그 사실을 잘 알고 있었다. 작심하고 소소의 오두막으로 찾아가 마냥 늦잠 자고 있던 병희를 다짜고짜 깨우곤 훈계하듯 추궁했다.

"언제까지 이렇게 살 거요? 이제 사람답게 살아야 하지 않겠소?"

병희는 확 깼다. 손천민이 비록 연상이지만 조카임이 분명했다. 그럼에도 '서출 숙부'라고 시들방귀로 여기며 함부로 지껄인다고 여긴 병희가 발끈했다.

"사람답게 살라? 시방 그게 숙부에게 한 소린가. 이 무슨 객쩍은 짓이여?"

손천민은 능쳤다. 말없이 보자기를 풀었다. 서책을 꺼내더니 《동경대전》과 《용담유사》 표지를 보여주며 말했다.

"평생 건달로 살 깜냥이면 읽지 말고, 사람답게 살고 싶다면 읽어보시오. 다만, 그 책을 가진 사실이 알려지면 자칫 관가에서 나를 만날 수 있으니 조심하시오. 다 읽은 뒤엔 어디 내돌리지 말고 내게 돌려줘야 하오."

대답도 듣지 않고 휑하니 돌아갔다. 청년 병희가 동학과 만난 순간이다. 평소 손천민의 성정을 잘 알고 있었기에 병희의 화는 금세 풀렸을뿐더러 책을 읽어가며 유교의 어떤 경전을 읽을 때보다 더 몰입됐다.

동학은 신분체제를 정면 비판했다. 평등사상을 오롯이 담았다. 병희는 밤을 도와 책 두 권을 음미하며 읽은 뒤 옷깃을 여미고 손천민을 찾아가 바로 입도했다.

동학. 수운 최제우가 창도한 사상이다. 하늘을 공경하는 '경천(敬天)'

과 모든 사람이 하늘을 모시는 '시천주(侍天主)'를 사상의 고갱이로 출발한 동학은 자기 안에 하늘을 모시면 누구나 군자가 될 수 있을뿐더러 나라를 바로 세우고 민중을 편안케 하는 주체가 될 수 있다고 주창했다.

양반계급 중심의 신분제는 제법 견고했다. 하지만 차별받던 민중 사이에 평등을 주장하는 동학에 공명하는 사람이 늘어나는 것은 당연했다. 동학은 민중 사이에 자신도 얼마든지 군자의 인격을 갖출 수 있다는 인간적 자존감을 싹 틔웠고 계급으로 위아랫물진 세상을 넘어서는 길을 열어주었다.

수운 자신이 몰락 양반의 서출이었다. 생모는 비천한 신분이었다. 서자 수운은 적서 차별로 인한 열등감에 더해 학식이 높으면서도 벼슬을 못 하는 아버지를 보며 세도 정치의 문제점을 뼈저리게 느꼈다.

수운은 구도자의 길을 걸었다. 이름난 산과 절을 찾아다니는 과정에서 조선의 현실을 두 눈으로 확인했다. 당시를 왕조의 시운이 쇠하여 개벽을 대망하는 말세, 왕조의 기강이 무너져 경천의 가치관이 무너진 난세로 규정했다.

조선의 산하 곳곳에서 19세기 내내 민란이 일어났다. 국정 문란으로 민생이 도탄에 빠졌기 때문이다. 게다가 서양의 자본주의 열강들이 동아시아에 앞을 다퉈 나타나면서 위기의식도 커져갔다.

1860년 4월이었다. 수운은 몸과 마음이 떨려오며 하늘에서 소리가 들리는 경험을 했다. 새 시대를 열 진리를 모색해가던 수운에게 하늘과 소통한 체험은 너무도 생생해 그 순간의 깨우침을 '수심정기(守心正氣)'와 '오심즉여심(吾心卽汝心)'으로 표현했다.

오심즉여심. 문자 그대로 '내 마음이 네 마음'이다. 동학에서 하늘은 인간 밖에 있는 동시에 안에도 있어, 언제나 마음을 맑게 지키고 바른 기운을 기른다면 누구나 하늘과 사람이 하나 되는 천인합일에 이른다.

마음이 맑으면 몸의 기운을 바르게 할 수 있다. 몸의 바른 기운은 다시 마음을 맑힌다. 선순환적인 수련 과정을 통해 궁극적으로 조화의 경지에 이를 수 있는데 '조화(造化)'란 사전 뜻 그대로 '천지만물을 창조하고 기르는 대자연의 이치'이다.

수운은 체험적 깨달음을 기초로 시천주 사상을 정립했다. 사상을 널리 알리려고 주문도 만들었다. 주문은 '도인들이 마음을 닦으며 하늘에 빌 때 외는 글'이므로 비는 글, 기도문에 가깝다.

수운의 본디 이름은 '제선'이었다. '제우'로 고쳤다. 우매한 사람을 구제하겠다는 수운 자신과의 결연한 다짐이었다.

13

건달 병희는 새 사람이 되었다. 술과 노름을 하며 지낸 세월을 깔끔히 청산했다. 동학에 입도한 난봉꾼은 날마다 짚신 두 켤레를 삼아 5일장이 열릴 때마다 청주에 나가 팔아 생계를 해결하며 성실한 삶을 살았고 장터를 통해 민심의 흐름도 자연스레 감지해갔다.

새 삶을 이끈 수행은 간단했다. 동학의 고갱이인 스물한 글자를 늘 가슴에 새겼다. 먼저 강령(降靈) 주문으로 '지기금지 원위대강(至氣今至願爲大降)', 곧 하늘의 지극한 기운이 지금 내게 들어오기를 기도한다.

이어 본주문이다. 열세 글자이다. '시천주 조화정 영세불망 만사지(侍天主 造化定 永世不忘 萬事知)', 내 안에 하늘을 모셔서 대자연의 이치에 머물고 평생 잊지 않아 모든 것이 확연한 경지에 이르겠다는 다짐이다.

손병희는 주문에 담긴 뜻을 새기면서 날마다 3만 회씩 암송했다. 날이 갈수록 마음과 몸이 단단해져갔다. 신분의 차이를 넘어 모든 사람이 하늘과 하나 될 수 있다는 사상에 병희와 같은 민중들이 적극 호응해 최제우의 고향 경주에선 주문을 외는 소리가 집집마다 들렸다.

동학의 교세는 날로 커졌다. 그에 비례해 조선의 양반계급은 점점 더 불편했다. 내 안에 하늘을 모시는 시천주 사상에 따르면 양반과 상민, 대인과 소인의 차별은 사라질 수밖에 없어서였다.

동학에 따르면 모든 사람이 군자, 성인이 될 수 있다. 신분 평등의 사상이다. 개개인이 인격적 존엄성을 지닌 존재임을 명확히 밝히자 마침내 조선왕조는 동학이 서학과 다름없이 민심을 현혹했다며 탄압에 나섰다.

하지만 엄연히 동학은 달랐다. 최제우 자신이 "서양인은 싸워서 이기고 빼앗아 뜻대로 이루지 못하는 일이 없다"며 백인들을 경계했다. 서학이 겉으로는 언죽번죽 평등을 내세우면서 실은 제국주의적 지배를 꾀하거나 침략 행위에 모르쇠를 놓는다고 보았다.

서학은 자신들의 자본주의 문명을 절대시했다. 자신과 다른 문명을 모두 미개하다고 보았다. 지배와 피지배 관계로 세계를 인식하는 서학의 침략적 언행에 맞서 동학은 하늘의 마음이 사람의 마음을 통해 나타나므로 모든 사람을 존중하고 섬기는 상생 관계를 주창했다.

조선왕조로선 신분체제를 흔드는 동학을 방치할 수 없었다. 포덕 활동을 금하고 수운 체포에 나섰다. 위기를 감지한 최제우는 1863년 8월에 해월 최시형에게 도통을 물려주고 자신은 포교 활동을 지속하다가 1864년 1월 경주에서 체포됐다.

수운이 서울로 압송될 때다. 철종이 죽었다. 국상이 발생했다며 대구감영으로 되돌려진 최제우는 1864년 4월 15일 '좌도난정의 혹세무민' 죄로 참형을 당했다.

좌도난정(左道亂正). 조선 시대의 '국가보안법'이다. 유학 이외에 다른 사상과 언행으로 '성현'의 가르침과 법도를 어지럽혀 백성을 현혹하거나 국정을 문란케 하는 일을 뜻했다.

수운은 도통을 넘길 때 시를 썼다. 해월에게 주었다. 시에 수운 자신의 운명과 함께 제자 해월을 사랑하는 마음을 듬뿍 담았다.

등불이 물 위에 밝아 빈틈이 없도다 / 고목은 말라 죽음으로써 힘이 넘치니 / 나는 이제 천명을 받으리 / 너는 높이 날고 멀리 뛰어라.

실제로 순교 이후 동학은 유시처럼 높이 날고 멀리 뛰었다. 입소문을 타며 경주를 넘어 삼남 지방에 널리 퍼졌다. 마을마다 크고 작은 일이 생기면 도인끼리 서로 돕고 수행과 교리를 주제로 토론을 벌이기도 했다.

동학은 지하로 들어갔지만 교세는 지며리 커갔다. 경주를 넘어 삼남 지방에 널리 퍼졌다. 마을마다 크고 작은 일이 생기면 도인끼리 서로 돕고 수행과 교리를 주제로 토론을 벌이기도 했다.

동학인들 사이에 자연스레 구심점이 생겼다. 일정한 동학인들의 모임을 '접(接)'이라 불렀다. 본디 접은 '글방 학생들이나 유생들이 모여 이룬 동아리 또는 등짐장수들의 동아리'를 일컫던 말이지만 동학의 접은 자연발생적으로 형성된 동학인들의 동아리이자 기본조직이었다.

접은 대표 중심으로 운영했다. 대표자의 성을 따서 아무개 접이라 칭했다. 동학을 함께 학습하고 그 사상을 사회화하는 단위 조직이므로 대표자를 '접장'이라 않고 '접주'라 불러 어른이라는 뜻을 담고자 했다.

초기 접은 30호 내지 50호였다. 동학혁명이 일어난 해에는 평균 70호 안팎으로 늘어났다. 한 접이 100호를 넘을 때는 두 접으로 나누어 독립했는데 왕조의 탄압이 클수록 교세에 가속도가 붙으면서 접이 늘어났다.

병희가 동학에 입도할 때 교주가 해월이었다. 그의 신분은 수운보다 더 보잘것없었다. 해월 최시형은 1827년 경주의 가난한 농부 집안에서 태어났으며 부모 모두 일찍 여의어 머슴살이를 할 만큼 힘겹게 살았다.

머슴으로 살던 최시형은 종이 만드는 공장에 들어갔다. 노동인으로 일하면서 글을 익혔다. 1861년 서른네 살에 동학과 만난 해월은 스승 수운을 가까이서 보필하며 도를 익히고 포덕에 헌신해 도통을 이어받았다.

병희가 입도하고 2년이 지나서였다. 1884년 목천에서 해월을 만났다. 해월은 정부의 탄압을 피해 태백산맥을 오르내리면서 교단 조직 강화와 교의 체계화에 나섰다.

해월은 인제에 이어 옥천에 '동경대전 간행소'를 마련했다. 5년에 걸쳐 출간해 배포했다. 해월은 '최보따리'라는 서글픈 애칭이 붙을 정도로 끝없이 골골샅샅으로 잠행하며 쉼 없이 동학을 가르쳤다.

최보따리는 잠행하면서도 수행을 멈추지 않았다. 잠시 쉴 때도 강령과 주문을 되뇌었다. 해월의 흐트러짐 없는 엄숙한 자세가 동학을 재건해낸 힘이었거니와 하늘을 공경하는 경천과 사람을 공경하는 경인은 만물을 공경하는 경물로 이어졌다.

해월은 평등주의자였다. 인간의 존엄성에 기반을 두고 남녀노소를 동등하게 예우했다. 해월에게 양반과 상놈의 차별은 나라를 망치게 하는 일이고, 적자와 서자를 차등하는 것은 집안을 망치는 일이었다.

손병희는 모든 차별을 없애라는 해월의 설법에 매료됐다. 해월은 어린이 폭행을 하늘에 대한 폭력이라고 비판했다. 여인들의 베 짜는 소리는 "하늘의 소리"라며 "집안사람을 하늘같이 공경하라. 며느리를 사랑하라. 노예를 자식같이 사랑하라. 소와 돼지, 개와 말도 학대하지 말라. 만일 그렇지 못하면 하늘이 노하시니라"라고 일렀다.

해월은 동학의례를 청수로 간소화했다. 경전도 꾸준히 편찬했다. 영남과 강원의 산악지대를 벗어나 충청·전라도 포교에 나서 충주와 청주, 보은, 공주, 익산, 부안으로 나아갔다.

경전 출간을 계기로 충청도 지식인들이 대거 입도했다. 경상·강원도 도인들과 성향이 달랐다. 기존의 도인들이 종교성을 중시했다면 충청도 도인들은 나라의 위기와 민중의 고통을 직시하며 동학의 변혁성에 주목했다.

해월은 수운의 가르침을 몸으로 실천했다. 자신을 배반한 사람조차 포기하지 않았다. 끈기 있게 접근해서 기어코 성실한 도인으로 만들었으며, 아무 일이 없을 때도 어김없이 짚신을 삼아 제자들이 건강을 걱정해 말리면 각단지게 말했다.

"사람이 거저 놀고 있으면 하늘이 싫어하오."

늘 관헌에 쫓겼다. 한 달이나 석 달 사이로 옮겨 다녔다. 하지만 새로 들어간 집에 어김없이 나무를 심어 가족과 제자들이 안타까움 반 답답함 반으로 물었다.

"당장 내일이라도 이사를 갈 수 있는데 뭐 하러 나무를 심으십니까?"

"우리가 떠난 뒤 이 집에 오는 사람이 나무의 그늘을 이용하고, 과실을 따 먹을 수 있다면 좋은 일이라오."

답도 소박했다. 언제 어디서든 무람없이 머슴이나 농부가 되기 일쑤였다. 생계는 부지런히 짚신이나 베를 짜서 해결하고, 자신을 찾아온 손병희를 반기며 자신 있게 말했듯이 미래를 낙관했다.

"우리의 도는 앞으로 크게 흥륭할 것이다."

손병희는 해월의 말을 깊이 새겼다. 해월의 장담은 상황적 근거가 있었다. 그 시점에 조선왕조는 기독교를 공인해 동학도 자유롭게 포교할 가능성이 높아졌고 경전 출간을 계기로 지식인들이 속속 입도했다.

"도에 드는 사람이 많으나 도를 알고 도를 통할 만한 사람이 적은 것을 한탄했는데, 그대는 열심히 공부하여 큰 도의 일꾼이 되기를 스스로 결심하라."

해월이 이른 말이다. 각별한 기대였다. 손병희는 스승 해월에게 시를 적어 올렸다.

천지일월이 가슴 가운데 들어오니 / 천지가 큰 것이 아니라 내 마음이 큰 것이요 / 남아의 말과 행동이 하늘과 땅을 움직일 것이니 / 천지조화도 나의 뜻이로다(天地日月 入胸中 天地比大 我心大 男兒言行動天地 天地造化吾任意).

담대했다. 하지만 객기가 묻어났다. 손병희를 아낀 해월은 곁에 두고 심부름도 시키면서 수행을 지도했다.

손병희는 몸이 곰처럼 듬직했다. 얼굴은 호랑이상이다. 해월은 손병희의 협기도 남달라 잘 가다듬으면 동학에 큰 기여를 하리라고 판단했다.

해월은 손병희를 시험도 했다. 부엌에 가서 커다란 솥을 화덕에 걸라 지시했다. 손병희가 힘들여 걸고 나오면 해월은 사소한 트집을 잡아다시 걸라 했다.

일곱 차례나 같은 지시를 되풀이했다. 손병희는 그때마다 불평 없이 수행했다. 해월은 드디어 도를 이어갈 일꾼을 얻은 듯 한포국했다.

해월과 손병희의 관계는 혼사로 더 견고해졌다. 1883년 해월은 손병희 누이와 결혼했다. 도피 중에 첫 아내가 두 차례나 투옥되었고 그뒤 행방이 묘연하자 제자들의 강권으로 홀어미와 재혼했지만 그녀마저 병으로 눈을 감았다.

아내의 삼년상을 마치자 제자들은 재취를 권했다. 해월은 환갑이 지났는데 무슨 새 장가냐며 거부했다. 하지만 측근들은 해월이 더 자유롭게 포교 활동을 펼 수 있게끔 내조할 후보를 물색했다.

혼사를 추진하며 손병희의 누이가 거론됐다. 신혼에 남편을 잃고 친정으로 돌아와 홀로 살던 상황이었다. 이미 몇 차례 해월의 옷을 지어보내 그때마다 바느질 솜씨에 칭찬이 자자했고 손병희도 '청춘과부'인 누이의 재혼에 찬동했다.

하지만 해월이 거절했다. 손병희는 누이를 찾아갔다. 새 옷을 지어 입히고 가마에 태워 함께 보은의 해월 거처를 전격 찾아 혼사를 매듭지었다.

손 씨는 스물다섯 살, 해월은 예순두 살이었다. 소소와 산월의 차이보다 더 컸다. 소소와 해월은 처남과 매부 사이가 되었고 젊은 아내가 아들 동희를 출산하자 해월의 얼굴은 더 해맑아졌다.

14

손병희가 동학을 익히고 포덕에 나설 때 정국은 급변했다. 1882년 6월 임오군란이 일어나고 대원군이 다시 권력을 잡았다. 하지만 중전 민비의 구원 요청을 받고 들어온 청나라 군대가 대원군을 군영으로 초대한 뒤 텐진으로 납치해 가는 생게망게한 일이 벌어졌다.

청의 내정 간섭은 갈수록 심했다. 반발한 개화파가 1884년 10월 갑신정변을 일으켰다. 영사관의 일본군을 믿고 정변을 일으켰으나 청군이 다시 개입해 실패하면서 조선왕조는 더더욱 외세에 휘둘렸다.

1876년 개항 이후 줄곧 그랬다. 조정의 지배세력은 반목했다. 외국의 침략은 갈수록 노골화했고 지배세력의 반목은 외세와 결탁한 권력다툼으로 전개되어갔다.

동학 지도부는 민중 속으로 파고들었다. 착실하게 포덕과 조직 강화에 힘 쏟았다. 무릇 중앙 권력이 무능하면 지방 관청에 탐관오리가 득실대게 마련이어서 양반들은 곳곳에서 동학인들의 재산을 남상대며 제 잇속을 챙겼다.

동학인은 언제든 체포할 수 있는 먹잇감이었다. 조정이 동학을 인정하지 않았기 때문이다. 가령 포도대장을 지낸 신정희의 아들이 아비의 힘을 믿고 동학인들의 재산을 멋대로 갈취해 원성이 자자했다.

손병희가 나섰다. 멀끔하게 옷을 차려 입고 신정희 집으로 찾아갔다. 포도대장을 역임한 부친의 명성에 큰 흠이 될 수 있다는 손병희의 논리적인 담력 앞에 아들은 뺏어 간 재물을 살그니 되돌려주었다.

청주 병사(兵史)도 수탈에 가담했다. 동학인이라는 이유로 돈 3000냥과 황소를 빼앗았다. '협객' 손병희는 당당하게 청주 병사를 찾아가 늠름한 기세로 거침없이 호언했다.

"당신이 불의로써 양민의 재산을 갈취한다면, 지금 이 순간부터 나도 당신을 불의로 대하겠소."

병사는 지레 겁을 먹었다. 갈취한 재산을 모두 게워냈다. 해월이 손병희를 '의암'이라 부른 이유도 불의를 보면 참지 못하는 성품을 높이 평가해서였다.

손병희와 청주 병사 이야기는 입소문을 탔다. 곳곳에서 동학에 대한 민중의 기대감이 높아갔다. 충청도 영동에 살고 있던 최바우도 소식을 전해 듣고 너무 통쾌해 대체 손병희가 어떤 사람인지 궁금해 만나보고 싶었다.

그런데 운명처럼 마주쳤다. 손병희가 포교하러 영동에 왔다. 해월은 동학의 근간 조직을 확고히 하는 한편 경상도 밖으로 교세를 더 확장하려고 손병희를 비롯한 제자들과 함께 1890년부터 강원·충청·전라 삼도를 순방하고 있었다.

가는 곳마다 자발적으로 입도하는 민중이 많았다. 손병희가 영동에서 동학사상 강연을 마쳤을 때다. 최바우는 과연 청주 병사를 당당히 꾸짖을 만큼 걸출하다고 생각했지만 솔직한 모습에 더 감동했다.

"이 사람은 양반이 아니올시다. 중인계급이고 그것도 서자입니다. 양반들의 세상이 싫어 술과 노름으로 세월을 보냈소이다. 그러던 제가, 보십시오, 이렇게 여러분께 수심정기의 이치를 전해주고 있잖습니까. 저는 동학으로 다시 태어났소이다. 더는 더러운 세상에 순응하며 살지 않겠다고 다짐했거든요. 동학이 새 길을 열어주었기 때문입니다."

마지막 두 마디에 정신이 번쩍 들었다. 가슴팍에서 무엇인가 올라와 목울대까지 뜨거워왔다. 바우는 강연이 끝나고 손병희에게 다가가 스멀스멀 올라오던 의문을 도전적으로 투박하게 던졌다.

"동학이 새로운 세상을 만드는 길이라는 말, 믿어도 되오?"

"그 말에 분명히 말하겠소. 나를 믿지 마시오. 동학의 가르침을 믿으시오. 스스로 하늘임을 믿으라는 말이오. 동학을 익히면 자연스레 판단이 설 거요."

예상과 달랐다. 손병희는 자신을 믿어보라고 말하지 않았다. 설령 그렇게 말했어도 산골고라리였던 바우는 믿을 준비가 되어 있었지만 손병희는 자기를 믿지 말라며 "스스로 하늘임을 믿으라"고 했다.

바우는 손병희가 한층 더 존경스러웠다. 더구나 소탈했다. 그날 바우의 집에서 손병희가 하룻밤을 보냈는데 귀한 손님을 모시기엔 너무 누추하다고 민망해하자 오히려 신혼살림하는 집에 묵게 되어 미안하다며 답례로 자신이 삼은 짚신을 숫접게 건넸다.

다음 날 떠나기 전이다. 가는 길에 점심으로 주먹밥을 내밀자 손병희가 정겨운 미소로 받았다. "건달이던 내게도 하늘이 있었는데 착하기 견줄 데 없는 그대 안에 없을 리 없소"라며 바우 부부에게 가슴의 하늘을 잘 모시라고 권했다.

동학은 빠르게 퍼져갔다. 조선왕조가 교조를 참형하며 탄압해도 막을 수 없었다. 탐관오리들 아래 고통을 받으며 어떤 희망도 없던 민중은 최바우가 여실히 보여주듯이 새로운 사상을 갈망하고 있었다.

동학이 나타나기 전에 민중은 기댈 언덕을 찾지 못했다. 유·불·선 두루 한계가 헨둥했다. 조선의 국시 유학은 양반 기득권 세력의 이데올로기로 전락해 억압적인 허례허식 수준으로, 불교는 숭유억불의 영향을 받아 산중의 기복 불공으로, 은밀하게 명맥을 유지해온 도교는 현실에서 도피하는 명분으로 쇠락했다.

어디에도 희망이 없었다. 민중의 삶은 외우내환에 직면했다. 수운과 해월을 흠모하며 경전을 읽고 공부하던 손병희는 동학이 시천주의 주인 정신과 사인여천의 평등사상에 더해 후천개벽의 전망으로 새로운 사회를 열어갈 무기임을 터득해갔다.

마침 교세가 확장되면서 새 흐름이 나타났다. 개인 차원의 개벽에 만족할 수 없는 사람들이 늘어났다. 동학인들 사이에 사회 개벽을 요구하는 목소리가 높아간 것은 본디 만민평등 사상을 지녔기에 자연스러운 추세였다.

소소가 해월을 모시며 공부하고 있을 때다. 해월을 찾아온 사람 가운데는 김구도 있었다. 훗날 대한민국 임시정부를 꾸려나간 그 백범이다. 청소년 김구 또한 양반계급에게 수모를 받고 커왔기에 동학의 평등주의가 가슴에 다가와 입도하고 몇 달도 지나지 않아 수백여 명에게 전파해 '아기 접주'라는 별명을 얻었다.

1893년 김구는 황해도 대표단에 선발되었다. 보은에서 여러 접주들 틈에 끼여 해월을 만났다. 열일곱 살 김구가 해월 집을 찾았을 때 어느 고을에서 동학인들의 온 가족을 잡아 가두고 재산을 강탈했다는 보고가 들어왔다.

"호랑이가 몰려 들어오면 가만히 앉아 죽을까. 참나무 몽둥이라도 들고 나서서 싸워야지."

해월이 보고에 답했다. 김구는 큰 감동을 받았다. 해월을 만나러 전국 각지에서 모여든 접주들은 그 말을 듣고 때가 오면 투쟁에 나설 각오를 다지며 고향으로 돌아갔다.

동아리 접의 규모가 날로 커졌다. 더 큰 조직으로 포(包)를 도입했다. 포접제는 동학하는 사람들 사이를 끈끈하게 이어주었고 '사회 개벽' 논의가 활발하게 일어난 밑절미였다.

해월을 정점으로 서장옥·김연국·손천민·손병희가 동학을 이끌었다. 서장옥이 앞장서서 사회 개벽을 주창했다. 손병희는 최시형의 뜻을 따라 포덕에 힘쓰며 멀리 평안도 압록강 일대와 함경도까지 오갔다.

동학 조직에서 손병희의 신망이 빠르게 높아갔다. 따르는 사람도 많았다. 손병희가 의기와 덕행, 솔선수범과 진지한 수행으로 도인들 입에 오르내리자 최시형의 신뢰는 갈수록 두터워졌다.

해월과 도인들에게는 숙원이 있었다. 억울하게 죽은 교조의 맺힌 한을 푸는 신원(伸寃)이 그것이다. 조선왕조가 수운에게 낙인찍은 혹세무민은 얼토당토않았기에 동학인들은 교조에게 들씌워진 올가미를 벗기는 일이 도인으로서 의무라고 생각했다.

해월은 삼례 집회를 구상했다. 손병희는 성과 있게 치르려고 동으로 서로 바삐 움직였다. 도인들은 삼례에 집결해 교조 신원으로 동학의 합법적 활동을 보장받고, 만인평등의 시천주 세상을 열어가고자 했다.

삼례에 1만여 명이 모였다. 동학 최초의 대규모 집회였다. 삼례 집회는 손천민을 상소 대표자로 삼아 충청도와 전라도 관찰사에게 조정이 오래전부터 탄압해오던 천주교와 야소교(예수교)도 인정한 마당에 굳이 동학만 배격하고 유린할 이유가 없다고 호소하면서 서리와 군졸들이 선량한 도인들을 탄압하고 살상하는 비인도성을 고발했다.

삼례 집회는 교조 신원과 교단의 자유로운 활동을 목표로 삼았다. 조선왕조는 모르쇠를 놓았다. 신원만 두고 본다면 삼례 집회는 아무런 열매를 맺지 못했다고 볼 수 있겠지만, 동학 운동이 처음으로 '정치 집회'의 길을 열었다는 의미가 컸다.

동학을 '이단'으로 몰아치는 유생의 상소가 잇따랐다. 역설적으로 그만큼 성과를 거둔 셈이다. 조선왕조가 저지른 부당한 탄압이 동학으로 하여금 정치 현실을 바꾸는 운동에 한 걸음 더 내디디게 했다.

조정은 삼례 집회 이후에도 완강했다. 동학을 시들방귀로 여기거나 적대시했다. 동학 내부에서 평화적인 신원 운동을 통해 교조의 한을 풀고 신앙생활부터 보장받아야 옳다는 흐름과 달리 동학 창도정신을 실천하려면 낡은 신분체제를 타파하고 후천개벽을 목표로 투쟁에 나서야 옳다는 강경파가 힘을 얻기 시작했다.

전자의 흐름은 최시형과 김연국·손천민이 주도했다. 후자의 흐름은 서장옥이 대표했다. 손병희는 최시형의 지침에 따라 교단 보전을 중시하면서도 후천개벽을 이루려면 동학인들이 더 힘을 길러야 옳다고 보았다.

15

1921년 내내 소소의 병세는 위중했다. 동맥경화에 당뇨, 늑막염까지 합병 증세가 나타났다. 산월의 지극한 간호와 천도교인들의 기도로 다소 호전되었다가도 악화되기를 되풀이하며 불면증에 시달려 손발이 붓고 말도 어눌했다.

산월은 새벽 5시면 어김없이 촛불을 밝혔다. 누워있는 소소에게 산월의 촛불은 삶의 의지를 새록새록 북돋아주었다. 촛불의 불꽃을 보노라면 마치 증기기관차에서 보는 끝없이 이어진 열차 창문 밖 풍경처럼 지난 나날이 눈앞을 스쳐가 그 추억으로 몸 여기저기서 보내오는 고통을 이겨갈 수 있었다.

1893년 3월 동학인들이 다시 모였다. 서울 광화문에서 대규모 집회를 열었다. 세자 생일을 맞아 과거를 치렀기에 전국에서 온 선비들이 광화문 주변에 몰려있던 상황을 십분 활용해 대궐 앞에서 교조 수운의 한을 풀어달라는 상소를 올렸다.

손병희 자신도 과거 보러 온 선비처럼 차려입었다. 단속을 피해 서울로 들어서려는 계책이었다. 서울에 모인 동학 지도부 50여 명이 3월 28일 오전부터 광화문 앞 길바닥에 엎드려 상소문을 왕에게 올릴 때,

바우와 동학인 수천 명이 그들을 지켜주려 담장처럼 에워싸고 있었다.

123년 뒤 바로 그곳에서 후손들은 대통령 하야를 외치며 촛불을 들었다. 조상들처럼 촛불 또한 다른 촛불을 지켜주며 하나를 이뤘다. 광화문에서 촛불을 든 민중 개개인이 자신의 몸을 친가·외가로 추적해 거듭 올라가면 이름조차 모르는 조상 누군가가 그날 동학인으로 집단 상소에 참여했을 가능성이 높을 터다.

가슴에 품은 뜻이 같았다. 방법도 평화적이었다. 2016년 광화문 '촛불 집회'가 그랬듯이 1893년의 광화문 '동학 집회'도 군림하는 권력의 어둠을 밝히려고 나선 민중의 불길이었다.

손병희는 손천민과 더불어 상소문을 올렸다. 정부가 동학을 서학으로 모는 잘못을 논리적으로 지적했다. 억울하게 죽은 수운을 비롯해 동학하는 사람들은 외세로부터 조선을 지키려는 백성들이므로 조선왕조에 아무런 폐해를 끼치지 않는다며 지극히 온건한 주장을 폈다.

꽃샘추위가 몰아쳤다. 그럼에도 사흘 낮밤 내내 광화문을 지켰다. 동학인들은 스승 수운을 잃은 자신들의 슬픔을 토로하고 조정이 자신들의 진정성을 몰라준다고 절규하며 동학 활동을 보장해달라고 상소했다.

서장옥은 예리하게 상황을 지켜보았다. 그의 결론은 봉기였다. 광화문에 모인 동학인들 가운데 날쌘 청년들을 엄선해 대궐 담을 넘어 기습하고 고관들을 제거해 조정을 개혁하는 혁명적 항쟁을 제안했다.

손병희와 손천민은 거부했다. 해월의 뜻을 거슬러 상소 방침을 임의로 바꿀 수 없었다. 서장옥은 최시형이 살아있는 한 동학교단 상층부를 움직일 수 없다고 판단해 손병희, 손천민과도 차츰차츰 거리를 두기 시작했다.

광화문 상소 효과는 컸다. 동학인들이 왕궁 앞에서 집단상소 한다는 소식이 퍼져갔다. 양반이 아닌 사람들까지 당당하게 왕에게 요구하는 풍경은 상상만으로도 가슴이 벅찬 일이어서 동학에 입도하는 민중이 크게 늘어났다.

상소 사흘째 오후였다. 대궐 문이 열렸다. 어깨에 잔뜩 힘을 주고 거드름을 피우며 비단옷을 입은 벼슬아치가 나타나 왕의 전교를 읽었다.

"너희들은 그만 집으로 돌아가 생업에 힘쓰며 가만히 있으라. 그러면 너희들 소원에 따라 베풀어주리라."

짧은 말 한마디가 전부였다. 손병희는 임금을 믿고 해산하자고 설득했다. 딴은 왕명이기에 거역할 수도 없어 동학인들은 광화문에서 공식 해산하고 서울을 떠나 고향으로 향했다.

하지만 지엄한 왕명의 실체가 곧 드러났다. 동학인들이 분산되자마자 거센 탄압이 들어왔다. 마음 놓고 돌아가던 길에서 무더기 연행이 이어져 왕명이 한낱 기만책이자 사기술이었음을 스스로 폭로했다.

최바우는 남쪽으로 가던 동학인들에게 에움길을 제안했다. 평지로 가면 관군의 체포 망에 걸려들 터였다. 충주 월악산으로 들어가 소백산맥 능선을 타면 민주지산을 거쳐 지리산까지 이어지므로 접끼리 무리 지어 산짐승도 피하고 안전하게 고향 집에 갈 수 있다고 설명했다.

억실억실한 바우의 안내를 따른 도인들은 모두 무사히 귀가했다. 바우도 민주지산에서 내려와 밀골 집에 돌아왔다. 월악산에서 민주지산까지 능선을 걸으며 바우는 조선의 산하가 새삼 아름답다는 사실을, 하지만 나라는 더없이 추악하다는 진실을 절감했다.

온건 노선을 주도해온 해월마저 분개했다. 겉과 속이 다른 왕의 비열한 처사는 강경파의 입지를 강화해주었다. 손병희는 대궐을 기습해 부패한 고관들을 모두 해치우자는 서장옥의 인식이 더 현실적이지 않았을까 되짚어보았다.

동학 지도부는 곧 새로운 집회를 준비했다. 1893년 4월 최시형과 청주·보은·옥천·영동의 간부들이 옥천 김연국 집에 모였다. 보은에서 조선 8도의 도인을 모두 모아 서울에서 이루지 못한 교조신원운동을 재개키로 결정하고, 각 도에 보낼 '통유문'에서 외세가 갈수록 기승을 부린다며 '일본과 서양 세력을 물리치는 것이 정의(斥倭洋倡義)'임을 선포했다.

통유문은 나라 안으로는 기강이 무너지고 있다고 개탄했다. 전략상 왕과 권신들을 분리했다. "우리 성상께서는 자애롭게 각기 생업에 충실하면 큰 혜택을 베풀어 소원을 들어주려 했으나 어찌하여 지방 관속들은 임금님의 홍은을 입은 생각은 않고 여러모로 침탈함이 전보다 더해 가느냐"고 비판했다.

우리 모두는 망해버릴 것이니 설사 편안히 살려 하여도 어찌할 수 있으랴. 생각다 못해 다시 큰 소리로 원통한 일을 진정하고자 알리노니 각 포도인들은 기한에 맞추어 일제히 모이라. 하나는 도를 지키고 스승님을 받들자는 데 있으며, 하나는 나라를 바로 도와 백성을 평안하게 하는 계책을 마련하자는 데 있다.

보은 집회는 예상보다 훨씬 늘쳤다. 동학인 2만여 명이 농성에 들어갔다. 손병희는 전국 여러 마을에서 모인 수만 명이 아무런 사고 없이 보름 넘게 농성할 수 있도록 질서 있게 집회를 이끌어 다시 한 번 지도력을 입증했다.

조선왕조는 긴장했다. 보은군수를 현지에 보냈다. 해산을 종용했지만 동학인들은 교조신원과 척왜척양, 보국안민의 주장 가운데 대체 무엇이 잘못인지 되물었다.

조정은 강제 해산을 검토했다. 하지만 2만여 명을 해산할 병력이 없었다. 청나라에 파병을 요청했으나 거절당하는 망신을 당한 뒤에야 어윤중을 선무사로 보내 동학 지도부와 타협을 모색했다.

타협은 나름 의미가 있었다. 탐관오리의 대표로 지목된 충청감사 조병식을 처벌했다. 비록 교조신원의 목적을 이루진 못했으나 2만여 도인들 모두 고향으로 무사히 돌아갔으며 동학이 중앙정부를 상대로 협상을 할 만큼 종교적 결집력과 정치적 영향력을 지녔음을 입증해주었다.

조선왕조는 체제를 유지할 능력을 잃고 있었다. 사회 변혁의 객관적 조건이 무르익은 셈이다. 지주들에 기반을 둔 양반계급의 학정을 더는 참을 수 없어 민란이 전국 곳곳에서 일어났으나 모두 단발성으로 그친 까닭은 뚜렷한 사상과 조직이 없어서였다.

민란에 나선 농민들은 언제나 혹독한 보복을 당했다. 하지만 역사는 민중의 희생을 딛고 나아가게 마련이다. 가혹하게 보복당하는 참담한 풍경을 지켜보거나 소식을 들은 이웃 농민들 사이에서 분노가 차갑게 쌓여가고 있을 때 동학이 후천개벽의 사상과 조직으로 민중 앞에 나타났다.

조병갑. 여러 고을의 수령을 거친 그가 고부군수로 왔다. 1892년 4월 부임하자마자 작심한 듯 갖가지 명목으로 재산 불리기에 나선 조병갑은 농민들에게 세금을 면제해주겠노라 약조하며 황무지를 개간하라 부추기곤 추수기가 오자 세를 징수했다.

부유한 평민들의 재산을 갈취하는 방법도 다양했다. 일단 무조건 붙잡아 들였다. 이어 불효·불목·음행·잡기 따위의 죄명을 씌워 어귀어귀 삼킨 재물이 2만여 냥에 이르렀다.

대동미도 쌀로 받지 않았다. 돈으로 거뒀다. 그 돈으로 품질이 나쁜 쌀을 사서 조정에 보내며 차액을 착복하고, 세곡을 운송하는 과정에서도 쌀을 빼돌리곤 '부족미' 명색으로 더 거두었다.

가증스럽게도 사뭇 '효자'를 자처했다. 아비의 공덕비를 세운답시고 1000여 냥을 거뒀다. 고부와 태인의 농민들이 수리의 혜택을 받고 있던 만석보가 멀쩡한데도 농민들을 동원해 조금 더 쌓게 하고는 그해 가을에 '신축' 명분으로 수세를 거둬 쌀 700여 석을 챙겼다.

조병갑은 갈퀴처럼 재산을 긁어모았다. 농민들은 진정서를 제출하자는 뜻을 모았다. 1893년 11월 15일 접주인 전봉준이 진정서를 써서 농민 40여 명과 함께 조병갑을 찾아가 호소했으나 묵살당했다.

전봉준은 결단했다. 더는 조병갑 따위에 순종하며 살 수 없었다. 봉기를 준비하고 사발통문을 작성할 때 조병갑이 익산 군수로 전근 명령을 받아 유보했다.

운명의 장난인가. 새로 부임한 고부군수들이 계속 다른 곳으로 발령 났다. 두 달도 안 되어 조병갑이 다시 고부군수로 오자 1894년 2월 10일 마침내 전봉준이 봉기했다.

농민 수천 명이 모였다. 고부관아를 쳤다. 불법으로 수탈당한 수세미(水稅米)를 굶주린 민중에게 돌려주자 소문은 삽시간에 퍼졌다.

조병갑은 재빨랐다. 담을 넘어 도망쳤다. 자신을 잡으러 쫓아오던 동학인들로부터 가까스로 벗어난 조병갑은 농민들의 목숨을 건 봉기 앞에 성찰하긴커녕 언젠가 이날의 수모를 반드시 갚아주겠노라고 부르르 염소수염을 떨었다.

16

    동학농민군은 열흘 만에 만여 명으로 불어났다. 고부 백산에 집결한 농민들은 우레와 같은 환호로 녹두 전봉준을 대장에 추대했다. 사람을 죽이거나 재물을 손상하지 말 것, 충효를 다하여 세상을 구하고 백성을 편안히 할 것, 일본 오랑캐를 내쫓을 것, 군사를 거느리고 입경하여 권귀를 모두 죽일 것을 4대 강령으로 선포했다.

    장군 녹두는 창의문을 공표했다. 봉기의 목표로 탐관오리 숙청과 보국안민을 천명했다. 녹두는 조선왕조의 "공경부터 방백 수령까지 모두 국가의 위태로움은 생각지 아니하고 한갓 자신을 살찌우는 것과 가문을 빛내는 데에만 급급하다"고 지적했다.

    사람 선발하는 문을 돈벌이로 볼 뿐이며, 과거 응시의 장소를 물건을 사고파는 시장으로 만들었다. 허다한 돈과 뇌물은 국고로 들어가지 않고 도리어 개인의 배만 채우고 있다. 국가는 누적된 빚이 있으나 갚을 생각은 아니하고 교만과 사치와 음란과 더러운 일만을 거리낌 없이 자행하니 8도는 어육이 되고 만민은 도탄에 빠졌다. 수령들의 탐학에 백성이 어찌 곤궁치 아니하랴. 백성은 나라의 근본이라. 근본이 쇠잔하면 나라도 망하는 것이다. 보국안민의 방책은 생각하지 아니하고 오로지 제 몸만을 위하고 부질없이 국록만을 도적질하는 것이 어찌 옳은 일이라 하겠는가. 우리는 비록 초야의 유민이지만 임금의 토지를 부쳐 먹고사니 어찌 국가의 존망을 앉아서 보기만 하겠는가. 8도가 마음을 합하고 수많은 백성이 뜻을 모아 이제 의로운 깃발을 들어 보국안민으로써 사생의 맹세를 하노니, 금일의 광경은 비록 놀랄 만한 일이기는 하나 경동하지 말고 각자 그 생업에 편안히 하여 함께 태평세월을 빌고 임금의 덕화를 누리게 되면 천만다행이겠노라.

구구절절 옳은 소리였다. 하지만 지배세력은 민중의 소리에 조금도 공감하지 않았다. 되레 버르장머리를 고쳐놓겠다며 관군을 총동원해 진압에 나섰지만 어림없었다.

농민군은 거뜬히 관군을 격파했다. 기세를 몰아 정읍으로 진격했다. 마침내 전주성까지 서부렁섭적 함락하고 호남 일대를 평정한 농민혁명군은 고을마다 집강소를 설치했다.

부패 관리를 쫓아냈다. 지역 민중 사이에서 존경받는 동학인을 선정해 행정을 맡겼다. 호남의 53개 고을에 집강소를 세운 일은 조선 역사상 처음으로 민중이 권력을 쥐고 민중을 위한 민중의 정치를 실현한 기념비적 사건으로, 프랑스의 파리코뮌과 견줄 수 있다.

코뮌에 나섰던 프랑스 민중과 동학인들이 소통할 수는 없었다. 유라시아대륙의 서쪽과 동쪽으로 너무 멀었다. 하지만 1871년 프랑스의 수도 파리를 민중 스스로 통치했던 코뮌과 1894년 조선의 호남 일대를 민중 스스로 다스린 집강소의 성격은 어금버금하다.

동학지도부는 폐정 개혁에 나섰다. 호남 각 고을의 집강을 통해 행정 지침을 공표했다. 밑으로부터 개혁에 나선 집강소 운영의 12개 준칙은 동학인과 정부의 협력, 탐관오리 엄징, 횡포한 부호 엄징, 불량한 유림과 양반 엄징, 노비 문서 소각, 천인의 대우 개선과 백정 머리의 평양립 탈거, 청춘과부의 재가 허락, 무명잡세 근절, 관리 채용 시 지벌(地閥) 타파와 인재 등용, 외적과 내통하는 자 엄징, 기왕의 공사채 무효화, 토지 균작으로 당대의 시대정신이었다.

호남에서 집강소가 활동하던 시기에 다른 지역 상황은 사뭇 달랐다. 심지어 해월도 관군과 전면전을 벌인 녹두가 불편했다. 고부접주 녹두 전봉준이 칼을 뽑았을 때 교주와 동학 지도부는 적극 호응하지 않았으며 비판에 나서기도 했다.

호남 농민군들은 동학 지도부를 '북접'으로 불렀다. 충청도의 동북지역을 중심으로 활동했기 때문이다. 북접은 교조의 신원에 집중하며 동학을 공인받는 과정에서 개개인의 억울함도 손병희가 청주 병사를 찾아가 해결했듯이 개별적으로 풀어가려 했을 뿐 전면적인 농민전쟁은 고려하지 않았다.

농민군들은 '남접'을 자처했다. 북접과 남접은 사회경제적 기반도 달랐다. 동학 지도부인 북접이 대체로 중농과 부농을 근거했다면, 남접은 최하층 농민에 기반을 두었고 탐욕적인 지배세력과 직접적이고 전면적인 대결을 주장했다.

농민군이 잇따라 승전할 때 교단의 지원은 전혀 없었다. 외려 정부군과 함께 농민군을 토벌해야 옳다는 주장도 나왔다. 실제로 최시형은 그 의견을 받아들여 '고절문(告絶文)'을 짓고 각 포에 보냈다.

우리 교는 남북 어느 포를 막론하고 모두 용담에서 연원하였지만 위도존사(衛道尊師)하는 것은 오직 북접뿐이다. 지금 들으니 호남의 전봉준, 호서의 서장옥은 따로 문호를 세워 남접이라 이름 짓고서 창의한다는 핑계로 평민을 침탈하고 도인을 죽게 하는 것이 극도에 이르렀다. 지금 다스리지 않으면 훈유(薰猶: 향기 나는 풀과 악취 나는 풀)를 분별하지 못하고 옥석이 모두 타버리게 될 것이다. 그러므로 이에 글을 지어 절교를 고하니 8도 각 포에서 우리 북접을 믿는 자는 더욱더 분발하여 성심으로 하나같이 각 포 교령의 검속에 따라 조금도 어긋남이 없이 하고 함께 사문의 난적을 토벌함이 옳을 것이다.

교단은 '벌남기(伐南旗)'까지 만들었다. 남쪽 농민군 토벌에 나서겠다는 의지였다. 교단 지도부가 호남의 농민군을 공격할 채비를 했지만 동학인들 사이에 내부 분열을 우려하는 목소리가 높아갔다.

게다가 민비가 청나라 군대를 불렀다. 뒤따라 일본군이 들어오면서 정세도 크게 바뀌었다. 무엇보다 북접이 남접의 봉기에 찬성하지 않고 심지어 적대시까지 했음에도 조선왕조의 관군과 일본군은 남접이든 북접이든 모두 동학으로만 보고 '대토벌'을 준비했다.

동학인들은 분열되어 남과 북 모두 전멸할 수 있었다. 중견 접주들은 지금이라도 남접과 북접이 단결해야 옳다고 판단했다. 중견 접주들로부터 중재 책임을 맡은 오지영은 먼저 삼례에 주둔하고 있는 전봉준을 만나고 이어 보은에 머물고 있던 해월과 교단 지도부를 방문해 호소했다.

"도로써 난을 일으킴은 물론 잘못된 일입니다. 그러나 일이 이미 그 지경에 이른 이상 그르다고는 할지언정 우리 내부에서 그것을 무력으로 치는 것도 잘못 아닐까요? 또 북접에서 치기 전에 관병과 일병과 청병이 이미 치기 시작했습니다. 도인과 군대가 서로 싸우게 되면 강약의 부동으로 필경 도인이 패할 공산이 큽니다. 그런데 설상가상으로 북접이 그것을 또 치면 남접은 더 속히 망할 것은 명약관화한 일입니다. 약자로서 강자와 싸우다가 멸망을 자취하는 남접도인은 아무도 원망할 사람이 없겠으나 강자를 도와 싸움에 승리를 거둔 북접도인들은 장차 무슨 면목으로 세상을 대하겠습니까."

논리 정연했다. 해월은 묵묵부답이었다. 오지영이 해월의 태도를 보고 중재가 실패했다는 좌절감에 사로잡힐 때 손병희가 말문을 열었다.

"해월 스승님은 이미 오래전부터 우리 도인들이 재산을 강탈당했다는 보고를 들으시고 '호랑이가 몰려 들어오면 가만히 앉아 죽을까. 참나무 몽둥이라도 들고 나서서 싸워야지'라고 일러주셨소이다. 다만 스승님이 경계하신 것은 지금 시점에서의 전면 봉기입니다. 자칫 우리 교단의 존폐가 위험할 수 있기에 신중하셨던 것이외다. 하지만 지금 보고를 들은 대로 상황이 바뀌었소이다. 관군과 일본군이 손잡고 우리 도인들을 치러 나섰습니다. 스승님께서도 이제 변화한 현실에 맞춰 마땅히 남접 도인들의 손을 잡아야 옳다고 생각하실 줄 압니다."

탁월한 솜씨다. 해월의 권위를 살리면서도 방향을 바꿨다. 모두의 눈길이 모아지자 해월은 말없이 손병희를 바라보고는 천천히 고개를 끄덕여 동의했다.

손병희는 추진력도 강했다. 각 포에 보낸 고절문을 자신이 거두겠다고 말했다. 이어 벌남기 대신 보국안민의 깃발을 들어야 한다고 건의해 해월의 승인을 받아냈다.

오지영은 손병희의 그릇을 다시 보았다. 손병희의 용기 있는 결단으로 동학 내부의 유혈 싸움을 가까스로 피했다. 북접 중심의 동학교단도 남접 중심의 농민혁명에 참여키로 뜻이 모아지자 해월은 각 포 두령들에게 9월 18일 보은의 청산으로 모이라고 동원령을 내렸다.

해월은 모두 하늘의 뜻이라고 선언했다. 남접의 전봉준과 힘을 모으라고 호소했다. 교단의 모든 조직을 통해 보국안민에 나서라 촉구하며 농민전쟁에 동참한 해월은 북접군 사령관인 통령에 손병희를 임명했다.

손 통령은 신속하게 진영을 갖췄다. 전경주 포를 선봉으로 좌우에 이종훈과 이용구 포를 배치했다. 해월은 통령깃발을 주며 "인심이 곧 천심이라 했다. 동학 도인들은 모두 일어나 전봉준과 협력하고 스승의 억울함을 풀며 우리 도의 큰 뜻을 펼쳐라"고 명을 내렸다.

17

손병희 나이 서른세 살이었다. 해월의 명을 받아 북접의 통령이 되었다. 동학에 입도한 날부터 손병희는 수행·포덕과 교조신원운동에 적극 나섰고 중견 간부를 거쳐 보은집회에 역량을 드러내면서 보국안민과 척왜척양의 깃발을 높이 든 북접 혁명군을 지휘하는 막중한 책임을 맡았다.

총동원령에 민중은 적극 호응했다. 삽시간에 10만 명이 보은에 모였다. 최시형의 명령과 함께 손병희가 지휘한 북접 동학군은 비록 훈련받지 않은 농민군이었지만 보은 수비대를 가볍게 격파했다.

농민군은 수비대의 무기로 무장했다. 두 갈래로 진군했다. 한 갈래는 영동·옥천에서 논산으로 직행하고, 다른 갈래는 회덕—현재의 대전광역시 중구·동구·대덕구 일대—으로 가서 관군을 물리치고 남접 농민군과 합류키로 했다.

손 통령은 회덕으로 갔다. 관군을 제압하고 마을 주민들에게 '하늘의 뜻'을 따르자고 역설했다. 마을을 지나칠 때마다 평소 원성 높던 양반들을 꾸짖거나 응징했는데 열네 살 신채호도 그 광경을 지켜보며 역사의식에 눈뜰 수 있었다.

이윽고 논산에 이르렀다. 멀리 동학농민군의 대장기가 나부꼈다. 녹두장군을 곧 만난다는 기대로 북접 통령 손병희는 설렜고 그의 호위병 최바우의 가슴은 뒤설렜다.

녹두 전봉준. 바우에게 녹두는 동학접주이자 전주성을 함락한 영웅이었다. 가난한 민중의 한 사람으로 죽창 들고 일어난 녹두는 썩어 문드러진 조선왕조에 새 길을 열겠다며 서울 왕궁까지 진격해갈 뜻을 모든 동학인들에게 당당히 천명한 대장군이다.

'녹두장군' 말부터 정감 넘쳤다. 키가 작다는 말을 들어 더 궁금했다. 기골이 장대한 손 통령을 호위하는 바우는 혁명을 지도하는 작은 체구의 대장군을 선뜻 상상하기 어려웠다.

이윽고 손병희가 지휘부에 도착했다. 이미 북접 농민군이 온다는 소문이 퍼져있었다. 남접의 농민군들은 손병희가 걸어가는 길 양옆에 늘어서서 기율 있게 맞이하며 만세를 부르고 환호하며 박수쳤다.

소소를 호위하던 바우는 눈시울이 붉어왔다. 동지애가 무엇인가를 실감하는 벅찬 순간이었다. 손병희는 자신을 환영해주는 농민군들을 좌우로 살피고 미소를 지으며 앞으로 나가느라 그 길 끝에 이미 녹두가 나와 기다리고 있는 줄을 미처 몰랐다.

호위병 최바우가 먼저 발견했다. 심장이 떨렸다. 바우는 손 통령에게 바투 다가가 귓속말로 전했다.

"통령님, 저 앞에 녹두 장군께서 나와 계십니다."

손병희가 바로 눈 돌려 앞을 보았다. 눈빛 형형한 사내가 기품 있게 서있었다. 눈이 마주치자 하얀 두루마기 입은 사내는 웅숭깊은 미소를 지으며 조용히 오른손을 들어 인사했다.

녹두였다. 키는 분명 작았지만 그런 느낌이 전혀 들지 않았다. 풍문으로 듣고 상상했던 모습보다 훨씬 돋보여 손병희는 저도 모르게 두 손을 모아 공손히 고개를 숙였다.

녹두는 손병희의 손을 힘차게 맞잡았다. 이어 천막 안으로 안내했다. 깔끔하게 정리된 탁자를 놓고 마주 앉아 가까이서 본 녹두의 얼굴은 참으로 청수했다.

두 눈 가득 정채가 묻어났다. 손병희가 여태 보지 못한 힘 있는 눈빛이다. 녹두가 먼저 말을 꺼내 손병희가 중재 과정에서 큰 결단을 내린 사실을 칭찬했다.

"손 통령 덕분에 단합이 성사됐다고 들었소."

"최종 결정은 해월 신사님께서 내리셨습니다."

"해월 선생님, 건강하시오?"

"그럼요. 해월 선생께서 각 포에 고절문을 내린 것은……."

"아, 그거요? 말을 잘라 미안하오만 공연히 지난 일을 들출 필요는 없다고 생각하오. 그러기엔 지금 우리 앞길이 너무 험하오. 더구나 이렇게 우리 손 통령과 내가 만나고 있잖소. 됐소이다. 지난 일을 깨끗이 접고 더불어 내일을 논의합시다."

"고맙습니다. 다만, 해월 신사께선 제게 전봉준 장군이 얼마나 동학을 알고 있는지 확인해보라고 하셨습니다."

"허허허, 우리 해월 선생님께서 내가 동학을 겉으로만 내세우는 줄 알고 계신 게로군. 좋소, 손 통령이 솔직히 이야기해주어 더 고맙구려. 자, 얼마든지 시험해보시오."

"아, 시험이나 그런 건 아닙니다."

"허허, 괜찮소. 우리 북접과 남접이 힘을 모으는 이 순간에 모든 게 선명하면 좋지 않겠소? 손 통령, 첫 봉기에 나서 오늘 이 순간까지 내 가슴에는 탐관오리와 외세에 대한 증오와 함께 무수한 촛불이 타오르고 있소."

"촛불이라면……."

"고부에서 처음 일어나 새로운 세상을 만드는 길에서 이미 죽은 민중, 지금 목숨 걸고 싸우려는 민중, 그들 모두는 이 땅의 어둠을 밝히는 촛불이라오. 모두 자신의 몸을 태워 밝은 세상을 만들려는 의지가 넘쳤소. 그 촛불의 밑절미에 무엇이 있는지 아시오?"

"……."

"경천수심(敬天守心)이오. 바로 손 통령과 내가 따르는 도의 고갱이 아니겠소."

손병희는 감동했다. 심장마저 서늘해왔다. 아무 말 없이 녹두장군을 바라보며 존경심이 번져갔다.

"경천수심이라는 사상을 우리 동학인들이 공유하고 있기에 지금까지 단결하며 싸워올 수 있었소. 하늘을 우러러 마음을 깨끗이 한 사람들이 힘을 모아야 뜻을 이룰 수 있지 않겠소. 거사를 시작할 때부터 저들과의 생사를 건 싸움에 나설 때까지 틈날 때마다 동학 주문을 외우게 한 이유라오. 우리식 정신 훈련인지라 나도 솔선수범하고 있소."

손병희는 감동했다. 가장 투철한 동학인이었다. 해월이 직접 보더라도 하늘이 내린 대장군이라고 격찬하리라 확신했다.

그날 녹두와 손병희는 가슴을 열었다. 대장기 나부끼는 막사 아래였다. 녹두는 경천수심에 끌려 마음을 바로잡는 공부를 했을 뿐만 아니라, 다산 정약용의 실학사상과 경세이념까지 학습했다.

다산이 귀양살이한 곳이 강진이다. 그곳 언덕의 초당에서 다산은 개혁안 담은 책을 썼다. 남도의 동학 접주들 사이에선 다산이 남긴 작품들이 폭넓게 소통되었으며, 녹두와 농민혁명군이 주장한 '토지 균작'은 다산의 토지개혁론과 맞닿아있었다.

녹두는 다산과 수운을 익혔다. 실학을 학습하고 경천수심으로 마음을 다스렸다. 그 결과 녹두는 확고한 신념에 찬 모습으로 민중 앞에 나타날 수 있었고, 그 자신 접주로서 동학인들의 신뢰를 받았기에 강력한 혁명군을 구성할 수 있었다.

조정도 모르지 않았다. 동학농민전쟁이 끝난 뒤다. 관군은 "다산의 비결이 전녹두 일파의 비적을 선동했다"며 다산의 유배지 부근의 민가와 고성사·백련사·대둔사 절들을 샅샅이 수색했다.

제폭구민·보국안민·광제창생. 손병희는 깃발에 새긴 글자들을 새삼 새겨보았다. 녹두가 열고자 한 세상의 이정표와 자신의 생각이 다를 바 없었지만, 죽창과 화승총으로 무장하고 농민들이 혁명에 나선 현장에서 나부끼는 제폭구민·보국안민·광제창생은 문자가 아니라 실감으로 다가왔다.

말이라면 누구나 할 수 있다. 문제는 행동이다. 전봉준과 그를 '녹두장군'의 애칭으로 연호하는 농민군은 폭정을 제거해 민중을 구하는 제폭구민의 실천가들이었고, 나라를 외세의 침략에서 구해내고 온 백성이 편히 살 수 있는 보국안민의 세상을 이루기 위하여 기꺼이 목숨 걸고 싸우는 혁명가들이었으며, '구민'과 '안민'의 소망이 모두 녹아든 목표로 '고통에 잠긴 민중을 널리 구제'하는 광제창생의 도인들이었다.

광제창생의 대상은 조선만이 아니다. 세상의 모든 민중을 구제하자는 뜻을 담았다. 최제우는 '하늘 아래 모든 세상에 진리를 전함으로써 고통에 잠긴 민중을 구하겠다'는 담대한 포부를 천명했다.

민중은 녹두와 아름다운 꿈을 공유했다. 하지만 고종과 민비는 그 민중을 죽이지 못해 안달이었다. 관군으로는 죽이지 못하고 되레 전주성을 함락당하자 당황한 민비가 조급하게 청나라에 제 백성을 죽여달라는 '구원'을 요청하면서 대학살의 참극은 시작됐다.

조정 일각에선 전봉준의 요구를 일부 받아들이자고 했다. 하지만 민비의 소견은 고양이 이마빼기만 했다. 농민군과 대원군이 한패라고 의심한 민비는 자칫 권력을 잃을 수 있다는 위기의식에 사로잡혀 청나라에 원병을 청하는 문서에 제 생각을 숨김없이 썼다.

우리나라 전라도 관할에 있는 태인, 고부 등 고을에 사는 백성들은 습성이 사납고 성질이 교활해서 평소에 다스리기 어렵습니다.

아무리 다급했어도 지나치게 노골적이었다. 민비가 민중을 보는 시각이 고스란히 배어있다. 정당한 분노를 지역감정으로 호도하는 지배세력의 못된 언행은 그만큼 뿌리 깊었을 뿐만 아니라 집강소를 통해 호남에서 구현하고 있던 민중의 자치 권력도 저들에겐 손톱에 박힌 가시였다.

민비의 애원에 청이 파병을 결정했다. 일본은 회심의 미소를 지었다. 기다렸다는 듯이 10년 전에 갑신정변으로 청과 맺은 톈진조약 가운데 '조선에 변란이나 중대사건이 일어나서 청·일 어느 한쪽이 파병할 경우에는 그 사실을 상대방에게 알린다'는 조항을 내세워 군대를 동원했다.

갑신정변에서 청에 밀렸던 일본은 복수의 칼을 갈았다. 일본군으로선 절호의 기회였다. 10년 동안 '칼'을 갈아온 일본군은 인천에 상륙해 청군을 기습하는 한편으로 경복궁을 포위하고 친일 내각을 세웠다.

친일내각은 농민군 학살부터 나섰다. 고종은 아예 '작전권'을 일본에 넘겨주었다. 일본군은 조선의 관군이 보유하지 못했던 '신식 무기'로 무장하고 이참에 반일세력을 아예 섬멸하겠다는 전략을 세웠다.

그들에게 농민군은 큰 걸림돌이었다. 남접이든 북접이든 동학 민중은 골칫거리일 게 분명했다. 일본군은 대대장 미나미 소좌를 지휘관으로 3개 중대가 공주로 진격해갔다.

일본군만 가지 않았다. 조선 관군이 뒤따랐다. 일본제국군과 동학혁명군은 공주로 들어가는 길목, 우금티에서 맞닥트렸다.

18

녹두와 소소, 여섯 살 차이다. 혁명의 최전선에서 처음 만났다. 전봉준과 손병희가 의형제를 맺고 생사를 함께 하기로 맹세한 사실이 알려지자 농민군의 사기는 무장 높아갔다.

녹두는 아우가 생겨 듬직했다. 소소는 기댈 언덕이 생겨 편안했다. 동학농민군은 북접의 참여로 세가 크게 불어났지만 상대는 청나라와의 전쟁에서 기선을 잡고 사기가 충천한 일본제국주의 군대로 스스로 '세계 최강'임을 공공연히 자부하고 있었다.

일본은 정말 재빨랐다. 서양의 신식 무기로 군을 무장했다. 세계사를 톺아보면 서양 백인들에게는 유럽 중부까지 진격해 온 칭기즈칸 군대가 숱한 세대를 거치면서 이어온 공포였던지라 동아시아를 쉽게 넘볼 수 없었다.

꼭 '몽고 공포'만도 아니었다. 19세기 서양의 패권국은 영국이다. 그 영국이 1838년 아프가니스탄에 눈독을 들여 침략하다가 5000여 명이 전사하며 패주했고, 식민지 인도에서도 1857년 세포이 항쟁으로 2000여 명이 죽었다.

하지만 상황이 급변했다. 자본주의가 기관총을 '상품'으로 개발하면서였다. 1898년 수단의 이슬람 지도자는 전장에 나서며 육체적으로 강인한 자신의 병사 5만여 명을 믿어 의심치 않았지만, 기관총으로 무장한 영국군에 거의 전멸당했는데 영국군은 겨우 47명만 전사했을 뿐이다.

1894년 조선을 침략한 일본군도 무기가 월등했다. 수입한 스나이더 소총과 자체 개발한 무라타소총으로 무장했다. 거기에 더해 미국제 기관총을 구입한 일본군은 임진왜란 때의 왜병과는 화력을 견줄 수 없을 만큼 강력했다.

동학농민군의 무기는 초라했다. 극히 일부가 화승총을 지녔을 뿐이다. 논산에서 공주로 북상해오던 농민군 대부분은 칼이나 죽창, 그도 없으면 호미 따위의 농기구를 들었고 심지어 빈손으로 함께 다닌 솔봉이도 적지 않았다.

조정의 외무대신 김윤식은 승패를 꿰뚫고 있었다. 충청감사 박제순에게 편지를 보냈다. 일본군 한 명이 비도―'살인과 약탈을 일삼는 도적의 무리'란 뜻으로 당시 지배세력이 동학농민군과 의병을 부른 말이다―수천 명을 상대할 수 있다며 그 이유는 무기 차이라고 명료하게 적었다.

일본군은 우금티에 미리 도착했다. 능선 앞에 참호를 파고 기관총을 배치했다. 피의 학살극을 벌일 모든 준비를 모두 갖추고 있던 일본군과 싸우기 위해 동학농민군은 용기 있게 언덕을 올라갔다.

농민군은 일제히 함성을 지르며 나아갔다. 사정거리에 들어섰을 때 일본군 기관총이 불을 뿜었다. 첫 봉기 때부터 죽이든 밥이든 서로 나눠 먹으며 한 식구처럼 지내던 동학농민군은 우수수 떨어지는 붉은 낙엽처럼 동지들이 죽어가자 분노로 투지가 더 솟아올랐다.

우금티에 이르기 전날 밤이었다. 모닥불 피워놓고 예닐곱 명씩 앉았다. 어떤 이야기를 나눠도 결론은 신기할 만큼 하나로 모아져 최바우가 참석한 자리에서도 그랬다.

"내 자식, 내 후손은 반드시 해방시켜 사람답게 살 수 있는 세상을 만들겠다."

찬란히 빛나는 별 무리 아래였다. 자연스레 모두 결기를 세웠다. 흉금을 턴 소통은 동학농민군들이 기꺼이 목숨을 걸고 전투에 참가하는 힘이 되었다.

하지만 기관총 앞에선 무용했다. 분노와 결기도 속절없이 무너졌다. 농민군이 일본군과 일전을 다짐하며 우금티에 오르는 순간까지 기관총은 상상조차 할 수 없는 무기였다.

기관총만이 아니었다. 스나이더소총들이 농민군을 조준했다. 일본군 전원이 일제히 총을 쏘아대자 우금티는 생지옥이 되어 여기저기서 선혈이 쏟아졌다.

우금티는 맑은 피로 계곡물을 이뤘다. 농민군 시신이 가득 쌓였다. '반외세'와 '만민평등'을 높이 든 동학혁명군의 깃발은 일본군 1900명 앞에, 아니 쉼 없이 불을 뿜는 미제 기관총 앞에 그만 꺾이고 말았다.

농민군은 우금티에서 치명상을 입었다. 패퇴의 늪으로 빠져들었다. 우금티에서 후퇴하며 녹두는 다시 전열을 재정비할 생각이었지만 상황은 엄중했다.

전봉준은 순창에서 후퇴를 멈췄다. 패배한 원인을 냉철히 짚었다. 민중의 피가 개울을 이룬 참상이 곰비임비 떠오르며 꾹꾹 눌러둔 슬픔이 폭발했다.

녹두는 통곡했다. 아우 소소를 부둥켜안았다. 핏덩이를 토하듯 벌컥벌컥 말했다.

"모두 이 못난 형 탓일세."

실핏줄이 터져서일까. 고개 든 청수한 얼굴로 붉은 눈물이 흘러내렸다. 소소는 대장군 녹두의 굵은 피눈물을 보자 심장이 멎는 듯이 아파왔다.

"형님, 진정하십시오. 이게 어찌 형님 탓이란 말이오. 저 왜놈들과 거기 빌붙은 양반네들 탓이니 그런 말씀 마십시오."

"아닐세, 아우. 말은 고맙지만, 내가 전략을 잘 세우지 못한 탓일세. 대체 끊임없이 총알을 쏟아붓던 괴물은 무엇이란 말인가."

"저도 처음 보았습니다. 도저히 감당이 안 되더군요."

"내가 저런 무기가 있는 것도 알지 못한 채 결국 동학 도인들을 사지로 몰아갔네 그려."

"형님, 글쎄 그건 형님 탓이 아니라니까요."

"아니네. 자네가 어떤 위로를 하더라도 그건 내가 져야 할 책임이네. 아무튼 지금 그걸로 논쟁을 더 벌일 때는 아닐세. 당장 중요하게 생각할 건 아우일세."

녹두는 어느새 피눈물을 멈췄다. 목소리에도 다시 힘이 실렸다. 소소는 당장 중요한 것이 자신이라는 말에 고마움을 느끼면서도 의아했다.

"형님, 아우의 맷집은 생각보다 실하오. 걱정 마시오."

"내가 왜 모르겠나. 그런데 여기서 갈라서야 하네."

"아니, 갈라서다니요?"

"왜놈들이 노리는 대상은 나와 남접이거든. 북접은 비켜 갈 수 있어."

"그런 서운한 말씀 마시오. 우린 하나이외다."

"이 사람, 아우! 북접 민중만이라도 살려야 할 것 아니겠는가! 나와 함께 있으면 자칫 다 죽어. 소나기는 피하고 보는 법일세."

"그럼 형님은 이대로 주저앉을 생각이시오?"

"아니지, 나는 뜻을 이룰 때까지 싸울 걸세. 저들의 무기가 무엇인지부터 파악해야겠지. 다만 지금은 흩어진 남접 동지들부터 수습해야 옳네. 아우님은 북접 농민군들 잘 이끌게나. 저 산줄기 타고 북상하면 안전할 걸세. 놈들은 이곳 남도에선 닥치는 대로 살상할 게야. 물론, 그냥 당할 수만은 없지. 그러지도 않을 거고."

"그러니 우리가 더욱 같이 있어야 하지 않소? 힘을 모아야 싸울 수 있소."

"그렇지 않아. 놈들과 국지전에선 이길 수 있더라도 저 괴물 무기 앞에선 결국 아무리 힘을 모아도 이길 수 없을 게야. 하여, 냉철해지세나. 갑오년 봉기는 내가 결단한 일이고, 아우님에겐 하늘이 다른 일을 줄 걸세. 오늘 이 형의 참담한 패배를 교훈 삼아 아우는 새로운 길을 열어가시게."

"우리가 한날한시에 죽기로 맹세한 것도 잊으셨소?"

"알고 있네, 나 전봉준 쉽게 죽진 않아, 그러니 떠나게나. 어서!"

"녹두 형!"

"이건 명령이네! 북접 농민군을 잘 수습해 어서 귀환하게."

"정 그러시다면 형님이 먼저 가시오."

"아우가 떠나는 모습을 보고 싶네. 그 떠남이 새로운 출발일 테니 말일세."

"아무래도……."

"무슨 소리야. 지금! 시간이 없다니까 그래. 이 순간도 놈들이 우리를 추격하고 있다니까 그래."

"그럼 형님, 아우는 갑니다. 부디 옥체 보존하시오."

녹두는 소소에게 다가갔다. 격하게 포옹했다. 작은 녹두가 거구를 안은 셈이지만 소소는 울컥했다.

"잘 가시게나. 아우. 조선을 부탁하이."

소소와 녹두의 눈이 마주쳤다. 이글이글 타오르는 서로의 눈에서 습기를 읽었다. 과감히 돌아서는 소소의 가슴에 조선을 부탁한다는 녹두의 당부가 울렸다.

녹두의 권고는 냉철하고 현명했다. 아우 소소는 북상했다. 순창에서 다시 북쪽으로 방향을 튼 소소의 농민군은 소백산맥 산줄기를 탔다.

녹두 예상처럼 일본군은 남접 농민군을 쫓았다. 흩어졌음에도 끝까지 추적해 '섬멸 작전'에 나섰다. 앞으로 조선을 식민지로 만드는 길에서 저항 가능성이 있는 자들은 모두 없애버리겠다는 전략이었는데도 도무지 상황 판단을 못 하는 조선왕조의 우매한 관군 2500여 명은 그 잔인한 학살극에 용춤 추며 마구 설쳐댔다.

그해 겨울 남도는 동리마다 살기가 가득했다. 민중의 피로 홍건했다. 피해자가 30만 명에 이르는 유혈극 속에서도 관리들은 동학농민군의 쪼그마한 재산마저 제 것으로 만들었으며 지아비와 아비를 잃은 부녀자들을 능욕했다.

장엄하게 타올랐던 혁명의 불꽃은 장렬하게 식어갔다. 녹두는 소소를 떠나보낸 순창에서 부하의 배신으로 체포됐다. 전봉준을 체포하면 1000냥의 상금과 함께 신분의 귀천을 막론하고 본인이 원하는 지역의 군수 자리를 주겠다고 민심을 홀린 결과였다.

그 시각 북접 농민군은 무주를 거쳤다. 녹두가 체포된 사실은 아직 알지 못했다. 손병희의 농민군은 전라·충청·경상 삼도가 만나는 민주지산으로 들어섰다.

19

바우는 민주지산에 들어설 때 흔들렸다. 바로 산 너머가 고향이었다. 추격해 온 조선왕조의 관군과 영동의 용산 장터에서 전투가 벌어질 때는 가까운 곳에 아내가 있다는 생각이 들어서인지 투지로 넘쳐야 할 섶에 공포감마저 엄습했다.

신혼의 젊은 아내가 삼삼했다. 아기를 임신한 채 새벽마다 맑은 물 올려놓고 치성을 올릴 터였다. 밀골은 용이 여러 마리 누워있는 형상의 와룡강(臥龍岡)을 뒷산으로, 신선이 춤추는 모습이라는 무선봉을 안산으로 솔내가 수줍은 듯 흐르는 맑고 깊은 마을이다.

전투가 벌어진 것은 1894년 12월 11일 아침이었다. 청주에서 온 관군과 전투가 벌어졌다. 용산장터에 진을 치고 있던 북접 동학혁명군은 이틀에 걸친 싸움에서 관군을 몰아냈다.

밀려난 조선관군은 일본군에 가세했다. 농민군은 용산장터를 떠나 보은으로 옮겨 갔다. 바우는 아내의 수더분한 얼굴과 아늑한 몸이 살 향기와 더불어 눈앞에 맴돌아 몹시 망설였다.

우금티 전장이 그려지자 수꿀했다. 피가 계곡물처럼 내려왔다. 따지고 보면 출전의 목적이 달라졌고 농민군은 역량 보존을 위해 사실상 해산하는 국면이었기에 바우가 용산장터 전투를 끝으로 떠나겠다고 해도 비겁한 행동은 결코 아니었다.

하지만 손 통령은 경황이 없어 보였다. 차마 용산에 남겠다고 할 수 없었다. 어쨌거나 통령 호위가 자신의 임무였고 아직 농민군이 공식 해산은 하지 않았기에 더 그랬다.

바우는 수없이 용산 쪽을 뒤돌아보았다. 결국 보은 가는 길로 들어섰다. 보은까지만 동행하고 손 통령이 여유를 찾는 대로 솔직히 상의드리자고 마음을 다잡았다.

보은에 들어선 북접 농민군은 읍내를 점령했다. 전과를 거뒀지만 추격에서 벗어나야 했다. 농민군은 속리산 자락이 호리병처럼 감싸고 있는 북실마을로 들어가 오랜 전투와 도피로 인한 피로와 긴장을 조금이나마 풀었다.

1894년 12월 17일 새벽부터 칼바람이 불었다. 이윽고 눈보라가 쏟아졌다. 바우를 비롯해 농민군은 폭설이 내려 오늘은 확실히 전투가 없겠거니 예단하고 마음 편히 가마니 위에 누웠다.

바로 그때였다. 일본군과 손잡은 관군이 기습했다. 치열한 공방전이 벌어지면서 하얗게 눈 쌓인 골짜기는 삽시간에 농민군의 피로 빨갛게 물들었다.

네 시간 넘게 전투를 벌였다. 소강 국면을 맞아 약속이라도 한 듯이 서로 휴식에 들어갔을 때다. 선혈로 얼룩진 하얀 들판을 바라보던 바우가 서러운 분노로 하늘을 올려보던 순간에 그리 멀지 않은 능선에서 깃발 아래 서있는 손 통령을 조준하고 있는 일본군을 목격했다.

바우는 벌떡 일어나 손 통령에게 몸을 날렸다. 동시에 총성이 울렸다. 손병희를 덮친 바우는 시뻘겋게 달군 꼬챙이가 등뼈 깊숙이 파고 들어오는 고통에 신음을 토했다.

저격병은 다시 조준했다. 하지만 자신의 위치가 노출되어 불안했다. 다음 총알은 크게 빗나갔지만 마치 신호탄처럼 곧바로 일본군이 공격을 재개했다.

어느새 손 통령은 바우를 업고 달렸다. 굵은 느티나무 뒤에서 바우를 내려놓았다. 고통스러운 바우는 등에 난 총상을 살펴본 통령의 얼굴에 눈물이 샘솟는 모습을 보며 자신이 곧 죽는다는 사실을 확인했다.

안간힘을 냈다. 통령의 눈을 마주쳤다. 가까스로 고향에 임신한 아내가 있다고 한 말에 손 통령이 자기 자식처럼 키우겠다고 맹세했다.

그날 북실마을은 도살장이었다. 북접의 접주 상당수가 전사했다. 최바우를 비롯해 농민군 천여 명이 생명을 잃었다.

손병희는 남은 농민군이라도 최대한 살려야 했다. 충주 월악산까지 조직적 퇴각을 했다. 모여있으면 더 위험하다고 판단해 해산 결단을 내리며 나중에 다시 만나길 기약하고 삼삼오오 흩어졌다.

손병희는 손천민·김연국과 함께 움직였다. 스승 해월을 모시고 강원도 깊은 산으로 들어갔다. 그 시각 녹두는 '들것'에 실려 일본군의 삼엄한 호송 아래 서울로 압송되고 있었다.

순창에서 잡힐 때 녹두는 살인적 몰매를 당했다. 걸음을 옮기기조차 어려웠다. 만신창이 상태였음에도 눈빛만은 번쩍이던 녹두는 서울로 들어서면서 한층 착잡했다.

옹근 1년 전이다. 고부에서 죽창을 높이 들었을 때 이미 죽음은 각오했다. 그럼에도 그를 따르는 농민군과 더불어 만세를 부르며 들어오려던 서울을 왜놈들 손에 끌려 오리라고는 상상조차 못 했다.

녹두는 남산 아래 일본영사관에서 신문을 받았다. 혹독한 잔채질에 이어 모진 고문에도 의연했다. 전봉준이 법정에서 처음 심문받을 때부터 교수당할 때까지 낱낱이 지켜본 '집행총순'은 탄복해서 기록했다.

외모부터 천인만인의 특으로 뛰어난 인물이다. 청수한 얼굴과 정채 있는 미목으로 엄정한 기상과 강장한 심지는 세상을 놀랠 만한 대위인, 대영

걸이다. 과연 그는 평지돌출로 일어서서 조선의 민중운동을 대규모로 대창작으로 한 자이고, 컴컴한 시대 민중의 선구자 되어 세상을 진동시킨 자이고, 약자의 동무 되어 강적을 대항한 자이고 불평등 부자유의 세상을 고쳐 대평등 대자유의 세상을 만들고자 한 자로 죽을 때까지 그의 뜻을 굽치 아니한 자이다.

일본은 전봉준을 꼬드겼다. 일본으로 탈출하겠다면 도와주겠다고 회유했다. 하지만 녹두는 단호히 거부하며 1895년 4월 24일 처형장으로 뚜벅뚜벅 걸어갔다.

때 만나 하늘과 땅이 모두 힘을 모았지만 / 운 다하니 영웅도 어찌할 수 없노라 / 민중사랑 올바른 길이 무슨 허물인가 / 나라 위한 붉은 마음 그 누가 알까(時來天地皆同力 運去英雄不自謀 愛民正義我無失 愛國丹心誰有知).

녹두는 시 〈운명〉을 남겼다. 역사에 가정은 무의미할까. 만일 조선왕조의 왕비가 외세를 끌어들이지 않았다면, 그래서 청나라 군대도 일본군도 출병하지 않았다면 녹두장군 전봉준은 서울에 입성했을 가능성이 높다.

당장 왕권을 없애진 못했을 터다. 하지만 권력의 중심은 녹두이지 않았을까. 조선왕조는 '입헌 군주국'으로 자주적 발전의 길을 걸었을성싶다.

청에 파병 요청은 반민족적 행위였다. 그 요청이 없었다면 일본군 또한 들어올 '명분'이 없었다. 텐진조약 이후 조선은 얼마든지 청나라와 일본 사이에 등거리 외교를 벌여나갈 여지가 있었다.

역사적 아픔은 더 있다. 개화파와 농민군이 손잡지 못했다. 비록 민비가 외세를 끌어들였을지언정 녹두 장군은 우금티 결전을 앞두고 일본군을 따라온 조선 관군의 책임자 박제순에게 편지를 보냈다.

일본의 도둑들이 군대를 움직여 우리 임금을 핍박하고 우리 백성을 걱정스럽게 하니 어찌 참는단 말인가. 임진왜란의 원수를 초야에 있는 필부나 어린애까지도 그 울분을 참지 못하고 기억하고 있는데 하물며 조정의 녹을 먹는 충신이라면 우리 무지렁이들보다 몇 배 더 하지 않겠는가.

녹두는 힘을 모으자고 간곡히 당부했다. 박제순은 이미 들을 귀가 없었다. 녹두가 편지를 쓰는 시각에 자신을 마치 부하처럼 부리는 일본 공사에 '충성'을 다하며 학살 준비에 앞장섰고 10년 뒤에는 '을사오적'의 하나로 활동한다.

우금티에서 패배한 뒤에도 녹두는 편지를 썼다. '수신인'은 조선 관군이다. 녹두는 "조선끼리 서로 싸우자 하는 바 아니거늘 이와 같이 골육이 서로 싸우니 어찌 애달프지 아니하리오"라고 통탄했다.

녹두는 조선이 왜국으로 전락할 수 있다고 경고했다. 따라서 지금은 협력해서 적을 물리칠 때라고 호소했다. 조선 관군의 '답장'은 인정사정 없는 학살이었고, 녹두의 경고는 결국 적중해 15년 뒤 조선은 일본제국의 식민지로 전락했다.

갑오년 가을과 겨울 내내 학살이 이어졌다. 남도는 농민의 시신으로 산을 이뤘다. 녹두의 지휘 아래 '민중의 자기 통치'라는 집강소의 위대한 실험으로 생기가 돌던 고을마다 피바람이 불었다.

일본군은 잔혹했다. 삼남지방은 황폐해졌다. 일본군이 지나간 길은 가축마저 사라져 사방 10리에 걸쳐 닭 우는 소리, 개 짖는 소리가 들리지 않을 만큼 살풍경이었다.

참으로 어리보기는 조선의 고관들이었다. 전주성을 되찾자 청·일 두 나라에 문서를 보냈다. 동학군이 모두 퇴각했으니 이제 군대를 철수해 달라는 요청은 순진하다 못해 백치 같았다.

일본은 물러날 뜻이 없었다. 이미 청일전쟁에서도 확실한 승기를 잡았다. 일본군은 조선의 '내정 개혁'을 내세우며 아예 서울에 눌러앉을 태세였다.

녹두꽃이 떨어지자 민중은 슬픔에 잠겼다. 그로부터 여섯 달도 지나지 않아서다. 외세를 끌어들여 자신의 권력을 지키려 한 민비 또한 왕궁을 침입한 일본 '낭인'들 칼에 치욕스러운 최후를 맞았다.

한 나라의 역사에서 가장 못난 권력자는 누구인가. 외세에 비굴하고 제 나라 백성엔 포악한 존재이다. 외국군을 불러들여 동학농민혁명군을 잔혹하게 살해한 고종 이재황의 처 민자영은 끔찍하게 살해당할 때까지 동학의 간부들을 색출하느라 눈이 뻘겋게 번득였다.

20

조선왕조는 북접 지도부 체포에 안간힘을 썼다. 소소는 도피 중에 형 녹두가 처형당한 비보를 들었다. 일행이 모두 잠든 시각에 홀로 일어나 촛불 밝히며 맑은 물 올리고 명복을 빌었다.

녹두 형의 짙은 눈이 생생하게 살아났다. 가슴에 무수한 촛불이 타오르고 있다던 형이었다. 탐관오리와 외세에 맞서 새로운 세상을 만드는 길을 걸어가다가 이미 죽은 민중, 지금 싸우고 있는 민중, 그들 모두를 이 땅의 어둠을 밝힌 촛불로 형은 가슴에 품었다.

형은 전사한 농민군을 자신의 몸을 태워 밝은 세상을 꿈꾸던 사람들이라 했다. 밑절미에 경천수심이 있다고도 했다. 녹두 형의 아름다운 확신은 소소가 입도하고 만난 그 어떤 동학인의 믿음보다 더 동학답고 깊었다.

시간이 지나면서 조정의 탄압은 수그러들었다. 외세 앞에 자신들의 안위가 위험해졌기 때문이다. 민비가 참혹하게 살해되자 겁에 질린 고종이 일본을 경계하느라 동학에 씌운 올가미는 상대적으로 청처짐해졌고 북접 농민군 간부들 상당수가 살아남을 수 있었다.

건장한 손병희는 늘 해월 가까이 있었다. 혹한과 굶주림, 관군의 검문검색도 잘 이겨냈다. 경기도, 다시 강원도, 경상도로 거처를 옮겨 가면서 은거 생활을 이어갔다.

고종의 관심은 동학에서 멀어졌다. 하지만 양반계급의 '동학 사냥'은 끊질겼다. 녹두에게 현상금을 걸어 '재미'를 본 저들은 최시형과 손병희에도 거액을 걸고 집요하게 추적했다.

끝없는 피신에서 터득한 직감일까. 본디 지녔던 예지일까. 자신의 삶에도 끝이 다가오고 있다고 직감한 해월은 1897년 봄에 충청도의 은거지로 손병희·김연국·손천민을 모두 불러놓고 직접 의암, 구암, 송암이라 호를 지어주었다.

"세 사람을 한 자리에서 보니 참 든든하오. 이제부터 우리 도의 모든 일을 그대들 세 사람에게 맡기오."

"스승님 어인 말씀이십니까?"

세 사람이 동시에 똑같이 반문했다.

"자, 잘 들으시오. 지금 우리 도의 상황은 그 누구도 언제 어떻게 될지 알 수 없는 상황이오. 그러니 만일의 경우를 가정해서 준비해두는 것이오. 내게 혹 일이 생기더라도 우리 도가 흔들림 없이 앞으로 나아가려면 이쯤에서 후계 체제를 분명히 할 필요가 있소. 그렇지 않소?"

"……"

"나는 세 사람이 힘을 모으면 천하가 다 흔들릴 위기에 직면하더라도 능히 이겨낼 수 있다고 확신하오. 그대들은 어떻게 생각하오?"

"스승님 뜻을 받들겠습니다."

"좋소. 세 사람이 힘을 모아 함께 끌어가는 걸로 결정하오. 다만."

"……"

"그래도 주장이 없으면 더러 일이 잘 풀리지 않을 수도 있지 않겠소?"

"……"

그 순간 세 사람 모두 긴장했다. 입도나 해월을 모신 경력은 단연 구암이 앞섰다. 하지만 구암은 후배 의암의 활동이 눈부셨기에 내심 불안해 애써서 마음을 가라앉히고 해월을 바라보았다.

"세 사람이 함께 지도해가되 대도주에 의암을 임명하오."

해월의 말이 떨어졌다. 누구도 선뜻 반응을 보이지 않았다. 고개 숙인 구암 김연국은 자신이 의암보다 네 살 위이고 동학 입도는 10년이나 빨랐기에 이 꼴을 보려고 오랫동안 해월에게 충성을 다했나 싶어 뜨악했다.

송암 손천민은 순순히 받아들였다. 어쨌든 의암은 자신의 숙부였다. 의암 손병희를 동학으로 이끈 '연상의 조카' 송암은 너울가지 좋은 숙부가 잘 헤쳐가리라 믿으며 마음을 비우고 포덕에 전념했다.

의암은 스승이 부여한 책무를 사양하지 않았다. 서른여덟 살이었다. 수운 최제우에서 해월 최시형으로 이어진 동학의 법통을 잇는 최고의 자리에 올랐다.

해월은 강원도 원주의 도인 집으로 거처를 옮겼다. 서먹해진 손병희와 김연국을 일부러 함께 곁에 두고 있었다. 그런데 수운이 득도한 날을 앞둔 해월이 갑자기 동학 간부들에게 지금 당장 떠나 각자 거처를 마련하라고 명했다.

통상 수운의 득도일에는 멀리서도 문도들이 찾아왔다. 그런데 하루 앞두고 간부들에게 돌연 떠나라 했다. 후계자로 임명받은 손병희가 옷깃을 여미고 까닭을 묻자 해월은 간명하게 답했다.

"내 생각한 바 있으니 명을 어기지 마오."

짧은 답이다. 그대로 지키라는 엄명이었다. 결국 손병희도 김연국도 절을 올리고 떠났지만 해월은 밤 깊도록 잠자리에 들지 않았다.

해월은 며칠 전부터 찾아오는 도인들로부터 관군이 부쩍 눈에 띈다는 이야기를 들어왔다. 어느 순간 관군이 바로 득도일을 벼르고 있음을 직감했다. 피신할까 싶었지만 만일 자신까지 함께 길을 떠나면 자칫 모두 잡힐 수 있다는 판단이 들자 '너는 높이 날고 멀리 뛰어라' 했던 스승 수운을 새삼 흐놀았다.

'그날 스승의 심경도 이랬을까.'

해월은 수운처럼 천명을 받을 때라고 생각했다. 지금껏 최선을 다해 동학을 키웠다. 해월은 후계자 의암이 자신보다 일을 더 잘 하리라 확신하며 조용히 관군을 기다렸다.

득도일인 1898년 4월 5일이 밝았다. 예감대로 관군 40여 명이 몰려왔다. 해월은 체포되어 서울로 압송됐지만 관군과 함께 서울 나들이를 가는 기분이었다.

홀가분했다. 광화문 경무청으로 들어가 목에 무거운 큰 칼 쓰고 간혔다. 해월은 담담하고 당당하게 열 차례에 걸친 재판에 임했고 1898년 7월 18일 고종 정권은 최시형에게 교수형을 선고했다.

해월의 죄목은 수운과 똑같았다. 좌도난정으로 혹세무민했다는 죄였다. 해월에게 사형 판결을 내린 대한제국의 판사가 바로 조병갑이다.

조병갑은 농민전쟁의 기폭제였다. 탐욕 못지않게 도피도 능했다. 녹두와 농민군이 고부 관아로 밀고 들어오자 재빠르게 옷을 바꿔 입고 줄행랑쳐 전주로 가서는 관찰사 김문현에게 못된 무리가 난을 일으켰다고 보고했다.

관찰사 김문현은 민란이 일어난 이유를 파악했다. 조정에 조병갑을 벌해야 수습할 수 있다고 건의했다. 조정은 조병갑을 압송했고 그의 탐학이 낱낱이 밝혀지자 고금도로 귀양 보냈다.

하지만 조병갑은 야욕을 접을 인물이 아니었다. 어디에 뇌물을 써야 할지 정확히 파악하고 그렇게 했다. 사면을 받고 1년 만에 서울로 돌아온 조병갑은 고등재판소 판사 자리를 거머쥐었다.

흉악한 범죄자가 법관이 된 꼴이었다. 조병갑은 사뭇 준엄했다. 탐관오리의 상징이 감히 동학 교주 최시형에게 꾸짖듯이 선고하며 거드름을 피웠다.

"그대는 겉으로는 선한 일을 수행하지만 속으로는 민중을 선동해서 우두머리가 된 자이므로 교수형에 처한다."

판결 이틀 뒤다. 최시형은 종로에서 형장의 이슬이 되었다. 71세로 해월 최시형이 순교할 무렵에 조선은 거대한 격랑을 맞고 있었다.

민비 살해를 계기로 각지에서 의병이 일어났다. 하지만 일본은 입에 문 먹잇감을 놓지 않았다. 고종이 '대한제국'으로 국호를 바꾸고 칭제 건원을 하며 개혁에 나섰지만 국력의 뒷받침 없는 제국 선포는 의미가 없었다.

일본·미국·러시아·영국·프랑스·독일은 앞을 다퉈 이권을 침탈했다. 철도부설권·금광채굴권·어업권·산림벌채권·동해안포경권이 외국에 넘어갔다. 일부 개화파 지식인들이 개탄하며 나라를 구하겠다고 부산을 떨었으나 동학농민을 적으로 돌려 학살한 그들이 자본주의 열강의 거대한 탁류를 막기에는 역부족이었다.

손병희는 썩어 문드러진 조정에 분노가 일었다. 악착같이 해월을 처형하는 조정이 개탄스러웠다. 제 권력 기반을 스스로 뒤흔드는 고종이라는 '황제'가 더없는 인숭무레기로 보였다.

해월이 누구인가. 삼남 일대에 흉년이 들어 백성이 굶주릴 때다. 무능한 조정을 대신해 해월은 단결하고 협력하면 굶어 죽지 않을 수 있다며 모든 동학인에게 통문을 띄웠다.

우리 도인들은 다 같은 연원에 몸담고 있는 마치 형제처럼 친한 사이입니다. 형이 굶주리는데 동생만 배부르면 되겠습니까. 아우는 따뜻한데 형은 추위에 떨고 있어도 되겠습니까. 무릇 사람이 한가해지기를 기다려 책을 읽는다면 평생토록 책 읽을 날이 없을 것이며, 여유가 생긴 후에 사람을 구제한다면 평생토록 사람을 구제할 여유가 없을 것입니다. 해당 접중에 조금이라도 여유 있는 사람은 각각 약간의 성의를 내어야 할 것입니다. 혹시라도 능력이 있는데도 가난한 도인을 구제하지 않거나, 가난한 도인이 감히 도중의 구제에 의지하여 날뛰고 남용한다면, 하늘의 위엄과 천신의 눈이 임재하지 않는 곳이 없으니, 경계하고 경계하십시오.

민중들은 해월과 동학인이 서로 돕는 모습을 똑똑히 보았다. 흉년으로 인심이 흉흉해질수록 동학의 문을 두들긴 까닭이다. 동학에 상을 내리고 전폭 끌어안아도 부족할 섬에 외세를 끌어들여 대규모 학살극을 저질렀고 그 '후과'로 왕비 민씨가 왜적의 손에 비참하게 죽은 뒤에도 평화주의자 해월까지 뒤밟아 처형하는 고종과 고위 관료들에게 대체 머리는 있는 걸까 의문마저 들었다.

수운에 이어 해월의 순교로 동학은 큰 타격을 입었다. 3대 교주에 오른 손병희의 어깨는 무거웠다. 흩어진 조직을 재건하고 내부 분열을 봉합해야 할 뿐만 아니라 두 분 선대 교조의 억울한 처형을 신원하는 일, 동학혁명이 추구했던 제폭구민·보국안민·광제창생의 과업이 그대로 남아있었다.

무엇보다 몸부터 피해야 했다. 관군은 자신을 포함해 동학 간부들을 살기등등해 뒤쫓았다. 은신과 잠행을 거듭하던 손병희는 시시때때로 나타나는 관군이 언제나 가슴을 짓눌렀지만 그렇다고 자신의 어깨에 달려있는 동학을 저버릴 수는 없었다.

더구나 남접의 혁명전쟁은 아직 끝나지 않았다. 살아남은 남접 동학인들은 지역 곳곳에서 봉기했다. 전라도의 영학당과 충청도의 활빈당, 제주도의 남학당은 동학혁명전쟁에 나섰던 민중들의 새로운 투쟁 조직이었다.

모두 치열하게 싸웠다. 하지만 손병희가 예상한 대로였다. 1894년과 같은 전면전의 형태로 발전하지 못했으며 정부의 검질긴 탄압과 추격으로 일부 동학인들은 천주교와 개신교에 들어가 보호를 받기도 했다.

손병희는 수행에 정진하는 한편 교단 재정비에 나섰다. 대접주 박인호에게 '춘암'이라 도호를 주어 지도부로 끌어들였다. 충청도 덕산에서 1883년 동학에 입도한 춘암은 광화문 상소와 보은 교조신원운동에 참여했고 농민전쟁 시기에는 덕산의 대접주로서 승전곡전투와 신례원전투를 승리로 이끌었다.

춘암이 들어오며 교단 조직은 안정을 찾았다. 손병희는 교단 내부의 불만과 분열상을 인화와 설득으로 풀고자 설법식을 열었다. 처음에는 불참했던 김연국 쪽에서도 손병희의 성심에 이끌려 참석하고, 마침내 동학의 최고책임자로 의암을 추대하는 데 동조했다.

손병희는 조직체계를 정비했다. 손천민을 성(誠) 도주, 김연국을 신(信) 도주, 박인호를 경(敬) 도주로 임명했다. 손병희를 중심으로 한 동학 3기 체제가 정식으로 출범하며 화합을 목표로 한 지도체제를 갖췄다.

상황은 녹록치 않았다. 양반계급의 '사냥'은 멈출 줄 몰랐다. 체포해서 죽이거나 재물을 빼앗는 일이 곳곳에서 여전했고 손병희 또한 조선의 산하 어디에서도 마음 놓고 머물 곳이 없었다.

관군은 동학을 깐질기게 쫓아왔다. 손병희는 도피하느라 어느 날은 산길로만 100리를 걷기도 했다. 대한제국의 운명은 갈수록 '바람 앞 등불'인데, 정작 황제와 고관대작들은 백성의 힘을 모아 '바람'을 막으려 하지 않았음은 물론, 되레 바람을 막아줄 민중을 죽이거나 탄압하는 데 골몰했다.

손병희는 제천 도인 집을 비롯해 여러 곳에 옮겨 다녔다. 어려운 시기이지만 절망하지 않았다. 수도에 정진하라는 통문을 반포하며 쉼 없이 활동했는데 가까스로 봉합했던 내부 갈등이 다시 불거져갔다.

지위로 인한 반목이 교단 정체성을 놓고 더 벌어져갔다. 손병희는 동학을 널리 포덕하려면 세계 문명국처럼 개화해야 옳다고 주장했다. 하지만 김연국은 물론, 자신을 동학으로 이끌어준 손천민도 '개화'에 적극 반대하고 나섰다.

21

손병희는 동학 교주가 될 때까지 서양 학문을 만나지 못했다. 술과 노름으로 방황하다가 곧바로 동학에 입도했기 때문이다. 동학의 눈으로 '신학문'을 보았으므로 '오랑캐들의 서학'에 배타적일 수밖에 없었고 완고한 유림들처럼 백인들을 죄다 야만인으로 여겼다.

동학혁명의 깃발 하나가 '척왜척양'이었다. 하지만 우금티가 깨우쳐주었다. 피가 개울을 이루며 기관총과 신식 무기들은 다름 아닌 서학의 '기술'이었기에 근대 문명의 힘을 심장으로 느꼈다.

손병희가 쫓겨 다닐 때였다. 1896년 《독립신문》이 나타났다. 1898년 봄 서울에서 만민공동회가 열렸다는 소식도 들려오면서 손병희는 동학운동에 새로운 지평을 열 구상에 들어갔다.

신문도 만민공동회도 새로운 발견이었다. 공개적으로 정치를 논의하는 풍경은 신선했다. 서울 도심에서 개화를 주창하는 독립협회의 활동은 손병희가 동학을 재건하는 길에 큰 영감을 주었다.

특히 만민공동회에 주목했다. 독립협회 회원들의 틀을 넘어선 민중운동이었다. 관리들을 포함해 천민에 이르기까지 신분을 떠나 1만여 명이 종로에 모여 외국에 의존하지 말고 관민이 협력하자는 뜻을 모아가는 과정은 새로운 운동방식이었다.

문제는 고종과 기득권세력이었다. 만민공동회의 열기에 위협을 느낀 그들은 독립협회부터 전격 해산했다. 정치개혁을 요구하면서도 의회 절반은 관선, 절반은 독립협회 회원으로 구성해 황제의 통치권만은 절대적으로 인정한 독립협회조차 고종은 받아들이지 않았다.

　손병희는 《독립신문》을 읽으며 갈수록 의문이 들었다. '무식한 백성'이 정권에 참여하면 안 된다는 주장 때문만은 아니었다. 청일전쟁을 비롯해 자본주의 열강의 침략이 이미 심화하고 있음에도 "조선은 세계만국이 오늘날 독립국으로 승인해주어 조선 사람이 어떤 나라에 조선을 차지하라고 빌지만 않으면 차지할 나라가 없을지라. 그런고로 조선에서는 해·육군을 많이 길러 외국이 침범하는 것을 막을 까닭도 없고 다만 국중에 해·육군이 조금 있어 동학이나 의병 같은 토비(土匪)나 진정시킬 만하였으면 넉넉할지라"고 주장하는 자들을 도무지 이해할 수 없었다.

　참으로 '무식한' 자들은 백성이 아니었다. 고종과 기득권세력이었다. 동학을 보는 저들의 눈은 여전히 살천스럽고 집요해 대한제국으로 국명을 바꾸고도 1900년 8월에 끝내 송암 손천민을 체포했다.

　송암은 손병희를 동학으로 이끈 은인이다. 손병희는 조카이기도 한 손천민을 구할 방안을 백방으로 모색했다. 송암만이 아니라 광화문 상소 때 대궐을 기습하자는 제안을 내놓았고 농민전쟁 시기에는 누구보다 용맹한 장수로 활약했던 서장옥도 사로잡혔다.

　고종은 무자비했다. 아무런 머뭇거림도 없었다. 당대의 지식인 손천민을 마치 파리 죽이듯 처형했다.

　서장옥은 원통했다. 광화문 상소 때 대궐을 넘었어야 했다. 만약 그때 대궐을 접수했다면, 갑오년 농민전쟁으로 수많은 민중이 당한 학살도 피했으리라는 생각에 분노가 솟아올랐다.

　대궐 기습을 반대한 손천민도, 해월도 이미 목숨을 빼앗겼다. 서장옥의 울분이 극에 이르렀을 때 교수형이 집행됐다. 손천민과 서장옥의 잇따른 비보 앞에 손병희는 슬픔에 잠길 겨를조차 없이 한층 사나워진 추격을 피해 충청도 곳곳을 전전했다.

측근 박인호와 이용구가 수행했다. 관리들의 탐학은 산마을로 갈수록 위세였다. 동학인이라는 사실이 알려지면 곧장 연행하고 매질하며 재물을 약탈했다.

도피 길의 손병희는 현실을 직시했다. 이미 녹두 형도 피를 토하며 토로했다. 용기와 별개로 재래식무기와 신식무기의 차이를 도무지 좁힐 수 없어 '이대로는 백전백패'라고 생각했다.

설령 서장옥의 제안을 받아들였다 치자. 대궐을 넘어 고관들을 처치했다고도 하자. 그때가 아니어도 녹두장군이 서울까지 올라와 대궐을 장악했더라면 기쁜 일이겠지만 짜장 그 정부가 서양 무기로 무장한 외세의 간섭에 맞설 수 있었을까를 찬찬히 짚어보았다.

녹두 중심으로 똘똘 뭉친다면 가능했을성싶다. 청과 일본 사이에 등거리 외교를 벌일 수도 있었을 법하다. 하지만 그 경우도 월등한 무기가 변수일 터라 손병희는 녹두가 내건 제폭구민·보국안민·광제창생의 뜻을 이루려면 기약 없이 도망만 다니며 포덕할 수는 없다는 생각이 들었다.

무엇보다 세계적 추세가 궁금했다. 국제 정세의 흐름을 정확히 읽고 싶었다. 국수주의적 시각에서 벗어나 나날이 발전하는 서양 문명, '야만인'들이 기관총을 만들어낸 기술 문명을 온전히 이해해야 비로소 저들을 이길 길이 열릴 터였다.

1901년 1월이었다. 손병희는 지도부를 다시 불렀다. 동학의 고위간부들에게 자신의 새로운 구상과 계획을 말했다.

"내가 지난해에 세계 대세를 살피기 위해 미국에 유람할 뜻이 있었소. 송암, 구암과 의논하다가 구암이 완강히 반대해 뜻을 이루지 못했소. 그런데 몇 번이나 다시 생각해도 결론은 마찬가지더이다. 우리 도를 세계에 천명코자 한다면 먼저 세계부터 살펴야 옳소. 내 이제부터 10년을 한하여 국외를 유람하면서 세계 형편을 살펴보고자 하오. 그대들의 뜻은 어떠하오?"

손병희의 확고한 생각에 더 반대할 사람은 없었다. 손천민은 이미 처형당한 상황이었다. 서세동점의 세계사적 조류와 하루가 다르게 밀려오는 서양 문물 앞에 오랜 쇄국정책을 펴온 조선은 국제 사회에서 외딴 섬과 비슷한 처지였다.

바로 그래서였다. 외세가 들어와 각종 이권을 챙길 수 있었다. 특히 일본은 과거 자신들에게 문명을 전파해준 조선의 주권을 내놓고 농락해갔다.

마침《서유견문》을 읽었다. 조선인 최초로 미국에 유학하고 귀국길에 세계 일주를 한 유길준이 쓴 책이다. '서양 이야기'를 담아 1895년 출간한 그 책을 손병희는 은신처에서 정독하고 문화적 충격을 받았다.

유길준은 일본이 갑자기 부강해진 까닭을 살폈다. 제도나 법규가 서양을 모방하고 장점을 날쌔게 취해서였다. 조선은 뒤늦게 미국, 영국 등 서양과 조약을 맺기 시작했지만 그 나라들과 수교하면서도 그들을 잘 모르고 있었다.

손병희는 '개화'의 개념부터 새롭게 익혔다. 유길준은 개화를 "물질적·제도적·문화적 발전의 총체"라고 풀이했다. 서양의 부강이 단지 군사력의 발전에만 있는 것이 아니라 더 근본적으로 제도적·문화적 발전에 있다는 대목에선 망치로 얻어맞는 듯했다.

그때까지 손병희의 서양 이해는 단순했다. 우금티의 기관총, 곧 군사력이었다. 유길준은 "개화란 인간 세상의 모든 사물이 지극히 선하고도 아름다운 경지에 이르는 것"이며 사람의 도리를 안다면 행실이 개화된 것이고, 학문을 연구하여 사물의 이치를 밝힌다면 학문이 개화된 것이며, 정치를 공명정대하게 하면 정치가 개화된 것이고, 물품을 정밀하게 만들어 국민의 후생에 이바지하면 물품이 개화된 것인데, 비록 서양이 개화에 앞서가고 있지만 모든 면에서 개화가 지극한 경지에 이른 나라는 아직 없다고 주장했다.

따라서 서양을 모방한다고 개화가 되는 것은 아니다. 손병희는 유길준의 개화론를 읽으며 사유의 지평이 열리는 느낌을 받았다. 특히 개화하는 일은 남의 장점을 취하는 데만 있지 않고 자신의 훌륭하고 아름다운 것을 보전하는 데에도 있다거나, 남의 장점을 취하려는 생각도 결국은 자신의 훌륭하고 아름다운 것을 돕기 위한 것이기에 그것을 실용적으로 이용하면 자기의 장점이 된다는 대목이 인상 깊었다.

지나친 자는 아무런 분별도 없이 외국 것이라면 모두 다 좋다고 생각하고 자기 나라 것이라면 무엇이든지 좋지 않다고 생각한다. 모자라는 자는 완고한 성품으로 외국 사람이면 모두 오랑캐라 하고 외국 물건이면 모두 쓸데없는 물건이라 하며 자기 자신만이 천하제일이라 여긴다.

조선의 현실을 논한 지점이다. 양반계급을 겨냥한 말이지만 동학인들도 깊이 성찰할 문제였다. 손병희는 적잖은 동학인들이 후자의 사고에 머물러있다고 보았는데, 유길준은 "전자는 개화당이라 하지만 사실은 개화의 죄인이며, 후자는 수구당이라 하지만 사실은 개화의 원수"라고 지적했다.

그럼 어떻게 해야 할까. 자주적 개화가 답이다. 유길준은 어떻게 개화할 것인가에 대해 설명했다.

개화하는 일을 주장하고 힘써서 실천하는 자는 개화의 주인이요, 개화하는 자를 부러워하며 배우기를 기뻐하고 갖기를 좋아하는 자는 개화의 빈객이며, 개화하는 자를 두려워하고 미워하며 마지못해 따르는 자는 개화의 노예라고 할 수밖에 없다. 주인의 지위에 있지 못할 바에야 차라리 빈객의 자리를 차지할망정 노예의 대열에 선다는 것은 옳지 못하다.

동학이 '서학'이라 배척했던 서양을 둘러보고 쓴 책이 《서유견문》이다. 그런데 손병희에게 《서유견문》의 서학은 동학과 얼마든지 양립할 수 있었다. 개화가 "인간 세상의 모든 사물이 지극히 선하고도 아름다운 경지에 이르는 것"이라면, 개화의 목표와 동학의 목표는 표현하는 말만 다를 뿐 같다는 생각마저 들면서 자주적 개화가 동학의 길이라고 판단했다.

유길준은 개화 방식을 세 가지로 제시했다. '지혜로 하는 방식'을 가장 먼저 앞세웠을 때 손병희는 무릎까지 쳤다. 다른 두 가지는 용단으로 하는 방법, 위력으로 하는 방법으로 유길준은 '지혜 방법'이 가장 좋고, 용단 방법이 그다음이며, 마지막이 위력 방법이라고 주장했다.

유길준은 현실을 무시하지 않았다. 손병희가 십분 공감한 까닭이기도 했다. 유길준은 지혜로 개화하는 방법이 이상적이긴 하나 개화에 저항하는 세력이 완강한 조선 현실에선 용단과 위력의 방법으로라도 해야 옳다고 보았다.

《서유견문》은 개화·부강을 위한 정치 개혁서였다. 정부가 적극 나서지 않으면 국민은 개화의 노예가 된다고 경고했다. 정치가 개화하려면 먼저 서양의 장점을 학습해야 하는데, 그러려면 기존의 자폐적인 세계관을 극복해야 한다는 대목을 손병희는 곱새겼다.

유길준 지적처럼 서양은 동양보다 백배나 부강했다. 문제는 정치체제의 차이이다. 유길준은 서양 정치제제의 핵심은 바로 국민 개개인의 권리가 잘 지켜지고, 이를 바탕으로 국가의 권리가 보존되는 것이라고 이해했다.

나라가 민중의 권리를 보장하면 민중도 국가를 소중히 여길 수 있다. 그러려면 새로운 정치체제가 필요하다. 민중의 권리는 전통적인 민본 사상으로는 보장될 수 없으며 제도적으로 법치국가를 세워야 옳다는 논리를 전개했다.

끝까지 읽어갈수록 손병희는 의아했다. 개화파들의 진심이 궁금했다. 군민공치의 입헌군주제 도입, 상공업 및 무역의 진흥, 근대적인 화폐 및 조세제도의 수립, 근대적인 교육제도의 실시를 주장하면서도 함께 힘을 모아 외세에 맞서 나라를 바로 세우자는 전봉준의 제안에 학살로 답했기 때문이다.

《서유견문》은 손병희에게 감탄과 개탄을 동시에 주었다. 개화파의 논리에서 취할 것은 받아들여 마땅했다. 하지만 민중을 시들방귀로 여기거나 동학농민군의 토지 분작 요구처럼 진정으로 개혁적인 방안엔 외려 외세와 손잡고 초토화에 나선 사실을 직시하자고 마음을 다잡았다.

손병희는 개화파에 경계심을 늦추지 않았다. 아니 늦춰서는 안 된다고 되뇌었다. 동시에 '남의 장점을 취하려는 생각도 결국은 자신의 훌륭하고 아름다운 것을 돕기 위한 것이기에 그것을 실용적으로 이용하면 자기의 장점이 된다'는 논리는 손병희에게 더 적극적으로 동학의 새 길을 모색케 했다.

손병희는 '자신의 훌륭하고 아름다운 것'이 바로 동학이라고 확신했다. 《서유견문》을 동학지도자로서 주체적으로 읽은 셈이다. 손병희는 개화파가 쓴 책이나 일본제국을 통한 간접 경험이 아니라 자신이 직접 서양 문명을 체감하고 황제 아닌 대통령이 통치하는 미국의 실제 모습을 두 눈으로 확인하고 싶었다.

문은 열려있었다. 미국은 이미 1882년 조선과 조·미 수호 통상조약을 체결했다. 1901년 3월 손병희가 미국으로 떠나려고 원산으로 갔을 때 이용구가 수행했다.

원산에서 배편으로 부산에 갔다. 추적을 피하고자 에둘러가며 가명 '이상헌'을 썼다. 이미 손천민이 당했듯이 체포되면 곧 사형이었기에 최대한 신중히 행동할 수밖에 없었다.

원산은 개항장으로 외국 선박이 많이 드나들었다. 측근 이용구는 스물세 살에 동학에 입도했다. 최시형을 수행하다가 투옥되었으나 해월이 처형되고 사면으로 나와서는 손병희를 수행했다.

부산에서 미국 가는 선편을 수소문했지만 끝내 찾지 못했다. 부산에 오래 머무는 것은 위험했기에 일단 일본으로 건너가 미국행을 알아보기로 했다. 하지만 미국 가는 여비는 예상보다 비싸 결국 방향을 돌려 일본에 머물면서 서양 문명을 받아들인 모습을 살피며 제국의 정세를 탐색해갔다.

손병희 아니, '이상헌'은 오사카·교토·고베·도쿄를 전전했다. 일본이 일찌감치 자본주의 문명을 수용해 이룬 성과를 주의 깊게 살폈다. 오랜 세월에 걸쳐 조선이 문명을 전해주었던 일본의 놀라운 발전상을 보며 손병희는 새삼 《서유견문》의 논리가 떠올랐다.

세계사적 전환기에 일본은 기민히 대응했다. 대조적으로 조선왕조와 대한제국은 무능했다. 손병희는 동학 재건의 방향을 '자주적 문명개화'로 설정하며 근대화를 구현하기 위해 국내 정치에 적극 참여할 방안을 모색했다.

일본에 망명한 조선인을 다양하게 접촉했다. 심지어 농민전쟁 당시 초토사 조희문과도 사귀는 광폭 행보를 했다. 그의 소개를 받아 망명정객 권동진·오세창과도 만나 자신의 식견과 대인관계 폭을 넓혀갔다.

권동진은 무과에 급제해 무관으로 활동했었다. 을미사변으로 일본에 망명했다. 오세창은 개화파 초기 지도자 오경석의 아들로서 관리로 일하다가 '역모 사건'에 연루되어 망명해있었다.

1901년 5월에는 중국 상하이로 건너갔다. 미국으로 가는 선편을 알아보는 한편 중국 혁명가 쑨원(孫文)을 만났다. 손병희보다 다섯 살 아래인 쑨원은 일본과 유럽에서 망명 생활을 하다가 삼민주의를 제창하고 귀국했다.

마침 손병희가 투숙한 국제반점에 쑨원이 투숙했다. 쑨원은 중국 각지의 애국지사들을 불러 모아 연회를 열었다. 손병희는 중국 애국지사들의 혁명 방안을 알고 싶어 불청객으로 연회장에 참석해 쑨원과 만났고 그가 다시 일본으로 망명하면서 교유를 이어갔다.

'이상헌'은 중국 상하이에서 임시로 조선에 들어왔다. 대한제국은 그가 손병희임을 눈치채지 못했다. 서울 마포에 자리 잡은 손병희는 박인호를 평양으로 파견해 충청도와 전라도 중심이던 동학의 교세를 평안도까지 확장했다.

손병희는 서울에서 활동할 가능성을 확인해 기뻤다. 다만 '이상헌'으로 신분 세탁을 했어도 오래 머물러있기엔 불안했다. 동학인의 자제들을 훌륭하게 키워 나라의 내일을 대비하겠다는 생각으로 1차 유학생 24명을 선발해 함께 일본으로 들어갔다.

손병희의 초기 망명생활은 경제적으로 어려웠다. 그러나 국내 동학인들이 성미와 성금을 내면서 여유를 찾을 수 있었다. 동학인들이 조직을 통해 꾸준히 보내온 자금은 유학생들을 길러내는 물적 토대가 되었다.

손병희는 일본에 망명 중이던 1902년 〈삼전론(三戰論)〉을 집필했다. 일본을 둘러보며 받은 충격과 성찰을 담았다. 우금티의 녹두 아우이자 북접 사령관 손병희는 논설에서 앞으로는 '세 가지 싸움'이 중요하다고 단정했다.

첫째, 도전(道戰)이다. 국민의 정신 계발에 온 힘을 다하는 싸움이다. 나라의 근본은 백성이기에 세계 여러 나라가 앞을 다퉈 백성을 보호하고 직업을 가르쳐 나라를 건강하게 만드는데 바로 그것이 '보국안민의 계책'이다.

둘째, 재전(財戰)이다. 산업 개발로 자립할 국력을 키우는 싸움이다. 농업·상업·공업 세 부문에서 기술을 발달시켜 외국의 침략을 막는 물적 기반을 만들고 한편으로는 국가를 부강하게 하는 술법으로 삼아야 한다.

마지막은 언전(言戰)이다. 말과 글에 지혜와 전략을 담는 싸움이다. 서양과 동양, 남방과 북방이 모두 교란하고 있는 국제무대에서 성패는 담판 능력에 달려있다.

손병희는 삼전론으로 자신이 싸워갈 방향을 정립했다. 동학인들 모두 삼전에 나서기를 권고했다. 세계 문명은 실로 '천지가 한번 크게 변해서 새로 창조될 운수'인지라 동학의 종지와 삼전의 이치를 아울러 활용하면 천하의 으뜸이 된다며 희망을 불러일으켰다.

22

손병희는 자상했다. 일본에 함께 온 유학생들을 민족간부로 키워갔다. 1904년 3월에 다시 40명을 불러와 모두 60여 명의 동학인 자제들을 일본에 유학시킨 것은 선진 문명을 가르쳐 동학은 물론, 대한제국의 국정을 근대화하려는 원대한 포부였다.

유학생들은 먼저 일본어를 공부했다. 이어 관립 교토중학교에 입학했다. 손병희는 유학생들이 훗날 민족의 기둥이 되리라고 믿어 한 사람, 한 사람에게 정성을 쏟았다.

일제는 이상헌의 실체를 파악하지 못했다. 이름을 바꾼 데다 꼬투리 잡힐 일을 하지 않았다. 일본제국의 정보기관마저 이상헌이 손병희임을 몰랐던 이유는 철저하게 신분을 숨기면서도 담대하게 공개적으로 활동했기 때문이다.

도쿄에서 일본인 큰 부호들은 쌍두마차를 타고 다녔다. 이상헌도 구입했다. 조선인이 마차를 타고 도쿄 시내를 돌아다닌다는 소문은 삽시간에 퍼졌지만 그 부자가 '녹두의 아우'라곤 누구도 짐작할 수 없었다.

이상헌은 충청도 부자양반으로 알려졌다. 망명 중에 그와 사귄 권동진·오세창도 그런 줄만 알았다. 손병희는 충청도 부자로 행세하며 일본 정보기관의 추적을 따돌렸을 뿐만 아니라 '근대 일본의 건설자'로 꼽히는 이토 히로부미의 초대를 받았다.

이토는 일본제국의 총리를 네 차례나 역임했다. 추밀원 의장으로 활동하고 있었다. 조선을 어떻게 '요리'할까 구상하던 이토는 도쿄에서 쌍두마차를 타고 다닌다는 충청도 갑부가 누구인지 궁금해 면식이 없음에도 관저로 초청했다.

이토는 이상헌의 인품부터 시험했다. 집 안팎에 엄중한 경계를 폈다. 정문에 들어설 때부터 일거일동을 방 안에서 내다보고 있었지만 이상헌은 위압적인 경비에 조금도 주눅 잡힘 없이 태연하게 현관으로 들어섰다.

인사를 나누고 술상을 내왔다. 이토가 술잔을 권하자 이상헌은 단숨에 비우고 돌려주었다. 두 사람은 안주 먹을 틈도 없이 마치 전쟁을 하듯 술잔을 주고받으며 은근히 기세 싸움을 벌였다.

이상헌은 이물스러운 이토의 의도를 파악했다. 어지빠르지 않게 술잔을 깨끗이 비워갔다. 결국 이토가 먼저 취해 자리에서 일어나 방에서 나가더니 돌아오지 않았다.

두 사람은 스무 살 차이가 난다. 당연한 결과로 볼 수도 있다. 이상헌은 조금도 흐트러짐 없이 짐짓 안주를 먹으면서 여유 있게 기다렸지만 이토가 취해 자리에 누웠다는 말을 전해 듣고 집을 나섰다.

이토의 집을 나오며 손병희는 긴장했다. 술자리에서 누가 이겼는가는 아무런 의미도 없었다. 근대 일본을 건설한 정계 실력자가 술에 취하자 조선을 '보호국' 또는 식민지로 지배하려는 야욕을 거침없이 드러냈기 때문이다.

정세는 다시 요동치고 있었다. 1903년 5월 용암포 사건이 출발점이다. 민비의 죽음에 이은 고종의 아관파천으로 친러파가 세력을 잡은 뒤 수많은 이권을 챙기며 압록강 유역의 삼림벌채권까지 손에 넣은 러시아는 벌채하는 사람을 보호한다는 구실로 100여 명의 군대를 보내 강 하구의 전략적 요충지 용암포를 점령했다.

러시아는 자국민 40명을 용암포에 거주케 했다. 포대까지 설치했다. 이어 대한제국 정부에게 용암포를 러시아 삼림회사에 조차해달라고 요구하자 러시아제국의 팽창을 우려한 일본과 영국·미국은 용암포 점령의 불법을 내세워 개항을 요구했다.

대한제국 정부는 러시아제국의 조차를 거절했다. 이어 용암포를 개항했다. 사건은 일단락되었으나 러시아제국과 일본제국이 날카롭게 대립하며 이듬해 일어난 러일전쟁의 한 원인이 되었다.

손병희는 전운을 감지했다. 전쟁은 조선의 운명을 좌우할 터였다. 만일 대한제국이 손 놓고 방관만 한다면 멸망은 필연이므로 차라리 처음부터 이기는 쪽에 가담해 전승국의 지위라도 확보해야 옳다고 보았다.

망하길 기다리느니 모험이 필요했다. 손병희는 러일전쟁이 일어나면 승자는 일본이리라 확신했다. 먼저 지리상으로 러시아 수도는 수만 리 먼 곳에 있기에 불리했고, 전쟁 동기에서도 러시아는 영토 확장과 부동항을 얻는 정도이지만 일본은 만일 조선이 러시아 세력권에 들어가면 자신도 위협받을 뿐 아니라 대륙 침략정책에 차질이 생기므로 운명을 걸고 싸울 수밖에 없다고 보았다.

적어도 동아시아에 국한할 때 군사력도 차이가 컸다. 일본은 독일 무기와 전술을 배웠다. 따라서 일본이 이긴다는 전망은 과학적 결론임에도 대한제국의 조정은 친러파가 집권하고 있었다.

손병희는 장고했다. 일본군을 적절한 수준에서 돕기로 했다. 러일전쟁에서 일본이 승리하면 동학인들의 힘으로 대한제국 정부를 장악해 국정 개혁에 나설 계획을 세운 '이상헌'은 일본의 승리를 기원한다면서 거금 1만 원을 헌금했다.

재일조선인 사회가 들썩였다. 이상헌은 친일파로 낙인찍혔다. 하지만 이상헌으로 위장한 상황에서도 손병희는 결코 민족의식을 잃지 않았다.

공중목욕탕에 간 어느 날이다. 중년의 조선인이 일본 여자와 희희낙

락댔다. 이상헌이 넌지시 조선 사람인지, 일본 사람인지 묻자 사내는 사뭇 태연하고 당당하게 말했다.

"나 조선 사람 박영효라 하오, 그런데 그런 건 왜 묻소."

"아니, 당신이 정말 박영효란 말이오?"

박영효는 감정이 상했다. 철종의 사위인 자신에게 함부로 말 거는 사내를 제압할 깜냥이었다. 그런데 자신이 분명히 신분을 밝힌 뒤에도 상대 표정은 도무지 변함이 없기에 눈까지 부라리며 물었다.

"그대는 누구인가."

이상헌은 화가 치밀었다. 대뜸 "당신은 왕실의 부마 아닌가" 다시 물었다. 이어 "국가 흥망이 조석에 달리고 폐하께서는 침식이 불안하신 이때에 외국으로 건너와 목욕탕까지 일본 하녀를 데리고 다니며 여러 사람 앞에서 추잡한 꼴을 보인단 말인가"라고 꾸짖었다.

박영효는 말문이 막혔다. 그날 이후 '충청도 부자' 이상헌은 박영효와 교유했다. 손병희는 일본에 망명해있는 거의 모든 사람과 소통하며 조선을 바라보는 시각을 다듬어갔다.

아울러 선진 문물을 최대한 접했다. 물론 동학 수행도 게을리하지 않았다. 대한제국의 문명개화와 동학의 시대적 과제를 탐구하고 그 사유의 결실을 지며리 글로 정리해갔다.

1905년 〈준비시대〉를 집필했다. 조선이 나아갈 길을 담은 논설이다. 손병희는 단군에서 시작하는 조선 역사가 적어도 삼국시대까지는 부국·강국·문명국·자유국으로서 위용을 갖추고 있었다면서 그 이후 빈국·약국·몽매국·압제국으로 전락했지만 그 상태를 벗어나 오늘의 부강 문명국인 서양 열강을 따라 배울 수 있는 일대 기회를 맞았다고 시대를 진단했다.

하지만 고종은 우왕좌왕했다. 기회를 포착해 주체적으로 활용하지 못했다. 러시아와 일본 사이에 전운이 짙어가던 1904년 1월 23일 대한제국은 '대외 엄정중립'을 선언했지만 10여 일 뒤인 2월 4일 일본은 러시아와 국교 단절을 결정하고 나흘 뒤에 육군 선발대가 인천에 상륙했다.

일본군은 서울로 직행했다. 동시에 뤼순의 러시아 함대를 공격했다. 일본이 2월 10일 정식으로 러시아에 선전포고하며 순식간에 국토가 살벌한 전쟁터로 변하면서 대한제국 정부로서는 중립을 지킬 수도 없었다.

일본군은 서울 도심까지 들어왔다. 주한일본공사 하야시는 고종을 찾았다. 외부대신 이지용을 통해 알현한 자리에서 하야시는 전쟁의 불가피성과 일본에 협력할 것을 강요하면서 고종의 중립 선언을 내놓고 무시했다.

일본은 고종을 되우 압박했다. 전쟁에 협력하는 한일의정서를 강요했다. 외부대신과 일본공사 명의로 된 6개항은 제1조에서 "동양의 평화를 확립하기 위해 대한제국 정부는 대일본제국 정부를 확신하고 시정의 개선에 관하여 그 충고를 들을 것"이라 못 박고, 제4조에서 "제3국의 침해나 혹은 내란으로 인해 대한제국의 황실 안녕과 영토 보전에 위험이 있을 경우 대일본제국 정부는 속히 임기응변의 필요한 조치를 행하며, 대한제국 정부는 대일본제국 정부의 행동이 용이하도록 충분히 편의를 제공할 것"이라고 명문화했다.

일본에 있던 손병희는 두목답답했다. 상황을 지켜만 볼 수는 없었다. 1904년 3월 15일 사람을 보내 정부의 의정대신에게 제출한 상소문에서 "개명한 이래로 '백성이 나라의 근본'이라는 것은 세계만국이 다 아는 것"이라며 서양의 강대한 나라들이 각국을 멸하는 것이 그 수를 계산할 수 없지만 "민심이 단합된 나라는 감히 손을 대지 못했다"고 밝혔다.

손병희는 정치개혁을 촉구했다. 러일전쟁의 승패가 결정되기 전이 마지막 기회라고 강조했다. 승패가 결정되면 대한제국을 보존하지 못하리라는 전망은 세계의 통론이라며 "만일 한번 강토를 잃어 적의 손에 들어가면 종묘사직을 안보할 곳이 없고 불쌍한 창생은 고기밥을 면치 못할 것"이라고 경고했다.

같은 날이다. 법부대신에게도 상소문을 보냈다. "우리나라의 땅이 비록 크지는 못하나 2천만 생명이 또한 적은 것이 아니"라며 "저 왜적이 꾀를 이루기 전에 정치를 개선하고 조정에 독립의 힘을 길러서 국권을 확보하고 국민이 개명을 시작하였다는 만국의 인정을 받아야 권력을 가히 안보할 것"이라 적시하고 "무엇으로 이름을 하든지 민회를 설립하고 크고 작은 일을 의논케 하며, 정부가 교섭하면 외교의 실력은 통달하지 못하지만 창생보국의 정력은 골수에 젖어 들 것"이라고 강조했다.

고종의 신하들도 러일전쟁이 슬슬 불안해졌다. 만민공동회에 나섰던 지사들과 일부 신하들이 고종에게 의회를 설립해 민중의 힘을 모아야 한다고 호소했다. 하지만 그 순간에 이토 히로부미가 나서서 고종에게 '난국에선 군주권을 유지해야 마땅하다며 다른 사람의 말을 가볍게 들어 군주권을 잃지 말라'고 독려했다.

고종은 이토가 자기편이라고 여겼다. 이토의 이름까지 거명하며 의회 개설 논의를 금했다. 이토는 의회가 생기면 대한제국을 통째로 삼키는 조약 체결에 방해가 된다고 판단해 군주권을 지키라고 한 것임에도 어리석은 고종은 고마워했다.

이토는 고종의 '명석함'을 칭송하며 속으론 멸시했다. 고종에게 손병희의 간곡한 호소를 들을 귀가 있을 리 없었다. 오히려 동학의 괴수가 아직도 살아있다고 시퍼렇게 날 선 증오심을 보이면서 상소문 전달자를 박해했다.

23

정치개혁 상소는 묵살당했다. 손병희는 방향을 바꾸어 행동에 나섰다. 정치 결사를 조직해서 정부의 비정을 개혁하고자 박인호·이종훈을 비롯해 동학간부 40여 명을 비밀리에 일본으로 불렀다.

손병희는 민회 조직을 지시했다. 아래로부터 개화를 추동할 구상이었다. 민회 이름은 처음에 '대동회'라 했다가 '중립회'로 바꾸고 다시 권동진·오세창과 상의해 '진보회'로 최종 결정했다.

손병희는 동학 간부들과 밤을 지새웠다. 보국안민의 세 가지 길을 설명했다. 상책은 모두 혁명에 나서서 투미한 왕을 밝은 왕으로 바꾸는 폐혼입명의 길이고, 중책은 나쁜 정부를 날카롭고 매섭게 씻어내고 새 정부를 조직하는 길, 하책은 러일전쟁에 주체적으로 관여하여 최대한 실리를 얻어내는 길이다.

밤샘 토론의 결론은 분명했다. 현재로선 상책과 중책은 불가능했다. 불가피하게 하책을 쓴다면 그것은 동학의 합법화라는 데 의견을 모았다.

1904년 4월 박인호와 이용구는 다시 도쿄로 갔다. 손병희는 단발을 전격 제안했다. 그 시점에 단발령은 자칫 큰 저항을 불러올 수 있었지만 밀고 나가 '흑의 단발' 곧 모든 회원들은 검게 물들인 옷을 입고 상투를 잘랐다.

손병희는 '생활 정치'에서 출발했다. '갑진혁신운동'이다. 손병희는 '상투 혁명'의 의미도 글로 써서 명료하게 밝혔다.

첫째, 도인으로 하여금 세계 문명에 참여하는 표준이 되게 하는 것이요, 둘째, 도인들이 일심 단결하는 의지를 굳게 하는 것이니, 이럴 때 도인은 먼저 용기를 떨치게 하라. 우리가 동학에 입도한 뒤로부터 현재까지 이한 몸이 죽고라도 현도하기가 소원이었는데, 죽지 않고 현도만 되면 얼마나 좋은 일이겠느냐? 대신사, 수운 선생께서는 대도를 위하여 단두대에 목을 내 베시었는데 목 대신 머리털쯤이야 무엇이 어렵겠느냐? 예로부터 은혜를 갚기 위하여 머리털을 베어 신을 삼아 바친다 하였으니 이번에 우리가 단발하는 것은 나라 은혜와 스승 은혜를 아울러 갚는 일이요, 또 우리가 단발을 하고 세계 문명에 참여한 뒤에라야 우리의 목적을 달성할 수 있으니 이 뜻을 일반 도인에게 잘 알리게 하라.

단발과 함께 본격적인 조직화에 나섰다. 손병희는 측근 이용구를 귀국시켰다. 러일전쟁으로 혼란한 상황에서도 진보회는 전국 360여 개 군별로 조직을 만들고 이용구는 서울본부 총회장 자격으로 단체를 끌고 갔다.

진보회 중심은 동학인들이었다. 곧 전국적인 거대 조직이 되었다. 1900년대 전반기에 다수의 고지식한 양반계급 유생들이 "머리는 잘릴지언정 머리털은 자를 수 없다"고 항거하던 시대에, 상투 없는 단발에 검은 옷을 입고 활보하는 진보회의 무리는 사뭇 이색적이었다.

고종은 처음엔 진보회를 방치했다. 하지만 세력이 커지자 전면 탄압했다. 고종은 각 도 관찰사에게 내린 전교에서 "요즘 듣건대 동학비적 잔당이 다시 퍼져서 혹 공공연히 주문을 외우기도 하고 혹 몰래 내통해서 고을과 촌락들에 모여 무기를 휘두르며 곳곳에서 소란을 피우면서 장차 왕궁이 있는 도시에 모일 것이라고 성명을 냈다고 한다. 인심의 미혹과 백성들의 불량한 버릇이 어찌 이 지경에까지 이르렀단 말인가?" 개탄했다.

고종은 무능했지만 민감했다. "동학 잔당들의 두목은 즉석에서 처단하라"고 지시했다. 고종이 아래로부터 올라오는 민중의 요구를 억압하는 데 골몰하고 있을 때, 일본제국은 야금야금 대한제국의 기둥을 갉아먹고 있었다.

1904년 8월 일본은 전쟁에 승기를 잡았다. 고종에게 '고문 정치'를 강요했다. 제1차 한일신협약을 맺음으로써 일본인 재정 고문 1명과 일본이 추천하는 외교 고문이 대한제국 정부에 둥지를 틀었다.

이듬해 1월 일본은 뤼순을 함락했다. 해전에서도 러시아 발틱 함대를 격파했다. 대륙 세력인 러시아에 맞서 해양 세력인 영국과 미국이 일본을 적극 지원해주어 승세를 굳힐 수 있었다.

대한제국 정계도 급변했다. 친러파가 몰락했다. 친일세력이 한껏 기지개를 펴자 일제는 전쟁 과정에서 맺은 한일의정서에 근거해 수용과 강점을 멋대로 감행했다.

일본은 광대한 토지를 군용지로 점령했다. 통신 기관도 군용 명분으로 강제 접수했다. 가명으로 일본에 잠행하고 있던 손병희는 시기가 무르익으면 진보회를 총동원해 정권을 잡으려는 목표를 세웠지만 일본제국은 호락호락하지 않았다.

일제는 진보회의 전열을 흩트릴 친일단체를 조직했다. 손병희가 예상치 못한 개입이었다. 조선왕조의 관리 출신이면서 일본군 병참감의 통역으로 활동하며 출세욕으로 똘똘 뭉친 송병준이 발탁됐다.

1904년 8월 돌연 일진회가 등장했다. 독립협회에서 일했던 윤시병도 가담했다. 일진회가 내세운 4대 강령은 진보회 강령을 그대로 빌려왔을뿐더러 머리 모양도 단발해 일반인은 두 단체를 분간하기 어려웠다.

일본은 일진회 뒷배를 보아주었다. 돈과 정보를 제공하며 일본 헌병대가 비호했다. 일진회가 급속히 세력이 커져가며 진보회를 잠식해갈 무렵에 송병준은 은밀히 이용구를 만나 적극 쏠라닥댔다.

"정부는 갑오동학란을 토벌할 때와 같이 일본군과 합력해 진보회를 소탕할 방침을 세웠소."

"음, 참으로 갑갑한 일이오."

"진보회가 살아나는 방법이 하나 있소. 관심이 있소?"

"살아나는 방법이 있다? 이야기해보오."

"내 단도직입으로 말하리다. 살아날 방략은 오직 하나뿐이오. 우리 일진회와 합칩시다."

"……."

"일을 그르치기 전에 내 제안을 심사숙고하기 바라오."

이용구는 손병희가 동학혁명전쟁에 나설 때부터 핵심 측근이었다. 다리에 관통상을 입고 체포되었다. 최시형의 거처를 대라며 고문당해 왼쪽 다리가 부러질 때도 "소나무와 잣나무는 비록 굳세나 눈서리가 아니면 높은 절개를 알지 못한다"고 당당할 만큼 기개 있는 농민군의 장수였다.

세월이 흐르면서 용기는 시나브로 마모됐다. 반면에 조금씩 영악해 갔다. 고종이 진보회를 탄압하고 나섰기에 자칫 지난날의 피어린 고통을 다시 겪어야 할 상황이었지만 일진회의 제안만 받아들이면 자신은 물론 가족 모두 남은 인생을 풍요롭게 보낼 수 있었다.

이용구는 결국 배신했다. 진보회는 정체성을 잃어버릴 위기를 맞았다. 손병희를 속이고 송병준과 손잡은 이용구는 일본군에서 나오는 자금, 관찰사나 군수 인사에 개입하는 권력, 여색을 즐기며 차차 일제의 꼭 두각시로 타락해갔다.

손병희는 이용구로부터 허위 보고만 받았다. 일본에 있었기에 그의 변절을 몰랐다. 이용구는 갈수록 노골적인 친일의 길로 치달아 회원들을 일본군 안내와 군수품 운송에 동원하기 시작했다.

진보회 회원들도 속고 있었다. 모두 손병희 지령인 줄 알았다. 대한제국을 개혁할 전위대로 손병희가 창립한 조직이기에 무슨 전략이 있겠거니 여기며 실망하면서도 따르고 있었다.

뒤늦게 사실을 안 손병희는 큰 충격을 받았다. 이용구의 친일은 이미 수습할 단계를 넘어섰다. 러일전쟁에서 일본이 최종적으로 승리하자 이용구와 송병준은 1905년 11월 4일 대한제국이 일본제국의 보호를 받아야 한다는 장문의 '일진회선언서'를 발표했다.

만일 외국의 간섭을 거부하고 독립의 명실을 완전히 하고자 한다면 분연히 궐기하여 그 이유를 만국에 선언해야 할 것이다. 그렇지 않다면 우방의 지도에 순응하여 문명을 진척시키고 독립을 유지함이 가하다. 나아가 분연히 의를 외칠 용기가 없고 물러나 우방을 신뢰하지 않으면서 함부로 의심하여 소인배들의 교언에 속아 간계를 부리니, 이는 필시 교의를 손상시켜 스스로 망국의 화를 자초함이니 탄식을 금할 수 없다. 오호, 우리 2천만 동포는 이 다난한 때에 임하여 세계의 형세를 살피고 동양의 시국을 감안하며 우리나라의 정황을 본다면 재차 언급할 필요가 없을 것이니, 즉 독립보호 강토유지는 대일본황제 조칙을 세계에 공포하신다면 의심할 여지가 없다. 우리는 일심동기와 신의로써 우방과 교류하고 성의로써 동맹에 대하며, 그 지도 보호에 의지하여 국가의 독립과 안녕, 그리고 행복을 영원 무궁하게 유지하고자 여기에 감히 선언한다.

선언서 파장은 컸다. 글머리에 이용구가 명시됐다. "대한국 일진회장 이용구 등 100만 회원은 대한국 2천만 민중을 대표하여"라고 시작하는 선언서를 대서특필한 일본 신문을 읽으며 손병희는 격한 분노와 함께 그를 너무 신뢰하고 중용해온 자신을 책망했다.

일진회의 선언에 조선 민중은 분노했다. 일제는 '화답'했다. 마치 일진회의 보호국화 요청을 기다렸다는 듯이, 그 요청을 민주적으로 수용이라도 한다는 듯이 '보호국화'에 속도를 냈다.

이미 국제 사회에서 양해도 얻었다. 사전 정지작업을 마친 셈이다. 1920년대 중반에 이르러서야 드러난 사실이지만 1905년 7월 29일에 일본 총리이자 외무대신 가쓰라 다로와 미국의 육군장관 윌리엄 태프트 사이에 맺어진 가쓰라-태프트 밀약은 세 가지를 합의했다.

첫째, 미국이 필리핀을 통치하고, 일본은 필리핀을 침략할 의도를 갖지 않는다. 둘째, 극동의 평화 유지를 위해 미국·영국·일본은 동맹관계를 확보해야 한다. 셋째, 미국은 일본의 조선반도에 대한 지배적 지위를 인정한다.

가쓰라는 대한제국 정부가 러일전쟁의 직접 원인이라고 되술래잡았다. 방치하면 다시 다른 나라와 조약을 맺어 전쟁이 발발할 수 있다고 주장했다. 나중에 미국 대통령으로 당선된 태프트는 대한제국 정부가 임의로 다른 나라와 조약을 체결할 수 없도록 일본의 보호국으로 만들어야 동아시아 안정이 가능하다는 가쓰라의 억지에 동의했다.

가쓰라-태프트 밀약은 나눠 먹기였다. 숨어서 조선과 필리핀을 해치운 셈이다. 미국이 필리핀 지배권을 갖는 대신에 조선 지배권을 인정받은 일본은 대한제국을 식민지화하려는 야욕을 노골화했다.

을사늑약이 1905년 11월 17일 체결됐다. 대한제국이 외교권을 빼앗기고 일본제국 보호국으로 전락한 순간이다. 나흘 뒤인 11월 22일 고종은 미국에 머물고 있던 황실고문 헐버트에게 "짐은 총칼의 위협과 강요 아래 최근 양국 사이에 체결된 이른바 보호조약이 무효임을 선언한다. 짐은 이에 동의한 적도 없고 금후에도 결코 아니 할 것이다. 이 뜻을 미국 정부에 전달하기 바란다"라고 통보하며 이를 모든 나라에 알려달라고 매달렸지만 그 조약을 공모한 미국으로선 고종을 얼간 왕으로 볼 수밖에 없었다.

24

동학은 최대 위기를 맞았다. 갑진혁신운동이 의도와 전혀 다른 쪽으로 흘렀기 때문이다. 대한제국을 러일전쟁에서 '전승국' 반열에 올려 조국을 개혁하려던 손병희의 순진한 구상은 노회한 일제가 전략적으로 개입하면서 동학이 일진회 무리로 오해받는 참사로 귀결되었다.

동학인들은 졸지에 매국노로 매도됐다. 손병희는 견딜 수 없을 만큼 고통스러웠다. 1세 교조 최제우와 2세 교조 최시형의 고귀한 순교로 이어진 동학의 법통과 혁명 과정에서 비참하게 희생된 수많은 도반들의 피를 헛되이 할 수 없는 일이었기에, 무엇보다 동학이 일진회 따위와 같은 무리가 아니라는 진실부터 밝혀야 했다.

손병희는 이용구를 도쿄로 불렀다. 아끼던 측근이었기에 애증이 교차할 수밖에 없었다. 지금까지 자신에게 보내온 보고서의 진위를 따지고, 친일매국의 잘못을 뉘우칠 기회를 줌으로써 참다운 동학인으로 되돌리고 싶었다.

막상 이용구 얼굴을 보자 평상심을 잃었다. 엄중히 꾸짖었다. 손병희가 "도대체 자네, 어쩌자고 보호 선언이란 망동을 했는가?" 역정을 내자 이용구는 각오하고 일본에 건너온 듯 당황도 하지 않고 시치름히 말했다.

"오늘날 조선에겐 보호독립이 시의에 적합해서 그렇게 한 것입니다."

"보호독립? 보호를 받으면 독립이 아니요, 독립을 하면 보호가 불필요한 것인데 어떻게 보호독립이란 말이 성립될 수 있단 말인가?"

"아무 걱정 마십시오. 제가 이토에게 안니기를 걸었습니다. 이제 적당한 때가 닥치기만 하면 이토는 나가자빠질 것입니다."

"이 사람아, 이토가 어떤 사람인데 그대에게 안니기를 걸렸겠나? 바로 그대가 걸렸으면 걸렸지!"

안니기. 씨름 기술이다. 오른쪽 다리로 상대의 왼쪽 다리를 걸어 샅바를 당기며 가슴과 어깨로 밀어 넘어뜨리는 안다리 걸기다.

손병희는 어이가 없었다. 이토에게 안니기를 걸었다? 이용구가 민춤한 어리보기이든가 아니면 자신을 속이려고 언구럭 부리는 작태로밖에 이해할 수 없었다.

손병희는 이용구에게 미련을 접었다. 진보회는 이미 일진회에 흡수당했다. 밤잠을 이루지 못하고 고심한 끝에 손병희는 동학의 위기를 기회로 삼고 나섰다.

손병희는 동학의 이름을 바꾸는 결단을 내렸다. 1905년 12월 1일 천도교를 전격 선포했다. 1860년 최제우가 제세구민의 큰 뜻으로 창도한 동학, 1대와 2대 지도자가 모두 순교한 동학에 새로운 길을 열며 그 정당성을 명확하게 밝혔다.

포덕 46(1905)년 을사에 동학 이름을 고쳐 천도교라 한다. 본디 동학이란 이름이 서학 아닌 것을 밝히고자 함이요, 실상 이름은 아닌 고로 동경대전에 이른바 '도인즉 천도요, 학인즉 동학(道則天道 學則東學)'이라는 뜻을 취하여 천도교라 고친다.

손병희에게 사람은 곧 천인이다. 도는 곧 천도이다. 천도교로 전환하면서 일진회 따위로부터 동학의 순수성을 지키되 이참에 '혹세무민'이라

탄압하는 정부의 굴레에서도 벗어나고자 했다.

이미 단발을 전개한 상황이었다. 갑진혁신은 비록 엇나갔지만 생활혁명은 이뤘다. 동학인들이 상투혁명을 이루고 일상생활에 편리한 옷을 단정하게 입었듯이 동학사상에도 '근대의 옷'이 더 적절했다.

천도교 창건 소식을 신문에 공개 광고했다. '천도교 대도주 손병희' 명의였다. 국내의 《제국신문》과 《대한매일신보》에 대대적으로 각각 15회에 걸쳐 교당 건축을 광고하면서 자연스럽게 천도교가 곧 동학임을 알리고 교단의 양성화·합법화를 기정사실로 만들 의도였다.

대한제국의 내각은 이미 친일로 바뀌었다. 군이 정치세력 아닌 천도교를 억압할 이유가 없었다. 손병희가 일본에서 활동하며 러일전쟁에서 어차피 이길 수밖에 없는 일본 쪽에 섰을뿐더러, 동학의 틀을 바꿔 근대적 종교의 틀을 갖췄기에 그들을 이참에 순치할 기회라며 수용할 명분도 찾을 수 있었다.

서학은 이미 자유를 누리고 있었다. 천주교나 개신교 모두 그랬다. 손병희가 자신이 이토의 집에 초대받아 술잔을 나눈 사실도 은근히 흘리면서, 결국 대한제국 정부는 천도교 광고에 아무런 조처도 취하지 않고 묵인했다.

천도교 이름으로 드디어 동학이 합법화한 셈이다. 일본 신문도 '이상헌이 바로 손병희'임을 보도했다. 마침내 1906년 1월 5일, 그간 '불법단체의 수괴'였던 손병희는 '국사범'으로 망명했던 권동진·오세창을 동반하고 아무런 제재 없이 천도교인들의 열렬한 환영 속에 당당하게 귀국했다.

손병희는 말 그대로 상전벽해를 실감했다. 불과 5년 전에 손천민은 처형되었다. 거리로 나와 환호하는 교인들에게 손 흔들며 돌아온 손병희는 갑진혁신운동을 벌이며 권했던 그대로 상투를 자르고 옷고름 대신 단추를 단 검은 두루마기를 입었다.

서울 다동에 거처를 마련했다. 손병희는 첫 활동으로 1월 30일 서대문 독립관에서 천도교를 창도한 뜻을 밝혔다. 일진회의 매국 행위를 통렬히 비판한 손병희는 다동에 천도교 중앙총부를 설치하여 교단의 체제 정비에 나서면서 총 36장과 부록으로 구성된 성문 법전인 '천도교 대헌'을 반포했다.

공개 조직 틀을 갖추자 입교자가 줄을 이었다. 일제가 통감부를 설치하면서 나라가 뿌리째 흔들리는 상황이었다. 어딘가 기댈 언덕이 필요한 조선 민중들은 동학과 개화를 접목해 보국안민을 이루려는 손병희의 결단에 적극 호응했다.

초대 통감으로 이토 히로부미가 부임했다. 대한제국 내각은 허수아비로 전락하고 있었다. 그럴수록 천도교가 중요하다고 마음을 다잡은 손병희는 최대한 폭넓게 키우자는 생각으로 이용구를 송병준과 함께 집으로 초대했다.

손병희는 인내하며 마음을 가다듬었다. 이용구엔 정도 깊었다. 이윽고 두 사람과 마주 앉은 손병희는 천도교가 개화운동에 비판적이던 동학인들까지 끌어들이고 있을 뿐만 아니라 일진회에게도 문을 열어두었다고 말했다.

"자네도 그만 일진회를 해체하게나. 일진회에 참여한 도인들 모두 천도교로 돌아와서 수행에 힘쓰다가 다시 기회를 보는 게 옳으이. 함께 보국안민의 길을 강구해보세."

어림없었다. 두 사람은 이미 권력과 주색에 길들여져있었다. 손병희가 여섯 달이나 말미를 주며 성찰의 기회를 주었음에도 두 사람은 되레 천도교인들 포섭에 나서는가 하면 손병희를 음해 중상하면서 천도교 파괴 공작을 벌이고 다녔다.

여섯 달이 흘렀다. 손병희가 다시 불렀다. 침착하되 예전과 달리 단호한 어조로 호되게 꾸짖었다.

"너희들이 끝내 마음을 돌리지 않는다면 세상이 아무리 넓다고 해도 앞으로 몸 둘 곳이 없으리라. 천지신명이 소소하거늘 어찌 두려운 줄을 알지 못하는가?"

"저희인들 정과 의리를 모를 리 있습니까? 그러나 저로서 안타까운 일은 선생님께서는 위대한 이상만을 생각하시면서 현하 시국을 소홀하게 생각하시니 설사 저는 이제라도 모든 것을 선생님 시키는 대로 할 수 있지만, 여러 간부들이 호응치 아니하리니 부득이 저도 어찌할 수 없는 일입니다."

이용구가 퉁명스레 대꾸했다. 손병희는 흘미죽죽 시간 끌 문제가 더는 아니라고 판단했다. 1906년 9월 이용구를 비롯한 62명의 일진회 무리를 출교 처분하며 대헌을 위반하고 친일 매국에 나선 행위를 낱낱이 밝혔다.

하지만 문제가 간단하지 않았다. 손병희가 망명 중에 재정을 이용구에게 위임했기 때문이다. 동학의 부동산과 동산 일체가 이용구 세력의 손아귀에 들어가 있었을뿐더러 그들이 통감부의 비호를 받고 있어서 재산권을 환수할 수도 없었다.

천도교로선 큰 타격이었다. 이용구 일당은 희희낙락했다. 마치 출교를 기다렸다는 듯이 자신들의 조직을 강화해나가고 "앞으로 반년도 안 되어 손병희는 굶어 죽을 것"이라고 떠죽거리며 천도교를 음해했다.

손병희 귀에도 그 말이 들어갔다. 실제로 상황이 만만치 않았다. 교단 운영도 휘청거렸지만 손병희는 여유 넘치는 미소를 지으며 말했다.

"우리 천도교는 정말로 잘되겠소. 목 베여 죽은 귀신(1세 최제우), 목매여 죽은 귀신(2세 최시형), 이 두 귀신의 힘에 의해 천도교가 이만큼 자랐거늘 이제 굶어 죽은 귀신까지 힘을 합하게 되었으니 얼마나 잘되겠소?"

초기 상황은 극한이었다. 손병희마저 집세를 제때 내지 못했다. 집 소유주인 중국인으로부터 대문을 봉쇄당하는 수모마저 당했지만, 손병희는 꿋꿋하게 지방을 순회하면서 교인들을 위로하고 설법을 통해 천도교 확산에 나섰다.

이용구와 송병준은 자신감이 시나브로 사라졌다. 자칫 기간조직을 모두 천도교에 잃을 수 있었다. 쥐알봉수처럼 잔꾀를 부려 1906년 12월 13일 '시천교'를 급조하고 '시천주 조화정 영세불망 만사지'에서 교단 이름을 따왔으므로 동학의 정통은 천도교가 아니라 자신들임을 강조했다.

시천교는 여러 신문에 광고를 냈다. 동학의 교리를 시천교에 접붙였다. 최제우의 창도 이래 온갖 핍박을 마다하지 않으면서 후천개벽의 세상을 기대해온 동학인들은 혼란스러울 수밖에 없었다.

천도교와 시천교 구분도 어려웠다. 가짜일수록 홍보에 치중해서였다. 하지만 손병희와 이용구는 그릇이 달랐기에 천도교와 시천교의 차이는 서서히 드러날 수밖에 없었고 실제로 그렇게 전개되었다.

문제는 재정이었다. 교단만이 아니라 보국안민 사업을 위해서도 절실했다. 손병희와 천도교 간부들은 토의 끝에 국권을 회복하고 문명개화의 사업을 펼쳐갈 방안으로 동학 시절부터 받아온 성미(誠米)를 제도화했다.

교인들은 부엌에 '성미 주머니'를 걸었다. 밥을 지을 때마다 식구 수마다 한 숟가락씩 덜었다. 이를 모아 한 달에 한 번씩 내는 성미 헌납을 과거와 달리 모든 교인의 의무로 삼았다.

민중은 적극 따라주었다. 최시형이 이끌 때부터 자발적으로 내놓던 성미였다. 한 숟가락씩 의무로 제도화하면서 천도교에는 엄청난 쌀이 들어 왔으며, 그만큼 교단의 재정도 나날이 좋아져 외국의 지원을 받는 천주교나 개신교의 수준을 곧바로 넘어섰다.

손병희는 민중의 정성에 감동했다. 성미를 밑절미로 여러 사업을 구상했다. 일본제국주의의 국권 침탈에 맞서 조선 민중이 각성하는 길은 신문과 책에 있다고 보아 언론·출판 사업을 추진했다.

일본에서 귀국할 때 이미 계획했다. 활자를 비롯해 인쇄시설을 구입해온 까닭이다. 천도교는 1906년 2월 27일 《대한매일신보》와 《황성신문》에 광고를 게재해 출판·인쇄소 설립을 알리고 누구나 이용할 수 있다고 알렸다.

손병희가 나중에 보성학원 경영권을 인수할 때다. 학원 인쇄소를 병합해 '보성사'로 확장했다. 바로 3·1혁명 때 독립선언서를 인쇄한 곳으로 손병희가 거듭거듭 사업하지 않았다는 사실을 새삼 확인할 수 있다.

신문에도 손을 댔다. 농민전쟁을 벌일 때는 미처 몰랐던 '무기'였다. 《독립신문》에 이어 《황성신문》과 《대한매일신보》를 정독해간 손병희는 일본에서 망명 생활을 하며 신문을 통한 여론 형성의 중요성을 실감했다.

천도교는 1906년 6월 《만세보》를 창간했다. 손병희가 발의했다. 오세창을 사장으로 이인직을 주필로 출발한 《만세보》는 창간사에서 민중의 지식 계발이 목표라고 밝혔다.

창간 당시 《만세보》는 4면이었다. 1907년 3월부터 8면으로 증면했다. 손병희가 《만세보》 창간을 서두른 것은 이용구가 통감부의 힘을 빌려 1906년 1월 《국민신보》라는 제호로 신문을 발행하면서 매국 논설들을 싣고, 시천교가 동학의 정통인 양 호도하면서 국민과 교인들을 혼란에 빠뜨렸기 때문이다.

《만세보》는 일진회를 줄기차게 감시했다. 고종도 신문을 읽고 1000원을 '하사'했다. 《만세보》는 천도교의 기관지이면서도 시사종합 신문으로서 조선통감부와 친일내각을 신랄히 규탄하여 독자들의 지지를 받았다.

하지만 예상보다 훨씬 많은 돈이 들어갔다. 게다가 주필 이인직이 변절할 조짐도 보였다. 손병희는 단재 신채호가 주도하는 《대한매일신보》에 힘을 모아줄 필요도 있다고 판단해 결국 창간 1년 만에 《만세보》 문을 닫았다.

이인직은 발 벗고 친일의 길에 나섰다. 이완용의 힘을 빌어 《만세보》 시설을 인수했다. 친일 이완용 내각의 기관지 《대한신문》을 창간해 《국민신보》와 함께 노골적인 친일 경쟁에 나섰다.

두 친일신문에 《대한매일신보》는 신채호의 논설로 맞섰다. 민중도 가세했다. 일제에 부니는 언론을 용납할 수 없던 민중은 1907년 7월에 《국민신보》를 찾아가 사옥과 인쇄시설을 파괴했다.

친일 언론은 조금의 성찰도 없었다. 일제는 그만큼 더 날뛰었다. 고종이 네덜란드 헤이그에서 열린 만국평화회의에 특사를 파견한 사실을 들어 강제로 황제 자리에서 끌어내고 그 자리에 순종을 앉혔다.

1907년 7월 '한일신협약'을 체결했다. 이완용 내각은 사실상 일본의 꼭두각시였다. 고등 관리의 임명은 통감의 동의를 받아야 했고, 통감이 추천한 일본인을 대한제국 관리에 임용했다.

손병희는 교세 확장에 팔 걷고 나섰다. 기울어가는 나라를 바로 세울 주체는 민중이었기 때문이다. 직접 평안도 순방에 나서면서 동학은 경상도에서 출발해 충청·강원·전라도를 거쳐 천도교 이름 아래 서북지역까지 세력을 형성해갔다.

손병희는 교단이 안정을 찾자 교육 사업에 나섰다. 새로 세우기보다 경영난에 허덕이는 학교를 적극 도왔다. 일본 망명 시절에 이미 청소년 유학생을 선발했던 손병희는 천도교인의 성미를 재원으로 보성학원을 비롯해 20여 개의 사립학교에 달마다 일정액을 지원했다.

보성전문은 고려대의 전신이다. 손병희 도움으로 살아났다. 본디 보성학원은 고종 때의 대신 이용익이 소학교·중학교·전문학교로 나누어 세웠고, 그가 망명하자 손자 이종호가 잠시 맡았으나 그 또한 망명하면서 심각한 경영 위기를 맞았다.

손병희는 정기적으로 후원금을 보냈다. 부채가 많아 회생이 쉽지 않았다. 보성학원을 이끌던 윤익선의 요청으로 손병희는 1907년 12월 보성전문을 인수해 꾸려나갔다.

오늘날 고려대 설립자는 김성수로 알려져 있다. 하지만 그는 1930년대에 인수했을 뿐이다. 친일파인 그의 동상이 고대에 크게 세워져 있지만 역사적·사회적 맥락으로 살핀다면 손병희가 설립자의 위상에 더 걸맞다.

동원여자의숙도 경영난이 심했다. 손병희가 나섰다. 개화하려면 여성 교육이 중요하다고 늘 주창해왔기에 개인 활동비에서 정기적으로 후원금을 보냈다.

하지만 경영난은 갈수록 심각했다. 결국 손병희가 나서야 했다. 학교를 인수한 천도교는 동덕여학교로 교명을 바꾸어 일제 강점 초기 여성 교육의 요람으로 키워갔다.

손병희가 언론과 교육 사업에 나설 때 가장 아낀 언론인이 있다. 신채호다. 《대한매일신보》지면에서 친일신문들을 서슴없이 '악마'로 규정하고 서슬 시퍼렇게 비판하는 신채호의 글을 읽을 때마다 손병희는 시원했다.

어느 날 신문에서 신채호의 논설 〈큰 나와 작은 나〉를 읽었다. 손병희는 감탄했다. 신채호는 누구나 가장 소중히 여기는 '나'를 최대한 구체적으로 접근해 찬찬히 분석했다.

왼편에도 하나 있고 오른편에도 하나 있어서 가로 놓이고 세로 선 것을 나의 '눈귀'라 하고, 위에도 둘이 있고 아래도 둘이 있어서 앞으로 드리운 것을 나의 '손발'이라 하며, 벼룩이나 이만 물어도 가려움을 견디지 못하는 것을 나의 '살갗'이라 하며, 회충만 동하여도 아픔을 참지 못하는 것을 나의 '장부'라 하며, 8만 4천의 검은 뿌리를 나의 '모발'이라 하며, 1분 동안에 몇 번식 호흡하는 것을 나의 '성식(聲息)'이라 하며, 총총한 들 가운데 무덤에 까마귀와 까치가 파먹을 것을 '해골'이라 하며, 개미와 파리가 빨아먹을 것을 나의 '피'라 하여, 이 눈귀와 손발과 피부와 장부와 모발과 성식과 해골과 혈육을 합하여 나의 '신체'라 하고, 이 신체를 가리켜 '나'라 한다.

이어 묻는다. 그 '나'가 과연 나일까. 신채호는 그 물음에 "오호라. 내가 과연 이러한가. 가로되 그렇지 않다. 저것은 정신의 내가 아니요 물질의 나이며, 저것은 영혼의 내가 아니라 껍질의 나이며, 저것은 참 내가 아니요 거짓 나이며, 큰 내가 아니요 작은 나"라고 자답했다.

만일 물질과 껍질로 된 거짓 나와 작은 나를 나라 하면 이는 반드시 죽
는 나라. 한 해에 죽지 아니하면 10년에 죽을 것이며, 10년에 죽지 아니하면
20세 3,40세 6,70세에는 필경 죽을 것이요, 장수를 하여도 100세에 지나지
못하나니, 오호라. 이 지구에 있을 2천 2백만 년 동안에 나의 생명을 100세
로 한정하여 백세 이전에 나를 구하여도 없고 100세 이후에 나를 구하여
도 없거늘, 그중에서 가로되 부귀라, 빈천이라, 공명이라, 화액이라 하여 이
것을 길하다 하고 저것을 흉하다 하며, 이것을 낙이라 하고 저것을 근심이
라 하나니, 오호라. 이를 말하매 나는 가히 슬퍼도 하고 울기도 할만하다.
요컨대 나는 둘이다. 큰 나가 참 나이다. 사람들은 '물질적이고 구각적
자아'를 나로 알고 살기 십상이지만 정신적인 나, 참 나와 큰 나는 신성하
고 영원하다.
큰 나는 곧 정신이며 사상이며 목적이며 의리가 이것이다. 이는 무한
한 자유자재한 나이니, 가고자 하매 반드시 가서 멀고 가까운 것이 없으며,
행코자 하매 반드시 달하여 성패가 없는 것이 곧 나라. 비행선을 타지 아니
하여도 능히 공중으로 다니며, 빙표(여행허가증)가 없어도 외국을 능히 가
며, 사기(史記)가 없어도 천만세 이전 이후에 없는 내가 없나니, 누가 능히
나를 막으며 누가 능히 나를 항거하리오. 내가 국가를 위하여 눈물을 흘
리면 눈물을 흘리는 나의 눈만 내가 아니라, 천하에 유심한 눈물을 뿌리
는 자가 모두 이 나이며, 내가 사회를 위하여 피를 토하면 피를 토하는 나
의 창자만 내가 아니라 천하에 값있는 피를 흘리는 자가 모두 이 나이다.

작은 나와 큰 나를 견준 이유를 밝혔다. 온 세상이 입과 배를 '나'라
해서다. 뭇 사람들이 나의 참 면목을 알지 못하고 있기에 신채호는 슬픔을
토로하며 "붓을 들고 천당의 문을 열고 분분히 길을 잃은 자들"을 부른다.

신채호의 천당은 별세계가 아니다. 나의 참 면목을 나타내는 곳이 천당이다. 신채호는 논설을 쓴 이유를 "우리 중생을 불러서 본래 면목을 깨달으며, 살고 죽는데 관계를 살피고 쾌활한 세계에 앞으로 나아가다가 저 작은 나가 칼에 죽거든 이 큰 나는 그 곁에서 조문하며, 작은 나가 탄환에 맞아 죽거든 큰 나는 그 앞에서 하례하여 나와 영원히 있음을 축하하기 위함"이라고 호쾌하게 적었다.

신채호는 '인생의 정정당당한 길'을 비사치지 않고 제시했다. "인류를 위한 생활에 목숨을 바치는 데 있다." 논설에서 종교적 열정을 읽은 손병희는 직접 《대한매일신보》를 찾아가 20년 남짓 연하인 신채호에게 깍듯이 예를 표했다.

신채호는 정중히 손병희를 맞았다. 하지만 써야 할 글을 썼을 뿐이라며 회식 제안조차 사양했다. 14년 전인 1894년에 북접 통령 손병희가 녹두장군과 합류하러 가는 길에서 회덕 인근 마을에 들러 원성 높던 양반을 꾸짖던 현장을 열네 살 채호가 지켜보며 사상적 자극을 받았지만 두 사람 모두 죽을 때까지 자신들이 그때 한 공간에 있었던 사실을 몰랐다.

손병희는 언론인 신채호의 기개가 더없이 미더웠다. 1922년 새 봄이 다가오는 어느 날이다. 산월이 촛불을 밝힐 때, 일찌감치 중국으로 망명한 신채호의 눈빛이 손병희에게 촛불처럼 다가온 까닭도 넓은 가슴에 들찬 후배로 언제나 담고 있어서였다.

25

"아따 우덜 후손들이 우리가 요로코롬 개고생 한 걸 알랑가?"

"그걸 모르면 호로새끼들이지!"

2014년 서울에서 개봉된 영화 〈명량〉의 한 대목이다. 관객 1760만 명을 모아 한국 영화사에 신기록을 세웠다. 일본이 조선을 재침했던 1597년 겨우 12척의 배로 133척 ─ 영화에서는 300척 ─ 의 일본 함대를 무찌른 뒤 갑판 아래서 죽을힘을 다해 노를 젓던 민중들이 나눈 대화다.

그분들의 눈으로 20세기 초의 조선인을 보면 어떨까. 죄다 '호로 새끼들' 아닐까. 명장 이순신을 낳은 조선의 군대는 나라의 운명이 경각에 달렸던 1907년 7월 31일 어이없이 해산당하고 말았다.

통감 이토는 교활했다. 군대를 해산하는 날, 훈련원에서 맨손 교련을 한다고 속였다. 대한제국의 군인들은 자신들을 근대적인 군대로 만들어주겠다며 훈련시켜오던 일본군에 대한 경계심을 시나브로 잃어가던 상황이었다.

전격 군대 해산령이 내렸다. 훈련장은 일본군의 기관총들이 포위하고 있었다. 사전에 모든 주요 무기와 탄약은 주한 일본군 관할에 두었기에 대한제국 군인들은 완전히 무장해제당한 채로 쫓겨나야 했다.

군 해산에 책임을 통감한 대대장은 자결했다. 군인들은 일본군과 시가전을 벌였다. 역부족으로 뿔뿔이 흩어졌지만 그때까지 전국 곳곳에서 활동하던 의병들과 합류했다.

의병은 여러 갈래였다. 농민전쟁과 활빈당의 흐름도 이어졌다. 해산당한 군인들이 경기도 연천에 모여 그곳을 기반으로 의병 투쟁에 나섰고 다른 지역에서도 의병에 합류하면서 전력이 크게 높아지자 분산되어 싸워온 의병부대들이 연합하여 일제와 전면전을 치르려는 움직임이 일어났다.

1908년 1월이다. 관동의병장 이인영이 나섰다. 전국의 의병장들에게 전국 의병부대의 연합을 호소하는 격문을 보내자 각지의 의병들이 호응하여 양주에 모였다.

의병장들은 이인영을 총대장으로 추대했다. 48개 부대의 의병 1만여 명이 13도 창의군을 결성했다. 서울 진공작전을 추진하여 선발대 300명이 동대문 밖 30리까지 접근했으나 지원부대가 오기 전에 기밀을 탐지한 일본군에 기습당했다.

결국 서울 진공은 실패했다. 의병들은 물러나 임진강·한탄강 유역을 근거지로 삼았다. 연합부대를 편성하여 일본군과 유격전을 벌이고 매국노를 처단하며 줄기차게 투쟁했다.

여성 의병들도 산하 곳곳에서 힘차게 싸웠다. 윤희순은 강원도에서 여성 의병 30명을 조직했다. 민중들로부터 군자금을 모금해 구리를 구입하고 무기와 탄환을 제조해 공급하며 여성 의병들의 노래로 '안사람 의병가'를 지었다.

아무리 왜놈들이 강성한들
우리들도 뭉쳐지면 왜놈 잡기 쉬울세라
아무리 여자인들 나라사랑 모를쏘냐
아무리 남녀가 유별한들 나라 없이 소용 있나
우리도 의병하러 나가보세

의병대를 도와주세

금수에게 붙잡히면 왜놈 시정 받들쏘냐

우리 의병 도와주세

우리나라 성공하면 우리나라 만세로다

우리 안사람 만만세로다.

일제는 긴장했다. 일제는 1909년 9월부터 두 달에 걸쳐 '남한 대토벌작전'을 전개했다. 의병들을 무자비하게 살상하고 가족들까지 붙잡아 고문하는 만행을 저질렀다.

그 과정에 조선인들도 가세했다. 바로 일진회다. 일제의 '의병 토벌'에 가담해 각지에서 이른바 '자위단'을 만들어 일본군의 앞잡이로 설쳐댔다.

의병들은 큰 타격을 받았다. 수만 명의 의병과 가족들이 살상당했다. 무차별 학살 작전에서 살아남은 의병들은 만주와 연해주로 근거지를 옮겨 독립군으로 발전했다.

통감 이토는 멋대로 조선을 주물렀다. 만주까지 호심탐탐 노렸다. 만주에 군침을 흘리느라 이토가 간과했지만 그곳엔 의병 수백여 명이 두만강을 넘나들며 일본 군경과 싸우고 있었다.

그 가운데 안중근이 있었다. 대한의군 참모중장이었다. 조선통감에서 물러나 일본제국의 추밀원 의장을 다시 맡은 이토가 러시아 재무장관과 회담하러 하얼빈에 온다는 정보를 입수한 안중근은 민족의 원수이자 동양 평화의 적을 직접 처단하겠다고 옥물었다.

1909년 10월 26일 안중근은 하얼빈역에 도착했다. 곧이어 이토가 탄 특별열차가 들어왔다. 이토는 열차에서 내려 러시아군 의장대를 사열한 뒤 마중 나온 각국 영사들과 엄숙하게 악수를 나눴다.

역에는 환영 나온 일본인들이 많았다. 그들의 영웅 이토에게 환호했다. 러시아 경호 담당자들은 중국인이나 조선인들의 테러가 우려된다며 하얼빈역에 모든 동양인들의 접근을 막겠다고 했지만 이토가 통기듯이 묵살했다.

"자칫 일본인들의 환영 행사까지 막을 수 있고, 중국인이나 조선인은 미개해서 걱정할 필요가 없다."

이토는 되레 통제를 완화하라고 요구했다. '그렇게 이야기해놓길 잘했지.' 일본인들의 환호성을 들으며 이토는 회심의 미소를 짓고 의장대로 걸어갔다.

이토는 사열을 마치며 흡족했다. 새삼 자신이 자랑스러웠다. 그 순간 환영 인파 속에서 안중근이 뛰어나오며 권총을 뽑아 이토를 겨누고는 똑바로 방아쇠를 당겼다.

"쾅 쾅 쾅"

연속 세 발을 쏘았다. 이토의 가슴에 두 발, 배에 한 발이 명중했다. 주변에 있던 일본 고관들도 총을 맞았다.

이토는 가슴을 움켜잡았다. 하늘이 180도 돌았다. 안중근은 쓰러진 이토의 가슴과 배에서 피가 흘러나오는 모습을 보고 의거가 성공했음을 확신하며 소리쳤다.

"코레아 우라! 코레아 우라! 코레아 우라!"

'대한만세'를 세 번 외쳤다. 러시아 헌병들이 달려들자 당당하게 응했다. 하얼빈역에서 300미터 떨어진 철도국 사무실로 끌려간 안중근은 조금의 동요도 없이 또박또박 말했다.

"나는 대한 의병 참모중장이다. 조국의 독립과 동양의 평화를 위해 적장을 총살, 응징했다."

안중근은 '형사범' 아닌 '전쟁 포로' 대우를 요구했다. 전쟁 중에 적을 죽였으므로 정당방위라고 강조했다. 안중근은 자신을 인계받은 일본 경찰에게도 이토를 죽인 것은 '동양 평화를 위한 의로운 전쟁의 일환'이라고 선언하며 동아시아 삼국이 평화롭게 공존공영하면 될 터인데 일본

지도자들이 욕심을 부려 모든 적대가 비롯했다고 꾸짖었다.

안중근은 뤼순감옥에 갇혔다. 1910년 2월 14일 사형을 선고받았다. 국내에 있던 안중근의 어머니 조마리아는 아들의 사형 선고 소식을 듣고 방 안으로 들어가 통곡했다.

천주교인 조마리아는 밤새 기도했다. 이어 비장한 결심을 했다. 손수 한 올 한 올마다 눈물을 주르르 흘리며 정성으로 수의를 지은 뒤 아들에게 편지를 썼다.

장한 아들 보아라. 네가 만약 늙은 어미보다 먼저 죽는 것을 불효라 생각한다면 이 어미는 웃음거리가 될 것이다. 너의 죽음은 너 한 사람의 것이 아니라 조선인 전체의 공분을 짊어지고 있는 것이다. 네가 항소를 한다면 그것은 일제에 목숨을 구걸하는 짓이다. 네가 나라를 위해 이에 이른즉 딴 맘 먹지 말고 죽으라. 옳은 일을 하고 받은 형이니 비겁하게 삶을 구하지 말고 대의에 죽는 것이 어미에 대한 효도이다. 아마도 이 편지가 이 어미가 너에게 쓰는 마지막 편지가 될 것이다. 여기에 너의 수의를 지어 보내니 이 옷을 입고 가거라. 어미는 현세에서 너와 재회하기를 기대치 않으니 다음 세상에는 반드시 선량한 천부의 아들이 되어 이 세상에 나오너라.

안중근은 어머니 편지에 새삼 숙연해졌다. 처형당할 때 어머니의 슬픔을 걱정하던 중이었다. 아들의 심경을 헤아려 편히 떠나라고 일부러 의연히 쓴 편지를 읽고 수의를 손에 들었을 때 뜨거운 눈물을 쏟았다.

아들 중근은 "천국에서 뵙겠다"고 답장을 썼다. 이어 '동양평화론'을 집필했다. 곧 집필이 끝나니 그때까지만 집행을 미뤄달라는 '사형수' 안중근의 요구를 일본 당국은 선뜻 받아들였다.

하지만 기만이었다. 한창 집필하던 안중근을 전격 형장으로 끌고 갔다. 1910년 3월 26일 오전 10시, 교수형을 앞두고 안중근이 남긴 유언은 "나는 천국에 가서도 또한 마땅히 우리나라의 국권 회복을 위해 힘쓸 것이다"였다.

일제는 처형한 뒤 매장지를 비밀에 부쳤다. 관련 자료들도 모두 소각했다. 하얼빈 주재 일본 영사는 도쿄 정부로부터 '안중근의 시신을 절대로 가족에게 인도하지 말라'는 전문을 받았다.

세월이 흘러 일본이 패망했다. 중국은 공산당이 집권했다. 안중근이 매장된 곳으로 추정되는 지역에는 아파트가 세워져 중국인 서민들이 오순도순 살고 있다.

교활한 일본은 이토의 죽음을 반전의 계기로 삼았다. 대한제국 병탄을 서둘렀다. 1910년 8월 22일 대한제국의 총리대신 이완용과 일본의 조선통감 데라우치가 이른바 '한일합병조약'을 체결했다.

일본 정부는 임시 추밀원회의를 열었다. 8월 25일 공포하기로 결정했다. 그런데 대한제국 정부가 갑자기 그달 28일 한국 황제 즉위 만 4주년 기념회를 열어 축하한 뒤 발표해달라고 요청했다.

일본제국은 찬웃음을 머금었다. 기꺼이 수락했다. 이미 나라가 망했음에도 대한제국 황제 순종의 즉위 4주년 대연회에는 신하들이 몰려들어 평소처럼 즐겼다.

일본 통감도 참석했다. 짐짓 아무것도 모르는 듯이 외국 사신의 예에 따라 축하했다. 매국노는 이완용과 그 일당만이 아니었고 대한제국 황궁에 가득 차 넘쳤으며, 일진회 또한 두 나라 정부에 '한일합방 건의서'를 보내며 친일매국 행위를 되풀이했다.

26

1910년 8월 29일. 대한제국은 가뭇없이 사라졌다. 그날 비탄에 잠긴 조선 민중과 달리 이미 순종 즉위식에 참석해 즐겼던 자들은 망국으로 오히려 부를 크게 늘렸다.

을사오적은 목에 잔뜩 힘을 주었다. 친일 고관들도 그랬다. '조선 귀족령'에 따라 일본제국으로부터 후작 6명, 백작 3명, 자작 22명, 남작 45명이 작위를 받고 거액의 '은사금'도 두둑이 챙겼다.

후작 가운데 83만 원(현시가 330억 원)을 받은 왕족도 있다. 백작 이완용은 15만 원(현시가 60억 원)을 챙겼다. 일본 제국의 '조선귀족'들은 임야와 삼림 불하 과정에서도 무상대부 및 무상불하의 특권을 받았다.

그 결과다. 이완용은 갑부가 되었다. 토지만 하더라도 경기도 김포를 비롯해 106만 평의 땅(여의도의 7.7배)을 소유했다.

어쩌면 이완용은 억울할 수 있다. 자신이 '친일파의 대명사'가 되었기 때문이다. 이완용이 백작, 철종의 사위 박영효가 후작에 그칠 때 그 이상의 귀족이 되고 특권을 누린 조선인들이 있었다.

누구인가. 황족이다. 황제인 순종부터 1910년 8월 22일 "한국 전부에 관한 일체 통치권을 완전히 또 영구히 일본 황제 폐하에게 양여"(한일병합조약 제1조)하며 그 대가로 "한국의 황족 및 후예에 대하여 각각 상당한 명예 및 대우를 향유케 하고 또 이를 유지하는 데 필요한 자금을 공여할 것을 약속"(제4조)받았다.

일본은 순종과 고종을 '창덕궁 이왕'과 '덕수궁 이태왕'으로 봉했다. 대원군의 맏아들과 고종의 차남은 공작이 되었다. 대한제국이라는 황제의 나라는 망했지만 지배세력은 고스란히 부귀와 영화를 누렸다.

물론, 극소수였다. 매국노는 한 줌이었다. 절대다수 민중은 일제의 종살이를 하게 되었고 민족주의 성향의 모든 단체나 조직은 해체되었다.

심지어 일진회도 해산했다. 병탄에 앞장섰기에 거액의 돈을 챙겼다. 총독부는 종교단체들에게는 '자유'를 주면서 종교 지도자들을 통제하면 얼마든지 장악할 수 있다고 판단했다.

그 결과다. 종교단체 천도교는 살아남았다. 조선 민중의 튼튼한 지지를 받고 있는 종교이기도 했고 국제 사회의 여론도 의식해야 했다.

유교는 대표인 대제학을 총독이 임명했다. 불교는 '30본산 체제'를 마련해 총독부 직할로 편입했다. 천도교는 농민전쟁을 일으켰던 동학의 후신이고, 그 수장도 북접 농민군의 사령관이던 손병희였기에 아무래도 순수 종교단체로 보이지 않아 엄중 감시키로 했다.

병탄이 발표된 직후였다. 손병희가 곧바로 성명을 발표했다. 성명은 "지금 우리나라의 형편은 마치 머리 없는 사람같이 되었다. 나라의 세 가지 요소는 주권과 토지와 국민이며 이 세 가지를 합해서 나라라 하는데, 지금 우리나라는 주권이 없는 나라, 이미 머리 없는 사람과 마찬가지"라며 일본을 정면으로 겨냥해 추궁했다.

일본이 몇 해를 두고 우리나라를 보호한다고 하지만 보호한 것이 무엇이냐. 토지를 보호하였단 말인가. 재산을 보호하였단 말인가. 주권은 사법이요, 사법은 주체인데 사법을 보호하였단 말인가. 사농공상을 보호하였단 말인가.

격한 반응이었다. 일본의 허위를 날카롭게 지적했다. 손병희는 "한국의 토지를 보호한 것이 아니라 일본의 토지를 보호한 것이요, 한국의 주권과 민중을 보호한 것이 아니라 일본의 주권과 민중을 보호한 것이요, 한국의 농상공업을 보호한 것이 아니라 일본의 농상공업을 보호한 것"이라고 비판했다.

천도교 기관지도 나섰다. 《천도교회월보》 주간 이름의 성명서를 발표했다. 1910년 9월, 각국 영사관에 일제의 침탈을 비판하는 성명서를 발송하고 조선독립에 지원을 요청했으나 일제에 발각돼 간부들이 체포됐다.

《천도교회월보》는 1910년 8월 15일 창간했다. 나라 망하기 직전이었다. 천도교인과 일반 민중이 누구나 읽기 쉽도록 순 한글로 제작해 천도교 기관지를 넘어 민중 계몽을 목적으로 삼았다.

천도교는 월보를 1910년대 내내 발간했다. 발매금지·압수·발행정지를 당하면서도 그랬다. 월보를 통해 산간벽지의 천도교인들까지 교주 손병희가 무슨 생각을 하는지 알 수 있었다.

총독부는 종교단체인 천도교가 골칫덩이였다. 재원인 '성미제'를 금해 자금줄을 차단하기도 했다. 총독 데라우치는 직접 손병희를 관저로 불러 천도교가 민족주의사상을 버리고 순수 종교 활동만 하라고 경고했다.

총독부 관리는 심지어 경전 《용담유사》를 꺼내들었다. 손병희를 엮으려 했다. 경전 가운데 〈안심가〉를 펴더니 '개 같은 왜적 놈'이라는 표현을 짚으며 의기양양해서 추궁했다.

"한 종교의 경전으로서 어떻게 남의 나라를 이리 모욕할 수 있는가?"

"교조께서 보라고 내놓으신 글이다. 이제 와서 보지 말라 할 순 없다. 금하려거든 당신들이 금하라."

너볏한 대응이었다. 총독부는 더 할 말이 없었다. 천도교 경전을 고치는 일은 총독부로서도 부담스러워 그냥 넘어갔지만, 그렇다고 천도교 탄압을 포기한 것은 아니다.

총독부의 천도교 탄압은 교활해졌다. 기관지《매일신보》를 이용했다. 천도교주 손병희를 '최면술사' '일대괴물' '과대망상 정신병자' '사이비 교주' 따위로 음해하고 비방하는 글을 내보냈다.

손병희는 그 무렵 '소소(笑笑)'를 아호로 삼았다. 시드러워도 웃자는 뜻을 담았다. 일본제국주의가 강점한 현실을 감내하려면, 자신이 아낀 측근들의 배신을 이겨내려면, 자신을 조롱하고 모욕하는 사람들을 용서하려면, 기필코 민족독립을 이루려면 아무리 곤경에 처해도 웃어야 한다고 다짐하며 '소소 거사'를 자임했다.

일제가 탄압할수록 천도교인은 늘어났다. 소소는 조선의 힘을 새삼 실감했다. 나라가 망하면서 동학농민혁명에서 연면히 이어온 '척왜 사상'이 민중의 발걸음을 천도교로 이끌었고 해산한 일진회 회원들마저 회심하며 들어왔다.

황실 유학생 최린도 소소를 찾아왔다. 병탄 직후인 1910년 10월이다. 메이지대학 법과를 졸업하고 귀국한 최린은 천도교에 '특수한 흥미'를 가지게 된 이유를 소소에게 털어놓았다.

"천도교는 조선의 피와 조선의 뼈와 조선의 혼으로서 탄생한 조선산이더군요. 동학 이래 혁명정신과 보국안민·포덕천하·광제창생이란 정치적 이념도 원대합니다."

천도교 교리는 소소가 체계화했다. 최린과 같은 지식인이 매혹될 정도였다. 천도교에서 길을 찾은 민중이 밀물처럼 교단에 들어와 1910년에 총 2만 7760호가 입교하고, 1911년에는 다섯 달 사이에 5만여 호가 입교할 정도로 폭발적으로 교세가 늘어났다.

소소가 힘을 쏟은 평안도에서 입교가 많았다. 자연스레 국경 너머로도 교세가 퍼져갔다. 연변과 연길현을 비롯해 곳곳에 교구를 세우고 천도교 강습소를 열었다.

총독부는 천도교인 폭증에 촉각을 곤두세웠다. 탄압이 더해갔다.

총독부 관헌들은 걸핏하면 천도교 간부들을 불러들이고 공갈 협박을 일삼았다.

소소는 고심했다. 자칫 일제의 직격탄을 맞으면 해산당할 수 있었다. 욕먹을 각오를 하고 1912년 일왕 메이지가 사망하자 총독부를 찾아 조의를 표했으며 1916년에는 메이지 신궁의 건축비로 1000원을 기부했다.

일왕 메이지는 1급 전범이었다. 대한제국을 침략해 동양평화를 짓밟았다. 그럼에도 조문을 가고 건축비를 냈다면 어김없이 친일파이겠지만 소소의 '일시적 친일 행위'는 총독부의 칼날에서 천도교를 보호하려는 고육지책이었다.

천도교는 공개적으로 정교 분리를 천명했다. 제국주의와 타협한 셈이다. 천도교의 재원인 성미제를 강제로 폐지했던 일제는 1914년 4월부터 무기명 성미제를 허용했다.

그 결과다. 다시 재정이 든든해졌다. 천도교는 각종 교육 사업과 교세 확장운동을 전개할 수 있었다.

나날이 교세가 늘어났다. 교단 조직도 튼실해졌다. 소소는 삼각산 아래 밭과 임야 2만 8천 평을 매입해 1912년 6월 천도교 수련장을 완공하고 '봉황각'이라 이름 붙였다.

소소는 봉황각을 십분 활용했다. 49일 특별기도회를 정례적으로 열었다. 전국 곳곳의 천도교 간부와 지방 신도들을 상대로 한 설법에서 소소는 '사람이 곧 하늘'이라는 사상을 통해 서로가 서로를 하늘처럼 섬기는 새로운 나라를 건설해가려면 인권과 주권 의식을 잃지 말아야 한다고 힘을 넣었다.

소소 사상의 고갱이가 인내천이다. 동학에서 천도교로 바꾸면서 종지로 정립했다. 요즘은 희고 곰팡 슨 소리로 여기기 십상이지만 인내천은 나라를 잃고 민족이 일제의 종살이를 하는 상황에서 혁명적 의미를 담고 있었으며 '사람이 곧 하늘'이라는 사상은 21세기에도 울림이 크고 깊다.

27

최사인은 열한 살부터 소소 집에서 살았다. 나라가 망할 때는 보성학교를 다니고 있었다. 소소가 1906년 귀국한 뒤 한 달이 채 안 되어 충청도 영동 밀골로 최바우의 집을 찾아갔을 때 그의 '청상과부'는 동학인들의 강력한 권유로 산 너머 홀아비와 개가했고, 유복자 사인은 할머니 손에 무럭무럭 커가고 있었다.

소소는 사인을 단숨에 알아보았다. 한눈에도 아비 바우를 빼닮았다. 소년 사인을 보며 저도 모르게 눈물이 핑그르르 돌았던 소소는 동학인이기도 한 할머니에게 소소를 자신이 거두겠다고 조심스레 말했다.

할머니는 '무슨 소리냐'며 손사래 쳤다. 하지만 소소가 아들처럼 키우겠다고 바우에게 다짐한 맹세를 듣고 수그러들었다. 손자와 헤어진다는 생각에 망연자실한 할머니는 소소가 생활에 보태라고 건넨 봉투도 한사코 사양했지만, 이것은 바우가 희생한 보상금이라는 말에 받아서는 사인의 명의로 논밭을 샀다.

사인은 다음 날 서울로 왔다. 소소의 집에서 살며 보성보통학교에 들어가 학업을 시작했다. 당시 보성학원 건물―1927년 혜화동 신축 교사로 옮기면서 헐리고, 조계사가 들어섰다―에는 벽돌로 쌓은 네 개의 기둥이 있었는데, 기둥마다 사립보성초등학교, 사립보성학교, 사립보성전문학교, 보성사의 간판이 각각 있었다.

사인은 보통학교와 중등과정 두루 모범생이었다. 그가 졸업한 해에 학교는 보성고보로 바뀌었다. 사인은 보성학교 마당에 자리한 회화나무에 몸 기대기를 좋아했는데 가지가 어디로 뻗을지 예측할 수 없어 선비의 기개를 상징한다는 담임 선생님 말을 인상 깊게 들어서였다.

사인의 사유는 회화나무에 기대어 여물어갔다. 나무 아래서 자신이 걸어갈 길을 탐색했다. 소소는 바우 때문에 사인을 아들처럼 아끼기도 했지만 무엇보다 심성이 구김 없이 맑아 미더웠다.

사인이 보성학교를 졸업할 때다. 소소는 일본 유학을 보내줄 수 있다며 진학을 권했다. 소소는 이미 많은 학생들을 유학 보냈던지라—훗날 대한민국 임시정부 기관지 편집국장을 맡았다가 친일의 길로 걸어간 소설가 이광수도 천도교가 그느른 유학생 가운데 하나였다—당연히 일본으로 가겠다는 답을 예상했지만 사인의 대답은 사뭇 달랐다.

"학교에서 더 공부하는 것도 생각해보았습니다만, 저는 나라를 찾는데 늘 바쁘신 성사님의 손발이 되고 싶습니다."

소소는 사인이 대견스러웠다. 망설이다가 호위병 바우의 아들에게 수행 비서를 맡겼다. 열한 살에 소소 집으로 들어온 사인에게 소소는 아버지 같은 스승이자 '사람이 곧 하늘'이라는 천도교의 고갱이를 세운 교주였다.

청소년 사인은 행복했다. 날마다 소소를 가까이서 볼 수 있었다. 사인은 어렸을 때 동학인이신 할머니로부터 이미 마음을 닦고 하늘에 비는 기도를 배웠다.

하지만 어릴 때여서 주문에 담긴 사상의 깊이를 알 수 없었다. 동학 사상의 알짬이 순조롭게 전파되지도 못한 탓이다. 산이 높아야 골이 깊다고 천도교 교주 손병희의 집에서 직접 가르침을 받으며 최사인의 동학 이해는 무장 깊어갔다.

무엇보다 '지기금지 원위대강' 주문을 정확히 파악했다. 날마다 주문을 되뇌던 어느 날이다. 하늘의 지극한 기운이 몸으로 스며드는 느낌이 들며 세상이 투명하게 보이기 시작했다.

학교 공부와 달랐다. 천도교 공부는 머리를 맑게 해주었다. 어느 순간, 자신이 '시천주 조화정 영세불망 만사지'의 경지에 이르렀다는 자부심으로 가슴이 벅차기도 했다.

다만, 인내천 이해에 어려움이 있었다. 할머니로부터 배운 시천주와 잘 이어지지 않았다. 스무 살을 앞둘 무렵에 도무지 궁금해 견딜 수 없어 소소를 방으로 찾아가 여쭀다.

"성사님, 사람이 하늘을 모셔야 한다면서 어떻게 사람이 곧 하늘이라고 할 수 있습니까?"

사인은 무람없이 물었다. 소소는 내심 기뻤다. 아직 어리다고만 여겼던 사인의 질문에 미소 지어 답했다.

"그게 서로 모순된다고 생각하는 거로구나."

"네, 사람은 어디까지나 하늘을 모시고 있거나 모셔야 할 뿐, 사람이 곧 지고지상의 하늘은 아니라고는 생각이 자꾸 들어서요. 깨우쳐주십시오."

"천인합일이라는 말은 들었지? 그 뜻이 무엇이던가?"

"그건 하늘과 사람이 하나 되어 자아완성을 실현하는 것으로 우리 인간이 나아갈 가장 이상적인 삶이라 들었습니다."

"그것은 이해가 가는고?"

"이해할 수 있습니다. 사람이 하늘을 모심으로써 천지조화의 밝은 덕에 합하는 천인합일의 경지에 도달하는 거니까요. 하지만……."

"하지만?"

"그 말도 하늘을 모셔 하나가 될 수 있도록 최선을 다해 공부하라는 뜻이잖습니까?"

"음, 좋은 질문이긴 하다. 그런데 너 스스로 공부를 더 해봤으면 싶구나. 시천주와 인내천이 모순되지 않을 경지를 스스로 열어보려무나."

사인은 사색에 잠겼다. 사흘이 흘렀다. 다시 소소를 찾아 차분히 여쭸다.

"스승님, 하늘은 우리 밖에만 있는 것이 아니라 우리 안에도 있음을 뜻하십니까."

"그걸 너 혼자 깨달았는가?"

"네, 문득 그렇게 생각하니 확 트였습니다."

"이제 네가 정녕 어엿한 도인이 되었구나."

소소의 눈빛이 흐뭇했다. 사인에게 몸을 성령으로 바꾸는 이신환성의 수행을 권했다. 우주 만물의 창조와 형성은 모두 성령의 자기현현이라는 소소의 가르침에 사인의 눈이 다시 번쩍 뜨였다.

경천·경인·경지. 하늘과 땅과 사람을 하나로 보는 자세다. 사람마다 하늘을 모시고 있기 때문에 모든 사람을 평등하게 볼 뿐만 아니라 하늘로 여겨야 한다는 '사인여천'이 바로 얼굴도 모르는 아버지 바우의 뜻임을 새겨볼 때마다 사인의 먹먹한 가슴은 경건해졌다.

소소의 일상은 바빴다. 나라가 망한 뒤 더 그랬다. 총독부의 끊임없는 감시와 탄압을 받으면서도 천도교를 지키고 키워가는 동시에 지하단체와 비밀조직을 가동해갔다.

사인은 처음엔 몰랐다. 하지만 큰일을 도모해간다는 사실을 직감했다. 일본제국주의는 도쿄에서 '메이지 데모크라시'를 내세우며 법률의 범위에서 자유를 허용했지만, 조선에서는 철저한 무단통치로 '동화 또는 황민화'를 시도했다.

총독은 조선인을 폭력으로 지배하고 수탈했다. 집행기관은 헌병대였다. 소소와 천도교 간부들은 병탄 초기에 식민통치의 절대권을 쥔 헌병들의 감시·사찰·검거로 민족운동은 물론 종교 활동을 펼치기도 쉽지 않았다.

소소는 좌절하지 않았다. 묵암 이종일이 소소의 의중을 정확히 파악했다. 한글로 편집한 《제국신문》 사장과 보성학교 교장을 역임하고 천도교에 들어온 묵암은 1912년 초에 소소를 찾아와 어렵게 입을 뗐다.

"갑오동학운동(1894)과 갑진혁신운동(1904)의 정신을 오늘에 되살려 우리 천도교가 선도가 되어 또다시 거국·거족적인 민족주의 민중시위운동을 일으켜야 합니다. 일본의 불법적 침략을 타도하고 우리도 당당히 완전독립국가로서의 면모를 갖추어야 옳소이다."

묵암은 '3갑 운동'을 제안했다. 다시 '갑'자가 들어가는 1914년에 거사하자고 했다. 훗날 3·1혁명이 일어날 때 독립선언서 인쇄를 책임진 민족대표 묵암은 소소와 신뢰가 두터워 어떤 문제도 허심탄회하게 진언할 수 있었다.

소소는 신중했다. 묵암은 포기하지 않았다. 며칠 뒤 다시 찾아가 거듭 촉구했다.

"민족을 이끌고 독립시위운동의 선봉에 서주시오. 왕년의 동학군 지도자로서 이미 열정과 능력을 갖고 계시지 않소이까?"

소소는 엷은 미소를 지었다. 고개를 끄덕이기도 했다. 곧이어 "묵암은 지금 상황에서 과연 민중이 따라주리라 낙관하시오?"라고 반문하며 진중히 계획을 세워보자고 제안했다.

"아니 밴 아이를 자꾸 낳으라고 할 순 없잖소. 묵암, 제발 냉정합시다. 당장 민족운동을 펼치는 것은 잔디밭에서 바늘 찾기라오. 우선 겉으로라도 비정치성을 띠고 사업을 추진해야만 감시를 피할 수 있소. 사람들을 은밀히 만나 생각을 더 나눠보시오."

두 사람은 결국 '신생활운동'부터 추진했다. 보성사 노동인 60여 명부터 주체로 삼았다. 비정치적인 생활운동의 성격을 띠고 대중 집회를 열어 숨겨둔 목표를 이뤄가자는 구상이었지만 그마저 감시망을 놓은 종로경찰서에 걸려들었다.

일경은 묵암을 전격 체포했다. 취지문, 결의문, 행동강령 모두 압수했다. 묵암은 "결코 정치적 모임이 아니다. 이것은 생활 개선을 가져오자는 것"이라며 집회 허가를 정식으로 제출하겠다고 어엿이 주장했지만, 일경은 구속하겠다고 으름장 놓았다.

소소가 직접 나섰다. 가까스로 수습했다. 아무도 투옥되지는 않았으나 묵암은 당초의 목표로 한 걸음도 나아가지 못해 깊은 한숨을 뱉었다.

"오호라, 우리나라 이 땅에서 우리가 회의를 한다는데도 마음대로 하지 못하니 이런 기막힐 노릇이 천하에 어디 있다는 말이냐. 이날이여. 큰 소리 내어 통곡할 일이로다."

천도교는 지식인들에게 다가갔다. 민족문화 수호 운동을 제안했다. 조선 전통을 유지해가자는 운동을 비롯해 모든 사업이 교인들의 성미로 천도교 재정이 튼실했기에 가능했다.

다만 인쇄사업이 벅찼다. 너무 많은 돈이 들어갔다. 이윽고 한 간부가 용기 있게 소소를 찾아가 건의했다.

"인쇄 출판 부문 손해가 막심합니다. 밑 빠진 독에 물 붓기입니다. 소탐대실이니 인쇄기를 팔아버리는 게 좋겠습니다."

"소탐대실? 글쎄, 과연 어떤 게 소탐대실일까?"

"……."

"여보시게, 나라들마다 평시에도 군대를 계속 유지하는 까닭이 뭔지 아시는가?"

"그야 전쟁을 대비해서……."

"맞네, 전쟁 때 한 번 써먹기 위해서라네. 나도 재정 때문에 신문《만세보》는 접었네. 하지만 인쇄소만은 손해가 나더라도 절대 포기할 수 없네. 언젠가 요긴하게 쓰일 때가 있을 걸세. 두고 보게나. 우리에게 인쇄소가 필요한 날이 반드시 올 걸세."

소소를 수행하던 사인은 감동했다. 실은 미더움이 조금씩 흔들렸다. 집안에서 검소한 모습과 달리 명월관을 지나치게 자주 출입하는 소소를 선뜻 이해하기 어려웠고, 호사를 부리는 언행은 당혹스럽기도 했다.

물론, 위장술이란 이야긴 들었다. 일본의 감시망이 촘촘했기에 계책이라고 이해도 했다. 하지만 기생 산월을 집안으로 들일 때는 민망함을 넘어 불신감마저 들었는데, 사인이 한때 산월을 마음에 품었던 탓이기도 했다.

그럼에도 최선을 다해 소소를 수행했다. 다만 존경심이 봄바람에 얼음처럼 줄어들던 즈음이었다. 어떤 손해를 보더라도 인쇄소를 유지해야 할 까닭으로 비유한 '국가의 군대 유지 이유'는 사인의 의혹을 말끔히 씻어주었고, 인쇄와 출판 사업을 접자고 나섰던 사람들도 소소의 의중을 확실히 파악했다.

소소에게 가장 힘든 순간은 배신이었다. 이미 이용구에게 '뒤통수'를 된통 맞은 터였다. 천도교 교주로서 민족운동을 준비해가는 과정에서 소소는 자신의 뜻을 누구보다 잘 알 법한 사람이 쑥덕공론을 펴며 악의적으로 비방한다는 이야기를 들으면 밤잠을 이루지 못했다.

모함 때문이 아니었다. 억울해서는 더욱 아니었다. 가까이하던 사람조차 설득하지 못하는 자신의 무능으로 무엇을 할 수 있을 것인가 절망해서였다.

소소도 힘들 때가 적잖았다. 속절없이 나이가 들어 더 그랬다. 그 무렵 소소는 천도교 고위간부들과 외부 인사를 만나러 명월관을 다녀올 때마다 삶에 활기를 되찾았는데, 언제부터인가 기생 산월이 늘 옆자리에 바투 앉았다.

교단 측근들이 소소의 심경을 헤아렸다. 아예 혼사를 추진했다. 소소는 나이 차이가 커 망설였지만 자신이 무엇을 하려는지 꿰뚫어 볼 만큼 지혜로운 그녀를 결국 집안으로 들였고, 산월은 기대에 어긋남 없이 세심하고 살갑게 일상을 도와주었다.

1914년 발칸반도에서 화약고가 터졌다. 식민지를 둘러싼 자본주의

열강들의 전쟁이었다. 유럽 전역은 물론 그들이 식민지로 지배해온 지역까지 세계적 규모로 전쟁이 퍼져가자 소소는 보성사 안에 독립운동의 중추적 역할을 수행할 비밀결사를 조직했다.

바로 천도구국단이다. 묵암이 단장을 맡았다. 소소의 전적인 신임을 받은 묵암은 갑오동학운동과 갑진혁신운동 못지않은 새로운 민중운동을 본격적으로 기획했다.

'원로'들을 찾아 동참을 호소했다. 그들의 답은 어금버금했다. '이제 조용히 살고 싶다'는 구접스러운 대답에 묵암도, 그로부터 보고를 들은 소소도 누구나 제 목숨은 중요하지만 일제의 질곡 속에서 그들이 그토록 애지중지하는 생명을 아무리 늘린들 무슨 보람이 있겠나 싶었다.

딴은 조용히 호의호식할 수는 있을 터다. 이완용처럼 축재할 수도 있다. 하지만 새로운 세대가 하루가 다르게 성장해오고 있었기에 소소와 묵암은 조용히 살고 싶다며 슬금슬금 빼는 '원로'들에 실망만 할 수 없었다.

더구나 러시아제국에서 복음이 들려왔다. 노동계급의 혁명이 일어났다. 자본주의 국가들의 제국주의 전쟁으로 인류가 서로 대량 학살을 벌이던 시기에 일어난 러시아혁명은 제국의 질서를 안에서 아래로부터 해체할 수 있다는 사실을 명확하게 실증해줌으로써 수많은 사람들에게 영감을 주었다.

28

한 세대가 피로 강물을 이뤘다. 동학혁명 세대다. 그 장렬한 세대를 이어 새로운 세대, 1895년에서 1905년 사이에 태어나 소년기에 일본제국주의의 민족적 차별과 억압을 뼈저리게 느끼며 독립의식을 키워간 세대가 1919년을 맞이하고 있었다.

최사인은 그 세대의 맏형이었다. 소소의 수행비서로 3·1혁명을 맞았다. 소소는 거사를 차근차근 준비해가며 천도교·기독교·불교가 연합전선을 이뤄 조선독립 선언을 할 테니 학생들도 만세운동에 동참하라는 통지를 은밀하게 보냈다.

최사인이 '다리'였다. 사인으로부터 통지를 받고 학생들은 들먹거렸다. 학생 대표들은 2월 25일 회의를 열고 연합전선에 동참해 3월 1일 탑골공원에 집결하며, 상황에 따라서는 독자적으로 독립선언 대회를 개최하자고 결의했다.

1919년 3월 1일이 밝았다. 민족대표들은 태화관에서 독립선언을 했다. 학생들을 비롯한 민중은 탑골공원에서 독자적인 독립선언식을 거행하고 거리로 밀물처럼 나가 만세시위를 전개함으로써 독립혁명의 불꽃을 지폈다.

학생들은 시위대 앞줄에 섰다. 날이 저물도록 곳곳에서 만세를 불렀다. 태극기 들고 학우들과 더불어 거리로 나선 10대 유관순도 밤늦도록 시위에 나섰다.

3월 5일 서울역 앞에서 최대 규모의 만세운동이 벌어졌다. 유관순도 힘을 보탰다. 서울 지역 학생 대다수와 고종의 인산을 마치고 귀향하려던 민중들이 모여 1만여 명에 이른 시위 행렬은 인력거에 '대한독립' 깃발을 단 학생대표 강기덕과 김원벽을 따라 남대문까지 행진했다.

한 갈래는 한국은행 앞으로 갔다. 다른 갈래는 대한문 앞을 지났다. 보신각에서 다시 하나가 된 민중의 조선독립 만세 소리는 서울 도심을 가득 울렸고 귀향하는 사람들을 통해 삼천리 골골샅샅으로 퍼져갔다.

총독부는 학교가 만세운동 기지임을 파악했다. 3월 10일 중등 이상의 모든 학교에 임시휴교령을 내렸다. 하지만 학생들은 그 기회를 오히려 활용해 문 닫은 학교를 뒤로 하고 고향으로 가서 서울의 독립운동 소식을 전했다.

유관순도 귀향했다. 독립선언서를 몰래 숨겨 가져왔다. 유관순은 동네 어른을 일일이 찾아다니며 서울의 3·1운동 소식을 전하고 간절히 호소했다.

"삼천리강산이 모두 들끓고 있어요. 어찌 우리 동네만 가만히 있을 수 있겠어요."

아버지 유중권이 발 벗고 나섰다. 고향 유지들과 머리를 맞댔다. 4월 1일에 아우내 장터에서 만세운동을 벌이기로 결정하고, 용두리 지령이골에 운동본부를 마련했다.

천안장을 십분 활용했다. 장에 오가던 지역민들에게 알렸다. 안성·진천·청주·연기·목천의 각 면과 촌에도 연락기관을 두고 만세운동을 대규모로 추진하면서, 유림의 대표들과 집성촌 대표들까지 동참케 했다.

거사 당일에 태극기가 필요했다. 유관순과 친구들이 밤새워 만들었다. 만세시위를 계획한 바로 전날에 지령리 매봉에서 내일의 만세시위를 약속하는 봉화를 올렸다.

곧바로 다른 곳에서 봉화가 타올랐다. 사전 연락이 닿았던 여러 곳에서 밝힌 호응의 불꽃이었다. 캄캄한 밤하늘 아래 솟아오른 산정마다 일렁이는 봉화의 모습은 하나하나가 서로에게 성공적인 거사를 기원하며 우애를 나누는 거대한 촛불이었다.

이윽고 날이 밝았다. 4월 1일, 천안 아우내 장날이다. 장터 어귀에서 유관순은 태극기를 나누어주며 만세시위에 참여하러 모여드는 사람들에게 용기를 북돋아주다가 정오가 되자 민중 앞에 나섰다.

"여러분, 우리에겐 반만년의 유구한 역사를 가진 나라가 있었습니다. 그러나 일본 놈들은 우리나라를 강제로 병탄하고 온 천지를 활보하며 우리에게 갖가지 학대와 모욕을 다하고 있습니다. 우리는 10년 동안 나라 없는 백성으로 온갖 압제와 설움을 참고 살아왔지만 이제 더는 참을 수 없습니다. 우리는 나라를 찾아야 합니다. 지금 세계의 여러 약소민족들은 자기 나라의 독립을 위하여 일어서고 있습니다. 나라 없는 백성을 어찌 백성이라 하겠습니까. 우리도 독립만세를 불러 나라를 찾읍시다."

10대 유관순의 낭랑한 호소는 불쏘시개였다. 장터는 뜨겁게 달아올랐다. 유관순과 함께 만세운동을 조직한 조인원이 대표로 독립선언서를 낭독하고 "조선독립 만세"를 외치자 3천여 명의 민중이 '조선독립'이라 쓴 큰 깃발을 앞세우고 태극기를 흔들며 만세운동을 전개했다.

시위대는 장터를 누볐다. 병천 주재소의 헌병들이 달려왔다. 총검을 앞세워 만세운동을 저지하던 그들은 시위가 수그러들지 않자 천안의 일본군 헌병 분대에 지원을 요청하고 학살에 나섰다.

헌병들은 미친 듯이 총검을 휘둘렀다. 단숨에 19명이 죽고 30명이 다쳤다. 관순의 아버지 유중권이 참상에 거세게 항의했다.

"이놈들! 어찌 이리 사람을 함부로 죽이느냐?"

일본 헌병이 눈썹을 모으며 총검을 겨눴다. 유중권의 가슴 깊숙이 찔렀다. 피를 토하며 쓰러지는 유중권을 보고 달려들던 어머니 이소제도 헌병에게 학살당하자 유관순은 피투성이 시신을 둘러메고 작은아버지 유중무를 비롯해 민중과 더불어 병천 헌병주재소로 쳐들어갔다.

주재소엔 헌병이 얼마 남아있지 않았다. 유중무가 두루마기 끈으로 헌병의 목을 졸랐다. 부모를 잃은 유관순은 주재소장 고야마의 멱살을 쥐고 흔들며 울부짖었다.

"어째서, 우리가 우리나라를 되찾으려고 정당한 일을 했는데, 어째서 죽였느냐? 이 나쁜 놈들아."

주재소로 헌병 보조원들이 들이닥쳤다. 분노한 민중들은 물러서지 않았다. 눈 부라리고 들어선 조선인 헌병 보조원들을 보자 예전처럼 움츠러들지 않고 호되게 꾸짖었다.

"너희는 조선 사람이면서 무엇 때문에 왜놈의 헌병 보조원을 하느냐. 함께 만세를 부르라. 그렇지 않으면 죽여도 시원치 않을 놈들이다."

"죽은 사람들을 어떻게 할 것인가. 우리도 함께 죽여라!"

"구금자를 석방하라!"

헌병들이 다시 발포했다. 유관순과 유중무는 체포됐다. 천안 헌병대로 압송된 유관순은 온갖 잔인하고 야만적인 고문을 당하면서도 호통을 쳤다.

"내가 주동했다. 죄 없는 다른 사람들을 모두 석방하라!"

헌병대는 유관순을 공주감옥으로 이송했다. 유관순의 투지는 타올랐다. 이송 중에도 사람들이 모인 곳을 지날 때마다 온 힘을 다해 외쳤다.

"조선독립 만세!"

관순은 공주감옥에서 오빠를 만났다. 유관옥은 공주에서 벌인 만세운동으로 갇혀있었다. 아우내 장터 만세시위로 부모를 잃고 오빠까지 감옥에서 만난 관순은 서러움이 복받쳐 올라왔지만, 꾹꾹 눌러 참아내다가 삭인 분노를 법정에서 당당하게 터뜨렸다.

"내 나라를 되찾으려고 정당한 일을 했는데 어째서 무기를 사용하여 내 민족을 죽였느냐? 내 나라 독립을 위해 만세를 부른 것이 어째서 죄란 말이냐? 왜 평화적으로 아무런 무기를 갖지 않고 만세를 부르려 시가를 행진하는 사람들에 총질을 해대어 아버지, 어머니를 비롯해 무고한 수많은 목숨을 이리도 무참하게 빼앗을 수 있느냐? 입이 있어도 말을 할 수 없으며, 귀가 있어도 들을 수 없으며, 눈이 있어도 볼 수 없는 이 지옥 같은 식민지 지배에 죄가 있는 것 아니냐? 자유는 하늘이 내려준 것이며, 누구도 빼앗을 수 없다. 무슨 권리로 신성한 인간의 권리를 빼앗으려 하느냐?"

군더더기 한 점 없었다. 명쾌한 논리였다. 열일곱 살 유관순은 일본인들이 조선 땅에 들어와서 부모를 비롯해 조선 동포를 수없이 죽였다며 정말 죄를 지은 자가 누구인가 묻고, 조선인들이 일본인들에게 벌을 줄 권리는 있어도 일본인들이 조선인을 재판할 그 어떤 권리도 명분도 없다고 힘주어 말했다.

유관순은 서대문감옥으로 옮겨졌다. 아침저녁으로 독립만세를 불렀다. 민족대표들이 각각 독방에 갇혀있다는 말을 듣고는 싸울 힘이 더 솟아나 줄기차게 만세를 불렀고 그때마다 모진 폭행을 당했다.

유관순은 천성이 착했다. 같은 감방에 아기를 안은 여성이 있었다. 추운 날씨에 기저귀가 도무지 마르지 않자 유관순은 뻐걱뻐걱 얼어붙은 기저귀를 제 몸에 감고 자며 체온으로 최대한 말려주었다.

10대들의 투혼이 감옥 안에 산소처럼 퍼져갔다. 소소는 눈시울을 붉혔다. 새삼 민중이 곧 하늘임을 확인한 소소는 저 위대한 민중과 더불어 벅벅이 조선독립을 실현하자고 마음을 다잡았다.

29

만세시위는 나라 안팎을 달궜다. 뜨거운 함성은 임시정부 수립으로 이어졌다. '대한제국'과 '황제', '임금'이라는 말에 익숙했던 조선인들은 '민국'이나 '대통령' 칭호가 낯설었지만 곧바로 그것이 무엇을 의미하는지 깨달았다.

총독부는 예민하게 반응했다. 탄압의 수위를 높여갔다. 민족대표들이 비폭력을 천명하며 평화적으로 조선독립 선언을 했음에도 일본제국주의는 소소와 대표들 모두 내란죄로 몰아가고 있었다.

"조선이 독립하면 어떤 정체로 할 생각이었는가?"

일본인 판사가 물었다. 법정 심문이다. 내란죄로 엮으려는 의도를 잘 알고 있었지만 소소는 딱 부러지게 말했다.

"민주주의이다. 그것은 나만의 생각이 아니다."

실제로 그랬다. 소소는 거사 준비과정에서 '선언 이후'를 숙고했다. 천도교 직영인 보성사가 지하신문으로 발행해 만세시위 현장에서 배포한 《조선독립신문》 제2호(1919년 3월 3일 자)는 임시정부를 세운다는 기사를 실었고, 3월 5일 자 3호에서는 "13도 각 대표자를 선정하여 3월 6일 오전 11시 경성 종로에서 조선독립인대회를 개최할 것이므로 신성한 우리 형제자매는 일제히 회합하라"고 공지했다.

천도교 지도부는 세계정세를 정확히 파악하고 있었다. 군주제 복원 아닌 민주국가를 목표로 삼았다. 천도교는 4월 1일을 기해 기호지방에서 '대한민간정부'라는 임시정부를 구성할 것을 결의하고, 국가 최고지도자를 대통령으로 하는 민주국가 체제에 부통령과 국무총리, 그리고 10개 행정부처 장관을 준비해두었다.

대통령은 손병희였다. 부통령 오세창에 국무총리 이승만이다. 내무부 장관 이동녕, 외무부 장관 김윤식, 학무부 장관 안창호, 재정부 장관 권동진, 군무부 장관 노백린, 법제부 장관 이시영, 교통부 장관 박용만, 노동부 장관 문창범, 의정부 장관 김규식, 총무부 장관 최린을 선임했다.

임시 연락사무소도 구성했다. 천도교 중앙총부 안에 두었다. 3·1혁명 과정에서 민족대표들과 민중은 종파와 지역을 초월하여 소소 손병희를 민족의 최고지도자로 여겼다.

나라 밖에서도 정부 수립운동이 나타났다. 서북간도와 연해주에 있던 독립운동가들이 '대한국민의회'를 세웠다. 대한국민의회가 1919년 3월 21일에 발표한 정부 조직은 미주 대한민국민회 기관지《신한민보》에도 실렸는데 여기서도 대통령은 손병희였고 부통령은 박영효, 국무총리 이승만이었다.

대한민간정부와 대한국민의회. 대통령에 모두 손병희를 추대했다. 민족자결주의를 내세운 미국 대통령 윌슨이 교수로 재직하던 시절 이승만이 그의 제자였다는 소문이 퍼져있었기에 국무총리로 선임했을 따름이다.

탄압에도 만세시위는 수그러들지 않았다. 대부분 천도교인들이 주도했다. 천도교 간부들은 조직을 동원하며 "만세운동이 성공하면 의암 선생이 대통령에 취임할 수 있다"고 참여를 독려했는데 당시 천도교 교인은 300만 명에 이르러 30만 명의 불교, 11만 명의 기독교와 비교가 되지 않았다.

100만 명이 다달이 성미를 냈다. 천도교인은 다른 종교인들과 달랐다. 동학농민전쟁 시기의 보국안민·광제창생·척왜척양 정신이 고스란히 천도교에 이어졌기에 손병희가 3·1독립선언을 주도한 사실이 알려지자 누가 딱히 권하지 않더라도 조직적으로 만세시위에 참여했다.

하지만 '대통령 손병희'가 풀려날 가능성은 없었다. 현실적으로 손병희 추대를 더 진행하기도 어려웠다. 내란죄 혐의로 투옥된 손병희에게 자칫 '내란을 일으킨 수괴'라는 '증거'가 될 수도 있었기에 1919년 4월 3일 발표된 '한성정부'는 손병희 이름을 빼고 대통령 격인 '집정관 총재'에 이승만, 국무총리에 이동휘 이름을 올렸다.

1919년 4월 11일 상하이 임시정부가 수립됐다. 투옥된 손병희 이름은 자연스레 빠졌다. 상하이 임시정부는 처음에 내각책임제였기에 대통령 직책은 없었고 국무총리 이승만, 내무총장 안창호, 외무총장 김규식, 재무총장 최재형, 교통총장 문창범, 군무총장 이동휘, 법무총장 이시영을 선임했다.

국호는 대한민국, 정체는 민주공화국으로 결정했다. 임시헌장 10개 조를 발표했다. 독립선언문에 이어 왕정 체제를 거부한다는 뜻을 분명히 밝힘으로써 조선왕조의 끝자락에 위치한 허수아비 대한제국에 더는 미련을 두지 않고 대한민국, 곧 민중의 나라를 세우겠다는 민족적 결의를 천명했다.

바로 그래서 '3·1운동'이 아니다. 3·1혁명이 적확하고 객관적인 역사적 평가다. 조선의 기나긴 역사에 획기적 전환점을 마련한 사건이었다.

당장 나라를 찾지는 못했으나 역사적 지향점을 명토 박았다. 민주주의가 그것이다. 1789년 프랑스대혁명이 숱한 반동을 거쳐 근 100년 만인 1870년에 이르러서야 왕정을 최종적으로 종식한 사실에 견주면 빠른 진전일 수도 있다.

대한제국은 과거가 되었다. 무능하고 불쾌한 추억으로만 남았다. 3·1혁명으로 타오른 민중의 불꽃 열망을 담은 임시정부의 민주공화국 선언 이후 독립운동가들은 스스로 '혁명가'를 자임했으며 '독립운동'이라는 말 못지않게, 아니 그보다 더 '독립혁명'이라는 말이 자연스럽게 민중 사이에 퍼져갔다.

3·1혁명가들은 감옥에서 1주년 기념식을 열었다. 옥중 만세운동도 펼쳤다. 빼곡하게 갇혀있던 3천여 명의 수감자들이 크게 호응하며 만세 함성이 밖으로까지 퍼져나가자, 감옥 주위로 인파가 몰려들어 전차 통행이 마비되고 경찰 기마대까지 출동했다.

일제는 수감자들을 마구 폭행했다. 유관순도 야수적인 고문을 당했다. 아우내 만세시위 때 창에 찔린 허리에서 고름이 계속 흘러나왔고 천장에 거꾸로 매다는 몹쓸 고문이 수시로 이어져 만신창이가 된 유관순은 영양실조가 겹쳐 1920년 9월 28일 열여덟 살 나이로 숨졌다.

이화학당은 시신 인도를 요구했다. 일제는 거부했다. 자초지종을 미국 신문에 알려 세계 여론에 호소하겠다고 교장이 강력하게 항의하자 일제는 외국 언론사에 알리지 않고 장례는 극히 조용히 치러야 한다는 조건을 붙여 시신을 인도했다.

은밀하게 유관순 시신이 이화학당으로 돌아왔다. 학생들은 오열했다. 시신은 학당 정문에 자리한 수위실에 안치했고 이틀 뒤 이태원 공동묘지에서 조촐히 장례를 지냈지만, 일제가 그 뒤 이태원 공동묘지를 군용 기지로 개발하며 미아리로 옮기면서 유관순의 무덤은 흔적조차 사라졌다.

유관순이 숨을 거둘 때 소소는 감옥에 있었다. 두 차례에 걸친 뇌출혈로 누운 채였다. 유관순이 죽었다며 웅성대는 동지들의 목소리를 들은 소소는 말도 건네지 못한 채 분노로 눈썹이 오르내리다가 곧이어 흘린 눈물로 눈이 부어올라 시야를 가렸다.

"의암 선생님, 힘내십시오. 저희가 있습니다. 꼭 일어나셔야 합니다."

두 번째 뇌출혈 때다. 유관순이 외치던 낭랑한 목소리가 귓전에 메아리쳤다. 1920년 10월 30일, 들것에 실려 전신불수 상태로 서대문감옥을 나올 때 소소는 숱한 동지들이 옥사했고 아직도 감옥에 남아있는 상황에서 홀로 나간다는 사실에 죄스러웠다.

이완용은 그 시점에 백작에서 후작으로 승작됐다. 3·1혁명을 '진압'한 공로였다. 완용은 독립만세운동이 한창이던 4월 5일 총독부 기관지에 '황당한 유언비어에 미혹지 말라'는 칼럼을 기고해 "조선독립이라는 선동이 허설임이 말할 필요가 없음에도 무지몰각한 아동배(兒童輩)가 망동"했다며 "모처에서 다수 인민이 사상하였다 하니 그중에는 혹 주창한 자도 있겠지만 대다수는 남을 따라 나선 자이니 경거망동 말라"고 경고했다.

이완용에게 소소는 정녕 '아동배'였을까. 친일파들의 행태는 참으로 가관이었다. "폭도들이 날뛰어선 안 된다"며 만세 참여자를 밀고하라고 선동한 대구의 상공인들은 접어두더라도 줄곧 지식인 행세를 하던 윤치호가 총독부 기관지와 인터뷰한 대목은 민중을 분노케 했다.

강자와 서로 화합하고 서로 아껴가는 데에는 약자가 항상 순종해야만 강자에게 애호심을 불러일으키게 해서 평화의 기틀이 마련되는 것입니다마는, 만약 약자가 강자에 대해서 무턱대고 대든다면 강자의 노여움을 사서 결국 약자 자신을 괴롭히는 일이 됩니다. 그런 뜻에서도 조선은 내지에 대해서 그저 덮어놓고 불온한 언동을 부리는 것은 이로운 일이 못됩니다.

독립협회 회장을 지낸 윤치호. 그 또한 소소가 민족대표로 끌어들이려 접촉했던 인물이다. 3·1혁명으로 그의 실체가 분명히 드러났음에도 내놓고 약자는 순종해야 옳다고 감히 독립만세 시위에 나선 조선 민중을 '훈계'하던 윤치호를 조선중앙기독교청년회(YMCA)는 1920년 6월에 회장으로 뽑았다.

30

산월은 날마다 홀로 촛불을 밝혔다. 소소는 퉁퉁 부은 눈으로 바라보았다. 아른거리는 촛불과 산월의 모습을 번갈아 보다가 기나긴 열차의 한 칸 한 칸처럼 지나온 세월을 회상하던 소소는 종종 주르르 눈물을 흘렸다.

산월은 정성으로 간호했다. 도통 차도가 없었다. 예전에 대갓집 노옹이 젊은 여자의 기를 쐬기 위해 윗방아기를 들여 원기를 찾았다는 말이 떠올랐다.

명월관에서 처음 그 말을 들었을 때 욕지기마저 났다. 어린 하녀를 괴롭히는 늙은 양반들에 증오마저 느꼈다. 하지만 몸을 거의 움직이지 못하는 소소를 마주한 산월에게 그 말은 치유책처럼 다가왔고 구토는커녕 오히려 자신이 윗방아기처럼 이팔청춘이 아니라는 사실이 애닳다.

산월은 고심을 접고 작심했다. 목욕재계한 뒤 청수와 촛불로 마음을 정돈했다. 소소가 누운 방에 들어가 옷을 모두 벗은 뒤 사뿐사뿐 다가가 소소 옆에 누워 온몸으로 감싸 안았다.

괜스레 눈물이 솟아올랐다. 끝내 흘리지는 않았다. 의식이 가물가물한 소소의 귀에 끊임없이 부드러운 목소리로 노래하듯 속삭였다.

"내 사랑, 소소, 저 산월이에요. 사랑해요. 일어나셔요."

헌신한 효험일까. 소소의 건강은 호전되어갔다. 1921년 4월 8일 회갑을 맞을 무렵에는 의식이 생동생동해 천도교인 4천여 명이 상춘원에 모여 회갑 축하식을 갖고 쾌유를 기원했다.

회갑 축하연은 상하이에서도 열렸다. 임시정부 요인들이 주최했다. 축하회가 열린 식장의 정면에는 붉은 바탕에 금색 글자로 '의암 성사 61탄신 기념'이라고 쓴 현수막을 걸었고 세로로는 '성수무강'이라 수놓은 글자를 걸었으며 식장 옆으로 웅장한 태극기가 천도교 깃발과 함께 놓였다.

임시정부 요인 80여 명이 참석했다. 임시정부는 공식 축사를 냈다. 손병희가 갑오동학혁명과 갑진혁신운동에 앞장선 사실을 적시하며 1919년 3월 1일에 각종 각파로부터 대동 일치하는 독립선언을 이끌어냈다고 높이 평가했다.

임시정부 축하회 소식이 국내 신문에 보도됐다. 산월은 기뻤다. 신문 기사를 소소에게 읽어주고 또 읽어주며 나라 안팎에서 쾌유를 기원하고 있다는 사실을 들려주었다.

해가 바뀌도록 산월의 간호는 지극했다. 1922년 봄이 왔다. 소소의 건강은 눈에 띄게 좋아져 의식이 거의 정상으로 돌아와 교당 일을 논의할 수 있었고 시국에 관해서도 의견을 내놓았다.

그러나 아무도 예상치 못한 일이 일어났다. 병세가 돌연 악화되었다. 5월 10일 주치의가 잠깐 외출한 사이에 한의사가 수은이 든 약을 잘못 사용함으로써 고열이 나고 호흡이 곤란해지며 수은중독 증상이 일어났다.

주치의가 온갖 방법을 동원했다. 5월 15일 오전에 다소 안정을 찾는 듯했다. 하지만 그날 오후 심장마비 증세가 발생하며 혼수상태에 빠졌는데 당시 상춘원을 찾은 유광열 기자의 취재기록은 더없이 생생하다.

며칠 전부터 하늘은 흐리고 구슬픈 봄비가 오락가락하였었다. 나는 그의 병상을 위문하기 위하여 동대문 밖 상춘원에 누운 그의 병석을 찾은 일이 있었다. 그는 임종이 가까운 까닭인지 숨이 찬 듯이 괴로워하였다. 그러나 그는 거인답게 몸을 구부리거나 의지하려 하지 않았다. 그 거구를 딱 버티고 우뚝 앉은 모습은 최후까지 위엄을 지키려는 듯이 보였다.

그랬다. 병석의 소소는 위엄을 잃지 않았다. 위독한 상황에서도 삼삼오오 병문안 온 사람들을 만날 때마다 일어나 자세를 똑바로 하고 맑은 눈빛으로 둘러보며 마치 유언을 전하듯이 또박또박 말했다.

"나는 이 나라의 독립을 보지 못하고 가오. 그러나 여러분들은 실망하지 말고 노력하시오. 두고 보시오. 일본인들의 저 도량으로는 도저히 우리나라를 오랫동안 지배하지 못할 것이오. 나는 못 보아도 여러분은 보게 될 것이오. 신념을 잃지 말고 힘차고 줄기차게 나가시오."

상춘원에 봄비 시름시름 내리는 5월 19일 새벽이었다. 어디선가 소쩍새 우는 소리가 들렸다. 소소는 혼수상태에서 잠시 깨어나 산월에게 물을 찾아 마시고는 대도주 춘암 박인호와 교단 간부들, 아들처럼 아끼던 최사인을 한 사람씩 둘러보며 말했다.

"나를 좀 일으켜 주게나. 내 보여줄 것이 있네, 춘암. 내 어깨를 좀 보시오. 손으로 좀 만져보시오. 어떻소? 보통 사람의 어깨와……."

"좀 두드러진 것 같습니다."

"그럴 것이오. 춘암도 잘 알겠지만 내가 20년 가까이 해월신사를 모시면서 가마 앞채를 혼자 메었소. 나도 사람인지라 힘인들 왜 들지 않았겠소. 꾹 참고 말 한 번 한 적이 없소. 아직도 군은살이 풀리지 않았을 것이오."

추연하면서도 결연했다. 사인은 소소의 심경을 헤아렸다. 자신의 사후에 천도교 대도주 춘암과 고위간부들이 어떤 개인적 고통도 인내하며 3·1혁명이 천명한 길을 따라 더 나아가길 바라는 마음이었다.

"여러분들 그간 수고 많았소. 나는 이제 갈 시간이 얼마 남지 않은 듯하오. 내 마음이 곧 네 마음, 오심즉여심(吾心卽汝心)이오, 뒷일을 부탁하오.”

그 말끝에 눈을 감았다. 유언이었다. 새벽 3시, 산월의 촛불, 촛불의 산월을 바라보며 천도교중앙총부의 임직원과 기관지 격인 《개벽》 간부들이 지켜보는 가운데 고요히 환원했다.

예순두 살. 아까운 나이였다. 손병희의 환원―천도교에서 모든 생명은 우주의 성령에서 왔기에 죽음을 ‘본래의 자리로 돌아간다’는 뜻으로 ‘환원’이라 부른다. 전통 문화에서 ‘죽었다’를 ‘돌아가셨다’라고 한 표현과 같은 맥락이다―을 알리는 호외가 뿌려졌고 신문마다 대서특필했다.

이튿날이다. 《동아일보》가 1면 머리기사로 조문 사설을 실었다. ‘손병희 선생을 조(弔)하노라’ 제하의 사설은 소소가 한낱 필부로서 민중이 해처럼 우러러보는 존재가 되었다며 “민중으로 반려하여 민중으로 고락”한 선생의 정신이 “항상 민중의 혈관에 약동하소서”라고 애도했다.

《개벽》도 6월호에 조사를 실었다. ‘오호 손병희 선생’으로 표제를 달았다. “오호, 선생은 민중의 거인이니 그 생함이 민중적이었으며 그 위함이 민중적이었으며 또 그 죽음이 민중적”이라며 “일생의 노력 분투한 민중적 활동사”를 칭송했다.

소소는 “철두철미 개척자의 위인”이었다. 민중의 행복을 위해 모든 방면을 개척했다. 《개벽》은 “몸이 미천했기에 민중의 간고를 몸소 맛본바 단련이 많으며 뜻을 정의에 세워 민중의 요구를 몸소 체인한바 경험이 많으며 행을 노력에 치하야 민중의 개발을 몸소 분투한바 사실이 많았나니 선생의 심법(心法)은 오로지 덕을 천하에 펴며 널리 창생을 건짐에 있었도다”고 추도했다.

선생 재세(在世)의 시(時)에 항언(恒言)하사대 “인류의 사후 정령(精靈)은 성령출세(性靈出世)라” 하였나니 ‘성령출세(性靈出世)’라 함은 인(人)의

정령(精靈)은 사후에 영구히 사회적 정신과 융합하여 명명(冥冥)의 리(裡)에 오인(吾人) 정신 내에서 활약한다 함이라. 이 점에서 선생의 정령(精靈)은 생각건대 대천성신(大天星辰)의 광(光)이 되며 대지산하(大地山河)의 미(美)가 되며 억역(抑亦) 사회 민중의 정신이 되어 자연묘법(自然妙法)으로 더불어 영구히 진화하며, 민중의 심법으로 더불어 항구히 존재할 것이라.

상하이 임시정부도 애도문을 발표했다. 기관지 《독립신문》에 실었다. 임시정부는 "2천만 배달민족을 대표하여 반만년 대조선의 독립을 세계에 선언한 손병희 선생이 마침내 별세"하였다며 고인은 "조선반도의 기적이요 세계의 위인이니 실로 우리 민족의 관면(冠冕)이요, 영예"라고 존경을 표했다.

유광열 기자는 손병희를 오래 취재했다. 포부와 선견지명을 높이 평가했다. 뒷날 회고록에서 소소의 업적을 네 가지로 압축해 정리했다.

첫째, 거국적인 민중운동을 일으키기 위해 백만 교도를 명령만 하면 동원할 수 있도록 10년을 하루같이 훈련했다. 둘째, 천도교 교당 짓는 성금을 모은다는 명분 아래 거대한 독립운동자금을 마련했다. 셋째, 보성전문, 보성중학, 보성소학 등 여러 학교를 인수해 경영하면서 인재를 양성했다. 넷째, 책을 많이 출판해야 민중의 의식을 높일 수 있다며 인쇄기계를 들여와 인쇄소를 설립했다. 3·1혁명 때 독립선언서를 밤을 새워 인쇄한 곳이 바로 보성사였다.

일제는 소소의 마지막 길에도 딴죽을 걸었다. 형 집행정지로 나온 '죄수'임을 내세웠다. 석방된 죄수 신분이기에 영결식을 성대하게 치를 수 없다고 통보한 까닭은 사람들이 모여 만세시위를 벌일까 두려워서였다. 장지 마련도 쉽지 않았다. 유족과 천도교의 제안을 총독부는 모두 거부했다. 결국 소소가 국권 회복을 위해 마련한 봉황각 구역으로 정하고, 장례식은 6월 5일 박인호를 주상, 권동진을 위원장으로 한 천도교 장으로 거행했다.

총독부는 끈덕지게 장례를 방해했다. 영결식은 신축한 대교당에서 열었다. 3·1혁명으로 공사를 중단했지만 1921년 2월에 완공한 대교당을 손병희는 투옥에 이은 와병 탓에 끝내 보지 못했다.

영결식은 눈물바다였다. 이윽고 상여가 대교당을 떠났다. 10대의 자동차, 인력거 2백여 대가 뒤따랐고 5천여 명의 교인과 조문객이 우이동 봉황각으로 가는 길을 메웠다.

조문과 만장이 넘실댔다. 산월의 가슴에 깊숙이 닿은 글들이 있다. 한용운은 "감화력이 풍부한 선생의 관용성"이라 적었고 《동아일보》 사장 송진우는 "선생은 민중의 일대 위인"이라 썼다.

10대 학생은 썼다. "선생님 대신에 우리가." 산월은 소소가 참 흐뭇해할 조문이라 생각하면서도 한 "구루마꾼"이 적은 글에서 끝내 눈물을 쏟으며 통곡했다.

하늘도 무심하십니다.

장지에서 하관식을 마칠 즈음이다. 운명하던 순간처럼 비가 쏟아졌다. 산월은 하늘을 바라보며 하염없이 내리는 비가 그 '구루마꾼'을 조금이라도 위로해주기를 소망했다.

31

삶은 만남이다. 누구를 만나느냐에 따라 달라진다. 인생은 다른 사람과 관계를 맺어가는 과정으로 어떤 부모, 어떤 자녀, 어떤 이성, 어떤 배우자, 어떤 스승을 만나느냐가 중요하다.

다만 그 만남엔 전제가 있다. 일정한 사회적 조건이 그것이다. 사람과의 어떤 만남도 사회를 떠나 이루어질 수 없으며, 사회 또한 다른 사회와의 만남으로 역사를 형성한다.

산월의 본명은 주옥경이다. 동학혁명의 해에 태어났다. 집안 살림이 어려워 여덟 살 어린 나이에 고향에서 가까운 평양 기생학교에 들어가 작문과 회화를 기본 교양으로 서화·가곡·무용을 익혔다.

어린 옥경은 서화에 재능을 보였다. 기생으로 받은 이름은 농파. 열여덟 되던 해에 서울로 와서 기생들 사이에 가장 유명한 명월관에 자리 잡았으며, 나이 어린 후배들을 살뜰하게 보살펴주었다.

기생 사회에도 권력은 작동했다. 권세 있는 기둥서방 둔 기생들이 행세했다. 듬직한 후원자 없는 기생들이 핍박당하는 모습을 참지 못한 농파는 1913년 기둥서방 없는 기생들의 모임인 '무부기(無夫妓) 조합'을 만들어 초대 회장을 맡았다.

명월관에는 지사들이 종종 찾아왔다. 일제의 감시망을 피해 이야기 나눌 곳이 마땅치 않아서였다. 어느 날 서울에서도 보기 드문 고급 자동차 캐딜락에서 나이 지긋한 조선인이 내리더니 명월관 안으로 성큼성큼 걸어왔다.

농파의 가슴이 들썽했다. 고고하기로 소문난 '평양 명기'가 마음을 뺏긴 셈이다. 농파는 마치 큰 산처럼 위풍당당한 그가 천도교 교주라는 사실을 알고 경외심마저 들어 최대한 예의를 표했고, 소소는 명월관을 찾을 때마다 농파와 함께 하는 시간이 점점 늘었다.

존경심과 함께 애정이 싹텄다. 농파의 미모는 빼어났다. 다만 얼굴 생김으로만 본다면 농파보다 더 오밀조밀한 기생도 있었기에 그것만으로 소소의 눈길을 끌었다고 보기는 어렵다.

'평양 명기'로 서울까지 온 '무기'가 있었다. 서화와 춤, 노래였다. 그에 더해 고운 마음씨와 아련한 분위기가 없었다면 평양서도 그랬듯이 서울서도 수많은 남자들이 농파를 찾지 않았을 터다.

본디 소소는 풍류남아였다. 서화와 음악을 좋아했다. 그림과 술잔을 통해 말로 표현할 수 없는 수많은 생각을 나누며 교감할 때, 두 사람 사이에 서른 해가 넘는 나이 차이는 중요하지 않았다.

소소는 농파를 아꼈다. '산월(山月)'이란 이름을 지어주었다. 소소가 산월을 만날 때마다 몰라보게 활력을 얻는 사실을 파악한 측근들이 모여 산월의 낙적 공작을 벌였다.

낙적은 기생 호적에서 이름을 지운다는 뜻이다. 소소는 10대에 이미 결혼했지만 당시는 1910년대였다. 산월을 명월관에서 빼 와 아예 손병희의 작은 부인으로 가회동에 들여앉히자는 이야기가 오갔다.

일제는 병탄 뒤 손병희를 주목했다. 소소의 행보를 줄곧 감시했다. 소소와 산월이 '신방'을 차린 가회동 집에도 헌병과 경찰의 눈이 잠시도 멈추지 않았지만 소소는 표면상 어떤 정치적 운동도 하지 않았으며 종교적 행사에 열중했다.

위장이었다. 늘 형사가 감시하는 사실을 안 소소는 작심했다. 19세기 서양 왕족들이나 타고 다니던 금빛 찬란한 쌍두마차를 구입했고, 고종 황제의 자동차보다 더 좋은 외제 고급승용차를 타고 다니면서 천도교의 위세도 과시했다.

이따금 마차를 탔다. 마부도 정장 정모를 했다. 멋진 마부가 회초리 휘두르며 모는 쌍두마차를 타고 종로를 오가는 소소의 풍채는 어떤 왕족이나 총독부의 어떤 일본인들과 견주어도 밀리지 않았다.

명월관을 단골로 삼았다. 교단 기념일에는 상춘원에 5000여 명을 모았다. 명월관에 교자상 요리 50상을 주문하고 원각사 기생 50여 명을 불러 교인들의 사기를 고무했다.

그 위장과 '위악'의 열매가 3·1혁명이었다. 산월은 소소와 새벽 촛불로 거사일을 맞았다. 산월은 옷장을 열어 솜을 두툼하게 넣은 한복을 골라 손질했고, 그 옷을 입은 소소는 거족적인 독립선언을 하러 떠나며 집안 식구들을 모두 모아놓고 수행에 정진할 것을 당부했다.

소소는 예상대로 구속됐다. 산월은 초가로 거처를 옮겨 옥바라지했다. 독립선언 직후에 상하이로 떠난 최사인이 간간이 보내오는 임시정부 기관지 《독립신문》에 연재된 소설 〈피눈물〉이 가슴을 아리게 했다.

〈피눈물〉은 만세운동을 소재로 삼았다. 주인공은 서로 모르는 남녀 학생이다. 3월 1일 만세운동이 일어나고 일본인들이 조선인들을 '죄인'이나 '가축'처럼 취급하자, 주인공 윤섭은 순사에게 위협당하는 여인을 구해주고 집으로 살아 돌아왔다.

하지만 형은 부상당했다. 여동생은 행방불명이다. 어머니는 윤섭에게 어서 몸을 숨기라며 눈물로 하소연하고, 또 다른 주인공 정희의 집안도 어머니와 할머니만 남기고 가족들이 순사들에게 끌려가 풍비박산이 났다.

윤섭에게 박엄이 찾아온다. 태극기 2000장을 인쇄했다. 그 가운데 1000장을 산에 붙여 일경의 시선을 끈 뒤, 도심에서 만세시위를 벌이기로 한 날이 왔다.

날이 밝자 북악산과 인왕산, 그리고 가정집에도 태극기가 휘날린다. 일경들이 북악산 태극기를 발로 짓밟으며 침을 뱉는 틈을 이용해 대한문 앞에 모인 사람들은 태극기를 흔들며 만세를 부른다. 일경과 헌병들이 달려와 무저항으로 만세를 부르는 사람들에게 칼과 몽둥이를 휘두른다. 제중원으로 실려 온 환자들의 참혹한 상황은 이루 말할 수 없다. 큰 부상을 입은 청년들은 죽고 가족들은 곁에서 오열한다.

정희는 대한문 앞으로 갔다. 태극기를 들고 만세를 불렀다. 일경이 달려와 정희의 두 팔을 차례로 자르며 난도질하는 광경을 보고 시위 주동자 가운데 한 명인 윤섭이 헌병에게 달려들어 칼을 빼앗지만 죽이지 않는다.
"개 같은 네 목숨을 남겨둠은 공약 3장의 정신을 위함이다."
윤섭은 칼을 부러뜨린다. 그 순간 일경들이 윤섭의 온몸을 칼질한다. 생면부지의 처지로 한곳에서 쓰러진 정희와 윤섭은 황급히 제중원으로 옮겨지지만 곧 숨을 거두고, '독립청년단의 단장'으로 장례를 치른다 했지만 식장은 초라할 뿐이다.
상여엔 아무 장식도 없었다. 두 사람 모두 공덕리 공동묘지에 묻혔다. 서로 지척에 묻힌 남녀의 죽음은 독립 희망과 만세 소리로 가까스로 위무될 뿐이며, 소설 마지막은 조사로 맺었다.

다음 번 봄바람에는 불쌍한 두 동생의 무덤 꽃으로 꾸미고 그들이 위해 죽은 독립을 얻었음을 고하게 하소서.

산월은 3·1혁명의 현장을 잘 표현했다고 생각했다. 작가는 '기월(其月)'로 가명이다. 만세운동을 생생하게 체험하고 독립운동을 위해 상하이로 망명한 인물로 보여 혹시 신문을 보내오는 사인일까 생각이 들었지만 쓸데없는 상상에 고개 저으며 곧 접었다.

산월은 겸손해졌다. 소설 〈피눈물〉의 효과였다. 감옥에 살아있는 소소를 위한 자신의 옥바라지가 숱한 민중의 고통과 견주면 얼마나 사소한 일인지를 깨달았다.

더러는 산월을 두고 쑥덕였다. 기생에게 무슨 정절이 있느냐고 비아냥대기도 했다. 춘향에게 다가간 숱한 '변학도'들처럼 흐린 눈으로 세상을 볼 때 할 수 있는 말이다.

진심이었다. 산월은 호연지기 사내 소소를 사랑했다. 소소를 통해 사랑이란 받는 게 아니라 주는 것임을 배웠을 뿐만 아니라 기생의 굴레를 벗어나 거듭났다.

소소는 인사불성으로 출감했다. 거사 날 가회동 집을 떠날 때는 풍채 당당했다. 하지만 상춘원으로 발이 묶인 채 돌아왔고 산월이 지켜보는 가운데 끝내 영면했다.

그때 주옥경 나이 스물여덟이었다. 남편을 잃었지만 좌절하지 않았다. 독립운동의 요람이자 소소의 유택이 자리한 봉황각에 기거하며 수의당이라는 도호 그대로 의암의 뜻을 지키려고 최선을 다했다.

1924년 주옥경은 내수단(內修團)을 만들었다. 소소의 딸 손광화와 함께했다. 천도교 여성단체 내수단은 야학과 명사 초빙을 통해 여성 교육에 앞장섰으며, 주옥경도 전국으로 강연을 다녔다.

"참말로 우리 여자들은 여태까지 맹목적 신앙이 있었습니다. 남자의 지배만 받아 단순히 가장이 있으니까 자기도 있다는 외에는 아무런 주의도 주장도 없었습니다. 이제부터 우리도 남들과 같이 사람다운 사람 노릇을 하기 위하여 참되고 가치 있는 신앙의 길로 나아가고자 합니다. 그리하자면 무엇보다도 알아야 하겠습니다. 알려면 배워야 하겠습니다."

잡지와 책자도 발간했다. 여성의 지위를 높이는 데 힘 쏟았다. 조선에서 맹목적 신앙 타파, 문맹 퇴치, 남녀평등운동을 펼치며 여성운동을 개척해갔다.

하지만 산월과 천도교 지도부 사이에 갈등이 불거지고 있었다. 소소가 영면한 뒤 내분 수습에 실패한 춘암 박인호는 책임을 진다며 사퇴하고 말았다. 가까스로 집단지도 체제를 이뤄 내분을 봉합했는가 싶었지만 최린이 야금야금 교권을 장악해갔다.

최린은 독립운동 아닌 자치운동을 추구했다. 산월은 최린의 행태에 기가 막혔다. 소소의 사위 소파 방정환이 장모 주옥경에게 일본 유학을 권고해 1927년 서울을 떠났다.

도쿄에서 주옥경은 '신학문'에 열중했다. 내수단 도쿄지부도 조직했다. 하지만 아무리 신학문 서적을 찾아 읽어도 소소의 가르침만 못해 3년이 지나 산월이 유학에서 돌아왔을 때 최린은 내놓고 친일의 길을 걷고 있었다.

산월은 분개했다. 천도교 최고지도자가 된 최린에게 면담을 요구했다. 하지만 이러구러 몽그작거리기에 열흘이 지난 날 곧바로 집무실을 찾아가 한칼로 곧장 물었다.

"안녕하세요. 어찌하여 천도교를 친일의 늪에 빠트립니까?"

"허허 자다가 봉창 두드리는 것도 아니고 무슨 말씀을 그렇게……."

"눙치지 마세요."

"당최 영문을……."

"몰라서 지금 되물으시는 겝니까?"

산월은 강력 추궁했다. 최린은 소소를 흉내 낸 콧수염 아래로 차가운 미소만 지었다. 옆에 있던 최린의 비서가 지도자에게 자발없는 언행은 도저히 받아들일 수 없다는 듯이 툭 던졌다.

"저, 요즘 명월관이 술장사가 참 잘 된다고 하던데요. 귀국하시고 한번 찾아보셨는지 모르겠어요."

산월은 바로 쏘아보았다. 젊은 사내꼭지가 이죽거리고 있었다. 최린으로 눈을 돌리자 그 또한 흐뭇한 눈길로 비서를 바라보다가 다시 산월을 보며 빙시레 웃기만 했다.

"이 젊은이는 누구인가요?"

"수행비서입니다."

"수행비서가 이렇게 날 모욕해도 되는 건가요? 수행비서를 나무라야 할 섬에 모르쇠를 놓고 있군요."

"……"

"좋습니다. 당신이 이신환성 수행보다 내 사람 챙기기에 몰입할 때 내 이미 알아보았죠. 다만 저 깝죽대는 젊은이는 천도교 지도자의 수행비서로는 함량 미달입니다."

산월이 당차게 입을 뗐다. 순간 비서의 눈꼬리가 양옆으로 올라갔다. 최린이 비서에게 마치 참으라는 듯이 천천히 손사래를 치며 산월을 똑바로 보고 말했다.

"지금 '당신'이라 했습니까? 나 최린을 의암 성사님도 그렇게 부르진 않으셨습니다. 그리고 깝죽댄다? 돌아가신 성사님을 생각해서 그따위 상스러운 말은 내 못 들은 걸로 하겠소만 우리 종단 덕에 유학 잘 하고 오셨으면 부디 나대지 마시고 가만히 지내십시오."

"그 입에 함부로 의암 성사님을 담지 마시오."

"제발 상황부터 잘 파악하시오. 나라고 고심이 없었겠소? 덤비더라도 뭘 좀 알고 덤비시오."

"호? 그래요. 좋아요. 나는 기생 출신이라 잘 모른다고 합시다. 그런데 당신은 무슨 자격으로 의암 성사가 평생을 바쳐 키워온 천도교와 3·1 혁명의 정신을 뒤집는 거요?"

"안 되겠군요. 그만 나가시라잖아요."

비서가 새된 소리를 질렀다. 다가와 산월의 팔을 잡았다. 산월은 똑

바로 비서의 두 눈을 들여다보며 꾸짖었다.

"이 손 놓거라. 내 너보다 여러모로 선배이니라."

부드러운 눈매에 눈총은 매서웠다. 비서가 황급히 손을 놓았다. 산월은 스스로 일어서며 최린을 보고 말했다.

"내 오늘은 가겠소만 하늘이 당신을 용서하지 않으리다. 두고 보시오."

더 따따부따해보아야 아무 소용이 없었다. 사내들 중심으로 조직한 교단 내부에서 산월은 힘이 없었다. 산월은 천도교를 소소가 3·1혁명으로 모아낸 뜻과 정반대로 이끌어가는 최린의 사리사욕을 용서할 수 없었으나 봉황각에 머물 수밖에 없었다.

32

소소의 소망은 소생했다. 천도교 지도부 아닌 민중 속에서 살아났다. 소소가 운명했을 때 쏟아진 조문 가운데 "민중 사이에 약동하는 선생의 정령"이라는 글이 있었듯이 3·1혁명으로 삼천리 곳곳에서 깨어난 민중은 최린 따위와는 확연히 다른 길을 걸었다.

소소의 유언 그대로였다. 소소와 민중 사이는 '내 마음이 곧 네 마음'이다. 1919년 3월 1일 만세운동은 거족적인 깨어남과 더불어 대한민국 임시정부 수립이 상징하듯이 종래의 왕국 복구가 아니라 새로운 나라를 건설하는 혁명운동으로 이어졌다.

새로운 나라는 천도교인만의 꿈이 아니었다. 새로운 세대 또한 학생들만 있지 않았다. 수천 년 농사를 지으며 생명을 이어온 농민의 자식들과 이 땅에 자본주의가 들어오면서 형성된 노동인들 또한 새로운 세대의 열망을 공유했다.

학생들은 동맹 휴학에 돌입했다. 거리의 상인들도 모두 철시했다. 서울 시내의 상인들이 3월 9일 아침을 기해 일제히 상점 문을 닫을 것을 결의했다는 소식을 들은 조선총독부의 용산인쇄소 노동인 200여 명은 결연히 야간작업을 멈추고 거리로 나와 독립만세를 불렀다.

용산인쇄소는 총독부가 직영했다. 문서와 책자를 생산하는 '공기업'

이었다. 용산인쇄소 파업 시위는 일본 헌병대가 급히 현지에 출동해 주모자 19명을 검거하면서 일단락되었다.

같은 날이다. 종로의 동아연초 노동인들도 파업에 나섰다. 조선에서 담배 시장을 독점하려고 일제가 설립한 동아연초는 조선인 제조·판매업자들을 죄다 시장에서 쫓아내며 막대한 이익을 챙기고 있었다.

동아연초 노동인 500여 명은 파업과 함께 만세를 불렀다. 종로 상인들도 모두 철시했다. 전차 차장들 또한 파업에 들어가 다음 날 아침 서울 시내 운행이 전면 중단되면서 만세시위는 점차 민중운동의 성격을 띠기 시작했다.

조선 노동인들은 이중 굴레에 놓여있었다. 민족차별이 더해졌다. 식민지 민족의 구성원으로 억압받는 동시에 자본주의가 퍼져가는 체제에서 착취받았기에 노동인들은 민족차별에 반대해 독립혁명을 추구하면서 일제의 자본주의적 착취에 맞서갔다.

노동인들은 빠르게 늘어갔다. 8년 만에 4배가 되었다. 1911년 1만 2000명이던 공장 노동인은 1919년 4만 2000명이 되었고 여기에 광산, 토목건설, 운수 노동인들을 더하면 15만 명에 이르렀다.

쟁의도 늘었다. 1910년에서 17년까진 해마다 고작 7~8건이었다. 하지만 1918년에 이미 50건으로 크게 늘고 4500명이 파업에 나섰으며 노동인들은 식민지 당국과 자본의 착취에 맞서 싸움에 들어갔다.

노동운동은 3·1혁명을 이어갈 강력한 힘이었다. 만세시위로 노동인들이 깨어났기에 더 그랬다. 독립선언서와 만세시위의 시작은 지식인들이 했고 거리의 폭발적 항쟁은 노동인과 농민이 주도해 1919년 8월에 정점에 달했다.

3·1혁명 그해만 쟁의가 84건이었다. 8500명의 노동인이 파업하고 만세시위에 나섰다. 지식인들의 만세시위는 휴교령과 투옥으로 석 달 뒤부터 시나브로 시들어갔지만 노동인 투쟁은 1919년 7·8월 최고조에 달했다.

서울에서만 8월 한 달 26건의 파업이 일어났다. 경성전기 파업이 정점이었다. 경성전기 노동인들은 돌아다니던 전차를 멈추게 했을 뿐만 아니라 단숨에 서울을 캄캄한 암흑의 도시로 만들었다.

용산인쇄소 노동인도 만세로 그치지 않았다. 1919년 8월과 11월 두 차례 동맹파업을 벌였다. 조선에서 처음으로 '8시간 노동제'를 내건 동아연초 노동인들은 17일에 걸친 파업 끝에 승리를 거뒀다.

일제는 1921년 4월 '조선연초 전매령'을 공포했다. 7월부터 담배 전매를 실시했다. 일본 기업 동아연초는 예정된 수순에 따라 조선에 있던 공장들을 800만 원에 총독부 전매국에 매각하고 손을 뗐다.

노동운동은 독립운동과 이어졌다. 민족독립을 목표로 하는 민족해방운동의 하나였다. 조선인이라는 이유로 임금수준·노동시간·작업환경에서 일본인과 구분되는 민족적 차별을 받던 노동인들의 싸움은 궁극적으로 항일운동과 이어질 수밖에 없었으며 3·1혁명으로 각성한 민족의식과 사회의식을 노동운동의 틀에 착실히 담아갔다.

실제로 쟁의를 벌일 때마다 민족차별 철폐를 내세웠다. 일본인 자본과 식민지 경찰에 맞서갔다. 노동이란 '인간의 지옥이며 소나 말이 하는 것'이라는 양반계급의 뒤틀린 인식이 지배적이던 조선에서 노동의 가치를 중시하는 근대적 인식이 퍼져갔다.

조선 최초로 전국적 노동단체가 1920년 출범했다. 3·1혁명이 모태였다. 조선노동공제회는 노동의 신성함과 아울러 노동인의 존귀성을 강조하면서 자유와 평등, 노동인의 지식 계발을 내걸었다.

노동운동은 늘 가시밭길이었다. 유럽과 미국에서도 마찬가지였다. 노동운동 초기에 지배계급은 치안 유지의 차원에서 노동 문제를 다루었으며 노동인들을 게으름·무능·무절제·무책임·부랑성·도벽 따위의 부정적 속성들로 정형화했다.

더구나 일본제국주의는 민족적 편견까지 들씌웠다. 조선 노동인은 수동적이고 복종적이라며 깔보았다. 일제에게 조선 노동인은 명령대로 움직이는 기계의 일부 또는 우마에 지나지 않았기에 노동인들이 스스로의 힘으로 자신들의 단체를 조직한다거나 파업과 같은 조직적 행위를 할 수 없다고 보았으며, '사건'이 발생할 때마다 이른바 '불순분자'나 '외부 요소'에 신경을 곤두세웠다.

일제는 착각의 대가를 톡톡히 치렀다. 강점기 내내 노동쟁의가 빈발했다. 만세시위의 진원지였던 인사동 일대 제화공들은 1923년 1월 동맹파업을 벌였으며 파업 이후 이들은 양화직공조합을 만들어 협동조합 방식의 구두 제작을 모색했다.

노동인들은 인격을 무시하는 일제에 줄기차게 맞섰다. 1923년 7월엔 여성노동인들이 나섰다. 동대문 일대 4개 고무공장 여성노동인 1,200여 명이 임금 삭감에 맞서 공동파업에 들어갔으며 파업 사흘째인 5일부터 160여 명이 광희문 밖 공장 앞에서 무기한 단식농성에 돌입했다.

여성노동인들은 경성고무여직공조합을 구성했다. 연대투쟁을 벌였다. 동대문 바깥의 고무공장들도 파업에 동참하자 파업 연대 기금이 멀리 마산과 일본 오사카에서도 날아왔다.

여성노동인들은 파업 17일째에 승리했다. 내걸었던 요구를 모두 따냈다. 1920년대 고무공장 여성노동인의 열악한 삶을 담아낸 신문 기사는 왜 그들이 싸움에 나섰는지를 생생히 증언해준다.

직공들이 공장에서 점심을 먹던 중 여직공이 아이를 안고 물을 먹으러 가다가 아이의 손이 우연히 일본인 감독의 얼굴에 닿았다. 이 감독은 주먹으로 어린아이의 뺨을 때렸고 여직공이 이에 항의하자 감독은 여공을 발로 차고 때렸다. 다른 직공 4~5명이 감독에게 항의하자 감독은 '조선 계집 다 죽여도 상관없다'고 소리를 지르며 폭력을 가해 다수의 여공이 부상을 당했다.

다만 모든 조선인이 차별받진 않았다. 조선인들은 죄다 억압당했다고 생각한다면 역사에 대한 심각한 오해다. 조선의 노동인과 농민들이 거리에서 일제와 맞서 싸우던 1919년 8월 대한제국의 외무장관과 법무장관을 지낸 '을사 5적' 이하영은 서울 용산에 주식회사 대륙고무를 세워 친일관료에서 기업가로 화려하게 변신했다.

대륙고무는 조선 최초 고무공장이다. 검정 고무신을 생산했다. 주주들의 면면도 화려해 박영효, 윤치호를 비롯해 개화파에서 변질한 친일관료들이 대부분이었다.

1919년 10월 대지주 김성수도 나섰다. 영등포에 경성방직을 세웠다. 서양의 상공인들은 적어도 신분제 질서에 맞서 혁명에 나선 역사적 경험을 지닌 반면에 조선의 상공인들은 외세와 결탁하며 아래로부터 올라오는 민중의 요구를 억압하는 반민주적 경험을 '공유'했다.

33

1982년 새해가 열렸다. 산월의 몸은 기력이 다해갔다. 온 힘을 다해 촛불을 밝히고 청수를 올렸지만 새해 들어 촛불기도를 얼마나 더 이어갈 수 있을지 자신이 없었다.

서있기도 힘들었다. 무릎이 떨려와 곧 넘어질 듯싶었다. 촛불에 어리는 소소의 초상화는 여전히 헌걸참에도 자신은 어느새 여든여덟 살임이 너무 속상했다.

소소와 사별하고 옹근 60년이 흘렀다. 새삼 그리움이 심장에 사무친다. 일찌감치 소소 곁으로 가고 싶었지만 뜻대로 될 일이 아니어서 여기까지 왔으나 아무래도 너무 오래 지체했다고 생각했다.

삶에 아쉬움이 말끔히 사라지진 않았다. 무슨 더 오래 살고 싶은 욕심이 아니다. 여든여덟 노파가 되기 훨씬 전부터 소소가 있는 곳으로 어서어서 가자는 생각이 들 때마다 도무지 그 그리운 얼굴을 마주할 자신이 없었다.

'3·1혁명을 앞두고 이완용까지 찾아가며 민족의 대동단결을 추구한 소소가 만일 오늘의 조국을 보면 무엇이라 할까. 일본제국주의로부터 해방되었다고, 일본인들의 도량으로는 조선 지배가 불가능하다는 자신의 예언이 적중했노라며 즐거워할까. 내게 그간 수고 많았다고 넉넉하

게 미소 지어줄까?'

그런 질문이 늘 맴돌았다. 떠오를 때마다 노파 산월은 혼자 도리질을 쳤다. 산월이 아는 한 소소는 자신이 죽고 20년이 더 흘러서야 징그러운 일제가 물러난 사실도 불편할 텐데 결코 상상도 못 했을 '북위 38도선'으로 삼천리강산이 갈라지더니 3년 뒤 서울과 평양에 각각 서로 다른 나라를 세운 사실을 납득할 수 없으리라 확신했다.

생전의 소소는 서울과 평양을 오갔다. '사람이 곧 하늘'임을 가르쳤다. 그런 소소에게 그 황당한 사실, 더구나 남과 북이 정부를 수립하고 2년도 안 되어 전면전을 벌이고 미국·중국·소련은 물론 세계 곳곳에서 참전해 수백만 명의 목숨을 앗아 가는 참극을 겪고도 다시 분단된 채 서로 총부리를 겨누며 살고 있는 '거짓말 같은 진실'을 감히 들려줄 수 있을까.

사람을 가장 존중한 소소에게? 평화 넘실대는 나라를 제시한 소소에게? 온 세계가 부러워할 이상적인 나라를 이 땅에 세우려고 평생을 바치고 사실상 옥사한 소소에게?

산월은 스산했다. 스스로 걸어온 길을 톺아보면 무력감에 젖었다. 나름대로 최선을 다했고 소소가 일러준 '이신환성'을 삶의 지표로 삼긴 했지만 그뿐이었다.

소소는 몸을 성령으로 바꾸라 했다. 천도교의 성령은 '하늘의 품성'이다. 육신에 사로잡히면 번민하고 성령을 늘 생각하면 즐겁게 살 수 있을뿐더러 영원한 행복을 찾을 수 있음을 산월은 실감했다.

산월은 이신환성에 최선을 다했다. 자신의 개벽을 어느 정도 이뤘다고 자부했다. 하지만 개인의 정신개벽을 절대시하지 않았던 소소 앞에 내놓을 민족개벽·사회개벽의 '성적표'가 너무나 초라했다.

긴 세월 홀로 촛불을 밝혀왔다. 소소는 촛불을 보노라면 영감이 떠오른다고 했다. 자신의 몸을 불사르며 불꽃을 피우는 촛불을 바라보던 어느 날, 촛불이야말로 이신환성의 상징이라는 생각이 문득 들었다.

몸을 태워 세상을 밝히는 불꽃, 옳다. 이신환성이다. 소소가 "작은 한 촛불이 암실 중에 있어 그 창과 벽이 모두 검으면 어두운 거리에서 방황하는 사람들을 어떻게 가까이 인도하겠는가"라며 촛불을 들고 사람들을 구하라 한 말 또한 이신환성의 연장이었다.

이신환성을 수행하는 사람들이 많아야 한다. 그래야 주체를 형성해 힘 있게 새 세상을 건설할 수 있다. 하지만 산월이 거기까지 실천해내기엔 자신의 수행이 아직 부족하다는 겸손이 지나쳤고 무엇보다 사내 중심의 교단과 사회에서 산월로선 힘이 부쳤다.

산월은 1945년 8월 15일을 순진하게 맞았다. 감격하며 낙관했다. 대한민국 임시정부 주석 백범 김구가 귀국하자마자 소소의 산소를 참배하면서 "3·1혁명이 아니었으면 임시정부가 없었고, 의암이 없었으면 3·1혁명도 일어나지 못했을 것"이라고 추모할 때, 산월은 바야흐로 소소의 뜻이 이뤄졌다는 생각에 눈물마저 쏟았다.

하지만 그로부터 겨우 4년도 안 되어서다. 김구는 대낮에 암살당했다. 일제 강점기에도 꿋꿋이 살아남은 백범은 조국에 돌아와 서울 한복판에 있는 집무실에서 대한민국 육군 장교 안두희가 쏜 총을 맞고 숨을 거뒀다.

사람들은 배후에 이승만이 있다고 수군댔다. 산월은 도무지 믿을 수 없어 설마 했다. 이승만 정권이 천도교 일부가 평양에서 활동하고 있다는 이유를 들어 종교적 탄압도 서슴지 않을 때 산월의 의구심은 짙어갔다.

이승만은 종교적 편향이 강했다. 공공연하게 대한민국을 '기독교 국가'로 만들겠다고 별렀다. 기독교인들이 빠르게 늘어나는 반면에 천도교인은 반비례해 줄어들었고 분단과 전쟁을 거치면서 친일파 최린은 납북되어 감옥에 갇혔지만 천도교의 교세는 크게 위축되었다.

산월은 이승만에게 더는 기대할 것이 없었다. 가산을 모두 털었다. 1959년 '손병희 선생 기념사업회'를 결성하고 산소를 단장하며 탑골공원에는 동상을 세울 계획이었다.

이듬해 4월혁명이 일어났다. 산월의 삶도 숨통이 트이는 듯했다. '민족자주통일'을 추구하는 혁신계 단체를 결성할 때 선뜻 참여한 산월은 천도교 내부에서 비난의 목소리가 흘러나오자 민족의 자주적 통일을 주창하는 사람들과 연대하는 것이 소소의 길 아니냐고 반문했다.

하지만 박정희의 쿠데타가 일어났다. 다시 망나니 칼바람이 불었다. 산월은 일본 왕에게 혈서를 써서 충성을 맹세한 자가 감히 총을 들고 나와 대한민국의 대통령 자리에 오르는 과정을 개탄스레 바라보았다.

소소라면 정면 투쟁에 나섰을 터다. 안타깝게도 산월은 교단에서 무력했다. 천도교 본부가 산월을 '의암 선생의 미망인'으로 대우해주었지만 교단 운영은 남성 중심으로 조직되어 방향을 결정할 논의 구조에 들어갈 수 없었다.

산월은 타협했다. 박정희 정권과 맞서지 않았다. 자자손손 젊은 세대에게 소소가 누구인가를 알려주고 싶던 산월은 열정과 헌신으로 마침내 1965년 5월 19일 탑골공원에서 소소의 43주기 추념식 및 동상건립 기공식을 열었다.

박정희가 화환을 보내왔다. 총리 정일권이 참석해 축사했다. 산월은 소복을 입고 소소의 영정에 고개 숙이며 일본군의 괴뢰인 만주군 장교로 활동하던 박정희와 정일권이 얼씬거리는 작태에 용서를 구했다.

옹근 1년 뒤다. 마침내 소소의 동상이 우뚝 섰다. 제막식을 마치고 돌아가는 참석자들을 탑골공원 들머리에서 모두 배웅한 산월은 동상으로 되돌아왔다.

동상의 얼굴은 소소 그대로였다. 눈물이 새록새록 샘솟아 올랐다. 생전의 풍채 그대로 살아난 '구리 소소'를 보며 자동차에서 내려 성큼성큼 명월관으로 들어설 때가 그리워 다가가서 두 손을 짚고 하염없이 올려다보았다.

박정희는 3·1절 기념식에 독립선언서를 낭독해달라고 산월에게 요청했다. 망설이다가 수락했다. 1971년 중앙청 앞 광화문에서 열린 3·1절 기념식장에는 대통령 박정희와 국회의장, 대법원장, 외교사절, 2만여 명의 시민이 참석했다.

예년과 달리 제법 모양을 갖춰 웅장했다. 텔레비전으로 생중계도 했다. 박정희가 '손병희 선생의 미망인'인 자신에게 새삼 독립선언서를 읽게 한 까닭을 짚어보던 산월은 더러운 친일 경력과 3선 개헌의 민주주의 유린을 소소의 이름을 빌려 조금이라도 무마해볼 속셈이라는 생각이 들었다.

박정희는 천도교 지도부를 지원했다. 산월은 그 뒤 3·1절 행사에서 독립선언서를 낭독하지 않았다. 교단 지도자인 교령에 어느새 정치권력과 연줄 닿은 자들이 앉기 시작하며, 가톨릭·개신교·불교가 독재에 맞서 민주화운동을 벌일 때 독재정부와 친화적인 종교로 전락해갔다.

산월은 안타까웠다. 하릴없이 지켜볼 수밖에 없었다. 군부독재의 '어용 종교'가 되어 천도교의 교세가 나날이 줄어드는 현실을 목도할 때마다 산월은 탑골공원으로 소소를 찾아보곤 봉황각에 돌아와 촛불을 밝히고 자성했다.

박정희가 민주화운동에 나선 그의 고향 후배 8명을 처형했을 때다. 산월은 인간이 얼마나 잔인할 수 있는가를 절감했다. 곧이어 장준하가 등산길에 의문의 죽음을 당했다는 기사를 읽은 순간, 산월의 가슴에서 불현듯 강렬한 의문이 맹렬한 기세로 솟아올랐다.

'소소의 죽음을 부른 수은중독이 정말 실수였을까? 혹 일제의 사주가 아니었을까?'

의혹은 마구 커졌다. 찬찬히 짚었다. 소소의 장례식 때 한의사가 자신의 잘못을 탓하며 통곡했기에 그냥 덮었던 '수은 처방'을 헤아려보니 단순 실수라고만 보기엔 의문이 많았다.

당시 소소의 건강은 확연히 호전됐다. 의식까지 현현해진 사실이 언론에 보도까지 됐다. 다시 활동에 나설 소소를 가장 두려워할 자들은 다름 아닌 일제와 총독부라는 생각이 들면서 산월은 피가 거꾸로 치솟는 듯했다.

화급히 교단을 통해 수은 처방을 한 한의사를 수소문했다. 하지만 이미 세상을 떴다. 주변 사람들은 '독살' 가능성을 반세기가 더 지나 제기하는 산월을 '노파의 망상'쯤으로 여기는 듯 무심했다.

서러움이 복받쳤다. 가까스로 가라앉힌 것은 촛불의 힘이다. 하루도 빠짐없이 이어간 아침 촛불기도를 통해 산월은 고문의 후유증이든, 독살이든 소소를 일본제국주의가 죽였음을 역사가 증언해주리라 믿었다.

1979년은 3·1절 60돌이었다. 3월 1일을 앞두고 기자가 찾아왔다. 3·1혁명 이듬해 창간된 신문사 편집국의 문화부에서 일하는 젊은 기자 한민주였다.

어디선가 본 듯한 얼굴이었다. 산월은 마음을 열었다. 한민주 기자에게 소소와 더불어 촛불을 켰던 60년 전인 1919년 3월 1일 새벽 5시부터 3년 뒤 소소가 운명할 때까지를 추억에 잠겨 상세히 설명해주었다.

인터뷰에 한나절이 걸렸다. 한민주는 고개 숙여 감사를 표했다. 인터뷰 기사는 그러나 3월 1일 자 신문에 나오지 못했고 다음 날도 마찬가지였다.

사흘 뒤다. 한민주 기자가 다시 찾아왔다. 눈 슴벅이며 자신이 쓴 기사가 신문사 사정으로 나갈 수 없게 되었다고 사과했다.

전화로 말해줘도 될 일이었다. 한과 선물까지 들고 왔다. 산월은 이 땅의 젊은이들에게 소소를 있는 그대로 증언해줄 기회를 놓쳐 아쉬움이 컸지만, 새삼 언론을 통제하는 박정희 독재가 빨리 무너져야 한다는 생각이 굳어졌다.

산월은 기자를 되레 위로했다. 다시 봐도 어딘가 정감이 갔다. 산월이 다사롭게 바라보자 한민주는 눈물까지 글썽이며 약속했다.

"선생님, 저에게 증언해주신 귀한 내용을 지금은 신문에 싣지 못하지만, 언젠가 꼭 활자화하겠습니다. 소소와 산월, 두 선생님의 이야기를 반드시 후손들에게 전하겠습니다."

산월은 진정성을 읽었다. 그가 언젠가 활자로 남기리라 의심치 않았다. 돌아서서 가는 한민주 기자를 다시 불러 세운 산월은 한과 선물의 답례라며 청동촛대를 내밀었다.

"이런 것 받을 수 없습니다."

"기사가 나오지도 않았으니 아무 대가 없는 선물이 틀림없습니다. 더구나 기자님으로부터 한과 선물도 받았는데 마땅히 드릴 것도 없거든요."

"그래도 이건……"

"내가 살날이 얼마 남지 않았어요. 그렇지 않아도 주변을 정리하다가 이 촛대를 누구에게 줄까 싶었답니다. 이 촛대는 오래전에 훌륭한 언론인 집안에서 쓰던 촛대입니다. 그분들도 기자님이 촛불을 밝힐 때 쓴다면 흐뭇해하실 겁니다."

예상 못 한 선물이었다. 얼결에 받았다. 당황한 나머지 그 언론인이 누구인지 미처 물어보지 못하고 나온 민주는 집에 돌아와 산월과의 만남을 기념하며 청동촛대를 유리장 안에 고이 비치했다.

그런데 한민주도 주옥경도 미처 모른 진실이 있다. 두 사람 사이의 인연이다. 산월과 만난 한민주의 외할아버지가 바로 최사인임을, 그래서 민주의 얼굴이 사인을 빼닮았음을 두 사람 모두 몰랐다.

만일 산월이 생전에 그 사실을 알았다면 어땠을까. 다시 한민주 기자를 불러들였으리라. 어쩌면 3·1혁명과 관련된 더 깊은 진실을 증언했을 수도 있고, 그녀의 만년이 조금은 덜 절망스러웠을 가능성이 높다.

3·1절 60돌을 맞은 그해 가을이다. 중앙정보부장 김재규가 박정희를 사살했다. 산월을 3·1절 기념식에 장식품으로 이용했던 박정희가 술자리에서 죗값으로 천벌을 받은 뒤 새로운 세상이 열리는가 싶었는데, 더 무지막지한 '정치군인' 전두환이 대통령 자리를 꿰차고 앉았다.

군부 재집권 과정에서 수백 명이 학살당했다. 충격을 받은 산월은 시름시름 앓았다. 민중의 피가 채 마르지 않았음에도 전두환이 언죽번죽 '사회 정화'를 내걸고 언론인과 교수들이 앞다퉈 '용비어천가'를 읊는 모습을 지켜보며 산월의 몸은 더 이울어갔다.

소소와의 유일한 소풍지에서 받은 충격도 컸다. 죽기 전에 꼭 보고 싶어 난지도를 찾았다. 하지만 소소가 다정하게 안고 건너주던 맑은 샛강은 흔적조차 사라졌고, 난초와 지초가 향기를 자아내던 섬은 산처럼 쌓인 쓰레기들이 뿜어내는 악취로 가득 찼다.

산월은 살풍경에 그만 주저앉았다. 뜨거운 눈물을 쏟았다. 소소와 지란지교를 나누던 현장에서 마치 문명의 종말을 목도하는 느낌이 들어 산월의 건강을 도와주는 교인과 함께 가지 않았다면 자칫 봉황각으로 돌아오지 못했을지도 모른다.

절망에 잠겨서도 산월은 안간힘을 다했다. 새벽 촛불기도를 끊임없이 이어갔다. 언젠가는 새로운 세대가 모든 사람이 서로를 하늘로 섬기며 존중하는 세상을 구현하리라, 그날이 오면 난지도의 향기도 다시 살아나리라 믿었다.

1982년 1월 17일 새벽 5시였다. 언제나 그랬듯이 촛불 밝히던 산월의 무릎이 풀썩 꺾였다. 아무도 없는 봉황각 거처에서 홀로 스러진 산월의 의식은 가물가물했지만 촛불은 여울여울 타올랐다.

사위는 고요했다. 불현듯 소소가 나타났다. 쓰러진 산월에 다가와 가는 목을 받쳐 일으키며 애잔한 눈길로 입술을 열었다.

"산월, 그간 얼마나 수고 많았소."

"아, 당신은……."

"맞소. 소소라오."

"미안해요, 뵐 낯이 없군요."

"무슨 말씀이오. 미안한 사람은 산월이 아니라 나 소소요."

"저 많이 늙었지요."

"여전히 아름답소."

"그렇지 않을걸요. 그런데 그날, 아주 오래전 그날 새로운 세상을 열때까지 촛불을 밝히자 하셨지요. 미안해요, 아직도 새 세상을 맞지 못했답니다. 어두운 거리로 나가 촛불을 들지 못한 제 탓이어요."

"괜찮소, 괜찮소. 산월, 개벽이 어찌 쉽게 이뤄지겠소. 산월은 충분히 촛불을 밝혔소. 귀여운 귀하의 삶이 바로 촛불이었고 적잖은 이들의 삶을 밝혀주었소. 수고 많았소."

"하지만 쫓겨난 일제를 대신해 두 외세가 들어와 나라가 쪼개진 데다 남이든 북이든 모두 독재를 하고 있답니다."

"알아요. 걱정 말아요."

"어찌 걱정을 하지……."

"않아도 되오. 우리가 새 세상을 열려고 불 밝히다가 스러진 곳에서 후손들이 다시 촛불을 들고 일어날 것이오. 이 땅에 새로 나타날 사람들을 믿읍시다. 자, 내 손 잡으시오. 사랑하오."

소소는 미소로 손을 내밀었다. 산월은 설레며 손을 맞잡았다. 소소가 누운 산소로 산월이 떠난 그날 새벽 봉황각은 고요하고 맑았다.

산월이 환원한 1982년 1월 그해부터다. 탑골공원에 소문이 나돌았다. 소소의 동상을 검은 새가 종종 맴돈다는 소문이 나돌면서 누군가는 조선의 귀한 새인 검독수리라 단정했지만 누군가는 그렇게 보기엔 깃털은 물론 부리까지 죄다 검어 처음 보는 새라며 상서롭게 여겼다.

그 아름다운 새가 많은 이들 눈에 띈 것은 사반세기가 흘러서였다. 2016년 11월 26일 첫눈이 내린 날이다. 탑골공원에 모인 민중들이 주권혁명을 논의하던 오후에 홀연히 나타나 함박눈을 고스란히 맞으면서도 어둠이 깔리며 마침내 촛불이 종로에 강물로 흐를 때까지 소소의 동상 어깨 위에 사부자기 앉아 도시 떠날 줄 몰랐다.

2부
한놈의 선언

1

그날이 마침내 성녀에게 왔다. 1945년 8월 15일이다. 탑골공원에서 서울의 도심 곳곳, 조선의 골골샅샅으로 퍼져가며 목 놓아 만세를 부른 '조선독립'이 드디어 현실로 나타난 날이다.

얼마나 탄압받고 무시로 학살당했던가. 덩실덩실 어깨춤 추어야 마땅했다. 하지만 일본제국이 미국과 소련의 연합국에 패배하며 조선독립이 이뤄졌기에 온전한 해방이 아님을 성녀는 그날 몰랐고, 미국이 소련에 분할 점령을 제안한 사실은 더욱 알 수 없었다.

소련은 1945년 8월 9일 일본에 선전포고했다. 유럽에서 독일군을 무찌른 소련군이 만주 국경지대로 이동해있었다. 일본 최정예부대를 자임한 관동군이 급속히 괴멸되자 미군은 소련군이 자칫 한반도 전체를 해방할까 우려했다.

미국의 서두른 제안을 소련이 받아들였다. 북위 38도선이 경계가 됐다. 연합국이 분할 점령하려면 독일처럼 전범국인 일본 열도를 나눠야 했는데 엉뚱하게 한반도를 남과 북으로 갈라 외국 군대가 진주하면서 식민지에 이은 분단 시대가 열렸다.

어쨌거나 일본제국주의는 쫓겨났다. 민족구성원 대다수가 독립을 실감했다. 충청도 영동의 이성녀는 사랑하고 존경했던 최사인이 각별히 여긴 후배 심훈의 시 〈그날이 오면〉이 저절로 귓전에 맴돌며, 남편 얼굴이 가슴에 사무쳤다.

평소에 최사인은 시 〈그날이 오면〉을 애송했다. 심훈이 편지로 보내온 작품이었다. 1930년 3·1혁명 11주년을 맞으며 만세시위 당시의 감격으로 언젠가 해방될 조국의 그날을 부르짖었다.

그날이 오면, 그날이 오면은
삼각산이 일어나 더덩실 춤이라도 추고
한강 물이 뒤집혀 용솟음칠 그날이,
이 목숨이 끊기기 전에 와 주기만 할 양이면,
나는 밤하늘에 날으는 까마귀와 같이
종로의 인경을 머리로 들이받아 울리오리다,
두개골은 깨어져 산산조각이 나도
기뻐서 죽사오매 오히려 무슨 한이 남으오리까

몇몇 지인에게 자필로 보낸 시 첫 연이다. 총독부 검열로 활자화할수 없었다. 심훈의 절창은 1949년에 이르러서야 같은 제목의 시집이 출간되며 세간에 알려졌지만, 시인이 동지로 여긴 사람들 사이에선 이미 일제 강점기에 비통하게 읊어졌다.

사인은 성녀에게 시가 적힌 심훈의 편지를 건넸다. 해방을 갈망하는 간절함에 성녀는 콧잔등이 시큰했다. 어떻게 해방을 맞을 기쁨을 저리 절절히 상상할 수 있을까 싶어 시인이란 정말 비상하다는 생각마저 들었다.

실제 그날이 올 때 시인의 더덩실 춤을 보고 싶었다. 안타깝게도 심훈의 목숨은 서른다섯에 끊겼다. 성녀가 그 시를 남달리 기억하는 까닭은 읽었을 때의 감동도 컸지만 그보다는 외동딸 이름을 심훈의 시에서 따와서이다.

〈그날이 오면〉을 읽은 다음 날이다. 성녀는 딸을 출산했다. 최사인은 아내의 배가 불러올 때부터 이미 딸이든 아들이든 하늘을 공경하고 사람을 사랑하라는 '경천애인'의 줄임말로 '경인'이라 이름을 지어놓았다.

그런데 딸을 낳자 '인경'으로 바꿨다. 심훈의 시를 읽고서였다. 종로의 인경은 조선 시대에 통행금지를 알리거나 해제할 때 치던 종이지만 민중 사이에서 서른세 번의 타종은 새로운 아침, 새로운 세상을 여는 소리였다.

성녀는 남편의 작명에 토를 달지 않았다. '인경'은 '경인'의 뜻도 담겨 더 좋다는 사인의 풀이에 동의해서는 아니다. 아무래도 '경인'보다는 '인경'이 눈에 넣어도 아프지 않을 귀여운 딸에게 더 어울린다고 내심 반겼을 따름이다.

아기에게 젖 물리고 있노라면 종종 사인이 다가왔다. 시를 읽어주었다. 어린 인경을 데리고 세 식구가 난지도를 산책하며 한강과 삼각산을 바라볼 때도 그 시를 암송해 들려주었다.

난지도의 추억이 하도 강렬해서일까. 1945년 8월 15일 그날에도 성녀는 예전 가족여행 때 본 풍경이 저절로 그려졌다. 춤추는 삼각산, 용솟음치는 한강과 더불어 남편이 그윽한 향기 넘실대는 섬에서 얼쑤절쑤 춤을 추는 환상에 잠겼다.

얼마나 그날을 기다렸던가. 성녀는 남편을 딱 한 번만이라도 보고 싶었다. 속절없이 젖어드는 눈시울을 몇 차례나 훔치며 8월 15일 오후와 저녁을 온통 그리움으로 보냈다.

성녀도 딸 인경도 선뜻 만세를 부르지 못한 까닭이다. 그날이 품은 과거가 너무나 피 칠갑이었다. 서울 종로의 인경을 머리로 들이받아 두개골이 깨어져 산산조각이 나도 기뻐서 죽으리라 시인이 노래하던 그날이 막상 왔을 때, 조선의 모든 남녀노소가 기쁨에 겨워 만세를 외친 것은 아니었다.

시와 현실의 그날은 사뭇 달랐다. 미국이 원자폭탄을 투하하고 일본 국왕이 라디오에서 무조건 항복을 발표하면서 그날은 왔다. 일왕은 일본의 주권을 혼슈와 홋카이도, 규슈와 시코쿠, 연합국이 결정하는 부속 도서로 제한한 미·영·중 3개국의 포츠담선언을 수락하겠다고 밝혔다.

일본제국의 항복은 조선독립을 의미했다. 국제사회에 조선민족의 3·1만세운동은 각인되어있었다. 동아시아 여러 나라를 침탈해 애먼 민중을 마구 학살해온 일본 제국주의자들은 조선을 비롯해 중국과 동남아시아에서 마땅히 쫓겨나야 했다.

1945년 그날, 많은 조선인들이 3·1만세운동을 기억했다. 해방은 환희였다. 1919년 3월 1일에서 1945년 8월 15일 사이의 26년 5개월은 일본제국주의에 순종하며 애면글면 늙어간 사람들에겐 그저 덧없는 세월에 지나지 않았을지 모르지만, 일제와 온몸으로 맞서 싸운 독립운동가 개개인들에겐 한 순간 한 순간이 생사를 가르는 긴 시간이었다.

그런데 해방이 밑 구린 조선인들이 성녀의 생각보다 많았다. 그들은 더 나아가 죽음이 기웃거리는 위기를 느끼기도 했다. 일제에 적극 빌붙어 호의호식하며 출세를 꾀한 친일파들, 이를테면 만주에서 조선독립군을 토벌하는 특수 목적으로 일본제국이 창설한 부대에서 활동한 조선인들은 뒤가 꿀렸고 자칫 목숨과 재산을 잃을까 속이 탔다.

일제는 만주군에 간도특설대를 설립한 이유를 내놓고 밝혔다. "조선인으로 조선인을 다스린다"가 그것이다. 간교한 전략 그대로 총인원 740여 명 중에서 하사관과 사병은 전원, 군관도 절반이 조선인이었던 특설대는 1938년부터 일제가 패망할 때까지 공식적인 '토벌 작전'만 108차례나 전개했으며 그때마다 항일 전사와 무고한 민간인들을 잔혹하게 살해했다.

특설대가 체포·강간·약탈·고문한 사람은 헤아릴 수 없을 정도이다. 반인륜적 범죄로 만주의 조선인들 사이에 악명이 높았다. 토벌 작전을 벌이다가 산나물 뜯는 아낙을 발견하곤 불태워 죽였고, 살아있는 사람을 과녁으로 무람없이 사격 연습을 했으며 죽은 동료들의 충혼비에 제사를 지낸다며 항일 투사의 배를 갈라 내장을 꺼내기도 했다.

특설대는 포로가 된 항일 투사의 머리를 일본도로 잘랐다. 이어 손에 들고 기념 촬영을 했다. 여성 항일 투사들을 생포해 강간을 하다가 살해했고, 항일 투사를 숨겨주었다는 이유만으로 마을의 원로를 죽이고는 머리를 가마솥에 삶아 두개골을 장식품으로 만들었으며 민간인들을 학살하다가 임산부가 총에 다리를 맞은 채 수수밭으로 기어가자 뒤따라 가서는 잔인무도하게 배를 찔러 태아까지 흘러나오게 했다.

백선엽을 비롯한 특설대원에게 1945년 8월 15일은 마른하늘에 날벼락이었다. 그날 하늘을 원망하며 좌절감에 사로잡힌 조선인은 그들만이 아니다. 일본 육사를 졸업해 일본의 괴뢰국인 만주국 장교로 복무하고 일본 '천황'에게 혈서까지 써 충성을 맹세한 조선인도 있었는데 그 혈서가 만주에서 발행되던 신문에까지 '미담'으로 소개된 다카키 마사오, 본명 박정희다.

민족반역자는 조선 안에도 우글우글했다. 숱한 독립운동가를 체포해 고문하고 옥사케 한 형사 마쓰우라 히로, 그 또한 조선인 노덕술이다. 군인과 경찰 못지않게 문학의 이름으로 일제의 사냥개가 되어 제 겨레를 물어뜯은 '시인'도 있었거니와 가령 1943년 조선총독부 기관지에 발표한 〈헌시〉에서 시인으로 제법 명성을 얻은 서정주는 "교복과 교모를 벗어버리고", "주어진 총칼을 손에 잡으라"고 선동했다.

일제가 조선 청년을 침략의 총알받이로 삼을 때 발표한 '시'다. 서정주는 1944년 8월에 일본어로 쓴 시 〈무제〉를 발표했다. "아아, 기쁘도다 기쁘도다 / 희생제물은 내가 아니면 달리 없으리 / 어머니여. 나 또한 창을 들고 일어서리……."라고 주접을 떨었다.

정말 서정주는 '내가 아니면 희생제물이 달리 없다'고 여겼을까. 전혀 아니다. 당시 20대 청년이던 서정주는 전장에 나가지도 않았을뿐더러 그 시의 부제는 '사이판섬에서 전원 전사한 영령을 맞이하며'이다.

서정주의 시 〈마쓰이 오장 송가〉는 절정이다. '오장'은 일본군 하사관을 이른다. '마쓰이'는 '마쓰이 히데오'로 불리던 조선인 인재웅으로 그는 일본군 자살특공대 '가미카제'로 자원입대했다.

마쓰이 히데오! / 그대는 우리의 오장(伍長) 우리의 자랑. / 그대는 조선 경기도 개성 사람 / 인씨(印氏)의 둘째 아들 스물한 살 먹은 사내 / 마쓰이 히데오! / 그대는 우리의 가미가제 특별공격대원 / 귀국대원 / 귀국대원의 푸른 영혼은 / 살아서 벌써 우리에게로 왔느니 / 우리 숨 쉬는 이 나라의 하늘 위에 조용히 조용히 돌아왔느니 // 우리의 동포들이 밤과 낮으로 / 정성껏 만들어 보낸 비행기 한 채에 / 그대, 몸을 실어 날았다간 내리는 곳 / 소리 있이 벌이는 고흔 꽃처럼 / 오히려 기쁜 몸짓 하며 내리는 곳 / 쪼각쪼각 부서지는 산더미 같은 미국 군함! / 수백 척의 비행기와 / 대포와 폭발탄과 / 머리털이 샛노란 벌레 같은 병정을 싣고 / 우리의 땅과 목숨을 뺏으러 온 / 원수 영미의 항공모함을 / 그대 / 몸뚱이로 내려쳐서 깨었는가? / 깨뜨리며 깨뜨리며 자네도 깨졌는가 / 장하도다 // 우리의 육군항공 오장 마쓰이 히데오여 / 너로 하여 향기로운 삼천리의 산천이여 / 한결 더 짙푸르런 우리의 하늘이여

이 시 또한 당시 유일한 신문이던 총독부 기관지에 실렸다. 원고료도 두둑했다. 총독부 기관지에는 동학농민혁명이 일어나자 줄행랑친 뒤 나중에 교주 최시형에게 사형을 선고한 조병갑의 아들도 기자로 활동하고 있었다.

반역이고 범죄였다. 자신과 가족의 목숨을 걸고 독립투쟁에 나선 사람들과 천지 차이였다. 독립투사들이 풍찬노숙할 때 호의호식하던 백선엽, 박정희, 노덕술, 서정주 따위에게 1945년 8월 15일은 디디고 섰던 땅이 단숨에 꺼져 내리는 악몽이었다.

이성녀에게 민족반역자들 심판은 자연스럽고 당연한 일이었다. 해방을 맞아 남편 사인이 미치도록 그립기에 더 그랬다. 성녀는 반민족행위자들이 얼마나 생존력 강한 사람인지 미처 몰랐기에 '그날'이 마침내 찾아온 산하에서 자신이 아무런 음식도 삼키지 못할 정도로 시름시름 앓기 시작하리라곤 1945년 8월 15일 그 기쁘고 쓸쓸한 날에는 상상조차 할 수 없었다.

2

최사인은 1919년 3월 1일 오후에 종로를 행진했다. 민족대표들이 모두 일경에 끌려간 뒤였다. 탑골공원에서 물밀 듯이 터져 나오는 민중과 함께 거리로 나가 "조선독립 만세"를 외치며 광화문으로 걸어갔다.

광화문 앞은 민중이 바다를 이뤘다. 사인은 살짝 대열을 벗어났다. 가까운 천도교 종무실을 찾아 가회동의 산월에게 전화를 걸어 다소 떨리는 목소리로 소소와 민족대표들의 연행 사실을 알렸다.

소소가 풀려날 조짐은 전혀 없었다. 최사인의 고심은 깊어갔다. 소소를 그림자처럼 따라다녔던 수행비서로서 자신은 운신이 더 자유로워졌지만 늘 가까이서 모시던 소소가 감옥에서 저들에게 험한 고초를 당하고 있으리라는 짐작으로 애끓었다.

그렇다고 뾰족한 수도 없었다. 구출 작전도 무망한 일이었다. 마음 같아서야 천도교인들 가운데 날쌘 청년들과 손잡고 소소가 갇힌 서대문감옥으로 당장 쳐들어가고 싶지만 어림없을뿐더러 어리석은 일이 분명했다.

준비 없는 싸움은 민중의 고통만 깊게 할 따름이다. 사인이 소소로부터 누누이 받은 교훈이다. 거사 날 소소가 자신이 출감할 때까지 집안을 잘 지켜달라고 특별히 당부도 했기에 사인은 산월을 비롯한 집안 식구들을 굳건히 지켜내고자 했다.

그런데 사인이 집안일에 관여할 여지가 도무지 없었다. 산월은 예상보다 슬겁게 집안을 꾸려갔고 식구들도 모두 그녀를 존중했다. 사인은 독립만세운동을 이어가는 일이 옥중의 소소를 위한 길이라고 판단해 천도교 일을 돕고자 본부를 찾아갔지만 교단은 직책을 맡은 사람들 중심으로 움직였으며 더러는 소소가 아들처럼 아껴온 수행비서 최사인이 조직에 개입해오는 것을 내놓고 불편해했다.

사인은 딱히 할 일이 없었다. 더욱이 산월과 가까이 있기가 차차 거북스러웠다. 아무리 가회동 집이 넓고 식솔이 많다고 해도 산월과 사인은 종종 마주칠 수밖에 없었고 그때마다 산월을 처음 본 순간의 연정이 어쩔 수 없이 스쳐갔다.

소소를 모시고 천도교 간부들과 명월관을 찾았던 날이다. 큰상 끝자락에 앉아있던 사인은 기생 산월의 시선을 몇 차례 받았다. 그 뒤 소소가 명월관을 찾아가면 산월이 언제나 나타나 춤을 추고 노래를 불러 자연히 사인도 지켜보았다.

산월의 소리에는 슬픔이 켜켜이 배어있었다. 감상할 때가 늘어나면서 언제부터인가 사인의 가슴으로 싸한 바람이 불어오곤 했다. 그때만 하더라도 산월이 소소 선생의 부인이 되리라고는 도통 짐작조차 할 수 없었기에 사인은 종종 노래 부르는 산월의 눈길과 마주칠 때 피하지 않았다.

사인과 산월은 1894년 갑오생 동갑이었다. 점점 더 짙은 연심이 사인의 심장을 물들여갔다. 그리움에 번민할 때가 잦아진 사인이 가까스로 시간을 내어 홀로 명월관을 찾아 산월을 만나보자고 작심한 날에 공교롭게도 소소와 산월의 혼사 소식을 들었다.

사인은 믿어지지 않았다. 곧 울뚝밸이 치밀다가 바로 자포자기했다. 천도교 교주 손병희를 모시는 수행비서이지만 그 이전에 소소는 사인에게 인생의 길을 열어준 스승이었고, 존경하는 스승 이전에 자신을 아들처럼 여기며 키워준 은인이었기에 사인은 날밤을 밝히며 감정을 깨끗이 비워야 했다.

다행히 산월에게 어떤 연심도 전하지 않은 상태였다. 정이 깊어가기도 전이었다. 다만 30년이 훌쩍 넘는 나이 차이로 보든 종교단체 교주와 기생의 사회적 지위로 보든 도무지 어울리지 않을 두 사람 사이에 어떻게 혼사가 성사되었는지 몹시 궁금했다.

그 망할 '범인'은 곧 밝혀졌다. 소소가 산월을 몹시 아끼는 마음을 들여다본 천도교 간부들 사이에 충성 경쟁이 일어났다. 일부 측근들이 해월 최시형과 손 씨 부인의 사례를 예로 들면서 아예 산월을 가회동 집안으로 들이자는 논의를 시작했고, 거기에 소소도 산월도 동의했던 것이다.

번민에 사로잡힌 밤을 보낸 다음 날이었다. 소소는 아침 일찍 사인을 불렀다. 오늘은 오랜만에 나들이를 가자며 사인이 직접 운전해 서대문 밖 난지도에 갈 준비를 하라고 지시했다.

사인은 여기저기 전화를 걸어 난지도 가는 길을 파악했다. 소소가 운전기사를 배제하고 정장까지 하고 방을 나서기에 비밀 접촉이 있나 싶어 다소 긴장도 했다. 이윽고 자동차에 오른 소소가 먼저 명월관에 들르자고 말한 순간 사인이 직감했던 것처럼 차가 들머리에 이르자 홀보드르르한 한복을 곱게 차려입은 산월이 이미 나와 있었다.

며칠 뒤 산월은 가회동으로 들어왔다. 그 뒤 5년 넘게 같은 집에 살면서 최사인은 조금이라도 오해를 살 만한 '실수'도 하지 않았다. 시간이 흐르면서 산월과 마주치는 마음이 가까스로 무덤덤해졌는데 소소가 감옥에 갇히고 그녀가 서대문감옥 근처로 이사 가 수발드는 모습을 보자 애처로움과 연민이 퍼져갔다.

감옥 근처 도린곁의 초가는 가회동 집과 달랐다. 식솔이 함께 지낼 공간도 없어 홀로 지내야 했다. 사인은 아무래도 다른 사람보다는 초가에 자주 들락거리게 되면서 문득 자신의 감정이 어디로 흘러갈지 몰라 두려움마저 엄습했다.

마침 중국 상하이에 망명한 지사들이 모여 임시정부를 세운다는 소식이 들려왔다. 본디 천도교는 비밀리에 4월 1일을 기해 '대한민간정부'라는 임시정부를 기호지방에서 조직할 계획이었다. 대통령 손병희, 부통령 오세창, 국무총리 이승만을 내정했는데 부통령 아래 국무총리로 이승만을 배치한 까닭은 그가 자신이 미국 대통령 윌슨의 제자임을 틈날 때마다 여기저기서 밝히고 다녔기 때문이다.

조선의 민족대표들은 미국 대통령과 접촉하고 싶었다. 민족자결주의를 내건 대통령 윌슨과 만나 도움을 받을 수 있다는 생각이 컸다. 미국 대통령과 아무런 연결고리가 없어 고심하던 차에 윌슨이 대학에서 교수로 재직했던 시절의 제자, 그것도 총애받은 학생이었다고 주장하는 이승만이 나타나자 그의 효용성이 대단히 높아 보였다.

최사인은 마음을 정리했다. 떠날 결심을 세웠다. 막상 작별을 고하러 산월을 찾아가는 길은 더없이 쓸쓸했다.

"요즘 힘드시죠."

"아, 아니어요. 괜찮습니다. 덕분에요."

"별 말씀을요, 제가 아무런 도움도 드리지 못한 것 잘 알고 있습니다."

"무슨 말씀이세요? 사인 씨가 얼마나 힘이 되는데요."

"아닙니다. 가회동에서도 천도교 본부에서도 제 일이 마땅치 않습니다. 그래서인데요. 곧 중국으로 떠날까 합니다."

"네? 갑자기 왜……."

"갑자기는 아닙니다. 곰곰 생각해보았는데요. 제가 여기서 딱히 할 일도 없거니와 의암 선생님께서 출옥하시면 상하이에서 전개된 상황을 정확하게 보고 드리기 위해서라도 제가 직접 현장을 살펴보아야 옳을 듯합니다."

산월은 사인의 얼굴을 살폈다. 여전히 자신의 눈을 마주치지 못했다. 어쩌다 시선이 맞닥뜨리면 곧바로 외면하는 사인을 바라보다가 잔잔히 말했다.

"그것도…… 나쁘진 않겠군요. 떠나시기 전에 다시 작별 인사 하러는 오실 거죠?"

"그럼요."

사인은 공연히 귓불을 붉히며 나왔다. 이틀 뒤 인사하러 갔을 때 산월은 신임장을 건넸다. 산월이 천도교 본부에 연락해 받아둔 신임장에는 사인을 의암 손병희의 수행비서로 소개하고 임시정부 관련 회의에 참관인으로 들어갈 수 있도록 배려해달라는 요청을 담았다.

사인은 산월의 치밀한 대처에 감탄했다. 여비 담은 봉투까지 내밀었다. 사인은 자신에게도 수행비서로서 받은 활동비를 모아둔 돈이 있다며 손사래를 쳤지만 산월이 더 완강했다.

"최사인 씨의 파견은 우리 집안 차원이기도 하고 천도교 교단 차원이기도 합니다. 공식 출장이니 마땅히 받아야 옳습니다. 면회 가서 의암 성사님께도 다 보고드린 것이니 받으셔야 합니다."

사뭇 위엄을 갖춰 말했다. 사인은 받을 수밖에 없었다. 산월은 집으로 종종 찾아오던 친구 박자혜도 중국으로 떠났는데 베이징에 머문다고 들었다며 일부러 찾을 필요는 없지만 혹시 만날 기회가 닿는다면 전해달라며 추가로 '개인 차원의 봉투'를 건넸다.

산월이 사인에게 내민 봉투는 두툼했다. 사인은 자신이 모아둔 돈도 있어 중국에서 오래 머물 수 있다는 생각이 들었다. 무엇보다 사인은 두 해 전에 상하이에서 나온 '대동단결선언'의 주역들을 만나보고 싶었는데, 소소가 칭찬과 신뢰를 아끼지 않았던 언론인 단재 신채호도 그 선언에 서명한 14명의 지사 가운데 하나였다.

3

상하이는 바다를 사이에 두고 제주도와 거의 마주 보고 있다. 조선인들에게 3·1혁명 이전에도 입소문이 난 도시다. 나라가 병탄된 이듬해에 대한제국 장교 출신으로 애국계몽운동에 나섰던 신규식이 일찌감치 망명해 중국 국민당과 교류하며 터를 잡은 곳이다.

신규식은 신채호와 같은 마을에서 자라 어린 시절부터 뜻을 같이했다. 을사늑약 앞에서 순국은 소극적 행동이 아니라 적극적 투쟁의 하나라고 생각했다. "죽음으로 내 한 몸 거름이 되어 무수한 열매를 맺을 수 있다면 여한이 없겠노라"며 기꺼이 독약을 마셨다.

다행히 낌새를 챈 가족이 문을 부수고 들어갔다. 목숨은 건졌으나 시신경을 다쳐 한쪽 눈을 잃었다. 건강을 되찾아 거울로 눈을 들여다보던 신규식은 "이 애꾸눈으로 왜놈들을 흘겨보기로 하자"며 흘겨본다는 뜻의 '예관(睨觀)'으로 호를 짓고 자신의 눈을 자기 한 사람만의 상처가 아닌 우리 민족의 비극적 상징으로 삼았다.

자결의 결연한 의지는 일제와 맞설 결기로 이어졌다. 계몽운동에 나선 예관, 그러니까 '애꾸눈'은 나라가 망하자 망명했다. 치욕을 피로써 씻겠노라며 투쟁 의지를 불태운 신규식이 둥지를 튼 상하이로 조선인들이 곰비임비 망명해 오면서 독립운동의 틀을 갖춰갔다.

상하이 외관은 제법 근사했다. 자본주의 열강들이 유럽식 건축물을 잇달아 세웠다. 하지만 큰 거리에서 조금만 들어가도 오밀조밀한 골목에 빈민, 인력거꾼, 고아, 성매매 여성이 득실거렸다.

영국은 아편전쟁 뒤 처음 상하이에 조계를 설정했다. 제국주의 국가들은 경쟁적으로 조차지 확보에 나섰다. 불평등조약을 강요한 서양 국가들이 조계에서 행정권까지 지녔기에 조선인들로선 제국주의가 경제적·군사적 침략 기지로 삼은 구역을 최대한 활용했는데 독립운동가들에게 일제의 추적으로부터 가장 안전한 공간이 프랑스 조계였다.

3·1혁명이 일어나기 전인 1917년 7월이다. 14명의 조선인들이 임시정부 수립을 제창하는 '대동단결선언'을 발표했다. 상하이가 독립운동의 기지로 떠오른 계기가 된 그 선언에 신규식, 신채호와 함께 박은식, 조소앙이 서명했다.

대동단결선언은 민족사적 전통에 근거한 주권 불멸론을 제시했다. 1910년 대한제국 융희황제(순종)의 주권 포기는 '국민에게 주권을 넘겨준 사건'으로 정의했다. 망국을 바라보는 발상의 전환이자 통렬한 역사 해석을 명문화한 선언은 대한제국의 국민이 주권을 넘겨받아야 마땅함에도 일본제국이 국토를 강점했으므로 저들에 구속된 국내 동포 대신 국외 동포들이 임시로 주권을 대행해야 옳다고 밝혔다.

대동단결선언의 파급력은 컸다. 선언문은 서울까지 전해졌다. 독립운동의 논리적 기초를 제시함으로써 소소와 천도교 간부들이 거사를 기획하는 과정에 큰 도움을 주었다.

사인도 대동단결선언을 읽고 생각이 명료해졌다. 주권의 개념을 비로소 처음 인식했다. 대동단결선언은 "우리 한국은 한인의 한(韓)이요, 비한인의 한이 아니"기에 한국인 사이에 주권을 주고받는 것은 역사상의 불문법이지만 비한인에게 주권을 양여하는 것은 근본적으로 무효라고 단언했다.

한국의 주권은 한국인끼리만 주고받을 수 있다는 논리는 명쾌했다. 순종이 주권을 포기했으므로 그것은 "우리 국민에 대한 묵시적 선위(禪位)"이다. 선언은 "우리는 국가 상속의 대의를 선포하여 해외 동포의 단결을 주장하며 국가적 행동의 진급적(進級的) 활동을 표방한다"면서 주권 수호 의지를 확실히 밝혔다.

대동단결선언은 강령도 제시했다. 독립 방안을 구체적으로 제시했다. 해외 각지의 단체를 통일하여 유일무이한 최고 기관을 조직하고, 중앙총본부를 설치하여 각 지역의 지부를 통해 모든 한국인을 통치하며, 대헌(大憲)을 제정하여 민정(民情)에 일치하는 법치를 실행하자는 내용이었다.

통일기관 수립을 위한 개회는 1917년 말에서 1918년 상반기가 제안되었다. 회의 장소도 거론했다. 러시아의 블라디보스토크, 미국의 하와이 또는 샌프란시스코, 중국의 베이징 또는 상하이가 후보로 올랐지만 힘을 모아내지 못해 주춤했다.

그럼에도 대동단결선언의 의미는 컸다. 민중주권론을 공론화하고 임시정부를 세울 필요성과 운영 방안을 처음 논의했다. 선언은 모든 사람이 힘을 합치는 대동단결로 일본 제국주의로부터 독립한 뒤 황제를 모시고 양반 중심의 왕정 체제로 다시 돌아가는 것이 아니라 주권재민의 민주공화정을 세우자고 명토 박았다.

나름대로 물적 기반을 마련할 계획도 세웠다. 100만 명의 재외동포로부터 연간 50만 원의 수입을 거두어 공동기업을 운영하면 재정을 충당할 수 있다고 보았다. 러시아제국에서 일어난 1917년 2월혁명과 폴란드의 독립선언, 아일랜드의 독립운동을 보기로 들어 세계정세가 임시정부를 세우는 독립운동에 유리하게 돌아가고 있다고 전망했다.

대동단결선언 이후 세계정세는 한층 급박하게 돌아갔다. 선언이 나오고 석 달 뒤에 러시아에서 10월혁명이 일어나 레닌과 공산당이 집권했다. 노동인과 농민의 힘으로 차르라는 절대군주제를 무너뜨린 레닌 정부는 식민지 민족의 해방을 적극 지원하고 나섰으며, 자본주의 국가들 사이의 제국주의 세계전쟁이 끝나면서 승전국인 미국의 대통령 윌슨도 민족자결주의를 내걸었다.

바로 그때 망명자들에게 한줄기 강력한 햇살이 비쳤다. 조선에서 3·1만세운동이 일어났다. 거족적인 조선독립선언에 민중이 적극 동참한 만큼 대동단결선언이 주장한 임시정부 수립은 당면 과제가 되었다.

일본제국주의는 3·1만세운동에 학살로 응답했다. 검거망을 피해 망명자들 대다수가 상하이 프랑스 조계로 모여들었다. 독립운동에 몸 바치겠다고 결심한 조선인이 3월 말에 이르면 1000여 명이나 상하이에서 활동하고 있었다.

1919년 4월 10일 늦은 저녁이었다. 조선인 29명이 프랑스 조계에 어렵사리 마련한 집에 모였다. 독립운동에 나선 사람들 사이에서 추천받는 형식이었기에 대부분은 그 시점에 명망 있는 사람이었다.

회의를 시작하자마자 조소앙이 나섰다. 모임의 명칭을 '임시의정원'으로 제안해 가결했다. 임시의정원은 입법부로서 임시정부의 행정부인 국무원 구성에 나서며 나라 이름을 '대한민국'으로 결정했다.

왕국 아닌 민국이 한국사에 공식적으로 나타난 순간이다. 대한제국의 순종이 포기한 주권을 국민이 계승해야 옳다는 대동단결선언의 논리가 관철됐다. 대한제국의 '제(帝)'를 '민(民)'으로 바꾸어 '대한'이라는 나라에 주권은 황제가 아니라 민중에게 있음을 천명했다.

헌법인 '대한민국임시헌장' 제1조에 민주공화제를 명문화했다. 의정원에서 민주공화국을 결정할 때 모두 찬동했던 것은 아니다. 일부 복벽주의자들이 대한제국의 부활을 주장했지만 그들은 곧 한 언론인의 정연한 논리 앞에 혼쭐이 났고 곧바로 설득당했다.

촌철살인의 단재 신채호. 그가 의정원의 한 구성원으로 의연히 자리하고 있었다. 최사인은 소소마저 칭찬을 아끼지 않아 만나고 싶던 단재를 그날 처음 보았기에 설렜고, 그의 겉모습이 왜소하고 협수룩해 오히려 더 뒤설렜다.

말조차 어눌했다. 다만 눈빛이 살아 반짝여서일까. 들으면 들을수록 구눌한 말에 논리가 말끔해 어느새 그 작은 체구가 웅장한 바위산처럼 다가왔다.

대한민국을 민주공화제로 한다는 합의는 순탄했다. 정부 형태를 내각책임제로 결정할 때까지 모두 한마음이었다. 그런데 대한제국의 고위 관료 아들로 일본 유학을 다녀온 신석우가 앞장서서 임시정부 수반인 국무총리로 이승만을 선출하자고 제안하는 순간 결연한 반대가 나왔다.

"그건 안 될 말이외다."

참석자들 모두 발언자를 주목했다. 바로 단재였다. 신채호는 망설임 없이 곧장 까닭을 밝혔다.

"미국에 들어앉아 외국의 위임통치나 청원하는 이승만을 우리가 어떻게 수반으로 삼을 수 있단 말이오?"

4

신채호는 대한제국 시대 언론의 상징이었다. 《황성신문》 기자로 언론계에 첫발을 디딘 때는 을사늑약이 체결되기 직전이었다. 스물다섯 살의 청년 단재는 성균관 박사가 되었으나 관직의 길을 접고 기울어가는 나라를 바로세우겠다는 뜻을 품으며 언론계에 뛰어들었다.

채호는 어려서 아버지를 여의었다. 조선왕조에서 정언(正言) 벼슬을 지내고 충청도로 낙향한 할아버지로부터 학문을 배웠다. 신성우는 책을 좋아하는 손자 채호를 데리고 학부대신을 지낸 신기선의 집을 찾아가 채호가 그 집에 드나들며 책을 읽을 수 있도록 다리를 놓아주었다.

책만 채호의 생각을 넓혀준 것은 아니다. 열네 살 되던 해에 이웃마을까지 북접 농민군이 들어왔다. 바로 그 마을 서당에 다니고 있던 채호는 양반계급 체제의 폭압에 맞서 일어선 농민들의 투쟁을 생생하게 목격했는데, 그날 본 농민군 가운데 말을 타고 양반을 존조리 나무라던 사람이 3·1혁명의 소소였다는 사실은 끝내 몰랐다.

채호는 가난했지만 양반가의 아들이었다. 신분제도 철폐를 요구하며 투쟁에 나선 상민들의 모습은 낯설었다. 분연히 싸움에 나선 민중이 결국 일본군에 패퇴하는 과정을 지켜보며 단재는 사상적 자극을 받아 더 많은 책을 읽어갔다.

신기선은 자신의 장서를 섭렵하는 채호를 총애했다. 성균관에 추천했다. 성균관생 채호는 유학을 공부하면서도 동학 민중들이 싱둥싱둥 떠올라 동기생들과 독서회를 조직해 서양의 근대사상과 사회과학을 섭취해갔다.

계몽운동에도 참여했다. 독립협회에 가입해 활동하다가 체포되기도 했지만 곧 풀려났다. 1901년 성균관 유생 30여 명과 함께 '헌의서'를 제출해 황제국인 대한제국의 국격에 맞게 법규를 고쳐 황제의 존엄을 보여달라고 주청했다.

단재는 언론의 길을 선택함으로써 할아버지의 직업을 이었다. '정언'은 왕조시대의 언론을 담당한 관리였다. 근대적 의미의 언론인은 아니지만 중세 신분제 체제에서 그나마 선비가 최고 권력을 합법적으로 비판할 수 있는 유일한 관직이 정언이었다.

기자 신채호는 나라의 위기를 경고하는 기사를 써갔다. 을사늑약을 개탄하며 장지연이 논설을 쓸 때 집필을 도왔다. '오늘 목 놓아 크게 운다(是日也放聲大哭)' 제하의 논설로 장지연의 《황성신문》은 정간되었지만 신채호 기자의 붓은 멈추지 않았다.

단재는 《대한매일신보》로 옮겼다. 일제의 침략과 친일 모리배들의 매국을 통렬히 비판해갔다. 동학을 천도교로 전환해 민중으로 파고들던 손병희를 비롯해 뜻있는 독자들이 언론인 단재를 사랑했다.

일제는 1909년 안중근의 이토 히로부미 처단을 빌미 삼았다. 사법권과 경찰권을 강탈하고 병탄을 강행했다. 나라를 지킬 마지막 버팀목이던 의병도 무기의 벽을 넘지 못하고 대부분 학살되거나 국경선 밖으로 밀려났다.

영국인을 발행인으로 내세웠던 《대한매일신보》마저 친일파 손에 넘어갔다. 기자 신채호가 3년 가까이 몸담으면서 항일구국의 필봉을 날린 신문이었다. 1910년 4월에 단재는 신민회 동지들과 논의를 거듭한 끝에 국외로 망명해 일제와 싸우기로 뜻을 모으고 결연히 신문사에 사표를 던졌다.

신민회는 전국 규모의 비밀 결사였다. 을사늑약으로 잃어가던 국권을 회복하자는 데 뜻을 같이한 조선인들이 1907년 조직했다. 안창호, 양기탁, 이동휘, 신채호가 주도적으로 참여한 신민회 회원들은 대부분 과거 독립협회가 자강운동을 벌이던 시기에 청소년으로 만민공동회운동에 앞장섰었다.

신민회는 엄격한 심사를 거쳤다. 단순히 독립협회의 재건은 아니었다. 입헌군주제를 폐기하고 자유 독립국의 공화정을 목표로 삼았기 때문이다.

공화정을 세우려면 실력을 길러야 했다. 국민이 새로워져야 했다. '신민(新民)'은 자기 스스로의 힘으로 이루어야 한다는 '자신(自新)' 사상으로 이어져 신사상과 신개혁을 주창했다.

신민회는 800여 명의 회원을 확보했다. 가입 조건처럼 애국심 강하고 생명과 재산을 조직의 명령에 따라 바칠 사람들이었다. 신민회는 정치·교육·문화·경제를 비롯한 여러 방면의 진흥운동을 일으켜 국력을 기르는 데 힘썼다.

《대한매일신보》는 모든 기자가 신민회에 가입했다. 자연스레 기관지가 되었다. 신민회는 평양에 대성학교, 정주에 오산학교, 강화에 보창학교를 비롯해 전국 곳곳에 학교를 세워 인재를 길러갔다.

신민회는 국내보다 훨씬 자유로운 중국 칭다오에서 확대회의를 열기로 했다. 대한제국은 껍데기만 남아 조선통감부가 이미 국권을 장악하고 있었다. 일본 경찰이 애국지사들을 샅샅이 뒤쫓는 실정이어서 저들을 따돌리고 국외로 나가기란 쉬운 일이 아니었다.

몇 사람씩 짝을 지었다. 해로와 육로를 통해 칭다오로 떠났다. 망명 지사들의 비용 대부분을 이종호가 맡았는데 그의 할아버지가 금광으로 큰돈을 모은 이용익이다.

이용익은 대한제국 관료로 일했다. 을사늑약에 반대해 일본 헌병대에 연금당했다. 풀려나자 곧 블라디보스토크로 망명했고 손자 종호는 할아버지가 상하이 은행에 예치해놓은 거금을 애국운동에 쏟겠다는 결기로 칭다오 회담의 모든 경비를 책임졌다.

신문사에 사표를 던진 단재는 기거하던 삼청동 집을 팔았다. 10대 시절 중매로 혼인한 아내에게 논 5두락을 사주고 친정으로 돌려보냈다. 망명할 준비를 서두른 단재는 독립투쟁의 길로 떠나기에 앞서 부부 인연을 비롯한 모든 사사로운 관계에 작별을 고했다.

단재는 안창호와 1910년 4월 8일 새벽에 서울을 떠났다. 행주 나루터에서 배를 타고 강화도로 건너갔다. 단재는 작은 나룻배를 타고 만감이 교차했지만 충청도 산골에서 태어나 배를 처음 타본 데다 몸이 허약한 그에게 물결 일렁이는 뱃길은 고통이었다.

뱃멀미가 심해 계속 토했다. 단재는 교동도에서 하선할 수밖에 없었다. 안창호는 예정대로 배로 갔고 단재는 개성을 거쳐 육로를 통해 칭다오에 가기로 방향을 잡았다.

단재는 북으로 가는 길에 오산학교를 찾았다. 이승훈이 평안도 정주에 세운 학교였다. 조만식이 교장을 맡고 이승훈은 신민회의 평북 총감을 겸하고 있었다.

두 사람은 단재를 무척 존중했다. 강연회를 준비했다. 《대한매일신보》에 애국 투혼이 넘치는 논설을 쓴 단재의 목소리를 학생들에게 직접 들려주고 싶었다.

교사와 학생들 모두 한자리에 모였다. 언론인으로 명성 높은 단재는 학생들에게 호기심과 선망의 대상이었다. 교사를 대표해 환영사에 나선 이광수는 단재의 외모나 웃음이 여성스럽지만 말과 글에는 추상같은 남성적 기개가 들어있다고 말했다.

오산학교 학생들은 민족의식이 강했다. 숨소리 죽여가면서 우국지사 언론인의 강연을 기다렸다. 환영식이 진행되는 내내 단상 의자에 앉아있던 단재는 얼핏 초라한 샌님처럼 보였는데 머리는 거의 삭발 수준이고 두상이 뾰족해 더 그랬다.

단재는 외모에 무심했다. 동정에 때가 묻은 검은 무명 두루마기를 입었다. 옷고름도 아무렇게나 맸지만 오직 눈빛만은 그 무엇도 두려워하지 않을 듯이 빛났다.

단재는 자신의 죽음관을 정립했다. 1910년 1월 《대한매일신보》 논설에 담았다. '원통한 죽음' 제하의 칼럼에서 단재는 "우리의 가장 원통한 죽음은 곧 무위무사한 몸으로 자기 집 안방구석 아녀자 수중에서 죽는 것"이라며 국가나 민족, 인류의 행복에 보탬이 되지 못하는 죽음은 "살아선 세간의 기생충이고 죽어선 청산의 우묵한 곳을 채우는 흙덩이" 꼴이라고 비판했다.

학생들이 정성껏 환영하는 노래를 불렀다. 단재에 대한 소개와 약력 설명이 더해졌다. 단재는 교사 이광수가 주도해 자신의 덕과 공을 찬양하는 환영식 행사가 점차 더 불편했다.

마침내 단재가 강연할 차례가 왔다. 단재는 밤새 준비한 원고를 의자에 두고 일어났다. 탁자 앞에 서서 학생들을 둘러보며 저 맑고 초롱초롱한 아이들이 곧 일제의 노예가 된다고 생각하자 못난 기성세대의 한 사람인 자신이 더없이 초라했다.

교사들과 우국 학생들은 단재의 말을 기다리고 있었다. 하지만 형형한 눈빛으로 청중을 둘러볼 뿐이었다. 이윽고 말 한마디 없이 연단을 내려왔음에도 많은 교사와 학생이 감동했다.

"선승의 고요한 죽비"였다. 이광수는 단재의 침묵을 나름대로 해석했다. "그동안 글로써 말하지 아니했는가. 앞으로 또 글로써 계속해 말하리라. 그는 일부러 말을 아끼는 선사의 자태를 보였다"고 회고했다.

하지만 이광수 수준의 생각이었다. 단재는 한낱 언론인으로 일했던 자신에게 조선의 내일을 열어갈 학생들이 보내는 찬사가 과도하다고 느졌다. 나라가 망해가고 있는데 말은 물론 글이 무슨 의미가 있겠는가, 말과 글을 넘어 실천이 중요하다, 일본 제국주의에 맞서 싸워야 한다는 진실을 눈빛 맑은 조선의 청년들에게 오롯이 전해주고 싶었다.

그날 단재의 침묵은 두고두고 화제가 되었다. 적잖은 학생에게 '침묵강연'은 벼락으로 몰아치는 천둥소리였다. 신민회 동지들과 오산에서 열흘을 지낸 단재는 신의주를 거쳐 압록강을 건너는 망명의 여정에 올랐다.

압록강을 건널 때다. 시야에서 조선이 점점 멀어져갔다. 젊은 망명객 단재는 그 순간의 심정을 절절하게 읊었다.

나는 네 사랑 너는 내 사랑 / 두 사람 사이 칼로 썩 비면 / 고우나 고운 핏덩어리가 / 줄줄줄 흘러 나려오리다 / 한나라 땅에 골고루 뿌려서 / 떨어지는 곳마다 꽃이 피어 봄맞이 하리.

우국을 토로한 시가 선연하다. 다만 망명지에서 찾아온 비극적 사랑을 마치 예감한 듯이 읽히기도 한다. 단재는 배가 건너편 중국 단둥에 도착할 때까지 뱃멀미를 이겨내며 고국 땅을 수없이 뒤돌아보았다.

차마 떨어지지 않은 발길이었다. 만주 대륙을 밟은 단재의 괴나리봇짐 속에는《동사강목(東史綱目)》한 질이 들어있었다. 안정복이 20여 년에 걸쳐 쓴《동사강목》은 단군조선으로부터 고려 말까지 20권에 담은 역사서로 몇 해 전에 저자의 후손으로부터 얻어 애지중지해온 책이다.

5

눈시울 적시며 압록강 건넌 단재는 다짐했다. 앞으로 일제와 싸우는 사이사이 조선 민중의 역사를 새롭게 재구성할 터였다. 서른 살 단재는 망명 생활에 들어서며 살아서 다시 조선 땅을 밟지 못할 수 있다고 각오했다.

단둥을 거쳐 칭다오로 갔다. 신민회 간부와 망명했던 지사들이 속속 칭다오에 들어왔다. 조선의 애국지사들이 상하이보다 먼저 반일운동 기지로 선택한 칭다오는 본디 중국의 작은 어촌이었으나 청나라 시대에 세관이 들어서고 정크—중국 수역에서 수천 년 동안 널리 사용되어온 범선의 총칭—무역이 크게 번성했던 곳이다.

자본의 제국주의 침략을 받으면서 칭다오는 전략적 요새가 되었다. 청은 북양함대를 창설하며 칭다오에 해군 요새와 보급 기지를 세웠다. 그러나 1897년 독일제국이 선교사 피살 사건을 구실로 침략해 점령하고 이후 99년간 조차지로 삼아 총독부를 설치했다.

칭다오의 외관은 빠르게 달라졌다. 독일식 시가지가 건설되어 중국 안의 독일 영지가 되었다. 칭다오를 조차한 독일인들 사이에 고국의 맥주 향수가 짙어가자 아예 1903년 독일 맥주공장을 세웠다.

독일 조차지였기에 일제의 위협으로부터 안전할 수 있었다. 처음에 조선의 항일 운동가들이 칭다오에 모인 까닭이다. 게다가 한반도와는 바다를 사이에 두고 마주 보는 교통의 요지라서 조선을 탈출해 오는 애국지사들이 모이기에도 편리했다.

칭다오에 모인 애국지사들은 토론을 벌였다. 일본의 노골적 침략에 맞서 민족운동을 전개할 방향을 잡아야 했다. 본디 신민회는 국내에서 실력양성 운동을 벌일 때도 국외에 무관학교를 설립하고 독립군 기지를 창건해서 조건이 성숙할 때 독립군이 국내에 진입하면 안에서도 그에 호응해 봉기함으로써 일본제국주의를 단숨에 물리치고 실력으로 국권을 회복할 수 있다고 보았다.

신민회가 국외 무관학교와 독립군 기지를 검토한 것은 1907년부터다. 일제는 그해 7월 31일 대한제국 군대를 강제로 해산했다. 해산당한 군인의 일부가 봉기해 의병운동에 합류했지만 일본 정규군과 맞서려면 현대적 군사훈련과 무기가 절실했다.

칭다오 회의에서 의견은 두 갈래였다. 먼저 서북간도와 러시아령 블라디보스토크에 있는 동포를 모아 무장투쟁을 전개하자는 의견이 나왔다. 하지만 실력이 없는 거사는 동포들의 희생만을 가져오니 서북간도, 블라디보스토크, 미주 지역에서 동포의 산업을 일구고 때가 오기를 기다렸다가 거사하자는 주장이 나왔는데 훗날 3·1혁명 뒤 임시정부를 주도한 준비론의 뿌리이기도 했다.

단재는 무장투쟁론을 폈다. 국내외 동포들 사이에 일제에 대한 증오심이 살아있을 때에 싸워서 나라를 지켜야 옳다고 생각했다. 여러 날에 걸친 논의를 통해 안창호의 준비론보다 무장투쟁론이 큰 흐름을 이루면서, 신민회는 이종호의 출자금과 재외동포 자금을 모아 만주에 농토를 매입해 경작하는 동시에 무관학교를 세워 독립군을 창건하고 최적의 기회를 포착해 독립전쟁을 일으키기로 했다.

회담을 마치고 단재는 일행과 기선을 타고 블라디보스토크로 갔다.

안창호는 러시아제국 쪽으로 떠나 베를린, 런던을 거쳐 미국으로 갔다. 단재가 블라디보스토크 행을 택한 것은 그곳에 상당수의 교민이 이미 신한촌을 건설해 독립운동의 기지를 만들고 있어서였다.

단재는 블라디보스토크에서 망국의 비보를 들었다. 예상은 했지만 단재와 망명객들은 새삼 각오를 다져야 했다. 러시아 연해주의 동포들은 나라를 잃은 조선인들의 권익과 독립운동을 위해 1911년 12월 블라디보스토크에서 '권업회'를 조직했다.

권업회는 이름 그대로 동포들에게 실업(實業)을 권장하는 단체였다. 러시아제국의 인가를 받고 일본의 방해를 피하기 위한 방편이었다. 러시아 한인사회의 이익을 증진하는 권업(경제)과 독립운동을 결합하면서 조국해방을 이루자는 뜻이었다.

신채호는 권업회가 기관지로 창간한 《권업신문》의 주필을 맡았다. 일제의 강도와 같은 조선 병탄을 알리고 국권 회복을 여론화해나갔다. 단재는 나라가 망한 것이지 민족은 망하지 않았다고 역설하며 '국민을 지도하여 잘 수행케 하는 선생이 없어 국민 품성이 타락한 것도 엄연한 사실'이므로 청년들에게 몸을 닦고 마음을 기르는 공부를 해야 옳다고 강조했다.

하지만 《권업신문》을 둘러싸고 파벌 다툼이 일어났다. 단재는 각 파벌이 이해만을 좇는 바람에 단체가 해산되는 일이 비일비재하다는 논설까지 썼지만 내분은 지속됐다. 단재는 신문사에 사표를 내고 미국에 있는 안창호에게 쓴 편지에서 "자금이 없어 한 걸음도 움직이기 어렵지만, 만약 사정이 된다면 중국을 한 번 돌아보고 국내로 가서, 종교 윤리 서적을 손에 쥐고 2~3명의 친구와 함께 고향의 숲속에서 거니는 것이 주야로 기도하는 바이며 이것 외에는 원하는 바가 없다"고 쓸쓸한 심경을 밝혔다.

단재는 미국으로 오라는 안창호의 제안을 거듭 거절했다. 신규식의 초청을 받고 상하이로 갔다. 국내 신민회 조직은 일제의 탄압으로 거의 붕괴했기에 신규식과 '신한청년단'을 조직해 망명해 온 청년들의 단결을 주도하며 박은식·문일평과 '박달학원'을 세워 교육에도 힘썼다.

청다오의 독일 총독은 일본과의 관계를 중시했다. 조선인들에게 반일 잡지 발행을 허가하지 않았다. 그 결과 상하이 프랑스 조계가 대안으로 떠올라 조선독립운동의 거점이 옮겨 갔다.

1914년 대종교가 단재에게 만주로 오라고 제안했다. 환인현에 학교를 세운 윤세복이 교사로 초청했다. 단재는 환인현으로 이주해 학생들에게 조선의 역사를 가르치는 한편 만주를 돌면서 고구려와 발해의 유적·유물을 답사하고 민족사학의 실증적 토대를 마련할 계획을 세웠다.

윤세복은 1911년 가산을 정리해 만주로 망명했다. 사재를 들여 환인현에 대종교 교당과 동창학교를 설립했다. 나중에 대종교의 3대 교주로 취임하는 윤세복은 무송에 백산학교, 북만주 밀산에 대흥학교, 영안에 대종학원을 세워 교육사업과 독립운동을 벌였다.

단재는 동창학교 교사로서 청년들에게 국사를 가르쳤다. 교재로 '조선사'도 집필했다. 틈나는 대로 사적을 답사하며 문헌의 부족을 깁고 착오를 바로잡아가며 "광막한 역사의 처녀지를 개척"하는 보람과 설렘을 적어두기도 했다.

단재는 국내에서 언론인으로 활동할 때부터 고대사를 연구해왔다. 단재에게 고구려의 자취가 남은 현장은 짙은 감동을 불러왔다. 서간도에서 머물며 1년 넘게 고조선, 부여, 고구려, 발해의 고토인 남만주 일대의 유적을 두루 답사했다.

무엇보다 소문으로만 듣던 광개토대왕비 앞에서 부끄러웠다. 대왕비와 마주한 단재는 자신의 작은 키가 한없이 줄어드는 듯했다. 높이 6미터가 넘고, 무게가 40톤에 가까운 거대한 돌은 광개토대왕의 인생을 담고 있었다.

왕의 은택이 하늘까지 미쳤고, 위엄은 온 세상에 떨쳤다. 나쁜 무리를 쓸어 없애자 백성이 모두 생업에 힘쓰고 편안하게 살게 되었다. 나라는 부강하고 풍족해졌으며, 온갖 곡식이 가득 익었다.

단재는 후손들의 몰골을 돌아보며 참담했다. 대왕의 아들 장수왕은 효자였다. 아버지의 무덤을 만들며 고구려 건국에서 광개토대왕에 이르는 역사와 함께 아버지의 치적을 1775글자로 새겼다.

광개토대왕. 열세 살에 고구려의 태자가 되었다. 일찍부터 후연·백제와의 전쟁에 나설 만큼 용기 넘치는 청소년이던 태자는 용병술을 익히고 숱한 전공을 세우다가 391년에 열여덟 살의 나이로 고국양왕을 이어 왕위에 올랐다.

즉위한 이듬해였다. 광개토대왕은 직접 4만의 군대를 이끌고 백제를 공격했다. 할아버지 고국원왕이 백제와 싸우다가 전사했기에 어린 시절부터 벼르던 백제의 10여 개 성을 함락하며 한강에 이르렀다.

대왕은 백제의 전략적 기지인 관미성으로 다가갔다. 한강이 임진강과 만나 바다로 흘러가는 곳에 솟아오른 오두산은 천혜의 요새였다. 그 산에 자리한 관미성은 한강을 타고 백제의 수도 한성으로 들어가는 '현관'이자 수군의 주요 기지였다.

친정에 나선 광개토대왕의 위엄은 대단했다. 난공불락의 요새 관미성도 대왕 앞에선 스무 날을 버티지 못했다. 백제는 서해의 지배권을 빼앗겼음은 물론 수도인 한성마저 바람 앞 등불이 되어 정변까지 일어났다.

왕의 조카가 패전의 책임을 더미씌워 무력을 동원했다. 새로 왕위에 오른 아신왕은 직접 군대를 이끌고 관미성 탈환에 나섰다. 하지만 패기만으로 광개토대왕의 적수가 될 수는 없어 백제군은 관미성 전투를 비롯해 숱한 공격에서 패전을 거듭했다.

연전연패로 백제군의 사기가 곤두박질쳤을 때다. 광개토대왕은 백제의 수도 풍납토성을 정면으로 공격했다. 아신왕은 광개토대왕에게 항복하며 충성을 맹세했고 그 결과 관미성을 중심으로 한 서부 해안 지역과 한강 이북은 모두 고구려 땅이 되었다.

그 무렵 일본군의 침략을 받은 신라가 구원을 요청했다. 대왕은 바로 군대를 파견해 응징했다. 일본 침략군을 바다 건너로 쫓아낸 광개토대왕은 남쪽의 백제와 신라를 사실상 평정하고 북으로 눈을 돌렸다.

대왕은 종종 고구려를 침입해 온 거란, 숙신, 동부여를 정복했다. 408년에는 중국 후연까지 정복해 베이징 지역까지 세력권에 두었다. 하지만 돌비석도 슬픔을 자제하며 증언하고 있듯이 대왕은 안타깝게도 마흔이 안 된 젊은 나이에 눈을 감았다.

그런데 하늘이 이 백성을 불쌍히 여기지 않았나 보다. 39세에 세상을 버리고 떠나시었다.

비문 못지않게 무덤도 단재를 비애에 잠기게 했다. 광개토대왕의 무덤은 높이 30미터, 한 변의 길이가 65미터로 웅장했다. 그런데 말만 태왕릉으로 부를 뿐 아무도 왕릉을 돌보지 않은 탓에 잡초만 무성하고 몇몇 중국 어린이들의 놀이터가 된 풍경에 단재는 눈시울이 뜨거워왔다.

아들 장수왕의 무덤 장군총은 그보다 규모가 작았다. 그나마 대왕의 무덤처럼 훼손되진 않았다. 광개토대왕이 운명하자 고구려 사람들은 '국강상광개토경평안호태왕(國岡上廣開土境平安好太王)'이라 추모했다.

국강상은 묻힌 지역을 이른다. '넓은 영토를 개척하고 나라를 평안하게 한 사랑스러운 대왕'이라는 뜻이다. 광개토대왕이 전장에서 싸움만 잘하는 데 그쳤다면 그의 이름은 지금과는 사뭇 달리 전해졌을 터다.

고구려인들에게 대왕은 단순히 국토를 넓힌 왕이 아니었다. 삶에 평안을 준 대왕이었다. 광개토대왕은 고구려 국토를 개발하고 정돈하면서 백성들이 행복하게 살 수 있는 제도를 정비해 나라를 평안하게 다스렸다.

대왕이 개척한 거대한 영토는 더 많은 물자를 생산할 토대가 되었다. 국내 상업과 무역도 발달했다. 민중의 삶은 점점 더 윤택해졌으며 정기적으로 하늘에 제사를 올려 고구려인이 '천손의 후예'임을 자부했다.

6

너는 어디서 왔는가. 지금 무엇을 하고 있는가. 광개토대왕의 비석과 왕릉을 뒤로 하고 돌아오는 길 내내 30대 중반 단재의 가슴에는 자기 또래의 대왕이 엄숙히 건네는 물음이 내내 메아리쳤다.

참으로 못난 후손이었다. 대왕에 대한 기록조차 온새미로 남아있지 않았다. 일본의 침략을 가볍게 응징한 광개토대왕과 달리 후손들은 그들의 식민지 노예로 전락하고 말았다.

더구나 비석도 무덤도 흐트러진 채였다. 회한으로 가슴이 미어터졌다. 단재는 가까스로 참아왔던 눈물을 끝내 쏟으며 자신이 무엇을 할 것인가 고심했다.

단재는 망명 전에 이미 만주를 눈여겨 살폈다. 《대한매일신보》에 '한국과 만주' 제하의 칼럼을 썼다. 대한제국의 언론인 단재는 독자에게 "한국과 강 하나를 사이에 두고 한국의 영욕, 화와 복을 만드는 곳이 있다며 어딘지 아는가?" 묻고 스스로 "만주"라 답했다.

단재는 조선과 만주의 관계를 톺아보았다. 세계사 속에서 만주의 위상도 짚었다. 역사적으로 조선과 만주는 단순히 밀접한 관계가 아니라 공동운명체였으며 조선이 만주를 얻었을 때 민족이 강성했고 반대로 만주를 다른 민족이 지배할 때 약해졌다.

과거 북방 민족이 만주를 지배할 때가 적잖았다. 그때마다 조선도 그 지배권에 들어갔다. 따라서 앞으로 일본이 만주를 지배하면 조선은 일본의 지배권에 들어갈 것이고, 러시아가 만주를 지배하면 조선은 러시아의 지배권에 들어간다고 전망한 뒤 마지막에 물었다.

"오늘날 만주는 어떠하며 한국은 어떠한가."

단재의 글은 직필이다. 아무런 에두름이 없다. 국제 정세 속에서 위급한 처지에 놓인 만주를 구출할 '위대한 풍운아'가 한국에서 나와야 한다고 본 단재는 일제와 맞서려고 만주로 이주한 한국인은 고상한 사상에 정치 능력을 길러야 한다고 역설했다.

망명해서 만주와 만나며 단재의 가슴은 두근거렸다. 만주는 단군 때부터 조선의 땅이었다. 고구려와 발해가 동북아의 강대국으로 우뚝 선 본거지 만주에서 나라를 잃은 채 떠돌다가 광개토대왕릉을 만난 순간을 단재는 "나의 일생에 기념할 만한 장관"이라고 적어두었다.

능을 관측할 도구를 살 돈조차 단재에겐 없었다. 자신의 팔로써 능묘와 비석의 높이·넓이를 재어 기록했다. 왕릉과 비석의 웅장한 모습, 민중의 가슴에 뿌리내리고 전해온 고구려 전설을 만나면서 단재는 조선민족의 본디 기질이 조선왕조 시대와 사뭇 달랐음을 깨달았다.

문제는 중국 중심의 화이관이었다. 사대주의적 유교사관이 조선민족을 망가트렸다. 대왕의 무덤 앞에서 단재는 고려시대의 귀족 김부식이 광대한 대륙의 시공간을 망각하고 '우물 안 개구리'처럼 신라 중심으로 《삼국사기》를 편술한 '역사'를 개탄하며 기록했다.

집안현을 한 번 돌아봄이 김부식의 고구려사를 만 번 읽어봄보다 낫다.

단재는 민족사의 발원지를 걷고 또 걸었다. 고구려 유적이 곰비임비 나타났다. 우리의 자랑이 될 훌륭한 유적들이 중국인의 손에 시나브로 사라져가는 현장을 볼 때마다 비통했다.

단재는 민족사 집필로 슬픔을 승화했다. 독립을 일궈낼 민족정기를 규명하자고 다짐했다. 그 무렵 역사학계에선 박은식이 '혼'을, 정인보는 '얼'을, 문일평은 '조선심'을, 최남선은 '조선정신'을 주창하고 있었는데 고구려의 숨결을 찾아 샅샅이 살피며 짙은 슬픔에 사로잡혔던 단재에게 떠오른 민족사의 고갱이가 '낭가사상'이다.

낭가사상의 뿌리는 수두제다. 소도제라고도 부른 고대 종교였다. 단군이 하늘과 소통하던 제의가 천손으로서 하늘을 숭상하는 부여의 영고, 고구려의 동맹, 동예의 무천, 삼한의 소도라는 이름으로 이어졌다.

낭가사상은 고구려에서 발전했다. 강국으로 발돋움하며 국가적 '선배제도'로 정착했다. 단재는 고문헌에서 '평양자선인왕검지택(平壤者仙人王儉之宅)' 문구를 발견하고 왕검을 '선인'이라 한 사실을 들어 삼국시대 고구려에서 수두교 사람들을 선배—기록할 때는 '선인(仙人)' 또는 '선인(先人)'—라 불렀다고 보았다.

낭가사상 곧 '선배사상'이다. 고구려는 소년들을 뽑아 '선인도랑'이라 불렀다. 고문헌에 무예를 관장하는 이를 '조의선인'이라 했는데 중국의 침략에 일상적으로 맞서야 했던 고구려에서 '조의(皂衣)' 즉 '검은 옷'을 입고 다닌 선배라는 뜻으로, 20세기에 들어서서 천도교가 단발하며 입은 옷 색깔과 일치한다.

선배들은 공동체 생활을 중시했다. 마을의 큰 마당에 모여 학문을 도야하고 무예를 연마했다. 성곽을 만들고 길을 만들며 환란 구제에도 앞장서다가 전쟁이 나면 머뭇거림 없이 전쟁터로 달려갔다.

신라는 고구려의 선배에 외모를 더해 '화랑'으로 뽑았다. 그러니까 화랑은 신라 고유의 제도가 아니었다. 신라 진흥왕이 고구려 제도를 모방해 뽑은 '국선(國仙) 화랑'은 "학문에 힘쓰며, 수박(手搏)·사예(射藝)·기마·턱견이·깨금질·씨름 등 각종 기예를 하며, 원근 산수에 탐험하며 시가와 음악을 익히며, 공동으로 한곳에 숙식하며, 평시에는 환난구제와 성곽·도로 등의 수축 등을 자임하고, 난시에는 전장에 나가 죽음을 영광으로 알아 공익을 위하여 일신을 희생하는 것이 '선배'와 같다".

선배사상은 단군이 발원지였다. 영고·동맹·무천·소도, 고구려 선배와 신라 화랑제도로 흘러왔다. 조선의 주체적인 세계관으로 뿌리내린 선배사상은 고구려가 수나라·당나라와 연이어 벌인 전쟁에서 이기고 신라가 통일을 이루는 과정에서 도드라지게 발현되었다.

선배는 국가를 지키고 이끌어가는 원동력이었다. 단재는 망명 전에 선배의 최고 발현자로 연개소문과 을지문덕을 돋을새김했다. 선배사상의 구현자로서 고대의 민족 영웅에 주목했던 단재는 만주를 돌아다니며 그것을 민족구성원 모두가 지녀야 할 정신적 무기로 새롭게 인식했다.

하지만 동시대인들은 중국을 사대해온 습성이 뼛속까지 사무쳤다. 단재는 틈날 때마다 낭가사상이 조선 고유의 사상임을 강조했다. 신문사에 사표를 던지기 직전인 1910년 3월 《대한매일신보》에 쓴 논설 '동국고대선교고'에서 단재는 조선의 선교가 중국 도교가 아니라 우리 민족의 고대국가 통치 이념이었음을 낱낱이 밝혔다.

도교가 중국에서 들어오기 전이었다. 천선·국선·대선의 명칭이 이미 있었다. 도교는 불교 이후에 소개됐으나 선교는 불교 이전에 존재했고 단군선인은 노자보다 1700여 년 전 인물이며, 도교는 장생불사를 바라는 현실 도피적 종교라 개인의 장수를 좇지만 선교를 익힌 조선의 선배는 공동체에 봉사하고 헌신한다는 점에서 도교와 아주 다르다.

단재는 선배사상을 밑절미로 조선사를 서술했다. 역사란 "인류사회의 '아'와 '비아'의 투쟁이 시간부터 발전하여 공간부터 확대하는 심적 활동상태의 기록"이다. 조선사에서 '심적 활동상태'가 바로 선배사상인데 조선왕조를 거치면서 한국인의 심성에 깊이 가라앉아있다고 본 단재는 그것을 고대사의 구체적 규명을 통해 끌어올리려 했다.

단재에게 선배사상은 곧 독립사상이다. 그 사상으로 국권을 되찾을 수 있다고 보았다. 고대사 인식과 서술의 이론적 근거인 동시에 민족이 직면한 위기를 해소할 방안으로 선배사상을 찾아낸 단재는 1915년 만주 생활을 접고 베이징으로 갔다.

단재에게 베이징은 더는 예전의 베이징이 아니었다. 고구려가 통치했던 땅이었다. 광개토대왕비와 만난 단재가 베이징으로 거처를 옮긴 까닭은 이회영의 적극적인 권고가 있어서이기도 했지만 역사를 연구하며 저술에 필요한 자료를 수집하고 참고서적을 찾아보는 데 베이징대학이 더없이 유용해서였다.

단재는 베이징에 둥지를 틀고 '조선사' 저술에 착수했다. 자주적이고 근대적인 역사관으로 민족사를 서술하겠노라 다짐했다. 만주에서 고구려 유적이 훼손된 현장을 돌아보면서 독립운동과 함께 역사를 바로 세우는 일이 중요하다고 확신한 단재에게 고대사 연구는 우리 겨레 고유의 고구려적 품성을 되찾는 과정이었고, 조선왕조적 체질을 넘어 새로운 근대정신을 세우는 길이었다.

단재는 고려 중기 묘청의 봉기를 주목했다. 고구려적 체질이 조선왕조적 체질로 바뀐 결정적 사건이었다. 귀족의 힘이 커져 왕권이 흔들리고 북방에선 신흥세력으로 여진족이 세운 금나라가 등장하던 고려 인종 시기에 묘청은 수도 이전을 주장해 인종의 관심을 끌었다.

묘청은 개성의 지덕이 쇠퇴했다고 보았다. 지덕이 왕성한 평양으로 수도를 옮겨야 왕실과 국가가 융성해진다고 주장했다. 풍수론은 새로운 국가 질서를 확립하려는 열망을 가진 사람들에겐 언제나 매혹적이고 그만큼 혁명적인 사상이어서 묘청은 인종의 암묵적 지지를 받아 수도를 평양으로 옮기고 고려가 '황제의 나라'임을 선포할 꿈에 부풀었다.

고려 초기부터 기득권을 누려온 세력의 생각은 달랐다. 사대주의적 유학자들은 묘청의 언행을 '광망한 거동'으로 몰아쳤다. 단재는 묘청에 앞서 여진족을 정벌한 고려 예종과 윤관이 선배사상을 실행한 인물이라고 평가하며 그 기운이 예종에서 인종으로 이어지는 시대에 낭가는 물론, 불가·무장·문인들에게도 자극을 주어 묘청이 봉기를 일으키는 배경이 되었다고 보았다.

따라서 단순히 개경의 귀족과 서경 출신 신진 관료의 대립이 아니었다. 지배층 내부의 권력 다툼만으로 이해할 사건도 아니다. 단재는 서경 전투에서 양편 병력이 서로 수만 명에 지나지 않고 전투의 기간이 2년도 안 되지만, 그 결과가 조선사회에 끼친 영향은 고구려의 후예요, 북방의 대국인 발해 멸망보다도 몇 갑절이나 더한 사건이라고 보았다.

대개 고려에서 이조에 이르는 1천 년 사이에 이 사건보다 더 중요한 사건이 없을 것이다. 역대의 사가들이 다만 왕의 군대가 반란의 무리를 친 싸움 정도로 알았을 뿐이었으나 이는 근시안적 관찰이다. 그 실상은 낭·불 양가 대 유가의 싸움이며 국풍파 대 한학파의 싸움이며 독립당 대 사대당의 싸움이며, 진취사상 대 보수사상의 싸움이니, 묘청은 곧 전자의 대표요, 김부식은 곧 후자의 대표였던 것이다. 이 전투에서 묘청이 패하고 김부식이 승리하여 조선역사가 사대적 보수적 속박적 사상, 즉 유교사상에 정복되고 말았거니와 만일 이와 반대로 묘청이 승리했다면 독립적 진취적 방면으로 나아갔을 것이니, 이 사건을 어찌 1천 년래 조선사 제1대 사건이라 하지 않으랴.

사대파가 국풍파를 죽이면서 역사가 쇠퇴했다. 봉기를 진압한 김부식은 곧바로 사대적인 유학사관으로 《삼국사기》를 편찬했다. 사대주의자 김부식은 일찍부터 중국에 대결해왔던 사상적 근거로서 선배사상이 더는 기득권을 위협하지 않도록 아예 뿌리째 뽑으려 덤벼들었고 심지어 자기보다 필명을 더 날리던 정지상을 질투해 그를 묘청파로 몰아 죽였다.

김부식으로 겨레 고유의 전통은 말살되거나 뒤틀렸다. 사대주의에 부합한 역사만 남기고 독립사상을 지닌 역사는 없애버렸다. 당나라 힘을 빌려 고구려와 백제를 멸망시킨 신라 집권세력은 임진강 또는 대동강 이남으로 만족하며 고구려 땅을 찾을 뜻이 아예 없었음에도 김부식은 중화사상에 물들어있는 자들의 반민족행위를 사대주의 역사 편찬으로 정당화하고 나섰다.

상고시대 조선은 강건한 힘과 영토, 문화·종교사상을 지녔다. 후대로 오면서 약화해온 것도 사실이다. 조선 후기에 이르러선 정치를 비롯해 학술·종교·풍속이 죄다 사대주의의 노예가 되었는데 그 노예근성을 낳은 계기가 묘청의 실패였다고 단재는 보았다.

유학자 김부식과 불교 승려 일연은 달랐다. 일연은 몽고의 침략 아래 《삼국유사》를 편찬하며 단군을 앞세웠다. 일연의 '국조 단군' 부각은 몽고의 압박과 간섭이 격심했던 상황에서 민족적 자각이 크게 요청되었던 시대의 반영이었다.

단재도 단군의 역사적 의의를 높이 평가했다. 단군을 모시는 대종교와도 꾸준히 소통했다. 중국에서 항일독립운동에 앞장섰던 적잖은 망명객들은 망국의 처지에서 민족적 구심점을 찾아 국권을 되찾으려는 운동의 하나로 대종교를 민족종교로 받아들이거나 지지했다.

같은 이유에서 일제는 대종교를 방관하지 않았다. '유사 종교'로 규정하고 본격 탄압에 나섰다. 일제가 대종교를 불법화하자 창시자 나철은 1916년 8월 15일 황해도 구월산 삼성사에서 항의 서한을 남기고 단식과 폐기법(閉氣法) — 문자 그대로 스스로 숨을 멈춤 — 으로 자결했다.

베이징의 단재는 '조선사' 초고 집필에 집중했다. 언론인으로서 활동도 이어갔다. 단재가 베이징의 유력한 신문 《중화보》와 《베이징일보》에 칼럼을 기고한 목적은 중국인들에게 일제의 침략주의와 야만성을 폭로하여 조·중 두 나라가 공동 대응하도록 여론을 형성하기 위함이었고 실제로 중국 정부에 '한·중 항일공동전선' 결성을 제안했다.

언론 활동은 생활비 마련에도 도움을 주었다. 원고료가 많지는 않았지만 단재에겐 소중했다. 당시만 해도 베이징에는 한인이 많이 살지 않았고, 직업을 얻기란 더욱 어려워 독립운동과 저작 활동에만 몰입해온 망명객에게 궁핍은 자신의 그림자처럼 당연한 귀결이었다.

더구나 단재는 쉽게 사람들과 어울리지 못했다. 생계를 전적으로 의존하던 《중화보》에 쓴 칼럼을 신문사에서 임의로 고치자 곧바로 집필을 거부했다. 신문사에서는 단재의 논설로 발행 부수가 4000~5000부나 늘었으므로 사장이 직접 찾아와 사과했으나 질책만 받고 물러나야 했다.

그런데 신문사에서 고친 것은 조사 '의(矣)' 자 하나였다. 조사 '의'는 없더라도 뜻이 달라지는 글자는 아니었다. 단재는 중국인 편집진이 자신이 조선인이기에 무시해서 함부로 원고를 고쳤다고 판단했지만 원고료 수입을 위해 집필을 응낙한 자신을 오히려 탓하며 더는 《중화보》에 투고하지 않고 생활의 고초를 기꺼이 감수했다.

차츰 굶는 날이 많았다. 그럼에도 돈에 관심이 없었다. 단재를 따르는 한 지인이 참상을 보다 못해 방석 밑에다 10원 또는 30원씩 묻어두고 갔는데 자신이 앉은 자리 밑에 돈이 있는 줄도 모르고 굶었다.

지인이 다시 방문했다. 짐짓 "어찌 방을 돼지우리처럼 두는가" 나무라며 방 소제에 나섰다. 청소하다가 자리 밑에서 처음 돈을 발견하는 척하며 건네주자 단재는 "돈이 다 떨어진 줄 알았더니 아직 남았군!" 하면서 그것을 자신이 흘린 돈으로 알았다.

굶주림 속에서도 분주했다. 역사연구와 언론활동, 독립운동에 몰입했다. 대한제국 순종의 주권 포기를 '국민에게 주권을 넘겨준 사건'으로 정의한 대동단결선언에도 적극 참여했다.

단재의 학문적 열정을 높이 산 베이징대 교수로부터 도움도 받았다. 그의 주선으로 보타암에 머물 수 있었다. 절에서 조선사 연구를 이어가며 《베이징일보》에 꾸준히 논설을 썼고 베이징대학 도서관을 출입하며 사회주의 사상도 탐구했다.

그때 조선에서 3·1독립만세운동이 일어났다는 소식이 들려왔다. 단재는 기쁨과 희망으로 뒤설렜다. 거사를 손병희가 주도했다는 사실에 천도교 교주인 그가 몸소 신문사로 찾아왔을 때가 상기됐다.

기자 신채호는 손병희에게 선입견이 있었다. 그가 호사스레 생활한다는 소문을 들었기 때문이다. 신문사에 돌연 나타나서는 논설을 읽고 밥이라도 사고 싶었다는 손병희의 말도 어쩐지 노회한 포교 차원인 듯싶어 매몰차게 거절했었다.

단재는 멀리서나마 옥중의 손병희에게 경의를 표했다. 근거가 있든 없든 그간의 모든 비난을 상쇄하고도 남을 역사적 위업을 이뤘다고 평가했다. 더구나 일본제국주의가 잔혹한 학살에 나섰음에도 독립만세운동이 골골샅샅으로 퍼져가는 소식을 들으며 단재는 3·1혁명을 '5000년 이래 제일 큰 사건'으로 파악하고 민족 고유의 전통을 몸속에 지니고 있는 민중이야말로 민족해방운동의 주체임을 확신했다.

곧이어 상하이에 임시정부를 세우자는 여론이 일었다. 단재도 벅찬 가슴으로 베이징을 떠났다. 상하이에 도착한 단재는 1919년 4월 10일 대한민국 임시정부 수립을 위한 최초의 29인 모임에 참가하며 기나긴 민족사에 새로운 이정표를 세우는 예감에 부풀었다.

7

"미국에 들어앉아 외국의 위임통치나 청원하는 이승만을 우리가 어떻게 수반으로 삼을 수 있단 말이오?"

대한민국 임시정부 첫 회의를 참관하던 최사인은 믿어지지 않았다. 이승만이 1919년 2월에 미국 대통령 윌슨에게 조선의 위임통치를 청원했다고 단재는 단언했다. 위임통치는 전승국이 패전국인 독일이나 오스만제국의 식민지 또는 점령지를 다스리는 권한으로 아시아와 아프리카의 식민지 가운데 자치 능력이 없다고 제멋대로 규정한 나라를 저들끼리 전리품처럼 나눠 가지려는 속셈이었다.

국제연맹은 위임통치를 감독할 수 있다. 하지만 실제 강대국의 위임통치를 제재할 방법은 없었다. 영국은 이라크와 팔레스타인을, 프랑스는 시리아와 카메룬을, 벨기에는 르완다와 부룬디를 위임통치령으로 챙기던 시점에 이승만은 '장차 조선의 완전 독립을 보장한다는 조건하에 일본의 현 통치에서 조선을 해방시켜 국제연맹의 위임통치 아래 두어야 한다'는 주장을 공공연히 펴고 있었다.

사인은 위험한 발상이라고 판단했다. 강대국의 위임통치가 종료되는 시점도 막연해 더욱 그랬다. 이승만과 한패인 정한경은 미국 기자와의 인터뷰에서 더 노골적으로 조선인들은 국제연맹에서 조선을 관할하되, 민주 정치를 하는 미국이 고문을 맡아 차츰 조선의 기초를 굳건히 해주길 원한다고 주장했다.

3·1혁명이 미국 신문에도 보도된 상황이었다. 이승만의 언행은 손병희가 모아낸 자주독립 열망에 찬물을 끼얹는 작태였다. 위임통치 청원이 사실로 밝혀졌음에도 이승만을 임시정부의 수반으로 세우자는 움직임이 수그러들지 않아 최사인은 더 놀랐다.

이승만을 추천한 사람들은 대안이 없다고 주장했다. 단재는 미국 하와이에서 무장투쟁을 준비하던 박용만을 제안했지만 부결됐다. 누군가가 이상재를 추천했으나 그도 부결되었고, 단재도 추천받았지만 부결되어 결국 이승만·안창호·이동녕 세 사람을 후보로 제시하고 무기명 투표로 결정했다.

결과는 이승만이었다. 의정원을 구성한 다수가 명망가였다. 미국 윌슨 정부와 전혀 끈을 갖고 있지 못한 그들은 조선에 있을 때도 독립운동은커녕 기독교 교회 일에만 매달렸던 이승만을 '윌슨의 제자'라는 이유만으로 큰 기대를 갖고 임시정부의 첫 총리로 확정했다.

사인은 옥중의 소소가 안타까웠다. 내란죄 혐의만 아니라면 단연 총리로 추대될 터였다. 단재는 분연히 일어서서 회의장을 떠나며 개탄했다.

"무엇보다 무서운 것은 어느새 우리가 대의를 잃었다는 사실이외다. 이럴 바에는 차라리 나를 죽이고 가시오!"

이승만 지지자들은 단재를 궤란쩍다거나 독불장군이라 비난했다. 사인은 단재의 분노에 십분 공감했다. 대한민국 임시정부가 출발하면서 그 수반을 위임통치 주장자로 선출하는 풍경은 사인이 보기에도 꼴사납고 3·1혁명에 나선 민중의 뜻과도 어긋나는 일이었다.

의정원은 다음 날인 4월 11일 오전 10시에 회의를 마쳤다. 국호와 헌법을 결정하고 정부도 구성해 마침내 대한민국 임시정부가 탄생했다. 단재는 이승만을 국무총리로 결정하는 명망가들에 분노해 결연히 회의장을 나갔을 뿐 임시정부를 등지진 않았으며 다음 회의들에 빠짐없이 참석했고 의정원 제5차 회의에선 의장을 맡아 주재도 했다.

1919년 8월까지 단재는 의정원에 성실히 참석하며 최선을 다했다. 그런데 정작 이승만은 대한민국 임시정부 국무총리 자리에 취임하지 않았다. 중국 상하이로 오지 않았을뿐더러 태평양 건너 미국 워싱턴에서 '한성정부 집정관총재' 이름으로 활동하며 윌슨의 민족자결 원리에 따라 약소국가도 독립할 수 있다고 주장했다.

총리 이승만은 미국에서 외교로 독립을 이뤄내겠다고 호언장담했다. 그를 총리로 세우고 내무총장으로 부임한 안창호가 이승만을 대신해 정부를 끌어갔다. 임시정부를 수립하는 과정에서 조선독립운동의 길로 여러 갈래가 논의되었지만, 독립은 먼 장래에 가능하다며 당장은 민심의 통일과 국민 개조가 필요하다고 주장하는 '준비론'이 주류를 형성했다.

준비론의 중심에 안창호가 있었다. 준비론은 조선민족이 실력부터 갖춰야 한다는 '실력양성론'과 맞닿아있었다. 반면에 독립전쟁론을 주창한 이동휘는 러시아와 중국 영토에서 10만 규모의 의용병을 모집하자고 주장했고, 미국에서 군사단체인 대조선국민군단을 조직하고 무장투쟁을 주창해온 박용만도 베이징으로 왔다.

최사인은 소소라면 어찌했을까 생각했다. 준비론과 독립전쟁론을 두 날개로 삼지 않았을까. 사인은 임시정부에서 한 자리씩 차지한 명망가들의 외교중심주의가 앞으로 독립운동의 미래에 큰 불집을 일으키리라 직감했다.

사인의 우려는 예상보다 빨리 현실로 나타났다. 이승만은 화합에 나서야 할 섟에 괘꽝스러운 행태로 단재를 다시 분격케 했다. 임시정부가 내각책임제의 총리로 선출해주었음에도 이승만은 미국 동포 사회에서 '대통령'을 자임하며 사람들을 만나고 다녀 그를 총리로 세운 사람들조차 난감케 했다.

임시정부는 공문을 보냈다. 헌정에도 없는 '대통령'이란 칭호를 사용하지 말라고 정중히 요청했다. 이승만은 언죽번죽 "이미 여러 나라에 보낸 국서에 '대통령' 명의를 사용했다. 지금 와서 그렇지 않다는 사실이 세상에 알려지면 독립운동에 큰 지장이 온다"고 넉살 피우는 답장을 보냈다.

임시정부 주도세력은 이승만에 항의하지 않았다. 멋대로 '대통령' 칭호를 사용하는 행태를 정당화하려고 나섰다. 상하이 밖에서 세워진 임시정부들을 통합하자는 움직임도 있었기에 정부 조직을 바꾸는 명분으로 삼고 아예 대통령제 개편안을 의정원에 제출했다.

3·1혁명 직후 임시정부 세 곳이 주목받고 있었다. 상하이 임시정부와 연해주의 대한국민의회, 서울에서 선포된 한성정부가 그것이다. 명실상부한 민족의 대표기관으로 활동하려면 통합이 필요하다는 여론이 높아지면서 상하이 임시정부에서 '부임하지 않는 총리' 이승만을 대신해 대리를 맡고 있던 안창호가 통합작업을 주도했다.

통합 임시정부 위치와 명칭 모두 상하이 쪽 제안을 받아들였다. 정부 직제를 개편하고 행정수반 명칭을 '대통령'으로 바꾸기로 합의했다. 1919년 8월 28일 의정원 회의가 열려 통합임시정부의 대통령으로 이승만 추대가 정식 안건으로 제기되자 단재의 인내에도 한계가 왔다.

최사인도 이해할 수 없었다. 화합을 중시한 소소라면 도저히 있을 수 없는 일이었다. 임시정부라면 비상한 시대의 정부라서 마땅히 힘을 하나로 모아내야 할 때에 찬반이 갈린 특정인의 감투 욕구를 충족시켜 주려고 헌법까지 바꾸는 작태를 납득하기 어려웠다.

황당한 위인설관(爲人設官)의 문제만은 아니었다. 사인은 단재의 생각과 일치했다. 조선에서 민중이 3·1만세운동으로 독립운동의 새 지평을 열었음에도 임시정부 지도부가 미국을 중심으로 외교에 치중하고 있어 개탄스러웠다.

안타까움은 분노로 이어졌다. 의정원 다수는 단재의 비판에 귀 기울이지 않았다. 단재는 태평양 건너 먼 미국에서 윌슨과의 교분을 과시하며 외교로 독립을 이루겠다는 이승만을 위해 첫 헌법까지 무람없이 바꾼 임시정부 주도세력에 크게 실망했다.

의정원에는 돈 많은 양반가의 아들도 적지 않았다. 단재는 먹고 잘 곳조차 없었다. 그때까지 산월이 준 여비를 소중히 아껴 쓰던 사인은 단재에게 다가가 자신이 천도교에서 의암 선생의 수행 비서였음을 밝혔다.

단재는 예리한 눈빛으로 훑어보았다. 사인이 혹 일제의 밀정은 아닌지 경계했다. 사인이 천도교 본부에서 발행한 신임장을 꺼내 보여주자 비로소 단재는 의심의 눈길을 거둬들였다.

사인은 단재와 장기 투숙할 여관을 잡았다. 단재가 제안해 심산 김창숙, 백암 박은식이 잇따라 합류했다. 사인은 단재와 비슷한 연배인 유학자 심산이 3월 1일 탑골공원에서 망신당할 때 보았으나 굳이 내색하지 않으며 인사를 나눴다.

백암은 단재보다 20여 년 연상으로 소소와 동년배였다. 더없이 소탈했다. 사인이 백암·심산과 여관에 머물며 의정원 회의 자료들을 읽던 어느 날, 단재가 얼굴이 굳은 채 창백한 표정으로 들어오더니 아무 말 없이 천장을 바라보다가 돌연 통곡하기 시작했다.

마침 소낙비가 쏟아졌다. 번개와 천둥이 잇따랐다. 귀기마저 감도는 단재의 울음을 넌지시 지켜보던 백암이 사인에게 다가가서 말리든가 어찌 해보라는 눈짓을 보냈다.

"선생님. 밖에서 무슨 일이 있으셨나요? 말씀해주세요. 여기 계신 선생님들과 슬픔도 기쁨처럼 함께 나누기로 하셨잖습니까."

단재는 말없이 우편물을 건넸다. 미국에서 활동하는 동포가 발신인이었다. 우편물 안에는 이승만의 위임통치 청원서 원문과 번역문이 들어있었고, 백암과 심산은 서로 교환하며 읽은 뒤 단재의 비애를 백분 공감했다.

"따지고 보면 이승만은 이완용보다 더 큰 역적이오. 이완용은 있는 나라를 팔아먹었지만 이승만은 아직 우리나라를 찾기도 전에 있지도 않은 나라를 팔아먹은 자란 말이오."

단재가 심경을 간명하게 토로했다. 백암과 심산까지 눈을 슴벅였다. 사인은 사뿐히 일어나 방문을 열고 나와 처마 밑 마루에 서서 장대비 쏟아 내리는 회색 하늘을 바라보았다.

단재·백암·심산의 한탄이 간간이 들렸다. 단순히 이승만 개인의 문제라면 그리 큰 슬픔에 잠기진 않았을 터다. 하지만 망한 나라에서 그나마 나라를 찾겠다는 사람들이 미국에 위임통치를 청원하는 자를 지도자로 옹립하고 내내 두남두는 행태란 절망스러운 일이었다.

세 사람과 사인은 투지를 모았다. 대통령 이승만을 탄핵해 임시정부를 바로세우자고 결의했다. 어느새 비가 그치고 망명지 상하이의 하늘에 쌍무지개가 커다란 반원을 그리며 떠있었다.

8

이승만은 뜻대로 '대통령'이 되었다. 그럼에도 상하이로 오지 않았다. 백암·심산과 함께 단재는 미국에서 위임통치청원서나 제출하며 대통령 행세를 하고 다니는 이승만을 쫓아내고 대한민국 임시정부를 바로 세울 방안을 숙의했다.

세 사람은 진실도 확인할 겸 이승만에게 편지를 보냈다. 명분을 쌓는 수순 밟기이기도 했다. 워싱턴에 띄운 편지에서 세 사람은 이승만에게 위임통치 청원서를 낸 것이 사실인지 묻고 만일 냈다면 즉시 취하하라고 촉구했다.

워싱턴으로 편지를 보내고 한 달이 지났다. 이승만의 답장은 오지 않았다. 단재와 심산은 더는 기다릴 필요가 없다는 백암을 설득해 두 번째 편지를 보냈으나 이승만은 40일 넘도록 아무런 반응도 없었다.

세 사람은 임시정부 국무총리 이동휘에게 면담을 요청했다. 노동총장 안창호, 내무총장 이동녕, 재무총장 이시영이 배석했다.

"이승만이 미국에서 무슨 짓을 하고 있는지 똑똑히 보시오. 이 사람 이승만, 더는 대통령 자리에 두어서는 안 되오."

백암이 위임청원서를 내밀며 호소했다. 청원서를 훑어본 이동휘 총리는 놀라움을 표했다. 적어도 이동휘만은 이승만의 위임통치 따위에 찬성할 사람이 아니라 믿었기에 단재는 머뭇거리는 이 총리에게 다그치듯이 물었다.

"어떻게 생각하시오?"

"우리도 몰랐소. 그러나……."

"그러나?"

"지금 당장 대통령을 내쫓으면 임시정부가 붕괴하오. 덮어둡시다."

이 총리가 애써 미소 지으며 말했다. 안창호, 이시영, 이동녕이 기다렸다는 듯이 동조하고 나섰다. 임시정부 국무원을 통한 이승만 축출이 벽에 부닥치자 세 사람은 의정원을 통해 대통령을 파면하는 방안을 모색했다. 세 사람은 '파면 결의안'을 제출했다. 의정원은 찬반양론으로 갈렸다. 표를 헤아려보니 찬성자를 아무리 늘려 잡아도 과반수 정도여서 통과 가능성이 전혀 없었다.

단재는 미련을 깨끗이 접었다. 밖에서 임시정부를 올곧게 세우는 길로 들어섰다. 먼저 임시정부가 기관지로 발행하는 《독립신문》에 맞서 1919년 10월 28일 자로 《신대한》을 창간하고 여론 투쟁에 나서며 '신대한동맹단'을 조직했다.

단재가 주필을 맡고 김두봉이 편집장을 맡았다. 창간사에서 단재는 "2천만의 해골을 태백산같이 쌓을지라도 일본과 싸우자는 정신"으로 독립군을 '제조'하자고 호소했다. 창간사는 자본주의 사회의 모순을 극복하고 빈부 차이가 없는 평등한 이상세계를 건설하자면서도 당장에는 눈앞의 적을 무찌르고 민족독립을 이루어야 한다며 일본제국주의를 철천지원수로 규정하는 동시에 임시정부 국무원과 의정원의 외교론적 행태를 맹렬하게 비판했다.

단재는 사회주의자들의 자본주의 비판에 공감했다. 하지만 공산주의에는 일정한 거리를 두었다. 공산주의가 내세운 이상과 달리 러시아 볼셰비키 공산당은 전제 무단정치로 흘러가고 있다며 공산주의 사상의 확산을 경계하고 최우선의 과제를 조선독립에 두었다.

임시정부는 단재와 《신대한》의 비판을 받아들이지 않았다. 방관만 하지도 않았다. 임시정부 기관지 《독립신문》은 《신대한》이 창간된 직후 "지면의 광대와 언론의 장쾌함이 특색인 듯하다"라고 논평했지만 속으로는 몹시 불편했다.

그렇다고 임시정부가 내놓고 폐간에 나설 수는 없었다. 은밀히 폐간 공작에 나섰다. 《신대한》의 인쇄소를 찾아가 비밀 교섭을 벌였고 갑자기 인쇄를 거부당한 《신대한》은 도리 없이 휴간할 수밖에 없었다.

임시정부는 거기서 멈추지 않았다. 《신대한》을 경제적으로 돕는 이들에게도 압박을 가했다. 신문사의 자금줄을 끊는 전형적인 언론 탄압을 벌이는 한편으로 《독립신문》 주필 이광수가 나서 오산학교에서 만난 적이 있던 단재를 회유했다.

소설로 명성을 얻은 이광수는 안창호의 노선을 추종했다. 이승만을 지지하는 것이 대의라며 그에 동의하면 단재를 《독립신문》 주필로 모시겠다고 언구럭 부렸다. 하지만 단재에게 중요한 것은 자리가 아니었을뿐더러 '이승만 지지가 대의'라는 이광수의 말 하나하나가 참으로 맹랑했다.

"젊은 친구가 참 편하게 생각하는구먼. 그런 생각으로 독립운동을 한다면 조선독립 이전에 그대가 망가질 테니 각별히 유의하게나. 대의에 동의하면 독립신문 주필로 모시겠다? 귀를 씻고 싶으니 썩 나가게."

이광수는 얼굴이 벌겋게 달아올랐다. 하지만 단재의 눈빛에 눌려 아무 말도 하지 못했다. 스스로를 천재로 여겨온 이광수는 태어나서 처음 당하는 모욕이었을뿐더러 "조선독립 이전에 그대가 망가질 테니 각별히 유의"하라는 단재의 충고가 몹시 거슬렸다.

이광수는 울뚝밸을 삭이며 임시정부 청사로 돌아왔다. 단재가 자신의 충정 어린 제안을 완강히 거부했다고 보고했다. 이어 분개하며 "내이런 이야긴 안 하려 했는데 그 양반 참 가관입디다"라며 험담을 늘어놓기 시작했다.

"글쎄 그 양반이 조선을 떠날 때 제가 가르치고 있던 오산학교에 들른 적이 있었답니다. 학생들에게 강연 자리를 마련해주었지요. 사뭇 괴벽이 있더군요. 세수할 때에 고개를 숙이지 않고 빳빳이 든 채로 두 손으로 물을 찍어다가 바르지 뭡니까. 그래서 마룻바닥과 자기 저고리 소매와 바짓가랑이를 온통 물투성이로 만들었어요. 별것도 아닌 일에 그렇게까지 할 필요가 있느냐고 해도 또 그러더군요."

안창호와 이시영은 무덤덤했다. 아무 반응이 없었다. 이광수는 다소 민망해서 엄벙뗑 화제를 돌리려고 험담에 마무리를 지었다.

"그러니까 제 말은 그 양반이 결코 뉘 말을 들어서 제 소신을 고치는 인물이 아니다, 그런 뜻입니다. 남의 사정을 보아서 남의 감정을 꺼려서 저 하고 싶은 일을 아니 하는 인물은 아니었다는 거지요."

안창호와 이시영은 여전히 이광수의 말을 무시했다. 그들 또한 단재와 노선은 달랐다. 하지만 반대쪽에 있다고 하더라도 내심 언론인 신채호의 올곧은 정신이나 사람됨을 높이 평가하고 있었다.

"그렇게 고집을 피우면서도 웃고 이야기를 할 때에는 퍽이나 다정스럽긴 하더군요."

눈치 빠른 이광수는 어름어름 말을 돌렸다. 단재가 망명 전에 오산학교 학생들과 만난 것은 사실이다. 이광수 앞에서 세수할 때 고개를 숙이지 않은 것도 사실이지만 그것은 이광수를 비롯해 오산학교 일부 젊은 교사들이 일본제국주의와 맞서려는 기개가 도무지 보이지 않았기에 앞으로 어떤 자세가 필요한가를 일러주고 싶어 의도적으로 선택한 행위였다.

오산학교 교사 가운데는 알아차린 사람도 있었다. 단재의 세수를 보며 자신의 흐트러진 마음을 씻고 결기를 다졌다. 하지만 이광수처럼 단재를 고집스럽고 고루한 행태로 조롱한 교사도 있었다.

결국 《신대한》은 문을 닫을 수밖에 없었다. 의정원에서 물러나 언론

활동으로 임시정부를 바로잡으려 했지만 그 진지마저 빼앗긴 셈이다. 단재는 임시정부의 작태에 치미는 분노를 가까스로 억누르고 마치 훌훌 털어버리듯이 상하이를 떠났으며, 여관에서 함께 숙식하다가 소소 못지 않게 그를 흠모하게 된 최사인도 결단에 공감해 베이징으로 동행했다.

임시정부는 그 뒤에도 대통령 이승만을 둘러싸고 갈등이 점차 커졌다. 창조파와 개조파를 낳았다. 창조파는 외교적 독립론이나 실력 양성론에 매몰되어 민중의 독립투쟁 열정을 담아내지 못하고 있는 임시정부를 해체하고 새로운 정부를 구성하자고 주장했다.

단재가 창조파의 이론적 구심이었다. 러시아 영토에서 독립운동을 해온 무장투쟁 세력과 중국 베이징의 박용만 세력도 가세했다. 하지만 개조파는 "3·1운동 이후 독립운동 세력의 총의로 구성된 상하이 임시정부를 해체하고 새삼 다른 정부를 세우는 일은 현실적으로 불가능하다"고 맞섰다.

이승만과 안창호가 임시정부 주류였다. 그들은 군사 행동이나 테러 행위는 열강의 동정을 얻어내는 데 오히려 장애가 된다고 보았다. 따라서 현실적으로 독립 외교에 백해무익한 무장 투쟁에 힘을 소모하기보다 실력을 길러 후일에 대비하는 방법이 효과적이라는 주장을 폈다.

단재는 어이가 없었다. 더구나 마치 자신들만 현실을 안다는 듯이 떠들어댔다. 참다못한 단재가 쓸쓸한 미소를 거두며 잔잔한 논리로 '조용한 호통'을 쳤다.

"현실? 좋소. 그런데 정말 물어봅시다. 도대체 누가 일시에 수십만 대군이 출동하자고 주장한단 말이오? 지금 그것이 현실적으로 불가능하다는 사실 우리도 잘 알고 있소. 그것을 주장하고 있지도 않소. 그러나 중국과 러시아 국경지대 여기저기서 활동하고 있는 독립군들을 보시오. 흩어져있는 독립군을 통합하고 지원하는 일, 폭탄부대를 조직해 일제를 공포의 도가니로 몰아넣는 일은 현 단계에서도 얼마든지 가능한 일이란 말이외다."

실제로 북간도 독립군들은 사기가 높았다. 적극적으로 군사정책을 추진하라는 건의안을 의정원에 제출도 했다. 무장투쟁 노선의 창조파에 힘을 실어주는 행동이었지만 명망가 중심의 임시정부 주류의 생각은 조금도 달라지지 않았다.

임시정부의 분열에 단재의 벗 신규식은 절망했다. 일찌감치 상하이에 망명해 독립운동 틀을 잡고 대동단결선언을 내온 '애꾸눈' 예관은 분노마저 밀려왔다. 나라 안팎에서 독립운동을 벌이는 사람들이 '대동단결'은커녕 파벌까지 만드는 모습을 통탄하면서 25일이나 단식 끝에 1922년 9월 25일 절명했다.

9

단재는 절망이 엄습할수록 투지를 다졌다. 3·1독립만세운동에 기꺼이 목숨을 바친 수천여 민중을 상기했다. 국제외교를 통해 독립을 이루겠다는 흰소리꾼들과 확실히 선을 긋고 자신에게 주어진 길을 뚜벅뚜벅 걷겠다고 다짐했다.

사인도 단재와 뜻을 함께했다. 도심 뒷골목에 방을 임대했다. 함께 기거하는 단재와 함께 독립운동가들과 뜻있는 청년들을 접촉하는 한편 산월의 친구 자혜를 수소문했다.

상하이에 머물 때 박자혜가 베이징에 있다는 말을 들은 참이었다. 사인은 가회동으로 산월을 종종 찾아오던 간호사 박자혜를 서너 차례 보았다. 베이징에 망명한 조선인들은 서로 돕고 있었기에 평소에도 서글서글하던 박자혜의 근황을 곧바로 알아낼 수 있었다.

자혜는 베이징대학 의예과에 적을 두고 있었다. 대학 의예과 건물 앞에서 마냥 기다려보기로 했다. 사인은 자혜를 미처 알아보지 못해 지나쳤던 그녀가 되돌아와 '혹시 가회동에 사시던 분 아니냐'고 물을 때서야 비로소 알아차렸다.

박자혜는 서울에서 볼 때보다 훨씬 밝았다. 사인은 찾아온 이유를 분명히 하려는 듯 안주머니에서 산월이 준 봉투를 꺼냈다. 의아스러운 눈길로 바라보던 자혜는 산월이 전해달라고 부탁했다는 이야기를 듣고는 내숭 떨지 않고 반갑게 받았다.

사인은 목례하고 돌아섰다. 자혜는 어디에 머물고 있는지, 베이징에 지인은 있는지 물었다. 상하이에서 만난 단재 선생과 베이징에 와서도 함께 묵고 있다는 말에 자혜는 놀라움에 이어 기대감을 표했다.

단재의 명성은 자자했다. 독립운동에 뜻을 둔 젊은이들 사이에선 더 그랬다. 단재는 베이징과 톈진의 조선 학생들이 결성한 '대한독립청년단'의 단장이기도 했다.

자혜는 대한독립청년단을 풍문으로 듣고 있었다. 이참에 단재를 만나보고 싶었다. 사인에게 미소를 지으며 돈이 생겨 오랜만에 영양을 보충하고 싶은데 혼자보다는 함께 먹으면 더 좋지 않겠느냐며 단재 선생에게도 저녁밥을 사겠다고 제안했다.

자혜와 단재는 그렇게 처음 만났다. 밥을 나누며 두 사람이 반짝반짝 부딪치는 '반딧불이 시선'을 사인은 거니채지 못했다. 황량한 독립운동과 골방의 저작 활동에만 내내 전념해온 단재는 박자혜의 총기 서린 눈빛과 당찬 언행에 매혹되었다.

3·1혁명이 두 사람 사이에 사랑의 다리를 놓았다. 자혜와 단둘이 처음 마주한 날이다. 단재는 3·1만세운동을 실감이라도 하려는 듯이 조선에서 어떻게 전개되었는지 구체적으로 묻고 또 물었으며 자혜는 간호사로 살아가다가 베이징까지 오게 된 사연까지 또박또박 들려주었다.

당시 단재는 서른아홉 살이었다. 10대 시절 고향에서 강권으로 혼인한 아내와는 소통이 어려웠다. 서른 살에 망명길 오를 때 재산을 모두 넘겨주고 이혼한 뒤 10년째 홀로 살고 있었다.

자혜는 스물네 살. 나이 차이가 적지 않았다. 하지만 자혜는 소소와 산월 사이에 견주면 절반도 안 된다고 생각했다.

독립운동가 이회영 부부가 두 사람의 연정을 읽었다. 정식으로 중매했다. 결혼에 이를 때까지 사인은 도통 모르고 있었는데 본디 일상의 생활에는 둔감하기도 했지만 베이징에서 만난 경기고보 졸업생 심훈을 통해 사회주의 청년들의 동향을 들으며 혁명 사상을 탐구하고 있었기에 더 그랬다.

박자혜, 단재가 끌릴 만큼 총명한 그녀의 이력은 독특했다. 조선 왕궁의 궁녀였다. 1895년 12월 경기도의 중인 신분 집안에서 태어나 어린 시절 대궐에 들어섰다.

'아기나인'의 보수는 친가 부모·형제에게 유용했다. 딸을 궁녀로 보내는 가장 큰 까닭이었다. 숙식을 해결하며 고정적으로 한 달에 쌀 너 말, 해마다 명주와 무명 각 한 필을 받았고, 여름에는 베·모시도 나왔다.

대궐에 발을 들여놓으면 평생 궁녀로 살아야 했다. 왕족의 안락을 위해 희생을 강요당했다. 때로는 변덕스러운 왕과 탐욕스러운 왕비 사이에서 젊디젊은 나이에 무참히 생명을 빼앗기는 일도 허다했다.

궁녀 수업을 마친 자혜는 의녀로 일했다. '약방 기생'으로도 불렸다. 궁중 내의원에 소속되어 비·빈들의 해산에 조산원으로 일했고 궁녀들에게 침을 놓아주었다.

하얀 옷의 의녀는 잔치가 있을 때면 변신했다. 색동옷을 입고 머리에 화관 쓰고 춤추는 무희였다. 입궁 뒤 15년이 되면 정식 나인이 되어 남색 치마, 옥색 저고리에 머리에 개구리첩지를 달고 다시 15년을 살면 상궁으로 승격했다.

가장 빠른 입궁이 4~5세이다. 최소한 35세가 넘어야 상궁이 될 수 있다. 물론, 예외는 있게 마련이어서 왕의 후궁이 되면 곧바로 상궁이 되었으며 왕으로부터 '은혜'를 받으면 승은상궁이라 불렸다.

승은상궁은 아무 일도 하지 않았다. 그저 왕의 곁만 지키면 되었다. 그러다가 왕의 핏줄을 출산하면 단숨에 종2품 숙의 이상으로 봉해져 독립 세대를 이뤘다.

궁녀 자혜 또한 왕이나 왕자의 눈에 띄고 싶은 순간이 있었다. 죽어서만 궁을 나갈 수 있다는 '궁녀의 철칙'도 귀 따갑도록 들었다. 하지만 500년 넘게 이어온 조선왕조가 몰락하면서 100여 명의 궁녀를 밖으로 내보냈는데 자혜도 그 가운데 한 명이었다.

궁녀는 전통시대 여성에게 거의 유일한 직업이었다. 궁녀에서 해고당한 자혜는 생계를 스스로 책임져야 했다. 총명했던 그녀는 운 좋게 고종의 귀비가 후원하던 숙명여학교에 입학해 신식교육을 받을 수 있었고 조산부 양성소를 거쳤다.

당시 산파는 전문 의료인으로서 사회적 인식도 좋았다. 나중에 조산원을 개원할 수도 있었다. 자혜는 생리학, 산파학, 해부학, 태상학, 간호, 육아, 소독법을 배우고 조산부 자격증을 받았다.

함께 궁녀로 있던 벗들 가운데 아예 기생이 된 친구들도 있었다. 궁녀 출신은 기생 사회에서 사뭇 '권위'를 누릴 수 있었다. 춤과 노래를 두루 조선 최고 수준으로 익혔기에 자연스러운 귀결이기도 했다.

자혜의 아기나인 동기가 있었다. 함께 해직되었다. 명월관에서 '월야'라는 이름으로 기생이 되어 제법 소문이 자자했다.

월야는 숙명여학생 자혜를 종종 명월관으로 초대해 점심을 함께했다. 그때마다 어울려 수다를 떤 신참 기생이 산월이었다. 시간이 지나며 기생으로서 산월의 명성이 높아가자 월야와의 사이에 조금씩 틈이 벌어졌다.

곧이어 산월이 소소의 집으로 들어갔다. 산월로서는 아무래도 기생 월야보다 자혜를 가까이할 수밖에 없었다. 가회동 집에 초대받았을 때 본 산월은 남편과 나이 차이가 많았음에도 기생 시절과는 견줄 수 없을 만큼 행복해 보였고 점점 지적인 분위기가 얼굴에 배어갔다.

성실한 자혜는 조산부 자격증을 따냈다. 바로 총독부의원에 간호사로 들어갔다. 새로운 생명을 낳느라 고통 겪는 여성들에게 자신이 도움을 준다는 사실, 더구나 아기를 받아내는 보람 있는 일을 하면서 생활을 꾸려갈 돈을 벌수 있다는 사실에 고마움마저 느끼기도 했다.

그런데 궁녀 해직 못지않은 소용돌이와 다시 부딪쳐야 했다. 1919년 3·1혁명이다. 일제 경찰은 독립을 부르짖는 군중을 총칼로 학살하다시피 진압했고 무수히 많은 조선인들이 다치고 죽어갔다.

서울 시내 모든 병원이 아비규환으로 변했다. 피비린내와 신음이 응급실을 가득 메웠다. 그녀가 일하던 총독부의원도 마찬가지여서 죽어가는 이들을 겨우 살려놓으면 순사들이 들이닥쳐 어디론가 끌고 나가 그녀의 내면에서 충격을 넘어선 분노가 쌓여갔다.

"왜 이들은 목숨을 내던지며 조국의 독립을 외치는가. 왜 일본은 이토록 무자비하게 그들의 외침을 묵살하는가."

울분이 터져 나왔다. 자혜는 그 길로 만세운동에 가담했다. 총독부의원에서 일하던 조선인 간호사들과 모임을 갖고 '간우회'를 조직했다.

총독부의원에서 일하는 의사·간호사 대부분은 일본인이었다. 조선인은 의사 네댓 명과 박자혜를 포함한 간호사 열 명 남짓이었다. 뜻을 모아 3월 10일 만세시위를 벌이기로 합의했으나 정보가 새나가 거사는 무산됐고 자혜를 비롯한 간호사들은 체포돼 수감됐다.

병원장 보증으로 풀려났지만 예전의 삶으로 돌아갈 수 없었다. 일경이 병원장과 타협한 석방 조건이 해직이었다. 그녀 스스로도 더는 일제가 운영하는 총독부의원을 위해 일하고 싶지 않았다.

해직 뒤에도 일경은 자혜를 감시했다. 자혜는 간호사로 일하며 모은 돈을 밑천으로 중국행을 결심했다. 감시당하고 있었지만 그래도 조선을 떠나기 전에 친구 산월을 찾아가 작별을 고했다.

산월은 가슴 아팠다. 만세시위를 조직하다가 겪은 간호사들의 고초를 잘 알기 때문이다. 중국으로 망명길에 나선 벗 자혜를 위해 자신이 아끼던 거실의 청동촛대 하나를 내밀며 말했다.

"자혜야, 우리 멀리 떨어져 있어도 새벽기도 하며 함께 촛불을 밝히자."

"뜻밖의 선물이네? 고마워, 요긴하게 쓸게."

"어둠을 밝히는 촛불은 나를 개벽하고 세상을 개벽하는 사람을 상징한댔어."

"아이, 그럼 나는 자격이 없는걸?"

"무슨 소리야. 일본 병원에서 간호사들을 조직한 능력으로 뭘 못 할까, 그리고 혹시 아니? 시집가면 밤에 요긴할 수도 있잖아?"

"하하, 그럼 접수할게. 불 밝힐 때마다 너를 생각하련다."

"나는 조금만, 아주 조금만 생각하렴. 너를 안아주는 신랑에 집중해야겠지?"

"그야 물론이지. 안아줄 신랑이 있다면 말이야. 호호."

"그리고 주변의 어둠을 생각하렴."

"와, 손병희 선생과 살더니 이제 너도 도인이 다 되었구나?"

"그럼 가시버시는 닮는다고 네가 말했잖아?"

10

단재는 자혜에게 빛이었다. 기생 산월의 삶에 소소가 새 길을 열어 주었듯이 망국의 궁녀 자혜에게 단재가 그랬다. 조국과 민족, 역사에 대한 단재의 깊은 통찰은 왕궁에서 나온 뒤 종종 '어떻게 살 것인가' 자문하며 인생의 의미를 찾던 그녀에게 길을 열어주었다.

두 사람은 사상을 공유하며 사랑을 키워갔다. 베이징 뒷골목의 허름한 집 뒷방에서 신혼살림을 차렸다. 산월이 준 청동촛대는 요긴해 때로는 단재가 글 쓰는 밤을 밝히고 때로는 자혜의 하얀 몸을 눈부시게 빛냈다.

성균관 박사와 대궐 궁녀의 사랑은 열정이 넘쳤다. 자혜는 아들 수범을 낳았다. 가난했지만 서로 순수하고 애틋해 단재의 일생에서 가장 사사롭게 행복한 시간이었다.

다만 달콤한 밀월이 오래갈 수는 없었다. 사랑의 열정이 식어서가 아니었다. 거무스름한 매지구름이 단재와 자혜가 나누는 사랑의 싱그러운 시공간에 잔뜩 몰려왔는데 다름 아닌 굶주림이었다.

망명한 독립운동가들의 처지는 어금버금했다. 단재의 신혼생활은 더 곤궁했다. 누구에게도 의존하지 않으려는 단재의 자주적 성격은 일상생활에서는 도무지 융통성이라곤 없는 샌님의 자존심일 수밖에 없었다.

셋방살이에 세 끼 먹기조차 힘든 곤경이 이어졌다. 그럼에도 단재는 베이징에서 새로운 언론을 창간했다. 그보다 70여 년 앞서 신혼의 칼 맑스도 궁핍 속에서 새 언론을 창간하며 모든 돈을 쏟아부었고 그 결과 자녀를 영양실조로 잃어가면서도 자본주의를 해부하는 연구와 집필에 열정을 쏟았다.

단재는 새 언론에 담을 글을 여러 편 써나갔다. 사인에게 새 언론 제호로 무엇이 좋을지 가볍게 묻기도 했다. 사인은 어떤 제호든 '하늘'이 들어가면 더 의미 있을 듯싶다며 창간 작업을 지지한다는 뜻으로 남은 돈 대부분을 내놓았다.

사인이 돈을 턴 것은 창간 때문만은 아니었다. 그 못지않은 이유가 있었다. 젖먹이를 안은 채 날로 여위어가는 자혜의 자태를 지켜만 보기 힘들었다.

단재의 구상은 월간지 《천고》로 나타났다. 문자 그대로는 '하늘의 북소리'이고, 중국에선 흔히 '천둥'으로 쓰인다. 매 호 60쪽 안팎의 월간으로 내면서 단재는 많은 글을 썼고 김창숙도 물심양면으로 도왔다.

심훈도 《천고》 편집을 거들었다. 최사인에게는 사회주의 청년들의 움직임을 일러주었다. 어느 날 심훈이 상하이에서 온 친구를 하룻밤만 재워달래며 사인의 방으로 찾아왔다.

상하이에서 온 친구는 중국옷을 입었다. 하지만 얼굴 생김은 완연한 조선인이었다. 예사롭지 않은 눈빛에 과묵한 청년은 수줍은 미소를 띠면서도 날카롭게 보였다.

심훈은 청년과 사인을 서로 소개시키지 않았다. 사인은 충분히 이해했다. 심훈이 관계하는 사회주의 청년들 가운데 하나라고 짐작했다.

청년은 다음 날 아침 일찍 떠날 때까지 침묵을 지켰다. 그 철저함이 사인의 뇌리에 깊은 인상을 남겼다. 청년이 누구인지 심훈에게 군이 묻지 않았던 사인이 청년의 이름과 정체를 알게 된 것은 그로부터 4년이 더 흘러 신문지상에서 혁명가 박헌영의 사진을 보면서였다.

《천고》 창간호를 낼 때 단재는 밤을 지새웠다. 집필에 전념했다. 심훈이 훗날 회고했듯이 단재는 창간사를 한 구절 쓰고는 소리 높여 읊고, 몇 줄 또 써 내려가다가는 붓을 멈추고 무릎을 치며 탄식하다가 엽초를 말아 연이어 피우며 독한 연기를 내뿜었다.

어느 순간 두 눈에 섬광이 스쳤다. 피우던 엽초를 아무데나 내던지며 붓에 먹을 찍었다. 그렇게 발간된 창간사는 명문으로 '천고는 어떤 인연으로 세상에 나오게 되었는가?' 자문한 뒤 명쾌하게 답했다.

왜는 우리나라만이 아니라 또한 동양의 오랜 원수이다. 해안 지방을 침범 능멸하여 우리의 선조로 하여금 무기에 기름 치게 하고, 노약자들은 웅덩이에 구르게 하여 대대로 편안히 쉴 겨를이 없게 했던 놈들이 바로 왜가 아닌가? 또한 이조의 임진년에 대대적으로 침략해 와 인민을 도륙하여 그 피로 전국의 산하를 물들게 하고, 능묘를 파헤쳐 그 화가 백 년 묵은 해골에까지 끼치게 하여, 후대들로 하여금 뼈가 부닥치고 피가 끓게 만든 놈들이 바로 왜가 아닌가? 병자통상 이후 앞뒤에서 기이한 술수를 부려 여러 번 약속하기를, 우리의 독립을 보장하고 우리의 행복을 증진시키겠다고 큰소리치더니, 결국 우리의 국권을 빼앗고 우리의 국호를 없애고, 우리의 인민을 도탄에 빠지게 한 놈들이 왜가 아닌가? 교육을 제한하여 우리 인민들의 지식을 막고 이익을 훔쳐 우리의 생존을 위협하고, 전제 시대의 야만스러운 형벌을 되살려 우리 의사를 죽이고, 잡다한 세금을 거둬 우리 인민들의 재산을 곤궁케 한 놈들이 왜가 아닌가? 삼천리 강역은 이미 저들이 만든 큰 감옥이 되었고, 지금 흉악하고 잔인한 칼날이 마침내 해외의 타국까지 미쳐 촌락을 불태우고 부녀자와 어린아이들을 도살하고 심지어 손과 발을 자르고 귀와 눈을 떼어버리는 야만스러운 행위를 하고도 태양이 없음을 근심하는 놈들이 왜가 아닌가? 또한 그들은 우리에게 했던 짓을 중국에게도 하려고 여러 번 밀약을 맺어 이권을 훔치고 책사를 파견하여 남북을 이간질하더니 지금 또 명분 없이 군대를 내어 동쪽을 유린하고 인명을 가볍게 여겨 행하지 않는 악이 없으니, 아시아에 살면서 아시아에 화를 끼치는 놈들이 누구냐고 물어본다면 왜보다 앞서는 자가 있겠는가?

일본에 대한 어떤 착각도 불허하는 글이다. 조선 민중만이 아니라 중국 민중에게 왜 일제와 싸워야 하는가를 통렬하게 서술했다. 종이와 작은 붓으로는 적들의 날카로운 무기를 물리칠 수 없지만 "그 죄를 성토하여 바야흐로 팽창하려는 으뜸 악을 없애고, 입술과 이의 관계를 다시 일깨워 같은 배를 타고 있는 위급함을 구제하려 하니" 조선의 문제는 단지 조선뿐 아니라 세계평화와 관련된 문제라고 힘을 주면서 창간사 마지막에 다짐했다.

천고여! 천고여! 장차 구름이 되고 비가 되어 더러운 비린내와 누린내를 씻어내고, 장차 귀(鬼)가 되고 여(厲)— 죽이는 벌을 맡아 다스리는 궁중의 작은 신— 가 되어 적들의 운명이 장차 다하기를 저주하고, 장차 칼과 창과 방패가 되어 침입자의 기운을 빼앗고, 장차 총알과 비수가 되어 적들을 크게 놀래주어라. 안으로는 인민들의 기운이 날로 성장하여 암살과 폭동의 장한 거사가 거듭 나타나 끊이지 않고, 밖으로는 세계의 운명을 일신하여 유약한 나라와 족속의 자립운동이 계속 이어져 그치지 않으리라. 천고여! 천고여! 너는 울고 나는 춤을 춰 우리 동포들을 일으키고 저들 흉악한 무리들을 잡아 없애 우리의 산하를 예전처럼 돌려놓자. 천고여! 천고여! 분발하고 노력하여 마땅히 해야 할 바를 잊지 말자.

천고. 불가에선 도리천 선법당에 있는 북이다. 도리천은 신들이 사는 곳으로 세계의 중심에 있는 수미산 꼭대기에 사각형을 이루고 있는데 네 모서리에는 각각 봉우리가 있으며, 중앙에는 선견천이라는 궁전이 있다.

선견천 안에 제석천이 머문다. 사방 8명씩 32성의 신들을 지배하며 33천을 이룬다. 33명의 신들은 정기적으로 선법당에 모여서 법에 맞거나 법답지 않은 일을 평하면서 지상에 있는 중생들의 선행과 악행을 다룬다.

선법당에 있는 북은 욕구가 무상함을 알린다. 33천으로 하여금 선법(禪法)을 닦게 하며, 적이 오고 감을 알리고, 천인의 마음을 북돋는다. 단재는 "하늘이 조선을 만드시고 하늘이 조선을 보호하시니 조선을 침략한 자 누구인가? 하늘의 적이 멸망하지 않으면 하늘이 번창하지 못하리라. 우리의 천고를 울려 천토(天討)를 단행하노라"며 왜적을 하늘의 이름으로 토벌해야 옳다고 다짐했다.

《천고》는 자유의 뇌성벽력을 쟁취하라고 주장했다. 창간호에 이어 3호까지 상대적으로 순탄하게 나왔다. 단재는 중국인들 인구를 감안하면 그래도 적잖이 구독하고 그것이 생계 수단이 되리라 막연히 기대도 하고 확신도 했으나 도무지 팔리지 않아 자혜와 사인이 건넨 돈은 물론이고 여기저기서 모은 돈이 바닥났다.

중국인들은 《천고》를 외면했다. 조선혁명가의 아내와 아기에겐 굶주림의 고통을 의미했다. 단재는 자혜를 조선으로 보내 조산원을 차리면 최소한 베이징 생활과 달리 굶주림은 벗어나 먹고살 수는 있으리라 판단했다.

결혼 1년 만이다. 두 사람은 경제적 궁핍으로 작별을 결심했다. 단재는 어린 아들의 잔뼈가 중국 아닌 조선에서 굵어지면 더 좋겠다고 생각했으며, 자혜는 투사들이 국내 공작을 벌일 때 '징검다리'를 맡아 조선 독립에 기여하고 싶었다.

박자혜는 아기 수범을 안고 베이징을 떠났다. 서울에서 산파소를 차릴 구상이었다. 마침 소소가 출감했다는 소식을 듣고 조선에 돌아갈 날을 꼽고 있던 최사인은 선뜻 자혜의 귀국 길을 동행하겠다고 나섰다.

베이징에서 조선으로 들어가는 길은 험했다. 그 길을 사인이 함께 동행하겠다는 말에 단재는 든든했다. 사인으로선 아기 안은 박자혜와 함께 가면 국경 넘기가 쉽다는 계산도 있었다.

사인은 서울로 돌아갈 최소한의 경비만 챙겼다. 남은 돈을 모두 건네자 단재는 사인의 사심 없는 사람됨이 새삼 고마워 부둥켜안았다. 그 순간 단재의 작고 마른 가슴에서 전해오는 심장의 커다란 약동을 사인은 평생 잊지 못했다.

11

가족과 생이별한 가장은 극빈층이 사는 후미진 골목으로 거처를 옮겼다. 자혜가 두고 간 청동촛대를 앉은뱅이책상 가운데에 놓았다. 청동촛대 아래 자혜와 사랑을 나누던 순간이 떠오를 때마다 수범이를 비롯한 아들 세대만은 마음 놓고 사랑하며 자식을 낳고 가정을 꾸릴 수 있는 세상에서 살도록 몸 바쳐 싸우겠노라 어금니를 사리물었다.

《천고》의 발행은 갈수록 힘겨웠다. 가까스로 7호까지 낸 어느 날이다. 단재가 숙식하며 《천고》를 발행하던 허름한 단칸방으로 일제 기관원들이 혈안이 되어 뒤쫓는 김원봉이 찾아왔다.

약산 김원봉. 스물네 살 청년이었다. 하지만 이미 일본제국주의자들의 간담을 서늘케 한 의열단을 이끄는 단장이었다.

단재가 상하이에서 반이승만 운동을 벌일 때다. 청년 김원봉이 적극 동참했다. 단재가 주도한 '이승만의 위임통치청원 성토문'에도 흔쾌히 서명했을 뿐만 아니라 곧바로 의열단을 조직해 독립투쟁 노선을 실행에 옮겼다.

김원봉은 언론인 단재를 익히 알고 있었다. 단재가 임시정부의 외교 노선을 비판하며 독립 투쟁에 나서자고 주장하자 존경심마저 들었다. 상하이에서 일본군을 공격할 폭탄을 만들고 있던 김원봉이 베이징으로 단재를 찾아온 그해만 보더라도 단원 김익상·오성륜·이종암이 상하이 황포탄에서 일본의 대표적 군벌 다나카를 저격했다.

의열단은 국내외에서 일본제국주의 요인들을 거침없이 공격했다. 고성능 폭탄을 은밀히 만드는 과정에서 '정신적 폭탄'도 준비하고 싶었다. 단장 약산은 의열단이 벌이는 투쟁의 정당성과 의미를 온 세상에 알려 나갈 선언문을 만들자는 뜻을 모아냈고 집필자로 단재를 떠올렸다.

약산은 단재의 학식과 글, 인품을 존경했다. 단재는 젊은 후배의 불꽃 투혼을 아끼고 사랑했다. 약산이 의열단 투쟁의 의미를 널리 알리려면 단재의 촌철살인이 필요했다.

"선생님, 저희는 지금 상하이에서 왜적을 무찌를 폭탄을 만들고 있습니다."

"의열단 투쟁은 잘 알고 있소. 장하오."

"선생님을 모시고 가서 보여드리고 싶습니다."

"고마운 말씀이오. 그런데 여기까지 나를 찾아온 이유가 그것만은 아닐 터, 솔직히 말해보시오. 내가 뭘 도와주면 되겠소."

"과연 선생님이십니다. 저희 의열단은 목숨을 바쳐 싸울 의지가 넘칩니다. 그런데 우리가 싸우는 뜻을 조선의 민중에게 정확히 알리고 싶습니다. 의열단이 싸우는 의미를 선생님께서 글로 정리해주시면 저희로선 영광이겠습니다."

"이보시게, 김 단장. 그게 어찌 그쪽의 영광이란 말이오. 오히려 내가 영광이오."

"선생님 무슨 말씀을요. 저희 의열단 동지들은 모두 선생님께서 쓰신 글을 돌려 읽으며 커왔습니다."

"고마운 말이오. 젊은 벗들의 '지령'을 내가 어찌 거부할 수 있겠소. 초안을 써보리다."

"감사합니다. 그럼 폭탄을 만들고 있는 현장부터 둘러보시면 어떻겠습니까?"

"나야 좋지만 번거롭지 않겠소?"

"선생님만 괜찮으시다면."

"그럼 그러시게. 우리 김 단장의 동지들을 만나 피가 도는 이야기 나누고 의열단 선언문을 쓰는 것이 순서이겠지. 당장 갑시다."

단재와 약산은 의기투합했다. 서로가 필요했기에 더 그랬다. 베이징의 빈한한 골방에서 《천고》를 발행하며 언론 투쟁과 역사연구에 몰두하던 단재는 더 발행할 경제적 여유가 전혀 없었을뿐더러 그것이 독립운동에 기여하는 바도 기대 밖이었기에 고심하던 참이었다.

약산은 1898년 경남 밀양에서 태어났다. 서간도 신흥무관학교에서 퇴교한 1919년 11월에 만주 길림에서 의열단을 창단했다. 10대 후반에서 20대 중반의 신흥무관학교 생도를 중심으로 한 청년 10여 명은 비폭력 투쟁인 3·1만세운동이 일제의 폭력으로 성공을 거두지 못한 사실에 주목하고 독립을 위해서는 폭력으로 대응해야 옳다고 판단했다.

의열단은 비밀 무장단체였다. 진보적 민족주의로 출발했다. 강령을 제정해 어떤 조국을 건설하려고 투쟁에 나섰는지를 명문화했다.

1. 조선민족의 생존적(生存敵)인 일본제국주의의 통치를 근본적으로 타도하고 조선민족의 자유 독립을 완성할 것.
2. 봉건제도 및 일체 반혁명세력을 잔제(剗除)하고 진정한 민주국을 건립할 것.
3. 소수인이 다수인을 박삭(剝削)하는 경제제도를 소멸시키고 조선인 각개의 생활상 평등의 경제조직을 건립할 것.
4. 세계상 반제국주의의 민족과 연합하여 일체 침략주의를 타도할 것.
5. 민중의 무장을 실시할 것.
6. 인민은 언론·출판·집회·결사·거주에 절대 자유권이 있을 것.

7. 인민은 무제한의 선거 및 피선거권이 있을 것.

8. 일군(一郡)을 단위로 하여 지방자치를 실시할 것.

9. 여자의 권리를 정치·경제·교육·사회상에서 남자와 동등으로 할
   것.

10. 의무교육·직업교육을 국가의 경비로 실시할 것.

11. 조선 내 일본인의 각종 단체(東拓·興業·朝銀 등) 및 개인(移民 등)
    이 소유한 일체 재산을 몰수할 것.

12. 매국적(賣國敵)·정탐(偵探) 등 반도(叛徒)의 일체 재산을 몰수
    할 것.

13. 농민운동의 자유를 보장하고 빈고농민(貧苦農民)에게 토지·가
    옥·기구 등을 공급할 것.

14. 공인(工人)운동의 자유를 보장하고 노동평민에게 가옥을 공급
    할 것.

15. 양로(養老)·육영구제 등 공공기관을 건설할 것.

16. 대규모의 생산기관 및 독점성질의 기업(鐵道·鑛山·輪船·電氣·水
    利·銀行·等屬)은 국가에서 경영할 것.

17. 소득세는 누진율로 징수할 것.

18. 일체 가연잡세(苛捐雜稅)를 폐제할 것.

19. 해외거류동포의 생명·재산을 안전하게 보장하고 귀국동포에게
    생활상 안전 지위를 부여할 것.

20. 조선인 생활상의 침해가 되는 외인의 일체 재산소유권을 박탈
    할 것.

여러 차례 토론과 수정을 통해 마련한 강령은 지금 보아도 생명력
있다. 일제를 쫓아내고 세울 나라 모습이 선연하다. 강령이 내건 "진정
한 민주국"의 모습은 1920년대 시점에서는 지상 어디에도 없던 사회복

지국가이다.

더구나 조국의 미래를 막연히 꿈꾸지 않았다. 소원을 들어달라며 기도만 하지도 않았다. 새로운 나라를 이루려면 무엇을 해야 하는가를 현실에 근거해서 깔끔하게 제시했는데 공약 10개조가 그것이다.

첫째, 천하에 정의로운 일을 맹렬히 실행한다. 둘째, 조선의 독립과 세계의 평등을 위해 신명을 바친다. 셋째, 충의의 기백과 희생의 정신이 확고해야 단원이 된다. 넷째, 단(團)의 뜻을 우선하고 단원의 뜻을 실행하는데 속히 한다. 다섯째, 의백(義伯)한 사람을 선출해 단체를 대표하게 한다. 의백이란 훌륭한 성품을 지닌 지도자이다. 여섯째, 언제 어디서든 매월 한 차례씩 상황을 보고한다. 일곱째, 언제 어디서든 모이도록 요청하면 꼭 응한다. 여덟째, 죽지 않고 살아 단의 뜻을 이루도록 한다. 아홉째, 한 사람은 다수를 위해, 다수는 한 사람을 위해 헌신한다. 열째, 단의 뜻에 배반한 자는 척살한다.

의열단은 암살할 대상을 '칠가살(七可殺)'로 공언했다. 파괴할 대상도 '오(五)파괴'로 정했다. 조선총독 이하 고관, 일본군 수뇌부, 대만총독, 매국적, 친일파 거두, 적의 밀정, 반민족적 지방 유지들이 암살 목표물이었으며 조선총독부, 동양척식회사, 총독부 기관지 매일신보사, 각 경찰서, 일제의 모든 기관이 파괴 대상이었다.

의열단 단원은 결사대였다. 적진에 들어가 적을 죽이거나 기관을 파괴하고 장렬하게 전사하자고 결의한 사람들이다. 스스로 선택한 길로 "천하의 정의로운 일을 맹렬히 실행한다"는 공약 제1조 문구 속의 '의(義)'자와 '열(烈)'자를 합성해 '의열단'이라 이름 짓고, 일제와 친일 민족반역자 집단을 제거하는 결사적 폭력투쟁을 전개했다.

단원이 임무를 완수하고 살아 돌아오면 더없이 좋은 일이다. 하지만 그럴 수 없는 임무가 대부분이었다. 젊은 그들은 공약에 따라 언제든 어디서든 죽음을 맞이할 삶을 살아야 했고, 의열단을 집요하게 추격해오는 일제의 마수도 따돌려야 했다.

단원 대다수가 멋있는 양복을 입었다. 머리도 잘 손질했다. 깨끗하게 차려입은 청년이 거리를 걸어가는 모습은 암살이나 폭파와 도시 이어지지 않았으며 종교적 순결함마저 묻어났다.

의열단 강령은 단재의 사상과 거의 일치했다. 의열단이 단재에게 의열단 선언 작성을 요청한 것은 어찌 보면 필연이었다. 단재가 이를 흔쾌히 수락한 것도 마찬가지 자연스러운 일로 의열단은 단재와 만남으로써 자신들의 '암살과 파괴' 활동에 철학을 담았다.

12

약산의 안내로 상하이에 도착한 단재는 폭탄 제조와 시험 과정을 지켜보았다. 곧이어 역사적 선언문 작성에 나섰다. 1923년 1월 상하이의 평범한 여관에 들어간 단재는 가방에서 청동촛대를 꺼내 촛불을 켜고 첫 장을 써 내려갔다.

1. 강도 일본이 우리의 국호를 없이하며, 우리의 정권을 빼앗으며, 우리의 생존적 필요조건을 박탈하였다. 경제의 생명인 산림, 천택(川澤), 철도, 광산, 어장…… 내지 소공업 원료까지 다 빼앗아 일절의 생산기능을 칼로 베이며 도끼로 끊고, 토지세, 가옥세, 인구세, 가축세, 백일(百一)세, 지방세, 주초(酒草)세, 비료세, 종자세, 영업세, 청결세, 소득세…… 기타 각종 잡세가 날로 증가하여 혈액을 있는 대로 다 빨아가고, 웬만한 상업가들은 일본의 제조품을 조선인에게 매개하는 중간인이 되어 차차 자본 집중의 원칙하에서 멸망할 뿐이오, 대다수 인민 곧 일반농민들은 피땀을 흘리어 토지를 갈아, 그 종년(終年) 소득으로 일신과 처자의 호구거리도 남기지 못하고, 우리를 잡아먹으려는 일본 강도에게 진공하여 그 살을 찌워주는 영세의 우마(牛馬)가 될 뿐이오, 내종(乃終)에는 그 우마의 생활도 못 하게 일본 이민의 수입이 연년 고도의 속율로 증가하여 '딸깍발이' 등쌀에 우리 민

족은 발 디딜 땅이 없어 산으로 물로 서간도로 북간도로 시베리아의 황야로 몰리어 가 아귀(餓鬼)부터 류귀(流鬼)가 될 뿐이며, 강도 일본이 헌병정치, 경찰정치를 여행(勵行)하여, 우리 민족이 촌보의 행동도 임의로 못 하고, 언론, 출판, 결사, 집회의 일체 자유가 없어 고통과 회한이 있으면 벙어리의 가슴이나 만질 뿐이요, 행복과 자유의 세계에는 눈 뜬 소경이 되고, 자녀를 나면 '일어를 국어라, 일문을 국문이라'하는 노예양성소-학교로 보내고 조선 사람으로 혹 조선사를 읽게 된다 하면 '단군을 무(誣)하여 소잔오존(素盞嗚尊)의 형제'라 하며 '삼한시대 한강 이남을 일본 영지'라고 일본놈들이 적은 대로 읽게 되며, 신문이나 잡지를 본다 하면 강도정치를 찬미하는 반(半)일본화한 노예적 문자뿐이며, 똑똑한 자제가 난다 하면 환경의 압박에서 염세 절망의 타락자가 되거나 그렇지 않으면 '음모사건'의 명칭하에 감옥에 구류되어 주리, 칼 씌우기 차꼬 채우기, 단금질, 채찍질, 전기질, 바늘로 손톱 밑과 발톱 밑을 쑤시는, 수족을 달아매는, 콧구멍에 물 붓는, 생식기에 심지를 박는 모든 악형, 곧 야만 전제국의 형률사전에도 없는 갖은 악형을 다 당하고 죽거나, 요행히 살아서 옥문을 나온대야 종신 불구의 폐질자가 될 뿐이라.

그렇지 않을지라도 발명 창작의 본능은 생활의 곤란에서 단절하며, 진취 활발의 기상은 경우의 압박에서 소멸되어 '찍도 쩍도' 못 하게 각 방면의 속박, 편태, 구박, 압제를 받아 환해(環海) 삼천리가 일개 대감옥이 되어 우리 민족은 아주 작은 인류의 자각을 잃을 뿐 아니라, 곧 자동적 본능까지 잃어 노예부터 기계가 되어 강도 수중의 사용품이 되고 말 뿐이며, 강도 일본이 우리의 생명을 초개로 보아 을미 이후 십삼도의 의병 나던 각 지방에서 일본군대의 행한 폭행도 이루 다 적을 수 없거니와, 즉 최근 3·1운동 이후 수원, 선천…… 등의 국내 각지부터 북간도, 서간도, 노령, 연해주 각처까지 도처에 주민을 도륙한다, 촌락을 소화한다, 재산을 약탈한다, 부녀를 오욕한다, 목을 끊는다, 산 채로 묻는다, 불에 사른다, 혹 인신을 두 동가리

세 동가리로 내어 죽인다, 아동을 악형한다, 부녀의 생식기를 파괴한다 하여 할 수 있는 데까지 참혹한 수단을 써서 공포와 전율로 우리 민족을 압박하여 인간을 '산송장'으로 만들려 하는도다.

이상의 사실에 거하여 우리는 일본 강도정치 곧 이족 통치가 우리 조선민족 생존의 적임을 선언하는 동시에, 우리는 혁명수단으로 우리 생존의 적인 강도 일본을 살벌함이 곧 우리의 정당한 수단임을 선언하노라.

퇴고를 하며 일본이 우리의 적임을 명토 박았다. 망국은 '국호를 없이 했다'고 표현했다. '대동단결선언'의 논리에 따라 대한제국 황제가 포기한 주권은 엄연히 조선 민중에게 넘겨져 있음을 확실히 밝혔다.

일본의 정체도 있는 그대로 제시했다. 조선민족 "생존의 적"이자 "강도" 아닌가. 그럼에도 일제에 환상을 지닌 자들을 의식해 "인신을 두 동가리 세 동가리로 내어죽인다"거나 "부녀의 생식기를 파괴한다"는 다소 자극적인 표현이되 엄연히 일어난 사실을 증언했다.

단재는 살고 있는 집에 살인강도가 들어왔을 때를 상정했다. 마땅히 살인강도와 싸워야 옳다. 그런데 그들과 타협하자는 헛똑똑이들이 온갖 논리를 들이대고 있으므로 다음 장에선 그들을 정면으로 비판하는 글을 써 내려갔다.

2. 내정독립이나 참정권이나 자치를 운동하는 자가 누구이냐?

너희들이 '동양평화', '한국독립보전' 등을 담보한 맹약이 묵도 마르지 아니하여 삼천리강토를 집어먹던 역사를 잊었느냐? '조선인민 생명 재산 자유 보호', '조선인민 행복증진' 등을 신명한 선언이 땅에 떨어지지 아니하여 2천만의 생명이 지옥에 빠지던 실제를 못 보느냐?

3·1혁명 이후에 강도 일본이 또 우리의 독립운동을 완화시키려고 송병준, 민원식 등 매국노 한둘을 시키어 이따위 광론을 부름이니, 이에 부

화하는 자는 맹인이 아니면 어찌 간적이 아니냐.

설혹 강도 일본이 과연 막대한 도량이 있어 개연히 차등의 요구를 허락한다 하자, 소위 내정독립을 찾고 각종 이권을 찾지 못하면 조선민족은 일반의 아귀가 될 뿐이 아니냐.

참정권은 획득한다 하자, 자국의 무산계급의 혈액까지 착취하는 자본주의 강도국의 식민지 인민이 되어 몇몇 노예 대의사(代議士)의 선출로 어찌 아사의 화를 구하겠느냐.

자치를 얻는다 하자, 그 가종의 자치임을 물문(勿問)하고 일본이 그 강도적 침략주의의 간판인 '제국'이란 명칭이 존재한 이상에는 그 부속 하에 있는 조선인민이 어찌 구구한 자치의 허명으로써 민족의 생존을 유지하겠느냐.

설혹 강도 일본이 돌연히 불보살이 되어 일조에 총독부를 철폐하고 각종 이권을 다 우리에게 환부하며, 내정 외교를 다 우리의 자유에 맡기고 일본의 군대와 경찰을 일시에 철환하며, 일본의 이주민을 일시에 소환하고 다만 허명의 종주권만 가진다 할지라도 우리가 만일 과거의 기억이 전멸하지 아니하였다 하면 일본을 종주국으로 봉대한다 함이 '치욕'이란 명사를 아는 인류로는 못할지니라.

일본 강도 정치하에서 문화운동을 부르는 자는 누구이냐? 문화는 산업과 문물의 발달한 총적(總積)을 가리키는 명사니, 경제약탈의 제도하에서 생존권이 박탈된 민족은 '그 종족의 보전'도 의문이거든 하물며 문화발전의 가능이 있으랴.

쇠망한 인도족, 유태족도 문화가 있다 하지만 일(一)은 금전의 힘으로 그 선조의 종교적 유업을 계속함이며, 일(一)은 그 토지의 넓음과 인구의 많음으로 상고의 자유 발달한 그 여택을 지키고 보존함이니, 어디 모기와 등에 같이, 승냥이와 이리같이 인혈을 빨다가 골수까지 깨무는 강도 일본의 입에 물린 조선 같은 데서 문화를 발전 혹 보존한 전례가 있더냐?

검열, 압수 모든 압박 중에 몇몇 신문잡지를 가지고 '문화운동'의 목탁으로 자오(自嗚)하며, 강도의 비위에 거스르지 아니할 만한 언론이나 주창하여 이것을 문화발전의 과정으로 본다 하면 그 문화발전이 도리어 조선의 불행인가 하노라.

이상의 이유에 거하여 우리는 우리의 생존의 적인 강도 일본과 타협하려는 자(내정독립, 자치, 참정권논자)나 강도 정치하에서 기생하려는 주의를 가진 자(문화운동자)나 다 우리의 적임을 선언하노라.

단재는 3·1혁명 이후 국내 흐름을 꿰뚫어 보았다. 자치론, 참정권론 및 문화운동으로 일제와 타협하자는 흐름이 또렷했다. 살인강도가 '집'에 들어와 가족 모두의 생존을 앗아 갈 상황인데 "강도의 비위에 거스르지 아니할 만한 언론이나 주창하여 이것을 문화발전의 과정으로" 호도하는 자들을 단재는 이해할 수도 용서할 수도 없었다.

3. 강도 일본의 구축을 주장하는 가운데 또 아래와 같은 논자들이 있으니 제일은 외교론이다.

이조 오백년 문약정치가 '외교'로써 호국의 장책을 삼아 더욱 그 말기에 더욱 심하여 갑신 이래 유신당, 수구당의 성쇠가 거의 외원(外援)의 유무에서 판결되었다. 위정자의 정책은 오직 갑국을 끌어들여 을국을 제함 외에 선택의 여지가 없었고 그 의존의 습성이 일반 정치 사회에 전염되었다.

즉 갑오, 갑신 양 전역에 일본이 누 십만의 생명과 누 억만의 재산을 희생하여 청, 노 양국을 물리고 조선에 대하여 강도적 침략주의를 관철하려 하는데 우리 조선의 '조국을 사랑한다, 민족을 건지려 한다' 하는 이들은 일검(一劍) 일탄(一彈)을 우매하고 탐욕스러우며 난폭한 한 관리나 국적(國賊)에게 던지지 못하고 공함(公函)이나 열국(列國) 공관에 던지며 장서(長書)나 일본 정부에 보내어 국세의 고약(孤弱)을 애소하여 국가존망, 민족 사활의 대문제를 외국인, 심지어 적국인이 처분·결정하기만 기다리었도다.

그래서 '을사조약' '경술합병' 곧 '조선'이란 이름이 생긴 뒤 몇천 년 만의 처음 당하던 치욕에 조선민족의 분노적 표시가 겨우 하얼빈의 총, 종현(鐘峴)의 칼, 산림유생의 의병이 되고 말았도다.

아! 과거 수십 년 역사야말로 용자로 보면 침 뱉고 욕할 역사가 될 뿐이며, 인자로 보면 상심할 역사가 될 뿐이다.

그리고도 망국 이후 해외로 나아가는 모모지사들의 사상이 무엇보다도 먼저 '외교'가 그 제1장 제1조가 되며, 국내 인민의 독립운동을 선동하는 방법도 미래의 일미(日美)전쟁, 일로(日露)전쟁 등 기회가 거의 천편일률의 문장이었었고, 최근 3·1혁명에 일반인사의 '평화 회의, 국제연맹'에 대한 과신의 선전이 도리어 2천만 민중의 분용(奮勇)전진의 의기를 타소(打消)하는 매개가 될 뿐이었도다.

제2는 준비론이니, 을미조약의 당시에 열국공관에 빗발 듯듯 하던 종이쪽으로 넘어가는 국권을 붙잡지 못하며, 정미년의 해아밀사도 독립회복의 복음을 안고 오지 못하매 이에 차차 외교에 대하여 의문이 되고 전쟁 아니면 안 되겠다는 판단이 생기었다.

그러나 군인도 없고 무기도 없이 무엇으로써 전쟁하겠느냐? 산림유생들은 춘추대의에 성패를 불계(不計)하고 의병을 모집하여, 아관대의(峨冠大衣)로 지휘의 대장이 되며, 산양포수의 화승대(火繩隊)를 몰아가지고 조·일전쟁의 전선에 나섰지만 신문 쪽이나 본 이들은-곧 시세를 짐작한다는 이들은 그리할 용기가 아니 난다.

이에 금일 금시로 곧 일본과 전쟁한다는 것은 망발이다. 총도 장만하고 돈도 장만하고 대포도 장만하고 장관이나 사졸감까지라도 다 장만한 뒤에야 일본과 전쟁한다 함이니 이것이 이른바 준비론 곧 독립전쟁을 준비하자 함이다.

외세의 침입이 더할수록 우리의 부족한 것이 자꾸 감각되어, 그 준비론의 범위가 전쟁 이외까지 확장되어 교육도 진흥해야겠다, 상공업도 발전해야겠다, 기타 무엇 무엇 일체가 모두 준비론의 부분이 되었었다.

경술국치 이후 각 지사들이 혹 서북간도의 삼림을 더듬으며, 혹 시베리아의 찬바람에 배부르며, 혹 남·북경(난징·베이징)으로 돌아다니며, 혹 미주나 하와이로 돌아가며, 혹 경향(京鄕)에 출몰하여 십여 년 내외 각지에서 목이 터질 만치 준비! 준비!를 불렀지만 그 소득이 몇 개 불완전한 학교와 실력 없는 회(會)뿐이었다.

그러나 그들의 성력(誠力)의 부족이 아니라 실은 그 주장의 착오이다. 강도 일본이 정치 경제 양방면으로 구박을 주어 경제가 날로 곤란하고 생산기관이 전부 박탈되어 의식(衣食)의 방책도 단절되는 때에 무엇으로? 어떻게? 실업을 발전하며, 교육을 확장하며, 더구나 어디서? 얼마나 군인을 양성하며, 양성한들 일본 전투력의 백분지 일의 비교라도 되게 할 수 있느냐? 실로 한바탕 잠꼬대가 될 뿐이로다.

이상의 이유에 의하여 우리는 '외교', '준비' 등의 미몽을 버리고 민중 직접혁명의 수단을 취함을 선언하노라.

단재는 임시정부를 적시하지 않을 수 없었다. 외교론과 준비론의 온상이었기 때문이다. 단재는 파리평화회의나 국제연맹에 지나친 의존이 2천만 민중으로 하여금 전진해나갈 의지를 없애는 '매개'가 되었다고 비판하며 경술국치 이후 십여 년 넘도록 나라 안팎에서 "목이 터질 만치 준비! 준비!를 불렀지만" 그 소득이 무엇이냐고 되물었다.

결론은 간명했다. 민중 직접혁명이다. 그렇다면 구체적으로 어디에서 시작해야 할까, 숨을 고르며 4장에서 적어갔다.

4. 조선민족의 생존을 유지하자면 강도 일본을 구축할지며, 강도 일본을 구축하자면 오직 혁명으로써 할 뿐이니, 혁명이 아니고는 강도 일본을 구축할 방법이 없는 바이다. 그러나 우리가 혁명에 종사하려면 어느 방면

부터 착수하겠느뇨?

구시대의 혁명으로 말하면 인민은 국가의 노예가 되고 그 위에 인민을 지배하는 상전 곧 특수세력이 있어 그 소위 혁명이란 것은 특수세력의 명칭을 변경함에 불과하였다. 다시 말하면 곧 을의 특수세력으로 갑의 특수세력을 변경함에 불과하였다.

그러므로 인민은 혁명에 대하여 다만 갑을 양 세력, 곧 신구 양 상전 중 누가 어질고 누가 난폭한지 누가 선하고 누가 악한지를 보아 그 향배를 정할 뿐이오, 직접의 관계가 없었다. 그리하여 '주기군이조기민(誅其君而弔其民)'이 혁명의 유일종지(宗旨)가 되고, '단식대장이영왕사(簞食壺漿以迎王師)'가 혁명사의 유일미담이 되었었다.

그러나 금일 혁명으로 말하면 민중이 곧 민중 자기를 위하여 하는 혁명인 고로 '민중혁명'이라 '직접혁명'이라 칭함이며, 민중 직접의 혁명인 고로 그 비등 팽창의 열기가 숫자상 강약 비교의 관념을 타파하며, 그 결과의 성패가 매양 전쟁학 상의 정궤(定軌)에 벗어나 무전무병(無錢無兵)한 민중으로 백만의 군대와 억만의 부력을 가진 제왕도 타도하며 외구도 구축하나니, 그러므로 우리 혁명의 제일보는 민중각오의 요구니라. 민중이 어떻게 각오하느뇨?

민중은 신인이나 성인이나 어떤 영웅호걸이 있어 '민중을 각오'하도록 지도하는 데서 각오하는 것도 아니오, '민중아, 각오하자' '민중이여, 각오하여라' 그런 열규(熱叫)의 소리에서 각오하는 것도 아니오, 오직 민중이 민중을 위하여 일체 불평, 부자연, 불합리한 민중향상의 장애부터 먼저 타파함이 곧 '민중을 각오케' 하는 유일 방법이니, 다시 말하자면 곧 선각한 민중이 민중의 전체를 위하여 혁명적 선구가 됨이 민중각오의 제1로(路)니라.

일반 민중이 기(飢), 한(寒), 곤(困), 고(苦), 처호(妻呼) 아제(兒啼), 세납의 독봉(督棒)에, 사채의 독촉, 행동의 부자유, 모든 압박에 졸리어 살려니 살 수 없고 죽으려 하여도 죽을 바를 모르는 판이다.

이에 만일 그 압박의 주인 되는 강도정치의 실시자인 강도들을 격폐하고 강도의 일체 시설을 파괴하고 복음이 사해에 전하며 모든 이가 동정의 눈물을 뿌리어 이에 사람마다 그 '아사' 이외에 오히려 혁명이란 일로(一路)가 남아 있음을 깨달아, 용자는 그 의분에 못 이기어, 약자는 그 고통에 못 견디어 모두 이 길로 모여들어 계속적으로 진행하며 널리 전파하여 거국일치의 대혁명이 되면 간활 잔폭한 강도 일본이 필경 구축되는 날이라.

그러므로 우리의 민중을 불러 일깨워 강도의 통치를 타도하고 우리 민족의 신생명을 개척하자면 양병 십만이 일척의 작탄만 못하며 억천 장 신문잡지가 일회 폭행만 못할지니라. 민중의 폭력적 혁명이 발생치 아니하면 끝이려니와, 이미 발생한 이상에는 마치 벼랑 끝에서 굴리는 돌과 같아서 목적지에 도달하지 아니하면 정지하지 않는 것이다.

우리의 이전 경과로 말하면 갑신정변은 특수세력이 특수세력과 싸우던 궁중 일시의 활극이 될 뿐이며, 경술 전후의 의병들은 충군애국의 대의로 격기(激起)한 독서계급의 사상이며, 안중근, 이재명 등 열사의 폭력적 행동이 열렬하였지만 그 후면에 민중적 역량의 기초가 없었으며, 3·1혁명의 만세소리에 민중적 일치의 의기가 잠시 드러났지만 또한 폭력의 중심을 가지지 못하였도다. '민중, 폭력' 양자 중 하나만 빠지면 비록 굉열장쾌(轟烈壯快)한 거동이라도 또한 천둥같이 끝나는도다.

조선 안에 강도 일본의 제조한 혁명 원인이 산같이 쌓이었다. 언제든지 민중의 폭력적 혁명이 개시되어 '독립을 못 하면 살지 않으리라', '일본을 구축하지 못하면 물러서지 않으리라'는 구호를 가지고 계속 전진하면 목적을 관철하고야 말지니, 이는 경찰의 칼이나 군대의 총이나 간활한 정치가의 수단으로도 막지 못하리라.

혁명의 기록은 자연히 참절장절한 기록이 되리라. 그러나 물러서면 그 후면에는 흑암한 함정이요, 나아가면 그 전면에는 광명한 활로니, 우리 조선민족은 그 참절장절한 기록을 그리면서 나아갈 뿐이니라.

이제 폭력 — 암살, 파괴, 폭동 — 의 목적물을 대략 열거하건대,

①조선총독 및 각 관(官) 관리

②일본천황 및 각 관 관리

③정탐노, 매국적

④적의 일체 시설물

이외에 각 지방의 신사(紳士)나 부호가 비록 현저히 혁명적 운동을 방해한 죄가 없을지라도 만일 언어 혹 행동으로 우리의 운동을 완화하고 중상하는 자는 우리의 폭력으로써 갚을지니라. 일본인 이주민은 일본강도 정치의 기계가 되어 조선민족의 생존을 위협하는 선봉이 되어있은즉 또한 우리의 폭력으로 구축할지니라.

민중 직접혁명의 첫걸음은 민중의 각오이다. 단재는 "민중이 어떻게 각오하느뇨?"라고 물음을 던졌다. 어떤 성인이나 영웅이 민중을 각오하도록 지도하거나 "각오하자"고 호소한다고 각오하는 것이 아님을 적시했다.

'선구적 민중'을 제안했다. 민중이 스스로 '민중향상의 장애'부터 타파해야 한다. 마지막 장에서 단재는 민중이 전체 민중을 위하여 '혁명적 선구'가 되어 파괴하고 건설해야 할 일을 적어갔다.

5. 혁명의 길은 파괴부터 개척할지니라. 그러나 파괴만 하려고 파괴하는 것이 아니라 건설하려고 파괴하는 것이니, 만일 건설할 줄을 모르면 파괴할 줄도 모를지며 파괴할 줄을 모르면 건설할 줄도 모를지니라. 건설과 파괴가 다만 형식상에서 보아 구별될 뿐이요, 정신상에는 파괴가 곧 건설이니, 이를테면 우리가 일본 폭력을 파괴하려는 것은

제1은 이족통치를 파괴하자 함이다. 왜? '조선'이란 그 위에 '일본'이란 이족 그것이 전제하여 있으니, 이족전제 밑에 있는 조선은 고유적 조선이 아니니 고유한 조선을 발현하기 위하여 이족통치를 파괴함이니라.

제2는 특권계급을 파괴하자 함이다. 왜? '조선민중'이란 그 위에 총독이니 무엇이니 하는 강도단의 특권계급이 압박하여 있으니, 특권계급의 압박 밑에 있는 조선민중은 자유로운 조선민중이 아니니, 자유로운 조선민중을 발견하기 위하여 특권계급을 타파함이니라.

　제3은 경제약탈제도를 파괴하자 함이다. 왜? 약탈제도 밑에 있는 경제는 민중 자신이 생활하기 위하여 조직한 경제가 아니오, 곧 민중을 잡아먹으려는 강도의 살을 찌우기 위하여 조직한 경제니, 민중생활이 발전하기 위하여 경제약탈제도를 파괴함이니라.

　제4는 사회적 불균형을 파괴하자 함이다. 왜? 약자 위에 강자가 있고 천자(賤者) 위에 귀자(貴子)가 있어 모든 불균형을 가진 사회는 서로 약탈, 서로 박삭(剝削), 서로 질투 구시(仇視)하는 사회가 되어 처음에는 소수 행복을 위하여 다수의 민중을 잔해(殘害)하다가 말경에는 또 소수끼리 서로 잔해하여 민중 전체의 행복이 필경 숫자상의 영이 되고 말 뿐이니, 민중전체의 행복을 증진하기 위하여 사회적 불평균을 파괴함이니라.

　제5는 노예적 문화사상을 파괴하자 함이다. 왜? 유래하던 문화사상의 종교, 윤리, 문학, 미술, 풍속, 습관, 그 어느 무엇이 강자가 제조하여 강자를 옹호하던 것이 아니더냐. 강자의 오락에 공급하던 도구들이 아니더냐. 일반 민중을 노예화하던 마취제가 아니더냐. 소수계급은 강자가 되고 다수 민중은 도리어 약자가 되어 불의의 압제에 반항치 못함은 전적으로 노예적 문화사상의 속박을 받은 까닭이다.

　그러므로 만일 민중적 문화를 제창하여 그 속박의 철쇄를 끊지 아니하면 일반 민중은 권리사상이 박약하며 자유향상의 흥미가 결핍하여 노예의 운명 속에서 윤회할 뿐이라. 그러므로 민주문화를 제창하기 위하여 노예적 문화사상을 파괴함이니라.

　다시 말하자면 고유적 조선의 자유적 조선민중의 민중적 경제의 민중적 사회의 민중적 문화의 조선을 건설하기 위하여 이족 통치의 약탈제도의 사회적 불평균의 노예적 문화사상의 현상을 파타함이니라.

그런즉 파괴적 정신이 곧 건설적 주장이라. 나아가면 파괴의 '칼'이 되고 들어오면 건설의 '기(旗)'가 될지니, 파괴할 기백은 없고 건설할 치상(癡想)만 있다 하면 오백 년을 경과하여도 혁명의 꿈도 꾸어보지 못할지니라.

이제 파괴와 건설이 하나이오 둘이 아닌 줄 알진대, 민중적 파괴 앞에는 반드시 민중적 건설이 있는 줄 알진대, 현재 조선민중은 오직 민중적 폭력으로 신조선 건설의 장애인 강도 일본세력을 파괴할 것뿐인 줄을 알진대, 조선민중이 한편이 되고 일본 강도가 한편이 되어, 네가 망하지 아니하면 내가 망하게 된 '외나무다리 위'에 선 줄을 알진대, 우리 2천만 민중은 일치로 폭력 파괴의 길로 나아갈지니라.

민중은 우리 혁명의 대본영이다.

폭력은 우리 혁명의 유일무기이다.

우리는 민중 속에 가서 민중과 휴수(携手)하여 불절(不絶)하는 폭력-암살, 파괴, 폭동으로써 강도 일본의 통치를 타도하고, 우리 생활에 불합리한 일체 제도를 개조하여 인류로써 인류를 압박치 못하며 사회로써 사회를 박삭(剝削)치 못하는 이상적 조선을 건설할지니라.

마침내 5장으로 구성한 6400여 자의 선언문을 한 달에 걸쳐 거듭 퇴고하고 탈고했다. 단재는 원고 맨 앞에 힘주어 '조선혁명선언'이라 썼다. 단재의 노작을 받아 든 약산과 의열단원들은 파괴와 건설의 길을 명쾌하게 담아낸 선언문에 감동했다.

'의열단 선언'을 넘어 '조선혁명선언'이었다. 약산과 의열단원 모두 상쾌히 동의했다. 특정 단체의 투쟁 방향을 넘어 조선 민중이 살 길, 혁명의 길을 제시함으로써 일제 강점기 조선의 민족독립운동이 성취한 불멸의 문헌이라는 역사적 평가를 받게 될 조선혁명선언은 당대의 어둠을 밝힌 촛불이었다.

13

조선혁명선언의 두 고갱이는 '민중'과 '직접혁명'이다. 민중적 경제, 민중적 사회, 민중적 문화의 고유한 조선을 건설하려는 단재의 옹골차고 치열한 삶이 녹아들었다. 기실 단재가 대한민국 임시정부를 세운 독립운동가 스물아홉 명의 한 사람이 된 까닭도, 조선의 마지막 궁녀 박자혜가 기꺼이 홀아비 단재를 사랑한 배경도, 의열단 단장이 찾아와 결국 조선혁명선언을 작성한 이유도 언론인 단재의 올곧은 실천에 있었다.

의열단은 단재의 선언문에 '총독부 관공리에게' 글을 덧붙였다. 대량으로 인쇄했다. 조선혁명선언을 우편으로 조선 곳곳에 보내 일본제국주의와 정면 승부를 벌이겠다고 선전포고했다.

실제로 의열단은 곧바로 행동에 나섰다. 현장에 어김없이 선언문을 살포했다. 의거 현장에 선언문을 뿌린 까닭은 자신들의 행동에 정당성을 알리는 효과 못지않게 범인을 캐겠다며 사건과 무관한 독립투사들을 마구잡이로 잡아들여 고문하고 죽이는 만행을 막기 위함이었다.

기실 선언문 이전에도 의열단은 일본제국주의자들을 불안케 했다. 언제 어디서 목숨을 잃을지 몰랐기 때문이다. 1920년 9월에 의열단은 싱가포르에서 인삼무역상에 고용되어 일하던 단원 박재혁을 상하이로 불러 '부산경찰서 폭파' 밀명을 내렸다.

의열단원은 언제 어디서나 밀명을 수행할 의무가 있었다. 더구나 반드시 완수해야 한다. 3대 독자로 홀어머니가 삯바느질로 키운 박재혁은 모든 준비를 마치고 9월 초에 상하이를 떠나 일본 나가사키를 거쳐 고향 부산에 들어와서는 중국인 고서적상으로 변장했다.

당당히 경찰서로 들어갔다. 아주 희귀한 문헌이 나왔다며 서장 하시모토를 만났다. 집무실로 들어가 낡은 서적을 건네자 경찰서장은 흥미롭게 들춰보았고, 박재혁이 다시 가방을 열어 조용히 문서 하나를 꺼내 내밀자 미소까지 지으며 받았다.

"호, 이건 또 뭔가?"

몇 줄을 읽던 서장의 얼굴이 굳어졌다. 자신에게 사형을 선고한다는 문장을 읽은 순간이다. 상대가 고서적상이 아니라 독립군임을 뒤늦게 파악한 서장은 문서를 박재혁의 얼굴로 내던지는 동시에 재빨리 일어나며 허리에 찬 권총을 뽑았다.

박재혁이 더 빨랐다. 폭탄으로 권총을 쳐냈다. 연이어 두 발을 마루에 던져 터트리자 폭음과 함께 유리창이 박살나며 서장은 중상을 입고 병원으로 옮기는 중에 사망했다.

서장 옆에 있던 일경 두 명도 즉사했다. 박재혁도 크게 다쳤다. 하지만 의열단원답게 일제의 치료를 단호히 거부하고 "왜놈 손에 사형당하기 싫다"며 단식을 시작해 9일 만에 스스로 목숨을 끊었다.

부산경찰서를 폭파한 지 석 달 만이다. 밀양 경찰서도 폭탄 세례를 받았다. 1920년 12월 27일 아침, 밀양경찰서 서장실에 모든 경찰서원이 모여 서장의 훈시를 듣고 있을 때, 밀양 출신의 의열단원 최수봉이 경찰서 창밖에서 폭탄을 연달아 투척했다.

영남의 조선인들은 입에서 입으로 거사 사실을 옮겼다. 가슴 먹먹한 감동을 나눴다. 스물한 살 최수봉은 현장에서 단도로 자결을 기도했으나 뜻을 이루지 못해 대구복심법원에서 사형을 선고받고 의연하게 교수대에 올랐다.

1921년 9월이다. 베이징의 김원봉은 총독부를 폭파하고 총독을 처형할 계획을 세웠다. 스물일곱 살의 김익상이 자원해 폭탄 두 개와 권총 두 자루를 건네받고 서울로 잠입해 이튿날 아침 변장하고 조선총독부 청사로 잠입했다.

총독부 비서과와 회계과에 각각 폭탄을 던졌다. 처음 던진 폭탄은 불발되었다. 하지만 두 번째 폭탄은 커다란 폭음과 함께 건물 일부를 파괴했고 김익상은 혼란에 빠진 조선총독부를 빠져나와 평양을 거쳐 만주로 탈출하는 데 성공했다.

총독부는 조선에서 제국주의의 심장부였다. 총독부 파괴는 국내외에 큰 파문을 불러일으켰다. 일제 경찰은 비상령을 내리고 범인 체포에 혈안이었으나 이미 김익상은 중국 베이징에 들어가 단장 김원봉에게 보고하고 있었다.

조선혁명선언 공표로 의열 투쟁은 더 치열해갔다. 침략자들이 비명에 숨져갔고 조선 민중을 억압하고 착취하는 기관들이 파괴됐다. '거룩한 순교자'의 길을 묵묵히 걸어간 의열단원들은 죽음을 두려워하지 않고 몸을 던지는 행동만이 일제의 식민통치를 뒤엎을 수 있다고 굳게 믿었으며 망국의 치욕을 자신들의 피로써 능히 씻을 수 있다고 확신했다.

의열단은 목적과 활동이 의병과 어금버금했다. 다만 의병과 달리 의열단원은 주로 혼자 거사했다. 스스로 적진에 뛰어들어 싸우다가 사살되거나 자결 또는 사형대에 오른 만큼 힘들고 고독한 싸움이었다.

기꺼이 독립운동에 나선 사람들에게 종로경찰서는 악명이 높았다. 고문과 학살의 대명사인 그곳에서 폭탄이 터졌다. 1923년 1월 12일, 경찰서 건물 한쪽이 파괴되었고 종로를 지나던 행인들도 모두 놀랐다.

의열단 김상옥의 쾌거였다. 소년기엔 공장에서 노동했다. 철물점을 열어 아내와 나름 여유롭게 살아가던 김상옥은 3·1혁명에 동참하며 독립운동의 길로 들어서서 조선인 여학생을 위협하며 성희롱하는 일제 기마경찰을 맨손으로 때려눕히고 칼을 빼앗을 만큼 무술도 뛰어났다.

김상옥은 상하이로 망명했다. 한 여성 독립투사가 고문 후유증으로 숨을 거두었을 때다. 백범 김구가 돈을 건네며 관을 사 오라 했는데 잠시 뒤 돌아온 김상옥은 백범에게 관 아닌 총을 내밀었다.

"동지의 한을 풀고 독립을 이루려면 아무래도 관보다는 총이 더 필요하다고 생각했습니다."

백범은 감동했다. 눈물 글썽이며 김상옥의 등을 두드려주었다. 임시정부 요인들은 저마다 주머니를 툴툴 털어 다시 소박한 관을 구입해 장례를 치르며 투사가 못다 걸은 길을 걷겠노라고 다짐했다.

밀명을 받고 서울로 들어갈 때다. 김상옥은 동지들에게 담담하게 말했다. 거사한 뒤 탈출에 실패할 경우 "자결하여 뜻을 지킬지언정 적의 포로가 되지는 않겠다"며 다음 세상에서 만나자는 비장한 각오를 밝혔다.

폭탄이 터진 종로경찰서는 비상을 걸었다. 사라진 김상옥 탐문에 모든 수사력을 집중했다. 아무런 진전이 없다가 닷새가 지나서야 밀고로 은신처를 알아낸 종로경찰서는 20여 명을 긴급 투입했다.

김상옥은 투탄에 이어 총독 암살을 준비하고 있었다. 포위된 사실을 알자마자 침착하게 탈출에 나섰다. 눈 내리는 새벽 세 시, 김상옥의 권총이 불을 뿜어 종로경찰서 형사부장이자 유도사범을 사살하고 잇따라 예닐곱 명을 살상하며 지붕을 타고 남산 쪽으로 자취를 감췄다.

김상옥은 남산을 넘어 절로 들어갔다. 주지는 김상옥에게 승복과 짚신을 내주었다. 짚신을 거꾸로 신고 눈길을 걸어 도피에 성공했지만 일제는 주변 조선인들을 잔혹하게 고문하며 은신처를 알아낸 뒤 경찰병력 400여 명을 동원해 겹겹이 포위했다.

1월 22일 새벽이다. 경기도 경찰부장이 직접 지휘해 특공대를 투입했다. 김상옥은 홀몸으로 두 손에 권총을 들고 세 시간 반에 걸쳐 지붕과 담을 타며 시가전을 벌여 서대문경찰서 경부를 사살하고 10여 명을 살상했다.

김상옥도 총을 여러 발 맞았다. 최선을 다해 싸워 총알이 하나 남았다. 문득 어머니가 눈에 선했지만 결연히 마음을 다진 김상옥은 벽에 기댄 채 총을 머리에 대고 겹겹이 포위한 일경들이 모두 들을 만큼 큰 소리로 외쳤다.

"조선독립만세! 조선독립만세! 조선독립만세!"

방아쇠를 당겼다. 담벼락 아래로 붉은 피가 쏟아졌다. 쓰러진 김상옥의 두 손은 권총을 꼭 쥐고 있었기에 멀리서 이를 발견한 일본 경찰은 행여 살아있을까 싶어 누구도 감히 다가가지 못했다.

일제 경찰은 야비했다. 끌고 온 김상옥의 어머니를 보내 생사를 확인케 했다. 휘청거리면서도 서둘러 다가간 어머니는 쓰러지듯 털썩 주저앉아 피투성이 아들의 몸을 품에 꼭 안고 오열했다.

아들 몸에는 총알이 11발 박혀있었다. 일경의 총에 10발을 맞을 때까지 투혼을 불살랐다. 11발의 총알을 안고 세상을 뜬 김상옥의 서른세 살 젊은 몸은 그가 최후의 순간까지 얼마나 장렬하게 싸웠는가를 웅변해주었다.

의열단은 새해를 맞아 의사당에 고관들이 참석한다는 정보를 입수했다. 단원 김지섭은 폭탄 세 발을 숨겨 상하이를 떠났다. 1923년 9월에 발생한 관동대지진을 빌미로 수천여 명이나 학살당한 동포들의 원혼에 저 일제의 고관들을 제물로 바치겠노라 다짐했다.

설레는 마음으로 도쿄에 도착했다. 그런데 의회는 휴회 중이었다. 김지섭은 계획을 바꿔 목표를 일본 왕이 사는 궁성으로 삼고 1924년 1월 5일 저녁 왕궁 앞으로 접근해 폭탄 세 발을 연이어 던졌으나 안타깝게도 모두 불발되었다.

파장은 컸다. '천황'의 거처를 조준한 김지섭은 옥사했다. 1926년 12월

28일에는 단원 나석주가 나서 조선식산은행과 동양척식회사에 차례로 폭탄을 던지고 1층과 2층을 오르내리며 일본인들을 권총으로 사살했다.

동양척식은 아수라장이 되었다. 나석주는 유유히 빠져나왔다. 전차 길로 뛰어갈 때 총소리를 듣고 급히 달려온 경기도 경찰부경부보와 정면으로 맞닥트린 순간 나석주의 권총이 먼저 불을 뿜었다.

경부보는 즉사했다. 경찰이 떼를 지어 추격해오자 나석주는 김상옥의 최후를 따랐다. "나는 조국의 자유를 위해 투쟁했다. 2천만 민중아, 분투하여 쉬지 말라" 힘껏 외치고 자결했다.

의열 투쟁은 줄기차게 이어졌다. 대구의 친일부호와 베이징의 밀정도 처단했다. 가슴에 권총과 태극기를 품고 나타난 의열단원은 유유히 선언문을 뿌렸다.

조선혁명선언은 투쟁을 고취했다. 의열단 차원을 넘어 독립운동가 대다수가 선언을 읽었다. 일제와 싸울 결기를 곧추 세운 그 한 사람 한 사람이 단재에겐 모두 '고구려의 선배'였다.

조선혁명선언은 먹물사회도 강타했다. 3·1혁명 이후에 퍼져가던 자치론·내정독립론·참정권론 따위가 주춤했다. 이광수를 비롯해 독립을 사실상 포기한 자치주의자들이 일제와의 타협을 공공연히 제창함으로써 독립운동 진영을 분열로 몰아갔지만, 조선혁명선언이 국내에 퍼져가면서 일제의 강도적 통치는 오직 혁명으로 축출할 수 있으며 독립운동이 바로 민족혁명운동임을 많은 사람들이 확인할 수 있었다.

단재는 조선혁명선언에서 사회진화론의 관점을 말끔히 씻어냈다. 상공인 중심의 민족주의도 벗어났다. 조선혁명선언은 민족의 생존권까지 철저히 박탈하는 일본제국주의에 대해서는 모든 수단을 동원해 투쟁해야 옳다는 사실을 널리 깨우쳐주었으며 조소앙의 삼균주의를 비롯해 독립운동의 사상적 발전에도 크게 기여했고 백범 김구가 이끄는 임시정부의 투쟁 방법에도 깊은 영향을 끼쳤다.

14

사인은 박자혜를 동행해 조선으로 들어갔다. 드디어 철교를 건너며 유장한 압록강을 착잡하게 바라보았다. 차창 유리에 대각선 방향으로 조금 전 단둥역에서 기차에 올라 의자에 앉은 조선인 얼굴이 비쳤다.

어디선가 본 듯한 얼굴이다. 곰곰 짚어보았다. 베이징에서 심훈과 더불어 하룻밤을 보내면서도 인사조차 나누기를 삼갈 만큼 신중하고 과묵한 청년이 연상됐다.

얼굴을 돌리며 손이라도 내밀까 했다. 그런데 청년이 모자를 눌러쓰고 고개를 반대쪽 창문으로 돌렸다. 사인은 외면이 무슨 의미인지 파악하고 모르쇠를 놓았는데 청년은 신의주역이 다가오자 다른 칸으로 옮길 셈인지 자리에서 일어서며 순간적으로 눈을 마주치고 연대의 눈인사를 보내는 듯했다.

사인은 청년이 무사하길 기도했다. 최사인과 박자혜가 서울역에 내린 것은 1922년 3월 말이었다. 사인은 그때 몰랐지만 그 청년, 박헌영은 기차가 조선 땅에 들어온 뒤 곧바로 체포됐고 바로 앞서 들어간 김단야, 임원근과 함께 평양형무소에 수감됐다.

박헌영과 최사인. 두 사람 모두 3·1혁명으로 조선을 떠난 뒤 옹근 3년 만의 귀환이었다. 떠날 때는 비슷했지만 돌아올 때 두 사람의 사상은 달라져 박헌영은 맑스와 레닌의 혁명 사상에 공명하며 모스크바에 본부를 둔 국제공산주의자연합ㅡ레닌이 주도해 1919년 모스크바에 설립한 국제조직 코민테른(영문 'Communist International'의 줄임말)ㅡ의 혁명운동 조직과 깊은 연관을 맺고 있었다.

최사인은 단재를 만나 그의 사상에 몰입했다. 베이징에서 함께 생활하며 미발표 초고들을 학습했다. 역사를 다룬 단재의 원고에서 사인은 오랜 세월에 걸친 사대주의 노예들이 만든 사회는 외세를 따라 흔들리게 마련임을, 청나라나 일본이 조선을 속국으로 만들어보겠다고 감히 나선 배경에는 조선의 지배세력이 숭상해온 사대주의가 큰 몫을 했음을 새삼 깨달을 수 있었다.

사대주의와 정면으로 맞선 사람은 단재만이 아니었다. 당장 사인은 녹두와 소소가 떠올랐다. 동학과 천도교는 외래 사상과 사대주의에 찌들대로 찌든 기존의 신분제 사회를 바꾸려는 아래로부터의 혁명에 나섰고 3·1혁명도 그 연장선에 있기에 사인은 앞으로 그 미완의 혁명을 완수하는 길에 몸 바칠 결기를 세웠다.

서울역에 내린 사인은 자혜와 함께 곧바로 동대문 너머 상춘원을 찾았다. 산월은 자혜를 반갑게 포옹하며 맞아 다른 방으로 들어갔다. 사인은 1919년 3월 1일 아침의 헌거롭던 소소와 달리 얼핏 몰라보게 늙고 거동마저 불편한 노인을 보자 울컥하며 목이 메었다.

"너무 늦게 왔습니다. 더 일찍 찾아뵙지 못해 죄송합니다."

울먹이며 큰절을 올렸다. 소소가 지긋이 바라보았다. 엷은 미소와 자상한 눈길만은 조금도 변함이 없어 더 눈물이 솟아올랐다.

"어서 오게나. 어엿한 장부가 울기는…… 자네 이야긴…… 귀국한다는 편지를 받기 전에도 산월에게…… 듣고 있었네. 수고…… 했어. 자네 얼굴빛이…… 아주 좋구먼. 그래, 그간 잘 살았던 게야. 자네 같은 젊은이들이…… 자꾸자꾸…… 새 길을 열어가야 하거든."

사인은 임시정부 수립 과정과 그 이후를 상세히 보고했다. 단재를 만난 이야기도 곁들였다. 신채호 이야기가 나오면서 눈이 반짝이던 소소는 사인이 베이징에서 《천고》 발행을 도왔다며 가방에서 창간호를 꺼내 내밀자 말없이 뒤척이다가 입을 뗐다.

"천고라면…… 하늘의 소리 아닌가. 단재, 그 사람이 만들었다니…… 읽어볼만하겠군. 자, 그럼 자네는 여독이 안 풀렸을 테니…… 가서 쉬게나. 가회동에 자네가 쓰던 방…… 청소해두라 일러두었네."

사인은 다시 절을 올리고 물러났다. 동대문 안으로 들어서자 아직 먼 거리임에도 천도교 중앙대교당이 눈에 들어왔다. 골골샅샅의 민중이 성금을 모을 때 조선을 떠났던 사인은 어느새 웅장하게 선 중앙대교당을 바라보고 걸으며 '사람이 곧 하늘'이라는 가르침의 정확한 뜻은 '민중이 곧 하늘' 아닐까 싶었다.

사인이 베이징에 머물던 1921년 2월에 교당을 준공했다. 명동성당·조선총독부 청사와 함께 서울의 3대 건물로 꼽힌다는 풍문도 과장이 아니었다. 화강석을 기반으로 붉은 벽돌을 쌓아 올려 1000여 명이나 수용할 수 있는 교당 곳곳을 둘러본 사인은 본부를 찾아 종단 간부들과 인사를 나눴다.

닷새 지나 상춘원에서 들어오라는 전갈이 왔다. 소소의 건강은 차도가 없어 보였다. 병약했지만 다사로운 미소는 여전해 편안한 눈길로 사인을 바라보던 소소가 문갑에 놓여있던 《천고》를 들어 올리며 잔잔하게 말했다.

"어떤가, 여독은…… 풀렸는가?"

"네, 선생님 배려 덕분에 편히 쉬었습니다."

"이 월간지 잘 가져왔네. 과연 단재로군. 단재처럼…… 미더운 후배가 있어 나처럼 병든 늙은이는 들차다네. 그건 그렇고…… 자네 무슨 일을 할지 구상이 있는가."

"특별한 생각 없습니다. 괜찮으시다면 선생님 모시는 일, 계속하고 싶습니다. 저로서야 그 이상의 영광이 없습니다."

"고맙네, 자네 마음 내가 왜 모르겠어…… 헌데 자네가 보다시피…… 내가 더는 수행비서가 필요하지 않은 상황이고…… 자네 또한…… 이제 내게서 떠나 자기 일을 온전히 찾아야 할 나이라네."

"선생님, 지금 독립운동 전선에는 선생님처럼 모든 사람을 포용하고 담아낼 지도자가 없습니다. 반드시 다시 일어나셔서 독립운동 전선에 복귀하셔야 합니다."

"알았네, 고마운 말일세. 실은 그렇지 않아도…… 귀국한다는 편지를 받고 자네가 돌아오면 어…… 디에 배치해야 좋을지 생각해왔거든. 자, 어떤가? 《개벽》으로…… 가서 《천고》의 편집 정신을 거기에 담아보지 않겠나?"

《개벽》은 그렇게 사인의 일터가 되었다. 3·1혁명이 낳은 성과물의 하나였다. 총독부는 조선인의 거족적인 독립운동이 세계적 주목을 받자 강압 통치를 누그러뜨리는 듯 이른바 '문화정책'을 내세워 신문·잡지의 발행권을 허가한다고 공표했는데 그 결과로 1920년 봄 《조선일보》·《동아일보》·《시사신문》과 함께 6월에 종합월간지 《개벽》이 나왔다.

《개벽》은 사실상 천도교 월간지였다. 인내천 사상도 매호마다 담았다. 정치·경제·사회 현안에 조선 민족의 생각을 담아내는 언론 활동에 주력하되, 문학에도 상당한 비중을 두어 월간지이면서 문학지로 평가받으며 젊은 세대의 사랑을 받고 있었다.

사인은 거처로 돌아왔다. 소소가 자상하게 챙겨 건네준 《개벽》 창간호를 살펴보았다. 본디 '개벽'은 수운 최제우가 좌도난정의 허튼 죄목으로 참형당하기 전에 새 세상을 갈망하며 부르짖었던 말, "천하의 번복운수, 다시 개벽이 아니겠는가!"에서 따왔다.

권두언은 만세시위 이후를 '혼돈'으로 규정했다. 번복의 현실도 포착했다. 수운의 마지막 말을 충실히 담겠다는 다짐처럼 보이기도 했다.

아! 풍운! 아! 벽력! 모래가 날리며 돌이 날도다. 나무가 부러지며 풀이 쓰러지도다. 아! 흑천지로다, 수라장이로다. 천(天)의 악이냐? 세(世)의 죄이냐? 아니 이것이 혼돈이 아닌가? 아! 총검! 아! 쇄도! 머리가 떨어지며 다리가 끊어지도다. ……아니 이것이 번복이 아닌가? 새 바람이 일도다. 한빛이 비치도다. 온 세계는 찬란한 빛의 세계로다. 평화의 소리가 높도다. 개조를 부르짖도다. 온 인류는 신선한 자유의 인류로다. 운이 내(來)함이냐? 시가 도(到)함이냐? 아니 이것이 개벽이로다!

창간사에선 민중의 소리가 세계 개벽의 소리라 주장했다. 다만 그것을 "신의 소리"로 표현해서 의아했다. '하늘의 소리'가 더 적실한 표현이거니와 "오호라, 인류의 출생 수십만 년의 오늘날, 처음으로 이 개벽 잡지가 나게 됨이 어찌 우연이랴"는 주장 또한 지나쳤다.

하지만 전체적으로 사인은 흡족했다. 사설도 나름 읽을 만했다. "눈을 크게 뜨라, 귀를 크게 열라, 그리하여 세계를 보라, 세계를 들어라. 세계를 앎이 곧 자기의 죄악을 앎이요, 자기의 장래를 앎이요, 자기의 총명을 도움이요, 자기의 일체를 개벽함"이라고 주장했다.

《개벽》편집국은 중앙대교당 바로 옆 건물에 자리했다. 기자로서 첫 출근하는 사인의 마음은 한결 엄숙했다. 출근한 날 편집주간은 막 인쇄되어 나온 1922년 5월호를 사인에게 건네면서 기사들에 대한 평가를 적어 제출하라고 첫 지시를 내렸다.

표지를 넘겨 차례를 훑어보았다. 사인의 눈에 이름이 익은 필자가 들어왔다. 서둘러 펴 들고 이광수가 쓴 '민족개조론'을 읽어가면서 무장 분노가 치밀어 올랐다.

가관이었다. 조선민족은 허위적이라고 망발을 쏟아냈다. 이광수는 "공상과 공론만을 즐겨 나타내고 신의·충성이 없고, 일에 용기 없고, 빈궁하는 등 악점 투성이다. 그러므로 이를 극복하기 위해서는 민족성의 개조가 필요하다"고 거침없이 주장했다.

게다가 '타락한 민족성'을 들먹였다. 허위, 비사회적 이기심, 나태란다. 조선 민족이 완전한 멸망에 빠지기 전에 살아남을 수 있는 유일한 길은 민족성을 개조하는 것이라고 거품 물었다.

무엇보다 사인이 분노한 것은 3·1혁명 폄훼다. 이광수는 "3월 1일 이후로 우리 정신의 변화는 무섭게 급격하게 되었다"고 인정은 한다. 하지만 "이것은 자연의 변화이외다. 또는 우연의 변화이외다. 마치 자연계에서 끊임없이 행하는 물리적 변화나 화학적 변화와 같이 자연히 우리 눈으로 보기에는 우연히 행하는 변화이외다. 또는 무지몽매한 야만인종이 자각 없이 추이하여 가는 변화와 같은 변화"라고 주장했다.

사인은 월간지를 잘못 펼쳤나 싶어 표지를 확인했다. 틀림없는 《개벽》이었다. 사인은 소소가 10년 공을 들여 일으킨 3·1혁명을 새빨간 거짓말로 깎아내리는 글이 어떻게 천도교 월간지에 실렸는지 분노했고 《개벽》부터 개벽해야 옳다는 생각이 들었다.

이광수는 겉멋만 가득해 "차라리 조선민족의 운명을 비관하는 자"를 자임했다. 조선의 민족성이 열악하다고 단언하기 위한 가식이다. 더욱이 "지나간 삼십 년을 돌아보시오! 얼마나 더 성질이 부패하였나, 기강이 해이하였나, 부가 줄었나, 자신이 없어졌나"라며 민족개조와 문화운동만이 "가장 철저한" 방법이라고 부르댔다.

하지만 지난 30년 부패하고 자신 없어진 사람은 바로 이광수였다. 동학혁명 이후 30년 가까이 민중은 투쟁에 헌신했다. 그 열매가 맺혀 마침내 '왕의 나라' 아닌 '민중의 나라'를 이루자는 거족적 합의를 이끌어냈다.

그럼에도 이광수는 과거를 부정하고 미래도 비관했다. 오직 희망은 저 자신이다. 독자의 다수가 자신의 주장에 공명하리라 "확신하매 넘치는 기쁨으로 내 작은 생명을 이 고귀한 사업의 기초에 한 줌 흙이 되어지라고 바친다"는 마지막 문장을 읽으며 사인은 욕지기가 났다.

제멋에 겨운 먹물의 전형이다. 바로 그자가 대한민국 임시정부의 기관지 주필을 맡아 단재를 핍박했었다. 그새 서울로 들어온 이광수는 나라가 망한 책임이 일제의 침략 아닌 조선민족성 때문이라고 질타하며 변절의 길로 치닫고 있었다.

사인은 당장 편집주간에게 따지고 싶었다. 하지만 첫날부터 성급할 필요는 없었다. 역겨운 이광수의 글을 《개벽》 안팎 사람들이 어떻게 대하나 지켜볼 필요도 있었다.

다행히 항의가 잇따랐다. 여성운동가 주세죽과 허정숙이 편집국까지 찾아왔다. 주세죽은 상하이에서 박헌영과 결혼하며 '혁명 가정'을 이루겠다 밝혀 망명가들 사이에서 화제가 되었던 여성으로 남편은 국내에 잠입하다가 신의주에서 체포되어 평양형무소에서 복역하고 있었다.

《개벽》 편집주간은 두 사람을 경시할 수 없었다. 상하이에서 돌아와 민중에 기반을 두고 여성운동을 벌이고 있었기 때문이다. 민족개조론을 반박할 대담 자리를 약속했지만 편집주간이 어렵사리 마련한 이광수와 주세죽·허정숙의 좌담은 처음부터 격렬한 신경전이 벌어져 제대로 시작도 못 하고 끝났다.

최사인은 거친 논쟁 그대로를 싣자고 제의했다. 하지만 편집주간은 눈살을 찌푸렸다. 결국 생생한 논쟁은 지면화하지 못하고 묻혔으며 이광수는 잇따른 비판에도 겸허한 성찰은커녕 되레 1924년 1월 2일부터 6일까지 《동아일보》에 '민족적 경륜' 제하의 논설을 연재했다.

이광수는 문제의 논설에서 '폭탄'을 던졌다. 투탄 대상은 일제가 아니라 독립운동 진영이었다. '조선의 천재'를 자부하던 이광수는 조선인이 더럽고 비루하며 무능하다고 보았기에 독립운동을 일본이 허용하는 범위에서 자치운동으로 전환해야 옳다고 주장함으로써 민족운동 진영을 분열시키는 '천재적 경륜'을 한껏 발휘했다.

천도교 고위간부 최린이 이광수를 엄호했다. 김성수·송진우와 함께 자치운동을 위한 결사로 '연정회'를 조직하겠다고 나섰다. 겉모습만 보고 조선 민중이 무기력에 무능하다고 함부로 재단한 그들은 스스로를 '일본인 같은 조선인'으로 여기며 제 동포를 창피하게 여겼다.

연정회엔 일본에 유학하며 정신이 움츠러든 사대주의자들이 수두룩했다. 다행히 연정회에 일제가 개입한 사실이 드러났다. 연정회는 민중 사이에 힘을 얻지 못했지만 총독부는 3·1혁명으로 형성된 거족적인 독립운동전선을 분열시키려고 자치론자들을 계속 부추기며 지원했다.

최린은 천도교 조직을 야금야금 장악해갔다. 소소 환원 이후 그의 비중이 차츰차츰 커지고 있었다. 사인은 편집주간과 갈등이 커져갔지만 그래도 《개벽》을 자신이 독립운동을 벌이는 현장으로 삼아 최선을 다해갔다.

사인은 자신의 생각과 비슷한 외부 필자들을 활용했다. '사상의 추세와 운동의 방향' 제목으로 글을 청탁하며 필자와 충분히 소통했다. 평론은 심각한 경제사정과 일제의 식민정책을 신랄히 비판하며 조선의 사상계는 3·1혁명으로 큰 전환을 이뤘다고 진단했다.

이어 친일파를 정면 겨냥했다. 총독부의 통계 발표를 맹신한 윤똑똑이들은 조선이 발전하고 있다고 나팔을 불어댔다. 하지만 그것은 어디까지나 조선에 살고 있는 일본인들의 경제적 이익이었고 조선인의 생계는 그와 반비례해 빈곤의 나락으로 떨어지고 있었다.

숫자의 보고는 대부분이 조선에 있는 일본인의 경제적 발전을 지칭함이요, 조선인의 생산범위는 도리어 점차 수축됨을, 따라서 생활정도가 극도로 저락하여 전 조선은 정히 아귀굴로 화하였다. 조선의 경제에 숙련한 일본기술이 가하였으니 열패하는 것은 필연한 일이다. 토지는 비상한 속도로 대지주에게 겸병되어 자작농이 소작농으로 변하여가고 있다.

최사인은 동료 차상찬과 죽이 맞았다. 기자로 일하며 틈틈이 사회운동에 동참했다. 1924년 6월 여러 언론단체와 조선청년동맹 등 31개 단체 대표가 모여 언론과 집회를 탄압하는 일제에 맞서 규탄대회를 열었는데 1000여 명의 참가자와 일제의 기마경찰이 충돌해 최사인도 이틀을 유치장에서 보내야 했다.

당시 지식인들 사이에 공산주의 사상이 빠르게 퍼져가고 있었다. 그런데 최사인은 공산주의에 확신이 없었다. 모든 종교를 민중의 아편으로 몰아치며 조금의 이견도 받아들이지 않는 기세가 몹시 불편했던 사인은 인내천에 바탕을 두고 자신의 품성을 수양하며 기자로서 《개벽》 편집에 최선을 다했다.

1925년 4월 조선기자대회가 천도교중앙대교당에서 열렸다. 기자 최사인은 차상찬과 대회 조직단계부터 앞장섰다. 전국에서 모인 기자들은 결의문을 채택하고 서로 친목과 협동을 공고히 하면서 "동양척식회사를 비롯해 조선인 생활의 근저를 침식하는 여러 방면의 죄상을 적발하여 대중의 각성과 대중운동의 적극적 발전을 촉성"키로 했으며 조선민중의 실상을 정확하게 알리고 독립에 기여하는 언론인으로 정진할 것을 선언했다.

조선기자대회를 마친 사인은 '조선민족과 조선의 자랑'을 특집으로 기획했다. 문학평론가 박영희가 쓴 '고민문학의 필연성'을 돋보이게 편집했다. 박영희는 "우리는 정치적으로 무능할 뿐 아니라 경제적으로 멸망을 당하는 무리이므로, 우리 생활의 필수조건은 특권계급에게 다 약탈되고 말았다"며 경제적 궁핍으로 지적 발달까지도 정지되고 말았다고 개탄했다.

다음 호에선 해외 독립투사들을 기획 보도했다. 총독부는 신채호를 '민족의 별'로 다룬 특집을 트집 잡았다. 석 달 정간을 당한 《개벽》 편집국에서 사인은 창밖으로 천도교대교당을 바라보며 정치적으로 나라를 잃어 파멸을 맞고, 경제는 날로 궁핍하고, 문화는 쇠잔해져 지적 발달마저 낙후된 민족의 앞날이 암담했다.

15

사인은 소소와 단재를 곰곰이 새기며 힘을 냈다. 시인 이상화의 〈빼앗긴 들에도 봄은 오는가〉를 돋보이게 편집했다. 땅도 잃고 봄마저 앗긴 조선 사람들의 울분을 터뜨리는 절창이었던 만큼 곧바로 조선인들 사이에 얘깃거리가 되었고 총독부는 긴급 압수에 나섰다.

천도교는 단합할 섶에 내부갈등이 점차 커져갔다. 소소가 감옥에서 쓰러질 때부터 내분이 불거졌다. 소소가 병보석으로 출감하자 잠시 가라앉았지만 건강 때문에 교단에 복귀하지 못한다는 사실이 확실해지면서 '손병희 이후'를 놓고 소용돌이에 휘말렸다.

태풍의 눈은 해월의 외아들 최동희였다. 해월이 예순 살 넘어 소소의 여동생을 맞아 낳은 늦둥이다. 열다섯 살 나이로 일본으로 유학 가서 1914년 와세다 대학을 졸업할 때까지 10년 넘게 도쿄에서 살았다.

소소 집으로 들어온 소년 사인은 이듬해 동희를 처음 보았다. 여름방학을 맞아 일시 귀국했을 때다. 소소는 사인에게 다섯 살 많은 동희를 '형'이라 부르라고 했지만, 아무리 동학과 천도교가 모든 인간의 평등을 주창하고 일상에서 실천을 권고했더라도 해월의 아들이자 소소의 조카인 일본 유학생은 사인이 감히 가까이할 수 없을 후광으로 빛날 수밖에 없었다.

최동희는 도쿄에서 독서에 몰입하며 사상적 탐색을 했다. 일본 지식층 사이에 퍼져가던 민권사상과 사회주의를 흡수했다. 세계 사조와 접목함으로써 천도교를 민족혁명 조직으로 혁신할 구상을 한 최동희는 귀국한 직후부터 외숙부인 소소에게 항일투쟁을 전개하자고 건의했다.

소소는 동희의 뜻을 기특하게 받아들였다. 다만 물덤벙술덤벙 혁명에 나서기보다 착실하게 준비하며 때를 기다려야 옳다고 설득했다. 수긍하지 못한 최동희는 배긋해서 1916년 9월 손병희에게 공개적으로 건의서를 보내 갑오혁명 당시 산화한 영혼들을 적시하고 천도교 내부 개혁, 시천교와의 통합, 항일운동 전개를 부쩍 요구했다.

소소는 잠시 당황했다. 조카 동희가 해월의 아들로서 혹 교단을 이끌고 싶은 걸까 짚어도 보았다. 아무래도 교단 세습 — 설령 조카에게 그런 의도가 있다고 하더라도 — 은 무리이고 지도자를 혈연으로 이어가는 선례를 남겨선 안 된다고 결론 내렸다.

더구나 최동희가 조급한 나머지 패착을 뒀다. 자신의 건의가 받아들여지지 않자 자발없이 독자적으로 시천교와의 통합을 추진했다. 친일 행태가 너무나 노골적인 시천교와의 통합을 벌이며 욜랑욜랑 항일투쟁을 전개하자는 주장은 앞뒤가 맞지 않아 최동희는 교단 간부들의 지지를 받기는커녕 드센 비판만 받았다.

소소는 조카의 언행이 그닐거려 괴로워했다. 소소를 존경해온 사인도 최동희의 가즈러운 태도에 거부감이 들었다. 교단에서 뜻을 이루지 못한 최동희는 "10년 안에 천하를 경동케 할 사업을 전개하겠다"며 홀연히 중국으로 건너가 망명객들을 접촉하고 새로운 운동을 구상했다.

그때 최동희를 사로잡은 사건이 일어났다. 러시아혁명이다. 러시아 연해주에서 독립운동을 하던 이동휘는 조선독립에 러시아혁명이 큰 도움이 된다고 판단해 1918년 한인사회당을 결성했고 그 당에서 군사부장을 맡았던 유동열은 최동희에게 다가와 러시아공산당과의 연대를 권유했다.

최동희는 망설였다. 그런데 조선에서 3·1만세운동이 일어나 민족혁명의 가능성이 성큼 다가왔다. 최동희는 손병희가 감옥에 갇히고 수행비서이던 최사인이 상하이에 온 사실을 알았지만 소소의 측근이라 판단해 거리를 두고 있었다.

단재가 임시정부 주류와 다투고 있을 때다. 최동희는 유동열과 함께 모스크바로 떠났다. 천도교가 국제공산주의자연합과 손잡고 일본제국주의와 맞서 무장투쟁을 벌이는 방안이 민족혁명을 이루는 최선의 길이라고 생각했다.

러시아혁명정부를 이끌던 레닌은 최동희를 직접 만났다. 동아시아에서 반제국주의 혁명투쟁을 벌일 때 조선의 최대 교단인 천도교가 기반이 될 수 있었다. 당시 러시아에서 발간된 《조선 소개》는 동학농민전쟁을 서술하며 최시형을 '죄인으로 몰려 사형당한 동방의 탁월한 초인'이라 표현했다.

"최동희 동지, 어서 오세요. 우리 러시아에도 부친인 최시형 선생이 잘 알려져 있습니다. 반갑습니다."

"감사합니다. 혁명정부가 무기와 자금을 지원해주시면 우리 조선혁명가들은 기꺼이 일본제국주의와 싸워 나라를 되찾겠습니다."

레닌은 최동희와 마주 앉았다. 그의 용기도 높이 평가했다. 다만 너무 성급하게 일을 벌이지 않을까 우려해 조심스레 충고했다.

"민족혁명 지도자의 아들로서 현장은 조선 땅 아니겠습니까? 조선으로 돌아가서 천도교인들을 중심으로 공산당을 조직하면 자금은 원하는 대로 제공하겠습니다."

"조선의 천도교도가 300만 명인데 한 사람당 1원씩만 내도 300만 원입니다. 이를 담보로 무력과 자금을 미리 지원해주시면 좋겠습니다."

최동희는 조급했다. 당장 자금을 확보하고 싶었다. 레닌은 최동희가 꺼낸 '담보'라는 말에 웃음이 나왔다.

"최 동지 뜻은 잘 알겠습니다. 하지만 혁명 사업에도 순서가 있는 법입니다. 우리 당은 동지가 조선에 들어가길 바랍니다. 조선에서 농민과 노동인들을 중심으로 당을 조직하는 사업에 나서십시오. 조금이라도 진전이 있으면 언제든 연락 주세요."

최동희는 1919년 11월 조선에 돌아왔다. 3년 만에 천도교 상황은 사뭇 달라져 있었다. 3·1혁명의 여파로 고위 간부들이 거의 모두 투옥되어 지도부가 공백기를 맞은 반면에 천도교에 대한 민중의 기대감은 그 어느 때보다 한껏 높아져 있었다.

최동희는 귀국하자마자 '교단 혁신'을 내걸었다. 새로운 인물을 발굴하자고 제안했다. 최동희가 천도교 간부들을 만나 교단 재정을 정돈하고 교육을 중시해야 옳다고 주장하면서도 해외 포교를 강조한 것은 혁명의 근거지로 만주를 염두에 두었기 때문이다.

3·1혁명의 여파로 1920년대에 들어서며 계급운동이 일어났다. 사회 전반에 자유와 평등을 주장하는 목소리도 높아갔다. 천도교 안에서도 '중앙집권에서 지방분권으로, 독재에서 중의로, 차별에서 평등으로'의 방향 전환을 촉구하는 혁신운동이 일어났으며 그 중심에 최동희, 해월의 아들이 있었다.

그러나 천도교 내부는 손병희 체제가 견고했다. 최동희의 혁신은 쉽게 이뤄질 수 없었다. 손병희 체제에서 커온 고위 간부들은 1919년 9월 청년 조직을 세우고 문화운동을 전개하며 교단의 주도권을 쥐었고 사인이 몸담은 《개벽》의 발간도 그 연장선이었다.

다만 동학혁명의 남접 계열은 여전히 혁명적 노선을 고수했다. 오지영과 공산주의에 친화적인 교인들이 교단의 비주류를 이루고 있었다. 최동희는 비주류와 함께하며 해월의 아들로서 자신의 지위를 최대한 활용해 주류의 간부들과도 접촉을 늘려감으로써 교단을 혁신할 기반을 마련해갔다.

최동희의 활동 폭은 넓었다. 1920년 8월 영남의 부호인 윤홍렬과 최완을 대구에서 만났다. 만주를 근거지로 조선독립을 이루자며 땅이 넓고 값도 싸므로 대규모로 조선인 마을을 만들 수 있고, 학교를 설립해 동지들을 길러내면 얼마든지 일본에 맞서 독립전쟁을 벌일 수 있다고 주장했다.

최동희는 러시아혁명정부의 지원을 내내 기대했다. 러시아로부터 돈과 무기를 받으면 일본과의 개전이 가능하다고 보았다. 주류 간부들에겐 조심스레 타진해갔지만 비주류와 회합할 때는 더 적극적이고 구체적으로 자신의 구상을 털어놓았다.

출옥한 손병희의 복귀가 불가능해지면서 혁신운동은 힘을 받았다. 교단 안에 일정한 세력을 확보한 최동희는 1921년 4월부터 공개적으로 '혁신'을 내걸었다. 비주류 중심으로 사상연구회를 조직했으며 주류가 조직한 천도교청년회에도 최동희 자신이 가입해 젊은 세대와 함께 교단 혁신을 이루겠다는 의지를 선명히 드러냈다.

최동희는 '시대의 요구'와 '정의의 공론'을 내세웠다. 3·1혁명으로 투옥되었던 간부들도 출소해 전도사회를 결성했다. 전도사회가 혁신운동을 지지하면서 중앙기구를 종무원·종의원·종법원으로 3권이 분립하는 방향으로 개편하고 교주선거제를 뼈대로 한 공화제적 개혁안을 내놓자 교단의 주류는 개혁안이 교단 권력을 찬탈하려는 음모라며 적극 저지에 나섰다.

주류는 대의기구 구성에만 동의했다. 혁신파가 상당수의 지방 교인과 여론의 지지를 받고 있기에 일부라도 수용하지 않을 수 없었다. 만일 주류가 대의기구를 두자는 안마저 동의하지 않으면 자칫 거센 바람이 불어 '교주선거제 도입'도 막아내기 어려운 형국이었다.

천도교 제도와 인사에 변화가 시작됐다. 대의기관에 관한 규정을 만들었고 전국 60개 구역에서 선거를 실시했다. 여성에게도 참정권을 부여하며 보통선거를 도입해 빈부에 관계없이 18세 이상의 교인 누구나 한 표를 행사하자 '젊은 인재들'이 공선된 60명의 대의원 가운데 3분의

1에 이르렀다.

혁신파는 교단 민주화방안을 적극 설득해갔다. 관건은 교주 소소였다. 병석의 소소가 '투옥 동지' 격인 전도사회의 혁신안을 받아들이면서 마침내 교주선거제와 중앙기관의 3권 분립을 뼈대로 한 종헌이 마련됐다.

하지만 주류는 포기하지 않았다. 교주선거제가 도입되면 자칫 교단에서 쌓아온 기득권을 잃을 수 있었다. 주류는 병석의 손병희를 찾아가 읍소하며 일제의 감시와 탄압에 시달리고 있는 상황에서 교주 선거제는 교단 존립의 구심력을 파괴할 수 있으므로 시기상조라고 호소했다.

위기의식에 사로잡힌 주류는 질깃질깃했다. 결국 소소가 생각이 달라져 시기상조론에 동조했다. 천도교 혁신운동은 급제동이 걸렸고 최사인은 고문 후유증으로 병석에 오래 누워있는 소소가 해가림의 속살거림으로 판단력이 흐려졌다고 볼 수밖에 없었다.

예전과 달리 사인은 기꺼이 최동희 쪽에 섰다. 최동희는 사인의 합류를 몹시 반겼다. 주류는 상황을 서둘러 매듭짓지 않으면 흐름이 언제 또 바뀔지 모른다고 판단해 혁신파와 보수파의 갈등을 중재하겠다고 나선 오세창, 권동진, 최린을 자파로 끌어들였다.

주류는 중재 세력까지 포섭하자 강공에 나섰다. 혁신파에 가담한 중진은 물론 원로들까지 전격 출교 처분했다. 교단의 체면을 구겼다는 '명분'을 내세운 동시에 교단 안팎의 매체들을 통해 "최동희 일파는 겉으로는 문명의 간판을 붙이고 있지만 속에는 야심을 갖고 있다"고 몰아갔다.

사인은 교단 기득권세력의 권모술수에 질렸다. 교단 내 기득권 옹호에 그들의 전투력은 놀라웠다. 하지만 독립운동을 펴나가자는 목소리 앞에선 그 강력한 전투력이 금세 시들해졌다.

1922년 5월 소소가 환원하며 사태는 새 국면으로 접어들었다. 천도교의 차세대 지도자로 떠오른 이들은 돌연 혁신파와의 타협을 주장했다. 저마다 자신들의 입지를 강화하기 위해 '사상적 경향성을 따지지 말고 무조건 합동하자'는 원칙을 밝혀 지방 교인들의 동요를 막았다.

임시 교인대회가 열렸다. 전격적으로 무교주제를 의결했다. 집단지도 체제로 선출된 42인의 대표위원들이 교무 전반을 맡으며 가장 먼저 원로 이종훈을 비롯해 혁신파에 내린 출교 처분을 취소했다.

주류의 발 빠른 대응으로 교단은 안정을 찾았다. 주류는 자신들의 기반이 튼튼해지자 혁신파를 공산주의자로 규정하며 다시 공세에 나섰다. 3·1혁명으로 투옥되었던 전도사회의 적잖은 간부들도 고문과 옥고의 고통이 채 가시지 않아 독립투쟁에 나서자는 혁신파의 주장이 갈수록 부담스럽게 다가왔다.

최동희는 굴하지 않았다. 1922년 7월에 교단 안 비밀조직으로 고려혁명위원회를 결성했다. 고려혁명위원회는 해외조직부와 해외선전부를 두어 러시아공산당과 중국혁명과의 연대를 중시했으며, 최사인도 주류가 주도하는《개벽》의 기자로 일하면서 민족혁명을 벌여갈 혁명위원회에 동참했다.

16

　박자혜는 조산원을 열었다. 탑골공원 옆쪽 인사동 들머리였다. 조산원을 여는 과정에서 의암 선생이 서거해 성대한 장례식이 끝나고 닷새 뒤에 상춘원을 다시 찾았다.

　산월은 소복을 입고 맞았다. 얼굴이 더 하얘져 고귀한 분위기를 자아냈다. 자혜는 눈치를 보다가 가방에서 솔잎동동주가 든 호리병을 반쯤 꺼내 산월의 의향을 살폈다.

　"고맙구나."

　"찾아오는 사람들이 많을 텐데 괜찮을지 몰라 망설이다가 그래도 가져왔어."

　"이제 올 사람들은 다 왔다 갔어. 조금 더 있으면 세상인심이 얼마나 박한지 알게 되겠지. 그러니 친구가 따라주는 위로주 먼저 한 잔 받아도 되겠지?"

　"입에 발린 말 같겠지만 힘내렴. 장례식이 장엄하더라. 신문에서도 의암 선생 기사를 1면 머리로 다뤘더구나."

　"나도 고맙게 읽었지. 그이도 저 하늘에서 흐뭇하실 거야. 하지만 내겐 다 허망하더구나. 너무 일찍 환원하셨어."

　"일제 놈들이 악독해서 그래. 제 놈들이 선생님을 사실상 살해한 거나 다름없잖니? 그러면서도 나 몰라라 딴전 피우는 꼴 보면 정말 기가 막혀."

"그래, 놈들만 아니면 거뜬히 여든 넘게 사셨을 텐데……. 살아남은 우리가 앞으로 잘 싸워가야겠지. 소소는 마지막까지 중국에 있는 단재 이야기를 하셨어."

"정말? 하긴 우리 그이만큼 치열하게 사는 사람도 많지는 않지."

"그나저나 나는 사별했고 너는 생이별해서 어쩌니?"

"괜찮아. 사실 산월이 너도 마찬가지겠지만 나는 단재와 멀리 떨어져 있어도 늘 내 몸에 함께 있는 듯하더라."

"그렇지? 나도 그래. 그이는 내게 개가하라 권했지만 그럴 뜻은 전혀 없어."

"어머? 소소 선생이 정말 그러셨어? 개가하라고?"

"응. 동학도 천도교도 청춘과부의 개가를 주장해왔다면서 그리 말씀하시기에 눈물을 쏟았지."

"와, 소소 선생은 정말 너를 깊이 사랑했구나. 어지간한 남자라면 그런 말을 안 할 텐데."

"아마 단재 선생도 그 상황이면 너에게 그리 말할걸? 이런, 내가 쓸데없이 불길한 비유를 했나 보다."

"아냐, 나도 상상해보았는걸. 그이가 정말 그럴까를. 그나저나 너는 뭐라고 답했는데?"

"무슨 말을 하겠어. 영원히 곁에 있겠다고 했지."

"조신한 산월이답네?"

"나도 청춘과부의 개가엔 찬성이야. 그러나 내가 소소의 아내인데 누구와 또 결혼하겠어. 나도 너도 소소와 단재의 아내다운 길을 걸어야겠지?"

"그래, 하지만 누구의 아내다를 넘어 산월의 길, 자혜의 길을 걸어가자꾸나. 너도 나도 3·1혁명으로 거듭나지 않았니?"

"맞아, 우리 길을 당당히 걸어야지. 그래서 말인데, 너 조산원 열겠다는 계획은 어떻게 되어가니?"

그렇게 물은 산월은 곧바로 문갑을 열고 봉투를 꺼냈다. 얼마 되지 않지만 조산원 개원에 보태라 했다. 자혜는 상중인 산월에게 되레 돈을 받는다는 사실이 민망했지만 "조산원을 잘 꾸려서 꼭 두둑이 갚겠다"는 약속을 전제로 가방에 넣었다.

산월의 도움으로 연 조산원은 나름 번듯했다. 《개벽》 사무실과도 가까웠다. 사인은 일경의 감시로 자주 찾지 않았지만 그래도 이따금 들러 단재의 근황을 들었다.

어느 날 자혜로부터 전단지를 건네받았다. '조선혁명선언'이었다. 사인은 집에 돌아와 읽고 또 읽으며 베이징에 함께 머물 때 단재의 별빛 눈빛이 더없이 그리웠다.

베이징에서 단재는 사인에게 소설 원고를 건넸었다. 1916년 3월에 탈고한 〈꿈하늘〉 원고엔 이미 조선혁명선언의 알짬이 들어있었다. 단재는 소설 〈꿈하늘〉에서 민족자강과 항일 독립의식을 환상적으로 형상화하며 조선 민중이 직면한 과제와 독립운동의 길을 '한놈'이라는 주인공을 내세워 상징적 수법으로 그려냈다.

소설은 단재가 대왕릉을 만난 충격도 고스란히 담았다. 소설의 제1장에서 '한놈'은 1907년 어느 날 꿈속에서 영계에 오른다. 강력한 침략군을 한칼에 물리친 영웅 을지문덕을 만나 그의 지휘 아래 고구려군이 수나라 대군을 섬멸하는 살수대첩의 현장을 본다.

이어 을지문덕과 대화를 나눈다. 싸움에 결연히 나서는 용기와 굳센 의지를 배운다. 대장군 을지문덕은 한놈이 앉은 무궁화나무로 걸어오더니 문득 꽃을 보고 눈물을 흘리며, 장렬한 어조로 노래한다.

이 꽃이 무슨 꽃이냐 / 희어스름한 머리(白頭山)의 얼이요 / 불그스름한 고운 아침(朝鮮)의 빛이로다 / 이 꽃을 북돋우려면 / 비도 맞고 바람도 맞고 핏물만 뿌려주면 / 그 꽃이 잘 자라리 / 옛날 우리 전성(全盛)한 때에 / 이 꽃을 구경하니 꽃송이 크기도 하더라 / 한 잎은 황해 발해를 건너 대륙을 덮고 / 또 한 잎은 만주를 지나 우수리에 늘어졌더니 / 어이해 오늘날은 / 이 꽃이 이다지 야위었느냐 / 이 몸도 일찍 당시의 살수 평양 모든 싸움에 / 팔뚝으로 빗장 삼고 가슴이 방패 되어 / 꽃밭에 울타리 노릇해 / 서방의 더러운 물이 / 조선의 봄빛에 물들지 못하도록 / 젖 먹은 힘까지 들였도다 / 이 꽃이 어이해 / 오늘은 이 꼴이 되었느냐.

을지문덕은 목이 멘다. 더 부르지 못한다. 무궁화송이가 같이 눈물을 흘리며 맑은 노래로 화답한다.

봄비슴의 고운 치마 / 임의 은덕 갚으려 하여 / 내 얼굴을 쓰다듬고 / 비바람과 싸우면서 / 조선의 아름다움 / 쉬임없이 자랑하려고 / 나도 이리 파리하다 / 영웅의 시원한 눈물 / 열사의 매운 핏물 / 사발로 바가지로 / 동이로 가져오너라 / 내 너무 목마르다.

을지문덕의 노래에 적극 답한 절창이다. 대장군은 '핏물을 뿌려주면 잘 자라리라' 노래했다. 무궁화송이는 '영웅의 시원한 눈물 열사의 매운 핏물 사발로 바가지로 동이로 가져오라'며 정열적으로 호응함으로써 민족사의 화려했던 과거가 식민지로 전락한 심정을 비통하게 노래한다.

을지문덕은 싸움을 외면하지 말라고 경고한다. 한놈은 나라를 위한 싸움에 나선다. 동서남북과 상하 방향으로 한놈이 소리치자 싸움에 나설 여섯 한놈이 나타나며 작가는 그들을 한놈·두놈·세놈·네놈·다섯놈·여섯놈·일곱놈이라 부른다.

일곱 한놈은 민중의 일곱 범주이다. 일곱 명의 한놈이 서로 손을 잡고 싸움터로 간다. 가는 길에 하늘이 캄캄하며 찬비가 쏟아지고 흙바람이 불어오고 가시밭과 칼밭이 가로막지만 일곱 한놈 모두 꿋꿋하게 걸어간다.

하지만 온갖 난관을 이겨내며 나가는 길에서 하나씩 탈락한다. 먼저 앞뒤로 불덩이가 날아와 살이 모두 데이는 상황이 일어났다. 일곱놈이 딱 자빠지며 더 못 가겠다고 하자 한놈과 다섯 동무들이 억지로 끌어 일으키지만 일곱놈은 일어나지 않는다.

한놈은 "싸움에 가는 놈이 편함을 구하느냐?" 꾸짖었다. 일곱놈을 포기하고 여섯 동무가 나아갔다. 그런데 별안간 사람의 눈을 부시게 한 찬란한 황금산이 나타나자 여섯놈이 그 앞에 턱 엎드러지며 일어나지 않고 황금산에서 인생을 누리기로 작심한다.

다섯은 똘똘 뭉쳐 나간다. 큰 냇물 '시샘'이 앞을 막는다. '재주 없는 놈이 재주 있는 놈을 미워하며, 공 없는 놈이 공 있는 놈을 싫어하여 죽이는 냇물'인데 한놈과 네 동무는 물을 건너면서 자신들은 공자와 맹자, 붓다, 예수도 공부한 바 있어 얼마든지 시샘을 이겨낼 수 있으므로 형제애를 구현하자고 뜻을 모았다.

그런데 세놈이 가장 날래게 앞서 나갔다. 그를 따르려고 허덕허덕하던 네놈은 따르지 못했다. 결국 매우 좋지 못한 낯을 하던 네놈은 앞에 있는 적에게 총을 쏘는 척하며 혼자 앞서 나가던 세놈을 쏘아 죽였다.

시기와 배신으로 두 동무가 탈락했다. 셋만 남아 싸움터에 이르렀다. 그런데 '님의 나라' 군사가 적을 쉽게 제압하기는커녕 되레 고전을 면치 못하는 모습을 본 두놈은 푸른 산 흰 구름 속에 사슴의 친구나 되겠다고 떠났다.

마지막으로 한놈과 다섯놈 둘만 남았다. 다섯놈은 싸움에 승산이 없다고 보았다. 그렇다면 죽는 것보다는 종질이라도 하며 세상에서 어정거림이 옳다며 투항하고 말았다.

일곱 동무 가운데 다시 한놈만 홀로 남았다. 한놈마저도 미인계에 홀려 단숨에 지옥으로 떨어진다. 지옥에서 한놈은 감옥을 지키는 강감찬을 만나 장군에게 국적을 가두는 일곱 지옥과 망국노를 벌하는 열두 지옥 설명을 듣고, 참다운 민족적 신념과 애국의 길이 무엇인가를 구체적으로 터득한다.

먼저 나라의 적, 국적을 징벌하는 일곱 지옥이다. 처음은 겹겹 지옥이다. 고구려의 남생, 한말의 이완용처럼 제 국가를 배신한 자를 가두는 지옥으로 하루에 열두 번 죽이고 살려 가혹한 고통을 반복해 받는다.

줄줄 지옥은 탐관오리를 가둔다. 사리사욕에 눈이 어두운 자들이다. 민중을 착취한 탐관오리의 피를 빈대와 뱀으로 하여금 줄줄 빨게 한다.

강아지 지옥은 연설쟁이나 신문기자를 가둔다. 혓바닥이나 붓끝으로 적국을 찬양한 자들이다. 주구 노릇을 한 혓바닥을 빼고 그 대신에 개의 혀를 주어 날마다 컹컹 짖게 한다.

돼지 지옥엔 혼자만 잘 살려는 자들이 갇혔다. 지사를 잡아 적국에 넘긴 자들이다. 그들 정탐노의 몸에 돼지의 껍질을 씌워 평생 꿀꿀 소리나 내게 한다.

야릇 지옥은 겉으로만 지사인 자들 몫이다. 실제로는 이적 행위를 했다. 그런 자들의 머리에 박쥐 감투를 씌우고 똥집을 빼어 소리개에게 던져준다.

나나리 지옥이 나온다. 딸깍딸깍 나막신을 신고 적국의 풍속을 모방한 자들이다. 자식에게 내 나라 말 대신 적국어를 가르치는 자의 목을 자르고 토막을 내어 나나리를 만든다.

마지막 반신 지옥이다. 몸을 두 동강 낸다. 적국의 연놈들과 장가가고 시집가는 자들의 몸을 불칼로 자른다.

망국노를 가두는 지옥도 있다. 열두 곳이다. 망국의 민족 현실을 외면하고 예수나 공자를 되뇌며 신과 천당을 찾는 자들을 똥물에 튀겨 쇠가죽 씌우는 똥물 지옥, 지방·종교로 민족분열 일삼으며 파벌싸움에 집

넘하는 무리를 맷돌에 갈아 없애는 맷돌 지옥, 오직 남의 말·풍속·종교·학문·역사를 제 것으로 알아 러시아에 가면 러시아인 되고 미국에 가면 미국인 되어 세계주의를 표방하며 민족 주체성을 몰각하는 무리에게 뱉을 빼어 게와 같이 만드는 엉금 지옥, 오로지 외교에 의존해 국민의 사상을 약화시키는 사대주의 무리의 몸을 주물러 댕댕이를 만들고 큰 나무에 감는 댕댕이 지옥, 의병도 아니고 암살도 아니고 오직 할 일은 교육이나 실업 같은 것으로 차차 백성을 깨우자 하여 점점 더운 피를 차게 하고 산 넋을 죽게 한 자들이 갈 어둠 지옥, 황금과 여색에 탐닉하여 제 본뜻을 버리는 자들을 보내는 단지 지옥, 지식과 열정이 없으면서도 명예를 탐하여 거짓말로 남을 속이는 자들을 불로 지지는 지짐 지옥, 머리 앓고 피 토하며 국사를 연구하지 않고 마치니와 손문을 모방·번역·인쇄하는 자들의 잔나비 지옥, 잔꾀만 가득한 기회주의자들을 가마에 넣고 삶는 가마 지옥, 식민지 현실을 방관하며 망한 대로 놀자는 놈들을 보내는 쇠솥 지옥, 향락을 일삼으며 도덕 없는 사회를 만드는 자의 아귀 지옥, 공자·예수·나폴레옹·워싱턴은 알면서도 제 나라의 성현·영웅은 모르는 자들이 가는 종아리 지옥이 그것이다.

단재의 지옥은 단테의 지옥과 다르다. 역사의식이 없을 때 개개인의 삶이 빠지기 쉬운 곳이다. 〈신곡〉과 달리 〈꿈하늘〉에서 국적과 망국노를 가둔 지옥에 대한 단재의 서술에는 날카로운 풍자와 흥미로운 해학이 담겨있다.

소설은 외교론을 펴는 이승만을 댕댕이 지옥으로 보낸다. 무장투쟁에 반대하며 준비론을 편 안창호가 갈 곳은 어둠 지옥이다. 작가 단재의 독립운동 방향을 충분히 짐작케 하거니와 국적과 망국노로 가득한 지옥을 보여주면서도 결코 비관하지 않는다.

한놈은 새로운 다짐으로 지옥을 벗어난다. 고대에서 근세까지 민족사를 빛낸 인물들을 만난다. 사인은 소설 원고를 다 읽은 뒤 단재가 논설과 역사연구에 이어 문학을 통해 민족의 꿈과 이상을 형상화하고 반역의 무리를 통렬하게 비판해가는 열정에 저절로 고개가 숙여졌다.

주인공 '한놈'은 단재가 즐겨 쓴 필명이다. 한놈은 작가 자신 또는 분신이자 모든 조선인이다. 소설을 탈고한 1916년 시점에서 본다면 한놈·두놈·세놈·네놈·다섯놈·여섯놈·일곱놈이 그랬듯이 누구나 조국을 강점한 일본제국주의와 싸워야 옳다는 생각은 지닐 수 있다.

하지만 생각과 행동은 일치하지 않는다. 일제와 싸워야 한다는 생각이 실제 삶으로 곧장 이어지는 것도 아니다. 단재는 그 통찰을 일곱한놈의 선택으로 형상화했는데 한놈이 민중을 상징하는 이름이자 실체라면 작품에 그려진 일곱 한놈의 모습은 그대로 당대를 살아가는 민중의 자화상이다.

현실에 순응하거나 관조하면 자신과 가족의 생명을 지킬 수 있다. 친일을 하면 잘 먹고 잘 살 수 있다. 민족 현실을 인식하고 독립 투쟁에 나서는 길은 자신과 가족의 목숨을 건 선택이기에 결코 쉽지 않다.

더욱이 동지 사이에 질시가 춤춘다. 세놈은 가장 용감하지만 동지의 총에 죽는다. 네놈이 "따르려 하여도 따르지 못하여 허덕허덕"했다면, 그 잘못은 세놈에게도 있음을 보여준 대목이 최사인에겐 인상적이었다.

다른 사람이 따라갈 수 없을 만큼 혼자 앞서가는 이가 있다. 그건 '독선'일 수 있다. '한 사람의 열 걸음보다 열 사람의 한 걸음'이란 경구가 있듯이, 독선에 대한 단재의 비판적 인식은 고려왕조 시대의 묘청 봉기를 높이 평가하되 그가 혼자 앞서갔다며 비판한 대목이나 소련과 일정한 거리 두기에서도 확인할 수 있다.

소설 끝 대목도 단재답다. 한놈은 마침내 님의 나라를 찾아간다. 강감찬 장군의 도움으로 님의 나라 들머리까지 온 한놈이 돌문 앞에 서있는 장수에게 들어가게 해달라고 청할 때, 그는 단호하게 잘라 말한다.

"네가 바칠 것이 있어야 들어가리라."

"바칠 것이 무엇입니까? 돈입니까? 쌀입니까? 무슨 보배입니까?"

"그것이 무슨 말이냐? 돈이든지 쌀이든지 보배이든지 인간에서 귀한 것이요, 님 나라에서는 천한 것이니라."

"그러면 무엇을 바랍니까?"

"다른 것 아니라 대개 정이 많고 고통이 깊은 사람이라야 우리의 놀음을 보고 깨닫는 바 있으리니, 네가 인간 삼십여 년에 눈물을 몇 줄이나 흘렸느냐? 눈물 많은 이는 정과 고통이 많은 이며, 이 놀음에 참여하여 상등 손님이 될 것이요, 그 나머지는 중등 손님, 하등 손님이 될 것이요, 아주 적은 이는 들어가지 못하느니라."

"그러면 오직 나라 사랑이며, 동포 사랑이며, 대적에 대한 의분의 눈물만 듭니까?"

"그러니라. 그 눈물에도 진짜와 가짜를 고르느니라."

한놈이 그 말을 듣고 둘러보자 한놈의 평시 친구들이 문 앞에 그득했다. 한놈은 "내가 가장 끝이 되리로다. 나는 원래 무정하여 나의 인간에 대하여 뿌린 눈물은 몇 방울인가"라 자문한다.

사인은 그 대목에서 혁명의 고갱이를 깨달았다. 사랑과 눈물의 뿌리, 가슴이다. 원고를 다 읽은 사인은 단재에게 경건히 젖은 목소리로 감동받았다며 당장 조선에서 출판하라고 권했다.

"정말 괜찮을까, 딴은 조선에서 일제의 억압 아래 살고 있는 민중을 염두에 두고 쓴 소설일세."

"2천만 조선인이 모두 한놈이어야 한다는 말씀이시지요."

"사람 세상이 어찌 그럴 수 있겠는가. 절반에 절반만이라도 된다면 조선은 바로 해방될 것이라네. 하지만 이 소설로 그렇게 되길 바란다면 지나친 욕심이겠지. 다만 한놈만 읽을 수 있다면 더 바랄 게 없네."

17

　　그날 소설을 주제로 단재와 나눈 대화가 생생해서일까. 사인은 단재를 흐놀며 자혜가 건넨 선언문을 곱새겨 읽었다. 조선혁명선언은 민중이 주체로 나선 민중혁명의 선포이자 수많은 한놈의 결의였다.

　　사인은 이참에 단재를 '한놈'으로 부르자고 작심했다. 그것이 단재의 정신을 더 올곧게 따르는 길이라고 생각했다. 나중에 단재를, 아니 한놈을 다시 만나면 그렇게 불러도 좋은지 꼭 물어보겠다고 벼를 때도 단재가 '자네야말로 내 동무'라며 허허 웃으리라고 확신했지만 안타깝게도 사인이 재회할 기회는 오지 않았다.

　　단재는 여러 필명을 썼다. 무애생·열혈생·검심·적심에 '한놈'을 더했다. 소설 〈꿈하늘〉을 읽은 최사인에게 '한놈'은 조선혁명선언의 주체로 다가와 단재부터 당신이 자처한 '한놈'으로 호칭하고 싶었으나 아무래도 어감이 익숙하지 않았고 용기도 없었는데 무엇보다 진정한 한놈만이 그렇게 부를 자격이 있다고 생각했다.

　　단재의 독립운동은 종횡무진이었다. 다시 '조선사' 집필에 몰입했다. 베이징 교외의 관음사에 들어가 계를 받고 정식으로 스님이 되었다.

　　머리를 깎았지만 불교를 종교로 믿지는 않았다. 《유마경》을 읽으며 대승불교 사상에 깊은 영향을 받았고 마음의 평정도 이뤘다. 관음사 승려 시절을 두고 "다만 청정한 우주 속으로 들어가서 일심으로 역사를 써갔다"고 회상했다.

총론에서 단재는 역사를 정의했다. '아와 비아의 투쟁의 기록'이다. 역사란 인류사회의 아와 비아의 투쟁이 시간으로 발전하고 공간으로 확대하는 심적 활동의 기록이므로, 단재에게 세계사는 인류의 그 기록이며 조선사는 조선민족의 기록이다.

그렇다면 나와 나 아닌 것은 무엇일까. 차근차근 서술해갔다. 단재는 "무엇을 '아'라 하며, 무엇을 '비아'라 하느뇨" 묻고 주관적 위치에 선 자를 '아'라 하고, 그 외에는 '비아'라 한다며 예를 들었다.

이를테면 조선인은 조선을 '아'라 하고, 영·미·법·로…… 등은 제각기 제 나라를 아라 하고, 조선은 비아라 하며, 무산계급을 아라 하고, 지주나 자본가…… 등을 비아라 하지만, 지주나 자본가…… 등은 각기 제붙이를 아라 하고, 무산계급을 비아라 하며, 이뿐 아니라 학문이나 기술에나 직업에나 의견에나 그 밖에 무엇에든지, 반드시 본위인 아가 있으면, 따라서 아와 대치한 비아가 있고, 아의 중에 아와 비아가 있으면 비아 중에도 또 아와 비아가 있어, 그리하여 아에 대한 비아의 접촉이 번극할수록 비아에 대한 아의 분투가 더욱 맹렬하여, 인류사회의 활동이 휴식될 사이가 없으며 역사의 전도가 완결될 날이 없나니, 그러므로 역사는 아와 비아의 투쟁의 기록이니라.

단재가 제시한 아와 비아는 고정된 실체가 아니다. 아와 비아의 대립과 투쟁은 다채롭게 끊임없이 이어진다. 아와 비아의 투쟁으로 조선사 연구를 일차 마무리한 단재는 관음사 산문을 나와 베이징 시정으로 하산했다.

베이징의 조선인 유학생들은 단재를 존경했다. 강의실을 빌려 조선사를 주제로 단재의 강연을 자주 열었다. 단재는 대한제국이 멸망하게 된 원인과 과정만이 아니라 국권을 되찾을 사상과 방안을 젊은이들에게 가르쳤다.

심산 김창숙은 베이징대에 다물단을 조직하고 있었다. 직접 행동을 감행할 목적이었다. 다물단원 50여 명은 자급자족하며 공존공영의 사회성을 기초로 계급적인 생활을 변혁하고, 온 세계 약소민족의 해방운동과 걸음을 맞춰 항일투쟁을 결의했다.

다물단원들은 단재의 강연을 들으며 정신을 다듬어갔다. '다물'은 고려 말로 옛 땅을 찾는 것을 이른다. 아울러 '광복'이나 '국권 회복'에 더하여 '용감'과 '전진'의 의미, '입을 다물고 행동으로 실행한다'는 뜻도 지녔다.

단재는 강연을 마무리할 때마다 현실에서 도피하는 은사 이야기를 꺼냈다. 굴복하는 자는 노예이다. 단재는 격투하는 자를 '전사'라 부른다며 젊은이들이 은사·노예·전사의 길 가운데 하나를 선택해야 한다고 설명하면서 굳이 하나를 꼽지 않았지만 듣는 청년들에겐 무엇이 옳은 길인지 분명했다.

그런데 베이징에는 밀정이 적지 않았다. 대표적 첩자가 김달하였다. 대한제국 시기 국내에서 이승훈·안창호와 교제하던 김달하는 박학다식하고 문학에도 자질이 있어 관서 지방에선 제법 이름이 알려져 있었지만 중국에 건너와서는 일제의 밀정으로 은밀히 활동했다.

베이징에 온 김달하는 독립운동을 돕겠다고 나섰다. 신임을 얻는 데도 성공했다. 베이징에서 열린 만국기독교청년대회에 김활란과 함께 온 이상재가 김달하의 집에서 침식을 해결하며 김창숙에게 소개했고, 김창숙은 다시 이회영과 이어주었다.

김달하는 김활란의 형부였다. 베이징의 망명객들 속으로 깊숙이 잠입해갔다. 꼬리가 길면 밟히기 마련이어서 김달하가 독립운동가에게 친밀하게 접근해서는 일제에 팔아넘기는 고급 밀정이라는 소문이 조금씩 나돌았다.

때마침 김달하가 심산에게 공작을 벌였다. 총독부의 경학원 부제학 자리를 제의하며 귀국을 회유했다. 뒤늦게 김달하의 정체를 알게 된 심산은 절교를 단행했고, 의열단은 그를 더 방치할 수 없다고 판단해 1925년 3월 '악질 밀정' 김달하에게 사형을 선고하며 형 집행을 단원 이인홍에게 맡겼다.

사흘 뒤 저녁에 이인홍은 집행에 나섰다. 다물단 동지 한 명과 김달하 집을 찾았다. 대문을 열어준 사람을 곧바로 결박했다. 방 안에 있던 김달하가 수상한 분위기를 감지하고 허리춤에서 권총을 뽑으려는 순간, 이인홍이 방문을 박차고 들어오면서 두 손으로 단단히 거머쥔 권총을 겨눴다.

두 사람은 김달하를 별채로 데려갔다. 품에서 문서를 꺼내 읽었다. 의열단에서 내린 사형 선고문을 읽을 때 김달하의 몸은 늦가을 바람 앞의 마른 잎처럼 떨렸고 실제로 곧 배내똥을 지리며 죽음을 맞았다.

김달하 처단은 의열단과 다물단의 합작이었다. 단재도 결정에 관여했다. 다물단은 김달하를 처단한 사실을 국내 신문사들에 편지로 알리며 친일세력에 대한 경고문도 함께 보냈다.

우리가 독립전쟁을 하려면 큰 칼로써 왜 총독과 왜 천황을 죽여야 하지만, 조선인으로서 왜노의 혼을 가진 분자부터 먼저 소탕하지 않으면 안 된다는 것을 선언한다. 왜노를 우리의 독립전쟁의 목표로 삼는다면 불량 분자인 왜노의 개는 독립전쟁의 장애물이기 때문이다. 이 장애물을 소탕하지 않으면 우리들의 앞길은 닫히고 독립전쟁은 진행하기 곤란하므로 우리들은 악한 분자를 소제할 것을 맹세한다.

다물단은 '왜노의 개'를 벅벅이 처단하겠다고 거듭 명토 박았다. 친일파에게는 경각심을, 동포에게는 민족의식을 고취했다. 김달하 처단으로 베이징의 동포들은 중국 관헌의 엄중한 감시를 받게 되었고 단재를 비롯해 이회영과 김창숙도 한때 곤경에 빠졌다.

단재는 체포망을 잘 피해갔다. 저술과 다물단원 교육도 이어갔다. 단재와 그의 동지들은 망명지의 간고한 삶 속에서도 민족반역자들을 처단하고, 서릿발 같은 지조를 지키며 돈독한 우애를 나누었다.

그런데 의열단에서 내부 갈등이 불거지고 있었다. 독립운동의 방향을 둘러싼 논쟁이었다. 중국 대륙에 공산주의와 무정부주의가 유입되고 퍼져가면서 망명한 독립투사들도 영향을 받아 윤자영은 상하이청년동맹, 유자명은 재중국조선무정부주의자연맹을 각각 결성하며 의열단을 탈퇴했다.

상하이청년동맹은 의열단을 '공포주의자'로 비판했다. 독립운동과 사회·정치운동이 결합해야 옳다고 주장했다. 의열단이 성과에 비해 희생이 컸다거나, 충격을 주어 '공포 효과'를 거두었지만 암살과 파괴로 민중봉기를 촉발해 독립을 쟁취하는 방안은 환상이라거나, 국내에서 민중운동이 발전하고 있으므로 그에 걸맞은 운동을 해야 한다는 의견들이 터져 나왔다.

약산 김원봉은 이견을 수렴해 내분을 해소하려 했다. 투사들의 자유결합에 의한 폐쇄적 비밀결사의 틀을 벗고자 했다. 장기적으로 대중 조직화와 그에 기반을 둔 무장투쟁 노선으로 전환하면서 중국 국민당 간부를 광저우에서 만나 지원을 약속받고 의열단 본부도 그쪽으로 옮겼다.

약산과 의열단원 12명은 1926년 황포 군관학교에 입학했다. 민족해방운동에서 민중운동이 차지하는 위치, 군사이론 및 실전을 열 달 내내 학습했다. 러시아혁명을 계기로 세계 곳곳에서 억압과 착취를 당하고 있던 민족과 민중이 깨어나기 시작했고 제국주의에 결연히 반대하는 혁명 운동에 동참하는 사람도 무장 늘어가며 민주주의는 세계적 차원에서 한 걸음 더 전진하고 있었다.

18

단재의 혁명선언에 한동안 주춤했던 국내 먹물들이 다시 기지개를 켰다. 이른바 '개량주의자'들에겐 이광수가 '선구자'였다. 저마다 '민족 지도자'를 자처하는 윤뚝뚝이들은 조선민족의 역량으로 볼 때 당장의 독립은 불가능하니 자치권을 얻는 운동으로 전환해야 옳다는 망발을 아예 내놓고 주장하기 시작했다.

3·1혁명 이후 총독부의 공작이 효과를 거둔 셈이다. '문화정치'를 앞세운 일제는 공공연히 민족분열을 획책했다. 최사인은 명망가들의 행태에 분노가 치밀었지만 기껏해야 저들의 행태는 깊은 바다 표면의 한낱 물보라에 지나지 않는다고 보았기에 절망하거나 좌절하지 않았다.

삶의 현장에서 아래로부터 민중의 움직임은 사뭇 신선했다. 사인은《개벽》의 기자로서 그 살아있는 현장을 함께 할 수 있어 행복했다. 1924년 4월 전국의 노동인·농민 단체와 청년조직 260개가 연대해서 회원 5만여 명으로 창립한 조선노농총동맹은 임시총회에서 민족개량주의 나팔수인《동아일보》불매운동, 동양척식회사의 이민 반대, 친일파 단체들 박멸에 힘 있게 나서겠다고 선언했다.

《동아일보》로서는 이광수가 친 '사고'를 서둘러 수습해야 했다. 이미지 쇄신에는 단재의 글이 적격이었다. 문화주의를 비판한 단재로서는 기고가 내키지 않았지만 조선에 있는 민중에게 자신의 생각을 전할 수 있는 좋은 기회였다.

단재는 '낭객의 신년만필' 제하의 시론을 썼다. 1925년 1월 2일 자 《동아일보》 신년호에 실렸다. 표제는 부드러웠으되 내용은 칼날보다 날카로워 "이해 문제를 위하여 석가도 나고 공자도 나고 예수도 나고 맑스도 나고 크로포트킨도 났다. 시대와 경우가 같지 않으므로 그들의 감정의 충동도 같지 않아 그 이해 표준의 대소 광협은 있을망정 이해는 이해이다. 그의 제자들도 본사(本師)의 정의(精義)를 잘 이해하여 자가의 리(利)를 구하므로 중국의 석가가 인도와 다르며 일본의 공자가 중국과는 다르며, 맑스도 카우츠키의 맑스와 레닌의 맑스와 중국이나 일본의 맑스가 다름"이라고 썼다.

이어 조선 민중에게 곡한다. 자못 오래전부터 하고 싶은 말이었다. 민중이 아니라 독립투사들을 염두에 둔 대목이라 함이 더 적절할 터다.

우리 조선 사람은 매양 이해 이외에서 진리를 찾으려 하므로, 석가가 들어오면 조선의 석가가 되지 않고 석가의 조선이 되며, 공자가 들어오면 조선의 공자가 되지 않고 공자의 조선이 되며, 무슨 주의가 들어와도 조선의 주의가 되지 않고 주의의 조선이 되려 한다. 그리하여 도덕과 주의를 위하여 조선은 있고 조선을 위하는 도덕과 주의는 없다. 아! 이것이 조선의 특색이냐. 특색이라면 특색이나 노예의 특색이다. 나는 조선의 도덕과 조선의 주의를 위하여 곡하려 한다.

주체성을 잃으면 해방사상도 노예사상이 될 수 있다는 혜안이다. 석가의 조선, 공자의 조선에 속해온 사람들은 자신이 서있는 자리를 돌아보았을 법하다. 완곡하게 표현했지만 '주의의 조선'에서 주의는 공산주의를 염두에 둔 비판이었고, 단재는 곧바로 '주의의 조선'을 신봉하는 사람들의 허황된 논리를 작심하고 비판했다.

어떤 문사가 이러한 논문을 썼다. "조선인 중에도 유산자는 세력 있는 일본인과 같고, 일본인 중에도 무산자는 가련한 조선인과 한가지니, 우리 운동을 민족으로 나눌 것이 아니요, 유무산으로 나눌 것이다"고. 유산계급의 조선인이 일본인과 같다 함은 우리도 승인하는 바이거니와, 무산계급의 일본인을 조선인으로 본다 함은 몰상식한 언론인가 하니, 일본인이 아무리 무산자일지라도 그래도 그 뒤에 일본제국이 있어 위험이 있을까 보호하며, 재해에 걸리면 보조하며, 자녀가 나면 교육으로 지식을 주도록 하여 조선의 유산자보다 호화로운 생활을 누릴뿐더러 하물며 조선에 이식한 자는 조선인의 생활을 위협하는 식민의 선봉이니, 무산자의 일본인을 환영함이 곧 식민의 선봉을 환영함이 아니냐.

통렬한 비판이다. '어떤 문사'라고 쓴 것은 나름대로 공산주의자들을 배려한 표현이다. 단재는 "일본 무산자를 조선인으로 본다 함이 강한 민족에게 아첨하는 못난 비열함이 아니면 종로거지가 도승지를 불쌍타 하는 지나치게 어짊이 될 뿐"이라며 일제와 싸우는 과정에서 일본인 무산계급 또한 조선인과 동일시할 수 없다는 반제국주의적 계급이론을 제시했다.

사인은 단재의 안목에 새삼 감탄했다. 단재는 사인이 공산주의를 바라보는 시각에 큰 영향을 주었다. 그렇다고 단재가 민족에 환상을 지닌 것은 아니어서 '신년만필'에도 민족적 자기성찰을 담았다.

수백 년 비열한 외교 밑에서 생장한 식민지 백성들인 까닭에 무엇보다도 외교를 중시하여 매양 위급 멸망의 때를 당하면 제3자에 대한 외교는 물론이거니와, 곧 위급멸망의 화를 가하려는 상대자에 대한 외교까지도 서둘러서, 갑진년과 을사년의 사이에 일본정부에 올린 장서가 날로 날 듯

하며, 일본인 통감 이등박문에게 바치는 진정서가 빗발치듯 하며, 오조약 체결할 때는 신문지에 오적을 베이는 필검이 삼엄하지만, 일본대사 이등박문에게는 애걸의 뜻을 표하였다.

단재에게 민중은 유일한 희망이다. 하지만 그 민중은 '수백 년 비열한 외교 밑에서 생장한 식민지 백성'이기도 했다. 단재는 민중이 민중답게 거듭나도록 역사적 전개과정을 상세히 서술했다.

우리 조선이 고대부터 고정된 계급제가 있어 고구려의 오부, 백제의 팔성, 신라의 삼골이 모두 귀와 부를 소유한 자의 별명이다. 미천왕이 어릴 때 남의 집 하인이 되어 주인이 편안하게 잠자도록 문 앞 못 속에 우는 개구리를 쫓느라고 밤을 새우며, 김유신이 큰 공로를 세웠음에도 왕경의 귀족들이 한자리에 앉지 아니하려 한 모든 역사가 그 생활이 서로 현격히 다르고 차별이 엄격함을 말한다. 우리 조상들이 이것을 타파하여 사회문제를 해결하려 하여 반역혁명의 발자취가 애매모호하게 되어있는 역사의 기록 속에서도 자주 나타났으나 당나라의 외침이 고구려·백제 양국을 유린하여 그 싹이 꺾이었으며, 고려 일대에 더욱 양반 대 군주의 쟁투, 노예·잡류 대 양반의 쟁투에 누차의 유혈이 있었으나 몽고의 외침을 당하여 그 영향이 소멸하였으며, 이 태조가 고려대의 사제유폐를 개혁하여 빈부의 조화를 도모하였으나 귀천의 계급이 존재함으로 오래지 않아 다시 그 틈이 벌어져 소년계·검계·양반살륙계 등 비밀혁명단체가 어지러이 일어나더니 또한 임진란의 팔 년 병화로 말미암아 팔도가 큰 상처를 입으매 드디어 그 씨앗까지 완전히 없어졌다.

조선 역사에서 혁명적 움직임은 늘 있었다. 하지만 언제나 외세의 침략으로 유린당했다. 싹마저 꺾이며 이제 송곳 하나 박을 땅도 없어졌지만 그래도 혁명의 씨앗을 살려내는 일이 절박했던 단재는 형식에 치우쳐 실천은 하지 않는 관습과 함께 '피란의 심리'를 물리쳐야 한다고 호소했다.

불평등한 세상을 뒤집으려면 민중의 거듭남이 절실했다. 단재가 피란의 심리를 부각한 까닭이다. 오직 제 한 몸 제 한 집 잘 살리는 생각에 모든 학교는 '정감록의 청학동'으로, 시와 소설을 짓는 문단이나 논설과 기사를 편집하는 언론계는 '정감록의 철옹성'으로 자리 잡았다고 비판했다.

흔히 《정감록》을 진인 출현의 예언서로 높이 평가한다. 하지만 단재에겐 아니다. 멸망에 대비한 피난처를 동경하는 풍수지리서로 읽은 단재는 "난을 평정할 인물은 많이 나지 않고, 난을 피하는 인사만 있으면 그 난은 구제하지 못할 것이니, 우리가 모두 피란 심리라는 큰 적을 평정하여 없애야" 한다고 언명했다.

단재는 문예운동의 폐해도 지적했다. 3·1혁명 이래 문예가 가장 현저히 발달했다고 보았다. 단재는 중국 청년들이 놓인 상황을 예로 들며 최근 들어 학생사회가 적막한 까닭을 언제나 그랬듯이 솔직히 토로했다.

일반 학생들이 신문예의 마취제를 먹은 후로 혁명의 칼을 던지고 문예의 붓을 잡으며, 희생 유혈의 관념을 버리고 신시·신소설의 저작에 고심하여, 문예의 별천지로 안락국을 삼았다. 몇 구절의 시나 몇 줄의 소설을 지으면, 이를 팔아 그 생활비가 넉넉히 될뿐더러 또한 독자의 환영을 받는 시인이나 소설가라 하는 명예의 월계관을 쓰며, 연애에 관한 소설을 잘 지으면 어여쁜 여학생이 그 뒤를 따라 무한한 염복을 누리게 되므로, 혁명이나 다른 운동같이 체포되어 갇히거나 총 맞아 죽을 위험은 없고 명예와 안락을 얻으며, 연애의 단꿈을 이루게 되므로 문예의 작자가 많아질수록 혁명당이 적어지며, 문예품의 독자가 많을수록 운동가가 없어진다.

단재는 민중과의 관계 맺음을 중시했다. 민중과 무관해서 결국 운동을 소멸케 하는 문예를 경계했다. "살도 죽도 못하게 된 조선 민중"이 가장 무겁게 여겨야 할 것은 현실이라며 문제의 정곡을 찌르는 촌철살 인의 문장을 남겼다.

예술주의도 인도주의도 다 좋다. 그런데 예술주의의 문예라 하면 현 조선을 그리는 예술이 되어야 할 것이며, 인도주의 문예라 하면 조선을 구 하는 인도가 되어야 옳지 않겠는가.

19

소설가 단재는 국내 문단과 각을 세웠다. '문화주의' 비판과 같은 맥락이다. 조선 민중의 현실에 모르쇠를 놓는 문학, 유한계급 남녀의 연애사건이나 예술주의에 급급한 작가·문인들을 호되게 질타했다.

그 무렵 단재는 눈병으로 고통을 겪고 있었다. 그럼에도 쉴 틈 없이 조선사 집필에 몰두했다. 단재가 베이징에서 눈을 슴벅슴벅하며 조선 역사를 정리해가던 시기에 서울에선 일제가 조선사를 통째 왜곡하는 작업에 나섰다.

일제는 처음부터 조선사를 비틀었다. 민족의식을 거둬내고 일본 민족이 우월하다는 의식을 심으려 했다. 이미 1916년 중추원에 조선반도사편찬위원회를 설립했는데 3·1독립만세운동이 일어나자 조선민족의 역사적 각성과 거족적 저항에 놀란 일제는 그 기구를 조선총독부 직속기구로 올려 1922년 12월 '조선사편찬위원회'로 바꿨다.

'문화통치'는 허울이었다. '유화 정책'을 내걸곤 조선을 영원히 식민지로 지배하려고 획책했다. 본디 조선민족의 역사는 정체되었으며 자율적으로 발전할 수 없다는 식민사관을 '진리'로 보편화하려고 '조선사' 편찬을 서둘렀다.

하지만 조선 민중의 독립운동이 끊임없이 이어졌다. 조선사편찬위원회의 위상을 더 높일 필요가 있었다. 조선을 앞으로 천년, 만년 지배해야 섬나라를 벗어날 수 있다고 확신한 일본 왕은 조선총독을 불러들여 '노고'를 치하했다.

"총독 수고가 많구려. 듣자 하니 조센징들의 독립운동이 수그러들 기미가 없다던데?"

"폐하, 심려를 끼쳐 죄송합니다."

"조선은 우리 대일본제국을 겨누고 있는 대륙의 단검이오. 하지만 그 단검의 손잡이를 우리가 쥐면 대륙을 도모할 칼이 될 수 있소. 조선반도를 영원히 우리가 지배할 수 있어야 하오."

"명심하고 있습니다."

"조센징들이 독립하겠다는 자주의식은 아예 싹부터 잘라야 하오."

"그렇지 않아도 조선사 편찬을 서두르고 있습니다. 조선사는 늘 이웃나라들이 도움을 주어 정체성을 벗어났다는 걸 조센징들의 머리에 확실히 심어놓을 계획입니다."

"심는 것만으로 부족하오. 조센징들이 스스로 그렇게 느끼는 수준까지 바꿔야 자주의식을 근본적으로 없앨 수 있소. 내가 조선사편찬위원회를 아예 독립된 관청으로 격을 올려줄 테니 역사 교육을 빈틈없이 하시오."

조선사편수회는 곧바로 독립관청이 되었다. 일제의 조선 병탄을 정당화하고 조선인들의 민족성을 비굴하게 만들자는 깜냥이었다. 총독은 '본토'의 일본인들처럼 조선인도 '천황'을 신으로 모셔야 한다고 강요하며 '신사'를 150곳에 지어놓고 일상적으로 참배케 했다.

단군을 없앤 자리에 '천황'을 세운 꼴이다. 조선사를 뜯어고치는 작업에 나서면서 조선사의 자주적 발전을 입증하는 사료가 될 고서들은 죄다 압수해 불태웠다. 이완용 가계의 이병도는 1925년 조선사편수회에 들어가 일본 역사학자들 아래서 연구하고 활동—해방 뒤에는 곧바로 서울대 교수가 되어 대학원장, 문교부장관, 학술원 회장을 지내며 대한민국 역사학계를 지배 — 했다.

일제가 조선사 뒤틀기에 한창일 때다. 1925년 11월, 백암 박은식이 별세했다. 상하이로 망명해 조선사를 연구하며 독립운동을 벌여온 박은식의 죽음은 잠깐이나마 상하이에서 숙식을 함께 했던 사인에게 가슴을 울리는 비보였다.

일제의 식민사관과 전쟁이 벌어지는 상황이었다. 최사인은《개벽》기자로서 최선을 다해 기사를 썼다. 조선은 백암의 별세로 '역사 전쟁'에서 큰 장수를 잃은 셈이라며 그가 걸어온 길을 간추리고 역작《한국독립운동지혈사》를 최대한 상세히 소개했다.

《한국독립운동지혈사》는 1884년 갑신정변부터 1920년 독립군까지 다뤘다. 항일투쟁사를 3·1혁명을 중심에 놓고 서술한 백암의 대표작이다. 3·1혁명은 1880년대 이래 독립운동이 민족 내부에 축적되어 일어난 봉기임을 꿰뚫어 적시하고, 그 과정에서 일본 제국주의의 죄악을 낱낱이 밝혔을 뿐만 아니라, 국내외 정세를 분석하며 일제가 필연적으로 망할 수밖에 없다고 전망했다.

박은식은 3·1혁명으로 독립운동이 드팀없이 이어지리라 내다봤다. 민족운동이 반드시 독립을 쟁취할 것이라는 낙관은 조선 청년들의 갑갑한 가슴을 뚫어주었다. 3·1혁명의 여러 통계, 이를테면 전국적인 집회 수, 피검자와 투옥자 수, 사망자와 부상자 수, 일제의 탄압 및 만행 사례, 3·1혁명 이후의 독립운동과 임시정부 수립, 각계의 대외활동을 상세히 기술하고 있어 청년들이 학습하고 토론할 자료로도 손색이 없었다.

백암은 단재, 심산과 이승만 탄핵운동을 함께 벌였었다. 단재와 심산이 베이징으로 떠날 때 백암은 상하이에 남았다. 건강이 좋지 않았지만 사태 수습을 위해 임시정부 기관지《독립신문》사장까지 맡으며 일했고 마침내 1925년 3월에 임시정부 의정원은 독립운동 전선을 헝클어 온 위임통치 청원과 사조직 따위의 실정에 책임을 물어 대통령 이승만을 탄핵했다.

여기서 '사조직'은 '구미위원부'를 이른다. 이승만이 임시정부 대통령 자리에 오른 직후 미국에 설립했다. 그런데 구미위원부는 임시정부 외교위원부와 별개였고 정부 직제 어디에도 없는 사조직으로 이승만은 미주 동포들이 내던 애국후원금을 상하이 임시정부에 보내지 않고 이 조직을 통해 자신이 유용했다.

임시정부는 당장 재정부터 팍팍해졌다. 이승만을 탄핵한 의정원은 박은식을 제2대 대통령으로 선출했다. 대통령에 취임한 백암은 스스로 대통령제를 폐지하고 국무령을 중심으로 한 내각책임제로 헌법을 개정해 이승만과 참으로 대조적인 행보를 보였다.

새 헌법에 의거해서 이상룡이 국무령이 되었다. 독립군 길러내던 그를 백암이 추천했다. 임시정부를 국무령 체제로 혁신하고 물러날 때 이미 건강이 크게 악화되어 있던 백암은 끝내 1925년 11월 1일 눈을 감았고, 최사인은 부고 기사를 "박은식이 세상을 떠나면서 신채호의 책무는 그만큼 더 무거워졌다"고 마무리했다.

석 달 뒤 이완용이 죽었다. 박은식 또래로 같은 시대를 정반대로 살아갔다. 사인이 소소 손병희를 모시고 완용을 찾아갔을 때 사뭇 양심이라도 남은 듯이 독립만세운동 동참을 '사양'하고 일제에 고자질도 하지않을 정도로 처세의 달인이었다.

나라 팔아먹은 뒤에도 매국 행위는 이어졌다. 1913년 완용은 다이쇼 '천황'으로부터 휘호를 써 보내라는 '천은'을 입었다. '암흑천지였던 온세상을 일본 천황이 밝게 하였다'는 내용의 한시를 비단에 써서 바치며 머리 조아렸다.

3·1혁명 '진압' 공로로 백작 이완용은 후작이 되었다. 후작은 일본에서도 몇 안 될 정도의 높은 작위였다. 그가 사전에 소소로부터 거사 계획을 듣고도 기회주의자답게 모르쇠 놓은 일을 일제 또한 나중에 알았지만

그를 내치기보다는 더 끌어들이는 쪽이 식민통치에 유용하리라 생각했다.

총독부는 '문화통치'의 하나로 늙은 후작에게도 일을 주었다. 조선미술전람회의 서예 심사를 맡겼다. 친일파들은 한목소리로 이완용이 천하의 명필이라고 수다 떨었지만 최사인은 이리 휘고 저리 휘며 기교만 있는 서체에서 그의 잔머리만 읽을 수 있었다.

우쭐한 완용은 조선 서예의 그윽하고 해맑은 맛을 망가트렸다. '식민사관의 원흉' 조선사편수회의 고문 자리도 꿰찼다. 그해 겨울부터 건강이 악화되어 시조 묘제까지 불참한 이완용은 사이토 총독이 참석한 행사에 빠질 수 없다며 1926년 1월 12일 중추원 신년 인사회엔 참석했는데 경복궁 앞에 신축한 총독부 청사를 구경할 깜냥이었다.

그로부터 채 한 달도 안 되어서다. 이완용은 호사스러운 옥인동 집에서 사망했다. 나라를 팔아먹어 가며 부귀를 꾀했지만 그래 봐야 예순여덟 살이었고, 비록 안방에서 편히 죽었으나 그 더러운 이름은 '불멸'할 운명이었다.

의열단원들이 20대에 죽음을 맞은 순간에도 친일파들은 부귀와 영화를 누렸다. 유산은 자손에 이어졌고 작위도 승계받았다. 친일세력이 자자손손 호의호식 희희낙락할 때 민족해방의 깃발을 들고 항일전선에 뛰어든 독립투사는 생명을 잃고 유족은 가난과 서러움에 시달려야 했다.

단재의 아내 박자혜. 그녀의 삶도 서러웠다. 서울에서 조산원을 차리면 적어도 아이는 굶주림을 면할 수 있다는 자혜와 단재의 가슴 아픈 결단은 일제의 교활한 탄압을 염두에 두지 못한 착오였다.

일제 순사들은 자혜의 조산원을 끊임없이 들락거렸다. 임산부보다 순사들 방문이 더 잦을 정도였다. 찾아오는 여성들이 시나브로 줄어들지 않으면 외려 이상한 일이어서 설령 독립운동 가문의 부녀자라 하더라도 임신한 몸으로 일제 순사와 만나는 일은 여러모로 부담스러웠기에 피할 수밖에 없었다.

조선혁명선언이 나오자 감시는 무장 심해졌다. 자혜는 남편과 꾸준히 편지 교류를 하고 있었다. 일경의 감시가 청처짐해진 틈을 활용해 박자혜는 조선식산은행과 동양척식회사에 폭탄을 던지러 서울에 들어온 나석주에게 위치를 안내하고 숙식을 돕기도 했다.

박자혜가 나석주를 도운 사실이 공개되면서 일상의 고통은 커져갔다. 다른 조직 일을 하는 사람들과의 접촉을 피해야 했다. 국내 다른 조직들도 자칫 불똥이 튈 수 있으므로 의열단과 이어진 박자혜를 조금씩 멀리할 수밖에 없었으며 자연스럽게 천도교에서 활동하는 산월과의 관계가 소원해져 갔는데 거기에는 조산원을 열 때 빌린 돈을 한 푼도 갚지 못한 사정도 자리하고 있었다.

자혜도 산월도 마음속 우정은 변함이 없었다. 다만 산월은 전혀 몰랐다. 조산원을 열었으니 먹고는 살아가리라 안도했거니와 일본 유학으로 3년 동안 조선을 떠나있었고 돌아와서는 최린과 다투며 삼각산 아래 머물고 있었기에 인사동에서 자혜가 꾸려가던 힘겨운 일상을 짐작하지 못했다.

자혜는 빚을 내 아들 수범을 학교에 겨우 보냈다. 그런데 순사들은 등굣길, 하굣길에 무시로 수범을 불러 세워 가방을 뒤지기 일쑤였다. 조산원은 임산부의 발걸음이 거의 끊겨 자혜는 극심한 생활고에 시달리며 끼니를 때우는 날보다 굶는 날이 많았다.

그럼에도 자혜는 강인했다. 꿋꿋이 가난을 이겨냈다. 어려운 살림에 끼니를 굶으면서도 단재의 활동비를 보탰고 저술에 필요한 책을 편지로 요청해 오면 어떤 수를 써서라도 구해 보냈다.

딴은 단재의 일상도 고통이었다. 망국의 아픔을 겪으며 연해주, 만주, 상하이, 베이징을 유랑했다. 하루 한 끼도 못 하는 나날이 끝없이 이어지는 데다가 임시정부를 비롯해 독립운동 진영은 이념에 지방색, 자리다툼까지 겹쳐 분열을 거듭하고 있어 더 쓸쓸했다.

단재에게 희망은 그래서 민중이었다. 이미 3·1혁명에서 민중의 힘, 그 저력을 깨달았다. 독립운동 진영에서 명망가들이 몸을 사리며 외교론에 기대고 있을 때에도 무명 독립군과 의열단의 몸을 던지는 투쟁을 지켜보면서 단재는 민중 직접혁명론을 체화했다.

실제로 가슴 벅찬 감동적 사건이 다시 일어났다. 6·10만세운동이다. 총독부가 남산 기슭의 통감부 건물에서 경복궁 앞에 육중한 청사로 이전하며 일제의 통치가 자못 견고해지는 듯했지만, 아픈 몸을 이끌고 구경 나왔다가 한 달 뒤 죽은 이완용 따위와 달리 조선의 민중은 건재했다.

1926년 4월에 마지막 황제 순종이 죽었다. 독살설이 나돌며 6월 10일 전국에서 독립만세운동이 일어났다. 3·1혁명 이후 7년 만에 일어난 최대 규모의 항일 운동으로 3·1혁명을 천도교가 이끌었듯이 6·10만세운동을 준비하고 주도한 조직이 있었는데 바로 조선공산당이다.

20

　약산 김원봉은 황포군관학교에서도 쉼 없이 조직 활동을 벌였다. 황포와 중산대학 졸업생을 포섭해 의열단원은 100여 명을 넘어섰다. 광저우에 모여든 청년 활동가들을 정파나 출신에 관계없이 아우르는 한국혁명동지회를 조직했고, 우창에서도 외곽단체로 한국청년회를 묶어냈다.

　약산은 확장된 의열단을 기반으로 조선민족혁명당을 창당했다. 좌우를 아우르는 강령을 채택했다. 하지만 중국이 국민당과 공산당으로 분열하면서 좌우 합작을 내건 조선민족혁명당 또한 힘을 받지 못했다.

　의열단은 1928년 10월 상하이에서 3차 대표대회를 열었다. 조선민족혁명당 운동을 접고 사회주의를 더 적극 받아들였다. 일본제국주의 타도, 조선독립 만세, 전 민족적 혁명적 통일전선, 자치운동 타도를 4대 슬로건으로 20대 강령을 채택하며 급진적 민족주의로 새 출발 했지만 불거진 내부 분열을 모두 봉합할 수는 없어 좌파 단원들은 중국공산당을 따라 광둥 봉기에 참가했고, 김원봉과 그를 따르는 단원들은 베이징으로 본부를 옮겼다.

　베이징의 의열단은 1929년 12월 조선공산주의자들과 손잡았다. 의열단은 혁명적 좌파로 틀을 바꿔갔다. 조선에서 여성의 좌우합작단체인 근우회에서 상임집행위원으로 활동하다가 서대문형무소에서 투옥되었으나 병보석으로 풀려나자마자 망명한 박차정이 합류했다.

박차정은 학창시절부터 항일학생운동으로 거듭 감옥살이를 했다. 열다섯 살 때 교지에 소설 〈철야〉를 발표한 문학소녀이기도 했다. 〈철야〉는 옥사한 독립투사의 아들딸이 고아가 되어 사회의 냉대와 굶주림과 싸우면서 추운 겨울밤을 밝히는 내용으로 자전적 이야기가 담겨있다.

실제 독립운동가의 딸 차정은 어떤 고난도 이겨내겠다고 다짐했다. 중국으로 망명해 곧장 의열단에 가입했다. 김원봉과 함께 베이징에서 조선공산당재건설동맹의 중앙위원으로 활동하며 독립투쟁에 나섰다.

박차정은 국내에서 활동할 때부터 김원봉의 이름을 듣고 있었다. 여고생으로 감옥을 들락거리던 차정에게 김원봉은 '전설'이었다. 열 살 차이가 넘었지만 의열단장 김원봉은 박차정에 빠르게 몰입해갔고 1931년 결혼하며 혁명 활동을 함께 벌여나갔다.

의열단은 투쟁이 국내 민중에 기반을 두어야 옳다고 인식했다. 노동인과 농민에 기반을 둔 조직적 투쟁에 힘 쏟기로 방침을 세웠다. 이미 조선에는 일제에 억압당하고 있는 농민과 노동인 속으로 들어가 독립사상을 심어주는 혁명가들이 꾸준히 늘어나고 있었는데 그 중심이 박헌영이었다.

독립투사 이정 박헌영. 그는 경기고보 졸업을 앞두고 3·1혁명에 참여했다. 수배당한 뒤 상하이로 망명했다. 당시 상하이에는 임시정부 수립에 나선 명망가들만이 아니라 3·1혁명으로 투옥되었다가 출소했거나 수배당한 젊은이들이 모여들었고 그들 새로운 세대는 상하이 임시정부와 거리를 두며 아래로부터의 민중운동에서 독립의 길을 찾았다.

상하이의 20대들은 그들이 참여한 독립만세 운동의 성과와 한계를 토론했다. 박헌영과 주세죽, 김단야가 주도했다. 청년들은 3·1혁명이 조선 민중의 힘을 모아냈고 온 세계에 조선이 무엇을 바라는가를 명확하게 보여주었다고 긍정적으로 평가하면서도 수많은 민중이 학살당한 채 실패하고 말았다는 아픔 때문에 문제의식이 날카로워져 있었다.

청년들은 토론을 통해 독립운동이 실패한 원인을 규명했다. 만세운동이 산발적·국지적으로 일어난 사실을 가장 큰 문제점으로 꼽았다. 만일 사전에 서로 연계되어 삼천리 골골샅샅에서 동시에 일어났다면, 일제가 대처하기 어려웠으리라고 결론 내렸다.

토론 모임에서 내린 결론의 함의는 분명했다. 한날한시에 민중이 봉기하려면 조직이 필요하다. 박헌영은 학습·토론 모임에서 가장 돋보였고 '러시아혁명과 레닌'을 주제로 한 발제에서 조직의 세포가 조선 곳곳에서 살아 숨 쉬고 그들이 행동을 같이하려면 공통의 사상이 있어야 한다며 임시정부의 분열을 비롯해 독립의 방법론을 둘러싸고 불거진 갈등을 모두 주체가 되어 해소하자고 호소했다.

박헌영은 점차 청년들을 이끌어갔다. 자신의 독립운동 노선이 옳다고 서로 주관적으로 주장만 하면 다툴 수밖에 없다고 설명했다. 조선 민중이 부닥친 현실을 객관적이고 과학적으로 분석해야 옳다며 대한제국을 놓고 일본제국과 힘겨루기를 한 러시아제국에서 노동인과 농민을 조직해 조국은 물론 세계를 바꾸어가고 있는 레닌을 예로 들었다.

레닌은 칼 맑스의 사상에 근거해 러시아제국을 분석했다. 그를 바탕으로 혁명의 길을 제시했다. 맑스는 제국주의를 낳은 자본주의를 과학적으로 분석하고 소수 자본가들에 억압당하는 노동인들이 단결해서 새로운 사회를 열어야 한다고 주장했으며 실제로 레닌을 따라 노동인과 농민이 손잡고 만들어가는 새로운 러시아에서 귀족과 지주의 착취는 사라졌다.

무엇보다 레닌과 공산당은 전 세계 억압받는 민족들의 해방운동을 지원하겠다고 선언했다. 조선독립운동에도 자금을 지원했다. 청년 박헌영은 레닌이 건넨 조선독립운동 자금을 놓고 제 논에 물 대기 식으로 다투는 명망가들에게 무엇을 더 기대할 수 있겠느냐고 물으며 새로운 세대가 새로운 작풍으로 독립운동을 책임져야 옳고 그러려면 사상적 무장이 필요하다고 강조했다.

박헌영의 논리는 설득력이 강했다. 3·1혁명의 젊은 주체들은 상하이에서 1921년 3월에 고려공산청년단(고려공청)을 조직했다. 조선을 식민지로 삼은 일본은 물론 미국·영국·프랑스·독일을 비롯한 자본주의 국가들이 예외 없이 제국주의적 침략을 저지를 때, 결연히 그에 맞서 민족해방운동을 지원해주는 공산주의에 조선 청년들은 끌릴 수밖에 없었다.

레닌은 대한민국임시정부에 지지를 표명했다. 외교적 독립 노선에 기운 임시정부도 기관지에서 공산주의를 적극 소개했다. 1920년 3월 레닌은 외국 영토에 대한 모든 약탈의 거부, 외국 민족에 대한 일체의 강제적 병합의 거부, 모든 배상에 대한 거부를 밝히고 구체적으로 일본과 중국 및 현존하는 동맹국 사이에 체결한 비밀조약은 무효임을 천명했다.

조선독립운동에 몸 바치겠다고 나선 젊은이들은 감동했다. 아니, 감동할 수밖에 없었다. 3·1혁명에 나선 청년들 가운데 조선이 독립해 세울 민주공화국이 일본처럼 제국주의 국가로 성장하길 바라는 사람은 아무도 없었고 평화를 사랑하는 민중의 나라이길 소망했기에 러시아혁명의 사상인 맑스주의 학습 열정이 퍼져갔다.

고려공청은 1921년 7월 상하이 뒷골목에 작은 연구소를 냈다. 코민테른과 동포들이 임대료를 보태주었다. 코민테른은 제3인터내셔널로 불렸다. 국제노동인연합(International Working Men's Association)의 줄임말인 인터내셔널의 첫 조직은 1864년 유럽 노동운동가들이 창립했고, 1889년 제2인터내셔널은 사회주의 인터내셔널을 내세웠지만 세계대전이 일어나자 각 당이 저마다 '조국'을 편드는 한계를 보였다.

레닌은 '사회주의'라는 말이 '제국주의 조국'을 옹호해 오염됐다고 판단했다. 새로운 국제조직을 만들며 '공산주의'라는 말을 썼다. 코민테른은 세계 여러 나라의 혁명운동과 민족해방운동을 물심양면으로 지원해주었으며, 고려공청은 모스크바에서 보내오는 혁명 자료와 세계 곳곳의 혁명운동에서 생산된 문건과 신문 기사들을 사무실에 모아 비치했다.

박헌영 책임비서와 주세죽은 상근했다. 조선·일본·중국에서 늘어나는 노동인들의 동향을 파악하고 동지들과 토론할 자료를 만들었다. 두 사람은 레닌과 러시아공산당이 일으킨 혁명적 변화를 조선에서도 일궈낼 조선공산당을 서울에 세울 결심을 했다.

같은 시기 마오쩌둥과 중국 혁명가들도 움직였다. 중국공산당을 세우려는 열망이 강했다. 고려공청이 사무실을 연 시점에 중국 혁명가들은 상하이에서 공산당 창립을 선언하는 제1회 전국 대표회의를 열었다.

고려공청은 기관지 《올타》를 발행했다. '옳다'를 뜻하는 이 기관지는 인쇄소를 '한성 종로정보사'로 표기해 조선으로 보냈다. 영어에 능숙한 박헌영은 러시아공산당이 출간한 《공산주의ABC》나 영국노동당이 낸 《직접 행동》을 한글로 옮겨 1000부를 조선에 들여보냈다.

박헌영은 상하이와 베이징을 오가며 공청 지회를 결성해갔다. 심훈을 만나고 박헌영이 사인의 숙소로 온 것도 그때였다. 기관지를 편집하고 사상서를 번역하며 학습토론회를 함께 준비하던 박헌영과 주세죽 사이에 사랑이 싹텄다.

두 사람의 사랑은 또 한 사람에게 한탄을 자아냈다. 바로 박헌영의 친구 김단야다. 단야도 주세죽을 처음 보았을 때 매혹되었지만 친구이자 혁명동지인 박헌영과 맺어지는 모습을 하릴없이 지켜보아야 했고 그만큼 더 혁명 사업에 몰입하자고 마음을 다잡았으나 가슴에 늘 그녀의 얼굴이 늘 맴돌았다.

21

주세죽과 박헌영, 참 잘 어울리는 한 쌍이었다. 공청 동지들의 축하를 받으며 혁명 가정을 이뤘다. 주세죽은 첫날밤 박헌영이 "내겐 꿈이 있다"며 속삭이듯 들려준 말을 눈감는 순간까지 잊지 않았다.

"우리 모두는 녹두의 자식들이오. 아버지 세대가 이루지 못한 뜻을 반드시 완수하겠소."

박헌영과 동지들의 열정으로 공청 조직은 틀을 갖췄다. 박헌영은 서울로 들어갈 계획을 세웠고 국제공청과 코민테른도 지지했다. 고려공청 책임비서 박헌영은 서울에 조선독립 혁명을 이끌 당을 세워 민중과 더불어 독립운동을 벌여가겠다는 비장한 결기로 상하이를 떠나는 배에 올랐다.

국경지대인 단둥에 도착한 박헌영과 김단야는 시차를 두고 각각 기차에 올랐다. 김단야가 먼저 타고, 박헌영은 다음 날 기차에 올랐다. 자리에 앉았을 때 박헌영은 누군가 자신을 바라보는 시선을 느껴 아연 긴장했으나 곧 그가 베이징에 공청조직을 내오려고 갔을 때 심훈의 거처에서 만난 천도교인임을 간파하고는 마음을 놓았다.

그래도 어쩐지 불편했다. 더구나 기차가 신의주역으로 들어갈 때 역사에는 형사들이 깔려있었다. 박헌영은 본능적으로 위기를 직감하고 다른 칸으로 옮겨 갔지만 신의주역에서 무더기로 올라탄 형사들이 권총을 겨누며 다가와 달리는 기차 안에서 피할 길이 없었다.

박헌영은 연행 과정에서 단야도 체포된 사실을 알았다. 하지만 일경의 신문에 맞서 조선에 돌아온 의도를 철저히 은폐했다. 두 사람 모두 1922년 5월 신의주 법원에서 상대적으로 가벼운 징역 1년 6개월을 선고받고 평양형무소에 갇혔다.

주세죽은 박헌영이 체포된 뒤 상하이를 떠났다. 서울로 무사히 들어서서 허정숙과 함께 새로운 여성운동을 펼쳤다. 3·1혁명 직후 여성을 계몽하자는 교육운동이 조선여자기독교청년회(YWCA) 중심으로 펼쳐지고 있었지만, 정작 일제로부터 가장 억압당하며 지주에게 착취당하고 가부장제 질곡에 갇힌 조선 여성들의 '삼중 억압'에는 모르쇠를 놓고 있었다.

주세죽은 계몽운동만으로는 여성해방을 이룰 수 없다고 주장했다. 여성이 경제적으로 자립할 수 없을 때 여성해방은 빛 좋은 개살구였다. 3·1혁명 때 함흥에서 독립만세운동으로 투옥되었던 주세죽은 '조선 최고의 미인'으로 소문이 날 정도로 고운 외모와 달리 전국을 돌아다니며 강연하고 사람들을 묶어내는 언행이 대단히 올찼다.

박헌영은 1924년 1월 평양형무소에서 만기 출소했다. 마중 나온 아내이자 동지인 주세죽을 포옹했다. 서울로 들어와 공개적인 활동과 더불어 은밀하게 동지들을 모으며 공청 조직사업에 착수했다.

곧이어 레닌의 사망 소식이 들려왔다. 마음으로 존경했던 혁명가였기에 비통했지만 레닌을 조선에 널리 알릴 기회로 삼았다. 박헌영은 3·1혁명 이후 전국 곳곳에서 활동해온 청년단체와 노동단체를 접촉해 공개적으로 '신흥청년동맹'을 조직하고 강령을 통해 '새로운 사회 건설을 위한 훈련자 양성'과 '계급의식 각성'을 결의했다.

박헌영과 청년동맹은 조선 청년들의 단결을 호소했다. 강연은 물론, 출판과 연극까지 다채롭게 사업을 펼쳐갔다. 신흥청년동맹에 앞서 활동하던 서울청년회에도 통일적 조직체를 내오자고 제안해 《올타》와 기존 고려공청의 조직원을 중심으로 전국 220여 청년단체를 묶어 1924년 4월에 조선청년총동맹을 창립했다.

박헌영이 출옥하고 석 달 만에 이룬 성과였다. 조선청년총동맹은 '민중 정신'과 계급의식 고취를 근본 방침으로 교양선전·노동·부인·교육으로 나누어 힘 있게 활동했다. 박헌영은 이광수와 《동아일보》가 조선독립은 불가능하다며 노골적으로 편 자치론에 거세게 분개한 단체들을 최대한 모아내 청년동맹에 이어 노농총동맹을 결성했다.

주세죽은 박헌영·김단야와 청년단체, 노동·농민단체에서 함께 활동했다. 동시에 허정숙과 새로운 여성운동단체를 만들어나갔다. 기존 여성운동이 기독교의 틀 안에서 일상의 계몽에 머물고 있었기에 여성운동과 혁명운동을 결합하며 노동현장에 바투 다가선 주세죽의 주장에 호응하는 여성들의 열기는 뜨거웠으며 여성해방의 의제를 구체적으로 설정해 매주 한 사람씩 돌아가며 발제를 하고 토론을 벌였다.

이윽고 1924년 5월 조선여성동우회가 출범했다. 천도교 중앙대교당에서 창립대회를 열었다. 강령에서 새로운 사회 건설을 목표로 하는 여성해방운동을 선언한 동우회는 경제적 굴레로 고통받는 여성들을 모르쇠 놓는 여성운동, 일제와 내놓고 타협을 선동하는 이광수 따위와 함께 감히 '계몽'을 부르대는 '신여성'들의 한가함과는 선을 그었다.

동우회는 창립선언문부터 회원 모두가 참여해 함께 만들었다. 초안을 작성하고 토론을 통해 다듬어갔다. 참석자들은 남성 자본가들이 여성의 인권을 유린하고 저임금에 과도한 노동을 강요함으로써 자녀들의 삶까지 피폐케 한 사실, 조선 여성들이 식민지에서 노예적 삶을 살면서도 '동양풍 도덕'의 굴레에 묶인 사실에 주목했으며 소유권을 기초로 남성이 우월권을 행사하는 자본주의 사회에서 여성은 자본과 남성의 권력에 얽매인 '노예'라는 데 공감했다.

동우회는 조선여성운동에 새 길을 열었다. 해마다 국제 여성의 날인

3월 8일에 정기총회를 열기로 했다. 학생과 공장 노동인들뿐만 아니라 의사와 간호사, 산파, 교원, 기자, 가정부인들에 더해 러시아·중국·일본 유학생도 회원으로 가입했다.

주세죽은 전국 강연회와 간담회, 학습토론회를 조직해갔다. 고무공장, 비단회사, 정미소를 찾아가 여성노동인들에게 음악회를 열어주기도 했다. 노동현장에서 여성노동인들을 만나 민족차별·임금착취·성차별로 겹겹이 고통받고 있는 여성현실을 강연할 때 한 노동인은 즉석에서 "우리는 삼겹살이 아닙니다"라고 우스개만은 아닌 구호를 내놓았다.

조선혁명은 러시아나 중국과 조건이 사뭇 달랐다. 무엇보다 나라 전체가 식민지로 전락했다. 게다가 땅이 좁아 은신하거나 '해방구'를 확보하기도 어려웠으며, 일제 또한 3·1혁명에서 허를 찔린 경험을 교훈으로 삼아 조선 각계각층에 밀정을 심었다.

모든 운동이 보안을 중시할 수밖에 없었다. 그 결과 조직 과정에서 소통이 자유롭지 못했다. 단체들 사이에 사소한 갈등이 불거지다가 곧바로 파벌 다툼이 되기 일쑤여서 그 악조건을 딛고 조선의 모든 혁명세력을 묶어내려면 탁월한 조직 능력이 필요했다.

박헌영은 운동방식이 열려있었다. 그의 열정이 열매를 맺은 까닭이다. 조직을 전국으로 확대하는 방안을 찾던 박헌영은 《동아일보》에 기자 아닌 판매직 노동인으로 들어가 판매망을 활용할 만큼 유연했고 창의적이었으며 조직을 넓힌 뒤엔 기자직으로 옮겨 활동했다.

마침내 당을 건설할 때는 조선기자대회를 열었다. 기자대회 참가 또는 구경을 명분으로 전국에 흩어져있는 동지들을 한자리에 불러올 수 있었다. 1925년 4월 15일과 16일에 개최한 기자대회 현수막은 《개벽》기자 최사인이 제출한 안을 채택해 큰 글씨로 천명했다.

"죽어가는 조선을 붓으로 그려보자! 거듭나는 조선을 붓으로 채질하자!"

전국에서 기자 600여 명이 모여들었다. 4월 19일에는 조선민중운동자대회를 개최한다고 벽보가 나붙었다. 일제 경찰은 두 대회에 모든 감시 역량을 집중해 일차적으로 조선기자대회에 총력을 기울였으며, 대회 마지막 날인 4월 17일에 상춘원에서 기자들이 '교류 모임'을 갖는다는 첩보에 촉각을 곤두세웠다.

일제 경찰의 촉수가 온통 그곳에 쏠려있을 때다. 4월 17일 서울 도심 한복판에서 대낮에 조선공산당을 결성했다. 당 창립대회에서 "오늘의 자리를 있게 한 김재봉, 박헌영 동지의 피눈물 나는 헌신에 감사드린다"는 발언이 나올 만큼 박헌영과 함께 김재봉이 나름의 역할을 했다.

김재봉은 박헌영보다 열 살 많았다. 3·1혁명으로 징역 6개월의 옥고를 치렀다. 출옥 뒤에 독립운동 문건을 배포하다가 다시 6개월 징역을 살았던 김재봉은 출소한 뒤 블라디보스토크로 이주해 코민테른 극동국의 고려국에서 활동했다.

박헌영이 평양형무소에 갇혀있을 때다. 코민테른은 김재봉에게 조선에 들어가 공산청년회와 공산당을 조직하라는 임무를 주었다. 국내에 잠입해 은밀히 활동하던 김재봉은 출옥한 박헌영과 접촉해 마침내 '죽어가는 조선을 혁명으로 살려내자'는 동지들의 강철의지를 당 건설로 담아냈다.

창당대회에서 김재봉이 책임비서로 선출됐다. 김재봉은 강인한 의지를 밝혔다. 사상단체들이 3·1혁명 이후 크게 늘어나면서 '중앙조직'이 절실한 상황이었다.

"동지들! 우리 조선 안에 사상운동 단체들이 많이 세워졌소. 목표는 모두 같은데 목표에 이르는 방책은 저마다 달라 서로 각각이 대장이 되어 있소. 그 복잡다단함이 해마다 더해가는 실정이오. 그래서 여러 단체들을 하나로 모아 바른길로 이끌어갈 수 있는 중심 구조를 짜지 않으면 안 될 줄 아오."

조선공산당 창당 다음 날이다. 4월 18일 밤에 박헌영과 주세죽의 집에서 고려공청 창립대회를 열었다. 전국 10개 도에 산재한 28개 세포회의 대표 19명과 공산당 대표 1명이 시차를 두고 비밀리에 참석해 비좁은 방을 가득 메운 채 진행한 창립대회는 조선공산당을 사실상 밑에서 끌어갈 고려공청의 책임비서로 박헌영을 뽑았다.

"동지들! 우리가 3·1혁명의 실패를 되풀이하지 않으려면 무엇부터 해야 옳은지 숙고할 필요가 있소. 조직적 단결이 필요하고 중앙조직이 있어야 하오. 청년동맹과 노동총동맹으로 전국 곳곳에 흩어져 활동하는 동지들을 최대한 모으고 충분히 토론한 결과를 모아 합의를 이뤄내는 과정이 바로 독립혁명 운동이오."

상하이를 떠날 때 세운 1단계 목표를 이룬 셈이다. 박 비서는 김단야에게 정치연락부를 맡겼다. 훗날 대한민국 초대 농림부장관을 지내며 토지개혁을 이루고 진보당을 창당한 조봉암은 국제부를 맡았다.

22

최사인은 새로운 조직의 태동을 감지하고 있었다. 조선기자대회를 준비할 때부터 참여했기 때문이다. 대회 이면에서 《동아일보》 기자로 활동하던 박헌영을 중심으로 혁명조직이 만들어지고 있는 사실을 짐작했지만 짐짓 모르쇠 놓고 있었다.

박헌영은 감옥에서 나온 뒤 심훈을 통해 최사인 이야기를 들었다. 하지만 '골수 천도교인으로 인내천주의자'라는 정보를 듣고 접촉할 뜻을 접었다. 실제로 최사인은 당시 박헌영으로부터 동참을 요구받았더라도 공산당 조직에 참여하지 않았을 터인데 거기엔 이유가 있었다.

공산주의자들이 모든 종교를 적대시해서만은 아니다. 인내천의 사상이 사인의 가슴에 드팀없이 자리하고 있어서만도 아니다. 스스로 공산주의자를 자임하는 기자들과 만나 대화 나눌 때마다 사인은 그들이 소련 공산당을 지나치게 믿거나 더러 숭앙하는 모습을 발견했다.

기실 종교를 '민중의 아편'으로 단정하는 것은 용감한 비판이다. 그런데 그 용기가 '소련'과 '코민테른'이란 말 앞에선 도무지 보이지 않았다. 아무튼 조선공산당과 고려공청을 창립하는 과정에서 두각을 나타내며 누구나 인정하는 권위를 지니게 된 박헌영은 국외에 있는 독립운동단체와 무장독립군과도 연대해 만주에서 조선인 군대를 길러낼 계획을 세웠고 그 구상을 코민테른과 공유했다.

코민테른과 국제공청은 서울에 중앙조직을 결성한 성과를 축하했다. 곧이어 박헌영에게 활동자금을 보냈다. 모스크바에 조선인 21명을 유학 보낼 권한까지 받은 박헌영은 앞으로 민중을 조직해 조선의 독립을 책임질 혁명가를 길러낼 방편으로 혁명 사상과 전략을 체계적으로 학습할 청년들을 신중하게 선발했다.

조선공산당과 고려공청은 지하에서 활동했다. 가시밭길일 수밖에 없었다. 박헌영은 출옥한 뒤 2년 내내 공들여 혁명 사업을 일궈내며 보안을 유지해갔지만 사소한 시비 탓에 일제의 감시망에 걸려들었다.

발단은 1925년 11월 22일 신의주의 술자리였다. 식당에서 지역 청년단체 회원들이 일본 형사를 주먹으로 때린 우발적 사고가 일어났다. 그런데 단순 폭력사건을 조사하던 과정에서 한 청년의 외투 속에 붉은 완장이 형사의 눈에 띄었고 전격 집 수색을 통해 조선공산당 문서가 발견되었다.

일경은 곧 살인적 신문에 들어갔다. 조선의 혁명가들은 러시아나 중국혁명가들과 달랐다. 땅이 좁아 혁명가들이 넘나들 기나긴 국경선도, '대장정'을 벌일 드넓은 대륙도 없었다.

일경은 한밤중에 전원 검거령을 내렸다. 박헌영을 비롯해 60여 명이 곧바로 체포당했다. 일경은 공산당 조직의 전모를 밝히려고 고려공청 책임비서에게 온갖 고문을 자행했다.

대규모 검거에서 살아남은 사람들은 위기 수습에 나섰다. 주세죽과 동지들은 투쟁에 나설 계획을 세웠다. 1926년 4월 순종이 죽자 애도 분위기가 전국으로 퍼져가며 추모 모임이 비 온 뒤 죽순 자라듯이 생겨났고 사회주의자들은 7년 전 3·1혁명 때보다 더 크게 반일운동을 벌일 호기라고 판단했다.

검거망을 벗어나 상하이로 피신한 김단야도 가세했다. 조선공산당 기관지 《불꽃(火花)》을 발행해 국내로 들여보내며 만세운동을 함께 준비해갔다. 순종의 국장일인 1926년 6월 10일, 일제는 3·1혁명의 전철을 밟지 않겠다며 모든 경찰에 일본군까지 동원해 5000여 명을 거리에 투입했다.

조선 민중은 주눅 들지 않았다. 아침 8시 넘어 순종의 상여가 서울 종로를 지날 때였다. 중앙고보와 연희전문 학생이 전단을 뿌리며 뛰어나와 "조선독립 만세"를 외치자 거리에 있는 사람들이 호응하며 삽시간에 서울 시내 모든 큰길에서 만세운동이 일어났다.

충청도 공주와 홍성, 전라도 군산과 순창, 평안도 정주에서도 동시에 만세운동을 벌였다. 전열을 정비한 조선공산당은 전단지 10만 장을 준비했다. 전단지는 3·1혁명 때의 독립선언문과 사뭇 달라 "토지는 농민에게 돌려라, 8시간 노동제를 채택하라, 우리의 교육은 우리 손에 맡겨라"와 함께 "일본제국주의를 타도하라"를 담았다.

기자 최사인은 감격의 눈물을 글썽였다. 6·10만세운동의 현장을 뛰어다니며 취재했다. 그러다가 시위 대열 가운데 눈에 띄는 여성을 발견했는데 《개벽》 편집국에서 본 주세죽이었다.

사인은 서른 살이 넘었으나 미혼이었다. 박헌영이 문득 부러웠다. 조선공산당 조직이 드러나 다시 감옥에 갇힌 남편을 옥바라지하면서도 독립운동에 나서 거리 행진까지 벌이는 주세죽을 아내로 둔 사내라면 어떤 고문 앞에서도 당당하리라 생각했다.

사인은 스스로 겸연쩍었다. 눈길을 다시 만세시위로 돌렸다. 그날 최사인은 미처 몰랐지만 — 일제 경찰도 끝내 밝혀내지 못했다 — 주세죽은 6·10만세운동의 단순 가담자가 아니라 만세운동을 주도한 조선공산당의 핵심 구성원이었다.

일경은 6·10만세운동을 잔혹하게 짓밟았다. 전국에서 1000여 명을 긴급 체포했다. 연행된 주세죽은 옥중의 남편 옥바라지하느라 자신은 사회운동에 관심을 두지 않았고 거리를 지나다가 단순히 가담했을 뿐이라고 고집스레 진술했다.

주세죽으로선 감옥의 박헌영을 밖에서 챙겨야 했다. 최대한 은폐 전술을 썼다. 일경은 체포한 사람이 하나둘이 아닐뿐더러 주세죽의 '옥바라지 진술'에 설득력이 있다고 판단해 풀어주었다.

연행자들을 숨아낸 뒤 일경은 본격 수사에 들어갔다. 공산당과 공청을 뿌리 뽑겠다고 덤벼들었다. '문화통치'를 입에 달고 다니던 사이토 조선총독이 박헌영을 거명하며 경찰을 다그치자 겨우 고문에서 벗어났나 싶던 그에게 다시 극악한 야만이 가해졌다.

고문으로 몇몇 동지가 죽었다는 음산한 소문이 감옥 안에 퍼져갔다. 1927년 9월 조선공산당과 고려공청 첫 공판이 열렸다. 피고인만 101명으로 일경의 취조기록은 4만여 장에 이르러 나라 밖에서도 관심을 모았으며 언론은 3·1혁명에 이은 최대 사건으로 기사화했다.

피고 101명 가운데 박헌영에 기자들의 눈길이 쏠렸다. 재판 첫날 박헌영은 자신들의 행위가 "민족해방과 정의 실현에 있다"고 주장했다. 기소된 101명 모두 무죄라고 떳떳하게 선언하고 점심시간을 맞아 잠깐 쉴 때 박헌영은 박순병, 박길양, 백광흠, 권오상이 고문을 못 이겨 사망한 사실을 뒤늦게 확인하며 분노했다.

오후 공판이 열린 직후였다. 박헌영이 벌떡 일어났다. 법정 안 모든 사람이 깜짝 놀랄 천둥소리로 죽은 동지들 이름을 하나하나 부른 뒤 절규했다.

"내 동지들 어디 갔나? 살려내라! 살려내란 말이다. 이 살인마들아!"

동시에 안경을 벗었다. 재판장을 정조준해 던졌다. 안경은 재판장을 살짝 비껴가 벽에 부닥쳐 산산조각 났고 박헌영은 바로 끌려 나와 무참하게 구타당했다.

101명의 독립혁명가들이 법정에서 사선을 넘나들 무렵이다. 친일파들은 여전히 '훈계'를 해댔다. 말끝마다 조선 민족은 게으르고 의식도 없다며 '개탄'했지만, 정작 게으르고 의식도 없는 사람은 호의호식에 호색을 즐기던 자신이었다.

　박헌영은 독방에 갇혔다. 일본인 간수 부장이 철문을 열고 들어왔다. 고문으로 파김치 되어 늘어진 박헌영을 훑어보며 능글능글한 눈빛에 살천스러운 목소리로 한 낱말 한 낱말 천천히 내뱉었다.

　"여기가 어딘지 모르지?"

　"……."

　"알려줄까? 바로 손병희가 갇혔던 곳이야. 그 거구가 뇌일혈로 쓰러진 곳이기도 하지. 영감탱이 나가서 얼마 되지 않아 죽었다며? 실은 여기서 나갈 때 이미 시체가 다 됐어. 너도 한 번만 더 까불어대면 우리도 더 못 참아. 너 따윈 손병희에 견주면 피라미거든."

　박헌영은 귀가 쫑긋할 정도로 감격했다. 3·1혁명의 설계자가 쓰러진 곳이라는 말에 투지가 더 살아났다. 다만 간수 부장의 겁박처럼 오래 갇혀있으면 죽어서 나가거나 죽기 직전에 풀려날 가능성이 높아 보였고 그렇다고 전향해서 나갈 수도 없기에 고심을 거듭했다.

　마침내 결단했다. 간수가 배식하러 오는 발자국 소리를 사흘 동안 면밀히 분석했다. 이윽고 간수가 독방을 들여다보던 순간 박헌영은 자신이 배설한 똥을 먹어대며 입가에 묻힌 채 히죽 웃었다.

　서대문형무소는 박헌영을 주시했다. 미쳤다고 최종 판단해 보석신청을 받아들였다. 1927년 11월 22일, 옹근 2년을 갇혀있던 박헌영이 '광인'으로 감옥을 나서는 날 주세죽과 동지들이 형무소 앞까지 나와 맞아주었다.

　철문이 열리고 박헌영이 나타났다. 모두 탄식하며 울먹였다. 형형했던 박헌영의 눈빛은 사라지고 몸은 걸을 때마다 흔들거릴 만큼 병약해 보였다.

　친구 심훈이 마중 나왔다가 충격을 받았다. 며칠 뒤 그 심경을 시에 담았다. "알콜 병에 담가 논 죽은 사람의 얼굴처럼 창백하고 / 마르다 못해 해금같이 부풀어 오른 두 뺨"에 "이빨을 악물고 하늘을 저주하듯 /

모로 흘긴 저 눈동자"라고 벗 박헌영을 묘사한 심훈은 "눈은 눈을 빼어서 갚고 / 이는 이를 뽑아서 갚아 주마! / 우리들의 심장의 고동이 끊길 때까지"라고 다부진 결기를 노래했다.

주세죽은 남편의 정신병을 치료한다며 여기저기 병원을 찾아다녔다. 요양한다고 시댁인 충청도 예산에 이어 친정인 함경도 함흥으로 갔다. 일경이 박헌영은 이제 끝났다며 잠시 감시망을 늦췄을 때, 함흥을 마지막으로 박헌영과 주세죽이 돌연 실종됐다.

두 혁명가는 일경을 완벽히 따돌렸다. 국경을 넘어 블라디보스토크로 탈출했다. 박헌영의 정신 건강은 전혀 문제가 없었으며 오히려 너무나 투철했기에 남들이 상상조차 할 수 없는 광인 행세를 했을 따름이다.

박헌영과 주세죽은 휴식한 뒤 시베리아 횡단 열차에 올랐다. 1928년 11월, 모스크바역에 도착하자 김단야가 맞아주었다. 단야는 일제의 검거망을 피해 조선을 탈출한 뒤 상하이에서 조선공산당 기관지《불꽃》을 국내에 들여보내며 6·10만세운동에 가담했고, 일경의 추격을 피해 모스크바로 들어와서는 상하이와 서울에서 활동한 경험을 인정받아 국제레닌학교에 들어갔다.

박헌영은 조선공산당 지도자로 예우받았다. 1929년 1월 레닌학교에 입학했다. 소련이 세계 각국의 혁명지도자를 키우는 4년제 국제레닌학교를 졸업한 조선인은 박헌영과 김단야 단 두 명이다.

주세죽은 동방노력자공산대학에 입학했다. 학비와 생활비 모두 지원받았다. 자본주의 최종단계로서 제국주의 분석에 이어 혁명 사상과 이론, 조직건설과 선전에 이르는 실무교육까지 두루 공부했다.

낮에는 서로 다른 대학에서 공부했다. 저녁에 만나 이마를 맞대고 토론하며 복습했다. 혁명가 부부가 학습하고 토론하는 출발점이자 귀결점은 언제나 조국 조선의 독립혁명이었고, 세계 혁명사를 체계적으로 배우면서 시야가 넓고 깊어졌다.

주세죽과 박헌영은 행복했다. 다만 소련 민중에게 큰 빚을 진 느낌이었다. 조선독립 혁명을 통해 세계 혁명에 이바지하는 실천으로 갚아야 옳다고 다짐하며 학습과 토론에 몰입하고 젊은 가시버시의 특권인 관능적 사랑에도 충실했다.

23

박헌영과 주세죽의 싱싱한 사랑은 조선의 화제였다. 심훈은 소련으로 망명한 두 사람의 사랑을 소설로 형상화했다. 박헌영에 우정보다 존경이 깊었던 심훈은 소설 〈상록수〉의 작가로 알려져 있지만 그 못지않게 신문에 연재한 소설 〈동방의 애인〉도 독자들의 사랑을 받았다.

소설은 주인공 이동렬과 친구 박진으로 이야기를 풀어간다. 두 사람은 학교를 졸업할 무렵 3·1혁명에 가담했다가 일경에 잡힌다. 감옥으로 호송되던 중 동렬은 시위에 참여해 연행되던 여학생 강세정을 만나는데 1년 옥고를 치르고 독립의 뜻을 펼치러 망명한 상하이에서 재회한다.

강세정과 이동렬의 모델이 주세죽과 박헌영이다. 심훈이 직접 사인에 귀띔했다. 일제의 압력과 검열로 〈동방의 애인〉 신문 연재가 중단되었을 때 사인이 위로하자 심훈은 또박또박 말했다.

"괜찮습니다. 정말입니다. 제 소설보다 박헌영과 주세죽이 현실에 펼친 사랑이 훨씬 아름다울 테니까요. 물론, 기회가 닿으면 언젠가 완성하렵니다. 지금은 차라리 미완성이 좋아요."

최사인은 공산주의에 다가서려 했지만 그때마다 바로 앞에서 멈췄다. 사인에겐 소소와 단재의 사상이 더 가슴에 닿았다. 그러면서도 박헌영과 주세죽이 앞으로 전개해갈 사랑과 혁명이 조선독립에 기여하리라는 후배 심훈의 믿음은 미덥게 여겼고 진정으로 그리 되기를 소망했다.

'동방의 두 애인'은 모스크바에서 자신들의 발아래를 살폈다. 혁명 사상과 전략을 토론하던 어느 날이다. 혹 자신들이 코민테른과 소련공산당에 너무 지나치게 의존하며 조선독립운동을 구상하는 것은 아닌지를 진지하게 성찰했다.

혹 지녔을 수 있는 선입견을 떠나 짚어보자고 전제했다. 그럼에도 두 사람에게 결론은 확실했다. 코민테른과 국제공청은 단순히 러시아인들의 조직이 아니라는 사실, 국제적인 혁명운동 조직으로서 세계 여러 지역에서 벌어지는 혁명 경험이 모두 모아져 축적되고 있는 사실, 조선의 독립혁명가들에게 실질적 도움을 주고 있는 사실을 부정할 수 없었으며 실제로 모스크바에는 동아시아 혁명가들이 적잖아 중국의 덩샤오핑과 베트남의 호찌민도 거쳐 갔다.

거기에는 사실 아닌 믿음도 섞여있었다. 하지만 그 시점에서 두 사람에겐 공산주의는 의심의 여지가 없는 진리였다. 주세죽은 조선에서 여성운동을 벌일 때 한 여성으로부터 우려 섞인 질문을 받고 코민테른은 여러 나라의 혁명가들에게 '지령'을 내리는 곳이 아니라 '권고'를 할 뿐, 그들이 제시하는 방안을 받아들일지 안 받을지는 전적으로 조선혁명가들이 결정할 일이라고 장담했다.

하지만 주세죽의 가슴에도 정체 모를 불안감은 몰래 스며들고 있었다. 볼셰비키를 종교적 순결성으로 믿는 것은 아닌지 거듭 짚어보았다. 그때마다 주세죽은 전제적인 황제의 나라를 민주적인 노동의 나라로 바꾼 혁명가들을 믿었고 스멀스멀 올라오던 불안감은 사상적 신념의 부족이라고 자책하며 지워갔다.

주세죽은 스륵스륵 혁명정신을 벼려갔다. 훗날 세죽의 그 착한 믿음은 참혹한 대가를 치른다. 모스크바에 스탈린 체제가 들어서면서 혁명의 국제주의에 대한 소박한 믿음을 삼켜버릴 어둠이 걷잡을 수 없이 몰려왔기 때문이다.

단재는 박헌영·주세죽 혁명 부부와 달랐다. 공산주의와 일찌감치 선을 긋고 있었다. 단재는 소련공산당의 영향력이 지나치게 커 조선의 독립운동이 자주성을 잃지 않을까 우려했으며, 최사인도 딱히 단재의 영향은 아니지만—어쩌면 전적으로 그 영향일 수도 있다—넓게 보면 사대주의의 하나가 아닐까 생각했다.

단재는 《신대한》을 창간하며 논설 '국제연맹에 대한 감상'을 썼다. 단재가 나라와 나라 사이의 어떤 관계를 바람직하게 여겼는지 이 논설에 잘 드러난다. 1919년 10월에 쓴 이 논설에서 단재는 모든 나라가 자유를 누리는 사회를 건설하는 것이 시대의 흐름임을 강조하고, 민족자결을 실행해 큰 나라와 작은 나라가 서로 편안하고 강한 나라와 약한 나라가 서로 돕는 평화로운 세상을 이뤄야 한다고 세계평화회의에 촉구했다.

단재는 독립 개념을 재정립했다. 해방은 조선 민중을 제국주의 강압으로부터 해방하는 운동이다. 독립운동이 민중을 수탈하는 또 다른 국가나 정부를 수립하는 잘못을 저질러서는 안 된다고 확신한 단재에게 민족해방운동은 곧 민중해방운동이다.

단재는 민족주의자여서 민족해방을 주장하지 않았다. 그에겐 민중을 해방하는 길이 곧 민족해방이었다. 다른 민족의 전제 아래에 있는 한 고유한 조선을 건설할 수 없으며, 특권계급이 존재하는 한 조선 민중은 자유로울 수 없고, 경제 약탈제도가 존재하는 한 민중의 생활은 보장될 수 없으며, 사회적 불평균이 존속하는 한 민중 전체의 행복은 증진될 수 없기에 단재는 다른 민족의 통치, 특권계급, 경제 약탈제도, 사회적 불평균, 노예적 문화 사상을 파괴하는 길에 나섰다.

1927년 2월 서울에서 민족주의 좌파와 사회주의자들이 연합하여 신간회를 창립했다. 단재는 홍명희의 요청을 받고 베이징에서 발기인으로 참여해 중앙위원으로 뽑혔다. 민족협동전선으로 창립한 신간회는 각계의 호응으로 일본의 도쿄 지회와 오사카 지회를 포함해 나라 안팎에 총 149개의 지회를 결성했으며, 회원이 4만여 명에 이르렀다.

신간회는 합법운동단체였다. 하지만 일제의 탄압으로 정기대회를 열지 못했다. 그럼에도 조선인 착취기관 철폐, 일본인의 조선 이민 반대, 타협적 정치운동 배격, 사회과학과 사상연구의 자유 보장, 식민지 교육정책 반대를 내세우면서 노동 파업, 농민 소작쟁의, 동맹 휴학을 이끌었다.

그러나 시간이 흐르면서 타협 노선이 주류를 형성해갔다. 단재는 머뭇거림 없이 비판하고 나섰다. 민족해방운동과 식민지 권력 사이에서 끊임없이 동요하면서도 조선에서 지배계급이 되기를 꿈꾸는 상공인들을 꿰뚫어 본 단재는 자본주의 사회 건설을 추구하는 민족주의자들과의 연대는 한계가 분명함을 새삼 확인했다.

단재는 민중의 삶에 불합리한 모든 제도를 개혁하고자 했다. '인류로써 인류를 압박치 못하며, 사회로써 사회를 박삭(剝削)치 못하는 이상적 조선'을 건설하고자 했다. 민중이 열망하는 자유와 평등의 세상이 그가 내세운 해방의 의미였기에 단재는 모든 지배기관이나 수단을 파괴하고, 지배계급이 제정한 모든 사회 제도를 철폐하며, 사유재산제를 부정하고 모든 재화의 공유제를 실시해 어떤 착취도 없는 사회를 구현하고 싶었다.

단재에겐 정치만 문제가 아니었다. 종교·도덕·법률·학교·교당도 민중을 억압하거나 기만해 복종케 하는 수단이었다. 단재는 그에 맞서 지배계급도 지배도구도 없는 사회, 민중의 풍요로운 생활이 보장되는 사회, 능력에 따라 일하고 필요에 따라 분배받는 사회를 꿈꿨다.

단재의 꿈은 한마디로 '민중 공동체'다. 단재는 현실을 잘 설명하고 새 현실을 일궈낼 사상을 끊임없이 찾았다. 정통유학에서 개신유학으로 다시 사회진화론, 민족주의, 아나키즘으로 불리는 자율적 사회주의 사상으로 탐색을 이어가며 자신의 생각을 다듬어갔다.

약육강식의 사회진화론을 넘어선 계기는 러시아혁명이었다. 단재는 혁명에 공명했다. 그럼에도 국제사회에서 우리 민족이 살아가려면 민족주의가 필요하다고 보았기에 소련의 영향력을 경계했다.

이미 《대한매일신보》에 재직할 때 '제국주의와 민족주의' 칼럼을 썼다. 제국주의를 "영토와 국권을 확장하는 주의"로 규정하고 날을 세워 비판했다. 일제 강점기에 조선인을 억압하고 착취하는 실체가 명확했기에 사회 변화를 추구하던 사람은 모두 민족해방운동가로 출발했으며, 제국이 붕괴되지 않는 한 조선인 누구도 민족 문제로부터 자유로울 수 없었다.

단재의 사유는 '국가'에서 '민족'으로, 다시 '민중'으로 깊어갔다. 단재를 비롯한 아나키스트들이 가장 크게 영향받은 사상가는 크로포트킨이다. 단재가 석가, 공자, 예수, 맑스와 함께 인류의 5대 사상가로 꼽은 크로포트킨의 사상은 철학·경제학·생물학·문학·예술에 이르기까지 넓은 범위를 아우르고 있다.

크로포트킨의 대표작이 《상호부조론》이다. 그는 적자생존을 강조하는 다윈의 '진화론'과 달리 상호부조가 진화의 주요 요인이라고 주장했다. 당시 유럽 각국의 제국주의자들이 다윈의 생존경쟁 학설을 저들의 식민지 침략전쟁을 정당화하는 데 이용했기에 크로포트킨의 상호부조론은 침략을 반대하는 사상적 근거가 될 수 있었다.

크로포트킨이 죽었을 때 단재는 《천고》에 칼럼을 썼다. '크로포트킨의 죽음에 대한 감상' 제하의 글에서 단재는 레닌과 크로포트킨을 비교했다. 단재는 볼셰비즘과 아나키즘 사상을 서로 다른 것으로 인식하면서 볼셰비키의 정치를 '전제'로 표현해 소련식 공산주의에 자신의 거부감을 솔직히 밝혔다.

단재가 '계급 전쟁'을 경시한 것은 아니다. 제국주의 시대 자본계급은 노동계급을 착취하는 강도에 지나지 않는다고 보았다. 자본계급을 타도하고 착취와 빈부 차이가 없는 평등사회를 건설하자는 주장에도 공감했지만, 단재는 '노동계급 독재'를 실시하고 있던 러시아혁명의 여러 폐단에 결코 눈감지 않았다.

아나키즘은 '무정부주의' 번역으로 적잖은 오해를 받았다. 하지만 자유와 평등, 정의, 형제애를 실현하는 운동이다. 인간의 자유의지와 자유로운 연합을 호소하는 밑절미에는 정부의 권위적인 권력기구가 없어도 인간은 올바르고 조화로운 삶을 누릴 수 있다는 신념이 깔려있다.

단재는 아나키즘도 절대적 진리로 삼지 않았다. 아무런 질서가 없는 유토피아엔 동의할 수 없었다. 새로운 질서를 수립해야 옳다고 보았으며, 아나키즘을 자본주의와 공산주의를 넘어설 수 있는 탈제국주의적 사상으로 인식했다.

24

최사인은 단재가 독창적으로 민중 직접혁명 사상을 전개했다고 보았다. 자본주의도 공산주의도 아닌 새로운 길이다. 단재에게 아나키즘은 올바른 민족주의를 실현하는 반제국주의 투쟁의 무기 가운데 하나였으며, 그가 전투적으로 희망한 자유롭고 주체적이고 고유한 조선은 민중 중심의 사회이고, 사인에게 그 길은 소소의 꿈과 이어져 있었다.

민중은 단순히 일본제국주의를 몰아낼 주체가 아니다. 자유·평등·평화로운 사회를 구현해갈 주체이다. 최사인은 소소와 단재 모두 정치적 주체성뿐 아니라 문화적 주체성을 중시했고 그 사상적 귀결점이 민중 직접혁명이라고 이해했으며, 조선혁명이 담당한 세계사적 과제는 자본주의의 상공인 계급 지배도 공산주의의 공산당 지배도 넘어선 새로운 혁명이라고 확신했다.

천도교 안에도 소련과 코민테른을 기댈 언덕으로 여긴 교인들이 세력화하고 있었다. 그 대표가 최동희다. 해월의 아들은 앞으로 미국과 일본 사이에 전쟁이 일어나 일본이 통치력이 약화되면 이를 기회로 코민테른의 지원을 받아 독립전쟁을 벌일 수 있다고 전망했기에 천도교가 모스크바와의 연대를 능동적으로 모색해야 옳다고 주장했다.

천도교 혁신파는 1922년 12월 별도로 천도교연합회를 창설했다. 교단을 이탈한 최동희는 러시아 블라디보스토크로 떠났다. 사인은 동희로부터 함께 가자는 제안을 받았지만 천도교 혁신을 위해서도 자신이 《개벽》 기자로 일할 필요가 있다고 설득해 동의를 받았으며 실제로 종종 그의 기고문을 실어주었다.

블라디보스토크에 도착한 최동희는 분주했다. 독립투사들을 최대한 직접 만났다. 코민테른과의 연대 및 중국 국민혁명과의 공동보조를 통해 민족혁명을 완수하고 나아가 동양혁명과 세계혁명을 이룬다는 구상을 밝혔다.

최동희는 이동휘를 통해 코민테른에 편지를 보냈다. 두툼한 기획안을 동봉했다. 편지에서 최동희는 '고려혁명'이 시대적 요구임을 서술한 뒤 천도교가 여러 파벌로 나뉜 독립운동 진영에서 중심을 잡을 수 있다고 썼다.

동봉한 문건의 제목은 '천도교의 혁명적 계단과 시국관'이다. 최동희가 초안을 작성할 때 사인도 관여했다. 문건에서 최동희는 동학농민전쟁을 천도교의 제1혁명으로 규정하고 1905년의 개혁운동과 1919년의 3·1혁명으로 이어지는 혁명전통을 계승해 제4의 혁명을 일으키겠다고 다짐하며 중국과 러시아에 흩어져있는 조선민족을 통일체로 모아내고, 일본 혁명가들과도 소통함으로써 일본 사회에 내란을 조성하겠다고 밝혔다.

최동희는 1924년 1월 이동휘와 다시 만났다. 공산주의와 천도교사상을 연결해 혁명운동을 펼칠 방안을 협의했다. 정작 코민테른은 최동희가 몹시 당황할 만큼 과거와 달리 시큰둥한 반응을 보였는데 거기엔 그럴 만한 이유가 있었다.

코민테른은 이미 조선에서 사업을 담당할 유력한 혁명가를 지원하던 상황이었다. 바로 박헌영이다. 상하이에서 청년 조직의 파벌을 통합해 고려공청단을 이끌다가 국내로 들어간 박헌영은 최동희와 달리 천도교의 종교적 색채도 전혀 없었고 밑으로부터 혁명 조직을 통합해갔기에 코민테른으로선 사상적으로 더 미더울 수밖에 없었다.

최동희는 1년여에 걸친 코민테른 접촉이 성과를 거두지 못하자 조급했다. 1924년 12월 17일 소련 정부에 편지를 보냈다. 최동희가 '고려인민혁명군'을 결성하겠다며 소련에 비밀협정을 맺자고 제안한 7개항은 자못 의욕이 넘친다.

① 소련은 천도교에 의해 조직될 15개 혼성여단과 특수임무 및 일반임무를 띤 지원부대로 구성될 고려인민혁명군에 총기, 폭발물, 수송수단, 탄약 등을 제공한다.
② 소련은 고려인민혁명군에 금광 지역을 제공한다. 고려인민혁명군은 이 금광의 수입으로 채무를 상환한다.
③ 소련은 인민혁명군이 하천, 철도, 해로를 무료로 이용할 수 있도록 한다.
④ 소련은 인민혁명군의 후방부대가 자기 영토에 주둔할 경우 정기적인 피복제공과 급량을 책임진다.
⑤ 소련은 유능한 군사전문가를 인민혁명군의 교관으로 파견하고 인민혁명군의 병사 및 장교를 소련의 특수군사교육기관 및 해군교육기관에서 위탁 교육한다.
⑥ 소련은 인민혁명군이 자기 영토 내에 주둔하지만 적군(붉은 군대)의 통솔을 받지 않는 독자적인 군대로 인정한다.
⑦ 소련은 인민혁명군의 모든 병과의 지휘관 양성을 목적으로 하는 특수학교를 설립하고 이를 위한 재정적 지원을 한다.

최동희는 간절하게 답을 기다렸다. 그러나 그의 기대와 달랐다, 아니 정반대였다. 소련은 1925년 1월 20일 일본제국주의와 '소·일 상호관계의 기본원칙에 관한 협약'을 체결하고 2월에는 아예 최동희를 소련에서 추방했다.

최사인은 서울에서 최동희가 쫓겨난 소식을 들었다. 공산주의 혁명의 어둠을 처음으로 실감했다. 아무리 레닌이 서거한 뒤에 일어난 일이라고 하지만 이해할 수 없었으며 왜 단재가 러시아 공산주의와 일정한 거리를 두었는지도 확연히 깨달을 수 있었다.

최동희는 소련으로부터 된통 뒤통수를 맞았다. 그럼에도 좌절하지 않았다. 자신을 따르는 김광희, 주진수, 이규풍과 함께 만주에서 국내외 동지들을 모아 새로운 통일체 조직에 나섰으며 1925년 8월에는 천도교 중간 간부 이동구를 만주로 불러 국내 동지들의 동참을 권했다.

최동희는 천도교인들을 대거 혁명 사업에 끌어들였다. 만주에서 독립운동을 펼쳐온 독립투사들과도 접촉했다. 혁명을 통해 민족을 해방할 정당을 조직할 계획을 세워 이듬해 4월 5일 만주 길림에서 만주의 독립군들과 함께 '고려혁명당'을 창당하고 선언·강령·당략·당규·맹약을 채택했다.

양기탁이 위원장으로 당을 지도했다. 책임비서는 이동구가 맡았다. 수많은 천도교인들이 조선의 독립과 피착취계급 해방이라는 두 가지 혁명을 달성하고자 고려혁명당에 가입했다.

고려혁명당의 천도교인들은 당원 확대에 힘을 쏟았다. 만주를 독립운동의 기지로 만들려고 국내 조선인들의 집단이주도 추진했다. 천도교인들에게 러시아의 공산혁명을 소개하고 인내천주의 아래에 건설된 공산국이 있으니 그곳으로 이주하자고 호소했다.

교인들의 호응이 이어졌다. 만주 이주는 고려혁명당 조직을 강화하는 사업과 맞닿아있었다. 전라도 익산에 거주하던 오지영은 전주·익산·순창·김제·옥구·고창과 충청도 논산·부여에 거주하는 천도교인 222명을 이끌고 만주 화전현으로 집단 이주했으며 곧이어 황해도와 평안남도에서도 집단 이주가 있었다.

최동희는 소련에 기대를 접지 않으면서도 중국과 접촉했다. 고려혁명당의 대표 자격으로 국민당의 장개석을 만나 지원을 요청했다. 상하이에 있던 코민테른 동양비서부의 선전부장도 만나 고려혁명당의 강령과 활동상을 소개하며 연대를 타진했지만 중국도 소련도 최동희의 뜻대로 움직여주지 않았다.

국내에선 《개벽》마저 종언을 고했다. '모스크바에 새로 열린 국제농촌학원' 기사가 빌미였다. 총독부는 혁명 사상을 은근히 고취하는 월간지를 더는 좌시할 수 없다며 즉각 폐간을 통보했는데 창간호부터 1926년 8월호로 통권 72호를 내기까지 판매금지 34회, 정간 1회, 벌금 1회, 기사 삭제 95회를 당했다.

끝내 《개벽》의 숨통을 끊은 일제는 8월호를 죄다 압수했다. 수레에 싣고 종로경찰서 뒷마당으로 갔다. 치밀하달까 치졸하달까, 싣고 간 《개벽》을 한 권 한 권 작두질해버릴 만큼 조선을 지배하려는 일본의 야욕은 지독했다.

일터를 잃은 사인은 언론인의 옷을 벗었다. 본격적으로 고려혁명당 활동에 나섰다. 최동희는 사인에게 서울의 천도교인들을 고려혁명당으로 묶어세우라는 지시를 내렸고, 사인은 《개벽》을 정기 구독했던 사람들을 은밀히 접촉하며 고려혁명당은 소련식 공산주의를 따라가지 않고 인내천 사상에 바탕을 둔 민중혁명을 목표로 한다고 설득해갔다.

그런데 고려혁명당도 여덟 달 만에 위기를 맞았다. 중앙집행위원 이동락이 1926년 12월 28일 만주에서 당원 확대사업을 벌이다가 일경에 붙잡혔다. 이동락의 가방에는 당의 창당선언·강령·당략·규약·맹약을 적은 문서들이 고스란히 들어있어서 일경은 고문을 통해 당 간부들을 줄줄이 검거해갔다.

서울의 최사인도 1927년 1월 검거됐다. 사인은 구타나 물고문을 비교적 잘 이겨냈다. 하지만 구속되고 20여 일이 지났을 때 '고문의 대가'임을 자부했고 그 악명 그대로 견디기 어려운 만행을 저질렀던 형사가 샐샐 미소를 짓고 들어와 툭 던졌다.

"너희 두목이 최동희지? 네가 충성하는 그놈 말이야, 우리도 조금 전 확인했는데 이미 이 세상 사람이 아니더구먼. 지난주에 객사했다네? 인생 너무 허망하잖은가?"

"웃기지 마라. 그 따위 헛소리에 내가 현혹될 것 같은가?"

"호? 그래. 믿고 말고는 네 마음대로야. 다만 네놈이 정말 불쌍하다는 생각은 어쩔 수 없이 드는군. 그놈 유혹에 빠져 독립전쟁을 한답시고 이 무슨 개고생이냐 말이야. 너, 인생 잘못 살고 있는 거야."

믿어지지 않았지만 사실이었다. 최동희는 일경에 검거된 뒤 가혹한 고문을 당했다. 고문 후유증으로 지병인 폐병이 악화되어 1927년 1월 26일 상하이 적십자병원으로 긴급 후송했지만 숨졌다.

사인은 분노와 더불어 심장이 써늘해 왔다. 그 어떤 고문보다 고통을 준 비보였다. 일제의 탄압에 최동희의 운명이 더해지면서 천도교인들을 기반으로 만주에서 활동하던 고려혁명당은 치명상을 입었다.

1928년 4월 신의주법원에서 재판이 열렸다. 고려혁명당 간부들은 최고 징역 7년을 받았다. 최동희와 일정한 거리를 두고 《개벽》 기자로 활동함으로써 창당 당시 간부 명단에 들어가지 않았던 사인은 1년 형을 선고받았다.

최동희가 숨지고 고려혁명당 조직이 무너진 뒤다. 민족혁명을 추구한 교인을 '구파'로, 자치론에 기운 교인을 '신파'로 부르는 해괴한 구분법이 자리 잡았다. '신파'가 교단의 주도권을 계속 장악해가면서 계급해방·절대평등·민족혁명의 이상은 천도교에서 시나브로 잊히고 말았다.

최사인은 평양형무소에 갇혔다. 천도교인들의 수감에 종단 주류는 무심했다. 사인은 문득 소설 〈꿈하늘〉의 한 장면, 주인공 단재가 선망했던 '님의 나라'에서 사람들이 "길이가 몇 천 길 몇 만 길인지 모를" 빗자루를 일제히 들고는 곧 하늘에 대고 썩썩 쓰는 모습이 그려졌다.

"하늘을 왜 씁니까? 땅에는 먼지나 있다고 쓸지만 하늘이야 왜 씁니까?"

모두 대답하시되,

"하늘을 못 보느냐? 오늘 우리 하늘은 땅보다도 먼지가 더 묻었다."

하시거늘 한놈이 하늘을 두루 살펴보니 온 하늘에 먼지가 뽀얗게 덮이었더라. 몇 천 몇 만 비들을 들이대고 부리나케 쓸지만 이리 쓸면 저쪽이 뽀얗게 되고 저리 쓸면 이쪽이 뽀얗게 되어 파란 하늘은 어디 갔는지 옛 책에서나 옛이야기에나 듣지도 못하던 흰 하늘이 머리 위에 덮이었더라.

"하늘도 뽀얀 하늘이 있습니까?"

한놈이 소리를 질러 물으니 누구이신지 누런 옷 입고 붉은 띠 띤 어른이 대답하신다.

"나도 처음 보는 하늘이다. 님 나신 지 삼천오백 년경부터 하늘이 날마다 푸른빛은 날고 뽀얀 빛이 시작하더니 한 해 지나 두 해 지난 사천이백사십여 년 오늘에 와서는 푸른빛은 거의 없어지고 소경 눈같이 뽀얗게 되었다. 그런즉 대개 칠백 년 동안에 난 변이요, 이 앞서는 이런 변이 없었느니라."

하더니 그만 목을 놓고 우는데 울음소리가 장단에 맞아 노래가 되더라.

여기서 '님 나신 지 3500년'은 단기로 묘청 봉기가 실패한 해다. 단기 4240년은 소설 속 시점인 현재를 이른다. 소설에서 주인공 한놈은 빗자루로 하늘의 먼지를 쓸어버리고 맑고 푸른 조선의 하늘을 되찾겠다는 결의와 투쟁을 다짐한다.

감옥에 갇힌 사인은 자신 또한 하늘을 닦자고 다짐했다. 사인은 '사람이 곧 하늘'이라는 사상을 지녔기에 그 대목이 더 절실히 다가왔다. 감옥 안에서 팔굽혀펴기로 몸을 단련하는 일도 잊지 않아 이윽고 건강한 몸으로 만기 출소한 사인은 서울을 거쳐 고향인 충청도 영동으로 갔다.

민중 속으로 들어가고 싶었다. 아니, 민중과 하나이고자 했다. 직접혁명의 사상으로 민중이 무장하는 길을 열자는 뜻을 세웠다.

25

　고향 길에 접어든 사인은 가슴 설렜다. 젊은 세대를 인내천과 사회주의 사상으로 길러내겠다는 꿈으로 부풀었다. 사인이 평양형무소에서 단재의 소설을 되새김질하며 고문의 고통을 이겨냈던 시점에 베이징에 머물던 신채호는 삶의 막다른 골목에 접어들고 있었다.

　그 치명적 순간을 맞기까지 단재는 붓을 놓지 않았다. 항일 문학사에 길이 남을 소설 〈용과 용의 대격전〉을 써가느라 눈병은 더 악화됐다. 단재는 1928년 봄이 올 무렵에 소설을 탈고하고 조국에 있는 아내 자혜에게 띄운 편지에서 '안질로 눈이 멀어 다시는 얼굴을 보지 못할 수 있다'는 안타까움을 토로하고 실명 전에 아내와 아들을 만나고 싶다고 적었다.

　박자혜는 실명 위기라는 편지를 받고 여기저기서 돈을 빌렸다. 머나먼 베이징으로 달려갔다. 베이징역으로 마중 나온 단재는 개찰구에서 줄을 서서 나오는 아내를 발견하자마자 춤추듯이 뛰어와 부둥켜안았다.

　뭇사람 앞에서 한 뜻밖의 포옹에 자혜는 행복했다. 동시에 불안감이 스쳐갔다. 도무지 단재답지 않은 남편의 행동에 뭔가 심상치 않은 일이 벌어지고 있다는 직감이 꼬리를 물고 이어졌다.

　자혜를 품에 안은 단재도 행복했다. 그런데 자신의 엉덩이를 누군가

옆으로 밀어내는 느낌이 들었다. 곧바로 단재의 눈길이 자혜 옆에서 자신을 올려다보며 고사리손으로 밀치는 소년의 볼멘 눈동자와 마주쳤다.

단박에 알 수 있었다. 아기로만 여긴 아들 수범이다. 단재는 자혜를 안았던 손을 얼른 풀고 말똥말똥 자신을 바라보는 어린 아들의 두 겨드랑이를 번쩍 들어 올렸다.

"수범이구나, 허허, 이놈, 많이 컸네."

수범의 눈이 더 동그래졌다. 코앞에서 자신을 들여다보는 콧수염 얼굴이 몹시 부담스러웠다. 옆에서 환한 미소로 지켜보던 자혜가 수범의 볼을 살그니 꼬집으며 다사롭게 말했다.

"수범아, 뭐 해? 아빠에게 인사해야지?"

수범은 자혜와 단재를 번갈아보며 울듯 웃듯 했다. 기약 없이 작별 7년 만의 상봉이었다. 베이징에서 근근이 살아가던 가장은 오랜만에 아내와 아들을 만났지만 오붓하게 밥을 먹을 여건은 물론, 편히 잠들 곳도 갖추지 못하고 있었다.

단재가 준비한 최고의 '대접'은 골목길 만두였다. 7년 내내 굶주리며 연구와 혁명에 헌신하느라 몸은 몹시 허약했다. 돈이라곤 평생 무심히 지냈던 단재는 허겁지겁 만두를 먹는 아들의 모습은 더 말할 나위 없거니와 틀림없이 배고플 터인데도 먹지 않고 미소만 짓고 있는 아내의 어여쁜 얼굴을 보며 가장으로서 무력감을 새삼 뼈저리게 느꼈다.

서울의 아내에게 '실명 위기'라 쓴 편지는 일제의 검열을 피하기 위함만은 아니었다. 아내를 안심케 할 방편이기도 했다. 앞으로 목숨 걸고 혁명의 길로 걸어갈 뜻을 굳힌 단재는 마지막으로 아내와 아들을 보고 싶어 편지를 띄웠다.

베이징에서 잠잘 곳은 누추했다. 음식도 서글펐다. 하지만 습습한 자혜는 남편과 한 달을 함께 보내며 실로 오랜만에 아늑함에 젖어 들었다.

차라리 베이징에서 조산원을 열까도 싶었다. 경제적으로 더 나을 수 있다는 생각마저 들었다. 자혜가 조심스레 꺼낸 말에도 단재는 서운할 정도로 완강히 반대했는데 이미 혁명적 실천에 몸 던지기로 작심한 터였다.

결국 한 달을 함께 지내고 자혜는 떠나야 했다. 베이징역으로 배웅 나온 단재는 다시 자혜를 격하게 포용했다. 자혜와 마주 보았을 때 눈물이 고여오던 단재의 눈은 아들을 꼭 껴안으며 기어이 주르르 흘러내려 콧수염을 적셨다.

그 순간이다. 자혜는 비로소 무슨 일이 벌어지고 있는가를 정확히 파악했다. 남편은 혁명의 길로 한 걸음 더 들어서기 전에 마지막으로 처자식을 만나고 싶었으리라 심증을 굳혔다.

어젯밤 몸을 어루만지던 단재의 손길은 신혼시절보다 더 뜨거웠다. 그 까닭도 비로소 깨달았다. 자혜는 울컥했으나 수범을 넘겨받아 내려놓으며 기차역에서 눈시울 훔치는 중년의 단재에게 애써 찬찬히 말했다.

"제가 참 못났습니다. 지금에서야 당신의 뜻을 파악했습니다."

"……"

"혁명의 길에 직접 나서시려는 거죠?"

"……"

처음 보았을 때 매혹됐던 눈이다. 여전히 총기가 넘쳤다. 단재는 자혜의 빛나는 눈을 처연히 바라만 보았다.

"부디 건강하셔야 해요. 저와 수범인 걱정 마십시오."

"자혜, 미안하오."

"미안하긴요. 당신은 신채호, 저는 신채호의 아내인걸요. 그리고 이 아이는 신채호의 아들입니다."

"조선에서 홀로 키우려면 힘들 터인데 미안하오."

"쉬, 미안하단 말은 그만하세요. 아무렴 이 자혜가 아들 하나 건사 못 하겠어요. 당신은 오직 스스로만 돌보세요. 살아만 계시면 언젠가는 만나거든요."

단재는 다시 눈물이 솟구쳤다. 다시 자혜를 부둥켜안았다. 자혜의 귓전에 눈물 젖은 목소리로 속삭였다.

"자혜, 사랑하오."

"사랑합니다, 영원토록."

어린 수범도 두 팔을 한껏 벌렸다. 아빠와 엄마가 포옹한 몸을 두 팔로 안으려 했다. 단재는 마흔여덟, 자혜는 서른넷, 수범은 일곱 살이었고 베이징역 앞에서 세 식구가 포옹한 순간은 영원으로 마치 정지한 듯싶었다.

자혜는 서울로 돌아갔다. 계절이 두 번 바뀐 어느 날이다. 자혜는 수줍은 듯이 둘째 아들을 건강하게 출산했다며 이름을 지어달라는 편지를 보내왔다.

단재는 먹먹했다. 임신 사실도 숨겨온 자혜가 너무 가여웠다. 자혜와 함께 나뭇잎손 흔들던 아들에게 손 흔들어줄 때부터 정체 모를 불안감이 엄습해 '설마' 했지만, 그날 베이징역 앞 눈물과 사랑의 포옹은 단재가 가족과 이승에서 만난 마지막 순간이었다.

무릇 불길한 예감은 어김없이 적중하는 법이다. 단재 가족만의 비극은 아니었다. 항일 민족해방운동에 투신한 지사들 대다수가 온전히 가정을 꾸릴 수 없었으며 자신은 물론 가족에게도 감당하기 어려운 고통과 희생을 끼쳤고 때로는 대대로 유복하게 살아온 가문이 철저히 파멸을 맞기도 했다.

항일에 나선 독립혁명가들의 숙명이었다. 가족과 작별한 단재는 아나키스트들의 조직화에 팔 걷고 나섰다. 1928년 4월 초순 중국 톈진에 모인 조선 아나키스트들은 기관지를 발행하고 폭탄 공장을 세워 일본제국주의 기관을 폭파할 것을 결의했다.

단재는 다시 선언문을 작성했다. 제국주의가 지배하는 국제 질서에 분노를 남김없이 드러냈다. 민중의 공동체를 구현할 혁명의 길에 모든 것을 던지기로 한 독립혁명가의 투지가 서리서리 맺혔다.

우리의 세계 무산대중! 더욱 우리 동방 각 식민지 무산민중의 혈(血)·피(皮)·육(肉)·골(骨)을 빨고, 짜고, 씹고, 물고, 깨물어 먹어온 자본주의의 강도제국 야수군(野獸群)들은 지금에 그 창자가 꿰어지려 한다. 배가 터지려 한다.

그래서 저들이 그 최후의 발악으로 우리 무산민중, 더욱 동방 각 식민지 민중을 대가리에서부터 발끝까지 박박 찢으며 아삭아삭 깨물어, 우리 민중은 사멸보다도 더 음참(陰慘)한 불생존의 생존을 가지고 있다.

아, 세계 무산민중의 생존! 동방 무산민중의 생존! 소수가 다수에게 지는 것이 원칙이라 하면, 왜 최대 다수의 민중이 최소수인 야수적 강도들에게 피를 빨리고 고기를 찢기느냐? 왜 우리 민중의 피와 고기가 아니면 굶어 뒈질 강도들을 박멸하지 못하고 도리어 그놈들에게 박멸을 당하느냐?

저들의 군대 까닭일까? 경찰 까닭일까? 군함·비행기·대포·장총·장갑차·독가스 등 흉참한 무기 까닭일까? 아니다. 이는 그 결과요, 원인이 아니다. 저들은 역사적으로 발달 성장하여온 누천년이나 묵은 괴동물들이다. 이 괴조물들이 맨 처음에 교활하게 자유·평등의 사회에서 사는 우리 민중을 속이어 지배자의 지위를 얻어 가지고, 그 약탈 행위를 조직적으로 대낮에 행하려는 소위 정치를 만들며, 약탈의 소득을 분배하려는 곧 '인육을 분장하는 곳'인 소위 정부를 두며, 그리고 영원 무궁히 그 지위를 누리려 하여 반항하려는 민중을 제재하는 소위 법률·형법 등 부어터진 조문을 제정하며, 민중의 노예적 복종을 시키려는 소위 명분·윤리 등 상어 같은 도덕률을 조작하였다.

동서 역사에 전하여온 제왕·성현이, 강도나 야수를 옹호한 강도 야수의 주구들이다. 민중이 왕왕 그 약탈에 견딜 수 없어 반항적 혁명을 행한 때도 많았지만, 마침내 기개 교활한 자들에게 속아 다시 그 강도 같은 지배자의 지위를 허여하여 '이폭이폭(以暴易暴)'의 현상으로서 역사를 조반(繰返)하고 말았다. 이것이 곧 다수의 민중으로 소수의 야수들의 유린을 당하여온 원인이다.

저들 야수들이 중세기 이래 자유도시에서 발달하여오는 과학과 공업적 기계 즉, 증기기계·전기기계 등을 절취하여 나날이 정치적·경제적·상공업적·군용적 모든 시설을 확대하며 증가하여 방연한 대지구가 우리 무산민중의 두뇌신골을 가루가 되도록 갈고 있는 일개의 맷돌이 되고 말았다.

그러나 저들은 우리 민중의 참상에는 눈이 멀었다. 우리 민중의 비명과 애호에는 귀가 먹었다. 저들은 다만 우리 민중의 고기를 먹는 입만 딱벌리고 있다.

아, 잔학·음참·부도한 야수적 강도! 강도적 야수! 이 야수의 유린 밑에서 고통과 비참을 받아오는 우리 민중도 참다못하여, 견디다 못하여, 이에 저 야수들을 퇴치하려는, 박멸하려는, 재래의 정치며, 법률이며, 윤리며, 기타 일체 문구를 부인하자는 군대며, 경찰이며, 황실이며, 정부며, 은행이며, 회사며, 기타 모든 세력을 파괴하자는 분노적 절규 '혁명'이라는 소리가 대지상 일반의 귓속을 울리었다. 이 울림이 강조됨을 따라 저들 야수들의 신경도 비상히 앙분하여 극도의 전율적 안광으로 우리 민중의 태도를 감시한다.

그래서 군인의 총과 경찰의 칼로 혁명적 민중을 위압하는 동시에 신문·서점·학교 등을 설시 혹 매수 혹 검정하여, 저들의 주구인 기자·학자·문인·교수 등을 시키어 그 야수적 약탈·강도적 착취를 공인하며 변호하며, 예찬하며, 민중적 혁명을 소멸하려 한다.

이 야수세계, 강도 사회에 정의니 진리가 다 무슨 방귀이며, 문명이니 문화가 무슨 똥물이냐?

우리 민중은 알았다. 깨달았다. 저들 야수들이 아무리 악을 쓴들, 아무리 요망을 피운들, 이미 모든 것을 부인한, 모든 것을 파괴하려는 대계를 울리는 혁명의 북소리가 어찌 거연히 까닭 없이 멎을소냐. 벌써 구석구석 부분 부분이, 우리 민중과 저들 야수가 진형을 대치하여 포화를 개시하였다. 옳다. 되었다.

저들의 세력은 우리 대다수 민중의 용허에 의하여 존재한 것인즉, 우리 대다수 민중이 부인하며 파괴하는 날이 곧 저들이 그 존재를 잃는 날이며, 저들의 존재를 잃는 날이 곧 우리 민중이 열망하는 자유 평등의 생존을 얻어 무산계급의 진정한 해방을 이루는 날이다. 곧 개선의 날이니, 우리 민중의 생존할 길이 여기 이 혁명에 있을 뿐이다.

우리 무산 민중의 최후 승리는 확정 필연한 사실이지만, 다만 동방 각 식민지·반식민지의 무산민중은 자래로 석가·공자 등이 제창한 곰팡내 나는 도덕의 '독' 안에 빠지며, 제왕·추장 등이 건설한, 비린내 나는 정치의 '그물' 속에 걸리어 수천 년 헤매다가, 일조에 영국·프랑스·일본 등 자본제국 경제적 야수들의 경제적 착취와 정치적 압력이 전속력으로 전진하여 우리 민중을 맷돌의 한 돌림에 다 갈아 죽이려는 판인즉, 우리 동방 민중의 혁명이 만일 급속도로 진행되지 않으면 동방민중은 그 존재를 잃어버릴 것이다. 우리가 철저히 이를 부인하고 파괴하는 날이 곧 저들이 그 존재를 잃는 날이다.

민중이 깨어나기를 갈망하며 피로 호소한 선언이다. 조선혁명선언을 천명하고 5년 만이다. 단재는 더 과단성 있게 민중의 궐기를 통해 일본제국주의는 물론 모든 특권계급과 지배계급을 타도하자는 혁명의 논리를 전개했다.

단재는 조선인 아나키스트 모임에 앞서 '동방아나키스트연맹' 창립에 동참했다. 대만 출신의 아나키스트 임병문, 조선인 유학생 이필현과 함께했다. 톈진의 프랑스 조계지에서 열린 창립대회에서 참석자들은 국제적 유대를 강화하고 단결하여 자유로운 연합의 조직원리 아래 각 민족의 자주성과 각 개인의 자유를 확보하는 이상적 사회를 건설하는 길로 매진할 것을 결의했다.

구체적 운동 방법도 결정했다. 베이징 교외에 폭탄공장을 세우고 러시아와 독일의 폭탄기술자를 초빙키로 했다. 아나키스트들은 '사이비 혁명의 허식인 공산전제의 배척'과 '공산당 이용주의자의 애매한 사대주의 사상 청산'을 내걸며 소련이 주도하는 세계 공산주의 운동을 비판했다.

단재는 자신의 민중 직접혁명 사상에 아나키스트들이 가장 가깝다고 보았다. 그들과 국제 조직을 만들어 항일 투쟁의 새 길을 열어가고자 했다. 조선·일본·중국의 아나키스트들과 더불어 동아시아 국가들의 국체를 변혁하고 '모든 사람이 다 같이 자유롭게 잘사는 사회'를 이루는 투쟁에 결연히 나선 이유다.

26

문제는 다시 돈이었다. 제국주의 체제에서 반제 운동, 자본주의 체제에서 반자본 운동의 역설이다. 동아시아 아나키스트들의 모임에서도, 조선인 아나키스트들 모임에서도 조직의 기관지를 창간하고 폭탄과 총기 제조공장을 세우자고 했지만 돈이 없어 혁명 사업은 나아가지 못했다.

동방아나키즘연맹의 혁명가들 대다수가 망명자였다. 자금 모을 길이 없었다. 누군가의 결단이 필요했고 몇몇 동지들이 최후의 수단으로 외국환을 위조할 계획을 세웠다.

대만인 임병문이 사업을 주도했다. 그는 베이징 우편관리국 외국환계에서 일하고 있었다. 임병문은 외국환이 멀리 있는 채권자에게 현금 대신에 어음, 수표, 증서 따위를 보내어 결제하는 국제 거래방식이기에 위조가 쉽고 성사 가능성도 높다고 주장했다.

단재의 섬세한 영혼은 내키지 않았다. 하지만 우체국에서 일하는 임병문은 자본가들의 돈은 모두 민중의 피와 땀에서 나왔고 금융제도 또한 돈 넣고 돈 먹기라고 주장했다. 결국 단재는 조선을 힘으로 삼킨 일본 제국주의자들로부터 돈을 빼내 그들을 비판하는 신문을 만들고 그들을 파괴할 폭탄을 제작하는 일은 정당한 혁명 사업이라고 마음을 다잡았다.

임병문은 외국환 200매를 위조했다. 액면 총계 6만 4000원에 이르렀다. 일본·대만·조선의 32개 우편국에 외국환을 유치하겠다고 발송한 뒤 다른 지역에서 이를 현금으로 찾아 잠적키로 했다.

대만인 임병문이 중국과 일본을 담당했다. 단재는 대만을 맡았다. 시범을 보이려고 임병문이 먼저 나서 다롄은행에서 '화북물산공사 장동화'라 가장하고 외국환 2000원을 현금으로 찾아 베이징의 이필현에게 부치는 데 성공했다.

하지만 금융자본이 기대처럼 어수룩하진 않았다. 임병문이 일본으로 건너가 2000원을 더 찾으려 할 때 곧장 체포됐다. 꼬리가 잡힌 사실을 전혀 모른 단재는 1928년 5월 8일에 유병택이라는 가명으로 자신에게 주어진 책임액 1만 2000원을 찾으려고 대만에 도착했다.

단재가 은행 창구에서 돈을 청구할 때였다. 기다리고 있던 일경이 나타나 덮쳤다. 1910년 조국을 떠나 망명길에 오른 이래 18년, 중국에서 온갖 고난을 겪으며 민중 직접혁명을 실현하고자 신문을 발간하고 일제 관공서를 공격할 폭탄을 만들 자금 마련에 나선 길이었다.

외국환 위조로 군자금 확보에 나서기 전이었다. 단재는 홍명희에게 편지를 보냈다. "형에게 한마디 말을 올리려고 이 붓을 띄웁니다. 그러나 억지로 참습니다"라며 착잡한 심경을 밝혔다.

"참자니 가슴이 아픕니다마는 말하려니 뼈가 저립니다. 그래서 아픈 가슴을 들키어 쥐고 운명의 정한 길로 갑니다."

단재는 자신을 신문하는 일본 경찰에게 중국인이라고 말했다. 일본어나 조선어는 할 줄 모른다고 버텼다. 하지만 일경이 다음 날 중국인을 불러와 대질시켰고 결국 단재와 임병문·이필현은 '치안유지법 위반'과 '유가증권 위조행사 사기' 혐의로 구속되었다.

일제가 단재를 체포한 바로 다음 날이다. 이례적으로 '사건 전모'를 언론에 공개했다. 일경은 '국제 외국환 대사기 사건'이라고 강조했지만, 언론은 5월 10일 첫 보도에서 '전 아시아적 대 비밀결사 무정부주의동

방연맹 사건'으로 기사화했으며 서울에서 발행되는 신문들도 '조선 아나키스트 비밀결사의 효시'로 평가하면서 '국내외에서 큰 이목을 집중시키고 있다'고 보도했다.

신문을 든 자혜는 마침내 올 것이 왔다고 생각했다. 동시에 살아있어 얼마나 다행이냐고 가슴을 추슬렀다. 다롄으로 압송된 단재는 혹독한 조사를 받은 뒤 7월 17일 법정에 세워졌고, 공판이 연기를 거듭하던 과정에서 임병문이 옥사했다.

평양의 아나키스트단체인 관서흑우회 대표가 단재의 공판 과정을 지켜보았다. 일본 검찰은 단재에게 징역 7년 형을 구형했다. 하지만 재판장은 되레 높여 징역 10년을 선고했고 단재는 곧바로 뤼순감옥에 이감되었다.

뤼순감옥은 1902년 러시아제국이 중국 다롄시에 처음 건설했다. 러일전쟁에서 이긴 일본이 장악한 뒤 2000명 넘게 수감할 규모로 확장했다. 옥사 253칸, 지하 감옥 4칸, 병사 18칸에 몸 수색실, 취조 및 고문실, 교수형실과 15개의 작업장을 갖췄으며 감옥 바깥에는 수감자들이 강제노역을 하는 벽돌 가마, 임목장, 과수원, 채소밭이 있었다.

단재는 안중근이 수감되고 처형된 곳임을 새기며 착잡했다. 강제 노역을 하면서도 나중에 만기 출옥해서 쓸 저작을 틈틈이 구상했다. 단재가 힘겹게 옥살이를 하고 있을 때 안재홍의 주선으로 《조선일보》 문화면에 '조선사'와 '조선상고문화사'가 연재되었다.

단재의 글을 실을 때 《조선일보》 사장은 안재홍과 조만식으로 이어졌다. 지면에 민족주의 색채가 묻어났던 아주 짧은 시기였다. 《조선일보》는 1931년 12월에 뤼순감옥을 찾아 독방에서 수감생활을 하던 단재를 면회한 기사도 내보냈다.

단재 신채호 씨! 그가 1910년 조선이 역사적으로 큰 변환을 하던 해, 표연히 고국을 떠난 지 이미 20유 1년에 한 번도 조선에 돌아오지 않았고,

또 그이에 대한 소식이 널리 사회적으로 전하여지지 않았으나, 그이의 명성만은 은연히 또 의연히 조선 식자층에 알리어지고, 그 성(性)이 지사로서 강직·결벽한 것과 조선 역사의 대가로서 깊은 조예가 누구보다도 탁월한 것과 비록 그가 최근까지 조선 내에 향하여 한 번도 그 온축을 발표한 적은 없었고, 또는 소개한 일은 없다 할지라도 그가 증전(曾前) 《황성신문》과 《대한매일신보》 시대에 주필로서 준열한 필봉과 웅대 유려한 문장으로써 일세를 경진케 하던 그 성가와 함께 아직도 경모를 받고 있었다.

그러나 4년 전 단재가 무정부주의자동방연맹사건에 관계되어 대만 기륭에서 체포되었다는 소식이 한번 전케 되자, 오랫동안 끊어졌던 그의 소식이 의외의 사실로써 나타나게 됨에 일세의 경악과 흥미가 크고 많았으며, 다시 최근 수개월 전부터 우리 신문지상에 그가 30유여 년 깊은 연구와 세밀하고 넓은 조사와 꾸준하고 절륜한 노력을 경주한 〈조선역사〉와 〈조선상고문화사〉가 비로소 대중적으로 계속 발표 소개됨에 심오한 내용, 풍부한 예증, 정확한 사실, 그 단아, 첨예, 웅휘한 필치가 과연 조선역사 대가로서 추앙을 받던 소이를 바로 나타내이며, 수십만 독자에게 절대의 환영과 지지를 받고 있는 한편, 단재는 작년 4월 28일부터 뤼순형무소에서 10년 고역을 갖추고자 그날그날 철창에서 신음하고 있는 채로 소식이 묘연하였었다.

기자는 뤼순감옥까지 찾은 이유를 밝혔다. 상대는 "지금까지 한 번도 상대한 적은 없으나 마음으로써 늘 경모하던 단재"였다. 감옥을 방문해 회견하는 설렘에 가득 찼던 기자는 면회실에서 간수에게 인도를 받아 들어오는 단재를 처음 마주한 심경을 기사화했다.

오— 얼마나 불행한 일이냐. 기자가 어려서부터 집안 장로에게 늘 단재의 일화를 들었고, 그 천재적 재질과 강직한 성격에 늘 경모하던 나머지 더욱 멀리 와서 처음으로 대하는 선배를 이런 곳에서 이와 같이 만나게 됨은 참으로 피차에 불행한 일이다.

그러나 다시 생각하면 이것이 조선인으로서 피치 못할 사정이고, 또 반드시 받아야 할 수난이라면, 오히려 이런 곳에서 평시 경모하던 선배를 만남이 피차에 불회일는지도 모르며 경건함을 돋우게 한다.

간수가 지켜보고 있기에 깊이 있는 대화는 나누지 못했다. 다만 단재는 출옥하면 '조선사색 당쟁사'를 "자신 있게 발표할 수 있다"는 의욕을 밝혔다. 면회시간이 끝나가고 결국 기자가 건강을 당부할 때 단재는 "능히 견디어가겠다고 자신"하더라고 아내에게 전해달라면서 "서울에 있는 내 자식의 공부시킬 것이 퍽 걱정"이라고 덧붙였다.

민중혁명가 단재가 철창에 갇힌 스산한 풍경이다. 아내와 아들을 걱정하는 모습은 처연하다. 자신감을 보였지만 이후 단재의 건강은 시나브로 악화해갔고, 《조선일보》 또한 금광으로 거부가 된 방응모가 1933년 인수한 뒤 노골적인 친일의 길로 치달았다.

단재가 가담한 아나키즘운동은 그의 체포 뒤 침잠했다. 최동희의 인내천주의 공산운동도 조직적 발전을 이어가지 못했다. 백암 박은식은 운명하고 단재는 감옥에 갇힌 상황에서 육당 최남선이 돌연 1928년 10월에 조선총독부 조선사편수회에 촉탁으로 들어가더니 곧 조선사편수회 위원이 되었다.

독립선언문을 쓴 사람이 변절했다는 개탄이 퍼져갔다. 출소한 사인도 뒤늦게 알고 분노했다. 최남선의 선택은 그에게 선언문 초안을 맡긴 3·1혁명의 지도자 소소와 민족대표, 더 나아가 조선독립 만세 운동에 기꺼이 목숨을 바친 젊은 영혼들을 내놓고 욕보이는 짓이었다.

하긴 어찌 최남선뿐인가, 사인은 애써 마음을 다잡았다. 제 한 몸과 처자식의 입을 호강시키고자 나라와 민족을 팔아먹은 먹물이 무리를 지은 상황에서 군이 최남선만 탓할 일은 아니었다.

독립선언서 또한 그의 글도 아니었다. 소소가 구체적으로 일러준 지침에 따라 실무적으로 초안만 썼을 따름이다. 최린, 최남선 따위처럼 말끝마다 '민족 지도자'를 자임했던 자들이 부끄러움도 모르는 채 줄을 지어 '전향'해 민족 반역의 길로 걸어갔다.

27

민족을 지켜온 사람들은 언제나 민중이었다. 노동현장과 농촌으로 들어가 민중과 더불어 살아가는 혁명가들이 곰비임비 늘어났다. 박헌영이 끌어준 모스크바 유학생들은 물론, 출옥한 최사인도 독자적인 결단으로 그 길을 걸은 이 가운데 한 사람, '한놈'이었다.

1929년 10월 24일 대공황의 막이 올랐다. 미국 뉴욕의 월스트리트 증권 거래소에서 주식 값이 곤두박질치기 시작했다. 3·1혁명 이후 문화 통치라는 '회유 공간'에서 친일의 길로 줄달음질 친 자들과 정반대의 길을 걸어간 독립 혁명가들에게 제국주의 체제의 경제적 기반인 세계 자본주의가 뒤흔들리는 상황은 '복음'이었다.

적잖은 혁명가들이 마음 한구석에 의구심이 있었다. 사회주의 사상을 만나 혁명의 길로 들어서서 힘차게 투쟁하면서도 그랬다. 강력한 군사력으로 세계를 분할 지배하고 있는 미국, 영국, 프랑스, 독일, 일본의 제국주의 체제가 과연 무너질 수 있을까 싶어 무력감이 똬리 틀었다.

미국은 세계 최강의 경제력을 과시했다. 1차 세계대전으로 생산 시설이 잿더미 된 유럽의 여러 나라에 투자했다. 일본 신문이 날마다 보도하듯이 미국은 경제 호황을 누리고, 일본의 경제력도 '욱일승천' 기세로 커가는 풍경은 풍찬노숙하는 혁명의 길에 종종 회의를 불러일으키기도 했다.

더구나 미국과 일본이 필리핀과 조선을 나눠 먹은 사실이 드러났다. 미국은 가쓰라-태프트 밀약으로 일본제국에게 대한제국을 넘겨주고는 선교사 활동을 벌였다. 1925년 평안도에 자리 잡은 선교사 허시모가 사택 마당에 있던 사과나무에 열린 사과를 따 먹던 열두 살 아이를 붙잡아 뺨에다 초산은으로 '도적'이라는 글자를 새긴 사건이 신문에 보도되면서 미국이 조선을 도와주리라는 이승만식 환상이 적어도 평안도에선 사라져가긴 했다.

그런데 소련공산당이 예고한 세계대공황이 현실로 나타났다. 1929년 10월 24일, 뉴욕 월스트리트의 증권 거래소에서 주식 값이 단 하루만에 절반으로 떨어졌다. 그해 1월 1일 자《뉴욕타임스》의 사설은 "미국은 지난 12개월 동안 유사 이래 최고의 번영을 구가했다. 과거에 근거해서 미래를 예측한다면 새해는 축복과 희망의 해가 될 것"이라고 장담했으며 내로라하는 경제학자, 정치가, 기업인 들이 대폭락 직전까지 미국 경제는 "번영의 대로에 올라있다"고 호언했다.

박헌영과 주세죽은 세계대공황의 순간을 모스크바에서 맞았다. 자본주의 체제는 자신의 정체를 온 세계에 폭로했다. 제국주의 국가 내부의 공장과 상점에는 온갖 식료품과 일상품이 팔리지 않은 채 가득 쌓여 더러 부패해서 버려야 할 정도였는데도, 그 바로 앞 길거리에선 굶주린 사람들이 쓰레기통을 뒤지며 떠도는 참상이 전개되었다.

농촌도 마찬가지였다. 미국 농장주들은 곡물을 땅에 묻거나 석유를 뿌려 태웠다. 농장 밖에서는 영양실조에 걸린 사람들이 곡물을 훔치다 경비원이 쏜 총에 목숨을 잃었으며 박헌영과 주세죽은 세계 곳곳에서 벌어지는 민중의 참상 소식을 듣고 눈물을 쏟았다.

지구 곳곳에서 민중은 거센 시위를 벌였다. 제국주의 국가들은 경찰과 군대를 동원해 짓밟았다. 가난한 노동인·농민·소시민의 시위를 공산주의자들이 조종하고 있다는 명분을 내세웠지만, 어쨌든 모두가 자신의 이익을 자유롭게 추구해도 '보이지 않는 손'의 조화로 모든 일이 잘 풀린다던 자본주의자들의 '자유 신앙'은 산산조각 났다.

'시장의 자유'를 절대시해온 '자유 자본주의'는 세계적 파탄을 맞았다. 대조적으로 소련은 대공황의 해일에서 자유로웠다. 자본주의 국가들의 국민 대다수인 민중이 대공황의 타격으로 고통에 잠겼을 때, 소련의 중공업 생산량은 네 배 이상 성장하고 실업률은 '제로'가 되었다.

소비와 생산을 시장에만 맡기지 않은 결과였다. 박헌영과 주세죽은 새삼 자신들이 위대한 나라에서 공부하고 있음을 깨달았다. 대공황이 세계로 퍼져가는 상황에서 스탈린은 1929년 10월 혁명 기념일을 맞아 '대전환의 해' 제목으로 연설하며 소련 공업화의 청사진을 제시한 뒤 자신감에 넘친 결론을 내렸다.

우리는 길고도 길었던 러시아의 후진성을 뒤로 하고 전속력으로 사회주의적 공업화의 길로 매진하고 있다. 우리는 금속의 나라, 자동차의 나라, 트랙터의 나라가 돼가고 있다. 우리가 소비에트 연방을 자동차에, 농민을 트랙터에 앉히게 될 때, 그때에는 지금 저들의 '문명'을 내세워 우쭐하고 있는 자본주의자들이 오히려 우리를 추월하려고 힘쓰게 될 것이다. 그때에 어느 나라가 후진국이고 어느 나라가 선진국인지 다시 보아야 할 것이다. 우리는 지금 선진국보다 50~100년 뒤져있다. 우리는 이 현격한 차이를 10년 내에 좁혀야 한다. 우리가 그것을 이루거나 저들이 우리를 압도하거나, 둘 중 하나다.

박헌영과 주세죽은 현장에서 연설을 생생하게 들었다. 가슴이 뒤설렜다. "우리가 그것을 이루거나 저들이 우리를 압도하거나 둘 중 하나"라는 스탈린의 말은 두 사람에게 '일제와 싸워 독립혁명을 이루거나 일제가 우리를 압도하거나 둘 중 하나'로 들렸다.

스탈린의 호소에 소련 노동인들은 온몸으로 호응했다. 경제계획을 시작하며 5년 동안 공업생산을 180% 성장시키자고 발표했을 때다. 대부분 전문가들이 실현 가능성을 의심했지만 계획 첫해에 공업성장이 호조를 보이면서 1차 5개년계획은 4년으로 단축 조정될 만큼 대성공을 거두었다.

소련 경제의 놀라운 성과는 경이와 경탄의 대상이었다. '5개년 경제계획'이란 말은 세계적 시사용어로 자리 잡아갔다. 국가적 자부심과 자신감이 넘친 소련이 1930년 크렘린 광장에 혁명가 레닌의 무덤을 새로 단장했을 때 국제레닌학교에 재학 중이던 박헌영과 각국의 혁명 지도자들은 소련 민중과 함께 기쁨을 나눴다.

레닌 무덤은 화려하지 않았다. 대리석과 화강암으로 엄숙하고 강건한 레닌을 잘 담아냈다. 박헌영은 주세죽과 함께 줄을 서서 안으로 들어가 비록 영구보관 처리한 시신이지만 레닌의 얼굴을 볼 수 있었다.

역사를 바꾼 불멸의 거인이 누워있었다. 민중의 눈가엔 모두 이슬이 맺혔다. 박헌영은 그 눈물을 보고 주세죽에게 "참다운 혁명가의 무덤은 민중의 가슴"이라며 유한한 인간이 억압받고 차별받는 민중의 가슴에 살아 숨 쉰다면 가장 영광스러운 죽음이 되리라고 떨리는 목소리로 소곤댔다.

대공황은 온 세계 자본주의 국가들로 빠르게 퍼져갔다. 영국과 프랑스는 본국에서 쌓여가는 상품을 식민지로 떠넘겨 위기를 극복하려 했다. 두 나라와 달리 넓은 식민지를 가지고 있지 못했던 독일, 이탈리아, 일본은 전쟁으로 대공황에서 벗어나려 했다.

저희들이 잘 살려고 다른 나라를 서슴없이 침략했다. 그 뻔뻔한 야만이 애국심으로 둔갑했다. 결국 식민지 민중은 대공황의 고통을 이중, 삼중으로 겪어야 했고 조선 민중은 일제가 벌이는 전쟁의 수렁 속으로 점점 더 깊이 빠져들었다.

소련은 계획경제로 눈부셨다. 제1차 5개년계획에 이어 1933년부터 시작된 제2차 5개년계획을 거치면서 우뚝 섰다. 총생산량 규모로 유럽

제1의 공업국, 세계적으로 미국에 이은 2위의 공업국으로 발진했으며 농촌에서도 집단화를 완성하여 사회주의적 농업의 토대를 다졌고, 시베리아의 방대한 지하자원이 소련 경제권에 편입됐다.

소련은 문화혁명도 성공했다. 문맹자가 거의 없어지고 노동력의 질이 크게 높아졌다. 군수산업도 크게 발전하여 군사대국 대열에 올라섬으로써 국제사회에서 공업국가 소련의 영향력은 이전의 농업국가 러시아제국을 훨씬 능가할 만큼 커졌고 세계의 많은 지식인들이 새로운 발전 모델로서 소련의 계획경제를 주시하기 시작했다.

소련은 '새로운 사회 질서'를 상징했다. 공황으로 비틀거리는 자본주의 국가의 제국주의자들에게는 커다란 위협이었다. 하지만 독립 의지를 불태우고 있던 식민지 민중에게는 민족해방운동을 지원해주는 동시에 미래를 보여주는 희망의 횃불로 다가왔다.

박헌영과 주세죽은 학업을 마치는 대로 떠날 준비를 했다. 자신들이 살아야 할 도시는 모스크바가 아니었다. 식민지 현실에 절망해 데카당스—퇴폐주의—분위기마저 퍼져가는 서울임을 잘 알고 있었으며 박헌영이 책임진 코민테른 조선위원회는 조선 안에서 혁명 사업을 벌일 인재들을 풍부하게 확보하고 있었다.

박헌영은 고려공청 책임비서 때부터 모스크바 유학을 주선해왔다. 모스크바공산대학을 졸업했거나 재학 중인 청년이 100여 명이 넘었다. 주세죽이 공산대학에 다니던 1930년만 하더라도 37명의 조선인이 재학 중이었으며 졸업생들은 국내로 들어가 혁명 사업에 일익을 담당하는 '노력자', 곧 혁명가가 되었다.

박헌영은 그들 개개인과 깊은 대화를 나눴다. 고려공청 초대 책임비서이자 코민테른 조선위원회 집행위원 자격이었다. 그들이 귀국할 때는 촛불을 켜고 송별연을 해주며 조선에서 수행할 임무가 얼마나 숭고한가를 설명하고 서로 소통해나갈 방법을 일러주었다.

혁명수업을 마친 박헌영과 주세죽도 1932년 1월 모스크바를 떠났다. 둘 사이에 태어난 어린 딸은 국제혁명유아원이 맡아주었다. 일제는 만주를 중국으로부터 떼어내어 광대한 영토에 인구 3천만의 '괴뢰국가'를 세우고 친일 괴뢰정권을 통해 언젠가는 만주국을 일본 영토로 편입할 속셈이었다.

중국 국민당 지도자 장제스는 뒤늦게 사태의 심각성을 파악했다. 일본의 만주 지배 야욕을 국제사회에 호소했다. 하지만 일본 제국주의자들은 1932년 1월 상하이에서 조계를 경비하던 일본군으로 하여금 중국군을 공격케 함으로써 국제사회의 관심을 만주에서 상하이로 돌리는 데 성공했다.

일본군이 상하이에서 중국군과 전투를 벌일 때다. 만주국은 독립을 선포했다. 청나라의 마지막 황제 푸이가 통치를 시작했지만 한낱 일제의 꼭두각시에 지나지 않았다.

박헌영과 주세죽이 돌아온 상하이는 불타고 있었다. 일본군은 3개 사단을 투입해 중국군을 도심에서 몰아냈다. 일본 점령군은 일본 왕의 생일인 이른바 '천장절'에 승전 축하를 겸하는 기념식을 대대적으로 열어 한껏 기세를 과시하고 싶었다.

1932년 4월 29일 일본군 사령관 시라카와 대장이 말에 올랐다. 청일전쟁과 러일전쟁에 모두 참여하고 육군대신까지 역임한 일본군의 원로였다. 중국군 4천여 명을 죽이고 7천여 명에게 부상을 입히며 승전한 시라카와는 콧수염을 기르고 한껏 위엄을 과시하며 사열식을 장대하게 벌였다.

시라카와는 군 사열을 마치고 단상에 올랐다. 주먹을 불끈 쥐고 일본군 승전의 의미를 우쭐대며 연설했다. 그 순간 스물다섯 살 조선 청년, 충청도 예산에서 태어나 농민운동을 벌이다가 상하이로 망명한 윤봉길이 조용히 한 걸음 앞으로 나섰다.

상하이에 온 윤봉길은 생계를 위해 노동을 했다. 그런데 1932년 1월 애국단 이봉창이 일왕 히로히토에게 폭탄을 투척했지만 실패한 사건이 일어났다. 새삼 일제에 적개심이 타오른 윤봉길은 임시정부 지도자 백범 김구를 찾아가 민족독립에 신명을 바칠 것을 맹세하며 애국단에 입단했다.

김구는 조소앙과 협의해 거사를 계획했다. 윤봉길은 일본인 거리의 야채상으로 일하며 승전 기념식에 관한 정보를 정확히 입수했다. 그날이 밝아오자 윤봉길은 자신이 차고 있던 시계를 풀어 백범에게 건네며 활기차게 말했다.

"선생님 시계가 몹시 낡았더군요. 제 것과 바꾸세요. 저에게 이 시계는 길어야 두 시간 정도밖에 소용없는 물건이니까요."

백범은 코끝이 시큰했다. 백범의 시계를 차고 자동차에 오르려던 윤봉길이 다시 주섬주섬 주머니를 털었다. 잔돈까지 모두 꺼내 백범의 손에 꼭 쥐어준 채 떠나려 할 때 백범은 윤봉길을 뜨겁게 포용하고 그가 탄 자동차가 시야에서 사라질 때까지 팔을 흔들며 독백하듯 말했다.

"윤 동지! 지하에서 봅시다."

물통 모양의 폭탄 한 개, 도시락 모양의 폭탄 한 개였다. 몰래 감추고 식장에 들어갔다. 말을 타고 사열하는 대장 시라카와를 줄곧 지켜보던 윤봉길은 그가 단상에 올라 거드름 피우며 연설하자 앞으로 뛰어나갔다.

시라카와를 조준해 힘껏 폭탄을 던졌다. 정확히 날아갔다. 단상에 서있던 시라카와 바로 옆에서 꽝 소리와 함께 터지며 몸에 파편 30여 개가 박힌 피투성이로 병원에 옮겨졌다.

일본인 거류민 단장은 즉사했다. 일본군 함대 사령관, 사단장, 주중공사를 비롯해 20여 명이 중상을 입었다. 조선 청년이 일본군의 승전기념식에 폭탄을 던졌다는 사실을 들은 장제스는 4억 중국인이 해내지 못하는 위대한 일을 조선인 한 사람이 해냈다고 격찬했다.

일왕 히로히토도 나섰다. 시라카와의 쾌유를 빌며 서둘러 귀족 작위와 욱일훈장을 내렸다. 백포도주를 '하사'해 위독한 시라카와의 입술에 적셔주라고도 했지만 이미 시라카와는 육체적·정신적 고통으로 지옥 같은 시간들을 보내고 있었다.

사경을 헤매면서도 시라카와는 믿을 수 없었다. 청일·러일전쟁에 참전하며 조선인들을 시들방귀로 여겨왔기에 더 그랬다. 자신이 조선 청년의 손에 목숨을 잃는다는 사실을 도무지 믿을 수 없었던 시라카와는 최후 순간까지 지옥에 갇힌 채 죽음을 맞았다.

박헌영은 고향 후배 윤봉길의 거사에 감격했다. 장한 일로 평가하되 냉철을 잃지는 않았다. 박헌영은 동지들에게 안중근이 이토 히로부미를 암살했지만 나라가 곧 망했던 과거를 상기하며 조직적 투쟁 없이 암살과 같은 개인적 투쟁만으로는 조선을 해방할 수 없다고 보았다.

"윤봉길도 그에 앞서 의열단원들도 목숨을 건 투쟁을 벌였소. 그 평가에 인색할 이유도 필요도 전혀 없소. 그러나 우리 혁명가들은 사태를 직시해야 하오. 일본군 장성 놈들 몇몇 죽이거나 중상을 입혔다고 일제의 침략 야욕이 줄어들 가능성은 전혀 없소. 암살로 생긴 빈자리를 메울 제국주의자들은 끝이 안 보일 만큼 줄을 서있소. 그러니 적어도 혁명가인 우리라도 들뜨지 말고 조선 민중의 힘을 키우는 과업에 더 열정을 쏟아갑시다."

박헌영은 냉철했다. '테러'로 세상을 바꿀 수는 없었다. 특정한 개인의 용기에 근거한 행동은 지속될 수 없는 운동이라고 평가했다.

"우리 사업은 암살처럼 극적이지 않고 언론의 주목도 받지 못할 것이오. 하지만 조선 민중을 한 사람 한 사람 학습과 토론으로 변화시켜 결정적 시기에 모두 봉기케 하는 일이야말로 옳은 길이오."

그해 12월 19일 윤봉길은 총살당했다. 상하이의 박헌영·주세죽 부부는 촛불을 밝혀 향을 피웠다. "독립은 머지않아 꼭 실현되리라 믿어 마지않으며 대한 남아로서 할 일을 하고 미련 없이 떠나가오"라며 담담히 사형대에 오른 투혼을 위로하고 반드시 조선 해방을 이루겠노라 다짐했다.

박헌영은 상하이의 동지들과 손잡고 기관지를 발행했다. 정력적으로 글을 써서 편집한 신문을 서울로 들여보냈다. '조선공산주의자의 임무' 제하의 글에서 박헌영은 세계 대공황의 영향을 받은 조선의 경제현실과 노동인·농민의 힘겨운 생활을 분석했다.

혁명가들의 안일함도 날카롭게 지적했다. 민중운동이 고조되었기 때문이다. 아래로부터 민중의 요구가 커져가고 조선 혁명운동의 객관적 조건이 무르익었음에도 민중을 이끌고 나가야 할 공산주의자들은 정치적·조직적으로 낙후되어있었다.

먼저 노동인들 속에 뿌리내리자고 호소했다. 실업자들을 조직하고, 농민운동도 개량주의를 벗어나 토지혁명을 내세워야 옳다고 썼다. 박헌영의 기관지는 국내와 만주로 배포되었고 신문을 받아 본 사람들은 의식했든 못 했든 코민테른 조선위원회와 이어져갔다.

기관지는 사상적·조직적 단결의 무기였다. 모스크바 유학을 은밀히 다녀온 뒤 조선에서 노동운동과 농민·청년운동에 헌신하는 혁명가들 사이를 이어주었다. 박헌영과 주세죽은 가까운 시일에 서울로 다시 들어가 조선공산당을 재건할 수 있다는 기대에 부풀어갔다.

28

출옥한 최사인은 충청도 영동에 거처를 마련했다. 용산 밀골에는 할머니가 어린 시절 키워준 집이 있었다. 바우의 보상금이라며 소소가 건넨 돈으로 할머니가 사놓은 사인 명의의 논밭도 먼 친지가 경작해왔다.

사인은 거미줄과 먼지 가득한 집 안부터 정리했다. 마당도 온갖 풀로 덮여있었다. 와룡강으로 불려온 뒷산 아래에 고즈넉이 자리한 집에서 임신한 몸으로 새벽마다 맑은 물 떠놓고 기도드렸을 젊은 여인이 아른거렸다.

사인이 세 살 때 어머니는 개가했다. 청춘과부의 재혼을 동학은 권장했다. 사인은 어렸을 때 부모 모두 돌아가셨다고만 알았고 손병희가 자신을 데리러 왔을 때 어머니의 개가 사실을 처음 알았다.

어머니가 살아계신다는 말은 충격이었다. 당장 달려가 먼발치에서나마 얼굴이라도 보고 싶었다. 그때마다 손병희는 사인에게 생모는 새 가족과 행복하게 살 터이니 잊으라며 너를 키워준 할머니를 어머니로 여기라고 충고해주었다.

사흘이 지나서야 집을 말끔히 단장할 수 있었다. 몸을 추스르곤 영동의 천도교인들을 만나기 시작했다. 젊은이들에게 인내천 사상과 더불어 조심스레 단재의 혁명 사상을 가르칠 방안을 구상했다.

귀향하고 두 달이 지나서였다. 논밭을 경작해온 친지가 원하는 가격으로 팔았다. 밀골 너머 용산장터에 작은 집을 구입해 '인내천 학당'을 열고 한글과 한자를 무료로 가르치자 천도교인들의 도움은 물론, 마을 사람들이 쌀과 나물을 사이사이 가져다주었다.

사인은 밤이면 촛불 아래서 소소와 단재의 사상을 정리해갔다. 일종의 강의안 작성이기도 했다. 소소와 단재에게 민중은 제국주의의 식민지배에 시달리기만 하는 존재가 아니며 칼바람 몰아치는 겨울에도 얼어붙은 수면 아래를 흐르는 강물처럼 민족사 발전의 주체였다.

식민통치와 자본 수탈에 누가 맞설까. 민중일 수밖에 없다. 민중의 의식화는 단재가 조선혁명선언에서 명쾌하게 밝혔듯이 무슨 영웅이나 호걸이 주입한 결과가 아니라 민중 스스로의 몫이어야 옳다.

사인은 문답식으로 강의안을 작성했다. '선각된 민중'이 주체라면 먼저 누가 민중인지 정리해야 한다. 일본 제국주의 지배로부터 직접 피해를 입으며 민족구성원의 절대다수이고 계급의식·민족의식이 빠르게 높아가는 농민·노동인·소상공인, 식민지배에 타협하지 않아 사회경제적 불이익을 받는 지식인, 투쟁에 나선 독립운동 세력을 모두 아우른 말이 '민중'이기에 사인은 강의안 맨 끝에 힘주어 썼다.

"식민지의 어둠을 밝힐 촛불, 민족해방운동의 불꽃, 직접혁명의 주체, 바로 민중이다."

강의안에 기초해 최대한 쉽게 설명해갔다. 이를테면 "깜깜하게 어두울 때 촛불을 켜면 기뻐요? 기분 나빠요?" 물음을 던졌다. 학당 학생들의 나이는 코흘리개부터 50대까지 차이가 컸지만 적어도 배우는 순간만은 한목소리로 "기뻐요"라고 답한다.

"그렇죠? 어둠을 밝힐 때 누구나 기뻐합니다. 우리 삶도 마찬가지입니다. 어두운 세상을 밝히는 사람들, 그런 사람들이 도인이거든요. 자, 그럼 우리가 살아가는 세상에 어둠은 어떤 것이 있을까요?"

사인은 학당에서 민중을 만나며 '인내천'을 실감했다. 의식 변화가 놀라울 정도로 빨랐다. 세상의 어둠에 대해 '밤'이나 '동굴'에서 시작한 토론은 얼마 가지 않아 '죽음'이 나오는가 싶더니 '일본', '욕심쟁이 지주'로 자연스레 이어졌다.

하지만 사인은 기쁨을 감추며 무리하게 이끌지 않았다. 민중 스스로 의식이 달라져야 한다는 소소와 단재의 믿음을 실천해갔다. 사인은 밤을 맞아서는 촛불을 켜놓고 감격에 겨워 그날 하루 학당에서 있었던 대화를 차근차근 기록해가며 자신이 단재가 경계한 '준비론'의 함정에 혹 빠져드는 것은 아닌지 경계해가자고 다짐했다.

고향 어른들은 궁금했다. 최사인이 서른 살 넘도록 장가를 가지 않았기 때문이다. 까닭을 캐어묻다가 사인이 독립운동 일에 몰입했고 서울에서 결혼을 권할 가족도 없었다는 사실, 사내로서 몸 건강은 별다른 문제가 없다는 사실을 알고 난 뒤 앞서거니 뒤서거니 중매를 하겠노라 법석이었다.

모든 호의와 후의를 사인은 완곡히 거절했다. 결혼 욕망도 없었거니와 단재와 자혜의 고난을 지켜보았기에 일찌감치 접었다. 그런데 학당 문을 열고 석 달쯤 지나 나오기 시작한 처녀의 맑은 눈빛에 사인의 심장이 갈수록 서늘해졌다.

처녀의 이름은 이성녀. 그녀가 산 너머 눈어치 마을에 살고 있다는 사실도 파악했다. 그러자 땅거미 깔릴 때 학당에서 나가는 성녀가 무사히 산을 넘어갈까 싶어 갈수록 걱정스러웠고 불현듯 자신의 마음을 확인했을 때 사인은 난감했다.

늦은 나이에 이 무슨 욕심인가 싶었다. 사인은 심적 갈등이 커져갔지만 짐짓 성녀에겐 내색하지 않았다. 성녀는 이따금 늦게까지 학당에 남아 교실 청소를 비롯해 자잘한 일을 도와 사인을 더 힘들게 했다.

학당에 청소년이 늘어나면서 자주 눈이 마주쳤다. 그 '우연'까지 피할 길은 없었다. 성녀가 자신이 어린 학생들을 돌보겠다고 학당 운영하는 일을 자원할 때도 허락해선 안 된다는 마음과 달리 우물쭈물함으로써 받아들이고 말았다.

해가 바뀌고 4월의 어느 봄날이다. 성녀는 학당에 이어 사인이 글 쓰는 방까지 청소에 나섰다. 사인이 단호하게 사양했지만, 방에 먼지가 너무 많은 사실을 자신이 안 이상 지나칠 수 없다며 물걸레로 닦기 시작했다.

만류하던 사인의 눈에 엎드린 성녀의 뒤태가 들어왔다. 부드러운 곡선을 따라가던 사인은 문득 자신의 불온한 시선을 깨닫고 고개를 돌렸다. 하지만 더 보고 싶어 참을 수 없기에 다시 얼굴을 돌리는 순간, 바로 코앞에 와있는 성녀의 눈과 마주쳤다.

사인은 흠칫했다. 성녀는 놀라지 않았다. 오히려 당돌하달 만한 물음이 풀 향기 나는 입술 사이에서 봄바람처럼 흘러나왔다.

"선생님, 왜 혼자 사세요?"

느닷없는 물음이다. 그런데 사인은 성녀의 물음이 낯설지도 싫지도 않았다. 바투 마주 본 성녀의 체취가 향기로워서였을 수도 있는데 마치 언젠가 그런 물음이 오리라 짐작하고 답변까지 준비하고 있었다는 듯이 낮은 목소리로 답했다.

"글쎄, 나 같은 사람은 결혼하면 안 될 것 같아서라오."

"무슨 말씀이세요. 선생님 같은 남자가 어때서요?"

"내가 학습할 때 단재 신채호 선생의 사상을 강조한 걸 성녀도 알지?"

사인은 그렇게 운을 떼며 한 걸음 뒤로 물러섰다. 단재와 박자혜가 결혼한 이야기를 잔잔히 들려주었다. 두 사람의 나이 차이를 은근히 부각도 했지만, 둘 다 헤어져 살며 경제적 궁핍으로 큰 고통을 받고 있는 사실에 방점을 두고 설명했음에도 내내 귀 기울여 이야기를 들은 성녀의 반응은 뜻밖이었다.

"그래서요? 그게 선생님 결혼과 무슨 관계가 있다는 말씀이신지 저는 모르겠는걸요."

"서로 불행해지잖소."

"아니, 선생님, 두 분이 불행한지 행복한지 선생님이 어찌 아신단 말이에요? 박자혜 그분께 불행하냐고 물어보시기라도 했어요?"

사인은 아니라고 대답했다. 아울러 왜 자혜가 불행하다고 단정했는지를 짚었다. 성녀는 자신의 시선을 피해 창밖을 바라보는 사인에게 틈을 주지 않고 또박또박 선언문 읽듯이 말했다.

"저는요, 조산원 자격도 없고요. 지아비와 따로 살 생각도 없어요. 여기 눈어치에선요, 밭을 갈고 살면 더러 배는 고플지 몰라도 그렇다고 굶어 죽진 않아요."

사인은 갑작스레 진도가 훌쩍 나가는 성녀의 말에 놀랐다. 창문에서 눈을 돌려 성녀를 바라보았다. 자신의 발언을 후회하지 않는다는 듯이 정면으로 사인을 맞바라보는 성녀의 눈이 열정으로 타오르고 있었다.

사인은 그 순간 처음 알았다. 산월의 고혹적인 눈매보다 풋풋한 눈길이 더 육감적일 수 있음을 몰랐다. 성녀의 순수한 눈빛은 사인의 눈길을 조금도 피하지 않았을뿐더러 한 걸음 더 내딛는 발과 함께 바투 다가왔다.

사인은 눈부신 눈길을 마주하지 못했다. 그만 시선을 내렸다. 공교롭게도 성녀의 저고리 위로 봉긋 솟은 젖가슴이 눈앞에 나타나 민망하던 순간에 성녀의 손이 올라오더니 자신의 옷고름 끝을 슬며시 잡아당겼다.

저고리가 벌어졌다. 구릿빛 얼굴 아래 새하얀 가슴살이 사인의 시선을 가로막았다. 성녀는 열네 살에 어머니를, 열여섯 살에 아버지를 폐병으로 잃었고 돌아가시기 전에 아버지가 구해온 하얀 진돗개를 키우며 살고 있었다.

성녀는 부지런히 작은 밭을 일궈 살아갔다. 그런데 서울에서 온 노총각이 학당을 열었다는 소문을 들었다. 산 너머 용산에서 한글과 한자를 무료로 가르쳐준다는 말이 솔깃했지만 엄두가 나지 않던 중에 동네 처녀들 사이에서 노총각이 포근하고 착하다든가, 심지어 귀엽다는 말들이 나돌아 궁금했다.

성녀는 부모의 폐병으로 학교를 다니지 못했다. 그래서 세상을 배우고 싶었다. 마음을 내어 눈어치에서 용산으로 넘어가 최사인을 처음 보았을 때 성녀의 가슴은 단숨에 분홍빛으로 물들었다.

스무 살 맞을 때까지 성녀가 보아온 사내들과 느낌이 사뭇 달랐다. 더구나 조선독립만세운동의 지도자 손병희 선생의 수행비서였단다. 사인이 독립운동에 전념했고 그로 인해 감옥 생활도 하느라 결혼을 못 했다는 풍문을 들었을 때는 존경심마저 확고히 자리 잡았다.

여성들 앞에서 사인은 수줍은 기색이 현현했다. 성녀는 사인의 그 모습도 사랑스럽게만 다가왔다. 숫총각이 틀림없다고 확신한 성녀는 '선생님도 자신에게 호감을 갖고 있다'는 사실을 눈치 채면서부터 학당과 집 사이의 산길을 날아갈 듯 오갔다.

학당의 계절이 몇 차례나 바뀌었다. 그래도 사인은 성녀에게 한 치도 다가서지 않았다. 성녀 자신이 먼저 상황을 타개하지 않는 한, 사인은 절대 자신에게 청혼은 물론 어떤 감정도 드러내지 않고 비쌔리라는 확신이 들자 그다음에 할 일은 애오라지 하나였다.

마침내 성녀가 옷고름을 스스로 푼 다음 날이다. 아침에 사인은 정중히 청혼했다. 부모와 사별한 지 오래인 성녀는 대답 대신 긴장해있는 사인을 다시 가슴에 끌어안았다.

며칠 뒤다. 두 사람의 혼례가 눈어치에서 치러졌다. 홀로 살고 있는 성녀의 집이 신혼의 거처였으며 사인은 목·금·토·일요일은 인내천학당, 월·화·수요일은 눈어치에 새로 연 단재학당에서 강의했다.

이듬해 정월, 성녀는 출산했다. 딸을 낳은 성녀는 송골송골 땀 맺힌 얼굴로 사인에게 고백했다. 인내천학당의 서재에서 옷고름을 푼 그날 아기가 들어섰나 보다고 수줍게 고백하는 성녀를 다독여준 사인은 딸에게 '경인'이란 이름을 지었다가 심훈의 시를 받고 '인경'으로 고쳤다.

사인은 성녀의 사랑을 듬뿍 받으며 행복감에 젖었다. 딸 인경을 애지중지 키우던 어느 날이다. 윤봉길이 처형 전에 아직 아기라는 말이 어울릴 두 아들을 일러 "강보에 싸인 두 병정"이라 부르며 남긴 유언이 사인의 가슴을 촉촉이 적셨다.

너희도 만일 피가 있고 뼈가 있다면 반드시 조선을 위해 용감한 투사가 되어라. 태극의 깃발 높이 드날리고 나의 빈 무덤 앞에 찾아와 한 잔의 술을 부어놓아라. 그리고 너희들은 아비 없음을 슬퍼하지 말아라. 사랑하는 어머니가 있으니 어머니의 교양으로 성공자를 동서양 역사상 보건대 동양으로 문학가 맹자가 있고, 서양으로 불란서 혁명가 나폴레옹이 있고 미국에 발명가 에디슨이 있다. 바라건대 너희 어머니는 그의 어머니가 되고 너희들은 그 사람이 되어라.

인경을 키우고 있어서인지 사인은 굵은 눈물을 뚝뚝 흘렸다. 촛불을 켜고 윤봉길을 애도했다. 사인은 윤봉길의 두 '병정'을 가르치는 심경으로 인내천학당과 단재학당을 찾는 청소년들에게 최선을 다하자고 마음을 새삼 다잡으며 소소의 인내천 사상과 단재의 혁명 사상을 수업에 담아갔다.

하지만 시대는 사인을 방치하지 않았다. 여운형이 《중앙일보》를 맡으며 제호를 《조선중앙일보》로 고쳤다. 사장 여운형은 《동아일보》와 《조선일보》의 한계를 넘어 민족지다운 민족지를 만들겠다는 포부로 1934년에 신문사 조직을 자본금 30만 원의 주식회사로 개편한 데 이어 편집국 면모를 바꾸고자 했다.

새 신문의 편집국장은 최사인을 수소문했다. 《개벽》 기자 시절의 필명을 잊지 않아서였다. 사인이 살고 있는 곳을 수소문해 알아내고는 직접 붓글씨로 쓴 편지에서 '이 땅에 제대로 된 민족 언론을 만들어보자'고 제안했다.

사인은 망설였다. 그런데 성녀가 신문사 합류를 적극 권했다. 성녀는 사인의 노력으로 이제 눈어치와 용산에서 글을 모르는 청소년은 없다 며 신문은 더 큰 학당이 아니겠느냐고 설득했다.

사인은 성녀의 의견을 받았다. 학당을 당분간 쉰다고 알린 뒤 먼저 서울로 떠났다. 《조선중앙일보》 사옥은 사인이 보성사에서 조선독립선 언서를 인쇄했던 날에 권총을 들고 숨고르기를 했던 현장과 가까운 곳 에 자리 잡고 있었다.

유럽식으로 신축한 이층 건물이다. 서울을 떠나 밀골과 눈어치에서 지내던 사인에겐 웅장해 보이기도 했다. 사인은 성녀가 애면글면 모아두 었다가 건넨 돈으로 사옥과 가까운 탑골공원 너머에 방을 구한 뒤 언제 든 서울로 올라와도 좋다고 편지를 보냈다.

성녀는 눈어치 집과 밭을 먼 친척에게 맡겼다. 어린 인경을 안고 서 울로 왔다. 《조선중앙일보》는 민족반역자들의 언행을 낱낱이 보도해 사 회적 경각심을 일으키는 한편 백두산 사진을 크게 싣기도 하고, 조선에 서 일어난 민란들을 조명하는 기사를 연재하며 민중의 소망을 담아갔다.

최사인이 서울로 돌아와 신문사에 합류할 때다. 박헌영은 다시 구속 된 상태였다. 상하이에서 기관지를 만들어 국내로 보내고 국내 젊은이 들을 모스크바로 보내며 혁명 활동을 벌이던 박헌영은 1933년 7월 상 하이에서 체포돼 서울로 압송됐다.

고등계형사로 악명 높은 미와 주임이 직접 취조했다. 하지만 박헌영 은 잘 버텨냈다. 1928년 8월 탈출한 이후 체포되기까지 5년 내내 정신 병 치료가 가장 우선이었다며 서대문형무소에서 얻은 정신병을 국내에 서 치료할 수 없어 국경을 넘어가 북간도와 연해주를 돌아다녔고 효과 가 있어 1930년 가을부터는 생계를 해결하기 위해 소련 연해주의 한인 소학교에서 교사로 일했다고 차분히 말했다.

진실과 전혀 다른 진술이었다. 하지만 앞뒤 모순 없이 구체적으로 자세하게 설명했다. 교사로 2년을 지낸 뒤, 하얼빈과 톈진을 거쳐 상하이에 1932년 11월 말 도착했는데 사회주의 운동에는 아예 참여할 수 없었다고 밝혔다.

미와는 의심스레 그 이유를 캐물었다. 박헌영은 그것도 모르냐는 듯이 동료들이 자신을 정신병자로 취급했다며 울뚝밸이 치미는 듯 험악한 표정을 지었다. 그러다가 일자리를 구하지 못해 전전긍긍할 때 상하이 길거리에서 우연히 김단야를 만났고 생활비라도 벌려고 그의 지시에 따라 잔심부름을 했을 뿐이라고 '실토'했다.

조선공산당 조직사건 때와 달랐다. 증거가 될 문건이 하나도 없었다. 일제는 악랄한 고문에도 끝까지 모스크바 활동을 철저히 은폐한 박헌영을 '치안유지법 및 출판법 위반' 혐의로만 재판할 수밖에 없었다.

박헌영은 1934년 12월 징역 6년 형을 선고받았다. 최사인은 박헌영이 자칫 고문으로 옥사할 수 있다는 변호인의 경고를 인용해 기사를 썼다. 사인은 《조선중앙일보》를 비롯한 언론이 박헌영의 건강을 우려하는 기사를 많이 내보낼수록 일제가 고문을 하더라도 조금은 자제하리라 기대했다.

사인은 박헌영이 무사히 출옥하길 기대했다. 모쪼록 주세죽을 위해서라도 살아 나오기를 소망했다. 전신불수로 감옥을 나온 소소를 끝내 떠나보낸 산월의 슬픔을 기억해서만은 아니었고, 뤼순감옥에 갇힌 단재가 무사귀환하기를 염원하는 박자혜의 꿋꿋한 사랑에 공감해서만도 아니었으며 어린 인경과 성녀를 사랑하는 연장선이었다.

29

박자혜의 삶이 신문에 소개되었다. '신채호 부인 방문기' 제하의 기사는 독자들의 눈시울을 뜨겁게 할 만큼 처절한 생활고를 잘 담아냈다. 사인이 《동아일보》 기자와 탑골공원 들머리에서 막걸리를 마시며 '지금 단재 선생의 아내가 너무 고통스럽게 살고 있다'고 넌지시 흘린 결과였다.

홀로 어린아이 형제를 거느리고 저주된 운명에서 하염없는 눈물로 세월을 보내는 애처로운 젊은 부인이 있다. 인사동 19번지 거리 '산파 박자혜'라고 쓴 낡은 간판이 주인의 가긍함을 말하는 듯 음산한 기운을 지어내니, 이 집이 조선 사람으로서는 거의 다 아는 풍운아 신채호의 가정이다. 삼순구식도 계속할 힘이 없어 어찌할 바 모르고 옥중에 있는 가장에게 하소연하니 '정 할 수 없으면 고아원으로 보내라'는 편지를 받고 복받치는 설움을 억제할 길 없었다.

사인은 《조선중앙일보》에 직접 기사를 쓸 수도 있었다. 하지만 신문사에 재직하는 한 자신은 언제든지 쓸 수 있는 일이었다. 발행부수가 조금이라도 많고 비교적 생활이 넉넉한 조선인들을 독자로 확보해온 《동아일보》에 먼저 기사가 실리는 것이 여러모로 좋겠다고 판단했다.

솜 두툼히 넣은 옷 한 벌 보내달라는 남편의 부탁에 재료 살 돈이 없어 애간장을 태웠고, 좁은 방 한 칸 6원 50전에 불과한 월세를 낼 엄두도 내지 못한 채 야위어가는 아이들을 바라보며 눈물을 훔치기 일쑤였다. 무심한 남편을 원망할 법도 하건만, 그녀는 이런 상황에서조차 물심양면 남편의 옥바라지에 힘썼다.

자혜는 최선을 다해 살았다. 남편의 형기도 거의 다 지나가고 있었다. 하지만 국경 너머의 먼 뤼순감옥에서 긴 옥살이를 하던 단재는 수형생활 7년을 넘기면서 빠르게 건강을 잃어갔다.

본디 허약한 체질이었다. 정처 없이 떠돈 망명생활에 뤼순감옥의 혹독한 추위가 결정타였다. 단재의 건강이 무장 악화되자 뤼순형무소는 서울의 가족에게 병보석 출감을 허용한다고 통고했다.

자혜는 우려 반 기쁨 반이었다. 형무소 지침에 따라 보증인이 필요했다. 뛰어다니며 간신히 종가 집안의 재력 있는 친지로부터 보증을 서주겠다는 허락을 받아낸 자혜는 드디어 가출옥이 가능해졌다고 기뻐했다.

정작 문제는 단재였다. 보증을 설 만큼 재산 있는 친지가 친일파였기 때문이다. 형무소 당국으로부터 보증인 이름을 들은 단재는 친일파의 도움을 받을 수 없다고 괘괘이떼며 불의와는 한 치의 타협도 하지 않겠다는 결연한 의지를 보였다.

자혜는 지아비가 원망스러웠다. 하지만 단재가 살아가는 삶의 자세를 새삼 존경했다. 남편이 남은 형기를 버텨낼 수 있다고 판단했기에 깔끔하지 않은 가출옥을 당당히 거부했으리라 믿고 기다렸다.

그런데 아니었다. 1936년 2월 18일 뤼순형무소에서 전보가 왔다. 짧은 전문을 읽는 순간 다리가 휘청거리며 자혜가 떨어트린 전보에는 "신채호 뇌일혈, 의식불명 생명 위독"이라고 쓰여있었다.

자혜는 털썩 주저앉았다. 하늘이 무너져 내렸지만 정신을 차려야 했다. 단 1초라도 빨리 뤼순감옥으로 달려가 여기 자혜가 왔다고, 아들이 왔다고, 조선의 신채호가 이렇게 죽어선 안 된다고, 정말 안 된다고 남편의 귀에 쉼 없이 속삭이고 싶었다.

자혜는 신문사에 남편이 위독한 상황임을 알리며 바삐 움직였다. 종로경찰서는 형사 두 명을 집 앞에 고정 배치했다. 일본인 형사를 마주칠 때마다 분노가 꼭뒤까지 치밀어 올랐지만 자혜는 한낱 일제의 주구들을 상대하느라 시간 낭비할 때가 아니라며 참았다.

최소한의 준비를 갖추자마자 서울을 떠났다. 2월인데도 뤼순은 영하 20도를 오르내리는 한겨울이었다. 남편이 시멘트 감옥 독방에서 얼마나 추위에 시달렸을까 싶어 자혜는 눈시울이 따갑도록 하염없이 눈물을 흘렸다.

남편은 끝내 일어나지 못할 수도 있다. 그렇다면 명백한 일제의 타살이라고 단정했다. 하지만, 하지만, 반신불수라도 좋으니 제발 살아나기를, 그도 아니라면 도착할 때까지 목숨만은 붙어있기를 소망했다.

숨 가쁘게 뤼순형무소에 들어섰다. 일분일초가 급한데 까다롭게 절차를 밟았다. 억장이 무너졌으되 그 또한 참아내자 이윽고 철문이 열리고 앞선 간수를 밀듯 따라가 병실인지 감방인지 모를 독방으로 들어갔다.

실내인데도 찬바람이 불어왔다. 방 시멘트 바닥에 깔린 왜돗자리 위에 누군가 누워있었다. 자혜가 쓰러지듯 남편에게 다가앉았지만 이미 의식을 잃은 상태였으며 아들 수범은 엄숙할 만큼 창백한 아버지의 눈 감은 얼굴을 보고 울음을 터트렸다.

단재는 가까스로 자혜의 목소리를 들었다. 그리운 얼굴을 보고 싶었다. 하지만 눈을 뜰 수도 손가락을 움직일 수도 없어 먹먹하고 막막했다.

아들이 서러워 우는 소리가 들렸다. '울지 마라'고 아무리 입을 움직여도 불가능했다. 일본인 의사가 들어와 오열하는 자혜에게 사무적으로 "앞으로 한두 시간 정도일까, 기껏해야 오늘 자정은 넘기지 못할 거요"라며 죽음을 통보하는 말을 들었을 때 절망했다.

모질음을 써도 소용없었다. 자혜에게 사랑한다고 말해주고 싶었다. 슬피 우는 아들에게 아비가 선언한 민중직접혁명의 길을 언젠가 많은 사람들이 걸을 테니 부디 서러워 말라고 토닥여주고 싶었지만 아내와 아들의 울음소리가 시나브로 희미해져 갔다.

뤼순감옥의 일본인 간수는 냉정했다. 칙살맞게 면회시간 종료를 알렸다. 자혜는 간수와 눈을 마주치며 목멘 소리로 간곡히 호소했다.

"운명이 얼마 남지 않았다 하잖습니까. 제발 조금이라도 더 있게 해주세요."

"안 되오! 당장 나가오."

자혜는 버텼다. 댕댕한 간수들이 달려왔다. 강제로 밀어내는 간수들에게 자혜도 더는 참을 수 없었다.

"이놈들, 임종도 못 하게 하다니 너희도 사람이니? 멀쩡한 사람을 누가 이렇게 해놓았단 말이냐? 이러고도 너희가 사람이야?"

간수들은 냉소를 보냈다. 동시에 자혜의 팔다리를 가든히 잡아 들어 올렸다. 자혜가 뤼순형무소 밖으로 내동댕이쳐진 다음 날도 면회는 거부당했고 결국 1936년 2월 21일에 조선혁명가 신채호는 아무도 지켜보지 못한 가운데 한마디 유언도 남기지 못하고 홀로 장엄한 생애를 마쳤다.

쉰여섯, 젊다면 젊은 나이였다. 산 설고 물 선 곳으로 망명길에 나선 지 26년 만이었다. 10년 형을 선고받고 출옥을 1년 8개월 앞둔 시점에 이토 히로부미를 처단한 안중근이 사형을 당한 그곳에서 끝내 생명을 빼앗겼다.

뤼순형무소는 전용 화장터에서 단재의 몸을 불살랐다. 한 줌의 재로 자혜에게 건넸다. 자혜는 일제 놈들 앞에 더는 울지 않겠다며 아랫입술을 꽉 깨물고 남편의 유해를 담은 유골함을 책보자기로 묶어 기차에 올라 조선으로 들어섰다.

그런데 기차가 신의주를 지났을 무렵이다. 정복과 사복을 각각 입은 일본 헌병들이 나타났다. 다짜고짜 책보를 풀라는 그들에게 자혜가 슬픔에 젖은 목소리로 "대일본제국이 죽인 내 남편의 유골이다. 건드리지 말라"고 경고했다.

하지만 두 헌병은 아랑곳하지 않았다. 자혜를 밀치고 강다짐으로 보자기를 풀더니 손을 넣어 함 속의 유골을 뒤적거렸다. 기가 막힌 자혜는 분해서 발버둥치는 어린 아들에게 유골함을 꼭 들고 있어야 한다고 타이른 뒤 조용히 일어났다.

정복 헌병은 유골을 뒤적인 손을 툭툭 털고 있었다. 자혜가 다가서자 얼굴을 돌린 헌병이 차갑게 비웃었다. 그 순간 자혜는 온힘을 다해 뺨을 갈겼고 헌병은 중심을 잃은 채 뒷걸음치다가 기차 바닥에 엉덩방아를 찧었다.

자혜는 헌병이 서있던 자리에 앉았다. 놈이 털어버린 잿빛 가루를 두 손으로 정성 다해 모았다. '사무라이 눈'이 되어 손으로 제 뺨을 만지고 히죽거리며 자혜에게 다가서던 일본 헌병은 문득 불온한 분위기를 느껴 슬그머니 둘러보았다.

기차 안의 모든 승객들이 헌병을 쏘아보고 있었다. 심지어 일본 옷을 입은 여인들까지 흘겨보았다. 사복 입은 헌병이 뺨 맞은 정복 헌병의 등을 떠밀어 황급히 다른 칸으로 옮겨 가면서 상황은 일단락됐지만 자혜의 분노는 뺨 갈기는 것만으로 풀어지지 못하고 가슴에 응어리졌다.

자혜가 베이징에서 단재와 마지막 한 달을 보낼 때다. 단재는 "내가 죽으면 시체가 왜놈의 발끝에 채이지 않도록 화장하여 재를 바다에 뿌려달라"고 지나가듯 말했다. 오랜만에 꿈결 같은 행복에 잠겨있던 자혜가 "그런 흉한 이야긴 마시라"고 눈 흘기며 발끈하자 단재는 부드러운 미소를 지으며 답했다.

"독립혁명의 길에 나선 사람은 언제 어떻게 죽을지 모른다고 결혼하기 전에 일렀을 때는 감동해서 듣더니 이제는 나무라는구려."

남편의 미소가 미치도록 그리웠다. 서울로 돌아와 지인들에게 그 말을 전했지만 모두 반대했다. 겨레의 다음 세대를 위해서라도 신채호의 묘를 반드시 써야 한다는 권고에 자혜도 결국 동의해 충청도 청원의 고향에 몰래 묻었다.

일제는 단재의 국적이 없다며 매장을 불허했다. 그나마 신문들이 단재의 옥사를 애도해주어 박자혜는 살아갈 힘을 얻을 수 있었다. 신문사에서 단재를 추모하는 글을 요청하자 자혜는 망설이다가 '가신 님 단재의 영전에'를 큰 제목으로 '제문(祭文)'을 대신하여 곡(哭)하는 마음'을 부제로 글을 써 내려갔다.

밤도 깊어가나 봅니다. 우리 식구가 깃들인 이 작은 방은 좁고 거친 문창이 달빛에 밝게 물들었습니다. 수범이 두범이도 다―잠이 들었소이다. 아까까지 내가 울면 따라 울더니만 인제 다―잊어버리고 평화스러운 꿈 세상에서 숨소리만 쌔근쌔근 높이고 있습니다.

나는 당신이 남겨놓고 가신 육체와 영혼에서 완전히 해탈된 비참한 잔뼈 몇 개를 집어넣은 궤짝을 부둥켜안고 마음 둘 곳 없어 하나이다. 작은 궤짝은 무서움도 괴로움도 모르고 싸늘한 채로 침묵을 지키고 있습니다.

당신은 뜻을 못 이루고는 영원히 돌아오지 않는다고 하시더니 왜 이렇게 못난 주제로 내게 오셨습니까? 바쁘신 가운데서도 어린것들을 유난스레 귀중히 하시고 소매 동냥이라도 해서 이것들을 외국 유학을 시킨다고 하시던 말씀은 잊으셨습니까?

분하고 원통하지 않으십니까? 당신의 원통한 고혼은 지금 이국의 광야에서 무엇을 부르짖으며 헤매나이까?

나는 불쌍한 당신의 혼이나마 부처님 품속에 평안히 쉬이도록 하고자, 이 밤이 밝으면 아이들을 데리고 동대문 밖 지장암에 가서 마음껏 정성껏 애원하겠나이다.

당신과 만나기는 지금으로부터 17년 전 일이었습니다. 그때 당신은 39세요, 나는 24살이었지요. 무엇을 잡아 삼킬 듯이 검푸르던 베이징의 하늘빛도 나날이 엷어져 가고, 황토색 강물도 콸콸 넘치게 흐르고 만화방초가 음산한 북국의 산과 들을 장식해주는 봄—4월이었습니다. 나는 연경대학에 재학 중이고 당신은 무슨 일로 상하이에서 베이징에 오셨는지 모르나 어쨌든 나와 당신은 한평생을 같이하자는 약속을 하게 되었던 것입니다.

그러나 당신은 두 해를 겨우 함께 살다가 다시 상하이로 가시고 나는 두 살 먹이와 배 속에 다섯 달 되는 꿈틀거리는 생명을 품어 안고 몇 년을 떠나있던 옛터를 찾게 되었지요.

그 뒤에는 편지로 겨우 소식이나 아는 것으로 위안을 삼으며 당신의 뜻이 이루어지기를 바랐습니다. 당신은 늘 말씀하셨지요. 나는 가정에 등한한 사람이니 미리 그렇게 알고 마음에 섭섭히 생각 말라고—.

아무 철을 모르는 어린 생각에도 당신 얼굴에 나타나는 심각한 표정에 압도되어 "과연 내 남편은 한 가정보다도 더 큰 무엇을 위하여 싸우는 사람이구나" 하고, 당신 무릎 앞에 엎드린 일이 있지 않습니까? 그 열과 성의와 용기를 다 어떻게 했습니까? 영어의 몸이 되어서도 아홉 해를 두고 하루같이 오히려 내게 힘을 북돋아주시던 당신이 아니었습니까?

지난 2월 18일 아침이었지요. 아이들을 밥해 먹여서 학교에 보내려고 하는데 전보 한 장이 왔습니다. 기가 막힙니다.

무엇이라 하리까. 어쨌든 당신이 위급한 경우에 있다는 것이라 세상이 캄캄할 뿐이니 거저 앉아있을 수가 있어야지요. 어떻게 되든 간에 수범이를 데리고 그날로 당신을 만나려고 떠났습니다.

뤼순형무소에 닿기는 그 이튿날 2월 19일 오후 3시 10분이었습니다. 그러나 당신은 벌써 의식을 잃어버리고 말았습니다. 15년이나 그리던 아내와 자식이 곁에 온 줄도 모르고 당신의 몸은 푸르팅팅하게 성낸 시멘트 방

바닥에 꼼짝도 못 하고 누워있었지요. 나도 수범이도 울지를 못하고 목 메인 채로 곧 여관에 나와서 하룻밤을 앉아서 새우고 그 이튿날 아홉 시 되기를 기다려 다시 형무소에 갔습니다.

그러나 시간이 없다고 면회를 거절하겠지요. 세상을 아주 떠나려는 당신의 임종을 보지 못하는 모자의 마음이 어떠하였겠습니까?

당신의 괴로움과 분함과 설움과 원한을 담은 육체는 2월 22일 오전 11시 남의 나라 좁고 깨끗지 못한 화장터에서 작은 성냥 한 가지로 연기와 재로 변하고 말았습니다.

당신이여! 가신 영혼이나마 부디 편안이 잠드소서―.

박자혜의 글을 읽으며 최사인은 오열했다. 단재의 옥사는 사인에게도 큰 충격이었다. 사인은 영등포 공장들의 노동인들 현실을 꼼꼼히 취재하다가 집으로 퇴근하고 다음 날 편집국에 출근해서야 비보와 함께 박자혜가 자신을 찾았다는 이야기를 듣고 서둘러 인사동으로 달려갔으나 이미 뤼순형무소로 떠난 뒤였다.

사인은 터벅터벅 종로를 걸었다. 단재와 보낸 상하이와 베이징의 나날이 암암했다. 소소로부터 '사람이 곧 하늘'이라는 종교적 사상을 몸에 익혔다면, 단재로부터는 민중이 역사의 주체임을 깨우쳤는데 두 사람 모두 옥중에서 뇌일혈로 쓰러졌다.

사인은 도무지 분노를 가라앉힐 수 없었다. 자혜가 돌아왔을 때 조산원으로 찾아갔지만 아무 말도 할 수 없었다. 신문에 단재의 삶과 사상을 최대한 담아 기사를 쓰는 일밖에 할 수 없다는 사실이 견딜 수 없을 만큼 모멸스러웠다.

신문과 잡지에 추도사가 쏟아졌다. 독립운동의 변호사 변영만의 초혼이 사인을 울렸다.《조선중앙일보》의 자매지 월간《중앙》에 기고한 글에서 변영만은 단재의 혼을 불렀다.

민중이 촛불 잃음을 애처로워하거니 누가 이제 이 지독한 어두움을 밝히겠소. 지는 해에 기대어 긴 소리로 부르짖고 모든 곳을 가리키며 혼을 부르오. 혼이여!

그랬다. 단재 신채호. 그는 나라 잃은 민족의 깊은 어둠을 여울여울 밝혀온 촛불이었다.

30

단재를 잃은 자혜의 눈동자는 회색이 감돌았다. 사인에게 "모든 희망이 끊어지고 말았다"고 토로했다. 사인은 자혜를 혼자 두어서는 안 된다고 판단해 아내 성녀로 하여금 달포 내내 집에서 숙식을 함께 하도록 배려했다.

자혜는 다소 안정을 찾았다. 사인은 아내가 돌아온 뒤로도 종종 동반해서 찾아갔다. 성녀가 저녁 밥상을 함께 차리기도 했지만 어린 두 아들과 살아가는 자혜의 모습에선 과거와 달리 어떤 생기도 보이지 않았다.

그런데 사인과 성녀의 일상에도 큰 변화가 왔다. 발단은 손기정의 베를린올림픽 마라톤 우승이었다. 최사인은 동료 편집기자와 함께 우승을 차지한 손기정 선수의 사진을 크게 실으면서 가슴에 달린 일장기를 지워 신문에 내보냈다.

일제는 발끈했다. 일장기 지운 사진을 내보낸 《조선중앙일보》와 《동아일보》에 무기정간 처분을 내렸다. 하지만 두 신문에 차별적으로 대응해 《동아일보》는 복간할 수 있었지만 평소 눈엣가시였던 《조선중앙일보》에는 사장 여운형의 퇴진을 요구하며 강경 대응을 이어가 끝내 문을 닫게 만들었다.

최사인도 일터를 잃었다. 하지만 좌절하진 않았다. 단재가 옥사한 뒤로는 어서 고향으로 가서 학당을 다시 열고 '선구적 민중'을 한 사람이라도 더 내오고 싶었다.

이삿짐을 꾸리고 박자혜와 작별 인사를 나눴다. 산월도 찾아볼까 싶었지만 접었다. 친일의 길로 치달은 천도교 주류와는 이미 오래전에 발을 끊었거니와 산월을 찾아가 천도교를 바로 세워야 한다고 호소하더라도 그녀가 감당하기엔 너무나 벅찰 만큼 기득권 세력이 교단을 장악하고 있었기에 굳이 홀로 살아가는 그녀를 괴롭히고 싶지 않았다.

사인에게 《조선중앙일보》 기자 경험은 무익하지 않았다. 무엇보다 거쿨진 여운형과의 만남을 통해 국제 흐름에 눈뜰 수 있었다. 다시 영동으로 귀향하는 사인의 가슴엔 고향을 떠날 때와 달리 일본의 패망이 시시각각 다가온다는 확신이 굳건하게 자리 잡았으며 성녀로선 번잡한 서울보다 눈어치가 훨씬 정겨웠기에 내심 바라던 바였다.

일본의 패망을 확신한 사람은 여운형이나 최사인만이 아니었다. 박헌영도 과학적 분석을 통해 일제의 패멸을 예견하고 독립운동을 벌여갔다. 살인적인 감옥 생활을 잘 이겨내고 1939년 만기 출옥한 박헌영은 나오자마자 일경의 감시망을 다시 따돌리고 잠적에 성공했으며 '경성콤그룹'을 이끌었다.

경성콤그룹은 지하조직으로 노동인과 농민, 학생을 주요 기반으로 했다. 일제의 수탈이 극심했던 1939년 4월에 결성했다. 이재유와 김삼룡, 이관술을 중심으로 지도부를 구성한 경성콤그룹은 박헌영이 출옥하자마자 그의 불굴의 투쟁 의지와 권위를 인정하고 지도자로 추대했다.

박헌영은 소련영사관을 통해 아내 주세죽의 소식을 들었다. 박헌영이 상하이에서 체포되었을 때 주세죽과 김단야는 몸을 피하고 코민테른에 상황을 알렸다. 코민테른은 박헌영이 체포된 소식을 듣고 어디선가 기밀이 누설되고 있다고 의심하며 밀정이 누군지 모르겠지만 우선 두 사람이라도 구해야 한다고 판단해 모스크바로 돌아오라고 회신했다.

주세죽이 1934년 다시 돌아온 모스크바는 떠날 때와 달리 어딘가 음산했다. 그 사이 스탈린은 조급하게 '농업 집단화'를 추진했다. 그 과정에서 자기 소유의 땅을 갈망하는 민중까지 설득의 과정 없이 '유혈 숙청'했으며 조금이라도 이의를 제기하면 반당분자 또는 반동으로 몰았다.

스탈린의 가족을 둘러싼 괴소문도 제법 퍼져있었다. 스탈린의 젊은 아내가 민심을 전하려다가 다른 이들 앞에서 손찌검을 당했다는 이야기였다. 아내는 곧장 이층 침실로 들어가 권총으로 자살했다는 '유언비어'가 모스크바 당원들 사이에 쉬쉬하면서도 점차 사실로 나도는 상황은 주세죽에게 낯설었다.

귀환한 김단야는 코민테른 조선위원회 일을 맡았다. 주세죽은 조선어 출판 일을 했다. 김단야는 주세죽에게 박헌영은 이미 감옥에서 죽었으니 함께 혁명 사업에 매진하자며 청혼했고 오랜 망설임 끝에 세죽은 재혼했다.

그런데 1937년 11월 5일 한밤이었다. 비밀경찰이 문을 박차고 집 안으로 들이닥쳤다. 주세죽은 3·1만세운동으로 일제에 체포되어 고문을 당할 때의 고통과는 차원이 다른 절망감에 사로잡혔다.

소련공산당은 광기를 보이고 있었다. 음충맞은 취조관은 어느 날 《프라우다》 신문을 들고 와서 아들이 아버지를 밀고해 표창을 받은 기사를 자랑스레 떠벌였다. 주세죽은 급변하는 시대적 흐름에 맞춰 조선에서 독립혁명을 일궈내야 한다는 소명감이 절대적 가치였기에 소련공산당이 지닌 문제점을 미처 인식하지 못했다는 사실을 뒤늦게 깨달았다.

소련은 최고인민재판소 군사법정을 열었다. 코민테른에서 일해온 자신들의 혁명동지 단야를 법정에 세웠다. 군사법정은 단야가 "일제 첩보기관의 밀정이며 반혁명폭동과 반혁명테러활동을 목적으로 한 조직의 지도자로서 1급 범죄자"라고 단정하고 사형을 선고했다.

주세죽은 풀려났지만 허탈했다. 몸 바쳐온 혁명에 짙은 회의가 들 무렵, 소련공산당의 통지문이 날아들었다. 소련공산당에 언제나 경의를 표해온 주세죽은 당이 마침내 과오에서 벗어나 자신을 야만적으로 고문한 자들, 혁명에 청춘을 바친 단야에게 사형을 선고한 자들의 잘못에 심심한 유감을 표명하리라 기대하며 급히 봉투를 뜯었다.

"최고인민재판소가 김단야에 내린 판결은 1938년 2월 13일 집행됐음."

주세죽은 온몸이 후들거렸다. 가까스로 벽을 잡고 버텼다. 김단야를 처형한 소련공산당은 주세죽을 '사회적 위험분자'라며 재판조차 없이 일방적인 '행정 명령'으로 중앙아시아의 크질오르다로 유배 보냈다.

조선의 해방을 돕겠다던 소련을 믿은 만큼 배신감도 컸다. 스탈린은 누구의 견제도 받지 않았다. 자신은 영웅으로 숭배의 대상이 되었지만 그 '위대한 영도자'는 숱한 공산주의자를 '간첩'으로 처형했고 고문으로 살해함으로써 혁명에 함께 나섰던 동지들 대부분을 죽였다.

스탈린이 죽은 뒤다. 1956년의 제20차 당 대회에서 흐루쇼프는 대숙청이 무리하게 집행됐음을 폭로했다. 1980년대 중반 이후 비밀보관됐던 자료들이 공개되면서 대숙청의 실상이 드러났는데 1000만 이상의 희생자가 났다는 서방 쪽 주장은 허황된 날조였지만 10만여 명이 처형당한 것은 확실했다.

박헌영이 이끈 경성콤그룹은 조선 현실에 기반을 둔 혁명조직이었다. 이현상이 나서서 지방조직들과도 깊은 연계를 맺었다. 파벌 다툼을 벌이던 세칭 '화요파'와 '상하이파'를 모두 포용하며 종래의 분파적 성격을 해소한 경성콤그룹은 반일 민족통일전선 전술과 더불어 결정적 시기의 무장봉기 전술을 채택했다.

그런데 1940년 11월부터 일제의 수사망이 좁혀왔다. 곧 대규모 검거 선풍이 불었다. 하지만 박헌영은 체포망을 피해 조직을 지켜가면서 당을 재건하여 '결정적 시기에 도시 봉기와 유격전을 배합해 일제 통치를 전복한다'는 목표를 세우고 계급·계층·정파·성별·종교를 넘어 일제에 반대하는 모든 사람을 포용해갔다.

변절이 줄을 잇는 일제 말기 경성콤그룹은 마지막 보루였다. 그런데 박헌영의 혁명적 잠행, 잠행적 혁명운동이 최사인의 운명에 의도하지 않은 영향을 끼쳤다. 사인은 인내천학당과 단재학당을 다시 열며 일본 제국주의가 패망할 때를 대비하려면 가능한 한 많은 민중이 스스로 어떤 나라를 어떻게 만들어가야 할지 알아야 한다고 판단해 활동 공간을 넓히려 했다.

사인은 학당을 영동 중심지로 옮기는 일에 나섰다. 영동면은 1940년에 읍으로 승격했다. 마침 민주지산을 중심으로 소백산맥에서 자생하는 약초를 캐어 영동과 옥천의 한약방에 팔아 상대적으로 넉넉하게 살아가는 송 노인과 인연이 닿았다.

송 노인에겐 늦둥이 아들 민영이 있었다. 민영은 최사인의 학당을 드나들며 글과 세상을 익혀갔다. 사인은 생활의 경제적 기반도 마련하고 민주지산을 자연스레 오갈 명분을 만들기 위해 송 노인에게 이제 약초 캐는 일은 민영에게 맡기고 어르신은 영동 읍내에 약방을 내시라고 권했다.

송 노인은 신중했다. 사인은 약방이 들어설 가게의 소유권·운영권 모두 당연히 민영에게 있게 된다고 설명했다. 사인이 약방 가게 한쪽을 빌려 학당을 열면 그만큼 많은 사람에게 약방이 알려진다는 말도 설득력을 높였다.

사인은 영동역 가까운 곳에 집을 구해 소박한 간판을 걸었다. 소소약방과 단재학당이다. 소소약방에서 약초 파는 일은 송 노인이 맡고 이성녀가 잔일을 도왔다. 단재학당 문은 목·금·토·일요일에만 열고 월·화·수요일은 송민영과 함께 충청·경상·전라 삼도가 만나는 민주지산으로 갔다.

명분은 약초 캐기였다. 하지만 '산사람'들을 만나 정보를 나누며 학습 자료도 주고받았다. 민주지산은 태백산맥이 소백산맥으로 갈라져 지리산까지 이어지는 산줄기 가운데에 자리하고 있다.

일제는 만기출옥한 뒤 자취를 감춘 박헌영을 추적하고 있었다. 악질 고등계형사 최난수를 따라다니던 순사보조 박병도는 정식 순사가 될 기회로 여겼다. 박헌영의 발자취를 밟아가던 박병도는 그가 청주 무심천변에 은신했다가 남쪽으로 옮겨 갔다는 첩보를 입수하고는 최난수에게 보고한 뒤 속리산에서 남쪽으로 이어지는 산줄기를 탐색해갔다.

박병도는 경찰서들을 일일이 찾아갔다. 산줄기 인근에 살고 있는 사상범 서류를 모두 들춰보았다. 서울에서 기자생활을 하다가 영동에서 젊은이들을 가르치는 최사인이라는 '사상범 전과자'가 매주 민주지산을 오간다는 동향보고서를 읽으며 회심의 미소를 지었다.

31

지도에서 민주지산을 짚어보았다. 위로는 청주 속리산에서 아래로는 덕유산과 지리산으로 이어져 있었다. 박병도가 들춰본 최사인의 동향보고서는 충청·경상·전라도가 만나는 민주지산이 자리한 영동에서 민중교육을 한답시고 학당 이름에 '단재'를 넣었다며 '요시찰'이라고 적혀있었다.

박병도는 단재가 누구인지 몰랐다. 하지만 '요시찰'이라 써놓은 걸 보면 불순한 작자임이 분명했다. 박병도는 그 길로 영동으로 가서 단재학당을 찾은 뒤 눈에 칼을 세우고 다짜고짜 들어가 최사인을 전격 연행했다.

박병도의 신문은 아무래도 어설플 수밖에 없었다. 최사인은 어려 보이는 순사보조의 어수룩한 취조에 마음을 놓았다. 자신이 일제에게 당장 위협이 될 만한 어떤 일도 하지 않아 곧 풀려나리라고 확신했기에 애써 일본인 형사로 행세하는 박병도를 연민 어린 눈으로 바라보면서 공연히 헛수고하지 말라고 충고했다.

"이보게. 젊은 친구, 보아하니 조선인 같은데 솔직히 말하겠네. 내가 정말 박헌영 동지를 숨겨주었다면 차라리 지금 여기 있는 것이 민망하지 않을걸세. 하지도 않은 일을 물어보면 나보고 어쩌란 말인가. 잘못 짚었으니 피차 시간 낭비하지 말게나. 학당에서 내가 할 일이 많다네."

박병도의 얼굴이 일그러졌다. 곧이어 표독스럽게 변했다. 길길이 날

뛰며 흡뜬 눈으로 대질렀다.

"뭐? 이보게? 젊은 친구? 박헌영 동지? 피차 시간 낭비하지 말라? 이 새끼가 대체 날 뭘로 보고 함부로 주둥아리를 놀리는 게야."

박병도는 나이가 아버지뻘인 사인의 뺨을 후려갈겼다. 사인은 어처구니없어 나무라는 눈길로 바라보았다. 박병도는 곧바로 사인의 눈을 겨눠 주먹을 날리고 의자에서 쓰러지자 힘껏 발길질을 퍼부어댄 뒤 본격적인 고문을 시작했다.

박병도는 정말 고문을 하고 싶었다. 최난수가 독립투사들에게 저지른 고문을 옆에서 지켜보면서 늘 그랬다. 자신이 주재해서 직접 실험해보고 싶었던 사악한 욕망을 마침 충족시킬 절호의 기회를 찾은 셈이다.

최난수의 위세를 믿고 사인을 끝없이 고문했다. 자신이 목격한 모든 고문을 실험했다. 신문 폐간 뒤 고향에 돌아와 청년들 교육에만 머문 채 독립혁명 투쟁에 아무런 힘을 보태지 못해 오히려 자괴감에 젖곤 했던 사인은 가당치 않은 고문에 완강히 저항했는데 그럴수록 박병도의 독기는 올랐다.

선무당이 사람 잡는다 했던가. 고려혁명당 사건으로 신문받을 때와 달리 최사인은 어느 순간 자신이 죽을 수 있다는 생각이 들었다. 매욱한 똘마니가 분별없이 가해오는 고문을 이겨내며 건장했던 소소도, 당찬 단재도 일본 제국주의의 감옥에서 끝내 쓰러진 연유를 헤아릴 수 있었다.

모지락스러운 박병도마저 지쳤다. 담배를 꼬나물고 휴식을 하자 몽니가 되살아났다. 자신과 달리 너무나 지적인 분위기여서 더 기분 나쁜 사상범의 얼굴에 수건을 덮었다.

"박헌영 어디 있나?

"박헌영이 숨은 곳을 대란 말이다."

주전자에 물을 가득 채웠다. 수건 덮인 얼굴에 붓고 또 부었다. 숨을 쉴 수 없어 발버둥 치는 사인에게 바투 다가가서 최난수가 그랬듯이 아주 낮은 목소리로 물었다.

"어때, 이제 실토할 거냐?"

폐가 터질 듯이 아파왔다. 하지만 최사인은 박헌영과 아무런 조직적 관계가 없었다. 아주 오래전에 베이징에서 서로 이름을 모른 채 하룻밤을 함께 보냈고, 국내로 들어오는 기차에서 순간적인 눈빛을 마주쳤지만 그때도 대화를 나누지 않았다.

최사인은 고려혁명당에 가입했을 뿐이다. 천도교와 사회주의를 조화하겠다는 최동희 구상도 받아들였다. 하지만 조선공산당이나 고려공청과는 조직적 연관이 아예 없었을뿐더러 신문에 난 사진을 보고서야 자신이 베이징과 기차에서 본 과묵한 청년이 박헌영임을 알았다.

박헌영이 조선공산당 사건으로 서대문형무소에 있을 때 최사인은 평양형무소에 있었다. 박헌영이 보석으로 출감해 전격 국경을 넘었다는 소식도 감옥에서 들었다. 박헌영이 모스크바에서 국제레닌학교에 다니던 시기에 사인은 인내천학당과 단재학당에서 청소년을 가르쳤고 서울에 다시 들어와 《조선중앙일보》 기자로 일할 때 박헌영은 감옥에 있었다.

다만 소소약방과 단재학당을 다시 열고 민주지산을 갔을 때다. 삼도봉 능선에서 박헌영과 이현상을 만난 적은 있었다. 하지만 사인 자신이 그들의 조직에 들어가지 않았을뿐더러 괜히 만난 사실을 말하면 그것만으로도 더 많은 고문이 이어지고 경찰력을 대대적으로 동원해 소백산맥을 수색할 것이 분명했다.

사인은 이를 악물고 고문을 견뎌냈다. 하지만 힘에 부쳤다. 소소와 단재의 사상을 조화롭게 재구성해놓아야 일제가 망한 뒤에도 고유한 조선을 건설할 수 있다는 생각에 여기서 죽을 수는 없고 죽지도 않겠다고 다짐했다.

온 힘을 다해 눈을 부릅떴다. 얼마쯤 지났을까. 아내 성녀가 다가와 두 손으로 얼굴을 감싸주고 딸 인경의 재잘거리는 목소리가 들려 비로소 살았구나 싶던 사인은 눈을 뜨고 인경을 찾았다.

하지만 인경이 보이지 않았다. 아내에게 물으려 했는데 돌아보니 성녀도 없다. 하얗게 빛나는 공간 저 멀리서 누군가 두 팔을 벌리며 기다리고 있었는데 소소인지, 단재인지 소상하지 않았다.

메꽃은 박병도는 희희낙락 물을 쏟아갔다. 그런데 어느 순간 주전자를 거머쥔 악귀는 어딘가 허전한 느낌이 들었다. 사인이 아까부터 더는 몸부림치지 않는다는 사실을 뒤늦게 안 박병도가 황급히 주전자를 내려놓고 덮었던 수건을 들춰내자 입과 코에 물이 가득 고여있었다.

사인의 부릅뜬 두 눈동자는 움직이지 않았다. 박병도는 당황했다. 사인의 심장은 이미 멎어있었지만 인간적으로 안됐다는 생각조차 전혀 들지 않았다.

다만 출셋길에 걸림돌이 될까 싶어 불안했다. 학당 선생이 고문으로 죽은 사실이 알려지면 자칫 순사보조 자리에서도 쫓겨날 수 있었다. 몰래 시신을 파묻을까 생각도 했으나 사인을 연행할 때 목격한 사람이 한둘이 아니었기에 그 또한 위험했다.

다음 날 아침 최난수에게 긴급히 보고했다. 일본인 행세를 하며 밤새 환락의 몽롱함에 젖어있던 최난수는 짜증이 났다. 되통스러운 병도에게 욕설을 퍼부어댔지만 사고를 쳤다는 생각에 울뚝밸이 치밀면서도 두 손 놓고 있을 수는 없었다.

최난수가 나선 것은 박병도를 아껴서가 결코 아니었다. 박병도의 탐욕스러운 아버지 때문이다. 평안도 대지주인 박병도의 아비는 쇠양배양한 아들을 순사보조로 채용해달라고 청탁하며 이미 거금을 주었을뿐더러, 정식 순사가 되면 더 많은 돈을 건네기로 약속했다.

최난수는 일거양득을 노렸다. 박병도를 곤경에서 구하며 위기를 기회로 삼았다. 박병도를 정식 순사로 채용하기 위한 공적 보고서를 작성했다.

박헌영의 행방을 불철주야 추적하던 순사보조 박병도가 그와 접촉한 유력한 용의자 최사인 — 전과 기록 있는 불온한 사상범임 — 을 체포해 취조했음. 밤잠을 자지 않고 활동하던 박병도 보조가 잠시 눈을 붙인 한밤중에 노회한 최사인이 탈출을 시도했으나 끝까지 추적해 갔음. 사상범 최사인은 캄캄한 밤에 황급히 도주하던 중 저수지에 실족해 빠짐. 박병도가 급히 건져냈으나 이미 익사했음. 사상범 최사인은 고려혁명당 사건으로 수감 생활을 한 전과가 있으며 삼도가 만나는 요충지 영동읍에 학당을 차려놓고 민족의식을 일깨운 자로서 황국의 전도에 뽑아내야 마땅한 돌부리였음.

최난수는 직접 작성한 공적서를 노덕술에게 보냈다. 종로경찰서 사법 주임으로 조선인 악질 형사들의 괴수 노덕술은 무슨 뜻인지 단숨에 파악했다. 박병도는 최난수와 수괴 노덕술의 대처 방안에 몸이 떨리도록 감읍했고 자신 있게 이성녀를 불러와 시신을 확인케 했다.

성녀는 사인의 시신을 보고 실신했다. 사인의 두 눈은 여전히 떠있었다. 성녀가 깨어나자 내려다보고 있던 박병도가 이물스레 말했다.

"취조 중에 제 발이 저린 게야. 글쎄 한밤중에 탈출해 도망가더라고. 그러다가 저수지에 빠졌어. 허우적거리는 걸 그래도 이 박병도가 구해냈지 뭔가, 하지만 이미 폐에 물이 잔뜩 찼더군. 안됐지만 이건 우리 잘못이 아니야."

성녀가 벌떡 일어나 달려들었다. 박병도의 멱살을 잡았다. "거짓말! 내 남편은 도망갈 사람도, 실족해서 저수지에 죽을 사내도 아니야"라고 울부짖었다.

"네놈이 죽였지? 이 썩을 놈아, 남편 온몸에 피멍이 들어있잖아. 이놈아, 내 남편 살려내! 살려내란 말이야!!"

박병도는 찔끔했다. 하지만 우악스레 성녀를 내동댕이쳤다. 성녀는 박병도를 쏘아보며 일어나 차갑게 저주하듯이 말했다.

"너 이놈, 박병도라 했겠다? 네놈에게 진 빚, 반드시 갚아주마."

"이년이 미쳤나 보네? 딸내미 고아 만들고 싶지 않거들랑 입 닥치고 조용히 지내. 네년도 감쪽같이 죽일 수 있지만 내 특별히 봐주는 거다, 지금."

"오. 네년도 감쪽같이 죽일 수 있다? 이 노옴, 네가 우리 그이를 죽인 걸 지금 실토했겠다!"

성녀가 박병도에게 몸을 날렸다. 손톱이 박병도의 볼을 파고들며 내려갔다. 박병도가 성녀의 서슬에 놀라 볼을 붙잡고 뒷걸음질 치자 옆에 있던 순사들이 성녀를 붙잡아 마구 발길질을 해댔다.

성녀는 다시 실신했다. 깨어났을 때는 철창에 갇혀있었다. 얼굴에 할퀸 자국이 선명한 박병도는 이틀 뒤에 성녀를 풀어주면서 작은 상자를 내밀었는데 증거를 인멸하려고 어느새 남편을 화장하고 남은 유골이었다.

박병도는 어떤 징계도 받지 않았다. 소나기를 피하듯이 대구로 옮겨갔다. 대구로 간 박병도는 그곳에서도 대구사범 학생들의 독서회를 수사한다며 여학생들에게 몹쓸 성고문을 저질렀다.

32

1945년 8월 15일, 민족반역자들도 그날을 맞았다. 믿고 섰던 땅이 꺼져 내리는 악몽이었다. 악질 고등계 형사로 독립투사를 고문하고 학살한 일제 앞잡이나 일본군 장교로 설치던 조선인들은 서둘러 옷을 갈아입고 숨을 곳을 찾아 사라졌다.

성녀는 남편 사인이 삼삼히 그리웠다. 해방을 보지 못하고 죽은 사인이 무장 안타까웠다. 남편을 고문해 죽인 박병도를 비롯한 민족반역자들이 서릿발 심판을 받는 것은 자연스럽고 당연한 일이라고 생각했고 그렇게 되리라 믿어 의심치 않았다.

눈을 감으면 그때 그곳이 생동생동 살아났다. 남편이《조선중앙일보》기자로 일할 때다. 성녀가 어린 인경과 함께 서울에서 살았던 짧은 시절에 사인이 모처럼 바깥나들이로 데려간 곳이 난지도였다.

샛강이 나오자 인경을 안아 건네주고 온 남편이 등을 내밀었다. 남우세스러웠지만 성녀는 수줍은 듯 남편의 등에 업혔다. 성녀는 몰랐지만, 노총각 시절의 사인은 소소가 산월을 안고 건너 난지도의 꽃밭을 거닐던 정경이 몹시 부러웠고 혹 자신에게도 사랑하는 여인이 생기면 반드시 아름다운 풍경의 일부가 되어 행복하게 해주리라고 속다짐했었다.

난지도는 전망도 향기로운 섬이었다. 삼각산도 한강도 다 보였다. 서쪽으로 흐르는 한강의 노을은 성녀와 사인의 가슴속까지 붉게 물들였다.

사인은 그 나들이에서도 민중을 놓치지 않았다. 농민들은 샛강 건너 매봉산 아랫마을에서 살며 난지도에 와서 밭을 갈았다. 자칫 홍수가 나면 죄다 쓸려 갈 수 있지만 그럼에도 땀 흘려 땅거미가 질 때까지 야채 농사를 짓는 지아비와 지어미의 모습은 노을만큼이나 붉게 마음을 적셨다.

사인과 성녀의 눈이 마주쳤다. 다시 농민 부부를 바라보는 마음은 애잔했다. 사인은 인경이 뛰노는 모습을 물끄러미 바라보다가 성녀와 산보하며 말했다.

"내가 저세상으로 돌아가거든 화장해서 여기 난지도에 뿌려주게나."

"참 당신도…… 이 좋은 날 왜 그런 소릴?"

"좋은 날이니까 하는 말이지. 어때? 삼각산, 한강, 노을, 내가 좋아하는 모든 게 다 있잖은가. 난초와 지초도 지천이고. 삶이 고통인 민중도 드나들고 말이야."

성녀는 눈 흘겼다. 상상만 해도 눈물이 났다. 하지만 그로부터 5년도 안 되어 실제로 남편의 유골함을 품고 오리라고는 꿈에도 그려보지 못했고 막상 하얀 가루를 손에서 흩날려 보낼 때는 서러움에 통곡하지 않을 수 없었다.

하지만 성녀는 해냈다. 인경의 손에도 아빠의 잿빛 가루를 건네주어 뿌리게 했다. 남편과 함께 소풍을 와 세 식구가 거닐던 오솔길을 따라가며 시뻘건 노을이 지고 시커먼 밤하늘에 별이 총총할 때까지 사인의 뼛가루를 아주 조금씩 골고루 뿌렸는데 사인이 아끼던 제자 진규가 모든 일정을 동행해주었다.

1945년 8월 15일 성녀가 환상을 본 까닭이다. 삼각산이 춤추고 한강은 용솟음쳤다. 그윽한 향기 넘실대는 난지도 풀밭에서 마치 민들레 꽃씨처럼 하얀 무엇인가가 무수히 날리더니 이윽고 뭉쳐선 남편의 눈부신 몸을 이루고 얼쑤절쑤 춤추는 풍경이 눈앞에 나타났다.

해방을 보지 못한 사람은 최사인만이 아니었다. 단재를 잃은 박자혜는 안간힘을 썼다. 남편의 죽음을 각별히 보도해준 신문과 정성껏 위로해준 민중, 달포 가까이 숙식을 챙겨준 사인의 아내 성녀를 생각해 두 아들과 최선을 다해 살고자 했지만 조산원을 겨냥한 일제의 감시망은 더 심해졌고 그만큼 찾아오는 임산부는 더 줄었다.

무엇보다 막내 두범이 1942년 영양실조와 폐병으로 세상을 떠났다. 단재와의 마지막 만남에서 애틋하게 나눈 사랑의 결실이었다. 박자혜는 지독한 생활고로 단재가 선물로 남겨준 아들조차 잃었다는 무력감, 막내는 결국 아빠 얼굴도 보지 못한 채 짧은 인생 내내 단 한 번 배불리 먹지 못하고 저세상으로 갔다는 설움이 복받칠 때마다 오열했다.

박자혜의 아들 사랑은 깊었다. 사인이 심훈과 함께 자혜가 곁방살이하는 집으로 찾아갔을 때다. 텅 빈 쌀독에 쌀 한 가마를 넣어주며 위로하자 처연히 앉아있던 자혜가 중얼중얼 혼잣말을 했다.

"아무튼 저 아이들이나 잘 길러야 할 텐데요".

늘 씩씩했던 자혜의 풀 죽은 모습에 사인은 가슴이 먹먹했다. 심훈은 큰아들 수범을 찬찬히 들여다 보았다. 해사한 얼굴이며 눈귀코입이 단재를 조그맣게 뭉쳐놓은 것 같은 수범에게 글을 남겼다.

네 나이 어느덧 열여섯이니 지각이 날 때가 되었구나? 수범아, 너무 서러워하지 말아라. 나는 너의 뼈와 핏속에 너의 어르신네의 재(才)와 절(節)이 섞였을 것을 믿는다!

막내의 죽음은 자혜에게 결정타였다. 자혜는 남편과 막내가 있는 저세상으로 어서 가고 싶었다. 하지만 그러기엔 큰아들이 걸렸는데 이윽고 스무 살을 넘은 수범이 집을 떠나 만주로 가고 홀로 남게 되자 삶의 의욕이 시나브로 사라졌다.

어느 날 전기가 끊어져 촛불을 켜고 누웠다. 불꽃 속에 단재가 어른거리는 게 아닌가. 자혜는 바로 다음 날 그나마 남아있던 돈을 모아 초를 구입하고 단재와 결혼한 첫날밤에 촛불을 밝혔던 청동촛대를 꺼냈다.

3·1혁명 뒤 중국으로 망명할 때가 생생했다. 산월이 선물로 준 촛대였다. 결혼 이듬해에 베이징에서 귀국하며 두고 온 까닭은 글을 쓰는 지아비에게 더 필요하다는 생각도 있었지만 자신을 잊지 말라는 마음이 짙었다.

7년 뒤 다시 베이징에 온 자혜가 떠나는 아침이었다. 단재는 아내 몰래 가방에 청동촛대를 챙겨 넣었다. 자혜가 청동촛대를 좋아하는 마음을 읽어서이기도 했고 단재 자신의 미래가 불투명했기에 행여 잘못되면 홀로 남은 아내가 힘을 낼 수 있는 사랑의 추억이라도 지닐 수 있기를 소망했다.

자혜는 청동촛대에 촛불을 밝혔다. 정적 속에 지나온 세월이 막내의 손때가 덕지덕지 묻은 벽면에 한 장면 한 장면 나타났다. 궁녀가 되어 평생 조선의 왕궁에서 왕족의 시중이나 들 숙명이었지만 3·1혁명에 간호사들과 함께 나섰고 베이징에서 망명객 단재를 만나 짧아서 더 행복한 결혼생활을 보냈던 일들이 분홍빛 추억으로 선했으며, 성균관 박사를 접고 언론의 길을 올곧게 걸어 뭇사람의 존경을 받던 단재와 사랑을 나눈 신혼시절이 어른거리면 절로 미소를 짓다가, 구리 촛불 아래 밤을 열정으로 보낸 첫날밤이 하얀 벽에 나타날 때는 그날처럼 얼굴이 붉어왔다.

어느덧 맏아들이 장성해 자신의 삶을 개척하겠다고 어미 곁을 멀리 떠났다. 아들이 돌아오더라도 굳이 짐이 되고 싶지 않았다. 평생 가난 속에 보낸 남편 단재와 영양실조로 죽은 막내아들과 더불어 이승에서 보낸 세월을 웃으며 이야기 나누고 지내노라면 언젠가 수범이도 오겠지…….

인사동 좁은 단칸방이었다. 박자혜는 청동촛대에 촛불을 밝히고 홀로 누운 채 숨을 거뒀다. 조선독립을 두 해 앞둔 어느 을씨년스러운 날에 집주인이 발견했을 때 청동촛대에 촛불은 꺼져있었고, 촛농이 넘쳐 굳어있었다.

집주인은 귀찮은 일이 생겼다고 투덜대면서도 온 방을 뒤졌다. 이어 청동촛대 하나만 챙겨 나와 인사동 잡화상에 푼돈을 받고 팔았다. '간호사 운동'의 선구자 박자혜의 시신은 화장되어 한강에 뿌려졌다.

그로부터 석 달이 흘러서였다. 천도교 교당에 왔다가 돌아가던 산월의 눈에 진열된 청동촛대가 띄었다. 곰곰 살펴보던 산월은 물건이 언제 나왔느냐 묻고는 눈물을 글썽이며 촛대를 사들여 봉황각으로 가져갔다.

모든 조선인들이 단재 부부의 길을 걷진 않았다. 일제 강점기 내내 고통이라곤 몰랐던 사람들도 적잖았다. 일찍이 성균관에서 '천재' 소리를 들었고 촌철살인의 논설에 역사서와 문학작품을 남긴 단재의 비극적인 가족사와 사뭇 달리 쌀과 고기가 사시사철 가족 밥상에 오른 가문도 드물지 않았다.

이를테면 1939년 마흔일곱 살에 친일 유림조직의 고위간부를 맡은 유학자가 있다. 그의 이름은 이명세, 최사인의 또래였다. 단재가 옥사하고 아내 자혜가 인사동 단칸방에서 청동촛대 아래 홀로 숨을 거둘 때, 최사인이 비명에 눈을 감지도 못하고 고문으로 살해당했을 때, 자식들 좋은 옷 입히고 좋은 음식 먹이며 떵떵거렸다.

이명세가 상임참사를 맡은 조선유도연합회의 설립 목적은 명확했다. 이른바 조선의 '사회지도층'인 유림을 앞세워 조선인들을 침략전쟁에 동원하기 위해 일제가 조직했다. '자리'를 마련해주자 이명세는 삼천리 곳곳을 쏘다니며 일제의 침략전쟁을 찬양하는 시국 강연을 했고, 기관지 《유도》에 일본제국을 칭송하면서 유교를 통해 '황국 신민'으로서 본분을 다하자는 글을 썼다.

거기서 멈추지 않았다. 일본을 중심으로 '대동아 공영'을 이루자고 부르댔다. 한시까지 짓는 수고도 마다하지 않았는데 시 제목이 '축 징병제 실시'였다.

집안에선 아들 난 것을 중한 일임을 더욱 알고 / 나라 위해 죽는 것은 가벼이 여겨야 하리 / 우리들은 후회 없나니 / 하루빨리 전란의 시대가 평화의 시대 되길 바랄 뿐이라네(在家倍覺生男重 爲國當思死敵輕 無憾吾仍有願 勘戰亂返昇平).

시라 부르기엔 시에 대한 예의가 아닐 터다. 아무튼 이명세가 발표한 '한시'에서 '나라'란 일본제국이다. 유림의 간부가 되어 자신은 호의호식하며 조선의 젊은이들을 사지로 모는 징병제 실시를 찬양한 반민족행위이다.

이명세는 틈날 때마다 기관지 《유도》에 기고했다. 일제에 충성을 거푸 다짐했다. '동아공영권, 유교의 역할' 제하의 글에선 "나라를 세운 이래 만세일계의 천황을 받드는 빛나는 역사를 가지며, 세계 인류를 위해 최고 문화의 건설을 사명으로 하는 우리 일본은 이번 대동아전쟁을 계기로 동아 신질서 건설을 실현하고자 또 하나의 걸음을 내디뎠다"고 선언했다.

조선의 총각들이 제국주의의 총알받이로 죽어갈 때였다. 조선의 처녀들이 '성 노예'로 생지옥을 견뎌낼 바로 그때였다. 이명세는 유학의 이름으로 제국을 찬양했고, 박정희와 백선엽은 애국의 이름으로 일제의 총을 들었으며, 이광수와 서정주는 문학의 이름으로 마구 나팔을 불어댔다.

33

최사인이 뿌린 씨앗은 헛되지 않았다. 생전에 사인은 진규를 몹시 아꼈다. 고향마을 밀골의 한 소작농 외동아들로 얼굴을 보면 누구나 웃음이 나올 만큼 순박하게 생겼고 실제 성격도 착하기 그지없었다.

사인은 한진규에게 별명을 지어주었다. '한놈'이다. 한진규, 아니 한놈은 단재학당의 얼굴이었다. 진규는 처음에 '한놈'의 별명을 마뜩치 않아 했지만, 그 이름이 단재 선생의 필명 가운데 하나임을 알았을 때 입양쪽이 귀밑까지 올라갔다.

난지도에서 성녀와 인경이 사인의 유골을 뿌릴 때다. 한놈은 내내 소리 없이 눈물을 흘렸다. 뜻을 이어 반드시 독립을 이루겠노라 맹세한 진규는 식민지 현실을 새삼 엄중히 직시하고 이미 스승을 따라 민주지산과 소백산맥을 오가며 만난 혁명가들의 조직에 가담하는 결단을 내렸다.

난지도의 이성녀는 오열 속에 남편을 뿌리며 다짐했다. 사인의 뜻을 이어가겠노라고 이를 악물었다. 하지만 소소약방과 단재학당의 문을 닫을 수밖에 없었는데 일제의 감시망 때문만은 아니었고 조선인 부모들이 아이를 단재학당에 보내지 않았을뿐더러 소소약방도 대부분 지나쳐 갔다.

한진규는 용산에서 학당을 열었다. 스승이 단재학당을 연 곳에서 한글과 혁명 사상을 가르쳤다. 진규는 야학 이름을 '사인학당'으로 붙였

는데 용산은 산과 골이 깊어 언제든 백화산이나 황학산을 통해 민주지
산과 이어져 지리산까지 갈 수 있었다.

어느 봄날 사인학당에 스승의 외동딸 인경이 나타났다. 어느새 처녀
티가 물씬 났다. 아버지의 비통한 죽음을 생생히 기억하는 인경은 어머
니 성녀와 둘이 눈어치에 살고 있었다.

인경은 눈어치에서 용산까지 산길로 다녔다. 진규는 자진해서 스승
의 외동딸이 오가는 길을 동행하겠다고 나섰다. 산길을 함께 오가며 연
정이 싹텄는지 아니면 연정이 싹텄기에 산길을 더불어 다녔는지는 두
사람도 정확히 몰랐다.

아무튼 야학 오가는 길이 위험하다는 진규의 수상한 주장을 인경
은 순순히 받아들였다. 눈어치와 용산의 밀골 사이 산길엔 서낭당이 있
었다. 두 사람은 서낭당에 돌을 얹으며 함께 기도하는 사이가 되었고, 인
경의 마음을 거니챈 성녀는 늘 믿음직했던 진규가 반가우면서도 마치
딸의 사랑이 고스란히 자신의 전철을 밟는 것 같아 은근히 불안했다.

딸은 친정어머니 팔자를 닮는다던가. 비과학적 사고는 떨쳐버리라
는 남편의 말을 곱새기며 불안감을 떨쳐버렸다. 사실 진규의 동행은 연
애 감정 때문만은 아니었는데 영동읍과 용산 사이, 더 나아가 인근 지역
들 사이에 비밀리에 주고받을 편지들을 인경의 저고리 깃 위에 조붓하
게 덧댄 동정 속으로 돌돌 말아 넣어서였다.

진규는 활동 범위를 점차 넓혀갔다. 1944년 가을과 1945년 늦봄, 지
리산에서 각각 보름을 지내며 이현상을 만났다. 일본에 유학 가서 철학
을 공부한 이진선으로부터 민족해방사상을, 제주도 출신으로 대구사범
을 나와 혁명 활동을 벌이며 '돌하르방'으로 불린 강인혁으로부터 주민
들과의 학습모임 조직 방법을 익히고 왔다.

1945년 5월 이현상은 진규가 떠날 때 은밀히 당부했다. 지리산에서
월악산으로 이어지는 소백산맥 줄기에서 결정적 시기에 유격전을 전개

할 계획이라고 일러주었다. 그때 충청·경상·전라 삼도와 이어진 민주지산은 전략적 거점이 된다며 영동에서 민중이 최대한 혁명 사업에 나설 수 있도록 조직하라고 지침을 주었다.

인경이 동정에 학습할 문건을 넣고 오가는 횟수가 차차 늘어났다. 그럴수록 진규는 자칫 일제 경찰에 발각될까 싶어 마음을 졸였다. 눈어치와 밀골을 넘어 더 넓은 지역까지 다니는 인경을 목숨 바쳐 보호해야 한다는 결기를 거푸 세우곤 했다.

다행히 최인경과 한진규 모두 무사히 1945년 8월 15일을 맞았다. 일제에 빌붙던 축들은 숨죽여 지냈다. 성녀와 인경을 위로하는 사람은 부쩍 늘어서 독립운동으로 고초를 겪을 때 아무도 들여다보지 않았던 집으로 쌀·달걀·마늘을 가져왔고 약초를 캐 왔다며 소소약방 문을 다시 열어보라고 권고하는 이도 있었다.

한진규와 이성녀가 가장 관심 있게 들은 제안은 학교였다. 사인학당을 사립 중고등학교로 등록해보라 했다. 일제 때 법원에서 관리로 일하다가 영동으로 낙향해 사실상 은신하던 자가 마치 중요한 기밀을 흘려준다는 듯이 필요한 자금은 자기가 마련하겠노라 했지만, 독립운동을 한 집안과 공동으로 학교를 세워 떳떳하지 못한 과거를 세탁해보려는 의도가 엿보였다.

그런데 미군이 진주하자 상황이 급변했다. 다시 고개 들기 시작한 친일세력이 시간이 갈수록 득세했다. 집까지 찾아와 공동으로 학교를 세우자며 간절한 눈빛을 보냈던 감발저뀌는 길에서 마주친 진규를 야멸찬 눈빛으로 흘기죽죽 째려보더니 다시 서울로 갔다.

독립운동했던 사람들은 나라 곳곳에서 살풍경과 직면했다. 친일세력이 버젓이 다시 활개 쳤다. 심지어 일제의 앞잡이로 온갖 악행을 저질렀던 순사 나부랭이들까지 미군을 믿고 배 불쑥 내밀며 떠세를 부렸다.

도저히 믿기지 않는 현실이었다. 독립운동가들을 추적하고 고문과 학살을 저질렀던 자들이 해방공간에서도 경찰이었다. 일제가 백범보다 높은 현상금 100만 원 ─ 천도교 중앙대교당 건축비가 27만 원이었던 1930년대였으니 화폐가치가 떨어졌다고 해도 현재 기준으로 300억 원이 넘는 거액 ─ 을 걸었던 의열단 단장 김원봉은 해방 뒤 조국에 들어왔으나, 일제 강점기의 가장 극악한 형사 노덕술이 집안 해우소 문까지 차고 들어와 곧장 수갑을 채우고 연행해 뺨을 때리며 신문했다.

의열단장 김원봉은 베이징에서 연합전선운동을 벌였다. 독립혁명가들을 교육해 국내로 들여보냈다. 국내에서 조직이 모두 드러나자 중국 국민당 장제스의 도움을 얻어내 난징 외곽에 조선혁명군사간부학교를 설치했다.

1938년에 항일 군사조직인 조선의용대를 조직했다. 일본군과 곳곳에서 무장투쟁을 벌였다. 곤륜산에서 전투에 나섰다가 부상당한 아내 박차정은 제대로 치료를 받지 못하고 투병 끝에 눈을 감았다.

박차정은 김원봉의 사랑이자 미더운 동지였다. 조선혁명군사간부학교의 여성 교관으로 여성전사들을 길러냈다. 아내가 "가슴에 피 용솟음치는 동포여, 울어도 소용없는 눈물 거두고 결의를 굳게 하여 모두 일어서라. 한을 지우고 성스러운 싸움으로 필승의 의기가 여기에서 뛴다"고 독립투쟁에 나서길 독려했듯이 김원봉은 '소용없는 눈물'을 거두고 항일투쟁의 결의를 더 굳게 다졌다.

약산 김원봉은 사상을 넘어 임시정부 세력과의 합작에 나섰다. 1941년 6월 조선의용대는 광복군 제1지대로 편입했다. 광복군 부사령관이 된 약산은 1944년 대한민국 임시정부 국무위원 겸 군무부장을 맡았다.

약산은 국내 진공작전을 백범에게 수차례 제안했다. 하지만 임정 주류는 '사회주의자들과 함께할 수 없다'며 계속 보류했다. 결국 진공작전을 펴지 못한 채 해방을 맞아 귀국한 약산은 1946년 2월 결성된 '민주주의민족전선'의 공동의장에 선출되고 여운형과 더불어 좌우합작 운동을 벌이다가 노덕술로부터 뺨을 맞는 수모를 당했다.

해방정국이 뒤숭숭하게 돌아가자 이성녀는 불안했다. 진규에게 조직을 통해서라도 박병도의 행방을 알아봐달라고 당부했다. 며칠 뒤 조직에서 답이 왔는데 놀랍게도 불악귀 박병도는 서북청년단과 함께 제주도로 건너가 경찰이 되어 친일파 청산을 주장하는 민중을 되술래잡으며 악명을 떨치고 있었다.

진규는 그 사실을 성녀에게 알려야 하나 고민했다. 진실을 숨길 수는 없다고 판단해 그대로 전했다. 아연해서 말을 못 하는 이성녀에게 진규는 스승의 참혹한 죽음을 되새기며 도스르듯 말했다.

"사모님, 민족반역자들이 활개 치는 이 혼란기는 반드시 정리될 것입니다. 그때는 박병도 놈이 제가 지은 죄에 합당한 벌을 받게 될 것입니다. 저 한진규가 눈 뜨고 살아있는 한 그자를 용서하지 않겠습니다."

진규는 사인학당 문을 닫고 눈어치로 들어왔다. 학당이 철저히 감시받아서만은 아니었다. 시국이 한 치 앞을 내다볼 수 없어 아무래도 가까이서 인경 모녀를 보호할 때라고 생각했다.

성녀는 진규가 미덥고 듬직했다. 열아홉 살 딸과 사랑하는 사이임을 오래전부터 알고 있었다. 남편 진규를 난지도에 뿌릴 때 소리 죽여 오열했던 청소년 한놈은 어느새 스물다섯 의젓한 청년이 되었고, 성녀는 1949년 10월 외동딸 인경의 혼례를 치렀다.

이성녀는 흐르는 눈물을 감출 수 없었다. 혼인식장의 빈자리가 새삼스레 원통했다. 남편이 비명에 죽은 뒤 흐른 세월을 애잔하게 회상하며 박병도를 비롯한 민족반역자들은 반드시 역사의 심판을 받으리라는 사위 진규의 장담이 더없이 미더웠다.

하지만 객관적 상황은 녹록치 않았다. 가령 이명세에게도 8월 15일은 마른하늘의 날벼락이었다. 황급히 집으로 돌아와 대문을 걸어 잠그고 누군가 자기를 찾아오면 어디론가 떠나 돌아오지 않고 있다고 둘러

대라 당부했지만 그 또한 미군이 진주하면서 대문을 열고 화장걸음으로 거리에 나섰다.

고슴도치도 제 새끼는 함함하다 했다. 이명세도 제 자식에겐 비교적 다감했다. 민족을 팔아 축적한 돈으로 자식들을 호의호식시켰고 손녀 인호도 일찌감치 미국에 유학 보내 교수로 만들 수 있었다.

이인호는 서울대 교수로 정년퇴임하며 평생을 유복하게 지냈다. 유복자를 낳은 인경보다 다섯 살 아래이니 거의 같은 시대를 산 셈이다. 이인호는 2014년 가을에도 왕성한 사회활동을 벌여 전국경제인연합회가 주최한 '우리 역사 바로보기-진짜 대한민국을 말하다' 강연에 나섰다.

숱한 역사학 교수를 길러낸 '원로' 이인호는 해방 직후에 있었던 친일파 청산 운동을 "소련에서 내려온 지령"이었다고 주장했다. 살천스레 그 말을 뱉을 때 한국방송(KBS)의 이사장이었다. 그녀를 대한민국을 대표하는 공영방송 최고책임자 자리에 앉힌 사람은 일본육사를 나와 만주에서 복무한 박정희의 딸 대통령 박근혜였다.

그뿐이 아니다. KBS는 백선엽을 '한국전쟁의 영웅'으로 방영했다. 백선엽은 일제 강점기에 만주의 독립운동가와 동포들을 잔혹하게 학살한 간도특설대의 주역으로 그는 자신의 과거에 대해 "우리가 전력을 다해 독립운동 부대를 토벌했기 때문에 한국의 독립이 늦어졌던 것도 아닐 것이고, 우리가 일본을 배반하고 오히려 독립운동 부대와 함께 싸웠더라도 독립이 빨라졌다고도 할 수 없을 것"이라고 언죽번죽 변명했다.

해방을 맞고 70년이 다가오던 어느 날이다. 친일에 앞장섰으면서도 여전히 발행부수 1위인 신문에 사진이 실렸다. 청와대에서 열린 '국가원로회의' 풍경을 찍은 사진은 대통령 박근혜의 왼쪽엔 이인호, 오른쪽엔 백선엽이 자리해 참석자들과 축배를 들고 있어 '대한민국의 비밀'을 단숨에 폭로해주었다.

대한민국 정부 수립 이듬해였다. 독립운동가 한진규와 투사의 외동딸 인경은 신혼살림을 차렸다. 하지만 딸이 혼례를 치르고 꽃잠에 들던 바로 그날, 해방 정국의 짙은 어둠 사이로 횡횡 바람을 타고 눈어치에 날아온 두억시니가 문지방까지 바투 다가서리라곤 성녀를 비롯해 그 누구도 몰랐다.

3부
촛불의 향기

1

시커먼 하늘 아래로 새붉은 강물이 흘렀다. 지각을 뚫고 나온 용암처럼 종로를 장엄히 흐른 불길은 광화문 광장을 만나며 굽이쳤다. 2016년 11월 26일 오후 2시부터 서울 탑골공원에서 시작해 도심 곳곳에서 열린 촛불집회에 동참한 한민주는 종일토록 코끝이 불그스름했다.

이순에 접어든 때부터 부쩍 추위 탐이 심해져서는 아니었다. 까닭을 굳이 나이에서 찾자면 추위보다 눈물이 더 적실할 터였다. 며느리가 선물한 장갑 낀 손에 촛불을 들고 성그레 미소 머금으며 오랜 추억의 거리를 오간 내내 코끝이 시큰했다.

60여 년 전에 대한민국을 조롱하던 영국의 신문기자가 떠올랐다. 한국에서 민주주의는 쓰레기통에서 장미꽃 피어나는 꼴이라 했던가. 이 나라 민중을 감히 우스개로 삼은 영국 기자에게 촛불이 붉은 강물을 도도히 이룬 장관을 보여주고 싶었다.

그날 민주는 새벽에 일찍 일어났다. 통일동산 서재에서 제주 4·3항쟁을 다룬 소설의 마지막 대목을 집필했다. 아내 사름이 차려준 시래깃국을 비운 뒤 옷을 두툼하게 입고 정오가 조금 지나 기대 반 걱정 반으로 집을 나섰다.

통일동산에서 탑골공원까진 제법 멀었다. 광역버스에 이어 지하철로 갈아타야 했다. 임진강과 한강, 광개토대왕이 친정한 관미성 유적지까지 언제나 철조망 가시에 갇힌 살풍경이어서 조국이 남북으로 갈라진 상처를 드러내고 있었다.

오후 2시 직전, 탑골공원에 도착했다. 대통령 '박근혜 퇴진 국민주권회복 결의대회'가 열렸다. 단상에 오른 사람들은 국민주권을 파괴한 수구세력을 해체하자는 연설을 이어갔다. 한 농민은 황소를 데리고 서울 도심을 가로질러 참석했는데 소가 몸에 두른 하얀 천에는 '박근혜가 퇴진하면우리가웃소'라는 자못 긴 이름의 소 이름이 적혀있어 대통령과 싸우러 나온 이들의 웃음을 자아냈다.

황소의 뿔이 퍽이나 튼실해 보였다. 종교·사회단체 연합집회여서 스님과 목사가 함께해 3·1혁명이 일어났던 순간을 연상케 했다. 주먹을 불끈 쥔 참석자들 뒤편에 조용히 서있던 한민주는 삼일문으로 다가가 탑골공원 안쪽을 살피다가 무심코 소소 손병희 동상을 바라보았다.

그 순간 검은 새와 마주쳤다. 구리로 빚은 소소의 왼쪽 어깨에 사부자기 앉아 민주를 보고 있었다. 까마귀라기엔 너무 크고 검독수리로 보기엔 부리마저 까만 새의 검은 눈을 응시하며 공연히 가슴 설렐 때 하늘에서 무엇인가 사뿐사뿐 내려왔다.

첫눈이다. 펄펄 내리던 눈은 곧 펑펑 함박눈으로 쏟아졌다. 서설이라 반기면서도 촛불집회에 부담이 될까 서둘러 스마트폰을 검색하던 사람들은 두 시간 뒤면 그친다는 예보에 마음을 놓으며 한껏 기쁜 마음으로 하얀 눈을 맞이했다.

검은 새는 고요했다. 민주가 시위대를 따라 발맘발맘 삼일문을 나설 때도 그 자리에 앉아있었다. 검은 새 위로 하얀 눈이 쌓이자 조각된 예술품처럼 보였는데 마치 민중들 이야기를 경청이라도 하려는 듯 고개를 비스듬히 기울여 하염없이 둘러보았다.

한민주는 검은 새와 눈으로 작별했다. 삼일문을 걸어 나왔다. 눈시울 적시는 순간이 대책 없이 늘어난 한민주는 탑골공원을 나와 한길로 나서면서 검은 새가 보이지 않자 서운함에 눈물마저 핑그르르 돌았다.

오후 3시, 보신각 앞으로 걸어갔다. 청소년 시국대회가 열렸다. 전국 곳곳에서 서울로 온 10대들이 '헬 조선이라 불리는 체제'를 개혁해내겠노라 당차게 입다짐하는 모습이 새삼 애틋했고 손팻말도 더없이 청순했다.

"내가 어른이 되었을 때 나는 사람이고 싶다." 한민주는 내심 감탄했다. 사람이 되고 싶다는 그 말보다 더 통렬하게 '어른'들을 비판할 수 있을까.

"우리 선배들이 민주주의를 위하여 피와 몸을 내던졌습니다. 이제는 우리가 선배들이 했듯이 거리로 나가 싸워 민주주의를 찾아야 합니다."

아직은 앳된 목소리였다. 하지만 노년에 접어든 한민주는 당차게 연설하는 청소년을 다사롭게 바라보았다. 대학 입시경쟁에 내몰린 청소년이 거리의 시국집회에 참여하기가 대한민국에선 자연스러운 문화가 아닐 터인데도 씩씩했다.

집회를 앞두고 어느 신학교수는 무람없이 협박했다. "촛불집회에 나갔다가 세상 하직할 수 있으니 주의하라." 바로 1년 전 민중총궐기 대회에서 경찰 폭력으로 숨진 농민을 빗댄 그 천박한 훈계 또는 겁박을 비중 있게 보도한 신문사도 있어 왜 기자가 '기레기'로 비난받는지를—딱히 '기자 쓰레기'라는 본딧말을 떠올리지 않더라도—충분히 짐작할 수 있었다.

딴은 대통령 박근혜와 같은 당 국회의원 김진태도 언구럭 부렸다. "바람이 불면 촛불은 꺼진다." 하지만 보신각에 모인 청소년도, 주권회복에 나선 탑골의 민중도 더러는 전자촛불까지 밝히며 함박눈 내리는 거리를 행진하며 외쳤다.

"여러분, 청소년들이 거리로 나왔습니다. 여러분, 거리로 나와주세요!" 한민주는 대열과 더불어 행진하며 1919년 3월 1일을 짚어보았다. 오후 2시 탑골공원에서 조선독립 만세를 외치며 학생들과 거리로 나섰을 최사인의 가슴을 헤아려보았다. 사람이 곧 하늘이라는 믿음으로 당신의 이름 '사인(事人)'에 담긴 뜻처럼 모든 인간이 서로를 하늘로 섬기는 공동체를 꿈꿨던 고결한 영혼은, 저 혼자 잘 먹고살겠다며 민족을 배신한 일제의 더러운 앞잡이 박병도의 손에 허거픈 죽음을 맞았다.

한민주는 걸음을 서둘러 광화문으로 갔다. 세종로공원에서 열리는 농민집회를 보고 싶었다. 무엇보다 전봉준투쟁단 상황이 궁금했는데 전라도 해남과 경상도 진주에서 농기계를 몰며 서울로 출발한 전봉준투쟁단은 날로 세가 커져 '트랙터 부대'를 이뤘다.

전봉준투쟁단은 2016년 11월 25일 경기도 안성과 평택까지 다가왔다. 하지만 경찰은 폭력적 저지를 서슴지 않았다. 전국농민회는 광화문 앞에서 집회를 열고 전봉준투쟁단이 경찰의 저지선에 막혀 아직 서울까지 입성하지 못했지만 대통령 박근혜가 퇴진할 때까지 벅벅이 전진해올 것이라고 확약하며 성명을 발표했다.

"목이 잘릴지언정 의를 세우고 나라를 지켜온 사람이 이 땅에서 흙 묻히며 땀 흘리며 살아온 농민이다. 그가 바로 전봉준이다. 우리의 말과 우리의 깃발은 승리할 때까지 전진한다. 전봉준투쟁단은 막히면 뚫을 것이고, 잡혀가면 또 다른 전봉준이 나설 것이다. 마침내 농민 손으로 박근혜 정권을 끌어내리고 나라다운 나라를 반드시 세울 것이다."

농민 한 사람 한 사람이 녹두를 자임했다. 두루 비장했다. 전봉준투쟁단을 겨냥한 박근혜 정권의 살인적 폭력이 그들의 '가슴속 칼날'을 다시 시퍼렇게 갈아주었을성싶다.

오후 4시에 농민과 노동인, 청소년이 하나로 뭉쳤다. 청와대를 포위하는 인간띠잇기 행진에 나섰다. 첫눈을 보낸 흐린 하늘에선 진눈깨비가 내려 더러는 비옷을 입고 더러는 우산을 쓰기도 했지만 정당성을 잃은 권력의 심장부를 포위하러 가는 길에 머뭇거리는 주권자는 아무도 없었다.

탑골, 보신각, 세종로에서 집회한 사람이 모두 모였다. 청와대 동·서·

남쪽을 '학익진' 형태로 포위해갔다. 청와대 앞 200미터 지점까지 진출해 처음으로 인간띠잇기를 이뤄 '역사상 가장 거대한 날개'를 펼치자 그 웅장한 기세와 함께 진눈깨비조차 시나브로 옅어지고 땅거미가 젖어 들었다.

어둠이 짙어가면서 촛불 든 사람들은 무장 늘어났다. 서울에서만 150만 인파가 광화문과 종로를 가득 메웠다. 무수한 꽃불이 어둠이 내린 거리를 파도처럼 물들였고, 오후 6시에 광화문광장으로 다시 모여 열린 촛불집회는 우리 고전문학의 고갱이인 풍자와 해학이 생생한 현실로 재현되는 현장이었다.

촛불 민중은 현장에서 살아있는 '고전문학'을 써갔다. 이를테면 첫눈은 '하야눈'이다. 황소를 몰고 온 농민들도 광장에 모여서 저마다 '하야하소' 또는 '근혜씨집에가소'라 이름 붙여 폭소를 터트렸는데, 한민주는 그들 모두가 녹두의 아우처럼 보였다.

촛불의 도저한 물결을 따라온 한민주는 더없이 부끄러웠다. 겨우 한 달 전까지만 해도 쓸쓸함에 사로잡혀있었다. 교수 시절에 '주권혁명'의 논리를 정립해 책으로 출간했고 그걸 교재로 '정치커뮤니케이션' 강의를 퇴임 직전까지 맡았으면서도 국민 대다수가 현실에 안주하고 있다며 공연한 고독에 잠겨있었다.

주권혁명은 소리 없이 전진하고 있었다. 어느새 늙어버린 민주의 절망 바로 밑바닥까지 다가왔다. 촛불을 든 민중은 다시 청와대로 행진하며 '의경 안아주기 행사'를 벌이는가 하면, 경찰차를 배경으로 의경들과 번갈아가며 사진을 찍어 서로 나누는 성숙한 모습을 보이기도 했다.

서울 도심에서 150만 명이 집회를 열었지만 거리는 사뭇 깨끗했다. 촛불이 행진한 길에 쓰레기라곤 찾아볼 수 없었다. 민중 스스로 촛불집회를 산뜻하게 마무리하며 새벽 일찍 거리를 청소하는 노동인들에게 조용한 연대를 표하곤 하나둘 집으로 돌아갔다.

한민주는 검은 외투 깃을 세우고 종로를 더 걸었다. 다시 보신각을 지나칠 때 문득 검은 새의 정체가 궁금했다. 고구려시대부터 신령의 뜻을 전한다고 믿어온 까마귀일까 싶은 생각이 든 것은 심훈의 시가 떠올라서였다.

민주는 학교에서 처음 그 시를 배울 때 금방 외웠다. 어머니 인경이 삯바느질할 때 독백처럼 부른 노랫말이었다. 검은 새는 종로의 인경을 머리로 들이받아 사람을 깨우려고 지금도 탑골과 보신각의 밤하늘을 날고 있나 싶었다.

민주는 삼일문과 광화문 네거리 사이를 수차례 오갔다. 60여 년 전의 외신기자를 떠올리던 민주는 자신이 얼마 전까지 조국의 현실에 느꼈던 쓰라림에 비춰보면 1950년대 영국 기자가 이승만 정권의 행태를 '쓰레기통과 장미꽃'으로 보도한 까닭도 전혀 이해 못 할 일은 아니라는 생각이 들었다.

딴은 망발로 발끈할 기사만은 아니었다. 해방을 맞아서도 민족반역자들이 되레 활개 쳐서만은 아니다. 1000년 넘게 하나로 살아온 민족이 이웃 나라 일본의 식민지가 되었는데 그 나라가 패망하자 지구상에 어떤 지점을 나타내려 고안한 추상적 좌표를 경계선으로 미국과 소련 두 나라 군대가 들어오며 두 동강 내서만도 아니다.

동강 난 남과 북에 각자 나라를 세우더니 기어이 전면전을 벌였다. 서로 다른 군복을 입고 수백만 명을 학살했다. 녹두, 소소, 단재 그리고 최바우와 최사인을 비롯해 식민지의 어둠을 밝히며 온몸을 불사르고 사라진 수많은 촛불이 꿈에서라도 상상할 수 없었던 참변이었다.

2

한민주는 조국이 '쓰레기통'으로 말보인 시절에 태어났다. 전쟁의 소용돌이에서 걸음마를 뗐다. 분단선 남쪽에 세워진 대한민국의 민주주의도 첫발을 내디뎠지만 전쟁 중인 1952년 임시수도 부산에서 초대 대통령 이승만이 자행한 헌법 개정에 국제적 조롱이 떡을 쳤다.

이승만은 해방 이후 귀국했다. 줄곧 미국에서 편히 살던 일흔 살의 이승만은 국내에 정치 기반이 거의 없었다. 하지만 반민족행위를 저질러 숨어있다가 빠끔히 고개 내밀고 힐금거리던 친일 지주세력 ─ 그들이 다시 살아날 수 있다고 안도한 순간은 미군의 진주였기에 실제 자신들의 목숨을 구해준 '구세주'로 인식하고 친미로 표변해 군정에 적극 빌붙은 자들 ─ 의 인맥과 돈을 끌어모으는 데 성공했다.

해방 첫돌도 지나지 않아서다. 이승만은 38선 이남만의 단독정부를 수립하자고 주장했다. 숱한 반대 속에 고집스레 뜻을 관철하며 남쪽에 수립한 대한민국 정부의 대통령 자리에 올랐다.

38선 이북은 서른세 살의 김일성이 소련의 독재자 스탈린의 선택을 받았다. 대한민국 수립 직후 평양에서 조선민주주의인민공화국을 수립했다. 미군과 소련군이 진주한 땅에서 각각 그들이 '지원'한 사람이 집권한 대한민국과 조선민주주의인민공화국은 38선에서 충돌을 거듭하다가 김일성이 1950년 6월 25일 전면전을 주도했다.

이승만은 전쟁 중에 첫 임기가 끝나갔다. 국회에서 대통령을 뽑는 제헌 헌법으로는 재집권이 불가능했다. 전쟁 직전인 1950년 5월에 치러진 제2대 총선에서 이승만이 이끄는 정당은 참패해 의석수가 고작 3위의 소수 정당에 그쳤기 때문이다.

이승만은 권력을 놓고 싶지 않았다. 직선제로 바꿔야 대통령 선거를 조작할 수 있다고 판단했다. 마침내 공작에 들어가 형무소 수감자를 풀어주고 '무장공비'로 위장해 사살하고는 치안이 위태롭다며 비상계엄을 선포하는 범죄를 무람없이 저질렀다.

곧이어 대한청년단과 백골단·땃벌떼 따위의 깡패들이 국회의사당을 포위했다. 벌 중에서도 사납기로 유명한 땃벌떼를 그린 벽보도 나붙었다. 실제로 깡패들은 이승만에 비판적인 국회의원을 두개골이 터지도록 폭행해 공포 분위기를 확실히 조성했다.

악질 일본 경찰 노덕술도 헌병대장이 되어 이승만의 총애에 보답했다. 노덕술은 헌병을 동원해 국회의원 40명이 탄 통근버스를 통째로 납치해 협박했다. 결국 깡패들과 경찰, 군이 국회의사당을 포위한 상태에서 버젓이 기립 투표로 발췌 개헌안이 통과되고 바뀐 선거절차에 따라 이승만은 재집권했다.

영국 언론의 맹랑한 냉소는 국제무대에 제법 퍼져갔다. 따지고 보면 영국 기자가 대한민국을 야유할 자격은 없었다. '신사의 나라'로 자신을 포장하고 있었지만 대영제국이야말로 제국주의의 본산이었고, 2차 세계대전의 참극을 겪으며 제국주의 틀에서 겨우 벗어나고 있던 참이었다.

대한민국은 영국과 확연히 달랐다. 제국주의 시대에 영국은 가해자였다. 대한민국은 제국주의 열강들 사이에서 식민지에 이어 분단의 고통을 당한 피해자 중의 피해자였다.

한민주는 1950년 충청도 영동에서 유복자로 태어났다. 스무 살을 맞을 때까지 영국 기자가 비웃은 '쓰레기통'에 어떤 민족사적 비애가 담겨 있는지 몰랐다. 아니 민족사 이전에 자신에게 생명을 준 부모는 물론 가족사에 어떤 슬픔, 어떤 비극이 묻혀있는지도 도통 몰랐다.

10대 시절의 민주에게 어머니는 '전쟁미망인'의 한 사람이었다. 한국전쟁에서 남편을 잃고 애면글면 삯바느질로 아들을 키우는 홀어미였다. 애오라지 희망은 외아들이었기에 온갖 고생 마다하지 않으며 헌신하는 모습만으로도 민주의 가슴은 종종 먹먹했다.

어머니 최인경은 아들에게 가족사를 들려주지 않았다. 민주가 대학에 입학하고 고향에 다녀온 뒤 아버지의 진실을 진지하게 물을 때까지 그랬다. 인경으로선 아버지 최사인에 이어 남편 한진규까지 비통하게 잃었기에 유복자로 낳은 아들마저 빼앗기고 싶지 않았다.

기실 한민주 가족만이 아니었다. 이승만 정부 수립 이후 1960년 4월혁명까지 민중은 말이든 글이든 자유롭지 못했다. 피로 물든 해방 정국과 수백만 명이 생명을 잃은 전쟁에서 살아남은 대다수 사람에게 1950년대는 생존이 당면한 과제였다.

민주주의의 밑절미인 사상과 표현의 자유는 사치였다. 따라서 그에 근거해 여론을 형성하는 공론장은 뒤틀릴 대로 뒤틀려있었다. 1960년 4월혁명으로 닫힌 공론장이 열리는가 싶더니 고작 1년 만에 육군 소장 박정희의 쿠데타와 독재로 좌절되면서 민주주의의 근간인 말과 글의 자유 모두 지하로 다시 숨어들어야 했다.

1987년 6월대항쟁은 현대사의 전환점이었다. 대한민국 구성원들은 생각과 표현의 자유를 그나마 확보할 수 있었다. 민주의 쓰레기통에서 6월대항쟁까지 기자로 활동한 사람들조차 언론활동이 자유롭지 못했을뿐더러 언론인 자신의 시야도 제한되어있었다.

한민주와 그 세대 기자들에게 한국 언론의 얼굴은 송건호였다. 그의 삶을 톺아보면 시대의 어둠이 얼마나 깊었는가를 짐작할 수 있다. 1953

년 전쟁 중에 기자가 되어 전두환 군부독재가 저지른 고문 후유증으로 2001년 고통 속에 눈 감을 때까지 언론인으로 외길을 걸은 송건호는 민족분단 이후 대한민국 언론을 대표하는 언론인이었다.

송건호는 예순 살을 맞아서야 쓰레기통에 맺힌 꽃봉오리를 목격했다. 그 기쁜 순간을 차분히 기록했다. 군부독재로부터 해직당한 언론인들이 만든 비합법 매체에 6월대항쟁의 역사적 의미를 기고했다.

1987년 6월은 한국 현대사에 하나의 획을 그은 중대한 전환기로 기록될 것이다. 6월 10일부터 약 보름간의 기간 동안 전국 곳곳에서 수백만 명의 인파가 거리로 쏟아져 나온 광경과 그것이 이루어놓은 변화는 경이로운 것이었다. 곤봉과 투구, 방패로 무장하고 훈련을 받은 경찰이 무자비하게 폭력을 자행하고 최루탄이라는 순화된 이름으로 알려진 독가스탄을 마구 난사했음에도 대한민국을 구성하고 있는 남녀노소들이 거리로 쏟아졌다. 무리를 지어 돌을 던지며 경찰과 공방전을 벌였다. 시위에 직접 가담하지 않은 사람들도 시위로 인한 불편에 눈살을 찌푸리기는커녕 밝은 얼굴로 박수를 치고 물을 뿌리고 돈을 걷어주었다. 진압방법이 갈수록 잔인해지고 무더기로 체포·연행하고, 불과 몇 년 전 낭자한 선혈 속에 수천 명의 시위 군중을 총칼로 짓이긴 무장군인의 동원이 다시 거론됐어도 그들은 생업조차 뒷전으로 미뤄둔 채 거리로 내달았다.

무릇 기자란 '오늘의 역사가'이다. 송건호는 그 명제를 자신의 삶으로 증언했다. 평생에 걸쳐 외길로 현실을 기록해간 언론인 송건호는 대한민국 근현대사를 서술한 역사가이기도 했다.

1987년 들어 전두환 정권은 살기등등했다. 대학생 둘을 물고문과 최루탄으로 죽였다. 1980년 5월의 광주를 피로 물들인 학살극이 재현될지 모른다는 공포가 퍼져갔지만 민중은 주눅 들지 않았고 거리로 나섰다.

더는 무릎 꿇고 살지 않겠다는 결기였다. 한목소리로 "독재 타도! 독재 타도!"를 외쳤다. 거리에 나선 해직기자 송건호는 백발을 날리며 수첩을 꺼내 전개되는 상황을 적었고, 젊은 현역기자 한민주는 잠시 펜을 접은 채 마스크를 쓰고 청계천 들머리에서 돌을 던졌다.

민주는 송건호를 1980년 봄 한국신문회관 강연장에서 처음 보았다. 물론 책은 더 일찍 만났다. 그가 박정희 군부독재와 맞서 싸우다가 해직된 기자들을 대표하는 언론인이라는 사실도 익히 알고 있었다.

당시 민주는 4년차 기자로 30대에 접어들고 있었다. 송건호는 50대 중반이었으니 민주에겐 아버지뻘이었다. 유복자로 태어난 민주는 어렸을 때부터 나이 든 사람들을 볼 때마다 아버지의 나이와 견주는 버릇이 생겼는데 부친이 송건호보다 두 살 앞이었다.

두 군부독재자 박정희와 전두환 사이에 짧은 봄이 있었다. 언론은 '서울의 봄'이라 불렀다. 1980년 4월, 한국기자협회가 신문의 날을 맞아 '헌법 개정과 언론자유'라는 주제로 강연회를 개최하며 '해직기자의 대부' 송건호를 초청했을 때 민주는 직접 그의 강연을 듣고 싶어 다소 설레는 마음으로 신문회관 강당을 찾았다.

강당은 해직기자들과 젊은 현직 기자들의 열기로 가득했다. 이윽고 송건호가 강단에 오를 때는 숨소리조차 멎은 듯했다. 넓고 단단한 이마, 그 아래 샛별처럼 빛나는 눈은 강마른 체격과 함께 강직한 선비의 전형이었고 말씨도 문체와 같이 현란하지도 선동적이지도 않았지만 조곤조곤 이어간 강연은 조목조목 핵심을 찔렀다.

"지금 언론의 자유와 책임이라는 구호는 내가 보기엔 잘못된 표현입니다. 오히려 언론의 독립을 내세워야 옳을 것입니다. 신문사를 소유한 기업주들은 기자들이 편집권 독립을 주장하면 '그럼 나는 바지저고리냐'는 식으로 발끈하지요. 이는 당치도 않은 말입니다. 언론이나 교육사업은 그 자체가 막중한 공공성을 갖고 있기 때문에 이를 기업이나, 사유물로 보아서는 안 됩니다."

성품처럼 온당하고 합리적 주장으로 과격하지 않았다. 그럼에도 송건호의 강연이 매우 불편한 사람들이 있었다. 극소수였지만 언론사 피라미드 구조의 정점을 장악하고 있었기에 절대 다수의 언론인들보다 힘이 훨씬 큰 '소유주들'이다.

송건호는 추상적인 논의를 시뻐했다. 언론의 자유나 책임은 선언적인 이야기였다. 송건호는 언론을 소유한 기업주들로부터 편집의 자율성 보장이 시대적 과제임을 명쾌하게 제시하며 이를 새 헌법에 반드시 명문화해야 옳다고 역설했다.

자태도 말씨도 순수하고 강직했다. 강연을 들으며 한민주는 송건호의 얼굴에서 사진으로 본 단재의 분위기를 읽었다. 강연장에 오기 전에 송건호가 신채호를 가장 존경한다고 밝힌 글을 읽고 왔기에 더 그랬다.

3

송건호는 1980년을 맞아 쓴 글에서 부끄러움을 토로했다. 너무 뒤늦게 단재 신채호를 발견했다고 자책했다. 송건호는 일제 강점기에 생명을 걸고 침략자와 투쟁한 항일 애국지사의 수효는 헤아릴 수 없이 많다면서 "찬연히 빛나는 애국지사 중에서도 언론인으로서, 역사학자로서, 혁명투사로서 글과 사상과 몸으로 평생을 두고 철두철미하게 타협 없는 투쟁을 펼치다가 만주 뤼순감옥에서 장렬한 최후를 마친 단재 신채호 선생이 첫째가는 인물"이라고 잘라 말했다.

나는 부끄럽게도 뒤늦게야 선생에 관심을 갖고 그의 생애와 투쟁 이력과 글을 읽고 감격에 넘쳐 자신도 모르게 눈시울을 적셨던 일이 있다. 세상에는 항일 애국지사도 많지만, 엄격히 그 생애를 추적해보면 이곳저곳에 흠이 없지 않는데 그런 중에서도 신채호 선생만은 온몸에 오직 항일의 불덩이로서 흠을 찾기 어려우니 그의 생애를 더듬어볼수록 감동과 감격에 머리가 숙여진다.

송건호에게 단재는 흠잡을 데 없는 '항일의 불덩이'였다. 단재가 창립선언문을 쓴 의열단에도 경의를 표했다. 1980년대 중반 송건호는 마치 역사 앞에 고해라도 하듯 의열단을 주제로 쓴 책을 내는 심경을 밝혔다.

필자는 의열단 투쟁이야말로 만주·중국 또는 멀리 미주나 국내에서 투쟁한 수많은 항일투쟁 속에서도 가장 위대하고 또 가장 감동적인 투쟁이었다는 것을 발견했다. 우리들은 윤봉길 의사나 이봉창 의사의 의거를 잘 알고 있고 또 세상에서도 이 두 분에 관해선 널리 알려져 있다. 그러나 의열단에서는 수많은 윤 의사와 수많은 이봉창 의사를 발견할 수 있다. 아니 윤 의사나 이 의사도 의열단 의사들의 뒤를 따랐다는 것을 발견한다. 의열단 의사들 중에는 이들 못지않게 통쾌한 투쟁을 한 의사들이 적지 않다. 필자는 글을 써가는 도중에 감동한 나머지 여러 번 눈시울이 뜨거워졌음을 솔직히 고백한다. 의열단처럼 일제 치하에 위대한 애국투쟁을 한 단체가 오늘날 왜 이렇게도 무관심과 냉대를 받고 있는가?

눈시울 적신 고백에 이은 항의였다. 하지만 그로부터 30년이 더 지나서도 마찬가지다. 신채호와 의열단은, 더구나 조선혁명선언에 담긴 사상은 많은 이들에게 잘 알려져 있지 않다.

한민주는 송건호의 글과 말로 정신을 벼려왔다. 송건호는 군부독재와 맞선 민족지성의 상징이었다. 다만 단재를 뒤늦게 알게 되어 부끄럽다고 털어놓았듯이 때로는 고지식하다는 소리를 들을 정도로 사람들 앞에 나서기를 꺼리며 조용히 책 읽기를 좋아해 '샌님'이란 별명이 딱 떨어지진 않지만 그런대로 어울릴 만큼 성실한 '모범생'의 길을 걸었다.

단재가 뤼순형무소에서 눈감을 때다. 송건호는 열 살 소년이었다. 신채호가 누구인지도 의열단이 뭘 하는 단체인지도 도통 들어보지 못했음은 물론이고 심지어 건호 자신이 일본인인 줄 알고 있었다고 훗날 토로했다.

1927년 충청도에서 농부의 여섯째로 태어났다. 소소와 단재가 태어난 곳과 멀지 않고 한민주의 고향과도 가깝다. 평범한 농부 집안이었지만 증조부가 논밭을 늘려놓아 상대적으로 생활이 어렵지는 않았다.

친척 중에 소백산맥을 타며 약초 캐어 팔던 이가 있었다. 민주의 할아버지 최사인과 함께 영동읍내에 약방을 연 송 노인이다. 하지만 가로와 세로로 이어지는 인연이 얼마나 깊은지 대다수 사람들이 모르는 채 현존하는 개개인에 시선이 고정되어있듯이 송건호도 한민주도 그렇게 얽힌 관계를 알지 못했다.

건호는 초등학교를 마치고 1940년에 서울로 왔다. 상업학교에 입학했는데 숫기나 사교성이 없어 배돌던 건호는 홀로 책방을 찾아다녔다. 연희동에 사는 친척 집에 살며 연희전문 학생들이 삼삼오오 모여있는 뒷산 솔밭으로 종종 산책을 나가 대학에 진학할 꿈을 키우기도 했다.

당시 일본제국은 중국까지 침략해 들어갔다. '내선일체'와 '국민총력연맹'을 결성해 군국주의가 기승을 부렸다. 이른바 '민족 지도자'로 불린 명망가들이 친일로 줄을 이어 변절해가던 시기이기도 했다.

건호가 중학교 2학년 2학기 때 일제는 미국과 전쟁을 시작했다. 건호는 일본의 승리를 굳게 믿고 기대했다. 빡빡머리 건호는 일제가 홍콩, 싱가포르를 침략해 점령할 때마다 일본인이나 다름없이 욜랑욜랑 두 손 들어 "만세"를 부르며 환호했다.

일제의 식민지 교육은 나름 빈틈이 없었다. 적잖은 학생들이 일본을 자신의 조국으로 알았다. 3·1혁명이 일어났었다는 사실조차 모르는 실정이었고 송건호가 그 시절을 정직히 증언했듯이 "천지가 일본 일색이어서" 해방이란 생각도 못 했다.

당시 지식인들은 이광수·최남선을 대단한 인물로 알고 있었기에, 일제가 이광수와 최남선을 집중 공작해서 거역을 못 하게 한 겁니다. 나도 중학교 2학년 때까지는 자신을 일본인이라 생각했고, 당연히 '우리나라' 일본이 대동아전쟁에서 이겨야 한다고 생각했어요.

건호가 자신을 '일본인'으로 믿은 사실은 서글픈 일이다. 하지만 그 책임은 모든 지배세력이 즐겨 쓰는 제도적 무기, 바로 교육과 언론에 있다. 학교에 들어간 조선의 모든 소년은 "나는 대일본 제국의 신민이다. 나는 마음을 다해 천황폐하께 충의를 다한다. 나는 인고단련하여 훌륭하고 강한 국민이 된다"는 '황국신민서사'를 외우고 날마다 큰 소리로 읽어야 했다.

언론도 마찬가지다. 《조선일보》와 《동아일보》는 무람없이 일본을 '우리나라'로 보도했다. 1919년 3월 1일 독립만세 운동으로 열린 공간에서 창간할 수 있었던 조선인의 신문들이 "대일본제국의 보도기관"을 자임하면서도 부끄러움이라곤 없었다.

《조선일보》 방응모는 일제를 위해 국방헌금을 모금했다. 종종 제호마저 내리고 그 위에 일장기를 올려놓았다. 일본제국주의에 아부하기 위하여 기상천외한 편집까지 서슴지 않아 되레 총독부 기관지가 머쓱해 할 정도였다.

따라서 일제로선 두 신문을 폐간할 이유가 없었다. 다만 전쟁을 확대하며 군수물자 총동원 차원에서 일본 안에서도 언론사들을 통폐합했다. 식민지에선 총독부기관지로 모두 통폐합하라는 결정을 내리고 《조선일보》와 《동아일보》 사주 가족이 평생을 호의호식하고도 남을 만큼 두둑한 보상금을 주었다.

송건호가 이광수를 콕 집어 회고한 이유는 분명하다. 이광수는 이승만 정부 이래 줄곧 중·고등학교 교과서에서 '한국 근대소설의 아버지'로 추앙받아왔다. 하지만 총독부 기관지에 1940년 7월 기고한 '황민화와 조선문학' 제하의 칼럼에서 이광수는 조선인들에게 "끌려가는 일본국민이어서는 아니 된다. 구경하는 국민이어서는 아니 된다. 자발적 적극적으로 내지 창조적으로 저마다 신체의 어느 부분을 바늘 끝으로 찔러도 일본의 피가 흐르는 일본인이 되지 아니 하여서는 아니 된다"고 선동할 만큼 1930년대 후반부터 철두철미 '일본인'이었다.

한때는 자신만이 조선을 진정 사랑한다는 듯이 '민족개조론'을 폈다. 신채호를 면전에서 한껏 조롱하기도 했다. 이광수는 자신의 민족개조론을 따라오지 않는 조선인들은 차라리 일본인으로 거듭 나야 한다고 생각했으며 자신부터 철저한 일본인으로 변절했을 뿐만 아니라 조선 민족의 피를 '일본의 피'로 바꾸자고 말살에 쇠살을 늘어놓을 만큼 민족 반역의 길을 걸었다.

청소년 건호가 전문대학에 입학하려 준비할 때였다. 그제야 자신을 '반도인'으로 차별한다는 사실을 깨우쳤다. 일본인이 아니라는 사실을 비로소 인식한 건호에게 조선 사람들이 무시당하고 억압당하는 현실이 눈에 들어오기 시작했다.

자연스레 건호의 마음에 저항감이 싹텄다. 그때부터 건호는 일본말 쓰기를 꺼렸다. 자신이 다니는 학급에서 민족의식이 조금이라도 있는 친구들을 꼽아보니 많이 잡아도 예닐곱 정도였는데, 적극적인 친일 학우도 일고여덟 명 정도였고 대부분은 침묵을 지켰다.

송건호의 회고는 현실의 단면을 보여준다. 반민족행위자와 독립운동 사이에 대다수는 침묵하며 살았다. 송건호는 그 시절을 버티고 살아가며 침묵하는 사람들은 잘 순종한다는 사실을 깨달을 수 있었다고 회상했다.

바로 그래서 운동이 필요했다. 민중이 더 동참할수록 독립은 더 빠를 터였다. 건호가 민족의식에 눈뜬 1940년대 초반의 조선은 누군가에겐 목숨을 건 격전장이었다.

한민주는 중·고등학교에서 일제 말기를 '암흑기'로 배웠다. 일제의 혹독한 탄압으로 독립운동이 수그러들었다는 설명이다. 하지만 변절한 사람들은 '민족지도자' 행세를 하던 이광수, 최린, 최남선 따위에 지나지 않았다.

대학에 들어가 공부를 하면서 민주는 새 흐름을 발견했다. 세 번째 감옥에서 나온 박헌영은 지하에서 독립혁명 운동을 벌이고 있었다. 고향에서 소소와 단재의 사상을 젊은이들에게 가르치던 최사인이 순사보 박병도의 악독한 고문에 어처구니없는 죽음을 맞이한 시기였고, 송건호의 또래인 한진규가 민주지산을 오르내리며 '사인학당'을 열어 지리산의 이현상과 소통하던 시절이었다.

4

한진규와 최인경은 소백산맥의 한 자락에서 교육과 조직 활동에 나섰다. 조선의 산하 골골샅샅에서 청년운동과 노동·농민운동이 꿈틀대고 있었다. 하지만 일제가 눈과 귀를 가리고 반민족행위자들이 명망가로 깝신깝신 나부댄 탓에 건호를 비롯한 많은 청소년들은 손병희, 신채호, 김원봉, 박헌영을 비롯해 독립 혁명가들의 이름조차 모르고 있었다.

조선인으로 차별받는 현실을 직시한 송건호는 진학 꿈을 접었다. 서울에서 상업학교를 졸업한 1945년 초에 고향 옥천으로 돌아왔다. 옥천과 영동은 서로 맞닿은 지역이지만 송건호는 두 살 위인 한진규의 행동 반경과 사뭇 달랐고 실제 인생도 자못 다르게 풀려갔다.

송건호는 옥천에서 일본군 식량창고 사무원으로 일했다. 몇 달 뒤인 8월 15일 일제가 항복하면서 미군이 38선 이남에 진주했다. 건호 부모는 아들에게 취직을 권했지만 건호는 공부를 더 하겠다며 그해 12월 다시 서울로 갔다.

당시 서울은 모스크바 3상회의 결정을 둘러싸고 큰 갈등이 불거졌다. 복간한 《동아일보》가 결정적 '가짜뉴스'를 내보냈기 때문이다. 미·영·소 외무장관들의 모스크바 3상회의와 관련해 《동아일보》는 1면 머리로 미국이 집요하게 주장한 신탁통치를 소련이 제의한 것으로 왜곡했다.

더구나 3상회의의 고갱이는 신탁 여부가 아니었다. 연합군이 38선으로 갈라 점령한 남과 북을 하나로 잇는 데 있었다. 미·소 공동위원회가 한국의 완전한 독립을 목표로 임시정부와 협의해 아무리 길어도 5년 미만의 신탁통치를 한다는 합의 내용은 잘 알려지지 않았다.

소련이 공산당을 앞세워 조선을 삼키려 한다는 날조된 뉴스가 퍼져갔다. 그 명분으로 친일파들이 다시 득세해갔어도 열아홉 살 건호의 일상은 개인 차원에 머물고 있었다. 그 무렵 박헌영의 라디오 연설을 들었지만 그다지 관심이 없던 송건호는 자신이 진학할 학교를 탐색하느라 분주했다.

해방 직후 박헌영은 공개적 활동에 나섰다. 1945년 9월에 합법정당으로 조선공산당을 재건했다. 박헌영은 일제와 가장 치열하게 싸운 사람들이 모인 조선공산당을 이끌었고, 미군정이 실시한 여론조사 결과 '지금 총선을 하면 대통령에 당선될 가능성이 가장 높은 정치인'으로 꼽혔다.

조선공산당은 기관지 《해방일보》를 발행했다. 합법적으로 활동하던 조선공산당은 자타가 공인하는 가장 강력한 정당이었다. 박헌영은 조선공산당 대표로서 1945년 11월 30일 지금의 KBS인 서울중앙방송이 마련한 라디오 연설에서 자신이 꿈꾼 나라의 모습을 알기 쉽게 담았다.

우리의 완전독립을 위하야 싸우고 있는 근로자 대중이여! 형제자매들이여! 동포들이여! 조선공산당의 이름으로 여러분에게 열정에 넘치는 인사를 드립니다. 오늘 짧은 시간을 이용하여 조선공산당의 주장이 무엇인가를 간단히 말씀드리고자 합니다. 아시는 바와 마찬가지로 우리당은 노동인, 농민, 도시 소시민과 지식인 및 일반 근로자 대중의 이익을 대표한 정당입니다. 일본 제국주의 통치의 백색 테러 밑에서 우리는 민족의 독립과 토지문제의 해결을 위하여 근로대중의 생활개선과 언론집회의 자유를 위한 반제국주의와 반봉건적 민족해방투쟁을 부절히 전개하였는데 그것은 조선에 있어서 민주주의적 자유와 발전을 위한 투쟁입니다.

이러한 민주주의를 위한 투쟁의 목적은 금일에도 더욱 완강히 계속하고 있는 것으로 그것은 형식에만 그칠 것이 아니라 내용을 갖춘 진정한 의미의 민주주의의 실현에 있습니다.

독립의 실현이 완성됨에 있어 우리 조선 민족이 무엇을 얻었는가, 우리 민족생활에 어떠한 변화가 생기는가? 물론 변화가 생기었습니다. 그러나 그 변화는 형식에만 그칠 것이 아니요, 그 생활내용까지 향상된 질적 개혁이 있어서 비로소 우리는 완전한 해방을 얻는 것이 되는 것이요, 반세기를 두고 싸워오던 우리 독립의 가치가 효과적으로 나타나는 것입니다.

아무리 독립이 되었다고 해도 우리 민족 전체 생활분야 즉 경제적, 정치적, 사회적, 문화적, 정신적, 각 방향에 있어서 하등의 질적으로 개선이 없이 종전과 같은 구사회제도와 그 전통적 간섭을 그대로 넘겨 맡아가지고 나간다면 우리는 굶주리고 실업하고 학대받고 감옥에 끌려 다니고 짓밟히는 살림밖에 못 할 것이니 독립은 이름뿐이고 아무것도 개선과 자유와 진보가 없을 것입니다.

이러한 의미에서 우리는 독립이란 두 글자만 형식적으로 확보함에 만족할 것이 아니고 독립의 달성으로써 조선의 완전한 자유와 진보를 얻어 우리 민족이 잘살고 보다 행복을 누릴 수 있는 민주주의 사회를 건설하고자 하는 것입니다.

우리가 현 단계에 있어서 요구하는 민주주의는 구체적으로 무엇을 의미하는가? 그것은 조선 민족의 완전독립, 토지개혁, 언론·집회·결사·신앙의 자유, 남녀동등의 선거, 피선거권의 확보, 8시간 노동제 실시, 국민개로에 의한 민족생활의 안정, 특히 근로대중 생활의 급진적 향상 등등의 기본적 문제를 해결한 구체적 내용을 가진 실질적 민주주의의 실현에 있습니다.

오늘날 우리나라에서 거의 대부분이 민주주의를 부르짖으며 그것을 위하여 움직이고 있게 된 현상은 다행한 일이며 한 가지 위대한 발전을 의미합니다.

그러므로 우리는 해골만 남은 형식의 민주주의에 만족해서는 안 됩니다. 우리 동포의 생활이 구체적으로 개혁된 자유와 해방—즉 우리는 정치적으로 우리의 주권을 우리의 손에 쥐되 다만 재래의 소수 특권계급인 지주 자본가와 고리대금업자의 전횡이 되어서는 절대로 안 됩니다.

만일 그렇게 정권문제가 해결된다면 우리 동포 중 절대다수 거의 90%나 되는 근로대중은, 소수 특권계급의 독재정치 밑에서 또다시 종전 그대로의 본의가 아닌 무리한 착취와 압박을 받게 될 것이요 민주주의 권리가 억압될 것은 사실입니다.

이렇게 되지 못하도록 우리 공산당에서는 우리의 정권을 민주주의적으로 해결하자고 고집하는 것입니다. 이러한 의미에서 우리는 민족의 통일을 주장하되 원칙 있는 통일, 즉 종래의 특권계급의 기본 부대인 친일파, 민족 반역자를 제외한 민족의 통일을 위하여 완강히 투쟁하고 있으며 이 원칙이 서지 않은 통일, 즉 덮어놓고 한데 뭉치라는 것은 그 본 의도와 결과에 있어서 친일파 민족 반역자로 구성된 소수의 조선의 특권계급의 이익을 옹호하는 외 다른 것이 아무것도 없는 것입니다.

우리 공산당은 물론이고 진정한 민주주의자들은 결코 이러한 민족 유해의 통일을 찬성할 리 만무할 것이요, 가령 통일이란 미명에 일시적으로 미혹을 받는 사람들이 있다 해도 그것은 일시적 순간의 일일 것입니다.

① 건국의 이상은 진보적 민주주의를 원칙으로 할 것.

② 민족 통일 전선결성에는 친일파 민족 반역자를 제외할 것.

③ 민족 통일 결성은 해내 해외의 몇 개 정당의 집결로만 될 것이 아니고 그 외의 대중적 조직인 전국노동조합평의회, 전국농민조합 전국청년동맹, 전국부녀동맹, 천도교 급 기타 각 민주주의 단체도 이에 참가해야 될 것.

④ 민주주의 통일정권은 이상에서 말한 민족통일전선이 결성되어 그 대중적인 기초 위에서 수립되어야 할 것.

⑤ 각 정당이 정론 논쟁을 하는 것은 주의 주장이 상이하므로 당연한 일이나 그러나 그 수단 방법은 국민적 여론과 대중이 판단하는 대중적 정치운동의 길을 밟아나가야 할 것.

⑥ 민족주의 각 정당은 난립된 현상을 청산하고 주의 강령이 동일할 것 같으면 단일 정당으로 통일하기 바라는 것.

이러한 주장 밑에 우리 조선공산당은 정치적, 사회적, 문화적, 정신적, 방면에 있어서 조선인민의 생활이 민주주의적으로 해결될 수 있는 진보적 민주주의를 위하야 싸우고 있습니다.

진정한 민주주의의 강령 밑에서 민족의 통일을 주장하고 있습니다. 여러분 안녕히 계십시오.

다음 날 여러 신문이 박헌영의 연설을 보도했다. '진보적 민주주의 깃발 밑으로' 제목 아래 전문을 게재한 신문도 있었다. "해골만 남은 형식의 민주주의에 만족해서는 안 된다"고 호소했듯이 박헌영은 해방공간에서 실질적 민주주의를 세차게 강조했으며 공산혁명을 당장 구현하자는 세력과도 거리를 두었다.

건국의 이상은 '진보적 민주주의'임을 선언했다. 당 이름을 바꿀까도 싶었지만 박헌영에게 공산주의는 '평화'나 '사랑' 같은 보편적 가치였다. 해방 정국에서 "주의 주장의 상이함"은 당연하며 "국민적 여론과 대중의 판단"에 따라 진로를 결정해야 한다고 믿었다.

청소년 건호는 어디에 진학할까 골몰하며 정치엔 심드렁했다. 박헌영 연설도 자신과는 무관한 정치인의 부르대기처럼 다가왔다. 빈민운동과 농민운동에 나선 일본인 목사의 책을 일본군 식량창고에서 일하며 읽었던 청년 건호는 신학 공부로 진로를 결정했다.

건호는 연희전문 신학과에 응시했다. 뜻밖에도 낙방했다. 교회에 나간 적이 없었고 기독교의 배경도 없었기에 신학과 입학이 좌절됐다고 여겨 크게 낙담하지 않았지만, 만일 그때 신학과에 입학했다면 본디 성실한 성품의 송건호 인생은 크게 달라졌을 가능성이 높다.

송건호 집안은 대대로 불교를 믿어왔다. 주변에선 경성법학전문대를 권했다. 법조인을 길러내는 곳이기에 오히려 전망이 좋다며 응시해보라는 말에 순순히 원서를 냈고 합격했다.

경성법전에 입학한 건호는 스스로 학비를 마련했다. 자취를 하며 신문 배달과 번역 일도 맡았다. 미군정이 조선공산당 불법화에 이어 박헌영에게 체포령을 내리고, 여운형이 대낮에 암살당하며 김원봉이 친일파들의 위협을 받아 월북하는 해방 정국의 거센 풍랑은 법학도 송건호를 비켜 갔다.

청년 건호는 평범하고 소심한 전문대생이었다. 길을 걸으며 영어 단어를 외우거나 전차 속에서 책을 읽었다. 신문 배달과 번역 일을 열심히 해 고향의 늙은 부모에게 영농자금을 보낼 정도로 바쁜 나날을 보냈는데 고학하며 집에 돈을 보낼 때는 보람을 느껴 몸은 고단했으나 더없이 즐거웠다.

그러나 해방정국은 이듬해부터 사실상 전쟁 국면에 들어가고 있었다. 일제에 빌붙어 "미군 격멸"을 외치다가 돌연 친미로 변신한 자들은 '친일파 청산'을 요구하는 사람들을 난데없이 '빨갱이'로 몰아갔다. 나라가 두 개로 건국되고 자타가 우익으로 인정하는 임시정부 주석 백범마저 '빨갱이 거물'이라며 대낮에 암살당하는 상황에서도 건호는 잠잠히 학교 공부에 충실했고 국립 서울대가 출범하면서 경성법전을 흡수했기에 서울법대생이 되었다.

하지만 시대의 흐름에서 언제까지 벗어나 있을 수는 없었다. 아무리 '성실한 모범생'이어도 발 딛고 선 현실에서 온전히 자유로울 수는 없기 때문이다. 송건호가 서울법대 3학년에 재학 중이던 1950년 6월 25일 조선민주주의인민공화국 인민군이 전격 남침하면서 동족상잔의 전면전이 일어났다.

인민군이 서울로 다가오기 전에 송건호는 서울을 떠났다. 고향 옥천으로 갔다. 남과 북 사이에 전쟁이 벌어지면 '점심은 해주에서 저녁은 평양에서 먹겠다'며 까치 배 바닥같이 흰소리 치던 이승만 정부는 제대로 대응도 못 하고 후퇴에 급급했다.

대통령 이승만은 실제 전면전이 벌어지자 당황했다. 어떤 일이 있어도 서울을 사수할 테니 안심하라고 방송했다. 미리 녹음해둔 테이프를 틀어 라디오에서 '서울 사수' 약속이 흘러나오는 그 시각에 이승만은 이미 남쪽으로 도망쳐 서울에 없었으며 인민군의 추격이 두려운 나머지 서울 시민들에게 아무런 사전 경고도 없이 한강 다리를 폭파해 건너가던 수많은 사람을 사실상 수장했다.

도주하며 저지른 야만은 여기서 그치지 않았다. 이승만은 '좌익이 전향하면 보호해준다'며 국민보도연맹 가입을 강요했다. 하지만 막상 전쟁이 일어나자 보호는커녕 '위험분자'라며 즉결처분 따위로 민간인 1만여 명을 학살했다.

후방에 자리 잡은 이승만은 남쪽 젊은이들을 국민방위군으로 대거 소집했다. 국민방위군에는 대한청년단 사람들이 고급 장교로 포진했다. 경상북도에 자리 잡은 교육대에 집결한 국민방위군 50만 명은 중국 군대가 다시 서울을 점령하며 남하하자 경상남도 진주로 옮겨 갔는데 그 과정에서 대규모 사상자가 발생했다.

청년들은 한겨울에 장거리 행군을 강제당했지만 식량도 군복도 받지 못했다. 국민방위군 지휘관들이 국고지원금과 군수물자를 멋대로 처분해 자신들의 배만 불렸기 때문이다. 결국 수만 명이 영양실조에 걸렸고 굶거나 얼어 죽어 국회가 조사에 나선 결과 소집된 젊은이 가운데 9만여 명이나 목숨을 잃은 참사의 전모가 드러났다.

국민방위군은 해산됐다. 살아남은 송건호는 다시 고향으로 돌아왔다. 미군이 서울을 되찾은 뒤 송건호는 학교에 복학했지만 법학이 맞지 않아 겉돌다가 철도국 공무원으로 일하던 형이 도와주어 졸업하기 전에 교통부 촉탁으로 서울철도국에 들어갔다.

송건호는 영문 번역 일을 맡았다. 전쟁 중에 철도국 일을 하면서 군 징집을 면제받았다. 철도국에서 번역과 통역 일을 익힌 경험을 바탕으로 건호는《대한통신》외신기자 공채에 응시했다.

기자를 직업으로 선택한 이유는 명확했다. 생계를 꾸려갈 돈을 벌면서도 세계의 흐름을 들여다볼 수 있어서였다. 어느새 스물일곱 살 청년이 된 송건호에게 자신을 일본인으로 알았던 일제 강점기에 이은 해방 공간, 뒤이어 세워진 두 개의 분단국가, 두 나라 사이의 전면전과 수백만 명의 죽음은 엄청난 혼란일 수밖에 없었다.

5

얌전스레 학업에 열중했던 청년에게 전쟁은 놀람이었다. 세상이 도 대체 어떻게 돌아가는 것인지 알고 싶었다. 동족끼리 수백만 명을 살상하는 참극을 보면서 송건호는 해외에선 한국전쟁을 어떻게 인식하는지, 미국과 소련이 대립하는 핵심 문제는 무엇인지, 두 나라가 국제사회를 어떻게 양분하고 있는지 기자 일을 하며 싸목싸목 파악해가고자 했다.

전쟁 중이던 1953년 봄이었다. 《대한통신》 기자로 언론계에 들어선 송건호는 1년 뒤 《조선일보》 외신부로 옮겼다. 외신기자는 내근이라 송건호의 적성에 맞았지만 세계 주요 통신사들이 전송하는 뉴스를 수신하는 텔레타이프가 24시간 내내 끊임없이 "드드득 드드드득" 소리를 내며 영문 뉴스를 두루마리 종이에 찍어 쏟아내기 때문에 세상의 변화에 촉각을 곤두세울 수밖에 없다.

외신기자는 텔레타이프가 뱉어내는 뉴스 가운데 주요기사를 골라내야 한다. 동시에 그 기사를 빠르게 번역하는 능력이 필요하다. 이북과 관련한 뉴스도 외신을 통해 더 일찍 알 수 있었는데 어느 날 영국 《로이터통신》이 조선민주주의인민공화국에서 박헌영을 비롯한 8명에게 정부 전복 혐의와 미국 간첩 혐의로 사형 선고를 내렸다고 보도했다.

기자 송건호는 오보라고 확신했다. 해방공간에서 조선공산당 지도자 박헌영은 청년 송건호가 감당할 수 없을 만큼 강력한 혁명가였다. 미군정과도 가장 선명하게 각을 세웠던 그가 미국의 간첩이라는 보도는 한국 실정을 잘 모르는 영국 통신사의 오보임이 분명하다며 미소마저 지었다.

다만 그 기사가 소련《타스통신》을 인용한 사실이 걸렸다. 다음 날 프랑스《에이에프피통신》도 같은 뉴스를 전해 왔다. 박헌영은 아직 사형 선고를 받지 않았으나 숙청당한 것은 틀림없다고 보도했다.

박헌영의 숙청은 송건호에게 해괴한 사건이었다. 다만 3년에 걸친 전쟁을 겪으며 공산주의와 김일성에 느껴오던 막연한 의구심의 정체가 분명히 드러났다. 영국과 프랑스 통신사가 보내온 기사들은 박헌영을 비롯한 남쪽 공산주의자들의 숙청과 처형을 그들이 민족주의적이었기 때문으로 분석했다.

당시 평양은 갈등이 폭발 국면이었다. 친소파와 친중파의 갈등이 커져갔다. 조선민주주의인민공화국 정부를 수립할 때는 소련의 도움을, 전쟁 시기엔 중국 인민군의 도움을 받았기에 휴전을 앞두고 친소파와 친중파 사이에 권력 투쟁이 벌어진 것은 자연스러운 일이었을 수 있다.

친소파와 친중파 대결에서 박헌영을 지도자로 한 국내파들은 중립을 지켰다. 하지만 그것이 오히려 화를 불렀다는 외신 기사도 들어왔다. 친소파와 친중파 모두에게 위협이 될 수 있는 박헌영부터 '정리'하는 데 두 정파가 합의했다는 풀이였다.

박헌영이 1945년 9월 조선공산당이 재건될 때 책임비서를 맡은 것은 순리였다. 박헌영 이상으로 일제와 줄기차게 투쟁한 사람을 찾기 어려울 정도였다. 급변하는 세계정세를 작은 단위의 독서모임과 토론모임들을 통해 민중에게 알려갔으며, 모스크바 유학으로 혁명 사상을 익히고 돌아온 전국 곳곳의 혁명가들과도 꾸준히 소통해갔는데 바로 그들이 조선공산당 재건의 기반이었다.

해방 뒤 김일성은 소련군이 주둔한 평양에 들어왔다. 그는 서울로 오지 않았을뿐더러 서울의 박헌영과 처음부터 거리를 두었다. 박헌영은 합법정당의 대표답게 미군정이나 이승만과도 적극 대화에 나서며 공개적으로 정치활동을 펴나가고 있었다.

그해 두 사람이 처음 만났을 때다. 마흔다섯 살의 박헌영은 당 중앙의 책임비서였다. 서른셋의 김일성은 평양에 그 당의 분국을 만들고 싶다고 요청하는 위치에 있었다. 해방 직후 38선 이북에서 열린 조선공산당 행사에서 김일성은 연설 맨 끝에 "박헌영 동지, 만세!"를 불렀다.

1946년을 맞을 때도 김일성 지위는 조선공산당의 '북조선 분국' 책임자였다. 하지만 김일성은 소련 군부의 지지를 받고 있었기에 박헌영 아래로 들어가고 싶지 않았다. 그해부터 분국을 공공연히 '북조선공산당'으로 불렀고 조선신민당을 흡수하는 방식으로 당 이름을 아예 '북조선노동당'으로 바꿨다.

때마침 미군정이 조선공산당을 불법화하면서 남쪽에도 남조선노동당, 곧 남로당이 창당됐다. 조선노동당 이름은 1949년 6월 남조선노동당과 북조선노동당이 합당하며 처음 등장했다. 평양이 조선노동당 창당일로 기념하는 1945년 10월 10일에 열린 회의는 조선공산당의 38선 북쪽에 있던 5개 도당(평안남·북도, 함경남·북도, 황해도)의 책임자회의였고 그 시점에서 당의 최고지도자는 서울에서 활동하던 박헌영이었다.

박헌영은 단지 김일성보다 나이가 많아 최고지도자로 옹립된 것은 아니다. 나이로 따진다면 그보다 더 연상인 혁명가들도 적지 않았다. 하지만 1945년 8월 15일 일본 왕이 항복했던 시점에 박헌영은 국내에서 가장 강력한 항일세력의 지도자였으며 미주알고주알 캐기로 악명 높은 일제의 잔인한 고문도 그를 굴복시키지 못했다.

박헌영이 불굴의 독립혁명을 벌일 때다. 박정희는 일본 육사에서 일왕에게 충성을 맹세했다. 대다수 자칭 '민족 지도자'들이 군과 경찰, 경제계, 문화예술계에서 일제의 앞잡이로 전락하거나 '완장'까지 차고 맹활약했다.

미군정의 체포령으로 박헌영은 남쪽에서 더는 활동할 수 없었다. 백색테러로 목숨을 잃을 위기를 겪기도 했다. 김일성과 협의해 38선을 넘어간 박헌영은 인접 지역인 해주와 평양을 오가면서 남쪽의 혁명 활동을 지도했다.

김일성은 박헌영보다 열두 살 아래다. 1926년 평양을 떠나 만주에서 중학교를 다녔다. 스무 살을 맞아 항일 무장투쟁에 뜻을 같이하는 서너 명과 독립유격대 활동을 시작했다.

조선공산당은 만주총국을 조직했다. 하지만 서울에 있는 중앙조직이 일제의 탄압으로 흔들리면서 힘을 잃어갔다. 코민테른의 1국 1당 원칙에 따라, 만주의 조선인들은 조선공산당 만주총국을 해산하고 중국공산당 만주성위원회에 합류했다.

중국공산당은 만주의 중국인과 조선인을 연합해 '동북항일연군'을 편성했다. 김일성은 그 부대에 가담했다. 동북항일연군 2군 제6사장 김일성은 일본군과 격전을 벌이며 적잖은 전과를 거두었다.

하지만 일본군의 '대토벌'에 밀렸다. 결국 김일성 부대는 1941년에 소련으로 월경한다. 소련은 앞으로 벌어질 일본과의 전쟁에 대비해 자국 영토로 들어온 동북항일연군을 중심으로 '정찰 여단'을 창설했다.

정찰여단 전체 600여 명 가운데 조선인은 150여 명이다. 김일성은 소련군 대위 계급을 받았다. 그런데 소련은 1945년 8월 일본에 선전포고하고 만주군을 공격할 때 정작 김일성 부대를 배제했다.

김일성은 9월 18일 블라디보스토크를 떠났다. 소련 군함을 타고 원산항에 들어왔다. 소련군은 10월 평양에서 김일성장군환영대회를 열며 띄우기에 나섰다.

스탈린은 박헌영과 김일성을 저울질하다가 후자를 선택했다. 1948년 9월 9일 조선민주주의인민공화국을 수립할 때다. 김일성이 수상을 맡고, 박헌영은 부수상 겸 외무상을 맡아 누가 보아도 서열 2위처럼 보였지만 큰 의미가 없었다.

스탈린 체제의 공산당은 서열 1위를 중심으로 돌아가게 마련이다. 한국전쟁이 38선을 오르내리며 공방을 벌이다 휴전이 논의되던 1953년 3월이다. 김일성은 박헌영과 12명의 당 고위간부들을 '정권 전복 음모와 반국가적 간첩테러 및 선전 선동 행위' 혐의로 전격 체포했는데 모두 남쪽에서 월북한 혁명가들이었다.

김일성은 곧바로 평양 주재 소련 대사에게 통보했다. 박헌영과 그 추종자들이 '해방전쟁 실패의 원인'이라고 주장했다. 1955년 12월 15일 조선노동당은 박헌영이 해방 직후부터 당내에서 '종파'를 조직해 당 기밀을 미국에 누설했다며 사형 및 전 재산 몰수형을 선고했다.

그런데 소련은 박헌영이 미제의 간첩이라는 김일성의 주장에 동의하지 않았다. 소련공산당은 대표단까지 보내 김일성을 압박했다. 김일성은 박헌영의 소련 망명을 허용하겠다고 약속했지만 '소나기는 피하고 보자'는 속셈이었거니와 스탈린 사후 평양에서 소련의 '권위'는 한국전쟁 시기에 중국이 대규모 지상군을 파견해주었기에 과거와 달랐다.

더구나 조선노동당 안에서 김일성의 개인숭배에 반발하는 조직적 움직임이 일어났다. 자칫 권력을 놓칠 수 있다고 우려한 김일성은 박헌영 처형을 전격 지시했다. 결국 일제 강점기에 항일투쟁을 가장 치열하게 벌였던 박헌영을 죽인 사람은 반공주의 독재자 이승만도, 이승만을 적극 지원하고 박헌영에 체포령을 내린 '미국 제국주의자'들도 아니었으며 얼마 전까지도 말끝마다 '동지'라고 불렀던 김일성이라는 사실, 그 또한 자신이 공산주의자라 자부한다는 사실에 기자 송건호는 충격을 받았다.

박헌영과 측근들은 온몸을 던져 일본 제국주의와 싸운 독립운동가들이었다. 해방 뒤에는 친일파 청산에 가장 앞장섰다. 그들을 '미 제국주의의 간첩'으로 몰아 처형한 김일성의 조선노동당은 항일투쟁의 역사에서 박헌영의 발자취를 흔적도 없이 지우고 박헌영을 '종파주의'의 대명사로 등식화했다.

주세죽도 공산주의의 어둠 아래서 최후를 맞았다. 소련은 형기가 만료된 주세죽에게 자유를 주지 않았다. 1946년 1월에 유배지에서 '조선공산당 책임비서 박헌영'의 《프라우다》 회견 기사를 우연히 읽은 주세죽은 기쁨에 잠겨 곧바로 스탈린에게 편지를 써서 평양으로 보내달라며 그게 어렵다면 최소한 하나뿐인 자식과 함께 살게 해달라고 애원했다.

하지만 소련공산당 어디서도 답장은 오지 않았다. 그래도 박헌영의 성공에 박수를 보내며 공장 노동으로 일상을 보냈다. 속절없이 세월만 흘러 1953년, 박헌영이 미제의 간첩으로 체포됐다는 기사를 본 주세죽은 낙망했다.

주세죽은 자칫 딸의 신변에도 위험이 올까 우려했다. 모스크바로 가는 기차를 서둘러 탔다. 모래바람 강한 크질오르다의 방직공장에서 내내 일해온 주세죽은 기차 안에서 기침을 하며 하얀 수건에 선홍색 피를 토했다.

모스크바에 도착해 딸의 집까지 비틀비틀 찾아갔다. 문을 열어준 사람은 딸이 아니라 러시아인 사위였다. 무용수인 딸은 지방 공연으로 모스크바에 없었고 버틸 힘을 잃은 주세죽의 파란만장한 삶은 러시아인 사위가 무심히 바라보는 가운데 마침표를 찍었다.

심훈은 일찍이 박헌영과 주세죽의 사랑을 담아 〈동방의 애인〉을 썼다. 두 주인공은 소설 창작 시점에 그 누구도 감히 상상할 수 없는 비극적 최후를 맞았다. 더구나 그들이 각각 죽음을 맞은 도시는 평양과 모스크바로 두 사람이 평생을 헌신한 공산당이 통치하는 공산주의 국가였다.

주세죽은 유배 내내 언젠가 역사가 평가해주리라 믿었다. 하지만 단야에 이어 박헌영마저 '미제의 간첩'으로 살해당하는 현실은 너무 잔혹했다. 작가 심훈이 그 참극을 목격하지 않고 요절한 사실을 다행이라 위안 삼아야 할까, 아니면 실제 삶이야말로 언제나 소설보다 더 소설답다며 소설을 써야 할까.

6

　박헌영의 처형은 20대 기자 송건호의 학구열을 자극했다. 친일 형사들로부터 생명의 위협을 받아 월북한 김원봉도 결국 김일성에 숙청당했다. 편집국 외신부 자리에 놓인 텔레타이프를 통해 쏟아져 오는 외국 통신사 기사를 읽어가며 세계정세와 사상의 흐름을 곰팼고 그에 따라 대한민국의 정치경제와 사회 현실을 보는 눈도 넓고 깊게 갖춰갔다.

　민주주의가 꽃필 수 없는 '쓰레기통'으로 쉼 없이 새 소식이 들어왔다. 그 가운데 홀연히 '샌님 기자' 송건호의 마음을 끄는 정치인이 나타났다. 미국과 소련 사이에서 자주성을 지켜가던 샤를 드골로 프랑스를 점령한 독일 나치에 맞서 싸운 국민적 영웅이었다.

　드골은 전형적인 우파 정치인이었다. 따라서 그를 칭찬해도 '빨갱이'로 의심받을 우려는 없었다. 젊은 기자 송건호는 이승만의 권력욕과 대조적으로 진퇴가 분명한 드골의 담백함 못지않게 민족주의적인 우파 지도자로서 결연한 나치 청산에 주목했다.

　드골은 조국이 나치 치하에 들어가자 영국에서 망명정부 '자유프랑스'를 이끌었다. 레지스탕스를 지원하고 연합군과 함께 나치와 싸웠다. 독일군이 후퇴하기 시작하자 프랑스의 레지스탕스들은 거리로 나와 나치에 협조하거나 찬양한 친독파 수천여 명을 즉결 총살하거나 교수형에 처했다.

친독파 처벌은 나치에 억압당했던 프랑스 민중의 요구였다. 프랑스 전역을 해방한 뒤엔 부역자를 처벌하는 법정을 열었다. 조사 대상자가 150만~200만 명에 이르렀고 그 가운데 99만 명을 체포해 감방이 넘쳐 났으며 6766명에 사형을 선고한 뒤 782명을 전격 처형했다.

친독파 프랑스인 10만여 명이 부역 죄를 받았다. 군 장교 4만여 명, 관료 2만 8천여 명, 경찰간부 170명, 판검사 334명은 공직에서 내쫓겼다. 군·관·정계의 숙청을 단행한 드골은 나치에 적극 협력하거나 지원한 대기업 사주들도 예외 없이 재산을 몰수하고 기업을 국유화했는데 가령 자동차회사인 르노는 국유화됐고 사주 루이 르노는 옥중에서 사망했다.

국유화한 기업의 주식은 정부가 시가대로 보상해 선량한 주주에겐 손해를 주지 않도록 배려했다. 그러자 기업에 상대적으로 관대하다는 비판이 일었다. 기업의 대표가 구속된 경우도 그리 많지 않으며 대체로 재산몰수 형에 그쳤다는 비판에 우파인 드골은 아랑곳없이 전후 경제회복을 위해 기업 활동을 계속 유지해야 옳다고 대꾸했다.

동시에 친독파 청산을 줄기차게 이어갔다. 일반인들에게도 칼날은 비켜 가지 않았다. 독일인을 저녁에 초대해 함께 밥을 먹은 적이 있거나 성관계를 가진 사람을 '국민 부적격자'로 분류해 4만 6천여 명의 공민권과 투표권·선거권·피선거권을 박탈하고 언론인·변호인·교육인·기업대표로 일할 수 없게 했다.

드골의 논리는 간결하고 명쾌했다. 모름지기 민족배반자에겐 벌을 주고 애국자에게 상을 주어야 비로소 국민이 단결할 수 있는 법이다. 드골은 나치 협력자들의 범죄와 악행을 국가 전체에 전염하는 흉악한 종양으로 비유하며 민족반역자를 서둘러 숙청해야 프랑스의 위상이 올라가고 국내 질서도 잡을 수 있다면서 독일 남자와 동침한 여성 2만여 명까지 거리로 끌고 나와 공개 삭발했다.

드골은 '위대한 프랑스'의 영혼을 죽인 지식인들에게 더 엄격했다. 특히 언론인을 '도덕의 상징'으로 보고 친독 언론행위는 반드시 책임을 물었다. 나치 점령군과 그들이 세운 프랑스 괴뢰정부의 지시를 순순히 따른 언론사는 물론 나치가 프랑스를 점령한 뒤 창간된 모든 신문과 잡지를 조사해 소유주를 기소하는 동시에 발행을 정지했고, 실형을 선고받으면 곧바로 폐간했다.

프랑스는 모두 538개 언론사를 재판에 넘겼다. 115개 사에 유죄를 선고하고 재산을 몰수했다. 30개 언론사만 무죄 선고를 받았는데 전쟁 전부터 발행되던 유력 신문사 가운데 살아남은 신문사는 셋뿐으로 독일이 파리를 점령하자 지방으로 본사를 옮겼고 그곳마저 적군이 장악했을 때는 스스로 정간하며 프랑스의 양심을 지켰다.

프랑스 지성계에선 논쟁이 벌어졌다. 언론인을 비롯한 지식인들의 처벌 수위를 놓고 치열하게 논쟁이 벌어지는 풍경에 송건호는 부러움마저 느꼈다. 레지스탕스 출신 지식인들 사이에 의견이 크게 엇갈렸는데, 프랑수아 모리아크의 '관용론'과 알베르 카뮈의 '정의론'이 격돌했다.

모리아크도 친독파 청산에는 찬성했다. 다만 과도한 숙청을 우려했다. 학살자와 희생자라는 쳇바퀴보다 더 나은 것을 바란다며 "그 어떤 대가를 치른다 해도 게슈타포의 장화를 신어서는 안 된다"고 주장했다.

카뮈가 나섰다. 그도 인간의 정의가 불완전하다는 데 동의했다. 하지만 인간의 정의를 완수하는 것이야말로 우리의 선택이라며 "정직함을 필사적으로 견지함으로써 그 불완전함을 교정해가야 옳다"고 반박했다.

민심은 카뮈에 더 쏠렸다. 조르주 쉬아레즈, 알베르 르쥔, 스테판 로잔 같은 부역 언론인들이 사형을 선고받았다. 카뮈의 의도와 달리 드골에게 지식인은 자본가보다 만만했겠지만 그럼에도 드골이 전쟁 회고록을 쓰며 그들을 숙청한 당위성을 밝힌 대목은 평가할만하다.

"예술가가 가장 위대하다고 하는 것은 선에 대해서와 마찬가지로 악에 대해서도 강력한 영향을 끼친다고 여겨지기 때문이다. 적대진영을 선택한 작가들에 대해서 우리는 그들의 자극적 웅변술이 어떤 범죄, 어떤 벌에 해당되는지를 너무나 잘 보고 있다."

수많은 신문사 사장과 언론인들이 재판받았다. 가장 눈길을 모은 사람은 파리고등사범 출신의 작가이자 언론인 브라지야크였다. 1945년 1월 재판에 회부되었을 때 36세로 프랑스 지성계를 이끌어갈 천재적인 지식인으로 꼽혔지만 바로 그 이유로 검사로부터 더 큰 질타를 받았다.

"보통 사람의 배반보다 브라지야크, 당신과 같은 지식인의 배반이 수백 배 더 나쁘다. 피고는 단순한 나치 협력자나 민족 배반자가 아니다. 그보다 더 악질인 지성의 반역자이다."

많은 프랑스인이 그의 사형 선고에 찬성했다. 다만 '천재성'과 나이가 안타까워 사면을 기대했다. 브라지야크가 파리에서 철수하는 나치 독일군을 따라 독일로 피하라는 권고를 받았음에도 이를 거부하고 자수했으므로 정상을 참작해야 한다는 목소리도 컸고 일리도 있었다.

카뮈조차 브라지야크엔 관대했다. 감형 탄원서에 기꺼이 서명했다. 그런데 시몬 보부아르가 서명을 거부하며 단호히 말했다.

"나는 히틀러의 선전자들을 엄벌하는 것이 부당하지 않다고 생각한다. 나는 말이 엄청 중요하다고 여긴다. 독가스실만큼 살인적인 말들이 있다."

프랑스 지식인 59명이 서명했다. 드골은 진정서를 받아들고 숙고했다. 카뮈의 서명이 마음에 걸렸지만 드골은 보부아르의 말을 따라 '프랑스 천재'를 총살하며 나치 독일에 '민족의 혼과 정신'을 팔아 빵을 먹은 민족반역자는 프랑스 말을 할 자격이 없다고 잘라 말했다.

드골은 친독파를 사회주의자나 공산주의자와도 비교했다. 그들은 이념이 다르더라도 적어도 '나라를 팔아먹은 매국역적'은 아니라고 강조했다. 단지 국가의 관리와 경영을 달리 생각하는 이념의 소유자라는 드골의 논리는 기자 송건호의 사고에 새로운 지평을 활짝 열어주었다.

프랑스는 민족반역자를 말끔히 청산했다. 대한민국의 반민족행위자는 정반대였다. 이승만의 보호 아래 친일파들은 자신의 생명은 물론, 반역질로 누려온 부를 잃지 않았을 뿐만 아니라 민족정기를 바로잡자는 정당한 요구에 나선 민중을 '빨갱이'라는 굴레를 들씌워 조직적으로 살해했다.

7

본디 정치라면 심드렁했던 송건호였다. 하지만 정치판을 더는 아귀다툼의 싸개통으로 볼 수 없었다. 프랑스만이 아니라 독일제국이 점령했던 벨기에, 덴마크, 노르웨이, 네덜란드도 나치 치하에서 벗어나자마자 친독 협력자를 철저하게 청산했으며 독일조차도 1946년 뉘른베르크 재판을 통해 나치 지도부를 법정에 세웠다.

독일은 이웃나라에 피해를 준 나치 전범의 처벌에 인색하지 않았다. 침략의 후유증을 최소한으로 줄였다. 그 결과 독일은 2차 세계대전의 승전국과 동등한 자격으로 '서방 국가'의 대열에 빠르게 합류할 수 있었다.

대한민국에선 해방 뒤에도 친일파가 득세했다. 당연히 민중의 저항은 컸다. 이승만은 한진규를 비롯해 친일파 청산을 외치는 숫진 민중을 '빨갱이'로 되술래잡아 '사냥'을 서슴지 않으며 민주주의를 내놓고 짓밟았다.

반민족행위자들이 대한민국 국가기구 곳곳에 똬리 틀었다. 심지어 김일성을 비판했던 조봉암까지 '간첩'으로 몰아 처형했다. 이승만이 자신의 정치적 기반을 넓히려고 초대 농림부장관으로 발탁한 조봉암은 토지개혁을 주도했다.

조봉암은 독립운동가였다. 박헌영과 함께 서울에서 고려공청을 조직했다. 하지만 해방공간에서 박헌영과 갈라서며 민주주의 원칙에 따라 자유국가를 건설하자고 주장했다.

조봉암은 어느 한 계급이나 한 정당의 독재에 반대했다. 노동계급의 독재도 자본계급의 전제 못지않게 거부했다. 현재 조선민족은 공산당 되기를 원치 않는다고 단언한 조봉암은 이승만 정부의 초대 농림부장관이 되어 토지개혁을 이루면서 민중의 지지를 받았다.

조봉암은 첫 총선에 참여한 제헌 국회의원이기도 했다. 2대 국회에선 국회부의장이 되었다. 1953년 8월 15일에 조봉암은 경축사를 통해 김일성이 "박헌영 일파에게 죄를 뒤집어씌워서 피의 제사를 지냈다"면서 강력히 비판했다.

조봉암은 민주주의를 거듭 강조했다. 민주주의 이념에 더욱 철저하고 민주주의 체제를 더욱 공고하게 만들어야 공산주의를 막을 수 있다고 보았다. 이승만과 갈라져 1952년 대통령선거에 출마한 조봉암은 진보당을 창당하며 그 자신이 동참해 옥고를 치른 3·1혁명을 언급했다.

우리 민족의 자주독립과 민주주의 쟁취의 역사적 성업인 3·1운동의 숭고한 정신을 다시 환기 계승하여 우리가 당면한 민주수호와 조국통일의 양대 사업을 수행할 수 있는 혁신적 신당을 조직하고자 이제 분연히 일어섰다. 우리는 진정한 혁신은 오로지 피해를 받고 있는 대중 자신의 자각과 단결 위에서만 실현될 수 있다는 것을 깊이 인식하고, 관료적 특권정치의 배격과 대중 본위의 균형 있는 경제체제를 확립할 것을 기약하고, 국민대중의 토대 위에 선 신당을 발기하고자 한다.

조봉암은 진보당 후보로 1956년 다시 대선에 출마했다. 정부가 관권선거를 저질렀음에도 조봉암은 이승만의 절반에 이르는 표를 얻었다. 민주당은 선거유세 기간 중에 후보 신익희가 심장마비로 숨졌기에 그와 야당후보 단일화를 논의하던 조봉암을 지지해야 순리였지만, 조봉암이 되느니 이승만 3선이 낫다고 본 의원들이 더 많아 사실상 독재 쪽에 섰다.

이승만은 조봉암의 표를 보고 내심 놀랐다. 다음 총선에서 진보당의 선전보다 4년 뒤 대선이 걱정되었다. 대통령 자리를 위협할 수 있다고 내다본 이승만은 '최대 정적' 조봉암에 간첩 올가미를 씌우고 '법적살인'의 수순을 밟았다.

이승만은 공산당에서 공개 전향한 조봉암에게 장관을 맡겼음에도 죽이고자 했다. 재판 과정에서도 공산당 경력을 문제 삼았다. 재판장이 일제 강점기에 왜 공산당을 했느냐고 질문하자 조봉암은 "일제 때 독립운동하는 데는 공산당과 같은 강력한 조직과 지리적으로 가까운 소련의 원조를 얻어야 할 필요가 있었소"라고 당당하게 말했다.

1959년 7월 31일 아침이다. 서대문형무소의 조봉암은 형장으로 가야했다. 느릿느릿 걸어가던 조봉암은 호송 간수에게 "잠깐"이라고 말한 뒤 담장 옆에 피어있는 코스모스에 다가가 일제에 맞서 혁명운동을 함께 벌였던 동지이자 아내 김조이가 좋아했던 꽃의 향기를 맡았다.

형장에 들어서자 박헌영의 얼굴이 떠올랐다. 독립혁명의 동지였다. 해방공간에서 자신이 비판한 박헌영은 평양에서 '미제의 간첩'으로, 자신은 서울에서 '북괴의 간첩'으로 각각 김일성과 이승만의 손에 죽는다는 사실이 쓸쓸했다.

역사는 조봉암 자신도 박헌영도 무죄를 선고하리라 확신했다. 그래도 언젠가 처형 기록을 들춰볼 후손들을 위해 이미 몇 마디를 남겨두었다. 법정 최후진술에서 "이승만은 소수가 잘 살기 위한 정치를 하였고 나와 나의 동지들은 국민 대다수를 고루 잘 살리기 위한 민주주의 투쟁을 했다. 나에게 죄가 있다면 많은 사람이 고루 잘 살 수 있는 정치 운동을 한 것밖에는 없다"고 명토 박았으며, 사형 선고를 받고는 진보당 동지에게 말했다.

우리의 정치적 이상은 책임정치, 수탈 없는 경제 민주화, 그리고 평화
통일이었지. 우리는 벽에 막혀 하지 못했지만 먼 훗날 우리가 알지 못하는
후배들이 해나갈 것이네. 그러면 결국 어느 땐가 평화통일의 날이 올 것이
고 국민이 고루 잘 사는 날이 올 것이네. 씨를 뿌린 자가 거둔다고 생각하
면 안 되지. 나는 씨만 뿌리고 가네.

조봉암은 자신이 못다 한 일을 후손들이 하리라 믿었다. 의연히 사
형대에 올랐다. 조봉암 처형으로 진보정당은 치명상을 입었지만 그가 사
법살해 당하고 겨우 일곱 달 뒤인 1960년 2월 28일 대구 고등학생 2000
명이 결의문을 뿌리며 시청으로 행진했다.

백만 학도여, 피가 있거든 우리의 신성한 권리를 위하여 서슴지 말고
일어서라. 학도들의 붉은 피가 지금 이 순간에도 뛰놀고 있으며, 정의에 배
반되는 불의를 쳐부수기 위해 이 목숨 다할 때까지 투쟁하는 것이 우리의
기백이며, 정의감에 입각한 이성의 호소인 것이다.

결의문은 타고르의 시를 인용했다. "그 촛불 다시 한 번 켜지는 날,
너는 동방의 밝은 빛이 되리라." 타고르의 시가 국내에 처음 소개될 때
'등불'로 번역됐지만 대구의 10대 학생들은 그것을 원문의 맥락에 더 충
실하게 '촛불'로 옮겼다.

대구 10대들의 2·28학생운동은 4월혁명의 신호탄이었다. 이승만 정
부는 반민족·반민주 정권의 전형이었다. 당시 장관 12명 가운데 독립운
동 출신은 1명도 없었으며 절반인 6명의 장관이 일본 제국주의에 부닐
던 관료 출신이었고, 그 시점까지 대한민국 역대 육군참모총장 8명은 전
원이 일본군 장교 출신이었을 뿐만 아니라 경찰 간부도 80% 이상이 일
제 순사였다.

가히 민족반역자 정부라 해도 지나치지 않았다. 그 정부가 민주주의의 기본인 선거조차 공정하지 않게 치르려 했다. 당시 대구에선 일요일에 야당 부통령 후보의 유세가 열릴 예정이었는데 이승만 정부는 청중이 많이 모이지 않도록 공작하며 일요일임에도 고등학생을 모두 등교케 했다.

대구 고교생들이 촛불을 자처하며 거리에 나선 까닭이다. 그 불꽃을 마산 민중이 이어받았다. 1960년 3월 15일 정·부통령 선거에서 3인조·5인조 투표, 사전투표 따위의 부정선거 사실이 드러나면서 10대 학생들과 민중이 마산시청으로 모여들었다.

경찰은 시위를 진압한답시고 거침없이 총을 쏘았다. 12명이 사망하고 250여 명이 다쳤다. 이승만 정권은 시위에 공산당이 개입했다며 체포한 수백여 명의 학생과 민중을 고문했다.

잔인한 탄압에 주춤했던 3·15민주항쟁에 불씨가 살아났다. 마산 중앙부두 앞바다에 10대의 시신이 떠올랐다. 3월 15일 시위 때 행방불명된 김주열이 그 순수했던 눈동자에 최루탄 박힌 참혹한 모습으로 나타나자 분노한 학생들과 민중 2만여 명이 시위에 나섰다.

마산 경찰은 4월 11일 또 발포했다. 2명이 숨지고 14명이 중경상을 입었다. 이승만 정권은 "북괴 간첩이 양민을 선동하여 일으킨 난동"이라면서 부화뇌동하면 가차 없이 처벌하겠다고 협박했고 실제로 경찰은 1000여 명을 검거하느라 날뛰었다.

4월 18일 서울에서 대학생들이 거리로 나섰다. 시위를 마치고 학교로 돌아가는 고려대생들을 '정치 깡패'들이 습격하는 만행이 일어났다. 다음 날인 4월 19일 마침내 혁명의 불길이 화룽화룽 타올라 초·중·고·대학생과 민중 20만 명이 광화문으로 모였고 그 가운데 수천 명이 경무대로 불리던 청와대로 다가가자 경찰이 발포했다.

이승만은 오후 1시 서울에 경비계엄을 선포했다. 5시에는 전국에 비상계엄을 선포했다. 그러나 민중은 이승만의 협박에 더는 굴하지 않고 부통령 이기붕의 집을 습격하는 한편 반공회관과 정부 기관지인《서울신문》사옥에 불을 질렀으며 파출소를 파괴해 무장하기 시작했다.

수백여 명이 그 과정에서 목숨을 잃었다. 혁명의 불길은 전국으로 번져갔다. 민중이 민주주의를 요구하며 반공회관과 여론을 왜곡한 신문사를 불 지른 까닭은 부정선거를 저지른 이승만 독재정권을 지탱해온 반공 체제, 친일파를 중심으로 외세에 의존하며 민중의 삶을 경제적 고통으로 몰아간 세상을 더는 참을 수 없어서였다.

미국은 민감하게 반응했다. 그들에게 남한은 동북아시아에서 미국의 이익을 지킬 '반공 보루'였다. 소련이 1957년 대륙간탄도미사일(ICBM) 실험에 성공한 직후 미국은 남한에 핵무기를 배치해 주한미군을 핵무장함으로써 "한반도 분단체제 유지의 중요성을 소련에 인식시켰다"고 자체 평가하고 있었다.

미소 냉전체제에서 남한은 미국이 주도하는 자본주의 세계의 '진열장'이었다. 미국은 한국경제 지원을 일본과 분담하려 했다. 미국이 한일 국교정상화를 두 나라 정부에 요구했지만, 종종 일본을 비난하는 언행으로 누추한 권력을 그나마 유지해온 이승만은 대일관계에 적극적이지 않았다.

미국은 남한의 대통령·부통령 선거가 부정으로 얼룩진 사실을 이미 파악했다. 다만 그것을 한일관계 정상화를 압박하는 수단으로 '이용'하려 했다. 하지만 학생들과 민주시민이 힘차게 민주주의를 요구하고 그것이 날로 확산되는 과정을 지켜보면서 미국은 자신들의 이익, 곧 '정치적으로 안정되고 군사적으로 강력한 친미반공국가'로서 남한의 전략적 목표가 위협받는다고 진단했다.

1960년 4월 2일 이미 주한미국대사 매카나기는 국무부에 전문을 보냈다. 미국인들의 '피와 돈'이 많이 투자된 남한은 미국의 평판과 안보가 심각하게 걸려있는 곳이라고 적시했다. 매카나기는 미국이 세계 다른 어느 곳보다 한국에서 능동적으로 대처해야 한다고 건의하며 한국의 '관리들과 군부인사들' 사이에도 이승만의 권력유지와 일본에 대한 비현실적 대외정책에 불만이 높아간다고 보고했다.

보름 뒤인 4월 17일에 보낸 대사의 전문은 급박하다. 미국 대통령에게 강력한 비상수단을 취해야 한다고 건의했다. 무장 커가는 민중의 분노가 공공연한 폭력으로 발전하면 공산주의자들에게 이용당할 수 있는 "가장 위험한 추세"로 급변할 수 있다고 분석했다.

4월 19일 발포 사태가 일어나자 미국 대사가 '행동'에 나섰다. 대통령 이승만을 찾아갔다. 매카나기는 아직 공산주의자들이 가담하고 있지 않지만 신속한 대응책이 취해지지 않는다면 그들이 폭발적인 현 상황을 이용할 위험이 있으며, 한국에 "안전하고 안정된 작전기지를 유지하는 미국의 중대한 이익"이 위험에 빠져있다고 압박했다.

미국은 그 시점에 쿠데타를 검토했다. 동시에 그런 '검토' 사실을 한국의 '각계각층 지도자들'에게 알렸다. 이승만의 측근이나 이범석과 같은 인물에 의한 쿠데타, 또는 국방부장관이나 육군참모총장의 비호 아래 군부의 정권인수 가능성을 슬금슬금 흘리며 불특정다수에게 '신호'를 보냈다.

4월 26일 아침에 5만여 명의 시위대가 서울 도심을 행진했다. 이승만은 "국민이 원한다면 사임하겠다"고 발표했다. 4월 27일 이승만이 사직서를 국회에 제출하고 하야 성명을 발표하자 미 국무부는 주한 미국 대사관에 전문을 보내, '과도 정부'로 하여금 일본과의 관계개선을 추진하도록 압박하는 한편, 대학교수들에게는 학생들의 '데모 방지'를 위해 힘쓰도록 당부하라고 명했다.

미국은 노골적으로 개입했다. 명분은 "미국과 전반적인 자유세계의 안보이익을 위해서"였다. 미국은 한국의 현 상태를 유지하고, "좌익분자들이나 진보세력"의 집권을 방지하기 위해 자유공정선거를 최대한 늦춰야 한다고 주장했다.

미국의 내정간섭은 갈수록 깊어갔다. 이승만을 하와이로 보내고, 내각제로 바꿨다. 이승만이 하야한 뒤 미국의 의도대로 선거를 "최대한 늦춰" 석 달이 흐른 7월 29일에서야 민·참의원 총선거가 치러져 민주당이 절대 과반 의석을 확보했다.

조봉암 처형으로 진보세력은 구심점을 잃었다. 지리멸렬 쪼개져 후보들이 난립하며 총선에서 참패했다. 8월 13일 윤보선의 대통령 취임, 8월 19일 총리에 민주당 신파 출신 장면이 인준되면서 정국이 상대적으로 '안정'을 찾았다.

하지만 촛불의 불씨는 살아있었다. 민주주의를 한 단계 더 높여가자는 운동으로 타올랐다. 먼저 2·28 학생 시위가 일어난 대구에서 교사들이 1960년 5월 7일 노동조합을 결성하자 전국의 주요 도시로 퍼져가 7월 17일 '교원노조총연합회'가 출범했다.

교원노조는 교육의 독립, 학교 민주화를 내걸었다. 교원노조 출범은 노동운동의 활성화를 선구했다. 노동인들은 정당한 권리와 빈익빈 부익부를 해결할 복지정책을 요구하며 힘 있게 움직였다.

민주당 정부는 생각이 많이 달랐다. 한국 경제를 미국에 전적으로 의존하는 한미경제협정을 추진했다. 1961년 들어 기어이 체결한 한미경제협정에 따라 미국은 한국의 재정·예산·무역·경제개발 사업을 아무런 제약 없이 감독할 수 있었다.

진보적 정당과 사회단체들은 1960년 9월 '민족자주통일중앙협의회'를 구성했다. 자주·평화·민주의 3대 원칙을 고갱이로 한 통일 방안을 발표했다. 남북 대화를 촉구하는 민중운동의 등장은 진보당 조봉암이 '평화통일'을 주장했다는 이유로 간첩으로 몰려 사형당한 사실에 견주면 획기적 진전이었다.

본디 친일 지주세력을 기반으로 한 민주당은 불안했다. 이승만과 손잡고 분단체제를 이룬 세력이 민주당이었기 때문이다. 거창, 산청, 문경, 영덕, 남원, 순창, 함평, 영암을 비롯해 민중학살이 일어난 모든 곳에서 유족들이 진상 규명과 정부의 책임 있는 해명을 요구하고 나섰다.

4월혁명의 열기는 민중 사이로 퍼져갔다. 민주주의 심화와 민족경제, 자주통일을 요구했다. 미국의 불안감도 커져가 가령 연세대 학생들이 1960년 11월 16일 미국인 이사장과 총장서리의 본국 소환을 외치며 미국 대사관 앞에서 시위한 사실을 중시했다.

1960년 11월 22일, 미국은 한국에 대한 전망 보고서를 작성했다. 중앙정보국(CIA)과 국무부, 육군, 해군, 공군, 합동참모본부 정보기관들의 공동 작품이다. 보고서는 한국에서 혁명세력이 아직 잠복 중인데 장면이 직면한 크고 많은 문제들에 비추어 보아 그가 앞으로 2년간 실질적 다수당을 유지하기 어렵다고 분석했으며 정치지도자들 사이에 세력 개편이 일어나면 사회주의 세력의 영향력이 크게 늘어나리라고 전망했다.

미국은 장면체제가 불안했다. 4월혁명으로 혁명 세력이 진출하고 사회주의 세력이 강화될 가능성이 높았다. 결단력이 부족한 장면이 한국의 정치 안정과 미국의 안보 이익을 지켜줄 수 있는 적합한 인물이 아니라고 판단한 미국은 그의 교체를 계획했다.

8

4월혁명으로 들어선 장면 정권은 미국에 더없이 호의를 보였다. 그럼에도 미국은 냉정했다. 미국은 한국 군부가 민간 정부를 대체하려면 그 이전에 남한의 상황이 상당히 나빠져야 한다는 전략적 판단을 하고 있었다.

송건호는 1960년 6월 《한국일보》 논설위원으로 옮겼다. 언론사 입사 7년 만이다. 한국전쟁으로 수많은 청장년이 숨지면서 군대뿐만 아니라 모든 조직에서 '승진'이 빨랐을 뿐만 아니라 송건호 자신이 여러 방면의 독서를 통해 지식을 폭넓게 갖췄고 외신기자 일을 하며 국제 정세의 흐름을 파악하고 있었다.

그런데 돌연 쿠데타가 일어났다. 1961년 5월 16일 새벽, 육군 소장 박정희가 민주헌정 전복에 나섰다. 제2군 부사령관이던 박정희와 육군사관학교 8기들을 비롯한 장교 250여 명이 병력 3500여 명과 함께 한강을 건너 서울의 주요기관을 기습적으로 점령했다.

당시 일본육사 출신의 박정희는 예편 대상이었다. 군인답지 않게 정치에 지나친 관심을 보여 중뿔났기 때문이다. 쿠데타에 성공한 박정희는 군사혁명위원회를 조직하고 발표한 '혁명공약'에서 반공을 국시의 제일로 삼고 반공태세를 재정비해 미국과의 유대를 공고화하겠다고 다짐하며, '양심적인 정치인'에게 정권을 넘긴 뒤 군은 본연의 임무로 복귀한다고 약속했다.

　쿠데타 소식에 주한미군 사령관의 첫 반응은 거부감이었다. 하지만 워싱턴의 백악관이 지지를 표명했다. 군사혁명위원회가 '국가재건최고회의'로 재편하며 3년간의 군정 통치에 들어가면서 민주주의·민족경제·자주통일로 익어가던 4월혁명은 파국을 맞고 말았다.

　미국은 군부 쿠데타에 개입한 증거를 어디에도 남기지 않았다. 하지만 학생과 지식인, 노동운동가들 사이에 커가는 민족주의 의식을 경계하고 있었다. 미국은 그들이 사회주의나 중립주의로 샐그러지지 않도록 경제개발계획에 대한 지지로 유도하고 미국의 안보이익과 일치하는 조건 아래 통일을 추진해간다는 방침을 세웠다.

　한국 정치에 미국의 영향력을 과대평가할 이유는 없다. 미국이 모든 걸 통제하고 있다는 예단은 바람직하지도 않고 현실도 아니다. 실제로 한국 민중의 민주화투쟁이 성과를 거둬가면서 미국의 영향력은 차츰 줄어들었지만 그럼에도 엄연히 존재하는 미국의 영향력을 과소평가하면 더 큰 개입을 불러올 가능성이 높기에 미국은 언제나 자국의 이익을 추구한다는 너무나 당연하고 기초적인 상식을 염두에 두어야 한다.

　민주당 정부는 출범 아홉 달 만에 무너졌다. 그로부터 32년에 걸친 군사정권 시대의 막이 올랐다. 쿠데타 세력은 미국의 관심사인 '반공 분단국가'를 유지하기 위해 진보적 정치세력과 학생운동을 조직적으로 탄압하고 나섰으며 1년 만에 언론인 900여 명을 체포했다.

　새로운 여론, 민주적 여론 형성의 길은 다시 막혔다. 박정희는 4월혁명 공간에서 창간되어 빠르게 영향력을 키워가던 《민족일보》를 전격 폐간했다. 신문 발행을 정지한 것도 모자라 끝내 발행인 조용수를 법정에 세워 처형하고 간부들에게도 징역형을 선고하며 피바람을 일으켰다.

　신문사 발행인 처형은 박정희의 뜻이 아니라면 가능하지 않았다. 박정희는 조용수 처형을 통해 자신의 사상적 '순수성'을 미국에 입증하려

했다. 일본육사를 나와 만주군 장교로 일본의 앞잡이였던 박정희는 해방 정국에선 조선공산당이 대세라고 여겨 가입했다가 태도를 바꿔 당원인 장교들 명단을 넘겨줌으로써 어제까지의 동지들은 모두 처형되고 자신만 살아남은 '화려한 전력'이 있었다.

박정희는 조용수를 처형해 4월혁명으로 높아진 언론의 힘을 꺾는 효과도 노렸다. 권력 장악에 정당성이 없던 박정희는 언론에 민감했다. 자신을 꼬집는 기사가 실린 신문을 구겨 쥐고 중앙정보부장 앞에서 부르르 몸을 떠는가 하면 "언론인은 기개가 부족하다"고 '조롱'하기도 했다.

군사정부는 행정·입법·사법부를 모두 장악하고 언론까지 통제했다. 절대 권력의 귀결은 얼마 가지 않아 부패로 나타났다. 《민족일보》 발행인을 간첩 혐의로 몰아 처형까지 감행하는 군사정권과 마주친 논설위원 송건호는 마음을 다잡을 수밖에 없었다.

박정희는 혁명공약과 달리 군정 연장을 발표했다. 언론계에서 누구도 비판하는 사설을 쓰지 않았다. 《경향신문》으로 옮겨 일하던 송건호는 구속당할 각오를 하고 군정 연장을 반대하는 사설을 썼으나 신문에 실을 수는 없었다.

1963년 박정희는 이상한 '민정이양'을 발표했다. 군복을 벗은 자신도 민간인이라며 출마했다. 쿠데타 직후 마치 권력욕은 자신과 무관하다는 듯 양심적인 정치인에게 정권을 넘기고 군으로 복귀하겠다는 공언은 한낱 국민사기극에 지나지 않았다.

스스로도 민망한지 몇 차례 말을 뒤집는 '번의 소동'을 벌였다. 죄다 속임수였다. 언죽번죽 민정 참여를 선언하고 1963년 10월 15일 치러진 선거에서 윤보선 후보를 따돌리며 무늬만 '민선 대통령'이 되었다.

그럼에도 언론인과 교수, 문인들이 앞다퉈 찬양하고 나섰다. 마침 《사상계》에서 원고 청탁이 왔다. 송건호는 '민족지성 반성과 비판 — 한국지성인론' 제하에 "한때 민족주의자로 사상가로 민중 앞에 희망의 등불이

년 지식인, 그러나 오늘날 그들의 무력과 무지조, 무사상으로 국민의 신임은 땅에 떨어졌다"고 썼다.

송건호는 '지금 이곳'의 한국 지식인을 성찰했다. 마음을 다잡고 펜을 꾹꾹 눌러썼다. 오늘의 한국 지식층을 압도적으로 지배하고 있는 것은 "말할 것도 없이 아메리카사상"이라며 앞으로 그것이 끼칠 영향을 크게 우려했다.

비단 사상뿐 아니라 정치·경제·교육·사회풍속 생활에 이르기까지 아메리카 영향을 떠나서는 거의 볼 만한 것이 없다. 젊은 학생들이 다투어 아메리카 유학을 하며 아메리카 유학을 못 한 지식인들도 다투어 아메리카 학풍을 모방하기에 여념이 없다. 한국이 아메리카 영향 안에 들어선 지도 벌써 18년, 그간 학계·행정계에는 어느덧 아메리카 학풍의 훈련을 받은 일꾼들이 대부분의 요직을 차지하게 되었고 이들의 영향은 점차 우리 생활 깊숙이까지 미치게 되었다.

본디 송건호는 정치에 무관심한 청년이었다. 그런데 언론인으로 살아가며 송건호가 지켜본 대한민국 지식층은 꼴불견이었다. '아메리카 학풍'에 사로잡혔을 뿐만 아니라 쿠데타에 용춤 추며 정계로 들어간 한국 지식인들은 프랑스 지식인들이 받고 있던 신망과 정반대로 조소의 대상이 되었다.

한국 지식인 대다수는 권력을 향한 '해바라기'였다. 부패 정권을 두남둠으로써 지식인은 '민중의 관심 밖 존재'가 되었다. 지식인이 되레 역사를 뒷걸음질 치게 하는 데 한몫했다고 비판한 송건호는 내침 김에 1964년 창간된 진보적 월간지 《청맥》에 '지성의 사회참여' 제하의 시론을 썼다.

송건호의 촌철은 쿠데타 정권에 참여한 지식인만 겨냥하지 않았다. 그들을 비판한 지식인들도 과녁이었다. '5·16에 참여한 지식인'의 과오는 컸고 그만큼 멸시의 대상이 되었다고 쓴 뒤 "그러면 5·16파 지식인을 멸시와 증오의 눈으로 보는 비(非)5·16파 지식인은 그간 무엇을 했는가. 군정 3년간은 너무나 조용했다. 침묵의 3년간이었다. 이것 역시 지식인에겐 하나의 수치"라고 비판했다.

비단 군정 3년간 침묵으로 일관해서만은 아니었다. '비5·16파 지식인'들은 이런저런 불만에 그치고 비전을 제시하지 못했다. 송건호는 "사회과학은 결코 사회와 유리되어서는 안 되며 먼저 지금 이곳의 현실을 인식하고 극복하는 과학이 되지 않으면 안 된다. 사회과학이라는 이름 아래 단지 이 나라 저 나라의 학설이나 암송하고 기억하는 것으로 학문이 끝났다고 생각한다면 사회과학의 본래의 기능과는 동떨어진 것이며 사회과학의 관념성을 벗어날 수 없다"고 강조했다.

송건호에게 '반사적 저항'은 지성적 현실참여가 아니다. 본질에 대한 저항도 아니다. 지성이 '참된 현실'과 밀착하고 민중에 비전을 제시하려면 단지 이것저것 문제를 규명하는 데 그치지 않고 사회를 전체 연관 속에서 파악해 그것의 변동이나 모순을 적출해내는 것을 기본 과제로 삼아야 한다.

바로 그래서 저널리즘이 중요하다. 송건호는 저널리즘과 아카데미즘이 유리된 상태를 지식인의 병폐로 보았다. 송건호가 지식인 문제를 정면으로 거론하는 순간에도 군부 정권에 아첨하는 언론인·학자·문인들이 줄을 이었다.

어느 시대나 어용 지식인은 있었다. 일제 강점기는 물론 이승만 정권과 군사독재에 이르기까지 곡필을 과시했다. 일제 강점기에 축적한 재산으로 언론과 대학을 장악한 친일세력은 여론을 좌지우지하며 우리 현대사를 오도했고 그만큼 박정희는 더 '용감'해갔다.

1964년 6월 3일이다. 1만여 학생들이 광화문에서 굴욕적인 대일외교를 비판했다. 박정희는 비상계엄을 선포함과 동시에 시위를 주도한 대학생들을 마구잡이로 구속했고, 영장 발부를 기각한 법원에 군인들을 난입시키기까지 하며 이른바 6·3사태를 벌였다.

두 달이 지나서다. 박정희 정권은 '인민혁명당'이 국가 전복을 기도했다고 발표했다. 중앙정보부장 김형욱은 직접 기자회견장에 나와 "대한민국을 전복하라는 북괴의 지령에 따라 움직이는 반국가단체로 각계각층의 인사들을 포섭, 당 조직을 확장하려다가 발각"되었다며 41명을 구속하고 이들을 검찰에 송치했다고 밝혔다.

그런데 검찰의 반응이 뜻밖이었다. 담당 검사 3명이 증거가 불충분해 기소할 수 없다며 사표를 던졌다. 정부가 학생 시위를 탄압하고 여론을 호도하려고 '인민혁명당'을 부풀린 사실을 공안검사들조차 받아들일 수 없어 항명했음에도, 대부분의 언론은 모르쇠를 놓거나 '인민혁명당의 국가전복 기도'라는 정부 발표를 대대적으로 보도했다.

도예종을 비롯해 26명 모두 고문당했다. 중앙정보부에서 발가벗긴 채 물과 전기로 참을 수 없는 고통을 겪었다. 언론 통제로 진실이 묻혔지만 그나마 양심적인 검찰의 항의로 피고들은 '국가변란 기도 혐의'는 벗었고 "북괴를 고무 찬양"한 혐의로 재판에서 실형을 선고받았다.

민주공화국 대한민국은 '공안공화국'으로 둔갑했다. 언론의 도움이 컸다. 송건호가 일제 강점기에 예리하게 관찰했듯이 공안공화국에서도 정의롭지 못한 권력에 부닐면 얼마든지 부를 축적하며 살아갈 수 있었다.

수출대기업 중심의 경제성장으로 '고임금 노동인'들이 쑥쑥 자라났다. 하지만 더 많은 노동인들과 농민·빈민은 생활고에 시달려야 했다. 쿠데타 세력과 손잡고 기업으로 성장해가던 언론·대학에 몸담고 있는 먹물들과 하루하루를 힘겹게 살아가는 민중 사이의 거리는 무장 멀어져갔다.

9

무릇 직필은 어렵다. 권력이나 자본이 가만두지 않는다. 직필은 '사주'로 불리는 언론자본과 고위간부들이 통제하며 때로는 이해당사자들이 덤벼들고 '몽매한 세론의 비난'마저 따른다.

반면에 곡필은 쓰기 쉽다. 권력과 자본이 비호해준다. 권력이 제안하는 고위 관직이나 자본이 제공하는 고액 연봉 자리로 언제든지 옮겨갈 수 있다.

그래서다. 송건호는 힘주어 썼다. "곡필은 하늘이 죽이고 직필은 사람이 죽인다."

기자 한민주가 가슴에 새긴 경구다. 여기서 '하늘'은 역사일 수도 민중일 수도 있다. 나중에 대학에서 저널리즘을 강의할 때도 그 대목을 강조해서 학생들에게 가르쳤는데 송건호에게 곡필은 매춘과 다름없는 매문 행위였다.

대다수 지식인이 말로는 곡필을 수치라고 한다. 곡필을 비웃기도 한다. 송건호는 바로 그래서 곡필이 횡행한다며 직필이 얼마나 큰 용기가 필요한가에 글 쓰는 사람들이 그다지 깊은 성찰이 없다고 지적했다.

곡필은 자신의 정체를 잘 드러내지 않는다. 곡필일수록 '민족'과 '국가'를 걱정한다. 자신의 영달이나 안일을 위해 진실을 왜곡하고 사실을 호도하면서도 '민족'과 '헌법' 또는 사회의 '안녕' 내세우기를 제법 잘 한다.

곡필의 역사를 쓰면서 송건호는 삶의 자세를 가다듬었다. 본디 성격이 강직했다. 만일 곡필을 비판한 자신이 곡필의 길로 들어선다면 천하의 우스개가 될 수밖에 없다는 사실을 잘 알고 있었다.

직필을 실천하는 언론인과 군부독재는 어울릴 수 없었다. 당시 《경향신문》은 군사정권과 상당한 수준의 날을 세우고 있었다. 1963년 12월 20일, '국민경제 망친 3분' 제하의 기사에서 설탕·밀가루·시멘트의 3분(三粉)을 생산하는 재벌이 가격 조작과 세금 포탈로 엄청난 폭리를 취했다고 보도했는데 특히 삼성이 도마에 올랐다.

태풍이 불러온 흉작 탓에 민중은 생존권마저 위협받고 있었다. 라면이 처음 시판되면서 밀가루 수요는 폭발적으로 늘어났다. 그럼에도 재벌이 생필품인 밀가루로 폭리를 취하도록 박정희 정권은 묵인해주었고 뒷구멍으로 거액의 정치자금을 챙겼다.

삼성의 제일제당이 입길에 올랐다. 이병철은 4월혁명과 쿠데타를 거치면서 '부정축재자'로 몰렸다. 박정희로부터 부정축재 처벌 1순위자로 몰릴때 이병철은 하도 기가 막혔는지라 큰아들 맹희를 불러 단단히 일렀다.

"박정희, 저놈이 어떤 자인지 정확히 알고 있느냐? 이참에 정확히 알아두어라. 박정희는 일본인이 세운 만주 사관학교를 나온 천박한 군인이야, 좌익으로 잡혔을 때는 동지들을 배신한 '신의 없는 사람'이지. 우리가 지금 사업하는 데 정치적 그늘이 필요해 그놈 앞에서 웃고 있지만 내속마음은 그렇지 않아. 너도 앞으로 사업할 때 유념하거라."

박정희 또한 이병철을 믿지 않았다. 이병철이 부정축재 굴레를 벗으려 안간힘 쓸 때다. 측근에게 "이병철이 그놈, 소비재 장사나 하는 장사치 아닌가. 호사스럽게 자라서 사치스럽게 사는 인간이지?"라고 확인하듯 물었다.

박정희와 이병철은 서로를 경멸했다. 하지만 둘 다 상대 앞에선 사못 점잖았다. 쿠데타로 정권을 잡은 박정희로선 정치자금 조성과 경제 개발을 해나갈 기업인으로서 이병철이 필요했고, 이병철은 그가 쌓아온 부를 지켜줄 정치적 언덕으로 박정희가 절실했다.

아등바등 힘겹게 살아가던 민중은 가만있지 않았다. 자신들을 상대로 폭리를 취한 이병철과 그와 짬짜미한 박정희를 풍자했다. "거지 속옷까지 털어 가는 자본주의"라거나 "문디 콧구멍에 마늘 빼묵는다"고 개탄했는데, 한센병 환자가 살이 썩는 걸 늦춰보려고 콧구멍에 끼운 마늘까지 건강한 사람이 빼먹는다는 썩 탁월한 비유였다.

송건호는 무장 커져가는 경제권력, 곧 '자본의 힘'을 주시했다. 진실에 다가서려는 학구적 열정은 재벌을 파헤치는 글을 생산해냈다. 1965년 월간지에 '정치자금과 재벌' 제목으로 기고한 글에서 송건호는 이승만 권력의 비호를 받으면서 몇몇 재벌기업이 생기고, 박정희 정권에서 급성장한 그들이 권력에 정치자금을 대주는 정경유착 현상을 해부했다.

기실 한국의 자본가들은 미국이나 일본과 성격이 다소 달랐다. 주로 정부의 '특혜 그늘'에서 성장했다. 특혜의 역사를 더듬어보면 무엇보다 1945년 8월 15일 당시 국내에 있던 일본의 공적·사적 재산으로 거슬러 올라간다.

미군정은 일제가 남긴 재산을 '적산(敵産)'으로 규정했다. 군정청 '귀속재산'으로 접수했다. 사업체만 3551곳일 만큼 귀속재산의 총 가치는 당시 국내 총 자산가치의 80%에 이르렀다.

해방 시점에 적산은 모두 국유화하자는 공감대가 있었다. 귀속재산은 당연히 민족의 자산이라는 분위기가 지배적이었다. 중도파도 미군정이 귀속재산을 불하한다면 친일파와 모리배의 손아귀로 들어갈 것이라며 통일된 임시정부가 귀속재산을 처리해야 한다고 주장했다.

심지어 친일세력이 세운 정당조차 큰 흐름을 외면할 수 없었다. 한민당은 강령에서 "근로대중의 복리증진을 기함"을 내걸었다. 진심이야 어쨌든 창당선언문은 '주요 공장 및 광산의 국영 내지 국가관리'와 '계획경제 확립'을 표명했다.

그런데 미군정이 진보세력 탄압에 나서자 한민당은 생각을 바꿨다. 관리인에게 우선권을 주어 8·15 당시의 값으로 빨리 불하하라고 요구했다. 미군정은 마치 민심을 받아들인다는 듯이 적산 불하에 나서 1946년 2월 농지와 주택 및 소기업체 매각을 허용하고 대규모 공장의 불하를 계획했다.

이승만 정부는 미군정이 만든 계획안을 따랐다. 1949년 12월에 '귀속재산처리법'을 제정하고 전쟁 시기 내내 불하에 나섰다. 전쟁이 끝난 뒤인 1955년부터는 대규모 사업체 불하가 많아져 기업체를 지배하던 임차인 및 관리인이 연고자로 우선권을 받은 경우가 불하의 4분의 3 이상을 차지했는데 바로 이들이 1950년대에 등장한 '신흥 자본가'들이다.

이승만이 국가재산을 개개인에게 넘겨주면서 자본가들이 탄생하고 성장했다. 정경유착으로 민간 독점자본이 형성되고 자본주의 체제가 뿌리내리는 결정적 계기였다. 불하받은 사람들은 시세보다 낮은 불하가격, 분할상환제도, 잦은 상환체납을 통해 격심한 인플레 속에서 엄청난 불로소득을 취할 수 있었으며, 토지개혁 때 액면가를 훨씬 밑도는 가격으로 구입한 지가증권으로 불하대금을 납부해 이중으로 이익을 취하면서 자본가로 빠르게 성장해갔다.

특혜는 귀속재산 불하에 머물지 않았다. 저환율·저금리·중점융자정책이 신흥 자본가들에게 큰 도움을 주었다. 원조물자를 배정받거나 산업은행 대출을 받은 자본가들은 이승만의 자유당에 10~15%의 정치자금을 제공하는 것이 불문율이었다.

송건호는 정경유착의 문제점을 적시했다. 특히 재벌의 힘이 커져가는 상황을 우려했다. 대기업이 일정한 단계까지 성장하면 권력의 특혜에 만족하지 않고 공공연히 권력에 영향력을 행사하고 입법권에 관여한다고 보았다.

재벌은 국회와 밀접한 관계가 있다. 연중행사처럼 되풀이되는 세법 개정에는 예외 없이 재벌들이 행정부와 국회에까지 2중으로 작용하고 급할 때는 국회에 출장하여 수표가 난무한다. 재벌은 또한 당을 초월하여 제각기 출신 도별로 촉수를 뻗는다. 오늘날 재벌과 정치인 사이에는 떼려야 뗄 수 없는 깊은 관계가 있다.

송건호는 대안을 제시했다. '정치자금의 합리화'다. "대중의 적극적인 정치 참가를 촉구하여 당원을 확대하고 조직화"함으로써 당 재정의 기초를 재계의 기부가 아닌 당원의 당비로 충당해야 옳다고 보았는데 과연 한국 정치의 본질과 개선 방안을 꿰뚫어 본 혜안이었다.

송건호는《경향신문》논설주간에 이어 편집국장에 취임했다. "신문의 정도(正道)를 걷자! 문제가 생기면 모든 책임을 편집국장에게 맡겨라"고 선언했다. 편집국장으로 쓴 '근대화의 문제점' 칼럼에선 박정희 정부가 근대화를 '공업화'로 착각하고 있다며 '개인의 각성에 기반을 둔 민주주의와 민족주의'야말로 진정한 근대화의 고갱이라고 강조했다.

박정희 정권은《경향신문》을 좌시할 수 없었다. 신문사 주일 특파원의 동생이 관련된 '간첩 사건'을 조작했다. 간첩 사건에 연루되었다는 '붉은 딱지'를 붙여 사장 이준구를 비롯해 3명을 반공법 위반 혐의로 구속했다.

사장이 구속되면서 송건호가 신문사 경영까지 책임져야 했다. 편집국에 진을 치고 있는 정보부원들과 날마다 싸워야 했고 끝없는 회유를 견뎌야 했다. 박정희가 주요 언론사 편집국장들을 청와대로 불러 두툼한 돈 봉투를 돌렸을 때 유일하게 촌지를 거부했던 사람이 송건호였다.

언론인 송건호는 언제나 꼿꼿했다. 기자들 사이에서 '대쪽 언론인'으로 불렸다. 중앙정보부장 김형욱이 송건호를 불러 대통령과 적당히 타협하라고 겁박했는데도 흐트러지지 않았다.

박정희는《경향신문》을 공매 처분해 대기업에 넘겼다. 신문을 지키려던 편집국장 송건호의 노력은 물거품이 되었다. 기자 초년기에 3년여 동안 외신부 기자로 일했던《조선일보》논설위원으로 옮겨 갔지만 사설의 방향을 결정하는 주필과 세상을 보는 눈이 사뭇 달라 오래 일할 수는 없었다.

<h1 style="text-align: center">10</h1>

고등학생 한민주가 청년 티를 낼 무렵이다. 서울의 탑골공원이 처음 실체감으로 다가온 사건이 일어났다. 3·1혁명과 무관한 일이었지만 그렇다고 터무니없지는 않았는데 1966년 9월 한국독립당 국회의원 김두한이 질문자로 국회 단상에 올랐다.

김두한은 마분지로 포장한 양철통을 들고 나왔다. 한껏 배에 힘을 주어 말했다. 그는 자신이 배운 게 없어서 말은 잘할 줄 모르지만, 다른 사람이 할 줄 모르는 행동은 잘할 수 있다며 연설에 들어갔다.

"5·16군사혁명을 일으킨 현 정권이 민주주의를 파괴하고 또 국민의 참정권을 박탈하는 것까지는 용서할 수 있습니다. 그러나 국민의 대다수를 빈곤으로 몰아넣고 몇 놈에게만 특혜조치를 주고 있는 건 용서할 수 없습니다. 대통령이 여기 나왔다면 한번 따지고 싶지만 없으니 국무총리를 대통령 대리로 보고, 또한 총리와 장관들은 3년 몇 개월 동안 부정과 부패를 합리화한 피고로 다루겠습니다."

종로의 주먹으로 이름 날린 김두한이다. 깡패가 감히 박정희를 용서할 수 없다고 단언한 이유는 삼성과의 '밀수 유착'에 있었다. 쿠데타 권력의 정당성을 확보하려고 밀수를 마약·도벌·깡패·탈세와 함께 '5대 사회악'으로 부르댄 박정희는 정작 삼성이 한국비료공장을 지으면서 사카린 원료를 건설 자재로 꾸며 밀수하려다 들통이 났음에도 모르쇠를 놓았다.

실은 사카린만도 아니었다. 삼성은 일본 미쓰이 물산을 통해 수입 금지품을 대량 밀수했다. 양변기, 냉장고, 에어컨, 전화기를 '건설 자재'로 밀수해 암시장에 되팔아 엄청난 차익을 남긴 삼성과 박 정권은 유착 관계였을 뿐만 아니라 정치자금을 받으려고 사실상 밀수를 공모까지 했기에 황급히 밀수품을 압수하고 벌금을 부과하는 선에서 사태를 갈망하려 했다.

한국 최고의 대기업이 밀수를 한 사실에 국민적 분노가 일어났다. 고교생 민주도 삼성이 일본대기업과 짜고 밀수를 했다는 보도가 믿어지지 않았다. 청년 시절 송건호처럼 한민주도 '모범생'이었기에 박정희가 내건 '5대 사회악'을 줄줄이 외우고 있어서였을 수도 있고 정작 '대통령 각하'가 더러운 밀수 행위를 눈감아주려 했다는 말이 도통 이해할 수 없어서이기도 했다.

비판 여론은 갈수록 커졌다. 서울대 학생들은 '반외세 반매판' 기업 규탄대회를 열었다. 야당은 '특정 재벌 밀수진상 폭로 및 규명 국민궐기대회'를 개최했으며 지방 도시에서도 규탄대회가 이어져 대구 수성천 옆에서 열린 밀수 규탄대회에 연사로 나선 국회의원 장준하는 박정희를 "밀수 왕초"로 호칭했다.

경찰은 곧바로 장준하를 국가원수 명예훼손 혐의로 구속했다. 《사상계》를 창간한 장준하는 당시 야당 공천을 받아 국회에서 활동하고 있었다. 국회는 '특정재벌 밀수 사건에 관한 질문' 안건을 채택했고 김두한이 나선 것은 대정부 질문 이틀째였다.

김두한은 연단 위에 놓아둔 통의 포장지를 풀었다. 먼저 위에 있던 흰 가루를 국무위원들에게 뿌리며 꾸짖듯 '밀수한 사카린'이라고 말했다. 이어 덮은 포장지를 풀자 갑자기 고약한 냄새가 의사당 안에 퍼져갔고 그 순간 김두한은 통을 든 채 아금받게 말했다.

"이것은 재벌이 도적질해 먹는 것을 합리화시켜주는 내각을 규탄하는 국민의 사카린이다."

바로 국무위원들이 앉은 자리로 다가갔다. "똥이나 처먹어, 이 새끼들아!" 고함과 동시에 통을 쏟아부었기에 국무총리 정일권과 장관들은 미처 피할 틈도 없이 똥을 뒤집어썼다.

코를 찌르는 냄새가 진동했다. 곧바로 정회가 선포됐다. 그날 바로 정일권 내각은 '국회에 대한 항의'를 명분으로 일괄 사표를 제출했으며 박정희는 사건을 개탄하는 특별 서한을 국회에 보냈지만 김두한은 끄떡하지 않았다.

"내가 던진 오물은 내각 국무위원 개인에게 던진 게 아니오. 헌정을 중단했고 밀수 사건을 비호하고 있는 제3공화국 정권에 던진 것이라오."

기자들에게 소신을 밝혔다. 아주 당당했다. 오물은 어디서 가져왔느냐는 기자 질문에 "순국선열의 얼이 서린 탑골공원 공중변소에서 퍼 왔다"고 답했다.

탑골공원, 3·1혁명의 진원지였다. 그해 5월에 손병희 동상 제막식으로 눈길을 모았었다. 탑골의 오물을 뒤집어쓴 국무위원들이 모두 사표를 내자 삼성 '총수' 이병철은 한국비료공장과 대구대학을 국가에 헌납하겠다고 발표하며 '은퇴'를 선언하고 '소나기'가 지나가기만을 기다렸다.

고교생 민주가 그랬듯이 국민 대다수는 속이 시원했다. 하지만 국회의원들 분위기는 달랐다. 결국 김두한은 국회에서 제명당했고 서대문형무소에 구속·수감되어 복역하던 중에 할복 소동을 벌이다가 1년 뒤 병보석으로 풀려났으나 이후 정계에 복귀하지 못했다.

10대의 민주에게 김두한은 '주먹세계를 평정한 의리의 사나이'로 다가왔다. 하지만 대학에 들어가 진실을 알고 실소마저 머금었다. 그러니까 해방공간에서 친일파 청산을 요구하며 파업을 벌이는 노동인들을 서슴지 않고 살해한 정치깡패, 극우세력의 행동대장을 맡았던 김두한의 '깡패 심성'으로도 박정희 정권의 부패는 용서할 수 없었던 셈이다.

송건호가 재직하던 《조선일보》 주필 최석채는 청와대와 가깝게 지냈다. 논설위원 회의에서 김두한의 전적인 잘못으로 사설 방향을 정했다. 그 사설 집필자가 된 논설위원 송건호는 오물을 던진 김두한 못지않게 정부의 잘못도 있으니 둘 다 비판해야 옳다는 의견을 냈지만 주필은 정부에겐 잘못이 없다며 김두한만 비판하라고 요구했다.

송건호는 순간 고심했다. 하지만 아무래도 아니었다. 주필에게 그렇게 일방적으로 쓰지는 못하겠다며 사설 집필을 거부하고 사표를 던졌다.

박정희는 장기집권 야욕을 야금야금 드러내고 있었다. 1967년 치른 대통령선거에서 재선된 박정희는 곧 이은 총선에서 관권을 총동원했다. 여당인 공화당의 의석수를 개헌할 수 있는 선까지 늘리려는 의도였는데, 야당과 학생들이 부정선거를 규탄하는 시위를 잇달아 벌이자 중앙정보부는 이른바 '동베를린 대남 공작단 사건'을 발표했다.

유럽에 유학한 교수·음악가·화가·유학생 107명을 구속했다. 사법부는 2명에게 사형을 선고했다. 윤이상을 비롯한 4명은 무기징역, 13명은 15년 징역을 선고받고 모두 34명이 중형을 받았다.

1968년에 들어서서 한반도 정세는 요동쳤다. 연초 1월 21일 '무장공비' 31명이 서울까지 들어와 청와대 인근에 이르렀다. 국가안보를 내세워 쿠데타를 일으켰음에도 박정희 자신의 턱밑까지 뚫린 셈이었고 1월 23일에는 미국 정보함 푸에블로호가 북에 나포돼 한반도 긴장이 극에 이르렀다.

박정희는 안보망이 뚫린 위기를 오히려 입지를 강화하는 명분으로 삼았다. '안보 강화'를 내세워 향토예비군을 창설해 청장년을 묶어냈다. 헌법은 대통령 중임만 허용했기에 박정희는 더 출마할 수 없었지만 공화당 내부에서 김종필을 후계자로 옹립하려는 움직임이 보이자 그를 모든 공직에서 쫓아냈다.

중앙정보부는 이어 '통일혁명당 사건'을 발표했다. 교수·언론인을 비롯해 158명을 검거하고 50명을 구속했다. 《조선일보》에 사표를 던지고 나온 송건호는 실직 상태에서 대학에 출강을 하며 1968년 10월 《사상계》에 기고한 '한국적 정치지도자상의 현실과 이상'에서 이승만·김구·여운형 세 사람을 분석했다.

고교생 민주가 언론인 송건호의 글과 처음 만난 순간이었다. 김두한이 탑골공원의 오물을 내각에 뿌린 사건부터였다. 민주는 간간이 친구 집에서 《사상계》를 빌려 읽느라 '전교 1등'이던 학교 성적이 내리막길을 걷고 있었다.

송건호는 이승만이 '아버지적 민족관'을 지녔다고 보았다. 대한민국을 자기 가정 정도로 여긴 가부장이었다며 '국부'라 부르는 관행을 비판했다. 지도자와 국민 사이를 부자관계처럼 여기면 비민주적 행동도 "부자적 애정관계"로 호도될 수 있다고 우려했다.

이승만은 하와이로 쫓겨나 죽을 때까지 국민에게 사과하지 않았다. 자기와 국민의 관계를 부자관계로 끝까지 착각했다. 유복자로 태어난 민주에게 '아버지'는 그리움의 언어였기에 '아버지적 민족관'이라는 비판이 선뜻 다가오지 않았지만, '국부'라는 말에 담긴 문제점을 깨닫는 데는 부족함이 없었다.

김구는 지사적 지도자였다. 이승만과 정반대 노선을 걸었다. 지사는 "국민 대중이 침략자의 총칼 앞에 숨을 죽이고 저항의 용기를 잃었을 때 비장한 각오로 원수에 폭탄을 던지거나 해외에 가서 독립운동을 하여 민족을 대신해 자기 한 몸을 희생시키는 애국자"를 가리킨다.

그런데 애국의 의미는 역사적이다. 국민을 애국의 객체로 보느냐 주체로 보느냐에 따라 달라진다. 막연히 애국은 훌륭한 덕목으로만 여겨온 고교생 민주는 세상을 보는 또 다른 지평이 열리는 느낌을 받았다.

백범의 애국은 순수한 애국이기는 했으나 민중에서 유리된 고고한 애국, 메시아적 애국이었다는 데에 특징이 있었다. 요즘 말하는 엘리트 의식도 잘못하면 반대중적인 것이 될 염려가 짙다. 백범의 애국은 그 순수성을 높이 평가해야 하면서도 그의 애국을 구시대적 애국·고전적 애국·지양해야 할 애국으로 보아야 하는 까닭이 여기에 있다. 오늘날의 애국은 민족대중을 애국의 주체로 보아야 하는 데에 시대적 요청이 있다. 이 같은 애국을 우리는 현대 애국이라고 말한다.

여운형은 동시대의 지도자들에 비해 참신한 점이 많다. 늘 청년이었고 주변에 젊은이들이 언제나 모여들었다. 이승만처럼 '아버지'를 자처하여 민중을 깔보지도 않았고, 김구처럼 희생적 애국 속에서 국민을 해방의 객체로 보지도 않았지만, '좌우세력 틈에 끼어 협공을 받다가 경륜을 펴보지도 못한 채 쓰러진 비극'의 여운형도 지도자로서 결함이 있었다.

몽양은 젊은이를 사랑했고 젊은 세대 사이에 인기도 높았으나 몽양 역시 지도자로서 사명의식의 과잉에 빠져 국민의 주체성을 미처 인식 못 한 듯한 흠이 있다. 그가 정계에 대중적 기반이 없이 막연히 부동적 인기에만 머무른 것도 요는 대중의 한을 인식하고 그들 속에 파고 들어가 그들의 창조적 에너지를 발굴하려는 적극성이 부족한 데 기인한다.

역사가 입증하듯이 이승만·김구·여운형은 분열했다. 송건호가 보기엔 공통점이 있었다. 세 사람 모두 "민중 속에 뿌리를 박으려 하지 않은 지도자"였는데, 무릇 역사에 남을 만한 업적은 "그 원동력이 지도자 개인의 타고난 천재에 있다기보다 대중의 정열이 광범위 동원되는 곳에서만 가능"하다며 지도자의 개인적 자질보다 더 결정적인 힘이 민중에 있다고 강조했다.

그렇다면 이상적 지도자는 어떤 모습일까. "신생국의 지도자는 국제사회에서 민족적 긍지를 갖고 떳떳하게 자주성을 발휘하는 자부심 강한 인물"이어야 한다. 송건호는 그때 비로소 국민대중이 지도자와 마음으로부터 일체감을 느끼고 건설에 매진하는 자발성을 발휘한다고 역설했다.

송건호의 글은 아쉽게도 거기서 그쳤다. 민주는 몹시 궁금했다. 해방공간에서 '민족적 긍지를 갖고 국제사회에서 떳떳하게 자주성을 발휘한 사람'은 누구였을까.

고교생 민주의 정치의식은 《사상계》로 여물어갔다. 특히 송건호의 글에 영향을 받았다. 신문사 논설위원이 되어 민족이 나아가야 할 길을 제시하고 싶은 꿈이 민주의 가슴에 깃든 것도 그때였다.

11

1969년 3월 한민주는 대학에 입학했다. 신입생일 때 총학생회가 교내에 뿌린 '언론인들에게 보내는 메시지'를 읽었다. 총학생회는 "외부의 압력이나 제재로 인한 언론의 타락은 바로 민주주의의 죽음"이므로 언론인들은 냉철한 언론인의 양심과 지성과 용기를 찾아야 한다고 호소했다.

한민주는《사상계》를 통해 이미 언론의 문제점을 인식하고 있었다. 언론은 갈수록 이윤을 추구하는 기업으로 탈바꿈했다. 언론인 개개인의 양심과 지성, 용기에 호소하기 어려워질 만큼 구조적인 변동이 일어나고 있었다.

신문기업의 성장률은 1960년대 경제성장률의 두 배였다. 대학가에선 4월혁명 정신을 본받아야 한다며 선정적인 주간지를 불태우는 시위를 벌이기도 했다. 학생들은 준엄하게 "윤리의 방종과 노예화에서 상실한 인간성을 회복하고자 이제 이 조국과 인류를 좀먹는 탈선 매스컴을 불태운다"고 선언했다.

한민주가 대학에 들어간 그해 박정희는 3선 개헌에 나섰다. 송건호는《동아일보》논설위원으로 언론계에 복귀했다. 대통령 임기를 3선까지 가능하도록 헌법을 고쳐 집권을 연장하려는 박정희의 권력욕은 때마침 이북의 도발이 잦아지면서 예정보다 더 일찍 정체를 드러냈다.

박정희는 안보를 내세워 공안정국을 끌고 갔다. 울진·삼척에 무장 공비가 출현해 공포 분위기도 조성됐다. 게다가 이북 군대가 미 정찰기 EC-21기를 격추해 승무원 31명이 사망하는 사건이 일어나 모든 신문과 방송이 '국가 안보'를 다시 주요 의제로 설정했다.

박정희는 기회를 놓치지 않았다. 1969년 9월, 박정희가 오래 준비한 3선 개헌안이 국회 본회의로 넘어왔다. 야당 의원들이 국회 단상을 점거한 채 무기한 농성에 들어가자 집권당인 공화당 의원들은 호텔에 투숙하는 듯 연막을 치다가 새벽 2시 50분에 국회 본회의장 건너편에 있는 별관에 모여 개헌안을 25분 만에 날치기 처리했다.

3선 개헌을 날치기 처리한 국회의장은 이효상이다. 일제 강점기에 동경제대를 나와 대학 교수로 시집까지 내며 짐짓 '지적인 정치인'으로 행세해왔다. 이효상은 별관에 의사봉이 미처 준비되어있지 않자 국회 직원이 급히 가져다준 주전자 뚜껑으로 책상을 두들기는 추태를 과시했다.

중앙정보부 김형욱은 각 언론사에 파견된 정보부원들에게 지시했다. '날치기 처리'가 아니라 '개헌안 통과'로 보도케 했다. 오직 한 곳《동아일보》만 정보부의 압력을 뿌리치고 "개헌안 반칙 처리"로 표제를 달았다. 다음 날 다시 신문사에 나타난 담당 정보부원의 얼굴에는 여기저기 멍든 꽃이 시퍼렇게 피어있었다.

박정희는 개헌안이 국회를 통과하자 다음 공작에 착수했다. 개헌 반대운동을 벌여온 단체의 대표들을 연행해 '무서운 고문'을 자행했다. 국민투표를 앞두고 사회를 혼란케 함으로써 북괴를 이롭게 했다는 해괴한 논리를 펴며, 3선 개헌을 비판하는 사람을 죄다 '용공분자'로 단정했다.

국민투표를 앞두고는 돈과 밀가루를 쏟아부었다. 송건호가 사표를 던지고 나온《조선일보》는 투표 전날 '각계 인사'를 동원해 개헌을 지지하는 특집기사를 내보냈다. 권력이 장악한 방송들은 당연히 가세했고 그 결과 민주주의를 유린하는 3선 개헌안은 77.1% 투표에 65.1% 찬성으로 확정됐다.

대학 새내기 한민주는 언론이 나라를 어떻게 망치는가를 생생하게 지켜보았다. 이듬해 민주의 삶에 깊은 파문을 일으킨 사건이 일어났다. 대학 2학년 때인 1970년 11월 13일에 서울 도심의 청계천 평화시장에서 한 노동 청년이 몸을 불사르며 자신의 살과 피를 태워 '근로기준법 화형식'을 거행했다.

바로 다음 날 학생운동을 하던 학과 선배가 강의실에 나타났다. 그가 들려준 비보는 민주의 가슴을 강타했다. 언론의 침묵과 무관심으로 대다수 대학생들이 금세 알 수는 없었으나 시간문제일 뿐이었다.

분신한 노동 청년은 소망했다. "대학생 친구가 있으면 좋겠다." 그 말은 유언처럼 대학가의 젊은 영혼들에게 퍼져가 서슬 푸른 비수로 꽂혔고, 그의 몸을 사른 불길은 속 깊은 대학생들을 불태우며 저마다에 길래 아물지 않을 화상을 남겼다.

청년의 이름은 전태일. 스물두 살이었다. 민주보다 두 해 앞선 1948년 대구에서 가난한 집안의 장남으로 태어났는데 봉제 노동을 해온 아버지는 나이가 들면서 집에 재봉틀 두 대를 들여놓고 삯일로 생계를 꾸려갔다.

태일의 아버지는 죽고 살기로 돈을 모아 부산에서 작은 양복점을 열었다. 하지만 염색공장에 맡긴 원단이 장마로 모두 상해 파산했다. 온 가족이 무작정 이사한 서울은 전쟁이 남긴 폐허에서 저마다 먹고살 걱정에 잠겨있었다.

태일의 아버지는 평화시장과 중부시장에서 그때그때 재봉 일을 거들었다. 가족들은 서울역 앞 염천교 밑에서 잤다. 소년 태일은 건너편 만리동을 돌아다니며 동냥으로 연명해 사실상 거지로 어린 시절을 보냈다.

태일은 빈부 격차가 빚는 인생의 명암을 일찌감치 깨달았다. 만리동에서 조금 더 걸어가면 나오는 청파동의 벽돌집들은 태일에게 그림처럼 아늑했다. 몇 년 고생 끝에 아버지 전상수는 가까스로 천막집 한 채와 재봉틀 한 대를 사들일 수 있었고 삯바느질 일로 가세는 조금씩 나아졌다.

전상수는 드디어 학생복 단체주문을 받았다. 여기저기서 빚을 얻어 원단을 구입했다. 제품을 만들어 납품했지만 주문을 받아 온 중개상이 대금을 갖고 사라져 태일의 가족은 다시 빚더미에 앉으며 겨우 마련한 판잣집, 재봉틀, 가게 보증금을 모두 날렸다.

원단 가게 주인과 친구들이 셋방을 얻어주었다. 노숙은 면했지만 전상수는 술 취하는 날이 많아졌다. 그때마다 아내와 어린 자식들에게 난폭해져 태일의 어머니는 정신건강을 잃어갔고 평온했던 가정은 풍비박산 났다.

당장 생계가 막막했다. 태일이 신문팔이에 나섰다. 열두 살 태일은 처음엔 학교를 다니며 신문을 팔았으나 여섯 식구가 멀고 살려면 한 푼이라도 더 벌어야 했기에 초등학교 4학년 초에 중퇴했다.

두 살 아래 동생을 데리고 태일은 동대문시장으로 갔다. 장사에 나섰다. 삼발이를 비롯해 솔, 조리, 빗자루를 받아다 물건을 팔고 원금만 돌려주는 방식으로 밑천 없이 시작한 장사였다.

"솔 사세요! 조리, 방비요! 쓰레받기나 삼발이요!"

어린 형제는 발 부르트고 목이 쉬도록 시장과 골목을 돌아다녔다. 하지만 생활은 조금도 나아지지 못했다. 태일은 소년기를 벗어나면서 드디어 '안정된 일터'를 잡았는데 아버지로부터 배운 재봉틀 초보기술 덕분이다.

삼발이 장사와 견주면 안정된 일터였다. 일당은 고작 50원이었다. 하루 14시간 쉼 없이 노동한 대가가 다방에서 차 한 잔 마시는 값과 같았음에도 형편없는 일당을 감수하며 '시다'로 불리는 조수로 취직한 것은 어서 기술을 배워 가족의 생계를 책임지려는 생각이 앞섰기 때문이다.

평화시장의 학생복 맞춤집 삼일사가 태일의 일터였다. 재봉틀 기술을 다소 배운 태일은 일을 빨리 배울 수 있었다. 애오라지 기술을 더 익히고 돈을 더 벌어야 한다는 깜냥으로 주위를 둘러볼 여유도 없이 앞만 보고 달려 조수에서 '재봉틀 보조'로 직급이 높아가고 월급도 큰 폭으로 올랐다.

태일이 매달 월급을 받자 가족이 모여 살 수 있었다. 식모살이했던 어머니도 힘을 내어 다시 행상을 나섰다. 아직은 가난했지만 그래도 소박한 희망이 맴돌았고 삼일사에서 재봉틀 기술을 두루 익힌 태일은 드디어 1966년 가을에 일터를 옮겨 재봉사가 되었다.

어엿한 재봉사로 첫 출근하는 날 태일은 들먹댔다. 어머니를 편히 모시고 포기했던 공부도 시작할 수 있다고 생각했다. 희망에 부풀던 전태일에게 그 시점에선 상상도 할 수 없는 운명이 마치 화산폭발을 앞둔 돌물처럼 맹렬하게 들끓고 있었다.

전태일은 재봉사가 되어서야 비로소 주위를 둘러볼 수 있었다. 평화시장에서 일하는 사람은 당시 만 명이 넘었다. 조수(시다) 4000여 명, 재봉사(미싱사)와 재봉보조(미싱보조) 4000여 명, 재단보 400여 명, 재단사 3000여 명으로 대다수가 10대 여성들이었다.

아침 8시에 출근해서 밤 11시까지 일했다. 햇빛도 들지 않는 좁은 공간에 틀어박혀 거의 점심을 굶으며 일했다. 사장들은 좁은 공간을 더 쪼개어 중간에 수평으로 다락방을 만들었는데 높이 1.5미터로 온전히 허리 펴고 다닐 수도 없는 '인간 닭장'에는 환풍기도 없었다.

일하다가 화장실 갈 때도 따가운 눈총을 받아야 했다. 사장은 '오줌보' 운운하며 '이년 저년' 욕설을 퍼붓기 일쑤였다. 하루 14시간 노동과 저임금, 건강을 해치는 열악한 환경, 최소한의 보호 장치도 없는 인권 사각지대에 놓인 10대 여성노동인들은 태일이 걸어온 고통의 시간들을 고스란히 재현하고 있었다.

전태일은 점심 굶는 조수들에게 버스비까지 탈탈 털어 풀빵을 사주었다. 그럴 때면 청계천에서 집이 있는 도봉산까지 걸어가야 했다. 재봉사가 되었지만 전태일의 노동조건 또한 열악하긴 마찬가지여서 1967년 3월 17일에는 밤늦게 돌아와 일기장을 꺼내들고 자신에게 속살댔다.

정말 하루하루가 못 견디게 괴로움의 연속이다. 아침 8시부터 저녁 11시까지 하루 15시간을 칼질과 다리미질을 하며 지내야 하는 괴로움, 허리가 걸리고 손바닥이 부르터 피가 나고, 손목과 다리가 조금도 쉬지 않고 아프니 정말 죽고 싶다. 육체적 고통이 나에게 죽음을 생각하게 하는 것이 아니라 정신적 고통이 더욱 심하기 때문이다. 두 가지 가운데 한 가지만 없어도 좋겠다.

그러던 어느 날이다. 함께 부지런이로 일하던 재봉사가 심하게 기침을 했다. 전태일이 걱정스레 바라볼 때 재봉사의 입에서 새빨간 핏덩이가 재봉틀에 쏟아지며 얼굴이 금세 새하얗게 질렸다.

본인은 물론, 일하던 모든 사람이 놀랐다. 부랴부랴 병원으로 옮겼다. 폐병 3기로 각혈이었고 가혹한 노동 환경으로 인한 직업병이 분명했다.

치료비를 도우려 모두 돈을 걸었다. 오직 한 사람, 사장은 바냐위고 잔인했다. 돈을 보태기는커녕 폐병을 이유로 전격 해고하는 순간, 전태일은 노동인들의 꼭뒤를 누르는 사회의 모순과 부조리에 번쩍 눈을 떴다.

명백한 노동 착취였다. 하루 14시간 일한 임금이 사장의 차 한 잔 값인 것은 결코 필연이 아니었다. 태일이 동료들과 냉혹한 현실에 맞설 대책을 논의해가자 강밭은 사장은 전태일도 매정하게 해고했다.

다행히 재봉사 수요가 많았다. 태일은 다른 곳에 취업할 수 있었다. 하지만 날카로이 파고든 현실 인식은 시간이 갈수록 또렷해졌고 어렴풋이나마 재봉틀 따위의 생산수단을 소유한 사람들과 그렇지 못한 사람들 사이에서 노동과 자본의 계급적 갈등을 깨우쳐갔다.

가슴에 뜨거운 돌물이 고이기 시작했다. 태일은 묻고 또 물었다. 왜 가장 청순하고 때 묻지 않은 어린 소녀들이 가장 때 묻고 기름진 자의 거름이 되어야 하는가.

12

전태일은 1969년 6월 친구들과 '바보회'를 만들었다. 한민주가 대학 신입생으로 책을 통해 세상을 읽을 때다. 머리로 책을 읽으며 동아리 활동을 하던 민주와 달리 태일은 가슴으로 세상을 만나고 노동청년들과 더불어 '바보회'를 창립했다.

바보회는 평화시장 최초의 노동운동 조직이다. 전태일이 고심 끝에 지은 이름이다. 대한민국에는 노동인들을 위한 근로기준법이 존재하고 노동인도 엄연한 인간으로 대우받을 권리가 있는데도 여태 그걸 모르고 사장들로부터 개돼지 취급을 받는 것을 당연히 여겨온 자신들은 바보라는 성찰을 담았다.

이른바 '똑똑한 사람들'은 전태일을 비웃었다. 노동인들의 권리를 찾는 일은 계란으로 바위 치는 바보짓이라 했다. 전태일은 대한민국의 '똑똑한 자'들이 퍼붓는 조롱을 주체적으로 받아들여 '바보회'를 만들고 활동지침을 정했다.

하나, 평화시장 노동자들이 근로기준법에 따른 근무환경에서 일할 수 있도록 하는 것, 특히 하루 8시간 근무와 주 1회 휴무가 가장 중요한 목표다.

둘째, 목표 달성을 위해 회원들 스스로 근로기준법을 공부하고 조직을 확장해야 한다.

셋째, 현재 노동자들의 근무 환경을 정확히 조사한다.

넷째, 독지가(자선사업이나 사회사업을 지원하는 사람)를 찾아내어 5천만 원가량을 투자받아 근로기준법을 준수하는 모범업체를 만든다.

바보회는 노동법 학습과 회원 확대에 눈을 주었다. 눈길을 끄는 대목은 '근로기준법 준수업체'였다. 바보회가 모범업체를 세우려 한 까닭은 세금을 정당하게 내고 근로기준법을 지키고도 얼마든지 기업으로서 성공할 수 있다는 것을 자본가들에게 입증하고 싶어서였다.

그렇다면 전태일은 어떻게 노동법과 노동권을 알았을까. 태일이 평화시장 노동인들의 비참한 현실에 풀 죽어있을 때다. 태일에게 노동하는 사람들을 보호하는 근로기준법이 있다는 '귀한 정보'를 들려준 사람은 다름 아닌 술주정뱅이, 아내와 자식들에게 폭언과 매질을 퍼붓던 고주망태 아버지였다.

태일은 아버지 전상수의 청년 시절 이야기도 그날 처음 들었다. 전상수는 '대구 10월항쟁'에 동참했다. 해방공간에서 미군정이 친일파를 높은 자리에 앉히고 토지개혁을 늦추며 식량을 강압적으로 공출하면서 민심은 흉흉했는데 대구의 민중들이 1946년 10월 1일 식량난 해결을 요구하는 항의 시위에 나섰다.

일제 강점기에 민중은 자신을 억압한 경찰에 적대감을 지녔다. 그런데 바로 그들이 일제 때와 마찬가지로 쌀을 강제로 빼앗다시피 공출해 갔다. 전국 곳곳에서 아사자들이 생겨나는 상황이었기에 민중의 분노가 무장 커져 드디어 거리 시위에 들어갔다.

하지만 경찰의 총격으로 2명이 숨졌다. 그 사실이 알려진 다음 날이다. 아침부터 수천 명이 대구경찰서로 몰려가 돌을 던지자 경찰은 다시 발포해 시위하던 민중 수십여 명이 피 흘리며 쓰러졌다.

분노한 시위대는 경찰서로 들어갔다. 무기를 빼앗고 대구 곳곳의 경찰관 주재소를 점거했다. 이어 쌀 사재기를 저지른 부잣집이나 친일파의 집으로 들어가 식량과 생필품을 서민들에게 나누어주었다.

다음 날 오후, 미군정은 대구 지역에 계엄령을 선포했다. 장갑차 네 대를 앞세우며 시내로 진입했다. 시위에 참여한 민중을 대거 체포하면서 대구의 도심 시위는 잦아들었지만 주변 영남 지역으로 빠르게 퍼져갔다.

10월 6일에 이르러선 경상북도 거의 모든 지역에서 시위가 일어났다. 대구를 포함한 경상북도에서 전체 도민의 25%인 77만여 명이 시위에 참여했다. 사망자가 136명에 이르렀고 '폭동' 혐의로 검거된 사람도 5000여 명에 이르렀는데 전상수도 그중 한 사람—단재의 표현을 빌리면 '한놈'—이었다.

어머니 이소선은 독립투사의 핏줄이다. 세 살 때 독립운동하던 아버지가 학살당했다. 어머니가 재가해 의붓아버지 밑에서 배다른 자매·남매들로부터 차별을 받으며 자랐고 일제에 끌려가 강제노동까지 했다.

전태일은 아버지로부터 근로기준법의 존재를 듣고 곧장 서점으로 갔다. 해설서를 사 들고 근로기준법을 공부했다. 대한민국이 헌법과 노동법으로 엄연히 보장한 최소한의 노동조건조차 지켜지지 않는 현실이 기막혔다.

전태일은 평화시장 노동인들에게 근로기준법 내용을 알려주었다. 현재 노동조건의 부당성도 설명하고 다녔다. 전태일이 설문을 통해 노동 실태를 조사하고 나서자 사장들은 조직적인 방해에 나서 결국 태일은 평화시장에서 더는 일할 수 없게 되었다.

하지만 돈을 벌어야 했다. 재단사가 공사장에서 막노동을 했다. 그러면서도 평화시장에서 가혹하게 일하다가 피를 쏟는 벗들을 잊을 수 없어 1970년 8월 9일 일기장에 썼다.

나는 돌아가야 한다. 꼭 돌아가야 한다. 불쌍한 내 형제의 곁으로, 내 마음의 고향으로, 내 이상의 전부인 평화시장의 어린 동심 곁으로. 생을 두고 맹세한 내가, 그 많은 시간과 공상 속에서, 내가 돌보지 않으면 아니 될 나약한 생명체들. 나를 버리고, 나를 죽이고 가마. 조금만 참고 견디어라. 너희들의 곁을 떠나지 않기 위하여 나약한 나를 다 바치마. 너희들은 내 마음의 고향이로다.

전태일은 삼각산 공사장에서 일했다. 하지만 아무래도 자신의 길이 아니었다. 전태일은 1970년 9월 노동운동에 몸 던지자고 작심하며 평화시장으로 돌아와 바보회를 '삼동친목회'로 확대했다.

삼동은 평화시장·동화시장·통일상가 세 건물을 이른다. 전태일은 바보회 경험을 밑절미로 더 열정을 쏟아 노동운동을 펼쳐갔다. 삼동회 회원들은 평화시장 일대의 노동환경을 조사하는 설문을 실시한 뒤, 회수한 설문지를 근거로 노동청에 노동환경 개선을 촉구하는 진정서를 제출했다.

노동청은 도무지 관심을 보이지 않았다. 태일은 틈나는 대로 신문기자들을 만나거나 방송사를 찾아갔다. 좀 더 자료가 많다면 방송을 고려해보겠다는 기자의 말에 전태일은 노동실태 조사 설문지를 다시 돌려 126장의 설문지와 90명의 서명을 받아냈고 1970년 10월 6일 노동청장 앞으로 '평화시장 피복제품상 종업원 근로개선 진정서'를 제출했다.

마침내 《경향신문》이 '골방서 하루 16시간 노동' 제하의 기사를 내보냈다. 사회면 머리기사였다. 삼동회 회원들은 우르르 신문사로 달려가 저마다 손목시계를 담보로 맡기고 《경향신문》 300부를 외상으로 얻어와 평화시장에서 팔았다.

일당 70원의 조수들에게는 무료로 나눠주었다. 몇몇 재봉사와 재단사들은 신문 값보다 더 많은 돈을 냈다. 신문 값이 20원이었는데 1000

원을 내고 신문을 사면서도 삼동회에 고마움을 표했다.

전태일과 삼동회 회원들은 한 걸음 더 내디뎠다. 신문을 들고 사장들이 연합한 '평화시장주식회사' 사무실로 들어갔다. 재단사들이 주축이 되어 당당히 노동조건 개선을 요구하는 삼동회의 활동에 사장들과 박정희 정부는 당황했다.

내내 시큰둥했던 노동청은 부랴부랴 실태 조사에 나섰다. 전태일에겐 '근로자의 날'에 '모범 근로자'로 포상하겠다고 회유했다. 노동청은 해고된 재단사들의 취업을 모두 보장하고 일주일 안에 노동조건을 개선하겠다고 약속했으며 실제로 모두 복귀했고 전태일도 다시 재단사 보조로 평화시장에 들어갔다.

하지만 노동조건은 개선되지 않았다. 애초부터 노동인들의 요구를 들어줄 생각은 없었다. 다만 열흘 뒤에 있을 국정감사를 의식하고, 삼동회의 요구를 들어줄 듯 말하며 시간을 끌 생각뿐이었다.

뒤늦게 상황을 파악한 삼동회는 국정감사에 맞춰 시위를 준비했다. 노동청은 급히 근로감독관을 보냈다. 요구하는 바를 다 들어줄 테니 며칠만 기다리라는 감독관의 말을 전태일과 삼동회는 다시 믿었지만 국정감사가 끝나자 노동청은 바로 본색을 드러냈다.

감독관은 내놓고 국정감사가 지나갔다며 내뱉었다. "어디 너희 하고 싶은 대로 해봐!" 노동청의 태도 변화를 감지한 사장들도 돌변해 사실상 깡패 조직이나 다름없는 '시장 경비대'를 조직했다.

사장들은 경찰에게도 수시로 돈을 찔러주었다. 삼동회를 '빨갱이'로 몰아갔다. 평화시장 노동인들은 일상까지 감시당했고 조금이라도 모임을 가질라치면 어느새 경찰이 나타나 '협박 반 회유 반'으로 가로막았다.

전태일은 노동청과 경찰의 '회유'에 잇따라 뒤통수를 맞았다. 저들의 반복된 거짓말에 태일의 가슴은 불심지가 올랐다. 전태일은 삼동회 회원들에게 11월 13일 '근로기준법 화형식'을 거행하자는 안건을 내놓았고 "지켜지지도 않는 이따위 허울 좋은 법은 화형에 처해버리자"는 뜻에 모두 공감했다.

전태일은 근로기준법 책을 불사를 휘발유는 자신이 준비하겠다고 말했다. 집으로 돌아온 전태일은 방을 깨끗이 정돈했다. 거울을 보며 머리를 몇 차례나 다듬었고 아끼느라 평소에 입지 않던 검정 바바리코트도 꺼내며 여동생 순옥에게 당부했다.

"아무리 살기가 어렵더라도 어머니께 돈 때문에 졸라대면 안 된다."

사장들은 삼동회의 움직임을 속속들이 들여다보고 있었다. 자신들이 고용한 노동인들에게 협박했다. "몇몇 깡패 새끼들이 못된 짓을 하려 한다"며 만약 거기에 가담하면 알아서 하라고 으름장을 놓았다.

1970년 11월 13일이 밝았다. 사장들은 시장경비대를 늘리고 경찰까지 불렀다. 강다짐을 놓고 감시망을 촘촘하게 짜놓았음에도 점심 무렵에 500여 명이 집결지인 은행 앞길에 모여 늘챘는데 취재하러 오겠다고 약속까지 했던 기자들은 보이지 않았다.

전태일은 절망했다. 하지만 "어차피 기대하지도 않았잖아"라고 벗들을 위로했다. 전태일은 자신이 세운 계획의 결행을 기자들이 현장에 오는지 여부에 마지막으로 맡기면서 제발 단 한 명이라도 나타나길 누구보다 간절히 기도했었다.

오후 1시 30분 삼동회는 준비한 현수막을 펴들고 시위에 나섰다. 동시에 형사들이 달려들어 회원들을 구타하며 현수막을 찢었다. 형사들이 현수막 든 회원들을 질질 끌고 가는 틈을 이용해 나머지 회원들은 아등바등 시위에 나섰고 그때까지도 기자들을 두리번거리며 찾던 전태일은 짧게 말했다.

"먼저 하고 있어, 나는 좀 있다 합류할게!"

경찰과 시장경비대에 맞서 노동인들은 몸싸움을 벌였다. 그때 가슴에 근로기준법 책을 품은 전태일이 나타났다. 다가오는 모습이 어딘가 이상하다 싶던 순간, 느닷없이 전태일의 몸에서 불길이 치솟아 올랐다.

활활 타오르는 '불 몸'이었다. 전태일은 뛰었다. 온몸에서 살갗을 한 꺼번에 발라내는 고통이 밀려왔지만 힘껏 외쳤다.

"근로기준법을 준수하라!"

"우리는 기계가 아니다! 일요일은 쉬게 하라!"

"노동자들을 혹사하지 말라!"

전태일 몸이 곧 촛불이었다. 다가온 얼굴도 이미 불꽃이었다. 전태일은 쓰러져 땅에서 타오르며 마지막으로 울부짖었다.

"내 죽음을 헛되이 말라!"

급박히 병원으로 옮겼다. 늦은 저녁에 전태일의 심장은 멎었다. 가슴에 가득 차오른 돌물을 내뿜으며 폭발하는 화산처럼 장렬한 최후를 맞았다.

전태일의 삶은 그대로 문학이었다. 스스로 소설 세 편의 초안을 남겼다. 모두 구상 단계에 머물러 안타깝지만 1970년 4월에 적어놓은 '기성세대의 경제관념에 반항하는 청년의 몸부림'이라는 긴 제목의 소설 초안에는 주인공 청년이 대구에 있는 친구들에게 띄운 유서가 있다.

소설의 유서는 실제 유서가 되었다. 그해 가을에 몸을 불사른 전태일이 삼동회 벗들에게 남긴 당부이기도 했다. 아니, 평화시장의 모든 노동인, 더 나아가 이 땅의 모든 노동인, 모든 젊은이에게 '친우'로서 남긴 글이다.

사랑하는 친우여, 받아 읽어주게. 친우여, 나를 아는 모든 나여. 나를 모르는 모든 나여. 부탁이 있네. 나를, 지금 이 순간의 나를 영원히 잊지 말아주게. 그리고 바라네. 그대들 소중한 추억의 서재에 간직하여주게. 뇌성 번개가 이 작은 육신을 태우고 꺾어버린다고 해도, 하늘이 나에게만 꺼져 내려온다 해도, 그대 소중한 추억에 간직된 나는 조금도 두렵지 않을 걸세…… 내 말을 들어주게. 그대들이 아는, 그대들의 전체의 일부인 나. 힘에 겨워 힘에 겨워 굴리다 다 못 굴린, 그리고 또 굴려야 할 덩이를 나의 나인 그대들에게 맡긴 채, 잠시 다니러 간다네, 잠시 쉬러 간다네. 어쩌면 반지의 무게와 총칼의 질타에 구애되지 않을지도 모르는, 않기를 바라는 이 순간 이후의 세계에서, 내 생애 다 못 굴린 덩이를, 덩이를, 목적지까지 굴리려 하네. 이 순간 이후의 세계에서 또다시 추방당한다 하더라도 굴리는 데, 굴리는 데, 도울 수만 있다면, 이룰 수만 있다면.

한민주는 당시 전태일의 삶을 소상히 알진 못했다. 하지만 자신보다 두 살 위인 노동 청년의 분신은 심장에 새겨졌다. 대학 1학년 때 더러는 지켜보고 더러는 돌을 들고 동참했던 '3선 개헌 저지 투쟁'의 한계가 무엇이었는지를 단박에 깨우칠 수 있었다.

일주일 뒤인 11월 20일이었다. 민주는 선배들을 따라 교정에서 전태일 추도식을 열었다. 노동인들의 생존권을 보장하라는 결의문을 채택했고 23일에 다시 "전태일 님 죽음은 진정한 민주정치를 갈망하는 전체 피착취 근로대중의 절규"라는 시국선언을 발표하며 성토대회를 가진 뒤 태극기를 들고 애국가를 부르면서 교내를 한 바퀴 돌았다.

민주는 독일문학 공부를 접었다. 괴테의 '파우스트'도 니체의 '차라투스트라'도 밍밍하게 다가왔다. 유럽과 결이 다른 이 땅의 피 맺힌 현실, 노동인이 자신의 피와 살을 태워 근로기준법을 지키라고 절규할 수밖에 없는 대한민국의 현실을 바꾸는 길에 결연히 나서겠다고 다짐했다.

13

  스무 살의 충격은 전태일의 분신으로 그치지 않았다. 민주에게 그 못지않은, 어쩌면 더 큰 동요가 일어났다. 그해 겨울방학을 맞아 고향 눈어치를 찾아 중학교 동창들에게 서울에서 일어난 전태일의 분신 이야기를 으밀아밀 들려준 바로 다음 날 사건이 벌어졌다.

  이장이 집으로 민주를 불렀다. 담배를 깊숙이 빨아 길게 내뿜으며 '가족의 비밀'을 경고하듯이 일러주었다. 민주는 한국전쟁 때 돌아가셨다고 막연히 들었던 아버지가 실은 '산사람'이었다는 사실을 처음 알았고, 이장으로선 '빨갱이'의 아들이 대학생이 되어 방학 때 고향을 찾아오더니 마을 젊은이들을 불그죽죽 물들이는 언행을 좌시할 수 없었다.

  서울로 돌아오는 기차에서 만감이 교차했다. 이장이 뱉은 대로 '빨갱이 자식 데린 새파란 과부'에게 세상은 참 모질었을 터다. 그러고 보니 중학생 시절에 어머니가 종종 눈물이 그렁그렁 맺힌 채 들려준 말들이 새삼 뼈저렸다.

  "민주야, 아부지는…… 선하고…… 마음씨가 비단결 같으셨지. 진달래꽃으로 목걸이를 만들어주실 만큼 섬세했단다."

  그때 각인된 '아부지의 얼굴'과 빨치산 아버지의 얼굴이 부조화를 이뤘다. 집에 돌아온 민주는 어머니 최인경에게 이장으로부터 들은 이야길

전했다. 인경은 당황하지도 않고 잔잔한 눈길로 민주를 바라보더니 이제 스무 살 아들, 아버지를 닮아 의롭고 착한 아들에게 진실을 들려줄 때가 됐다고 생각하면서도 어디부터 어디까지 이야기할까 잠깐 망설였다.

최인경은 민주지산 아래 '사인학당'에서 청년 한진규를 만난 이야기로 시작했다. 민주의 외할아버지 최사인이 원통히 죽은 사연은 접었다. 아들이 먼저 귀를 모아서 들어야 할 진실은 아버지 진규가 일제와 맞서 싸운 삶과 비장한 죽음이라 생각했고 그마저도 민주의 여린 마음에 큰 상처가 되지 않을까 걱정했다.

인경은 해방이 되었음에도 친일경찰이 화장걸음으로 목에 힘을 준 사실부터 들려주었다. 최인경과 한진규는 보고만 있을 수 없었다. 독립운동에 이어 반민족세력 청산운동에 가담한 두 사람은 1949년 인경이 열아홉 살을 맞았을 때 결혼식을 올렸다.

어머니 성녀가 혼사에 적극 나섰다. 외동딸 인경이 진규를 사랑하고 있음을 확인했기 때문이다. 성녀는 남편 사인이 생전에 가장 아꼈던 제자 한진규를 가족으로 받아들임으로써 온통 뒤죽박죽인 세상에서 인경이 살아가는 힘을 얻기를 소망했다.

하지만 혼례를 치르고 이틀 만이다. 함께 친일파 청산운동을 했던 송민영이 별안간 들이닥치더니 진규에게 어서 피하라고 말했다. 송민영은 경찰이 민주주의민족전선―친일파·민족반역자 처단, 토지문제의 민주적 해결, 8시간 노동제 실시 등을 내걸고 29개 정당·사회단체가 1946년 2월에 결성한 조직―의 영동 지역 회원 명단을 입수했는데 여기에 한진규의 이름이 들어있다며 다행히 최인경의 이름은 없다고 전했다.

진규는 떳떳했기에 망설였다. 하지만 아버지 사인의 참변이 떠오른 인경의 화급한 독촉으로 민영을 따라 집을 나섰다. 인경에겐 상황이 안정되면 바로 오겠다고 했지만 그 순간이 인경과 진규에게 영원한 작별이 되리라고는 두 사람은 상상도 못 했다.

진규를 민주주의민족전선의 회원으로 밀고한 자는 같은 마을에 사는 샘바른 또래였다. 눈어치에서 가장 잘사는 부잣집의 맏아들 정연준으로 본디 강샘이 많았다. 오래전부터 멀리서 흘끔거리며 언젠가 제 각시로 만들겠노라고 벼르기만 했던 인경이 재산도 없고 학벌도 없는 한진규와 결혼하는 현실을 도무지 받아들일 수 없었다.

진규가 민주지산에 들어갔다는 소식에 인경은 다소 마음을 놓았다. 민주지산은 진규가 눈 감고도 다닐 산이었다. 아래위로 소백산맥 줄기와 튼튼히 이어져 있기에 경찰의 추적쯤은 거뜬히 피해 안전한 곳에 은신할 수 있으리라 믿었다.

더구나 희망이 샘물처럼 솟아났다. 진규가 떠나고 한 달이 지날 때쯤 헛구역질이 났다. 짧은 이틀 밤의 사랑이 새로운 생명을 잉태한 사실을 남편 진규가 알면 얼마나 좋을까 싶었다.

남편에게 가장 먼저 알리고 싶었다. 심장이 두근댔다. 하지만 도통 연락이 없어 불안이 짙어가면서도 '무소식이 희소식'이란 말을 애써 새기며 타들어가는 가슴을 달랬다.

1950년 6월 25일 전쟁이 터졌다. 한 달 지나서였다. 인경도 눈에 익은 영동 출신의 산사람이 금빛 번쩍이는 인민 군복을 입고 거리에 등장했을 때 인경은 반갑기보다 눈앞이 캄캄해왔는데, 저 사람이 나타났다면 마땅히 남편도 문을 열고 들어와야 마땅했기 때문이다.

어두운 예감은 커다란 입을 벌리고 다가왔다. 이튿날 어제 본 군관이 아침 일찍 찾아왔다. 만삭의 인경을 보고는 한참을 머뭇머뭇하더니 결연히 진규의 소식을 전했다.

"최인경 동무, 당을 대신해 한진규 동무의 소식을 전합니다."

그 순간 인경은 숨이 막혔다. 두 다리가 후들거렸다. 하지만 진규가 오지 못한 다른 사연을 기대하며 가까스로 버티고 귀를 기울였다.

"영용한 한진규 동무는 소백산맥을 타고 월북하자는 걸 거절했습니다.

친일파 놈들로부터 최소한 민주지산만은 굳건히 지키겠다는 영웅적 다짐을 밝혔습니다. 저도 나중에 이북에서 보고받았습니다만, 최인경 동무, 우리의 혁명전사 한진규 동무는 지난 4월 중순에 민주지산에서 매복한 경찰 놈들과 싸우다 단신으로 친일 경찰을 예닐곱 놈이나 해치웠습니다."

그 지점에서 말을 멈췄다. 인경은 심장이 쿵쾅거렸다. 한 걸음 옆에서 듣고 있던 성녀의 가슴도 타들어갈 때 군관은 입술을 꽉 물더니 다시 입을 열었다.

"마음 굳게 다잡고 들으십시오, 우리의 영웅 한 동무는 그 누구도 단신으로는 도저히 뚫을 수 없는 겹겹의 포위망에 걸려들었습니다. 끝내…… 장렬히 전사하셨습니다. 최인경 동무, 부디 힘을 내십시오. 지금 놈들이 패망하는 꼴을 보면 저 세상에서 우리의 한진규 동무도 흐뭇해하리라 확신합니다."

인경은 실신하며 쓰러졌다. 성녀가 달려가 받쳐주어 품에 안았다. 인경이 깨어나자마자 진통이 시작되어 잠시나마 남편의 전사 소식을 들은 고통에서 벗어날 수 있었다.

긴 산고 끝에 아들을 출산했다. 인경은 이름을 '민주'라 지었다. 일제와 그들에 부닐던 친일파에 맞서 독립운동을 편 진규와 인경을 품어주던 곳, 두 사람의 청순한 사랑이 무르익은 곳, 끝내 진규가 생명을 묻어야 했던 민주지산을 잊지 말라는 비원을 담았다.

진규만 비극을 맞은 것은 아니었다. 독립운동에 나섰을 때 지리산에서 진규를 학습시킨 두 혁명가가 있었다. 돌하르방으로 불린 강인혁은 고향 제주에서 정치와 선을 긋고 교육운동에만 전념했음에도 한국전쟁이 휴전한 직후에 다름 아닌 박병도의 손에 사실상 생매장당하는 죽음을 맞았으며, 박헌영을 수행해 월북한 이진선은 혹독한 사상 검증을 가까스로 이겨내고 《민주조선》 기자로 평양에서 살았으나 1990년대 들어 민중이 굶어 죽는 모습을 보며 권총으로 자살했다.

최인경은 전쟁 시기라서 오히려 이겨낼 힘을 얻었다. 남편 진규의 비보를 들은 직후였다. 1950년 7월 26일 영동읍에서 30리밖에 떨어지지 않은 노근리 철길에서 미군이 피난길에 오른 민중 200여 명을 기관총으로 학살했다는 흉측한 소식이 들려왔다.

곳곳에서 애먼 민중들이 죽음을 맞았다. 그 살풍경이 슬픔을 견디게 해주었다. 더구나 아기 민주에게 젖을 물릴 때마다 진규와 나눈 사랑이 눈에 선했다.

결혼 생활은 오직 이틀만이었다. 사랑이 아직 익어가기도 전이었다. 하지만 마음만은 농익은 사랑의 시간이었고 그 생생한 증거이자 결실이 아들 민주였다.

인경은 진규가 준 선물 민주를 바라보며 아득바득 힘을 냈다. 하지만 어머니는 그러지 못했다. 진규가 행방이 묘연할 때부터 시난고난 앓아오던 이성녀는 남편 사인에 이어 사위까지 잃자 울화가 부걱부걱 끓다가 중증을 맞았다.

성녀는 도무지 밥을 먹지 못했다. 억지로 삼키려 했지만 쉽지 않았다. 온몸이 회초리처럼 말라가 어렵사리 찾아간 대전병원에선 건강에 딱히 문제가 없다고 했다.

주변에선 신병이라 수군거렸다. 이윽고 신내림밖에는 살 길이 없다는 말을 들었다. 성녀가 최사인을 떠올리며 터무니없는 소리라고 거부할 때마다 어김없이 그날 밤 꿈에 용포 입고 하얀 수염을 기른 노인이 손에 홀을 든 채 서성거렸다.

완강했던 성녀는 결정적 한마디에 무너졌다. 자신이 받지 않으면 딸 인경에게 간다는 잔인한 경고가 그것이다. 신내림을 받자 고통은 거짓말처럼 씻은 듯 사라졌지만 주변을 둘러보니 원귀가 가득했는데 내림굿을 해주던 무당이 엉겁결에 절을 올리며 성녀가 가장 높은 신을 모셨다고 경원의 눈빛마저 보냈다.

미처 모르고 살아온 세상이 성녀에게 열렸다. 마치 자신이 천의 귀를 가진 듯했다. 한 맺힌 원귀들의 피울음과 아우성이 조선의 산하 곳곳에서 들려왔는데도 혼선이 오지도 혼란스럽지도 않았다.

성녀를 지켜보던 딸은 아기 민주와 밀골로 떠났다. 귀한 아들을 잃은 시부모를 모시고 살며 손자의 재롱으로 시름을 덜어드리고 싶어서만은 아니었다. 인경은 뜻밖에도 무당이 된 어머니가 아들 민주에게 앞으로 어떤 영향을 줄지 몰라 안타깝지만 친정과는 모질게 선을 긋기로 마음을 다졌거니와, 밀골은 깊은 산마을에 인심도 두터워 진규 부모를 모시고 사는 '청춘과부'에게 '빨갱이 마누라'라고 손가락질할 일도 없었다.

이성녀는 딸이 떠나가는 생각을 백분 이해했다. 눈어치에 홀로 남았으나 서운하지 않았다. 홀가분해진 성녀는 작두까지 타며 용한 무당으로 다른 지역까지 소문이 퍼져갔다.

성녀의 굿은 망자와의 소통이었다. 원귀 깃든 집에 해원의 굿을 펼칠 때는 성금이 섰다. 하지만 그때마다 곧 허탈감에 잠긴 까닭은 정작 자신은 남편 사인과의 소통을 간절히 시도해도 뜻을 이루지 못해서였다.

설마 했지만 딸도 발걸음을 끊었다. 성녀는 남편의 유일한 핏줄인 외손자 민주의 장래를 자신이 망칠 수 있다는 생각도 들었다. 이 모든 게 무녀인 자신 탓이라는 서러움이 밀려왔고 그럼에도 남편의 영혼과는 도무지 소통할 수 없었던 성녀는 신내림 열 돌을 맞아 더는 굿을 진행하지 않기로 작심했다.

옹근 10년 내내 사인이 꿈에도 찾아오지 않은 까닭이 분명해 보였다. 지금 성녀의 일을 동의하지 않아서라고 이해할 수밖에 없었다. 무당이 다른 길을 걸으면 죽음이 온다는 말을 들었지만, 삶에 큰 미련도 없어 얼마든지 감내하겠다고 마음을 다잡으며 모든 무구를 불태웠다.

남편 사인에게서 배운 특별기도에 들어갔다. 49일 내내 새벽 5시마다 촛불을 밝히고 새맑은 물을 올렸다. 사인이 《조선중앙일보》 폐간 뒤 다시 고향에 돌아왔을 때 특별기도에 들어가며 경건하게 일러주었듯이 '시천주 조화정 영세불망 만사지'를 암송하며 기도했다.

뜻밖에도 몸에 변고가 찾아오지 않았다. 무녀 일을 그만둔 성녀는 밭일을 해서 생계를 유지했다. 무속 일을 하며 받은 돈은 최소한의 생활비만 쓰고 대부분을 꼬박꼬박 은행에 넣어두었기에 손자 민주가 대학교 들어갈 때 입학금으로 충분할 터였다.

딸 인경도 돌아왔다. 모시던 시부모가 두 해 간격으로 돌아간 참이었다. 민주가 영동읍내 중학교에 입학할 무렵에 밀골에서 눈어치로 이사해 세 식구가 함께 살았다.

성녀는 딸이 읍내에서 삯바느질로 돈을 버는 모습이 안쓰러웠지만 그래도 행복했다. 신통하게도 외할아버지를 빼닮은 손자 민주를 보는 재미가 여간 기쁜 일이 아니었다. 그런데 속 쓰림의 고통이 점점 깊어가 읍내 병원을 찾아가자 큰 병원으로 가보라는 말을 듣고 불안했다.

행여 무당을 그만두어서는 아닐까. 톺아보았지만 아니었다. 사인이 원통히 죽은 뒤부터 속이 쓰렸고 한창 무당 일을 할 때에도 소화가 잘 안 되었으니 자못 오래되었다.

대전병원에서 말기 위암 판정을 받았다. 성녀는 차라리 개운했다. 무엇보다 어서 남편을 만나고 싶었거니와 인경과 민주에게 그나마 물려줄 작은 재산도 마련해놓은 터였다.

성녀가 세상을 뜬 뒤 인경은 통곡했다. 눈어치의 집과 밭 외에도 인경으로선 짐작도 못 할 목돈을 물려주었기에 더 그랬다. 어머니가 그 돈을 모으려고 얼마나 아껴 썼을까 싶을 때마다 뜨거운 눈물이 쏟아졌다.

유언에 따라 화장했다. 유골을 들고 난지도를 찾아갔다. 어린 시절 오열하는 어머니를 따라와 아버지의 뼛가루를 뿌렸던 기억과 함께 하얀 가루를 아버지께 보내드렸다.

다시 샛강을 건너면서 서울로 이사할 생각을 굳혔다. 난지도에 뿌려달라고 유언하며 어머니가 섬 가까이 살기를 권했었다. 어머니가 민주의 장래를 위해 그런 말을 했으리라고 짐작한 성녀는 난지도로 들어가는 홍제천 하구 쪽 성산동에 작은 집을 마련하고 맞은편 모래내시장에서 삯바느질을 시작했다.

인경의 바느질 솜씨는 곧 모래내시장에 퍼져 수입이 쏠쏠했다. 서울에 자리 잡으며 인경은 소경·벙어리·귀머거리가 되겠노라 다짐했다. 근현대사의 비극을 감내하며 살아야 했던 숱한 민중이 그랬듯이 인경은 그 누구도 믿을 수 없었다.

꼴같잖은 노덕술과 그 똘마니 박병도가 설치는 세상이었다. 인경이 어린 나이에 독립운동에 가담할 때 귀에 익었던 사람들은 모두 죽임을 당하거나 폐인이 되었다. 하지만 진실은 언젠가 반드시 이긴다는 아버지 사인의 말을 어렸을 때부터 자주 들었던 인경은 자신이 지금 할 일은 아버지의 유일한 손자이자 남편의 유복자인 민주를 잘 지켜내고 훌륭히 키우는 일이라고 확신하며 삯바느질 노동에 몰입했다.

14

눈어치를 다녀온 그날 밤부터다. 민주는 자신의 이름에 담긴 슬픔을 비로소 알고 혼돈에 빠졌다. 전태일의 새까만 주검 너머 20대에 민주지산에서 돌아가신 아버지 한진규의 검붉은 죽음을 떨쳐버릴 수 없었다.

민주는 현대사의 진실에 몹시 목말랐다. 학교를 휴학하고 도서관에 틀어박혀 미친 듯이 자료들을 곰팠다. 읽어갈수록 남쪽은 친일파들이 정치·경제·문화 모든 영역에서 득세하며 제 잇속을 챙겨왔고 북쪽은 김일성의 할아버지에서부터 아버지까지 가계 중심으로 역사를 서술하고 있어 '반공사상'과 '유일사상' 모두 사상의 빈곤을 불러왔다는 생각이 들었다.

민주는 휴학 중에도 이념서클 활동과 독서를 이어갔다. 여름부터는 작심하고 칼 맑스의 사상을 공부했다. 학교 중앙도서관에 맑스의 사상을 담은 책은 거의 없었고 그나마 있는 자료도 열람하려면 지도교수의 승인을 받아야 해 번거로웠다.

맑스의 생애를 짚어보며 그의 유일한 직업이 언론인이어서 흥미로웠다. 맑스 사상을 온전히 파악하려고 서클 선배를 통해 영어 원서를 구했다. 런던 하이게이트 공동묘지에 묻힌 맑스의 무덤 비석에도 새겨진 간명하고 강력한 호소가 강렬하게 젊은 가슴을 울렸다.

"모든 나라의 노동인들이여, 단결하라!"

민주는 그 호소가 아버지의 가슴도 파고들었으리라 추정했다. 물론, 한진규에게 맑스 사상은 제국주의에 맞선 독립운동의 무기였을 터이다. 민주는 고등학교 시절에 《사상계》를 읽으며 사고의 지평을 넓혀온 대학생이었지만 제국주의의 밑절미인 자본주의 사회를 자본계급의 노동계급 착취로 분석하는 맑스의 선명한 논리가 몹시 부담스레 다가왔다.

1971년 내내 민주는 도서관에 파묻혔다. 나중에 톺아보니 아버지를 만나고 싶은 열망이었다. 친일파들이 행세하며 독립운동가들을 오히려 학살한 피투성이 진실을 알리기는커녕 되레 그들과 한패가 되었거나 파묻어온 언론의 추레한, 아니 추악한 몰골을 비로소 마주할 수 있었다.

마침 그해에 대학가에선 언론을 비판하는 목소리가 높았다. '3선 개헌'으로 박정희가 다시 대선에 나서면서였다. 1971년 3월 대학생 30여 명이 당시 발행부수나 영향력에서 가장 권위 있던 《동아일보》 사옥 앞에 몰려가 '언론인에게 보내는 경고장'을 낭독했다.

대학생을 대상으로 한 여론조사 결과도 확연했다. 언론이 책임을 다하지 못하고 있다는 응답이 95.6%였다. 《동아일보》 앞에 모인 대학생들은 박정희 독재 앞에 언론의 무기력과 타락은 이미 인내의 한계를 넘어섰다고 비판한 뒤 "만일 언론이 사실을 외면한 채 계속 독자 대중을 저버리는 편집 태도를 지속한다면 불매운동을 비롯한 그 이상의 극한적 방법도 불사하겠다"며 언론화형식을 가졌다.

경찰이 긴급 출동했다. 학생들은 개 끌리듯 끌려가면서도 "진실 보도!"를 부르댔다. 그 모습을 보며 《동아일보》의 편집국 젊은 기자들과 방송국 프로듀서들이 움직이기 시작했다.

대선을 앞두고 그나마 기대할 언론으로 《동아일보》를 꼽은 이유가 있었다. 단순히 최고의 발행부수 때문만은 아니었다. 박정희의 폭압적인 3선 개헌을 두고도 시비곡직을 분명히 밝히지 않던 신문과 방송들 사이에서 유일하게 반대 논리를 전개해 사설을 실은 신문이 《동아일보》였고 그 필자가 논설위원 송건호였다.

《동아일보》기자들은 대학생들의 절규에 자극받았다. 언론인들은 1971년 4월 15일 '민주자유언론수호선언'을 통해 3개항을 결의했다. "기자적 양심에 따라 진실을 진실대로 자유롭게 보도"하고 "외부로부터 직접 간접으로 가해지는 부당한 압력을 일치단결하여 배격"하며 "우리의 명예를 걸고 정보요원의 사내 상주 또는 출입을 거부한다"는 다짐과 함께 실천해갈 것을 결의했다.

선언에 동참한 기자는 30여 명으로 아직은 많지 않았다. 간부로는 논설위원 송건호와 사회부장 김중배가 참석했다. 하지만《동아일보》의 젊은 기자들이 주도한 언론자유수호선언은 불길처럼 번져 다른 언론사들로 퍼져갔다.

송건호는 선언에 참여하며 '한국정치와 테러리즘' 제하의 정치평론을 월간지에 기고했다. 국회의원 김영삼과 김대중이 잇따라 테러를 당해 선거정국이 불안한 상황이었다. 송건호는 대한민국에서 일어난 정치 테러를 톺아보면서 새삼 자신이 젊은 시절에 미처 모르고 있던 김구의 암살에 담긴 의미를 뒤늦게 깨달을 수 있었다.

김구는 1949년 6월 26일 대낮에 암살당했다. 대한민국 육군 소위 안두희가 총을 쏘았다. 이승만이 주도한 38선 이남만의 정부 수립에 끝까지 반대하며 남북 단일정부를 추구했던 김구, 임시정부 주석으로 일제와 싸워온 일흔네 살의 백범이 정작 해방된 조선에서 죽임을 당하는 기막힌 일이 벌어졌다.

암살범 안두희는 처음엔 무기징역형을 선고받았다. 하지만 곧바로 15년, 다시 10년으로 감형되더니 1년 만에 특별사면으로 풀려났다. 국방장관 신성모는 이승만과 '특별한 관계'였던 친일파 김활란 이화여대 총장의 서재로 안두희를 은밀히 불러 수고 많았다며 돈을 건넸고 암살범은 전시를 틈타 육군 장교로 복직했다.

송건호가 그 글을 쓸 때는 아직 숨은 진실이 드러나지 않고 있었다. 훗날 해제된 미국 기밀문서 내용은 놀랍다. 백범을 암살할 당시 안두희는 미국 CIA의 전신인 미군방첩대(CIC)의 정보원 및 요원으로 활동했으며 안두희가 백범 암살에 사용한 권총은 미국산이었지만 누가 암살을 지시했는지 확실한 증거는 아직 표면에 드러나지 않았다.

그런데 미군정은 이승만과 김구를 잘 파악하고 있었다. 두 사람은 '근본적인 차이'가 있다고 단언했다. 돈에 대한 태도를 예로 들며 한국 민주주의의 앞날과 전쟁 발발을 우려하는 정보 보고서를 남기기도 했다.

이승만의 돈에 대한 욕심은 권력의 수단이 아니라 자기 자신을 위한 것이다. 권력 그 자체는 돈을 획득하는 수단으로서 작동한다. 심리적인 문제는 그렇게 복잡하지 않다. 반면에 김구는 집단의 수장으로서 적절한 역할을 수행하기 위한 수단으로서 돈을 추구한다. 돈이 많았을 때 그는 38선 이북으로부터 월남한 난민을 위해 사용했고, 극빈자를 구호하는 데 썼으며, 그에게 요구하는 사람들에게 모두 기부했다. 이승만은 미소공위가 실패하고 전쟁이 일어나서 미국이 승리하면 이를 통해서 문제를 해결할 것이라 보고 있다. 한국민주당이 집권하면 히틀러하의 독일이나 무솔리니하의 이탈리아처럼 될 것이다.

미국 CIA가 작성한 '이승만의 성품' 제하의 보고서는 섬뜩하다. 1948년 10월 28일, 단독정부 수립 두 달을 맞아서였다. 이승만은 "한국에 득이 되는 것과 자기 자신에게 득이 되는 것을 동일시하는 경향이 있다. 자신을 곧 한국처럼 생각한다"며 자신이 "한국의 모세인 동시에 예수"라 자임한다고 적었다.

보고서에 소름이 끼치는 까닭은 그럼에도 미국이 이승만을 선택해서다. 백범은 처음부터 배제했다. 미국은 대한민국임시정부를 끝내 인정하지 않았고 일본의 항복 뒤에는 개인 자격으로 백범 귀국을 '허락'했으며 한때 중국으로 추방하려고도 했는데, 그의 강인한 민족주의 성향이 남한에 대한 미국의 '안정적 지배'에 걸림돌이 될 것으로 내다보았기 때문이다.

전통적으로 미국은 자기 나라를 제외한 다른 나라의 민족주의를 몹시 싫어했다. 미국은 이승만 지지 세력이 제법 두텁다고 분석했다. 미국이 영원히 군정으로 38선 이남을 통치하지 않는 이상 일본 제국주의의 앞잡이였던 경찰과 장교를 비롯한 친일세력은 '이승만'이라는 보호막이 필요하다는 분석도 눈에 띈다.

친일 지주세력은 한국민주당(한민당)을 창당하며 뭉쳤다. 역설이지만 당의 친일 색채가 너무 뚜렷해 친일파를 보호해줄 '우산'이 될 수 없었다. 백범 김구는 이승만과 함께 우파 지도자였지만, 친일과 전범 경력이 있는 사람들에겐 결코 호의적이지 않았다.

김구는 일제 잔재를 청산할 수 있는 유일한 우파였다. 한국에 우파다운 우파, 보수다운 보수가 바로 김구였다. 바로 그렇기에 우파답지 않은 우파, 보수답지 않은 보수는 김구를 대낮 테러로 암살했고 결국 자칭 '보수'를 자처하는 쪽의 테러로, 대한민국에 보수의 이름에 값할 정치세력은 처음부터 사라졌다.

김구를 암살한 안두희는 중령으로 예편했다. 군납 식료품 회사를 창업하여 경영하며 거부가 됐다. 자칭 '보수'가 참된 보수를 죽이며 이른바 '보수 진영'에 남은 자들은 권력욕과 재물욕, 성욕에 사로잡힌 정치 모리배들, 부라퀴들이었는데 그 상징적 인물이 박정희다.

15

민주는 독재자 박정희 덕분에 경제성장을 했다고 주장하는 윤똑똑이들이 갑갑했다. 박정희를 비판할라치면, 더러는 눈 부라리며 수염까지 떤다. 민주주의 신봉자를 자임한 정치인이나 지식인 가운데도 마치 자신은 양심적인 사람이라도 되는 듯 언죽번죽 동조하면서 마른 나무에 좀먹듯이 '박정희 신화'가 퍼져갔고 딸 근혜마저 대통령이 될 수 있었다.

딴은 1960년대 들어 경제 성장률이 높았다. 그 효과를 부풀려 3선 개헌을 시도한 일 또한 어쨌든 성공했다. 하지만 언제나 그렇듯이 진실은 더 깊은 곳에 자리하고 있었는데, 박정희가 쿠데타를 저지르기 꼭 두 달 전인 1961년 3월 15일 미국 케네디 정부에서 정책기획위원회 의장으로 일하는 경제학자 월터 로스토우가 CIA에서 오래 활동해온 로버트 코머와 함께 비망록 '한국에서의 행동'을 작성했던 것이다.

앞으로 10년간 미국이 한국에서 주력할 정책을 적었다. "단기 속성 개발"과 "경제 개발을 지도 감독하는 일에 미국이 정력적으로 행동할 것" 두 가지다. 미국은 휴전선 남쪽의 대한민국이 남북통일을 이루거나 일본과의 밀접한 연결이 없다면 경제적으로 자립하리라 보지 않았다.

38선 이남에 상륙할 때부터 미국의 확고한 생각이었다. 미국은 일본이 '평상적인 힘과 명성'을 되찾으면 한국에서 자신의 영향력을 회복하리라고 추단했다. 하지만 "한국의 명목상 독립이 유지되는 것은 중요"하다고 보았는데 독립의 외관을 갖춰야 국제적 반발을 불러오지 않기 때문이다.

그런데 일본의 영향력 회복만 기다리던 상황에 변수가 생겼다. 휴전 선 이북의 경제가 빠르게 성장해 '인민'을 잘 먹이고 좋은 주택을 마련해 주었기 때문이다. 이는 백악관에 들어가 자신의 경제성장 이론을 바탕 으로 공산주의를 비판하며 '후진국'들을 도약단계로 이끄는 대외정책을 추진하던 로스토우에게 그저 지켜만 볼 수 없는 사태였다.

로스토우는 학문적 야심으로 맑스의 사회구성체론을 정면 비판했 다. 1700년 이후를 전통적 사회, 선행조건 충족 단계, 도약 단계, 성숙 단 계, 고도 대중소비 단계로 구분했다. 한 단계에서 다음 단계로의 이행을 필연성이 아닌 선택으로 설명한 경제학자 로스토우는 냉전에 들어간 미 국과 소련의 '쇼윈도'로 불린 남과 북에서 해방 이후 경제적 우열이 뚜렷 하게 나타나는 현상은 미국의 이익에 배치된다고 보았다.

CIA에서 잔뼈 굵은 코머 또한 마찬가지였다. 이북에 견주어 이남 경 제가 현저히 뒤떨어지는 현상은 위험했다. 소련과 체제 경쟁을 첨예하게 벌이는 상황에서 미국에 불리한 영향을 끼칠 가능성이 높기 때문이다.

로스토우와 코머는 남한을 정밀 조사했다. 인적 자원이 강한 사실 에 주목했다. 수출을 위한 경공업을 발전시킬 이상적인 장소라고 진단한 미국은 남한의 가치를 '일본을 위한 안전판, 일본과 공산주의 사이의 완 충지대' 정도로 여겼던 정책에서 '국가 건설에 비공산주의적 접근이 성 공한 모델' 정책으로 방향을 바꿨다.

한국전쟁의 폐허에서 평양은 경제적 성공을 거뒀다. 소련은 강건했 고 중국은 혁명적 열정이 넘쳤다. 평양의 성공이 미국의 동아시아 정책 에 '의도하지 않은 영향'을 끼치며 서울의 정치경제 체제에 변화를 몰고 온 셈이다.

로스토우가 비망록대로 대통령에게 보고하고 두 달 만이었다. 서울에서 쿠데타가 일어났다. 5·16쿠데타 이후 전개과정은 우연의 일치처럼 비망록대로 전개됐고 주모자 박정희 또한 자신의 정치적 정당성을 경제 성장에서 찾으려 했다.

박정희는 쿠데타 직후 《우리 국가의 길》이라는 책을 냈다. 일본의 '메이지 유신'을 찬양했다. 쿠데타를 '승인'한 미국은 자신들의 동아시아 전략 연장선에서 일본과의 국교 정상화를 '권고'했으며 박정희 또한 경제개발에 필요한 자본을 확보하고 싶었기에 서둘러 국교 정상화 협정을 맺었다.

일본 또한 한국이 필요했다. 이미 한국전쟁으로 톡톡히 특수를 누리며 경제를 재건해서였다. 고속 성장을 구가하던 일본은 '후방 기지'가 아쉽던 참이었고 결국 세계 경제의 분업구조에 편입된 남한은 외국 자본에 의존해 수출을 중심에 둔 경제성장의 길로 접어들었다.

가시적 성과는 곧 나타났다. 경제정책이라곤 아예 없었던 시대와는 차이가 클 수밖에 없었다. 1950년대 후반까지 2000만 달러 선을 맴돌던 수출 총액이 쿠데타 이듬해인 1962년에 5700만 달러로 늘어났고 다음 해에는 8300만 달러로 쑥쑥 커졌다.

수출액이 늘어나며 수출품 비중도 달라졌다. 1963년부터 1차 산업 생산물의 수출이 둔화되었다. 단순 가공품인 합판에서 시작해 공산품 수출이 크게 늘어나며 그해 전체 수출액의 32.4%로 수위를 차지했다.

수출 총액의 양적 변화는 누구나 쉽게 알 수 있었다. 그 수치 변화가 정권의 정당성 확보에 큰 효과를 거뒀다. 박정희는 1964년 6월 수출 진흥 종합시책을 마련하고 10월 들어 자립경제의 기초를 확립하는 제1과 제가 수출 진흥을 통한 외화 획득이라며 경제시책의 중요한 목표를 '수출제일주의'로 삼겠다고 밝혔다.

1964년 12월 5일 수출이 1억 달러를 넘었다. 박정희는 그날을 '수출의 날'로 공표했다. '수출만이 살길'이라며 국가 자원을 집중해가더니 수출산업에 한해 외국자본 도입의 제한을 모두 풀었다.

수출 중심의 경제성장은 가속도가 붙었다. 미국은 이북에 비해 경제력이 떨어졌던 이남을 자본주의 발전의 모델로 '전시'하고 싶었다. 미국의 조급증에 더해 쿠데타의 정당성을 경제성장으로 확보하려는 군사정권의 의도가 맞물려 박정희는 일본과의 국교에 이어 베트남전 참전으로 자본을 확보하자 비료공장·시멘트공장·정유공장을 세우며 중화학공업을 키우기 시작했다.

하지만 '수출 지상주의'의 그늘이 이미 나타나고 있었다. 수출품을 생산하는 노동인들은 저임금과 열악한 노동조건에 시달렸다. 대한민국 전체에 '억울하면 출세하라' 따위의 천박한 경쟁주의와 황금만능주의가 바퀴벌레 번식하듯 퍼져갔다.

바로 그래서 노동운동이 일어나기 시작했다. 그 상징이 전태일이었다. 경제성장 만능주의를 조장하며 장기독재에 들어선 박정희 정권에 맞서 대학생들의 항의 시위도 퍼져갔지만 권력욕으로 똘똘 뭉친 박정희는 독재의 위기를 더 강력한 철권 체제로 돌파하려 했다.

박정희는 3선을 위해 관권·금권을 총동원했다. 그럼에도 김대중 후보에게 가까스로 이겼다. 더구나 서울에선 참패해 더 불안했던 박정희는 3선 대통령에 취임하고 겨우 다섯 달 만인 1971년 12월, 느닷없이 국가비상사태를 선언하며 국가 안보를 최우선으로 어떤 사회 불안도 용납하지 않겠고 최악의 경우에는 국민의 자유도 일부 유보해야 한다는 초헌법적 조치를 선포했다.

헌정을 재차 유린한 친위 쿠데타였다. 집권 여당은 곧바로 '국가보위에 관한 특별조치법'을 국회에서 처리했다. 대통령에게 국민의 기본권을 제한할 수 있는 비상대권을 부여하며, 물가·임금·임대료에 대한 통제권 및 기타 제한권, 인적·물적 자원을 효율적으로 동원하거나 통제·운영하기 위한 국가동원권, 일정한 지역에서의 이동 및 입주·소개·철거권, 옥외집회 및 시위 규제권, 언론·출판 규제권, 단체교섭 규제권, 예산 및 회계상 세출예산 변경권 들을 손에 쥐어주었다.

박정희의 권력은 왕권과 다를 바 없었다. '북괴로부터의 안보 위기'를 내세워 국민을 제멋대로 통제할 수 있는 독재 권력을 구축했다. '경제의 안정과 성장에 관한 긴급명령'을 발동해 기업의 모든 사채를 동결해주어 대기업 자본에 어마어마한 특혜를 준 박정희는 노동인들에겐 무지무지한 채찍을 휘둘렀다.

언론은 앞을 다투며 용춤 추었다. 초헌법적 비상사태 선포와 국가보위법 제정을 적극 지원했다. 신문 발행인들의 모임인 한국신문협회가 낸 '국가비상사태 선언에 대한 성명서'는 박정희가 말한 그대로 "현하 국가의 위기는 6·25 전야를 방불케 하는 긴박상태"에 있다며 정부의 비상사태 선언을 강력히 뒷받침할 국민의 총단결을 호소했고 심지어 박정희에게 "비상사태하에서 국민의 총화를 저해하는 사회의 불안과 부조리를 조속히 정리하고 건전한 사회기풍을 진작하여 조국수호의 숭고한 애국정열을 집약하는 과감한 시책을 촉구"했다.

모든 신문이 협회성명서를 1면에 실었다. 비상사태 선포문에 "언론은 무책임한 안보논의를 삼가야 한다"는 언론통제 항목이 들어있음에도 두 손 들어 환영한 꼴이다. 송건호는 논설위원 회의에서 《동아일보》만이라도 옳고 그름을 가려야 한다고 주장했고 사설 집필을 맡아 "언론은 무책임한 안보 논의를 삼가야 한다고 말하는데, 어떤 논의가 무책임한지 좀 더 상세한 설명을 해주기 바란다. 최악의 경우에 자유의 일부도 유보할 결의를 해야 한다고 하는데, 최악의 경우가 어떤 것인지 구체적인 설명이 필요하다"고 최대한 신중하게 썼다.

그럼에도 박정희는 분을 참지 못했다. 《동아일보》는 다시 '언론을 통제하면 유언비어가 성행한다'는 사설을 내보냈다. 언론 자유를 강조한 사설의 집필자 송건호는 남산 중앙정보부로 끌려갔지만 그의 붓은 결코 굽지 않았다.

16

아버지의 비밀을 알게 된 민주의 언행은 조심스러울 수밖에 없었다. 당신의 피 맺힌 죽음이 예사롭지 않아서만은 아니었다. 스무 살에 유복자를 낳아 키우며 평생 홀로 사신 어머니의 인생에 짙은 연민이 들었다.

민주는 2학기에도 복학하지 않았다. 아예 병역 문제를 해결하고 싶었다. 민주는 부친을 일찍 여원 독자 또는 2대 이상의 독자는 현역 아닌 방위병으로 6개월만 복무하는 '부선망독자(父先亡獨子)'에 해당되었는데 예상보다 입대가 늦어졌다.

민주는 서울 대방동에 자리한 공군본부에 배치받았다. '전투 방위'로 일하며 하릴없이 고뇌에 잠길 수밖에 없었다. 아직 세상을 폭넓게 볼 나이가 아니었던지라 민주는 '아버지를 살해한 체제'를 지키는 방위병으로 복무하는 현실의 혼란을 말끔히 정리하기가 힘들었다.

방위병 복무는 출퇴근이었다. 저녁에 학교에 가면 민주주의가 짓밟히는 현실과 싸우려는 학우들이 새삼 애틋했다. 학교를 떠나 방위병 복무를 하며 대다수 학생들은 물론 청년들이 독서나 시위에 무심한 채 한껏 젊음을 즐기고 있는 사실이 비로소 눈에 들어왔기 때문이다.

역설이지만 민주는 군복무를 하면서 대학의 현실을 직시할 수 있었다. 민중을 위해 기꺼이 싸우려는 학생은 전체로 볼 때 소수였다. 긴 머리에 짧은 치마 입은 여학생들과 장발의 남학생들이 축제를 향유하는 풍경이 예외적 현상이 아니라 보편적이었다.

새삼 전태일이 몸을 불사른 까닭이 절실하게 다가왔다. 민주는 자신이 과연 이 체제에 맞서 온몸을 던질 수 있을까 자문했다. 확답을 찾지 못한 가운데 방위병 한민주는 군 복무를 마쳤는데 그날이 1972년 7월 4일이어서 기억이 생생하다.

그날 남과 북은 서울과 평양에서 동시에 성명을 발표했다. 각각 국가를 세운 지 24년 만이다. 전쟁을 벌이고 휴전한 지 19년 만에 남북 당사자 사이의 첫 합의인 7·4남북공동성명은 '자주·평화·민족대단결'의 3대 통일원칙과 함께 상호중상·비방 및 무력도발의 중지, 다방면에 걸친 교류 실현을 다짐했다.

남북은 공동성명을 실천해갈 조절위원회를 구성했다. 적십자회담과 7·4공동성명으로 이산가족들은 들떴다. 모처럼 한반도에 냉전의 먹구름이 걷히고 민족 화해가 이루어지는 듯했다.

남북적십자회담이 열릴 때 송건호는 동행했다. 《동아일보》 논설위원으로 통일문제연구소장을 겸임하고 있었기에 자문위원으로 위촉되었다. 두 차례 방문한 평양에서 송건호는 이데올로기로 무장된 사람들을 만나며 체제의 경직성에 실망했는데 박헌영을 비롯해 남쪽에서 간 혁명가들을 대거 처형한 체제라는 비판적 인식도 깔려있었다.

그럼에도 남북 사이에 화해는 필요했다. 회담에 기대를 건 까닭이다. 다만 정부가 이를 빌미로 민주 체제의 변형이나 언론 규제와 같은 일은 없어야 한다고 경계하는 글을 썼다.

송건호의 우려 섞인 예견은 곧 적중했다. 남북 '대화'는 유신 쿠데타를 위한 변주곡이었다. 박정희는 1972년 10월 17일 군부대를 동원하여 헌법 기능을 전격 중단하고 반대파의 정치활동을 전면 봉쇄하면서 친위 쿠데타를 또 감행했다.

5·16쿠데타 11년, 날치기로 3선 개헌을 하고 3년 만이다. 3선 대통령에 취임하고는 1년 반 만이다. 박정희는 다시 헌정을 짓밟고 대통령특별선언을 통해 '파쟁과 정략을 일삼는 국회는 남북대화와 평화통일을 뒷받침할 수 없다'며 비상조치를 내릴 수밖에 없다고 강변했다.

국군보안사령부는 군 내부를 감시하며 친위 쿠데타를 뒷받침했다. 사령관 강창성은 계엄선포 한 달 전에 갑자기 박정희 호출을 받았다. 강 보안사령관이 긴장해서 청와대 집무실에 들어섰을 때 박정희는 일본군 장교복을 입고 가죽장화에 말채찍을 들고 있었다.

강창성은 마음을 놓았다. 박정희의 기분이 좋다고 확신했기 때문이다. 당시 박정희는 즐거울 때마다 일본군 장교로 만주에서 말 달리던 시절로 돌아가 향수에 젖었다.

각본대로 착착 진행됐다. 이른바 '비상 국무회의'가 유신헌법 안을 처리했다. 국민투표를 거쳐 새로 마련한 유신헌법에 근거해 박정희는 12월 23일 통일주체국민회의에서 간접선거로 임기 7년의 대통령이 되었고 종신 집권할 수 있는 '총통 체제'를 '유신'이란 이름으로 구축했다.

유신헌법은 3권 분립 원칙을 헝클었다. 대통령이 국회의석 3분의 1을 지명하고 사법부 판사들의 임명권까지 갖는 1인 독재 체제였다. 그럼에도 한국 언론은 헌정질서를 뒤엎고 야당의원들을 구속하면서 진행된 유신 쿠데타에 적극 지지하거나 동조 또는 모르쇠를 놓았으며 송건호와 가까웠던 언론인·교수들이 표변하여 유신체제에 가담했다.

한민주는 군복무를 마쳤지만 복학하지 않았다. 학생운동에 어디까지 나서야 할지 판단이 서지 않았다. 복학할 등록금도 벌 겸 학교 앞 서점에서 임시직으로 일하며 간간이 서클에도 나갔다.

현실감각을 익혀가던 민주는 남북공동성명의 황당한 귀결에 분노했다. 대한민국을 끌어가는 권력이 더없이 천박해 보였다. '자주·평화·

민족대단결'의 3대 통일원칙을 밝혀 국민을 들뜨게 해놓고 그걸 빌미로 독재체제를 강화하는 모습을 지켜보는 내내 나라의 미래를 걱정할 수밖에 없었다.

그런데 휴전선 이남만, 박정희만은 아니었다. 이북도, 김일성도 12월 25일 새 헌법을 선포했다. 7·4남북공동성명을 발표한 지 여섯 달도 지나지 않아 대한민국에서는 박정희가 영구 집권을 노리며 '유신체제'를 만들고, 조선민주주의인민공화국에서는 김일성이 절대 권력으로 '유일체제'를 마련해 결과적으로 남과 북의 장기집권자끼리 '적대적 공존'을 이뤘다.

목적을 달성한 박정희로선 남북 대화를 더 할 이유가 없었다. 당연히 적십자사의 활동도 흐지부지됐다. 유신체제에서 정치는 유명무실화하고 정치권력은 박정희 개인에게, 경제는 대기업으로 집중되어갔으며 중앙정보부의 권력은 비대해져 초법적 보안기구로 군림했다.

언론은 박정희를 '조국 근대화의 기수'로 내내 우상화했다. 그가 비명에 죽고 30년이 더 흐른 뒤에도 지속될 만큼 효과는 컸다. 이승만 정권이 쏠쏠히 재미를 본 '빨갱이 사냥'과 언론 통제가 박정희 정권을 거치면서 더 강화되었을 뿐만 아니라 거기에 지역감정 정치가 더해졌다.

박정희는 내놓고 지역 갈등을 부추겼다. 지역 대립이 커지면 유권자 수가 압도적인 영남이 유리할 것은 자명한 이치였다. 민족이 남과 북으로 갈린 것도 통탄할 일인데 그 남쪽 안에서도 동과 서로 지역 갈등을 부추겨 정치적·경제적 특권을 내내 누리려는 자들의 의도가 너무나 노골적이었다.

하지만 폭압이 클수록 저항도 커지게 마련이다. 유신 쿠데타 1년 만이다. 1973년 10월부터 대학가에서 유신을 반대하는 시위가 확산되고 재야인사들도 개헌 청원 100만인 서명운동에 나섰다.

민주는 서울을 훌쩍 떠났다. 절로 들어갔다. 남과 북에 각각 '유신체제'와 '유일체제'가 들어서는 꼴을 보며 정면으로 분단체제와 싸우기에 앞서 인생을 깊이 마주하고 싶었다.

어머니 최인경은 반대하지 않았다. 민주가 시국에 말려들까 싶어 마음 조아리던 참이었다. 절에 가서 1년 정도 머물겠다는 말이 반가우면서도 혹시나 출가하지 않을까 싶어 떠나는 전날에 아버지의 사상은 '인내천주의'였다고 일러주었다.

민주는 1973년 한 해를 해인사에서 보냈다. 팔만대장경이 자리한 법보사찰에서 번뇌를 해소해볼 깜냥이었다. 홍제암에 구석방을 얻어 참선도 해보고 '반야심경'을 읽던 민주는 자아를 실체가 아니라 인연의 관계로 볼 때 비로소 해탈의 길로 들어설 수 있다는 생각이 들었다.

하지만 의문이 모두 풀리진 않았다. 오히려 과연 그렇게 살아가는 것으로 족할까 싶었다. 붓다가 지혜와 더불어 자비를 가르쳤듯이, 중생을 다 구제하겠다면 실제 민중의 삶이 직면한 고통을 해결해야 옳다는 생각이 들었다.

해인사 방장 성철은 설법에서 '살불살조(殺佛殺祖)'와 '견지망월(見指忘月)'을 강조했다. 민주는 그 말을 새기고 또 새겼다. 붓다를 만나면 붓다를 죽이고 조사를 만나면 조사를 죽이라는 임제선사의 가르침, 달을 가리키는 손가락을 보지 말고 달을 보라는 말을 가슴에 품었다.

어머니가 일러준 인내천주의도 짚어보았다. 해인사를 나오며 새로운 눈을 떴다. 맑시즘과 혁명을 주체적으로 바라보자고 마음을 다지며 세속의 서울로 돌아왔다.

민주는 1974년 봄에 복학했다. 대학 시절이 아직도 두 해가 남았다며 여유도 가졌다. 하지만 박정희가 긴급조치 1호를 발동하며 유신 헌법을 비판하는 사람을 영장 없이 체포해 최대 15년 동안 감방에 가두고, 유신체제 비판을 보도·출판한 사람도 똑같이 처벌한다고 선포했기에 민주가 3년 만에 복학한 대학은 온통 소용돌이치고 있었다.

17

민주가 복학한 대학은 더는 '대학'이 아니었다. 사복 경찰이 내놓고 대학으로 출퇴근했으며 중앙정보부는 시퍼런 서슬로 공포의 대상이었다. 박정희의 '총통 체제'는 학교만이 아니라 언론사, 성당, 절 들을 사찰해 독재를 비판하는 사람을 무람없이 잡아가 고문했고 비상 군법회의를 설치해서는 개헌을 청원하는 운동까지도 군법에 회부했다.

그럼에도 반유신 투쟁의 불꽃은 숙지근해지지 않았다. 1974년 4월 3일 서울대·연대·성대·이대에서 동시에 민주화시위가 일어났다. 시위 현장에 '전국민주청년학생총연맹'(민청학련) 명의의 유인물이 일제히 뿌려지자 정부는 곧바로 특별담화를 발표해 "공산주의자의 배후조종을 받은 민청학련"이 "정부를 전복하고 노농정권을 수립하려는 국가변란을 기도"했다고 몰아갔다.

담화 발표에 그치지 않았다. 밤 10시를 기해 긴급조치 4호를 선포했다. 학생·종교인·교수 180여 명을 구속하고, 군사재판을 열어 사형·무기 징역 따위의 중형을 선고해 나라 안팎에 큰 충격을 주었다.

박정희는 언론 통제를 한층 강화했다. 정권의 정통성이 흔들려 정상적 통치는 불가능했다. 언론의 무기력과 정부의 언론 탄압을 비판하는 각계의 목소리가 날이 갈수록 높아지자 이미 권력에 굴복한 언론자본가들과 달리 언론노동인들은 자유언론을 주장하며 저항에 나섰다.

송건호가 앞장섰다. 민주주의 성패는 언론의 자유, 독립 언론의 존재에 있었다. 송건호는 "오늘날 언론계에서 가장 큰 문제는 언론기업의 독립성 상실 즉 권력에 종속되어 누가 집권하든 언제나 권력과 타협해서 신문기업을 살려나가야겠다는 사고가 생긴 것"이라며 언론자본을 정면 비판했다.

극단으로 말한다면 한국을 식민통치하기 위해 외세가 진출해 온다 해도 저항하지 못하고 적당히 현실과 타협해 기업으로서의 신문을 살리고자 생각하게 될 것이다. 언론기업인들은 1964년에서 1968년 사이에 한 사람도 빠짐없이 모두가 권력에 굴복했다.

박정희 정권은 비판적인 언론인들을 떡장수 떡 주무르듯 연행했다. 언론노동인들은 긴급조치로 움츠러들었던 언론자유 수호운동에 다시 불을 붙였다. 1974년 3월 6일 《동아일보》 언론인 33명이 노동조합을 결성하고 서울시에 설립 신고를 마치자 편집국·출판국·방송국의 기자·프로듀서·아나운서들의 가입이 잇따라 조합원이 100명을 넘어섰다.

당시 《동아일보》는 친일파 김성수의 장남 김상만이 경영하고 있었다. 긴급 이사회를 열더니 노조 집행부와 임원 13명을 해임했다. 노조는 부당해임 대책위원회를 구성해 맞섰지만, 언론자본은 대책위원들도 해임·무기휴직·감봉으로 중징계했으며 박정희 정권도 탄압에 가세해 노조 설립 신고를 반려했다.

하지만 언론계 안팎에서 권력과 자본에 비판 여론이 커져갔다. 사장 김상만은 해임·징계된 조합원 35명을 사면하며 유화책으로 돌아섰다. 이어 1974년 7월에 기자들로부터 신망받고 있던 논설위원 송건호를 편집국장으로 임명하며 그가 사태를 잘 수습해주기를 기대했다.

1974년 가을에 대학생들은 유신철폐 투쟁을 힘차게 벌였다. 서울의 거의 모든 대학이 학문과 언론의 자유, 유신철폐를 요구했다. 가톨릭에선 정의구현전국사제단이 발족하며 시국선언문을 통해 구속학생 석방, 민주인사 탄압 중지, 언론자유 보장을 촉구하고 나섰다.

서울농대생 김상진은 유신철폐를 외치며 할복 자결했다. 곧바로 교내 시위가 격렬하게 일어났다. 모든 신문·방송이 정보기관에 꼭뒤 눌려 침묵할 때 《동아일보》 편집국장 송건호는 대학생이 목숨까지 바쳐 민주주의를 주창했는데도 단 한 줄조차 내보내지 못하는 언론이 과연 언론이라 할 수 있을까 자문했다.

편집국을 제 집처럼 들락대는 중앙정보부 요원이 낌새를 맡고 자결 보도는 '절대불가'라며 눈 부라렸다. 송건호는 불안했지만 할복한 청년을 떠올렸다. 적어도 언론이라면 최소한 1단이라도 기사를 내보내야 옳다는 생각에 편집국장 송건호는 편집부장에게 "모든 책임은 내가 질 테니 편집하라"고 지시했다.

중앙정보부는 예민하게 반응했다. 신문이 나오자 요원들이 편집국장실로 들이닥쳤다. 중앙정보부 요원들은 송건호와 간부 2명을 신문사 앞에 대기해놓은 검은 승용차에 태우고 눈을 가린 뒤 중앙정보부가 자리한 남산으로 끌고 갔다.

편집국장이 연행되는 살풍경에 기자들은 침묵하지 않았다. 철야 농성에 돌입했다. 다음 날인 10월 24일 오전 9시 15분에 편집국·방송국·출판국의 언론노동인 200여 명이 편집국에 모두 집결했다.

우리는 오늘날 우리 사회가 처한 미증유의 난국을 극복할 수 있는 길이 언론의 자유로운 활동에 있음을 선언한다. 민주사회를 유지하고 자유국가를 발전시키기 위한 기본적인 사회기능인 자유언론을 어떠한 구실로도 억압할 수 없으며 어느 누구도 간섭할 수 없는 것임을 선언한다.

참석자들은 자유언론실천선언을 열띤 박수로 채택했다. 신문·잡지·방송에 모든 외부 간섭을 단결해서 물리치자고 결의했다. 기관원의 출입과 언론인의 불법 연행을 거부하며 만약 어떤 명목으로라도 연행해 가면 그가 신문사에 돌아올 때까지 퇴근하지 말자고 다짐했다.

곧바로 실천에 나섰다. 자유언론실천선언에 나선 사실부터 신문에 보도해야 옳다며 제작 거부에 들어갔다. 이윽고 언론자본이 받아들여 1면에 3단 크기로 게재했고, 연행당한 편집국장 송건호와 간부들도 밤늦게 풀려나 편집국으로 돌아오면서 농성을 풀었다.

《동아일보》의 자유언론실천선언은 다른 신문·방송사로 빠르게 퍼져갔다. 자유언론을 요구하는 기자들과 정권, 그 사이에서 눈치 살피는 언론자본 사이에 긴장이 팽팽했다. 박정희 정권은 《동아일보》가 정부 간섭을 정면 거부하고 신문과 방송, 잡지를 제작해가자 더는 지켜볼 수 없다며 12월 20일부터 광고 탄압에 나섰다.

예약한 광고를 돌연 취소하겠다는 기업들이 꼬리를 물었다. 모두 중앙정보부의 전화를 받고 난 뒤였다. 정보기관을 동원해 신문사의 주된 수입원인 광고를 죄다 틀어막아 권력에 비판적인 언론을 길들이려는 박정희 정권의 노회한 술책이었다.

결국 신문 지면의 하단이 백지가 되었다. '백지 광고' 사태가 이어지자 기자들도 상황의 심각성을 인식했다. 언론노동인 200여 명은 12월 25일 "어떠한 압력에도 굴하지 않고 결연히 자유언론을 실천해나갈 것"임을 서로에게 다짐했지만, 자본주의 사회에서 발행하는 신문에 광고가 사라진다면 그 결과는 불을 보듯 뻔했기에 긴장할 수밖에 없었다.

그런데 '기적'이 일어났다. 기업들이 빠져나간 지면에 '작은 광고'가 붙기 시작했다. 광고 면이 날마다 백지로 나오는 신문을 받아 본 독자들이 어떤 상황인지 알아채고 더러는 결혼반지나 돌 반지를 기꺼이 건네주며 더러는 손때 묻은 저금통을 들고 와서 '동아 돕기 운동'을 벌였다.

격려 광고는 날마다 폭발적으로 늘어났다. 독자들은 하나같이 권력에 굴복하지 말라고 당부했다. 격려 광고가 시작되고 하루 평균 350건 안팎의 광고가 쏟아지며 자본의 세련된 '호객 행위'가 담겼던 지면은 민중의 투박한 소리로 가득해갔다.

"아빠 엄마 뜻에 따라 저의 백일반지를 드립니다."
"뭐라고 가르칠까? ― 여고 교사 2인"
"침묵하는 소심을 부끄러워합니다. ― 모 은행원 10명."
"썩은 이를 뽑자. ― 젊은 치과의사들."
"직필은 사람이 죽이고 곡필은 하늘이 죽인다."
"작은 광고들이 모두 탄환임을 알라."
"신문 없는 정부보다 정부 없는 신문을 택하겠다. 정부가 장악한 신문은 신문 없는 정부보다 더 최악이다!"
"우리 아이들이 상식과 정의가 굳게 뿌리내린 건강한 나라에서 살 수 있도록……"

격려 광고는 기사보다 더 감동적이었다. 촌철살인의 글이 많았다. 마침내 신문 가판 소년들까지 격려광고에 참여했고, 한국기자협회는 회의를 열어 정부에 언론탄압 중지를 요구하며 동아 구독운동 전개, 광고해약 회사상품 불매, 동아 철회 광고를 게재한 신문 불매운동을 행동강령으로 채택했다.

세계 유명 언론이 눈길을 보냈다. 권력의 광고 탄압에 맞선 민중의 격려 광고는 역사적 의미가 있었다. 미국《워싱턴 포스트》는 '한국 신문의 유령의 적'이라는 긴 기사를 통해 독재정권이 자유언론을 비열하게 탄압한다고 보도했으며, 프랑스《르몽드》는 '언론의 자유를 위한 대신문의 투쟁'이란 제목 아래 자유언론 투쟁을 상세히 다뤘고, 영국《타임스》

는 박정희 정권이 언론을 억압하려 경제적 탄압수단을 사용하고 있으나 오히려 구독부수가 부쩍 늘어나고 민중들이 대대적으로 개인광고를 내는 감동적인 현상을 짚었다.

송건호는 행복했다. 경영이 우려됐지만 민중의 뜨거운 격려 광고가 이어지면 권력이 언제 그랬냐는 듯이 얼렁뚱땅 넘기리라 전망했다. 기자들을 격려하며 민중의 뜻을 지면에 담아가던 송건호는 편집국·방송국 간부들과 함께 1975년 2월 8일 자 격려광고란에 직접 자유언론실천선언을 지지하는 결의문을 발표했다.

하지만 언론자본의 생각은 달랐다. 상업광고들이 들어오지 않아 수입이 크게 줄어들었기에 격려광고도 실뚱머룩하게 여겼다. 권력과 타협에 나선 언론자본은 '경영난으로 기구를 축소한다'는 명분을 내세우며 자유언론실천을 주도한 기자들을 해고하고 나섰다.

기자들은 편집국에 모였다. 긴급총회를 열었다. 박정희 정권이 "동아에 대한 광고탄압이 성공도 못 거둔 채 국내외의 물의만 일으키는 역효과로 끝나자 이제 자유언론을 주장, 실천하는 기자들을 구조적 제도적으로 제거하려는 이른바 '언론유신' 작업을 꾀하고 있다"고 정면 비판했다.

기자들은 신문사 내부의 균열을 의식했다. 박정희 정권에게 '이간분열 책동'을 멈추라고 경고했다. 점점 더 언행이 수상한 언론자본에게 "부정 불륜한 권력과의 야합, 결탁을 거두고 자유 정의 진리를 갈망하는 국민의 쪽으로 돌아올 것"을 촉구했으며 동료 언론인들에게도 용기 있게 자유언론 실천에 앞장 서달라고 호소했다.

기자들은 언론자본을 더는 믿을 수 없었다. 취재를 거부하고 편집국에서 농성에 들어갔다. 예상대로 언론자본은 권력에 동조해서 17명을 추가 해고했고, 37명으로 늘어난 해직언론인들은 "동아에서 양심의 시대가 가고 배반의 시대가 시작됐음"을 또박또박 증언했다.

18

편집국장 송건호에게 결단의 순간이 다가왔다. 언론자본은 자유언론실천선언에 참여한 기자들을 대량 해고할 뜻을 굳혔다. 편집국장 송건호는 언론자유 수호에 나선 기자들 보호에 최선을 다하고자 마지막으로 사장과 주필을 찾아갔다.

"기자들을 대량으로 해고해 문제를 수습하면 안 됩니다. 먼 20년 후엔 반드시 후회하게 될 것입니다."

송건호는 눈물마저 흘리며 읍소했다. 그럼에도 사장은 물론 주필조차 냉랭했다. 아무런 성과 없이 사장실을 나온 송건호는 밤샘 농성을 주도하고 있는 후배들을 편집국장실로 불렀다.

"지금 사장도 만나고 주필도 만났습니다. 유감스럽지만 내 능력으로는 어찌할 수가 없습니다. 나는 사표를 내고 신문사를 떠나기로 했습니다. 미안합니다."

송건호가 눈물을 훔치며 말을 마쳤다. 후배들 모두 함께 울었다. 송건호는 젊음을 바쳤고 적성에도 마침맞는 언론계를 떠난다는 사실이 착잡했지만 그렇다고 후배들의 목을 치면서까지 머물러있을 수는 없었다.

언론노동인들은 광화문 네거리의 사옥을 지켰다. '언론 자유'를 지키는 밤샘 농성을 이어갔다. 송건호가 사표를 내고 이틀 뒤인 1975년 3월

17일 새벽 3시에 언론자본이 동원한 깡패 200여 명이 산소용접기와 해머로 철문을 부수며 신문을 제작하는 공무국으로 들이닥쳤다.

깡패들은 공무국에서 단식 농성하던 기자 23명을 끌어냈다. 이어 새벽 4시에 편집국으로 난입했다. 농성하던 언론인들에게 거침없이 폭력을 휘둘렀고, 깡패들에게 기습을 당해 신문사 밖으로 내동댕이쳐진 기자들은 사옥 앞에서 긴급총회를 열었다.

"자유언론 만세! 민주회복 만세! 동아일보 만세!"

만세를 외친 뒤 다시 사옥으로 달려 들어갔다. 하지만 조직폭력배 무리를 감당할 수 없었다. 쫓겨난 기자들은 가까운 신문회관에 모여 '동아자유언론수호투쟁위원회(동아투위)'를 결성하고 '폭력에 밀려 동아일보를 떠나며' 제하의 성명에서 "인간의 영원한 기본권인 자유언론은 산소용접기와 각목으로 말살될 수 없다"고 천명했다.

신문사에서 쫓겨난 언론인은 134명에 이르렀다. 해직언론인들은 다음 날부터 아침 출근 시간에 사옥 앞에 도열했다. 출근하는 간부와 동료에게 자신들은 자유언론 수호 투쟁을 꺾지 않겠다는 의지를 결연히 드러내며 동참을 호소했다.

여섯 달 내내 출근 시위를 이어갔다. 생계 수단을 잃은 해직언론인들은 가족과 함께 경제적 고통을 인내해야 했다. 그럼에도 '동아투위'는 풍찬노숙하면서 이 땅의 민주주의를 위해 박정희 독재 권력과 언론자본에 맞서 싸움을 이어갔다.

'해직기자들의 대부' 송건호는 자유언론 투쟁이 힘차게 전개된 동력으로 노동조합을 꼽았다. 조직적 틀을 갖췄기에 권력과 자본에 맞설 수 있었다. 바로 그 이유에서 언론자본은 노조를 받아들일 생각이 조금도 없었고, 박정희 정권도 노조를 인정치 않으며 탄압했다.

송건호는 그해 평론집 《민족지성의 탐구》를 출간했다. "이 땅에 과연 '민족지성'이라 일컬을 인물이 몇이나 있는가"를 물었다. 지식인과 언론에 대해 쓴 글을 묶은 그 책을 읽으며 대학생 한민주는 한국 근현대사와 지식인 문제를 추상적 수준을 넘어 구체적으로 꿰뚫어 볼 수 있는 시력을 얻었다.

당시 학생운동에 나선 젊은이 사이에선 리영희의《전환시대의 논리》가 화제였다. 민주도 그 책을 읽으며 시야를 넓힐 수 있었다. 다만 중국 혁명과 마오쩌둥, 특히 문화대혁명에 대한 찬사의 글들이 종종 신문에 소개되는 중국 사회의 현실과 너무 달라 진실이 무엇인지 더 알고 싶었다.

송건호의 글은 차분하고 과장이 없었다. 대학생 민주는 전태일이 분신한 평화시장을 찾아 걸을 때마다 청계천 헌책방도 또바기 들렀다. 책방 들머리에 쌓아둔 시사 월간지를 들춰보다가 송건호의 글이 눈에 띄면 책방 주인의 눈치를 살펴가며 끝까지 읽고서야 조용히 나왔다.

역사의식이란 무엇이냐? 그것은 비판의식이며 문제를 해결하는 실천의식이다. 그것은 과거를 미래로 전환시키는 현재의식이다. 따라서 역사적 지성이란 인간의 역사적 존재를 해명하며 그것의 반전과 변화와 또한 그 속에 포함된 법칙성 같은 것을 밝히는 지성이다. 역사적 지성은 당연히 주체적 지성으로 나타난다. 남의 나라의 지성, 방법론을 기계적으로 도입하는 것이 아니라, 주체적 입장에서 실천적 과제로서 비판적으로 성취하는 지성이다.

한민주가 좋아한 송건호의 글이다.《민족지성의 탐구》가 민주를 비롯한 대학생들에게 읽힐 때 저자는 생활고에 시달렸다. 가족의 생계가 절박해지자 마흔여덟 살의 가장 송건호는 지인들을 찾아가 일할 곳을 알아보았으나 긴급조치 체제에서 독재 권력의 표적이 된 해직언론인을 바라보는 시선은 냉담했다.

바로 그 무렵이다. 노회한 박정희가 사람을 보냈다. 송건호가 생계가 어려워 취업할 곳을 찾아다닌다는 사실을 파악하고 청와대에 들어와 공

보수석으로 자기를 도와달라고 제안했다.

이미 유신체제에 많은 언론인과 교수들이 포섭되었다. 그 가운데 지인도 적지 않았다. 박정희는 청와대 수석이나 장관, 유정회 국회의원들에게 충성을 유도하기 위해 엄청난 경제적 특혜를 주었다.

송건호는 박정희의 제의를 거부했다. 설령 굶어 죽더라도 구접스럽게 변절자가 될 수는 없었다. 자신이 선택한 길 때문에 아무리 가족이 고통받더라도 헌법조차 준수하지 않고 제멋대로 바꾸는 독재자 밑에 들어가 자신이 지금까지 써온 글과 신념을 하루아침에 뒤집으면서 부와 권력에 취할 수는 없었거니와 정녕 그러고 싶지도 않았다.

박정희는 포기하지 않았다. 장관 자리, 국회의원 자리를 잇달아 제안했다. 송건호가 아무런 머뭇거림 없이 모든 제안을 거부하자 청와대는 치졸하게도 정보기관을 통해 감시체제를 강화하며 어느 곳에도 취업을 할 수 없도록 보복했다.

그나마 리영희 교수가 주선해 시간강사로 강의를 맡았다. 대학생들과 만나는 보람으로 열성을 다해 강의했다. 하지만 청와대의 비열한 보복으로 시간강사 자리도 유지할 수 없었던 송건호와 가족들은 최소한의 생존권마저 위협당했다.

신문사를 그만둔 첫해는 매일같이 불안이 나를 쉴 새 없이 괴롭혔다. 갑자기 두려워지기도 했다. 아이들 여섯을 데리고 어떻게 사나? 내달은 어떻게 사나? 아니 내년엔 어떻게 될까? 온갖 잡념이 거의 24시간 쉴 새 없이 나를 괴롭혔다. 불안과 공포 속에 몰아넣었다. 그러나 1976년이 되고 다시 77년이 되면서 처음 매일같이 집요하게 못살게 굴던 공포가 3~4일에 한 번씩 찾아오는 것이었다. 3~4일간은 전혀 아무것도 느끼지 못하고 별 탈 없이 있다가 어느 날 갑자기 불안 공포가 찾아왔다. 이럴 때는 거의 미칠 것 같았다. 이마에서 식은땀이 흘렀다. 내가 어쩌자고 이렇게 멍하니 있기만 하는가, 수입도 없고 하는 일도 없이 어떻게, 이런 일 저런 일을 생각하면 거의 미칠 것만 같았다.

딴은 송건호만이 아니었다. 해직언론인 대다수가 생활고를 겪었다. 동아투위 다수가 자신의 아이들에게 '문과' 아닌 이공계 진학을 적극 권할 정도였지만, 대량해직은 박정희가 의도하지 않은 결과도 낳아 해직언론인들이 더러는 출판사를 차리고 더러는 번역 일을 하고 더러는 사회운동의 길로 들어서며 한국 사회의 지적 지평을 넓혀갔다.

송건호는 야박한 인심에 더 괴로웠다. 특히 신문사에 남은 기자들이 비난과 욕설을 서슴지 않았다. 편집국장으로서 무책임하게 신문사를 떠났다는 주장에 송건호는 "내가 한 직장인이라는 점을 중시한다면 그들의 비난과 그 말이 모두 옳다. 그러나 언론인이라는 막중한 영향을 끼치는 직책의 특수성에 비추어 볼 때 '직장에 충실할 것이냐?', '직업에 충실할 것이냐'를 택해야 한다면 나는 단연 직업에 충실하겠다고 대답할 수밖에 없다"며 언론인이 지녀야 할 자세를 행동으로 일러주었다.

19

"서도원, 도예종, 우홍선, 이수병, 송상진, 하재완, 김용원, 여정남."

1975년 4월 8일이다. 대법관이 여덟 명의 이름을 불렀다. 애오라지 이 땅에 참된 민주주의를 꽃피우고 싶어 했던 영남의 지성인들을 오만하게 둘러보던 대법관은 엄숙한 얼굴로 꾸짖듯이 잘라 말했다.

"사형!"

대법원에서 형을 확정한 바로 다음 날이다. 박정희 정권은 여덟 명 모두 처형했다. 대통령 박정희가 직접 지시해 형장의 이슬로 사라진 민주 투사들의 이름 앞엔 이른바 '인민혁명당 재건위원회'라는 낙인이 찍혔다.

천인공노할 '사법 살인'의 출발점은 반유신 시위였다. 대학가에 시위가 퍼져가자 민청학련 검거선풍을 일으킨 박 정권은 그에 만족하지 않았다. 중앙정보부장 신직수가 직접 나서서 민청학련의 "정부전복 및 국가변란기 도사건 배후"는 과거 공산계 불법단체인 인민혁명당 조직과 재일조총련 계의 조종을 받은 일본공산당원과 국내 좌파 혁신계가 있다고 발표했다.

이들은 정부 전복 후 공산계열의 노농정권 수립에 이르기까지의 과도 적 통치기구로서 '민족지도부'의 결성을 계획하기까지 하였다.

하지만 생게망게했다. 당 재건 조직이라 발표하면서도 아무런 증거를 내놓지 못했다. 당 조직 결성을 나타낼 만한 강령, 규약, 조직 문서 어느 하나도 없이 오직 관련자들의 진술을 '인혁당재건위 사건'의 유일한 '증거'로 삼았는데 그 '진술'은 중앙정보부의 감때사나운 고문기술자들이 전기고문, 물고문을 비롯한 야만적인 수사로 조작한 결과였다.

'재건위'로 묶인 여덟 명은 조국의 민주화에 나섰을 따름이다. 당을 조직하지도 않았다. 4월 혁명 이후 대구를 중심으로 민주화운동을 벌이며 《참소리》라는 지하신문을 제작해 '유신철폐'를 여론화해갔다.

박정희는 학생들의 유신철폐 운동에 쐐기를 박으려 했다. 민주화운동 뒤에 '북괴'가 있다고 몰아갈 흉계를 꾸몄다. 먼저 자기 고향에서 '본때'를 보이고자 대구와 경북에서 민주운동을 해나가던 사람들을 싹쓸이하듯 연행하고는 기다란 나무 의자에 손발을 묶어 눕히고 수건으로 얼굴을 덮은 뒤에 물을 쏟아부었다.

봉으로 손바닥과 발바닥을 쉼 없이 때렸다. 질리도록 "너, 공산주의 책 읽으면서 북괴 사주받았다며?"라고 다그쳤다. 사주받은 사실을 자백하라며 몰강스레 고문했고 "너만 개고생하고 있는 거야. 다른 놈들은 이미 다 불었거든"이라든가 "북괴 방송 몰래 들은 사실, 다 알고 있으니 바른 대로 실토해!" 따위로 훌닦았다.

친일경찰로부터 고문을 전수받은 기술자들이었다. 조작된 자백을 받아내는 데 선수였다. '살아서 못 나간다'고 협박은 했지만, 자신들이 원하는 답을 들을 때까지 어떻게든 살려둬야 했으므로 고문을 하다 기절하면 군용 담요를 덮어 주물러서 피를 돌게 했다.

깨어나면 얼굴을 냅다 갈기곤 다시 시작했다. 먹살을 잡아 고문 의자에 앉혔다. 두려움에 떠는 모습을 비웃으며 조사관들은 조서를 어떻게 작성할지 태연히 상의했다.

"이봐, 이 사건을 뭐라 부르면 좋을까?"

"낸들 알겠나?"

"도예종이나 서도원 등이 인혁당 관련자들이잖아? 어때, 인혁당 재건위라고 하면?

"인혁당 재건위라, 그거 나쁘지 않군. 자네, 다시 봐야겠어. 어느새 도통했는걸?"

"이거 왜 이래? 날 너무 그런 눈으로 보지 말게. 다 먹고살자고 하는 거라네."

'인혁당 재건위'가 세상에 나온 순간이다. 이어진 군 검찰 조사에도 중앙정보부 요원이 동석했다. 다시 정보부로 되돌려 조사받게 하겠다는 위협 속에 불러주는 대로 진술서를 작성하는 우스개가 벌어질 수밖에 없었다.

가족들과 면회도 할 수 없었다. 재판을 공개적으로 받을 권리도 묵살당했다. 심지어 법정에서도 자유롭고 충분하게 진술할 기회가 주어지지 않았고 그저 묻는 말에 '예' '아니요' 식의 짧은 답만 허용되었으며 고문으로 받아낸 진술조차 서슴지 않고 조작했다.

"국가 변란을 획책하여 정부를 전복하고 공산주의 국가를 건설하려 했지?"

"너희들이 인혁당재건위를 결성한 건 명백한 사실이야."

여덟 명 모두 주요 혐의를 끝까지 부인했다. 하지만 조서에는 버젓이 시인한 것으로 날조해놓았다. 이대로 가다가는 자칫 죽음을 맞을 수 있다고 우려한 '혐의자'가 그래도 검찰은 중앙정보부와 달리 한 가닥 양심은 있으리라 믿어 용기 있게 진실을 알렸다.

"검사님, 지금 보시고 있는 그 진술서는 완전히 조작된 것입니다. 중앙정보부에서 엄청 고문을 받았거든요. 정말입니다. 조작된 겁니다. 다른 사람들 진술서도 다 마찬가집니다. 제발 검사님, 진실을 밝혀주십시오."

동석했던 중앙정보부 요원이 이맛살을 잔뜩 찌푸렸다. 혀를 끌끌 차다가 입을 뗐다. 세상을 개탄하듯이 "허, 이래서 빨갱이 놈들은 봐줄 필요가 없어"라고 차갑게 내뱉고는 뱀눈으로 검사와 피의자를 번갈아보았다.

"이보쇼, 빨갱이라니? '인혁당 재건위'라는 말도 당신들이 만든 거 잖아!"

"뭐? 당신? 이 새끼가 정말 보자 보자 하니까."

"잠깐!"

검사가 벌떡 일어섰다. 주먹을 휘두르려는 중앙정보부 요원에게 손 사래를 쳤다. 검사는 이미 눈꼬리가 사나워질 대로 사나워진 중앙정보 부 요원을 흘끗 본 뒤 '혐의자'의 얼굴에 실낱 희망이 간절히 퍼져가는 모습을 감상하며 언죽번죽 말했다.

"당신이 여기 중앙정보부 조사관 앞에서 그런 말을 쉽게 할 수 있는 것은 뭘 의미하겠어? 아무런 두려움 없이 이야기하는 것은 당신이 고문 을 당하지 않았다는 사실을 확실히 입증하는 거 아닌가."

박정희 정권이 1차 인혁당과 2차 인혁당을 조작한 시대 상황은 거의 같다. 두 사건은 10년의 시차를 두고 1964년과 1974년에 불거졌다. 모두 학생들의 반정부 시위가 격렬해졌을 때 그 배후세력으로 '인혁당'이 내 세워졌으며 학생 시위가 '북괴 내지 공산세력의 사주'로 국가 전복을 목 적으로 삼았다고 '발표'했다.

수사 지휘부도 동일한 인물이었다. 1964년 조작 때 중앙정보부 차장 신직수와 담당 요원 이용택은 승승장구했다. 1974년에는 각각 중앙정보부 장과 제6국장 '감투'를 쓰고 있었는데 64년 사건 때 공안부 검사들의 불 기소 항명으로 잠깐 체면을 구긴 두 사람은 '10년 만의 보복'을 준비했다.

서둘러 긴급조치 4호를 발동했다. 결국 수사를 일반 검찰 아닌 군 검찰이 맡았다. 군법회의에서 재판한 이유는 64년 사건 때 검찰이 순순 히 따라주지 않았던 '학습 효과'에서 나온 교활한 '지혜'였다.

대법원의 사형 확정 선고는 10분도 채 안 걸렸다. 법정에서 "전부 조 작이다"라는 절규가 튀어나왔다. 북받쳐 오르는 분노와 비통함을 이겨내며 가족들은 재심 청구를 논의하느라 밤을 새우고 날이 밝자마자 서울구치소로 이름을 바꾼 서대문형무소로 달려갔다.

그러나 교도관은 접견이 금지되었다고 통보했다. 이유가 뭐냐며 항의했으나 반응이 없었다. 유족들이 불안감에 항의하던 그 시각에 여덟 명은 새벽 4시가 넘어서부터 8시까지 줄이어 처형당해 이미 이 세상 사람이 아니었다.

"우리의 억울한 희생은 반드시 정의가 밝혀줄 것이다."

"내가 왜 죽어야 하느냐? 억울하다."

"유신체제에 반대한 것밖에 없고, 민족과 민주주의를 위해서 투쟁한 것밖에 없다."

사형 직전에 남긴 말들이다. 누구도 자신의 죄를 인정하지 않았다. 사형 집행장에는 군 법무장교와 군종장교가 입회해 마지막 가는 길에 기도를 원하느냐고 목사가 물었지만 모두 묵묵부답이었다.

사형 판결을 확정한 뒤 든손에 집행하는 야만은 전례가 없었다. 따라서 누구도 예상할 수 없었다. 당시 군법회의법은 사형 확정일로부터 6개월 이내에 국방부 장관이 집행명령을 내리고 그때부터 5일 이내에 집행한다고 규정했는데 상당한 유예기간을 두고 상황의 변화도 감안해 처형 집행에 신중을 기하라는 최소한의 법적 장치였다.

무엇보다 사형수는 재심을 청구할 수 있었다. 마지막 구명의 기회를 준다는 의미였다. 따라서 사형을 확정한 다음 날 형을 집행하는 만행은 법적으로도 피고인의 재심 청구권을 박탈하는 행위여서 명백한 위법이었다.

사형 집행 뒤에도 비열했다. 통상 구치소에서 가족에게 처형 사실을 알리고 사체를 인계했다. 울부짖던 유족들은 한 맺힌 시신을 가톨릭 정의구현전국사제단 신부들의 도움을 받아 서울의 한 성당에 옮기려 했지만 저지당했다.

당국은 장례조차 온전히 치르지 못하게 했다. 주소지가 서울이 아닌 사람의 시신은 인도할 수 없다며 각 거주지 시립병원으로 보냈다. 송상진의 유족들은 서울 응암성당에 안치하려 했으나 도중에 경찰 300~400명과 대치한 끝에 시신을 빼앗겼고 어디론가 사라지는 영구차를 바라보며 울부짖을 수밖에 없었다.

박정희 정권의 만행은 하늘 무서운 줄 몰랐다. 경찰은 송상진과 여정남의 시신을 제멋대로 화장터로 싣고 가서 화장했다. 사형수 여덟 명의 몸에 처참한 고문 흔적이 남아 전격 처형했고 그 가운데 두 명은 너무 참혹했기에 아예 시신 인도를 거부한 것이라고 이해할 수밖에 없었다.

모두 통분했다. 하지만 박정희 정권은 거기서 멈춘 것도 아니다. "통일을 못 보고 죽는 것이 억울하다"고 토로한 도예종의 유언을 "조국이 하루속히 적화통일 되기를 바랄 뿐이다"라고 조작해 발표했다.

그 조작의 결과였다. 도예종 유족들은 또 다른 고통을 당했다. 경찰이 '간첩 가족'이라고 소문을 내자 동네 사람들이 모두 외면하는 상황은 남편이 연행된 뒤 몇 차례나 중앙정보부에 끌려가 '남편은 빨갱이'라는 조서를 쓰라며 온갖 고초를 겪을 때보다 더 견디기 힘들었다.

유족들은 무덤을 같은 곳에 조성했다. 각각 묘비에 '민주투사'라고 쓰려다 '민사'라 썼다. 경찰이 유족을 찾아와 "민사가 뭐요?"라며 추궁할 때 유족들은 "민간인이 죽어서 민사라 했다"고 둘러댔다.

경찰은 호락호락하지 않았다. 유족들이 "당신들 보면 분통 터지니 가라" 했는데도 그랬다. 경찰은 비석 글씨를 쓸 때 맡겨놓은 원본을 찾아내 사실 관계를 확인한 뒤 비석을 죄다 뽑아 버렸다.

박정희의 술책은 적중했다. 대구와 경북의 민주세력은 거의 뿌리가 뽑혀 갈수록 수구적으로 변했다. 민주주의를 요구한 고향 후배들을 거침없이 처형하고 청와대에서 '엽색 행각'을 일삼은 50대 후반의 박정희 모습은 일본제국주의와 일왕에 충성을 다짐하는 혈서를 써가며 일본육군사관학교를 졸업한 20대가 '진화'한 결과였고 몸집을 불리는 과정에서 이미《민족일보》사장 조용수의 생명도 삼킨 바 있다.

유족들의 삶은 험난했다. 유언이 조작된 도예종의 아내는 더욱 그랬다. 남편을 민주주의에 바친 신동숙은 훗날 신문과의 인터뷰에서 도예종과의 애틋한 사랑을 간접적으로 토로했다.

주변에서 재혼하라고 하시는 분들도 많았죠. 하지만 나라를 위해 돌아가신 분을 위해 그건 도리가 아니라고 생각했습니다. 지금껏도 선생님에게 누가 되지 않게 살려고 애썼는데 그게 억울하게 먼저 간 그분에게 작은 위안이라도 될까요?

인혁당 유족의 피눈물이 채 마르지 않았던 그해 8월 17일이다. 송건호와 절친했던 전《사상계》대표 장준하가 등산하다가 의문의 실족사를 당했다. 고등학교 시절에《사상계》로 세상을 보는 눈을 넓혔던 대학생 한민주는 장준하의 죽음에 중앙정보부가 연관되어있다는 소문을 들으며 설마 하면서도 이미 인혁당 재건위 사건으로 고향 후배들을 여덟 명이나 처단한 박정희가 흡혈귀처럼 싱둥싱둥 다가왔다.

20

1976년 2월 13일이다. 신문 1면에 '한민주' 이름이 실렸다. 수습기자 최종합격자를 발표하는 '사고' 안에 신문 활자 크기의 이름을 발견한 순간, 민주는 드디어 기자가 되었다는 설렘에 젖었다.

그날은 서클에서 졸업생 환송회를 여는 날이기도 했다. 민주가 활동한 서클은 긴급조치 이후 학교에서 등록이 말소되었다. 민주는 세칭 '언더'로 불린 지하서클이 학교 앞 중국집 지하에 예약해둔 넓은 방으로 들어서며 자신의 인생이 졸업과 더불어 전환점을 맞는 시점에 수습기자 통보를 받아 감개가 더 깊었다.

자장면과 군만두에 고량주를 나누다가 마지막 행사를 시작했다. 지하 방 안에 전등을 모두 껐다. 놀람과 환호가 엇갈리는 가운데 민주 맞은쪽에 앉아있던 대학원생 선배가 일어나서 캄캄하던 방에 촛불 하나를 켰다.

참석한 회원들은 초를 하나씩 받고 모두 일어섰다. 선배가 민주에게 촛불을 붙여주고 민주는 다시 옆에 있는 후배에게 불을 옮겨주었다. 그렇게 촛불은 하나, 둘, 셋, 퍼져가며 어둠을 몰아냈고 졸업생들부터 후배들에 이르기까지 촛불을 들고 차례차례 가슴에 담은 생각을 공유하다가 이윽고 민주가 말할 순간이 왔다.

"촛불은 자기 몸을 태워 빛을 냅니다. 촛불을 든 우리 개개인이 손에 손을 잡고 나간다면 이 땅을 시커멓게 덮은 어둠도 밝힐 수 있습니다. 저마다 촛불을 드는 곳은 다를 터입니다. 저는 언론의 어둠에 촛불을 들 생각이었고, 운이 좋았습니다. 마침 오늘 신문기자로 최종합격했다는 통보를 받았습니다."

민주는 후배들 얼굴을 돌아보며 말을 마쳤다. 그 순간 후배들이 박수를 쳐주었다. 민주는 아끼던 후배들의 박수 앞에 자신이 앞으로 무엇을 하려는지 분명히 말하고 싶었다.

"저는 촛불을 들고 언론계를 바꾸겠습니다. 우리 모두가 자신이 선택한 길에서 촛불로 살아간다면, 우리는 이 땅의 어둠을 물리치는 길에서 다시 촛불로 만날 것입니다. 언젠가 올 그날을 위하여 함께 불을 밝혀갑시다."

민주의 말에 감동받은 후배들이 적잖았다. 마침 민주 옆자리에 있다가 촛불을 이어받은 후배 사름은 더 각별했다. 그날 촛불을 서로의 눈동자에서 보며 민주와 사름은 개인적으로 만나기 시작했다.

민주는 후배 사름이 몰입하던 여성운동이 낯설었다. 연애 시절 사름은 민주가 여성운동을 탐탁지 않게 여기는 걸 눈치 챘다. 헤어질까 고심하다가 사랑하는 남자의 생각마저 바꾸지 못하고 무슨 여성운동을 하겠다는 것이냐고 스스로 꾸짖었다.

민주가 후배들 앞에서 허균을 칭찬했던 생각이 났다. 사름은 민주와 신문사 근처에서 만난 날, 허균이 쓴 '유재론'을 아느냐고 물었다. 읽었다고 자신 있게 답하는 민주에게 사름은 책을 펴들고 유재론의 한 대목을 손가락으로 짚으며 다시 읽어보라 권했다.

우리나라는 땅덩이가 좁고 인재가 드물게 나서, 예로부터 그것을 걱정하였다. 그리고 우리 왕조에 들어와서는 인재 등용의 길이 더욱 좁아졌다. 대대로 명망 있는 집 자식이 아니면 높은 벼슬자리에는 통할 수 없었고, 바위 구멍이나 초가집에 사는 선비는 비록 뛰어난 재주가 있다 하더라도 억울하게 등용되지 못했다. 과거에 급제하지 못하면 높은 자리에 오르지 못하니, 비록 덕이 훌륭한 자라도 끝내 재상 자리에 오르지 못했다. 하늘이 재주를 고르게 주었는데 이것을 문벌과 과거로써 제한하니, 인재가 모자라 늘 걱정하는 것은 당연하다. …… 변변치 않은 나라인 데다 양쪽 오랑캐 사이에 끼어있으니, 인재들이 모두 나라를 위해 쓰이지 못할까 두려워해도 오히려 나랏일이 제대로 될지 점칠 수 없다. 그런데도 도리어 그 길을 막고는 "인재가 없다. 인재가 없어"라고 탄식만 한다. 이것은 수레를 북쪽으로 돌리면서 남쪽을 향하는 것과 무엇이 다르겠는가. 이웃나라가 알게 해서는 안 될 것이다.

"좋은 글이지. 남과 북, 동과 서로 갈라진 오늘의 우리에게 여전히 죽비인 것 같아. 그런데 왜 내게 이걸 보여주는 거지?"

"허균의 글에 큰 문제가 있는 걸 모르죠?"

"무슨 문제지?"

"그럴 줄 알았어요. 다시 읽어보세요. 허균은 인재를 쓰지 못한다고 한탄하면서 정작 조선 사람의 절반인 여성 이야기를 쓰지 않았어요. 인재들 절반을 폐기한 거죠."

"하, 그런가?"

"조선시대만이 아니랍니다. 지금 우리 민중운동 내부도 마찬가지죠. 제가 알기로는 남쪽만이 아니라 북쪽도 남녀 불평등이 여전하다더군요. 이제 제가 여성운동에 나서려는 걸 이해할 수 있겠어요?"

민주는 그날 사름을 다시 보았다. 사름의 길에 전폭 지원을 약속했다. 그 과정에서 사사롭지만 사소하지는 않은 갈등이 적잖게 불거졌음에도 사름은 끈질기게 민주를 '계몽'해가며 새로운 여성운동단체 조직에 나섰고 자녀도 딸이든 아들이든 하나만 갖겠다는 약속을 다질렀다.

민주가 신문사로 첫 출근 한 날이 3월 1일이었다. 광화문 네거리의 사옥으로 들어가는 순간 기자 한민주는 여기에 기필코 노동조합을 세우겠다고 결심했다. 수습기자 시험을 치르기 직전인 1975년 가을에 민주는 동아투위가 주최한 10·24자유언론실천선언 첫돌 기념식에 참석했었다.

동아투위는 기념식을 광화문 사옥 앞에서 연다고 대학가에 알려 왔다. 기념식을 마친 해직언론인들은 참석한 대학생들이 고맙다며 신문회관 뒤편 식당으로 데려갔다. 한민주 맞은편에 《동아일보》 방송국에서 '뉴스 쇼'를 제작해 국내 방송계의 첫 번째 '뉴스 프로듀서'가 된 김태진 피디가 앉아있다가 선한 시선으로 대학생들을 둘러보며 진지하게 권했다.

"우리도 다시 동아일보에 복귀하려고 최선을 다할 거네만 젊은 친구들이 신문사에 들어와서 아래로부터 흐름을 바꿔가야 하네."

해직기자 문영희도 뜻있는 젊은이들이 《동아일보》에 들어가야 한다고 가세했다. 대학 마지막 학기를 다니던 민주는 그렇지 않아도 기자의 길을 고심하고 있었다. 오래전에 송건호의 글을 읽으며 생각했던 길이었거니와 동아투위 해직언론인들과 함께 밥을 먹는 자리에서 기자로 활동하는 일 못지않게 노동조합을 통해 언론민주화운동을 벌이는 길이 보여 생각을 굳혔다.

한민주는 그때 맑스의 영어 원전을 읽고 있었다. 맑스 사상에 매혹됐으면서도 실천에 적극적으로 나서지는 못했다. 아직 맑스 사상을 파악하지 못해서라기보다는 그 사상을 구현하겠다고 나선 조선노동당의 문제를 도무지 매끄럽게 정리할 수 없어서였다.

조선노동당 문제는 '북괴'를 바라보는 문제이기도 했다. 삶과 죽음을 가를 수도 있는 쟁점이었다. 이미 박정희 정권은 통일혁명당에 이어 인혁당 재건위를 '북괴의 지시를 받는 간첩조직'이라며 '일망타진'했고 무자비하게 처형하는 만행을 서슴지 않았다.

한민주는 조선노동당이 추구하는 혁명의 진실성이 미덥지 않았다.

조선공산당의 지도자 박헌영을 미제의 간첩으로 처형한 '공산주의자'들을 도저히 이해할 수 없었다. 진실이 무엇인지 알 수 없었지만 적어도 박헌영이 간첩일 수 없다는 것은 상식이라고 생각했고 조선노동당이 '유일사상'을 주창하는 모습도 납득하기 어려웠다.

분단을 앞뒤로 현대사 또한 파고들수록 진실은 안개 속으로 숨었다. 비단 과거만이 아니었다. 친미 군사독재 체제인 박정희 정권을 타도한다 하더라도 그 뒤에 도대체 누가 어떤 사회를 만들어갈 수 있을지 과학적 전망도 서지 않았다.

박정희에 맞서 민주는 모든 걸 쏟아부어 투쟁할 수 없었다. 레닌과 마오쩌둥의 사상이 다르고 김일성의 유일사상도 달랐다. 갈라진 겨레를 혁명적으로 통일하는 길에 이 땅의 민중이 어떤 사상을 선택해야 옳은지 헤아리기 어려웠다.

민주는 해인사에서 얻은 '살불살조'의 경구를 새겼다. 붓다만이 아니라 맑스도 마찬가지라고 생각했다. 홍제암에서 하산한 민주는 아버지 한진규의 사상이었다는 인내천주의와 동학을 탐구하며 전봉준을 다룬 책들을 찾아 읽었다.

민주는 사상의 자유도 없는 대학에서 침묵만 하는 교수직은 끌리지 않았다. 대학의 울타리를 넘어 더 넓은 시야를 갖는 데 기자직이 해볼만하다고 생각했다. 송건호가 세상의 흐름을 알고 싶어 외신기자에 응시한 이유와 거의 같았는데 언론계 내부에서 언론운동을 벌이고 논설위원이 되어 나라와 겨레가 나아가야 할 방향을 제시해가고 싶었다.

기자가 되려면 수습시험을 치러야 했다. 도서관에서 시험공부를 하며 모멸스러움에 젖어 들기도 했다. 시험을 보는 날, 다행히 운이 좋아 평소에 알고 있던 상식 문제가 많이 나왔고 작문 시험 제목도 '길'이어서 쉽게 쓸 수 있었다.

하지만 수습기자로 경찰서를 돌아다니던 한민주는 깊은 좌절감에 사로잡혔다. 대학생들이 애면글면 벌인 데모를 아무리 써서 보내도 지면에 나오지 않았다. 민주는 굽힘 없이 악착스레 기사를 썼고 선배들과의 커가던 갈등은 단순히 언쟁에 그치지 않아 격한 논쟁을 벌이다가 눈이 찢어져 가까운 고려병원 응급실에 실려 가기도 했다.

민주는 수습 여섯 달이 끝나자 문화부로 발령받았다. 문화부는 정치나 사회와 무관한 부서였다. 민주가 신입 기자로서 무력감을 느끼며 분노를 쌓아가고 있을 때 동아투위는 신문사 밖에서 옹골차게 싸워갔다.

해직기자들은 '거리의 언론인'이 되었다.《동아투위 소식지》를 줄기차게 만들어 학생과 민중에게 나눠주고 현직에서 활동하는 선후배들에게도 보냈다. 소식지는《동아일보》에 비해 종이의 질이나 인쇄 수준 모두 조야하기 짝이 없었지만 제도언론이 보도하지 않았거나 왜곡 보도한 사건들의 진실을 충실히 담아갔다.

동아투위에게 제도언론은 '가짜 언론'이었다. 군부독재에 맞서 대학가, 종교, 사회단체 곳곳에서 반독재 민주화운동이 일어나고 있음에도 가짜 언론들은 모르쇠를 놓았다. 민주화운동을 차곡차곡 기록해가던 동아투위는 1977년 10월부터 1978년 10월까지 일어난 학생운동, 노동운동, 농민운동, 재야운동까지 250건의 사건을 담은 '민권일지'를 유인물로 만들어 뿌렸다.

박정희 정권은 촉각을 곤두세웠다. 칼을 뽑고 휘둘렀다. 1978년 11월 16일 '민권일지'를 제작한 동아투위 위원장 안종필을 비롯한 해직기자 10명을 긴급조치 9호 위반으로 구속했다.

형식적인 재판이었다. 그나마 판사 앞에서 최후진술의 기회가 주어졌다. 품성 푼푼한 해직기자이자 날카로운 문인 장윤환은 힘주어 말했다.

"우리는 잘 알고 있습니다. 어떤 자유도 하늘에서 저절로 떨어지는 것이 아닙니다. 민주 시민의 피로써 쟁취해야 하는 것입니다. 언론사의 자유언론도 마찬가지입니다. 민주 시민이 특히 언론 자신이 앞장서서 피로써 쟁취해야 하는 소중한 보배입니다."

동아투위 위원장 안종필 차례였다. 편집부 기자로 일하며 권력의 간섭을 뼈저리게 느꼈다. 안 위원장은 "자유언론을 앗아 가는 모든 법과 제도는 철폐되어야 한다는 것은 지금 현재 구속되었을 당시나, 본인이 지금 법정에 서있을 때나 마찬가지"라며 소신을 밝혔다.

"언론이라는 것은 인간이 살아가는 데 가장 필요한 공기라든지 물과 같다고 그렇게 생각하고 있습니다. 그래서 우리는 당연히 해야 할 일을 하다가 법정에 서게 되었습니다. 악법도 법이니까 그렇게 지켜야 할 수밖에 없다 하는 이런 얘기를 했는데 악법이 법이면 집행하기 전에 그것을 철폐하는 것에 앞장서줘야 하는 것이 법조인의 법을 지키는 기본 정신이 아닌가 생각하고 있습니다."

논리 정연한 진술들이 이어졌다. 법정은 해직기자들에게 징역 1년에서 2년 6월형까지 선고했다. 2년 형을 선고받고 독방에 갇힌 편집 기자 안종필은 미래의 언론을 구상하며 그 꿈을 편집해갔다.

안종필 위원장은 새로운 신문 창간을 모색했다. 기자의 새로운 모습을 제시했다. 안종필은 자신의 구상을 정리해 이를 담배처럼 또르르 말아 면회 온 가족과 후배에게 전달했다.

새 시대가 와서 우리들이 언론계에서 다시 일할 수 있게 될 때 구체적으로 신문을 어떻게 만들고 경영은 어떻게 해야 할까? 언젠가는 가로쓰기에 한글전용을 해야 하지 않을까? 민중을 위한 진정한 신문이 되기 위해서는 누구나 쉽게 읽을 수 있게 한글전용을 해야 한다. 그리고 지금 같은 부처 출입제도 없어져야 한다. 너무 관 위주의 취재여서, 민중의 뜻이 제대로 반영되지 않고 있다. 새 시대가 오면, 국민들이 골고루 출자해서 그들이 주인이 되는 신문사를 세우는 것이 가장 바람직하다. 그렇게 되면 어느 한 사람이 신문사를 좌지우지 못 할 테고 편집권은 독립될 수 있다.

안종필은 감수성 뛰어난 편집기자였다. 3선 개헌안 변칙 처리에 시민 반응을 다룬 기사의 표제를 한마디로 "그럴 수가"라고 편집했다. 동아투위 위원장 안종필이 감방에서 구상한 새로운 언론의 창간은 당시로선 불가능해 보여 그것이 10년도 안 되어 결실을 맺으리라곤 아무도 예상하지 못했다.

송건호는 참담했다. 해직된 후배 기자들이 잇따라 구속당하는 모습을 지켜보아야 했다. 그 자신도 몸과 마음 모두 지쳐갔지만 독재의 유혹을 서릿발로 끊고 꿋꿋하게 모멸의 시대를 견뎌냈다.

다른 해직기자들처럼 송건호도 자녀의 고통이 가장 힘들었다. 생활고에 시달릴 때마다 일제 강점기를 떠올렸다. 나라를 되찾고자 풍찬노숙을 마다하지 않았던 독립투사의 기개는 물론 정반대로 매국 매족의 대가로 호의호식한 친일파들의 몰골을 되새겼다.

'신채호와 최남선.' 송건호가 1977년 월간지에 기고한 글의 표제다. 민족지성과 변절지식인의 '대표'를 불러내 현재적 의미를 조명한 송건호는 먼저 조선 역사의 사대주의가 "노예적인 굴종"을 낳았다며 통렬히 비판했다.

사대주의와 철저히 맞선 민족지성이 단재였다. 반면에 육당 최남선은 "사이비 과학주의의 일본 역사학" 영향을 받았다. 역사의식이 단재와 달랐기에 스스럼없이 일제의 조선 식민사관 이데올로기를 생산하는 기관인 조선사편수회 위원이 되었다.

송건호는 신채호와 최남선의 길을 현실의 언론인들에게 적용했다. 해방된 조국에서 활동해온 언론인의 길을 "자유언론을 위해 몸을 던지는 투사형"과 "사주나 권력의 편에 깃들여 호의호식하는 부류"로 나눴다. '해직언론인의 대부'는 그 길의 끝자락에서 동시대의 언론인들에게 두 길 가운데 어느 길을 갈 것인지 선택하라고 자유를 주었다.

21

3·1혁명은 현대사의 활화산이다. 언제나 새롭게 민중의 용암이 터져 나오는 분출구였다. 1976년 3월 1일, 함석헌·문익환·함세웅을 비롯한 종교·사회계 인사들이 정치인 윤보선·김대중과 더불어 서울 명동성당에서 3·1절 기념미사의 마지막 순서로 '3·1민주구국선언문'을 발표했다.

1919년 3월 1일 전 세계에 울려 퍼지던 이 민족의 함성, 자주독립을 부르짖던 아우성이 쟁쟁히 울려와서 이대로 앉아있는 것은 구국 선열들의 피를 이 땅에 묻어버리는 죄가 되는 것 같아 우리의 뜻을 모아 '민주구국선언'을 국내외에 선포하고자 한다.

선언문도 적시했듯이 8·15 해방의 부푼 희망은 분단의 비극으로 부서졌다. 시련이 거듭됐지만 민중은 끝내 희망을 버리지 않았다. 구국선언은 "6·25동란의 폐허를 딛고 일어섰고, 4·19학생의거로 이승만 독재를 무너뜨려 자유민주주의에 대한 신념을 가슴 가슴에 회생시켰다"고 평가한 뒤 "그러나 그것도 잠깐, 이 민족은 또다시 독재 정권의 쇠사슬에 매이게 되었다"며 삼권분립은 허울만 남았다고 개탄했다.

박정희는 구국선언에 '정부전복 선동'이라는 어마어마한 혐의를 걸었다. 선언에 나선 사람을 전원 구속하고 18명을 기소했다. 3·1민주구국선언 사건 또는 '명동사건'으로 불리는 3·1절 거사는 유신체제를 반대하는 움직임이 범국민운동으로 진화하는 계기가 되었다.

서명자 대부분이 중형을 선고받았다. 하지만 종교·사회계와 정계의 민주화운동 연대가 강화되었다. 많은 대학생이 단순히 선언문을 지녔다는 이유로 구속되는 상황이 전개될 만큼 박정희 정권은 과민하게 반응했고 그만큼 가혹하게 탄압했다.

그럼에도 3·1민주구국선언을 지지하는 집회가 곳곳에서 이어졌다. 대학에서 반정부 시위가 한층 활발하게 일어났다. 가톨릭과 개신교가 손잡고 유신반대운동에 나서면서 국제적 관심을 불러오고 비중 있는 국제 기독교 단체로부터 지원도 받았다.

'동아투위'의 투쟁은 그칠 줄 몰랐다. 해직교수도 구속자 가족도 협의회를 결성해 활동했다. 송건호는 "정력이 없고 용기도 별로 없고 체력도 부족해 현실문제에 참여하는 것을 피하고 있었다"고 스스로 회고했지만 어떤 조직에도 몸담지 않고 독립된 언론인으로서 자기 몫을 다해갔다.

언제든 어디서든 송건호의 본령은 '언론'이었다. 굳건히 가시밭길 걸어가며 틈나는 대로 글을 썼다. 가족의 생계를 위해서이고 자신의 정체성을 지키기 위해서였는데 그나마 여기저기서 원고 청탁이 있었기에 가능했다.

송건호의 글과 사유는 무장 깊어갔다. 기자협회 계간지에 기고한 '사상사적으로 본 한국 언론' 제하의 글에서 친일언론의 뿌리를 정면으로 제기했다. 3·1혁명으로 등장한 '민족지'가 "2천만 동포에게 친일을 권유·설득했다는 사실은 신문이 가지는 그 엄청난 영향력으로 보아 씻지 못할 오점을 조선 민중 앞에 남겼다고 보아 과언이 아닐 것"이라며, 신문으로서 기억하기조차 역겨운 수모와 자책과 암흑의 시대였지만 그것이 "엄연히 하나의 역사적 사실이었다면 이 시대를 망각의 피안으로 덮어둘 수만은 없는 일"이라고 강조했다.

해방 이후의 언론도 냉철한 눈으로 분석했다. 그나마 1950년대는 민권사상이라도 유지했다. 하지만 그조차 신문이 기업화·상업화하면서 시나브로 사라졌다고 비판했다.

지면의 질적 연화는 민중의 생활을 점차 무사상 시대로 이끌어가는 데 라디오·TV와 더불어 한몫을 담당하고 있다 해서 과언이 아니다. 바꾸어 말하면 사상의 포기시대라고 할 수 있을는지 모른다. 이러한 단정이 어렵다면 사상무용 시대를 위해 신문이 기여하고 있는 시대라고 볼 수 있는지는 모른다.

언론이 '사상 포기시대'를 만들고 있다는 비판은 혜안이다. 또 다른 글에서 인간과 역사의 관계를 규명했다. 인간이 자신을 "개인생활에서나 사회생활에서나 자기의 생활을 의식적으로 생산할 수 있고 창조할 수 있고 자유스런 주체적 존재"로 볼 때 비로소 역사의식이 싹튼다며 "역사는 인간의 창조적 소산"이므로 역사적 과정이 곧 인간의 발전 과정이라고 보았다.

송건호는 박정희가 말끝마다 부르대는 '조국 근대화'에 앞서 올바른 역사의식이 중요하다고 강조했다. 같은 맥락에서 작심하고 현대사의 시시비비를 가리고 나섰다. 송건호는 편집국장 자리에 사표를 던지고 평생을 바친 언론계를 떠나 감시 속에서 괴로운 생활을 하다 보니 일제 강점기에 민족의 양심을 지키고 항일운동을 한 애국선열들이 어떤 생활과 괴로운 나날을 보내고 있었는가를 알고 싶어 점차 현대사 연구에 관심을 쏟기 시작했다고 회고했다.

송건호가 현대사를 탐구하고 글을 써갈 때다. 대학 교수들은 거의 현대사 연구를 외면했다. 이승만이 친일파를 대거 포섭해 38선 이남만의 단독 정부를 수립했기에 교수들에게 현대사 연구는 거북했거니와 정부의 요직에 있거나 학계에서 '원로'로 군림하는 인사의 대부분이 친일파 아니면 그 후손이었다.

친일파와 그 후손이 지배하는 현실에서 그들의 과거를 들춰내는 작업은 쉽지 않았다. 하지만 불편하거나 부담스럽다고 묻어둘 수는 없는 일이었다. 이승만에서 박정희로 이어지는 정계와 경제계, 언론계와 학계의 요직에 똬리를 틀고 있는 기득권 세력의 민족사적 폐해가 너무 심했기 때문이다.

송건호는 《한국현대사론》을 집필했다. 선인들이 어려운 상황을 어떻게 이겨냈는지 몹시 궁금했다. 일제 말기를 비롯해 근현대사 연구가 대한민국에 왜 절박한가를 자못 호소하듯이 밝혔다.

신생국 사학계는 역사연구의 첫 과제가 자기 민족이 어찌하여 이웃 나라의 식민지로 전락됐으며, 식민지로서 그들로부터 어떠한 통치를 받아왔으며, 자기 민족이 외세 통치에 어떤 저항을 했고, 한편 민족 속에서 누가 동족을 배반 식민종주국에 충성을 바쳤으며, 그들이 왜 민족으로서의 구실을 못 하고 외세에 영합하게 되었는가, 그리고 신생국으로서 낡은 식민주의 잔재를 청산하는 길은 무엇인가, 만약 식민주의 잔재가 오래토록 남아있다면 그 이유는 무엇이며, 그 잔재와 싸우는 길은 무엇인가 등이 연구되지 않으면 안 된다.

송건호는 여섯 자녀의 학비를 마련해야 할 실업자였다. 그럼에도 강직한 성품으로 권력과 물욕의 유혹을 물리쳤다. 언론인이자 현대사 연구자의 길을 뚝심 있게 걸어간 송건호는 아호 '청암' 그대로 '푸른 이끼 덮인 큰 바위'였다.

현대사를 폭넓게 짚어갔다. 스탈린의 소련은 물론 마오쩌둥의 중국에 대해서도 어떤 환상도 없었다. 남북 적십자회담 취재로 두 차례 다녀온 평양의 풍경에도 실망했으며 "통일로 가는 길이란 바로 이 땅에 사회정의를 실현하고 사회의 민주화를 이룩하는 일"이라고 정리했다.

송건호는 실제로 이 땅에서 민주주의의 가치를 묵묵히 추구했다. 민권 사상과 언론자유 사상의 씨앗을 넓게 뿌려왔다. 현대사 연구가 깊어 갈수록 송건호는 역사 전개 과정에서 '민중의 힘'을 점점 더 확신했다.

참된 힘이 되는 것은 민중의 힘이다. 민중과 굳게 손을 잡고 있거나 그렇지 않더라도 외세 앞에 국가이익을 위해서 꿋꿋이 나아가면 반드시 민중의 뜨거운 지지를 받아 놀라운 힘이 솟아날 것이다.

해방공간에서 청년 송건호는 정치의식이 없었다. 훗날 그때를 회고하며 부끄러워했다. 하지만 언론의 본령에 성실한 언론인으로 살아오며 성숙한 민주주의 의식을 체화해왔고 마침내 '참된 힘은 민중의 힘'이라는 깔끔한 결론에 이르렀다.

22

　　20대 안팎 청순한 여성들의 얼굴에 감히 똥을 뿌린 사내들이 나타 났다. 한민주가 기자 3년차에 마주친 부라퀴들이다. 겉보기에 멀쩡하고 건장했을 뿐만 아니라 명색이 노동조합 상급단체 — 민주노총이 등장하 기 이전의 어용노조인 한국노총의 섬유연맹 — 간부들까지 그 야만의 행 렬에 가담했다.

　　만행은 1978년 2월 인천 바닷가에 자리한 동일방직에서 일어났다. 동일방직은 1971년 수출 500만 달러를 달성한 이래 국내 최대 수준의 순익을 기록해왔다. 그럼에도 1300여 노동인 가운데 1000명이 넘는 여 성노동인들의 노동조건은 말 그대로 노예와 다름없었다.

　　노동 현장은 섭씨 40도를 오르내렸다. 한증막처럼 열기와 습기가 높 았다. 더구나 솜먼지 날리는 대형 방적기들 앞에서 하루 열다섯 시간씩 땀에 젖어 일했다.

　　반드시 신발을 신어야 했다. 대부분 무좀에 걸렸다. 가려움을 참을 수 없어 구메구메 운동화를 벗고 맨발을 문질러대 시멘트바닥은 여성노 동인들의 피로 붉그스름히 물들었다.

　　탈수증으로 쓰러지기 일쑤였다. 공장에 소금을 비치해둔 까닭이다. 솜먼지가 폐로 들어가 병원을 드나들게 되면 아무런 보상도 받지 못하고 그만둬야 했으며 낙향하거나 때로는 절망 속에 유흥가로 들어갔다.

바로 그렇기에 동일방직 노동인들은 뭉쳤다. 1972년 5월에 어용 노조 집행부를 물리쳤다. 노동조합 새 집행부가 식사 시간 확보, 남녀 임금차별 철폐, 환풍기 설치, 생리휴가를 싸워 얻어내자 선구적 투쟁의 효과가 원풍모방, 반도상사, 콘트롤데이타, YH무역으로 퍼져가며 '민주노조'가 잇달아 등장했다.

박정희 정권은 민주노조를 눈엣가시로 여겼다. 중앙정보부가 직접 노조 파괴에 나섰다. 그 추악한 공작에 앞장선 사람이 섬유노조 위원장 김영태로 동일방직의 민주노조를 엎으려고 중앙정보부, 동일방직 경영진과 으밀아밀 모의했다.

1978년 2월 21일 새벽 6시였다. 동일방직 노조 사무실에는 대다수 집행부와 대의원들이 모여있었다. 노동조합 대의원 선거를 치르기 위해 밤을 새워 투표함과 용지를 준비하고 곧 퇴근할 야간조를 기다리고 있을 때였다.

"이 빨갱이 년들아!"

갑자기 고함을 지르며 사내들이 사무실 문을 차고 들어왔다. 차가운 겨울바람과 함께 지독한 똥냄새가 진동했다. 사내들이 저마다 들고 온 방화수통에는 방금 화장실에서 퍼 온 똥이 가득 담겨있었다.

사내들은 고무장갑을 끼고 있었다. 통에 손을 넣어 똥을 펐다. 경악해 있는 여성들에게 다가가 얼굴과 몸에 뿌리고 바르기 시작했다.

"아악!"

비명에도 아랑곳없었다. 웃옷 속으로 똥을 집어넣었다. 흉악한 사내는 완력으로 여성노동인의 입을 벌려 밀어 넣기도 했다.

자본가의 사주를 받은 반대파도 와 있었다. 여성도 있었다. 하지만 그 '여성'은 되레 신바람이 나서 길길이 뛰어다니며 고함을 질렀다.

"저년! 저년에게 먹여!"

여성노동인들의 몸은 물론, 노조 사무실이 온통 똥으로 범벅이 되었다. 광분한 사내들은 사무실 밖으로 달아나는 여성을 탈의실과 기숙사까지 쫓아가며 똥을 뿌려댔다. 광란의 현장에는 정·사복 경찰이 여러 명 나와 있었지만 재미있다는 듯 구경만 했고 다급한 여성들이 달려가 구해달라고 호소했다.

"아무리 우리가 배우지 못하고 아는 건 없어도 이건 아닙니다."

"가난하게 살아왔어도 똥을 먹고 살 수는 없습니다."

처절한 외침이었다. 경찰은 "야! 이 쌍년들아! 가만있어!" 쏘아붙였다. 중앙정보부는 경인지부 차원을 넘어 직접 본부에서 노조 파괴공작을 지휘했고 한국노총의 섬유연맹 조직국장도 팔짱만 끼고 있었다.

조합원들은 회사 정문 앞에 있는 사진관으로 달려갔다. 조합원들이 추억과 우정을 간직하려고 즐겨 사진 찍던 곳이다. 사진관 주인 이기복이 사진기를 들고 달려와 탄압 현장을 찍었을 때 그 와중에도 한 조합원이 돈을 넣은 봉투를 내밀었다.

하얀 봉투에 똥이 묻어있었다. 이기복은 울컥했다. 손사래 치며 돈을 받지 않고 사진관으로 돌아갔는데 그가 사진을 찍고 간 사실을 보고받은 자본가의 요청으로 경찰이 찾아왔다.

경찰은 필름을 내놓으라고 협박했다. 사진이 나오면 국제적인 문제가 될뿐더러 안보에도 이상이 생긴다고 협박했다. 이기복은 벌써 노동조합에서 가져갔다고 잡아떼었고 그의 기지로 유신정권과 자본, 어용노조가 어떻게 1970년대 민주노조운동을 탄압했는지를 생생히 증언하는 사진이 역사의 한순간으로 살아남았다.

보름이 지나 3월 10일 '근로자의 날'이 밝았다. 서울 장충체육관에서 기념식이 열렸다. 최규하 국무총리가 참석하고 TV로 생중계한 행사장에서 여성노동인 80여 명이 온 힘을 다해 외쳤다.

"똥을 먹고 살 순 없다!"

"동일방직 사건 해결하라!"

"김영태는 물러가라!"

여성노동인들의 절규가 2분 가까이 전국에 생중계됐다. 투쟁은 거기서 멈추지 않았다. 동일방직, 삼원섬유, 원풍모방, 방림방적 여성노동인 6명은 40만 명이 모인 서울 여의도 광장 부활절 연합예배 단상에도 올라가 외쳤다.

"노동3권 보장하라!"

"동일방직 사건 해결하라!"

"가톨릭노동청년회와 도시산업선교회는 빨갱이가 아니다!"

동일방직은 1978년 4월 1일 124명을 해고했다. 한국노총 섬유연맹은 동일방직을 '사고지부'로 규정하며 집행부를 해산했다. 심지어 섬유연맹은 동일방직 해고자 명단이 든 공문을 전국의 사업장으로 발송해 해고 노동인들의 재취업마저 봉쇄하는 야만을 버젓이 '노동조합' 이름으로 저질렀다.

섬유연맹은 동일방직 노조를 완전히 어용화했다. 해고자들은 기나긴 복직 투쟁에 나섰다. 그들이 끔찍한 가난과 냉대 속에서도 복직 투쟁을 벌일 때, 악질 노동귀족 김영태는 그해 5월에 실시된 통일주체국민회의 대의원 선거에 출마했다.

해고자들은 김영태가 부산에서 출마한다는 소식을 듣고 행동에 나섰다. 열다섯 명이 김영태의 정체를 폭로하고 출마를 저지하려고 5월 16일 부산에 도착했다. 도시산업선교회와 가톨릭노동청년회의 도움을 받아 김영태가 섬유연맹 위원장 시절 저지른 행태를 폭로하는 유인물을 제작했지만 배포 직전에 경찰이 들이닥쳤다.

한민주는 자신이 기자라는 사실에 자괴감이 들었다. 젊은 여성들의 외로운 투쟁을 어떤 신문도 방송도 보도하지 않았다. 해고자들이 한 방송국으로 들어가 국장 면담을 요구하자 기자들이 나타나 "배우지 못한 것들이 여기가 어디라고"라며 내쫓은 사실을 전해 듣고는 과연 언제 언론노동조합을 세울 수 있을지, 과연 그때까지 기자질을 해야 옳은지 자문하지 않을 수 없었다.

노동의 가치를 보도하는 언론은 없었다. 세상은 여성노동인들을 '공순이'로 조롱했다. 찬찬히 짚어보니 여성노동인들을 성적으로 착취하고도 그것을 그때마다 자랑하던 싹수 노란 대학 동기가 언론사 정치부 기자가 되어있었다.

노동인들만이 아니었다. 그해 봄 농민들도 투쟁에 나섰다. 1978년 4월 24일 광주 북동성당에서 가톨릭농민회는 전국 각지에서 모인 700여 명과 함께 전국 규모 기도회를 열고 농협의 한심스러운 작태에 주인인 농민으로서 뼈저린 부끄러움을 느낀다며 함평의 피해 농민들에 정당한 보상과 농협의 건전한 발전을 촉구했다.

농협은 고구마를 모두 수매하겠다고 약속하곤 모르쇠를 놓았다. 농민들은 애써 키운 고구마가 썩어가는 모습을 지켜보아야 했다. 함평 농민들이 농협에 피해 보상을 요구하자 '새마을 사업'을 대대적으로 선전해오던 박정희 정권은 농민들을 '불순 세력'으로 몰아 탄압에 나섰다.

농민들은 가만히 있지 않았다. 가톨릭농민회를 통해 전국의 농민들이 연대투쟁에 나섰다. 광주 성당에서 기도회를 마치고 거리 행진에 나선 농민들은 경찰에 막히자 성당 뜰에 앉아 무기한 단식투쟁에 들어갔다.

농민들이 단식하는 현장에 민주인사들이 줄지어 방문했다. 단식 5일 째인 4월 29일 농민 다섯 명이 쓰러져 병원에 실려 갔다. 하지만 농민들은 피해보상이 이뤄지기까지 결코 단식을 중단하지 않겠다는 결의를 다졌고 마침내 농협이 보상금을 가져왔다.

그럼에도 농민들은 뒷심 세게 단식을 이어갔다. 경찰에 연행된 이상국, 조봉훈 회원의 석방을 요구했다. 단식 8일째인 5월 1일 광주 남동성당에서 다시 특별기도회가 열린 다음 날 연행된 회원 2명이 풀려났다.

함평의 썩은 고구마는 새마을운동의 허구성을 여실히 입증해주었다. 농산물 싼값정책과 농협의 독단으로 농민들은 고통받고 있었다. 가톨릭농민회를 중심으로 들고 일어난 농민들은 '해방 이후 첫 승리'를 거두었다고 평가하며 막걸리 사발을 부딪쳤다.

하지만 유신체제의 대통령은 체육관에서 뽑는 간선제였다. 그해 7월 6일 통일주체국민회의는 장충체육관에서 다시 박정희를 선출했다. 5·16 쿠데타를 일으키고 17년째 집권해온 박정희는 99% 투표율에 99% 지지율이라는 국제사회 조롱거리를 연출하며 6년을 더 권좌에 앉게 되었다.

박정희의 권력욕은 끝이 보이지 않았다. 긴급조치로 학생·노동인·종교인들을 가혹하게 옥죘다. 전국의 감방은 양심수로 작차고 국제사회에서 한국의 인권 문제는 '단골 메뉴'가 되었다.

민주세력의 저항은 줄기찼다. 긴급조치와 재야인사들의 구속도 잇따랐다. 동일방직 노동인들과 함평 농민들의 투쟁이 그 표징이듯 민중의 힘도 무장 커져가고 있었다.

1978년 12월에 국회의원 총선이 치러졌다. 7월의 '체육관 대선'과 사뭇 달랐다. 박정희의 민주공화당은 31.7% 득표에 머물러 야당인 신민당의 32.8%보다 적었다.

개표 결과가 나오자 신문사 내부가 술렁였다. 1면에 주먹만 한 크기로 투표 결과가 편집된 신문을 받아 든 민주는 모처럼 뿌듯했다. 기자 동기들과 광화문 생맥줏집에서 사뭇 용기 있게 편집한 신문 1면을 올려놓고 축배를 들며 민심이 어디에 있는가를 투표로 입증해준 민중의 '참된 힘'에 감동과 경의를 표했다.

23

해마다 3·1절이 오면 독재자는 긴장했다. 그날을 기해 민주화운동은 한 걸음씩 전진했다. 한민주가 기자로 처음 출근한 1976년 3월 1일 '민주구국선언'이 나왔고, 1977년에는 '3·1양심수'를 석방하라는 성명에 이어 재야인사들의 '민주구국헌장' 발표가 있었으며, 1978년 3월 1일에는 서울 구치소에 수감된 양심수들이 '자유·민주·정의·진리 선언'을 작성해 감방 밖으로 내보냈다.

3·1절에 친일 독재자가 민족·민주인사들을 해마다 탄압하는 꼴이었다. 1979년 3월 1일도 예외가 아니었다. 시국성명이 준비되고 있음을 감지한 정보기관은 송건호를 비롯해 민주·통일운동가 수십 명을 자택에 연금했다.

한민주는 편집국 문화부에서 종교를 취재하고 있었다. 부장은 기획회의에서 3·1절 60돌 특집안을 내라고 했다. 민주가 천도교주 손병희의 아내를 인터뷰하겠다고 발제하자 선배들이 좋은 아이디어라고 어깨를 토닥여주기도 했다.

민주는 천도교 본부에서 전화번호를 받아 주옥경을 찾았다. 여든 살이 넘었는데도 첫인상이 곱고 맑았다. 다만 민주가 봉황각에 들어설 때 눈빛을 반짝이며 뚫어져라 바라보아 다소 부담스러웠다.

민주는 영문을 몰랐지만 주옥경은 찾아온 기자의 첫인상이 어딘가 낯익었다. 애써 기억을 더듬어보았다. 이윽고 민주와 마주 앉아 색 바랜 다기 주전자에서 따뜻한 차를 따라 건네며 물었다.

"아직 밖이 춥지요. 그래도 봄은 저만치 이미 와있을 겁니다."

목소리가 청아했다. 민주는 첫마디부터 긴장했다. 마치 시국을 암시하는 말처럼 들렸기에 엉거주춤 말했다.

"그런가요."

"기자님도 그렇고 젊은이들이 살아가기엔 이 나라가 여전히 어둡고 춥네요."

확실했다. 정신이 선뜩 들었다. 민주는 좋은 기사를 쓸 수 있으리라는 예감이 들었다.

"선생님, 인터뷰 응해주셔서 먼저 감사드립니다."

"기자님이 찾아주시니 제가 감사하지요. 그런데 혹시 최사인 선생이라고 아시는지요."

"글쎄요, 잘 모르겠습니다만…… 어떤 분이신가요?"

"아닙니다. 그냥 기자님 얼굴을 보니 젊었을 때 그분이 떠올랐습니다. 그럼, 바쁘실 테니 인터뷰로 들어가실까요."

그날 인터뷰에서 주옥경은 마치 손자에게 옛날이야기 들려주듯 조곤조곤 증언했다. 민주는 근현대사를 제법 공부했다고 자부했지만 처음 듣는 사연이 많았다. 손병희가 의암보다 소소로 불리길 좋아했다는 사실, 자신에겐 산월이란 이름을 지어준 사실, 무엇보다 소소가 녹두 전봉준과 우금티 결전을 앞두고 의형제를 맺은 아우라는 사실, 소소가 독립만세 거사를 위해 봉황각에서 10년 가까이 준비한 사실, 1919년 3월 1일 새벽 5시 소소와 산월이 촛불을 밝힐 때 수행비서 이름이 최사인이었다는 사실, 해방 뒤 친일세력의 득세 속에 조용히 지내야 했던 자괴감 들을 술술 털어놓았다.

부끄럽게도 한민주는 그때까지 '최사인'을 몰랐다. 어머니 인경이 돌아가신 뒤 방을 정리하다가 낡은 공책에서 그 이름을 발견했다. 비로소 외할아버지 이름이 '최사인'임을, 그분 또한 기자였음을 알고는 자신이 기자시험에 합격했을 때 어머니 얼굴이 환하게 빛났던 까닭도 뒤늦게 헤아릴 수 있었다.

공책에 적힌 적바림을 읽으며 한민주는 새삼 죄스러웠다. 어머니의 침묵에 자신의 책임이 크다는 사실을 깨닫고 굵은 눈물을 흘렸다. 아버지와 남편을 잃어 피멍 든 가슴을 아들에게도 열어 보이지 않은 채 평생 침묵의 형벌을 감내한 어머니의 고통을 헤아릴 때는 숱한 밤을 오열하며 보냈다.

민주는 주옥경이 최사인을 아느냐고 물어본 까닭도 공책에서 발견했다. 민주가 외할아버지 얼굴을 빼닮았다는 말이 적혀있었다. 다시 주옥경을 찾아 자신이 최사인의 손자라며 이야기 나누고 싶었지만 그분은 어머니보다 먼저 이 모진 세상을 떠난 상황이었다.

그날 주옥경과의 인터뷰는 예정 시간을 활씬 넘었다. 한민주는 마치 특종이라도 한 양 신문사로 돌아왔다. 들뜬 마음을 애써 가라앉히며 기사 작성에 들어갔는데 첫 문장을 쓰고 또 고쳐 썼다.

"60년 전 3·1운동을 주도한 손병희는 녹두장군 전봉준과 의형제를 맺은 아우로 동학혁명의 연장선에서 독립운동을 준비한 것으로 밝혀졌다."

고심 끝에 최종 넘긴 기사의 첫 문장이다. 하지만 기사는 나가지 못했다. 문화부장은 민주가 쓴 기사를 죽이고 통신사에서 가져온 3·1절 문화행사 기사를 출고했다.

민주는 기사에 어떤 문제가 있는지 차장에게 물었다. 차장은 우물쭈물하다가 부장 고충도 이해하라며 다독였다. 무슨 '고충'이란 말인가, 4년 차 기자 한민주는 정색을 하고 부장에게 다가가 물었다.

"회의에서 발제하고 작성한 기사입니다. 왜 기사를 '킬'하셨는지 궁금합니다."

바자위인 부장은 서분서분한 차장을 쏘아보았다. 민주에게 회의실로 따라오라며 앞섰다. 회의실에서 단둘이 마주한 부장은 자신이 민주의 대학 선배임을 새삼 전제했다.

"잘 들어, 대학 후배니까 나도 편하게 말하는 거야. 우리 신문은 친일파 이야기를 담을 수 없어."

"그게 무슨……."

"무슨 말씀이냐고? 한민주, 너 기자 4년 차 아닌가? 내가 그 이유를 굳이 설명해주어야 알 만큼 너 아둔한 거냐?"

"사주가 친일파라 그런 건가요?"

"난 그렇게 말하지 않았어. 세상은 흑백으로 구분할 수 없는 회색의 영역이 있는 거야. 하지만 분명한 건 해방 후에 친일파들이 득세해 손병희 마누라가 가만히 지낼 수밖에 없었다는 식의 이야긴 우리 신문에 나갈 수 없어."

"부장 논리에 비약이 있는데요?"

"좋아, 인정하마. 다만 네가 기자 생활로 밥 벌어먹고 있는 신문사가 누구 것인가를 인식했으면 한다."

"우리 신문의 주인은 독자여야 옳지 않나요? 그분들이 우리 신문을 많이 읽는 덕에 광고도 받는 거잖습니까?"

"뭐라고?"

"제 말에 틀린 곳이 있습니까?"

"벽창혼가? 아무튼 내가 학교 후배인 너에게 할 이야긴 다 해주었다. 선택은 네 몫이야."

"그게 아니잖아요. 선택은 이미 부장이 했죠. 기사 킬하지 않았습니까?"

"자, 그럼 너의 논리에 맞춰 분명히 말해주지. 너는 취재기자로 기사를 썼지? 거기까지가 너의 할 일이야. 부장으로서 내가 할 일은 너를 비롯한 우리 문화부 기자들의 기사를 선택해야 해. 나는 그 권리를 행사한 거야. 이제 됐나? 내가 한 일에 아무 문제가 없어."

"그런 식으로……."

"그만하자! 우리 신문사에서 일하는 기자들 가운데 너보다 머리가 부족한 사람 아무도 없어. 여기서 끝내자."

부장은 벌떡 일어섰다. 표정이 몹시 언짢았다. 회의실을 나가다가 획 돌아서더니 송곳눈으로 거칠게 툭 내뱉었다.

"너, 이 새끼. 앞으로 새까만 후배답게 처신해. 내 입에서 험한 소리 나오지 않도록 하란 말이야."

민주는 숨이 턱 막혔다. 부장의 눈길을 맞받아 쏘아보았다. 그 길로 신문사를 나와 길 건너 낙지 집으로 들어가 술잔을 비웠다. 다음 날 이미 해가 뜬 아침에 어느 노인이 지팡이로 민주의 몸을 툭툭 칠 때까지 정신을 잃었다.

깨어보니 차도와 인도 경계에서 굴드러져 있었다. 누워있던 바로 옆 차도에선 이미 버스가 질주하고 있었다. 편집국 선배와 동기, 심지어 후배들까지 민주를 '돈키호테'라 부르기 시작했는데 민주는 그 별명을 기꺼이 받아들이고 내심 '한국 언론의 낡은 질서를 조롱해주겠노라'고 속 다짐하며 풍차를 향해 창을 들고 돌진하는 시늉으로 볼펜을 들어 여기저기 찌르다가 혀를 차는 부장의 시선과 마주쳤다.

민주가 돈키호테가 된 1979년에도 반독재 투쟁은 멈추지 않았다. 대학가와 노동현장이 뜨겁게 달아올랐다. 8월 10일 YH무역의 여성노동인들이 억울함을 호소하러 야당인 신민당 당사로 들어오겠다고 하소연하자 정치 감각이 뛰어난 김영삼은 선뜻 받아들였다.

180여 명의 여성노동인들은 당사 4층 강당에서 농성에 들어갔다. '배고파 못 살겠다'라고 적은 머리띠를 동여맸다. 총재 김영삼이 농성장에 나타나 "여러분들이야말로 산업발전의 역군이며 애국자인데 이렇게 푸대접을 받아서야 되겠습니까. 여러분들의 피와 땀과 눈물이 없었다면 오늘의 한국경제가 없었을 것"이라며 신민당사를 찾아준 것을 눈물겹게 생각한다고 격려했다.

여성노동인들이 농성에 들어간 바로 다음 날이다. 박정희 정권은 강제 해산을 결정했다. 늦은 밤에 소식을 들은 여성노동인들은 긴급 총회를 열고 "경찰이 들어오면 모두 투신해 자살한다"는 결의문을 채택했고 더러는 창틀에 매달려 "뛰어 내리겠다"고 울부짖었다.

노조 조직부 차장 김경숙이 나섰다. 카랑카랑한 목소리로 결의문을 낭독했다. 여성노동인들이 불안해한다는 말을 듣고 신민당 총재 김영삼이 농성장에 다시 나타나 장담했다.

"경찰이 야당 당사를 습격한 적은 없습니다. 이 김영삼이와 국회의원들이 이곳을 지키고 있으니 안심하십시오."

제1야당 총재의 말에 노동인들은 마음을 놓았다. 하나둘 잠자리에 들었다. 그런데 자정을 넘기면서 당사 주변에 경찰 병력이 눈에 띄게 늘어나 1000여 명에 이르렀으며 정·사복 경찰관이 당사 주변 땅바닥에 매트리스를 깔고 소방차 헤드라이트가 당사를 비췄다.

시계가 정확히 새벽 2시를 가리킬 때다. 자동차 경적소리가 길게 세 번 울렸다. 그걸 신호로 경찰 1000여 명이 한꺼번에 당사 담을 넘어 침입했다.

당사를 지키던 당원들은 황급히 현관문을 닫았다. 하지만 경찰 1000여 명을 막기란 불가능했다. 경찰은 2층 유리창을 부수고 들어와 청년 당원들과 난투극을 벌였고 그 사이 다른 경찰들이 현관문을 부수고 몰려들었다.

청년 당원들은 경찰이 휘두른 곤봉에 쓰러졌고 '닭장차'에 던져졌다. 경찰은 2개 조로 나뉘어 한 패는 4층 농성장, 다른 패는 2층 총재실로 들어갔다. 총재실에는 김영삼과 국회의원, 당원, 기자 50여 명이 있었는데 경찰은 아예 벽을 부순 뒤 벽돌을 던져대며 총재실로 난입했다.

"총재는 때리지 말라."

그 소리와 함께 국회의원, 기자 모두 난타했다. 코피가 터져 피범벅 된 사람이 여럿이었다. 공포에 질린 기자 하나가 간신히 주머니에서 신분증을 내보였을 때다.

"기자고 지랄이고 입 닥쳐!"

곧바로 곤봉, 발길질이 날아들었다. 카메라를 박살 내고 필름을 빼앗았다. 모두 피투성이로 끌려 나왔고 김영삼은 경찰 승용차에 실려 한강 다리를 건너 상도동 집으로 옮겨졌다.

농성장이던 4층 강당은 생지옥이었다. 젊은 여성들의 비명과 연막가스탄으로 뒤덮였다. 곤히 잠들었다 놀라 깨어 일어난 여성노동인들은 공포에 질려 사이다병을 깨어 들고 울부짖었다.

180여 농성자들 모두 10여 분 만에 끌려 나왔다. 경찰과 맞서던 김경숙은 떠밀려 추락했다. 가증스럽게도 경찰은 진압하기 직전에 김경숙이 투신자살했다고 조작해 발표했다.

김경숙은 가난한 농부의 딸로 태어났다. 보증을 잘못 선 아버지는 땅을 모두 날려 행상을 했다. 경숙이 어렸을 때 세상을 떠났고 어머니가 날품 파느라 집을 비우면 여덟 살 경숙은 세 살 터울의 남동생을 돌보았다.

열다섯 살에 경숙은 서울로 왔다. 일기에 토로했다. "내가 배우지 못한 공부를 가르쳐서 동생만은 성공할 수 있도록 하고 싶다. 간절한 소원"이라며 공장 노동을 했고 야학에서 공부도 했다.

야학을 통해 김경숙은 세상에 눈떴다. 노동조합이 왜 필요한지 절실히 깨달았다. 노동조합 조직부 차장을 맡았을 때 일기장에 심경을 적어갔다.

"저들 거만하게 자랑하는 많은 재산들 어림도 없다. 새 세계를 건설하도록 큰 힘 주는 조합, 단결하라. 언제든지 단결하라, 언제든지."

24

김경숙 죽음의 충격이 채 가시기 전이었다. 당사 가까운 식당에서
농성장에 끼니때마다 밥을 날라주던 여성이 자살했다. 음식을 나르면서
마주한 노동인들의 참상과 경찰이 개처럼 끌고 가는 모습을 보고 충격
을 받아 세상에 환멸을 느끼고는 미련 없이 삶을 버렸다.

송건호도 참석한 한국기독교회협의회 인권위원회는 국내외 기자회견
을 열었다. 박정희 정권을 '역사에 없던 폭력정권'으로 규정했다. 노동인 생
존권을 위한 근본대책 수립, 폭력 경찰의 최고 책임자 의법 처단, 김경숙
사인 규명, YH사건 관계 구속자 석방, 기업풍토 근본적 쇄신을 요구했다.

YH무역 여성노동인들의 절규와 김경숙의 절명은 박정희 정권의 폭
력성을 나라 안팎에 폭로했다. 민주세력은 공분했다. 그럼에도 공화당과
유정회 소속 의원들은 오히려 신민당 총재 김영삼을 국회에서 제명하는
만용을 저질렀다.

유신체제는 최후의 순간 직전까지 서슬이 시퍼랬다. 1979년 10월 9
일, 내무부 장관 구자춘은 기자회견을 열었다. "북괴의 폭력에 의한 적
화 통일 혁명노선에 따라 대한민국을 전복, 사회주의 국가 건설을 위한
전위대인 '남조선민족해방전선준비위원회(남민전)'라는 불법불온 단체의
전모를 파악했다"고 발표했다.

남민전의 지도자는 이재문. 그는 본디 신문기자였다. 1934년에 태어나 50년대에 《영남일보》와 《대구일보》에서 기자로 일하다가 1960년 4월 혁명 공간에서 창간된 《민족일보》에서 정치부 기자로 활동했다.

하지만 5·16쿠데타는 언론인 이재문의 길을 가로막았다. 《민족일보》가 폐간되고 발행인은 처형됐다. 더는 기자로 살아갈 수 없었던 이재문은 인민혁명당 사건으로 구속되었다가 석방된 뒤 민주수호국민협의회 경북지부 대변인을 맡았고 뜻을 함께한 동지들과 지하신문 《참소리》 신문 제작에도 참여했다.

박정희는 시민운동 길도 막았다. 영남에서 함께 민주화운동을 벌이던 동료 여덟 명 모두 체포됐다. 박정희는 그들을 '인혁당 재건위원회'로 엮어 목숨을 빼앗는 '살인 행위'를 서슴지 않았다.

이재문은 박정희의 야수적 만행에 치가 떨렸다. 박정희가 사람을 죽인 것은 비단 인혁당 재건위만이 아니었다. 그에 앞서 1969년 11월 4일에 마흔넷의 준수한 경제학자 권재혁이 사형대의 이슬로 사라졌는데 3·1혁명에 참여한 독립운동가의 아들이 일제에 충성했던 박정희에게 죽임을 당한 형국이다.

1925년 영남에서 태어난 권재혁은 대학에서 경제학을 가르치며 운동에 나섰다. '민주사회주의동지회'와 함께 전국적인 노동운동 조직을 통해 자주적 사회발전을 모색했다. 박정희 정권은 미국에 유학하고 온 출중한 경제학자를 중앙정보부가 이름 지은 '남조선 해방전략당'의 대표로 몰아 사형을 선고 — 그로부터 45년이 지나 2014년 재심 대법원은 고문으로 인한 조작이라며 무죄를 선고 — 했다.

권재혁의 어린 딸은 가족끼리 사과를 먹고 있을 때를 기억했다. 아버지의 사형이 집행됐다는 전보가 도착했다. 어머니와 오빠와 언니는 오열했고 어린 딸 재희는 손에 쥔 사과를 보며 '지금 이걸 다 먹어야 하나 말아야 하나' 어쩔 줄 몰랐다.

이재문은 민청학련 사건이 터지자마자 곧바로 피신했다. 체포망에 걸려들었다면 그 또한 인혁당 재건위에 엮였을 터다. 가까스로 죽음을 모면한 이재문은 모든 연락을 끊고 지하로 잠적했는데 1년 만에 머리칼이 하얗게 변했다.

남민전은 1976년 2월에 절박하고 절실한 가슴들이 모여 결성했다. 1차 인혁당 관련자 이재문, 해방전략당의 김병권, 통일혁명당 관련자 신향식 세 사람이 뜻을 모았다. 이재문은 사형당한 여덟 동지들의 유족으로부터 돌아가신 이들이 입었던 속옷을 모아 촛불을 켜놓고 남민전 깃발을 만들었다.

남민전은 군부독재 타도를 주장하는 유인물 5만 장을 살포했다. 서울 시내 곳곳에 10회에 걸쳐 뿌렸으므로 사실상 지하신문이었다. 유신의 폭압이 절정이던 시절에 살포한 지하신문의 '발행인'이자 '편집국장'이 전《민족일보》 기자 이재문이다.

1979년 10월 체포된 이재문은 가혹한 고문을 당했다. 유신정권은 남민전이 이북과 어떤 형태로든 관계를 맺었으리라 추정했다. 남민전은 이북과 직접적인 관련이 없었음에도 검찰은 논고문에서 "이 사건은 직접적으로나 현실적으로 김일성의 지시를 받지 못하였을 뿐"이라고 증거가 없음을 자인해놓고도 "북한 공산집단의 대남간첩단 사건임이 명백하다"는 해괴한 논리를 폈다.

신향식의 공소장은 또 다르게 썼다. 남민전은 "북괴의 지시에 의한 남한의 혁명 세력이 아니고 남한 출신 인사의 자주적 혁명단체"이다. 남민전은 지도부 사이에 "남민전과 이북의 대표가 대등한 입장에서 접촉한다"는 합의를 이뤄 이북을 남조선혁명의 지도역량으로 상정했던 통혁당과 확실히 달랐다.

박정희 정권은 남민전을 대대적으로 부각했다. 정국을 전환할 의도였다. 하지만 더는 '공안 몰이'로 민중을 겁박할 수 없다는 사실을 부산의 젊은이들이 행동으로 보여주었다.

독재의 만행에 맞서 부산대 학생 500여 명이 나섰다. 부산은 김영삼의 정치적 고향이기도 했다. 1979년 10월 16일 반정부 시위에 나선 학생들은 애국가에 이어 '선구자'와 '통일의 노래'를 부르며 외쳤다.

"정치탄압 중지하라, 유신정권 물러가라." 학생들은 유인물 '민주선언문'을 뿌렸다. 제도화된 폭력성과 조직적 악의 근원인 유신헌법 철폐와 독재 집권층의 퇴진을 요구하며 학우들에게 호소했다.

형제의 피를 요구하는 자유와 민주의 깃발을 우리가 잡고 반민주의 무리, 불의의 무리들을 향해 외치며 나아가자.

노래와 구호, 선언문 낭독 과정에서 학생들은 어느새 5000여 명에 이르렀다. 학생들은 산발적으로 교문을 나가 가두시위에 들어갔다. 부산 시내 중심가까지 진출해 애국가를 부르는 학생들의 시위는 민중의 가슴을 뭉클케 했고 동아대에서도 1000여 명의 학생이 시내로 들어와 부산대 학생들과 합류했다.

경찰은 학생들을 마구 구타했다. 수백 명을 연행했어도 이튿날 시위가 더 격화되었다. 오후까지 학생들이 시위를 주도하다가 어둠이 깔리자 양상이 달라져 사무직·생산직 노동인, 영세자영업자, 실업자, 고교생들이 가세하며 순식간에 5만여 명에 이르는 인파가 거리로 나섰다.

학생 시위는 민중항쟁으로 진화해갔다. 왜곡보도를 일삼아온 KBS 부산방송국과 취재 차량, 경찰 차량, 파출소, 도청에 이어 세무서까지 돌을 맞았다. 시위는 다음 날인 10월 18일에 마산으로 퍼져, 해 질 무렵 경남대생 1000여 명이 시내 번화가에 산발적으로 집결해 시위를 벌이자 민중이 가세하며 신문사와 방송사에 돌을 던져 유리창을 박살냈다.

마산 청년들은 공화당 지구당의 문을 부수고 안으로 들어갔다. 서류와 집기를 창밖으로 내던졌다. 파출소로 뛰어 들어간 또 다른 청년들은 벽에 걸려있던 박정희의 사진을 짓밟았다.

10월 19일에는 대학생들보다 노동 청년들이 시위를 주도했다. 몽둥이를 들고 동사무소와 파출소로 몰려가 파괴하고, 경찰 차량에 불을 질렀다. 부산과 마산에서 시위가 항쟁의 양상으로 번져가자 박정희는 10월 18일 새벽 12시를 기해 부산 일원에 비상계엄을 선포했다.

부산지구 계엄사령부는 즉각 포고문 제1호를 발표했다. 부산 지역 대학들은 '당분간 휴교'하고 야간통행 금지도 두 시간 연장했다. 이틀 뒤인 10월 20일에는 마산·창원에 위수령을 발동하고 군을 투입해 시청과 공공기관, 언론기관 경계에 들어갔으며 경남대학과 경남산업전문대학에 무기한 휴교령을 내렸다.

계엄령을 선포한 부산에는 공수부대를 투입했다. 계엄령과 위수령 발동으로 부마항쟁은 잠시 소강국면을 맞았다. 계엄사령부가 10월 24일 군·검 합동반을 편성해 '폭력배'를 뿌리 뽑겠다며 132명을 검거하자 민중의 분노가 다시 꿈틀거렸고 항쟁이 다시 일어나려는 시점에 청와대 바로 옆에서 총성이 울렸다.

역설이지만 남민전이 권부의 핵심에 결정적 균열을 일으켰다. 중앙정보부장과 2인자 경쟁을 하던 경호실장 차지철이 나댔다. 중앙정보부 아닌 경찰이 남민전을 검거하자 박정희 앞에서 내놓고 김재규의 무능을 질타했는데, 부마항쟁으로 두 사람의 갈등은 무장 커져 아무도 상상하지 못한 역사적 장면을 맞았다.

25

그는 밀실에서 여자를 끼고 술 마시길 즐겼다. 한 여자가 아니라 꼭 두 여자였다. 한 여자는 대중 연예인, 또 한 여자는 풋풋한 여대생으로 술자리가 끝날 즈음 한 여자를 골라 침실로 데려갔다.

그는 유흥가 조폭 따위가 아니다. 박정희. 다름 아닌 대한민국의 현직 대통령이었다. 같은 시대를 살아간 대다수 '국민'에게 그의 이미지는 전혀 달라 밀짚모자 쓰고 바지를 둘둘 걷어 올린 그가 논두렁에서 농부들과 막걸리 마시는 소탈한 모습이 종종 신문에 실리고 방송으로 퍼져갔다.

무대 뒤에서 그가 여자들과 즐긴 술은 막걸리가 아니었다. 고급 양주 시바스 리갈이 늘 그의 앞에 있었다. 그날도 두 여자를 끼고 술을 마셨는데 한 명은 가수, 한 명은 대학생 모델이었다.

두 여자 사이에 앉은 '1인자'의 비위를 맞추려는 사내는 셋이었다. 저마다 대한민국 '2인자'를 내놓고 자부했다. 그만큼 서로 경쟁할 수밖에 없었던 중앙정보부장 김재규, 경호실장 차지철, 비서실장 김계원이다.

그즈음 박정희의 심기는 매우 불편했다. '총통'으로 군림해온 유신 체제가 흔들거렸다. 중앙정보부와 경찰을 총동원해 민주화운동을 억눌러왔지만 부산·마산에서 민중이 들고일어나 군대까지 동원하는 상황에 이르렀다.

군을 투입해도 항쟁의 불꽃은 쉬 꺼지지 않았다. 대처 방법을 놓고 권부 내부에 갈등이 불거졌다. 그날도 박정희는 부마항쟁과 신민당 김영삼을 시바스 리갈의 '안주'로 들먹였다.

"김영삼이를 아예 구속시켜야 했어."

중앙정보부장 김재규는 작심하고 진언했다.

"각하, 이미 국회에서 제명당한 김영삼을 구속하는 건 두 번 죽이는 셈입니다. 정치를 좀 대국적으로 하실 필요가 있습니다."

김재규의 충언에 박정희는 카랑카랑한 목소리를 높였다.

"이봐, 정보부가 좀 무서워야지, 야당 놈들의 비리만 쥐고 있으면 다가 아니야."

김재규는 순간, 김형욱이 어른거렸다. 야당 국회의원들을 연행해 고문을 서슴지 않았던 그였다. 박정희에게 비나리 치며 충성을 다했던 중앙정보부장 김형욱이 며칠 전에 맞은 끔찍한 최후가 스쳐갔다.

김형욱은 3선 개헌의 '1등 공신'이었다. 개헌안이 통과될 때까지 온갖 악역을 전담했다. 하지만 개헌을 이루자마자 중앙정보부장 자리에서 급작스레 해임돼 박정희에게 '용도 폐기'된 김형욱은 자신이 집권당 내부를 상대로 저질러온 쏘개질 탓에 자칫 보복당할 수 있다는 공포에 떨었고 결국 10월 유신 직후에 가족과 함께 미국으로 망명했다.

박정희는 미국에서 자신을 비판하는 김형욱에 격분했다. 온갖 회유가 통하지 않자 제거 명령을 내렸다. 미국에 있던 김형욱은 그와 은밀한 관계였던 여배우의 연락을 받고 프랑스로 날아가 약속 장소인 파리 시내의 한 카지노 근처로 갔다.

여배우는 당시 국내 권력층과도 염문이 떠돌았다. 그녀의 '보디가드'라는 사내 둘이 나타나 호텔로 모시겠다고 했다. 캐딜락 승용차에서 달콤한 기대감에 부풀어있던 김형욱을 옆에 탔던 사내가 순간 마취시켰고 차는 어둠을 뚫고 파리시 서북 방향 외곽에 자리한 외딴 양계장으로 달렸다.

보디가드 행세를 한 사내들은 중정요원들이었다. 1979년 10월 7일 밤 11시께였다. 그들은 사전 탐지한 대로 양계장 분쇄기를 작동시키고 김형욱을 머리부터 집어넣어 닭 모이로 처리했다.

부장 김재규는 사후 보고를 받고 충격을 받았다. 청와대가 직접 중앙정보부 비선에 작전을 지시했다. 김재규는 박정희가 정말 김형욱을 산 채로 갈려 죽게 한 걸까 의문에 잠기기도 했다.

박정희가 "정보부가 무서워야 한다"고 다그칠 때 김재규는 상념에 잠겼다. 눈을 박정희 손에 들린 시바스 리갈 술잔에 맞추고 있었다. 그 순간, 경호실장 차지철이 출싹대며 끼어들어 "각하! 까불면 학생이고 신민당이고 전부 탱크로 싹 깔아뭉개야 합니다"라고 아첨했다.

김재규는 어이가 없었다. 한참 아래 '군 후배'인 경호실장이 정치 '훈수'에 나선 지 오래였다. 차지철은 박정희에게 '탱크 진언'을 한 데 이어 김재규를 한심하다는 시선으로 힐끔 바라보며 내놓고 게걸거렸다.

"요새 정보부는 부마사태 처리도 그렇고 남민전도 그렇고 도대체 뭘 하는지 모르겠어."

김재규는 울뚝밸이 뒤틀렸다. 박정희는 차지철을 흐뭇하게 바라보았다. 김재규의 눈앞에 "탱크로 싹 깔아뭉개진" 부산과 마산의 피투성이 민주시민 시신이 그려지면서 박정희는 능히 그러고도 남을 인물이라는 판단이 들었다.

김재규는 마음을 모두 비웠다. 갠소름한 눈으로 맞은편의 박정희를 조용히 관찰했다. 박정희는 비서실장 김계원과 시바스 리갈을 마셔대며 간간이 꿀에 담근 인삼을 챙겨 먹더니 이윽고 두 여자의 몸을 훑어보며 관심을 보이기 시작했다.

김재규는 더 미련이 없었다. 정치를 대국적으로 하라고 요청했지만 묵살당했다. 김재규는 방 밖으로 나와 중앙정보부 측근들에게 '준비한 거사를 최종 결심했다'고 밝힌 뒤 다시 돌아왔다.

박정희에게 술 한 잔을 올렸다. 마음으로 작별을 고했다. 이어 역겨운 차지철의 얼굴을 정면으로 바라보며 주머니에 숨겨 온 권총을 꺼내 겨눴다.

"각하, 이런 버러지 같은 놈을 데리고 정치를 하니 제대로 되겠습니까?"

차지철이 휘둥그렇게 보는 순간 방아쇠를 당겼다. 손을 내밀던 차지철은 비명을 질렀다. 총알이 관통한 오른쪽 손목을 꽉 움켜쥐며 차지철이 소리 질렀다.

"김 부장, 왜 이래!"

"차지철 이 새끼, 넌 너무 건방져!"

박정희는 눈을 부라렸다.

"지금 뭐 하는 짓들이야!"

그 순간에도 박정희는 상황 판단을 못 하고 있었다. 김재규의 총구가 자신에게 돌려질 줄이라곤 상상도 할 수 없었다. 박정희의 금속성 질책에 김재규는 멈칫했지만 자리에서 엉거주춤 일어서며 권총의 총구를 서서히 박정희에게 돌렸다.

박정희는 아차 싶었다. 하지만 아무도 없었다. 노리개 삼아 즐기던 젊은 여자들은 너무 놀란 나머지 도무지 실감이 나지 않는 표정이었고 차지철은 피가 흘러나오는 제 손목만 잡은 채 허둥대고 있었다.

박정희에게 공포감이 엄습했다. 하지만 극히 짧은 순간이었다. 김재규가 가슴을 겨냥해 권총 방아쇠를 당길 때까지 설마 하고 앉아있었지만 총성과 함께 온몸이 조각조각 나 바닥으로 떨어지는 듯 아팠다.

희미하게 눈을 떴으나 경호실장은 보이지 않았다. 차지철은 어느새 화장실로 도망쳤다. 14초 전까지만 해도 오늘 밤을 보낼 여성을 고르는 즐거움에 사로잡혀있던 박정희는 도무지 자신이 총을 맞은 상황이 믿기지 않았다.

가슴에서 피가 벌컥벌컥 흘러나와 웃옷을 축축하게 적셨다. 박정희가 바로 전까지 탐욕스러운 눈으로 아래위를 훑어보았던 여대생이 용기 내어 물었다.

"각하! 괜찮으십니까?"

"난 괜찮아."

남자다워야 한다는 생각으로 중얼거렸다. 그런데 입안으로 피가 올라왔다. 그 순간 자신이 죽인 사람들이 주마등처럼 스쳐갔다. 해방공간에서 좌익이 대세이기에 동참했다가 저만 살아남기 위해 모두 신고해 곧바로 처형당한 숱한 동료 장교들, 자신이 처형시킨 《민족일보》 발행인 조용수, 해방전략당 권재혁, 인민혁명당 재건위로 묶은 대구·경북의 후배들 얼굴이 스쳐갔다.

화장실로 숨었던 차지철을 김재규가 다시 쏘는 소리가 들렸다. 박정희는 절망했다. 곧이어 다가온 김재규의 발자국 소리와 함께 총구가 뒷머리를 겨냥하는 서늘한 느낌에 머리칼이 쭈뼛했지만 손가락조차 움직일 수 없었다.

김형욱의 넙데데한 얼굴이 껄껄껄 웃으며 나타났다. 동시에 총성이 울리며 두개골이 뚫렸다. 박정희의 의식은 피비린내와 함께 꺼졌으며 그 독한 권력욕도 지독한 성욕과 함께 사라졌다.

박정희의 죽음은 박근혜를 비롯한 자녀들에겐 비극이었다. 하지만 반독재 민주화운동을 전개해온 이들에게는 해방이었다. 박정희 암살 뒤 국무총리였던 최규하가 과도정부를 맡아 긴급조치 9호를 해제하면서 감방에 갇힌 지 1년이 되어가던 동아투위 위원장 안종필도 풀려났다.

안종필은 감방에서 새 언론 구상을 구체적으로 다듬고 있었다. 출소하며 희망에 가득 찼다. 하지만 몸속에 간암이 마구 커온 사실을 출감 직후 병원을 찾아서야 비로소 알았다.

간암 말기여서 손쓸 틈도 없었다. 투병을 시작한 지 두 달 만에 마흔세 살의 나이로 눈감았다. 동아투위는 감방에 갇히지 않았다면 몹쓸 병에 걸리지 않았을 것이라며 "나라를 걱정하고, 특히 언론자유를 위해서, 자기 소신을 굽히지 않고 투쟁하다가 결국 그것 때문에 병을 얻고 죽었기에 병사가 아니라 순교"라고 애도했다.

1980년 3월 4일, 제도언론이 '서울의 봄'을 떠들 때다. 안종필은 앞서 떠난 동아투위 해직기자 이의직과 조민기의 곁에 묻혔다. 군부독재 체제는 쉽게 무너지지 않아 박정희가 키워온 전두환 중심의 정치군인 일부가 정승화 계엄사령관을 체포하는 이른바 12·12사태로 군권을 장악하고 있었다.

대학가에선 전두환을 정면 거론했다. 군부독재에 마침표를 찍으려는 운동들이 이어졌다. 송건호는 다시 정치활동을 시작한 김대중으로부터 도와달라는 제의를 받았지만 지식인으로 활동하겠다는 생각으로 거절하고 여기저기서 오는 강연 요청만 받아들였다.

노동인들도 기지개를 폈다. 동일방직 해고노동인들은 본격적으로 복직투쟁에 나섰다. 1980년 1월 이총각을 비롯한 해고노동인 5명은 그새 한국노총 위원장으로 군림하고 있던 김영태를 명예훼손으로 고소했다.

김영태가 1979년 8월 14일 문화방송에 출연했을 때였다. 김영태는 동일방직 해고자들은 여자이면서도 치부를 예사로 노출한다고 언구력 부렸다. 면도칼을 가슴에 갖고 다니며 자해행위를 하겠다고 위협할 정도로 불순한 세력이며 "똥과 독침을 휴대하고 다니는 악질적인 인물들"이라고도 했다.

김영태의 비리와 악행의 진상이 속속 드러났다. 여론이 나빠지자 한국노총 안에서도 자구적 움직임이 나타났다. 화학·금융·운수·외기·관광·철도·전매·체신 8개 산별노조 위원장들이 모여 노총에 대한 불신을 씻으려면 김영태 위원장이 즉각 퇴진해야 한다고 합의하면서 결국 노동 귀족은 자리에서 물러났다.

노동인들은 꽁꽁 묶여있던 단체행동권의 '오랏줄'을 풀었다. 파업과 시위를 벌이며 '권리 찾기'에 나섰다. 1980년 4월 21일 국내 최대 민영탄광인 동원탄좌 사북영업소에서 광산노동인들이 들고일어나며 노사갈등이 전국으로 퍼져갔다.

사북의 광산 노동인들은 용감했다. 어용노조와 생색내기 임금인상에 항의하며 가족들까지 나섰다. 강원도 깊은 산의 광산 마을에서 6000여 명이 시위를 벌이며 경찰 1명이 죽고 수많은 사람이 부상당하는 유혈사태로 번지자 계엄사령부가 나섰다.

계엄사는 31명을 구속했다. 80여 명을 군법회의에 회부했다. 오랜 세월 억눌렸던 노동인들의 울분이 폭발적으로 터져 나온 사북사태는 연일 이어지던 민주화시위에 큰 파장을 일으켰다.

송건호는 10·26 이후의 사태 진행을 주시했다. 여러 외신을 통해 12·12사태로 전두환 일당이 군권만이 아니라 사실상 권력을 장악한 사실을 확인했다. 보안사령관 전두환이 중앙정보부장을 겸임하며 노골적으로 전면에 나서자 재야 민주인사들은 '신군부'를 비롯한 유신세력의 발호를 막아야 한다는 데 뜻을 모았다.

모임에선 자연스레 언론인 송건호에게 시국선언 초안을 맡겼다. 송건호가 쓴 초안을 토대로 논의를 거듭해 5월 15일 '지식인 134인 시국선언'을 발표했다. 계엄사령부가 언론을 검열하며 통제하고 있었기에 시국선언은 민주가 몸담고 있던 신문사에서도 보도할 수 없었다.

선언에 참여한 지식인 가운데 문화계 사람들이 적지 않았다. 그들은 문화부 기자 민주에게 왜 시국선언 보도를 하지 않는 건지 궁금하다고 전화했다. 자괴심이 든 한민주는 변명할 수도 없었고 하지도 않은 채 "죄송하다"고 말하며 후배들과 함께 언론운동이 나아갈 방향을 논의했다.

송건호가 쓴 시국선언문은 민주발전에 대한 과도정부의 모호한 태도부터 비판했다. 이어 심화해가는 경제위기를 우려했다. 민주화와 생존의 권리를 외치며 전국적으로 격화되고 있는 학생과 노동인들의 항의 시위에 오직 강압적으로 맞서고 있는 당국의 무능무책을 더는 좌시할 수 없다고 밝혔다.

송건호는 난국의 성격을 독재정권의 19년에 걸친 반민중적 경제시책과 강권정치의 소산으로 규정했다. 짧게 보면 비상계엄령이 오래가며 빚어진 필연적인 사태 악화였다. 선언문은 "단체행동권을 포함한 노동기본권은 보장되어야 한다. 대기업 편중의 지원 정책으로 희생을 강요당하고 있는 중소기업은 시급히 구제·육성되어야 한다. 저곡가정책으로 영농 의욕을 잃은 농민들에 대한 정책적 전환이 있어야 한다"고 촉구하며 마지막 문장에서 강조했다.

국토방위의 신성한 임무를 수행하고 있는 우리 국군은 정치적으로 엄정중립을 지켜야 한다. 그런데 한 사람이 국군보안사령관직과 중앙정보부장직을 겸직하고 있는 사실은 명백한 불법이므로 마땅히 시정해야 한다.

이틀 뒤 전두환의 쿠데타가 일어났다. 전두환을 콕 집어 선언문을 쓴 송건호는 큰 고통을 겪었다. 1980년 5월 17일 전두환은 12·12군사반란으로 시작한 쿠데타를 완료하기 위해 군 병력을 서울과 주요 거점 도시들에 투입했다.

26

새벽 4시. 굉음을 내며 도시 한복판으로 탱크가 질주해갔다. 중무장한 헬기도 떴고 자동화기와 수류탄으로 무장한 특공대가 야수처럼 달려든 표적은 민주주의를 목 놓아 부르는 민중이었다.

1980년 5월 광주의 핏빛 진실이다. 작전 개시 1시간 30분 만에 도청 진압을 완료했다. 열흘에 걸친 민중 항쟁은 참담하게 막을 내렸지만 탱크·중무장헬기·자동화기로 포위하고 난입해 들어오는 공수부대에 맞서 빛고을 민중이 전남도청에서 항전한 1시간 30분은, 아니 그 한순간 한순간은 영원에 맞닿아있다.

핏빛 5월은 전두환 일당이 군사반란으로 군권을 장악하면서 빚어졌다. 전두환은 박정희로부터 절대적인 신뢰를 받았다. 군내 사조직 하나회를 이끌고 전형적인 정치군인으로 성장해 '박정희의 양아들'이라는 소문이 나돌 만큼 밀착관계에 있었다.

계엄사령관 정승화는 전두환의 권력지향성을 우려했다. 국군보안사령관에서 해임하고 동해경비사령관으로 보낼 계획이었다. 하지만 그 정보조차 보안사령부가 먼저 포착해 선수를 쳤고 그것이 12·12군사반란의 하극상으로 나타났다.

민주주의가 봄을 맞으리라는 기대는 어둠에 갇히고 말았다. 군권을 장악한 육군 소장 전두환은 슬금슬금 정치표면에 등장했다. 송건호가 시국선언에서 강조했듯이 권력이 한 사람에게 집중되고 민주화가 더디게 진행되면서 지식인들과 야당의원들은 계엄 해제와 민주화 이행을 촉구했다.

학생운동도 민주화를 요구하고 나섰다. 1980년 5월 13일부터 거리 시위를 시작했고 "전두환은 물러가라"를 외쳤다. 시위가 전국으로 퍼져갈 조짐을 보이자 전두환 일당은 5월 17일 24시를 기해 계엄령을 전국으로 확대하며 정권 접수에 나섰다.

5월 18일 아침 광주의 계엄군은 전남대에 들어가 정문을 막아섰다. 등교하던 학생들이 항의하자 무차별 폭력을 휘둘렀다. 학생과 민중이 연대하는 분위기를 감지한 계엄군이 병력을 증파하면서 도심 곳곳에서 격렬한 대치가 벌어졌다.

민중들의 분노가 공감대를 이루며 대규모 시위로 이어졌다. 광주 도심은 곤봉으로 난타당하고 대검에 찔린 민중의 울분으로 가득 찼다. 20일 오전까지 일방적으로 당하기만 했던 민중 사이에서 운전 노동인들이 나섰다.

5월 20일 오후 택시 200여 대가 집결했다. 택시들은 금남로를 질주해 공수부대원들이 진을 치고 있는 도청광장 앞까지 진출했다. 수만 명의 민중이 택시 뒤를 따르며 '이제는 우리도 대항할 수 있다'는 자신감으로 충만해 80만 시민이 모두 거리로 나온 듯 시가는 온통 사람 물결이었고 민주주의 구호로 가득했다.

그러나 5월 21일 낮 1시, 발포 명령이 떨어졌다. 공수부대는 한 단계 높은 국가 폭력인 집단 발포를 단행했다. 민중은 맨손으로 대항이 불가능하다고 보아 무장하고 나섰으며 치열한 시가전 끝에 최정예인 공수부대조차 일단 철수할 수밖에 없었다.

민중의 힘으로 공수부대를 몰아내는 기적이 일어났다. 광주는 세계적으로 유례가 드문 '해방공동체'를 구현했다. 언론의 왜곡보도에 맞서 광주 민중은 투박한 신문 제작과 가두방송으로 진실을 알려나갔는데 1980년 5월 26일, 해방광주 시내에 울려 퍼졌던 가두방송은 그날의 민중이 얼마나 순수했는가를 단적으로 증언해준다.

지금 부산 앞바다에는 미 항공모함 두 대가 정박해있습니다. 잔인무도한 저들의 살육이 더 이상 계속되는 것을 방지하고 광주시민을 지원하기 위해 왔습니다. 시민 여러분 안심하십시오.

광주의 '민주화투쟁 대학생대책본부'가 시내를 돌며 선전한 내용이다. 가두방송에 그치지 않았다. 민주시민들이 현장에서 직접 만들어 배포한 신문 《민주시민회보》 9호도 같은 날 "광주 민주시민 여러분께"라고 쓴 뒤 "이 나라의 민주주의와 이 고장의 자유와 정의를 지키기 위해 총궐기한 민주 시민 여러분! 승리의 그날은 점차 다가오고 있습니다"라고 보도했다.

희망의 근거는 미군 항공모함 두 척의 부산 정박이었다. 민중은 미국 항공모함이 전두환 일파의 무모한 만행을 견제하고 나섰다고 풀이했다. 하지만 민중의 기대와 정반대로 미국은 이미 항쟁 초기인 1980년 5월 22일 백악관 회의에서 '사태가 통제 불능으로 악화될 경우 미국이 직접 군사적으로 개입하는 방안'을 협의했고 그 회의에는 국무장관, 국가안보보좌관, 국방장관, 합참의장, 중앙정보국장(CIA)이 참석했다.

5월 26일 미국은 광주 민중을 학살하려는 쿠데타군의 병력 추가이동을 승인했다. 미국이 무력진압을 실질적으로 지원할 때다. 《조선일보》는 사설 '도덕성을 회복하자'(5월 25일 자)에서 "우방의 여러 나라에서는 한국 정정의 불안을 자기 일처럼 걱정하고 안타까워하며 진정 어린 충고를 보내주고 있다. …… 참으로 고마운 말임에는 틀림없으나 비극의 나라를 우방으로 둔 그 나라에 대해서 목하 거추장스런 짐이 돼 있는 우리로선 당혹스런 착잡한 심정마저 누를 길 없다"고 주장했다.

신문은 학살당하는 민주시민도 쿠데타도 안중에 없었다. 미국에 "거추장스런 짐이 돼 있는" 현실에 "당혹스런 착잡한 심정"을 토로했다. 사설은 심지어 "사회 혼란의 틈바구니에서 또는 격앙된 군중 속에서 간첩이나 오열(五列)이 선동하고 파괴와 방화 살상의 선봉적 역할을 하리라는 것은 쉽게 짐작할 수 있는 일"이라고 몰아쳤다.

민주는 같은 기자로서 분노했다. 용서할 수 없었다. 그날 사회면 "무정부상태 광주 1주. 바리케이드 너머 텅 빈 거리엔 불안감만" 제목의 머리기사는 "고개의 내리막길에 바리케이드가 쳐져 있고, 그 동쪽 너머에 '무정부 상태의 광주'가 있다. 쓰러진 전주, 각목, 벽돌 등으로 쳐진 바리케이드 뒤에는 총을 든 난동자들이 서성이고 있는 것이 멀리서 보였다"고 보도했다.

민주주의를 지키려 나선 민중을 '난동자'로 선동했다. 기사 뒤에 이례적으로 '김대중 사회부장'이라 적었다. 그는 1980년 이후 편집국장과 주필을 거쳐 이 신문의 대표적 칼럼니스트로 40년 가까이 '국민'에게 훈계질을 해댔다.

미 항공모함이 부산에 들어온 까닭은 해석의 여지가 없다. 포위된 민중을 구하려는 뜻이 결코 아니었다. 쿠데타군의 우두머리들은 "광주 진압에 앞서 북괴의 도발에 대비하기 위해서는 한미공조체제를 갖출 수 있는 시간적인 여유가 필요하다"며 미 항공모함 배치를 선행조건으로 꼽았고, 미국 또한 항공모함과 조기경보기가 한국에 배치될 때까지 '진압' 작전 유보를 요청했다.

가두방송과 《민주시민회보》가 항공모함을 반긴 그날 저녁이다. 군은 전남도청을 피로 물들인 학살 작전에 들어갔다. 5월항쟁의 지도부는 투쟁 기간 내내 "광주 시민 의거를 왜곡 보도 허위날조하고 있는 라디오, TV방송, 언론에 현혹되지 마십시오. 이들은 우리를 폭도로 몰고 있는 자들"이라고 경계했지만, 정작 결정적 순간에 미군을 '구원자'로 알리는 착오를 범한 셈이다.

물론, 그 책임을 시민군에 물을 수는 없다. 오랜 세월에 걸쳐 미국을 오판하게 만든 학교와 언론의 잘못이 크다. 그날의 학살은 미국이 한국의 민주주의를 도울 것이라고 믿어서는 안 되며 민중 스스로 민주사회를 건설해야 함을 피로 깨우쳐주었다.

항쟁 10일째인 5월 27일 새벽이었다. 공수부대를 앞세운 1만 명의 대병력이 도심까지 들어왔다. 계엄군이 도청에서 끝까지 항쟁한 시민군을 학살하면서 열흘에 걸친 5월항쟁은 깃발을 내렸다.

탱크가 저 멀리 몰려올 때다. 얼마든지 피할 수 있었다. 하지만 5월의 투사들은 장엄한 최후를 선택함으로써 항쟁의 위대한 깃발을 지켰다.

불굴의 결사항전은 불사조처럼 끝없이 부활했다. 1980년대 내내 민주화운동이 여울여울 타올랐다. 7년이 지나 일어난 6월대항쟁 앞에 전두환 일당이 '친위 쿠데타'를 포기한 까닭도 그날 온몸으로 싸운 광주민중의 영웅적 투쟁이 자칫 서울에서 벌어질 수 있어서였다.

1980년 5월 당시에 전두환과 그 일당은 역사의 지혜를 알 수 없었다. 눈앞의 권력 쟁취에 축배를 들며 국가폭력을 무시로 동원했다. 전두환 일당이 벌인 5·17 '신군부 쿠데타'의 광풍은 지식인 선언문을 작성해 전두환을 물러가라고 촉구한 송건호를 비껴가지 않았다.

송건호는 날조된 '김대중 일당 내란음모사건'에 연루되어 끌려갔다. 송건호가 정치권과는 거리를 두고 결곡하게 살아온 사실은 전두환 일당도 잘 알고 있었다. 김대중의 동참 제의도 받아들이지 않은 사실도 파악했지만, 이참에 자신들의 앞길에 걸림돌이 될 지식인들을 최대한 길들이고 뿌리 뽑겠다는 책략이었다.

모든 언론이 전두환 일당에 굴복한 것은 아니다. 《조선일보》 김대중 기자와 달리 계엄사령부와 맞서 제작거부 투쟁을 벌인 기자들이 적잖았다. 한국기자협회를 이끌던 김태홍·노향기와 《경향신문》 고영재 기자를 비롯해 전국에서 수백여 명의 언론인이 해직의 고통을 당했다.

체포된 이재문은 감방에서 부마항쟁과 박정희 피살 소식을 뒤늦게 알았다. '서울의 봄'에 실낱 희망을 걸었지만 전두환이 광주에서 학살극을 벌인다는 소식이 이어졌다. 이재문은 자신을 고문한 경찰 나부랭이에서 친일파 고등계 형사를 보았듯이 계엄군의 만행에서 간도특설대를 읽고 마지막 힘을 다해 무기한 단식투쟁에 들어갔다.

사형수 이재문은 단식으로 건강이 크게 손상됐다. 그렇지 않아도 '고문 기술자' 이근안에게 고문을 당한 후유증이 컸다. 이재문은 거구 이근안이 자신을 두 손으로 번쩍 들어 올려 벽으로 여기저기 던질 때마다 코피가 흘러내리는 아랫입술을 깨물고 일어나 자분자분 말했다.

"친일파 경찰 선배 놈들로부터 자알 배웠구나."

"누구니? 노덕술이에게 배웠니?

"너도 그놈처럼 더러운 인생 되려고 그래?"

"똑똑히 들어라. 네놈이 저지르는 고문으로 반드시 너의 말년은 비참할 거야."

이근안은 그때마다 파충류처럼 눈을 번득이며 다가와 더 매섭게 메다꽂았다. 경찰병원 의사조차 이재문의 몸 상태를 우려해 바로 수술해야 옳다고 건의했지만 권력은 모르쇠를 놓았다. 1981년 11월 22일 고통 속에 마흔일곱 살의 나이로 옥사한 이재문은 부마항쟁과 광주항쟁에 나선 민중의 힘을 생전에 확인했기에 의연히 죽음을 맞을 수 있었다.

이재문은 자신의 삶에 새삼 보람을 느꼈다. 이 땅의 민주주의에 기꺼이 피 거름 되리라 확신했다. 본디 기자였던 이재문은 자신의 꿈을 "사람들이 평등하고 행복하게 사는 세상"이라고 법정에서 떳떳이 밝혔다.

남민전은 강령에서 '폭넓은 진보적 민주정치 실현'을 깃발로 내걸었다. 참 소박한 그 꿈으로 이재문은 감방에서 숨졌다. 남민전 지도자 이재문을 곁에서 지켜보았던 민중시인 김남주는 시 〈전사 1〉로 추모했다.

일상생활에서 그는
조용한 사람이었다
이름 빛내지 않았고 모양 꾸며
얼굴 내밀지도 않았다

무엇보다도 그는
시간엄수가 규율엄수의 초보임을 알고
일 분 일 초를 어기지 않았다
그리고 동지 위하기를 제 몸 같이 하면서도
비판과 자기비판은 철두철미했으며
결코 비판의 무기를 동지 공격의 수단으로 삼지 않았다
조직생활에서 그는 사생활을 희생시켰다
조직의 이익을 위해서라면 모든 일을 기꺼이 해냈다
큰 일이건 작은 일이건 좋은 일이건 궂은 일이건 가리지 않았다
그리고 아무리 하찮은 일이라도
먼저 질서와 체계를 세워
침착 기민하게 처리해 나갔으며
꿈속에서도 모두의 미래를 위해
투사적 검토로 전략과 전술을 걱정했다

이재문과 더불어 사형 선고받은 투사가 신향식이다. "잘 웃고 조용하고 누구에게나 편안함을 주는 사람"이다. 서울대 철학과를 고학하며 서른 살에 졸업한 만학도는 쿠데타가 노동운동을 쓸어버린 공간에서 당당히 사무직 노동운동을 벌였다.

옥고를 치른 철학도의 마지막 자리가 남민전 중앙위원이었다. 이재문과 더불어 남민전을 결성한 이유로 사형을 선고받았다. 1982년 10월

8일 형장의 이슬로 사라졌는데 시인 김남주는 〈잣나무나 한 그루〉에서
신향식을 애도했다.

> 사형대의 문턱에 한 발을 올려놓고
> 고개 돌려 그가 나에게 했던 말 그것은
> 죽으면 내 무덤에 잣나무나 한 그루 심어다오
> 그뿐이었다
>
> 나는 지금 그의 무덤 앞에 와 있다
> 어엿하게 장성한 그의 아들과 함께
> 소복을 입은 그의 부인과 함께
> 무덤가에 한 그루 나무를 심고
> 그 밑에 예의 비수도 하나 꽂아 놓는다
> 그날 밤 우리가 다짐했던 맹세
> 승리 아니면 죽음을 가슴에 되새기며
>
> 그렇다 이 나무는 동지의 나무다
> 민족의 나무 해방의 나무 밥과 자유의 나무다
> 사람들아 서러워 말아라 이 나무 밑에서
> 죽음에는 나이가 없는 법이다
> 역사에서 위대한 것은 승리만이 아니다
> 패배 또한 위대한 것이다
> 이 땅에서 아름다운 것 그것은 싸우는 일이니
> 그것을 다른 데서 찾지 말아라
> 찾아라 이 나무 밑에서
> 칼과 피의 나무 밑에서

유신체제에 맞서 가장 치열하게 싸운 민주투사들이 곰비임비 죽어갔다. 기자 한민주는 괴로웠다. 시인 김남주는 '역사에서 위대한 것은 승리만이 아니고 패배 또한 위대한 것'이라며 "서러워 말아라"고 노래했지만 기자로 살고 있는 그 시절에 민주투사들의 옥사와 사형은 한없이 서러웠다.

한민주는 자신이 역겨웠다. 어인 일인지 해직의 광풍에서도 살아남았다. 무력감과 자괴감으로 술독에 빠져들던 그 시절 정태춘의 노래 〈촛불〉을 음정도 박자도 맞지 않은 채 마구 불러댔다.

"소리 없이 어둠이 내리고 / 길손처럼 또 밤이 찾아오면 / 창가에 촛불 밝혀 두리라 / 외로움을 태우리라 // 나를 버리신 내 님 생각에 / 오늘도 잠 못 이뤄 지새우며 / 촛불만 하염없이 태우노라 / 이 밤이 다 가도록 // 사랑은 불빛 아래 흔들리며 / 내 마음 사로잡는데/ 차갑게 식지 않는 미련은 / 촛불처럼 타오르네 // 나를 버리신 내 님 생각에 / 오늘도 잠 못 이뤄 지새우며 / 촛불만 하염없이 태우노라 / 이 밤이 다 가도록."

목이 쉬도록 부르며 눈물을 주르르 흘렸다. 민주가 즐겨 간 술집 주인은 탁자에 촛불을 올려주었다. 밤을 술집에서 보내고 신문사로 출근하면 편집국 곳곳에서 전두환을 찬양하는 기사들로 가득한 지면들과 마주쳐야 했다.

다만 숙취 속에서도 할 일은 했다. 신문과 방송이 전두환을 앞장서서 찬양한 기사들을 갈무리했다. 아직 언론계에 들어오지 않은 후배들과 더불어 언론노동운동을, 저 고통받는 민중들과 더불어 민중 언론운동을 벌여가겠다고 어금니를 사리물었다.

27

한국의 5월은 푸르지 않다. 핏빛 5월의 민중은 1980년대를 살아가는 사람들에게 빚이자 빛이었다. 전남도청에서 끝까지 '해방공동체'를 죽음으로 지킨 민중은 젊은이들의 심장에 새로운 사회의 열망을 깊숙이 새겨주었다.

꽃잎처럼 금남로에 뿌려진 너의 붉은 피
두부처럼 잘리어진 어여쁜 너의 젖가슴
오월 그날이 다시 오면 우리 가슴에 붉은 피 솟네
왜 찔렀지 왜 쏘았지 트럭에 싣고 어딜 갔지
망월동에 부릅뜬 눈 수천의 핏발 서려있네
오월 그날이 다시 오면 우리 가슴에 붉은 피 솟네

1980년대 학생들이 시위 때마다 부른 노래다. 작사자 미상이다. 하지만 그렇다고 실체가 없다거나 부픗한 선동이라고 여긴다면 큰 착각이다.

열아홉 살 손옥례는 여고를 막 졸업했다. 취업에 성공해 첫 출근을 기다리던 중이었다. 5월 19일 친구 동생의 병문안을 간 뒤 연락이 끊어졌는데 사흘 후인 21일, 계엄군의 총알에 몸이 뚫리고 대검에 가슴이 찢긴 주검으로 발견됐다.

1980년 피의 5월은 1980년대 내내 빛의 5월이었다. 전국 곳곳에서 대학생들이 자퇴하고 노동 현장으로 들어갔다. 노동운동의 길을 걷겠다며 노동조건이 열악한 공장에 기꺼이 뛰어들어 노동인들과 더불어 혁명을 꿈꾸었다.

서울대 졸업학년인 권인숙도 '여공'이 되었다. 경기도 부천의 공단으로 주민등록증을 위조해 들어갔다. 하지만 '위장 취업'이 드러나 부천경찰서에 연행되었는데 경찰은 1986년 5월 3일 인천에서 벌어진 민주화시위의 주동자들을 쫓고 있었다.

경장 문귀동이 신문에 나섰다. 수배자 정보를 얻어낸다는 명분으로 성고문을 저질렀다. 좌절하지 않고 불의에 온몸을 던져 맞서기로 한 권인숙이 성고문 당한 사실을 적극 알리자 종교계를 비롯한 여성단체들은 '성고문대책위원회'를 발족해 항의와 시위를 이어갔으며 7명의 변호인단이 나서 정식으로 고발장을 냈다.

능갈맞은 문귀동은 성찰이라곤 도통 없었다. 염통에 털이 난 듯 권인숙을 되레 명예훼손과 무고혐의로 맞고소했다. 전두환은 일개 경찰의 성고문 따위로 나라가 온통 시끄럽다고 개탄하며 창피하니 조용히 덮으라는 지시를 내렸고, 검찰은 권력의 입맛에 맞춰 수사를 조작했다.

아이큐와 '학벌' 좋은 자들이 수두룩한 검찰이 마침내 결과를 발표했다. 1986년 7월 17일 검찰은 "권 양의 가슴을 손으로 서너 차례 툭툭 건드린 것"이 사건의 전부라고 공언했다. 그에 따라 문귀동을 파면하고, 부천서장을 직위해제하는 것으로 마무리 짓는 과정에서 언론의 도움이 절박함을 검찰이 모를 리 없었다.

검찰 고위간부가 수사 결과 발표를 앞두고 제도언론의 사회부장들을 초청했다. 간담회 명목을 붙여 도고온천으로 갔다. 검찰은 거액의 촌지를 건네며 성고문을 당했다는 폭로 내용보다는 검찰이 발표할 '진상'

을 집중 보도해달라고 '요청'하며 사건의 성격 또한 검찰의 결론처럼 '성을 혁명 도구화하는 좌경 세력의 책동'이므로 '건강한 여론' 형성에 앞장서달라고 주문했다.

거의 모든 언론이 도고온천의 보도지침을 따랐다. 민주는 참담했다. 그나마 《동아일보》는 그 황당한 보도지침을 따르지 않아 위안으로 삼으면서도 혹 자신이 '작은 차별성'을 너무 크게 평가하며 살살 길들여지는 것은 아닌지 짚어보았다.

감방에 갇혀 교도관으로부터 신문을 받아본 권인숙은 절망했다. 하지만 그녀의 외로운 싸움에 민중은 모르쇠를 놓지 않았다. 검찰의 수사 결과에 항의 시위가 이어지자 조영래 변호사는 기자회견을 열어 검찰을 정면 비판하고, 밤을 며칠씩 새우며 변론문 수정을 거듭했다.

"권 양의 진실은 그 진실을 은폐하기 위하여 허둥대는 권력의 모습에 의하여 한 단계 한 단계 승리의 길로 전진을 거듭했습니다. 진실은 감방에 가두어둘 수가 없습니다."

조영래는 법정에서 개정을 기다리면서도 퇴고한 변론문을 읽어갔다. 권인숙 개인의 고난을 한국 여성 전체의 상처로 확장했다. '정신이상자가 아닌 이상 어째서 아무런 반항을 하지 않았느냐'는 국회의원의 저열한 힐난에 대해, '어떻게 다 큰 처녀가 자기가 당했다는 사실을 남에게 내세울 수 있느냐'는 기자의 비겁한 편견에 대해 그는 준엄하게 답했다.

"누가 과연 목적을 위해서는 수단을 가리지 않고 상투적인 허위조작과 모략을 일삼는 거짓말쟁이인지는 이미 명백히 판명이 났습니다. 이 재판은 거꾸로 된 재판입니다. 여기에 묶여 서서 재판을 받아야 할 사람은 이 연약하고 순결무구한 처녀가 아니라 바로 이 처녀에게 인간의 탈을 쓰고서도 차마 상상할 수 없는 추악한 만행을 저지른 문귀동입니다."

검찰은 문귀동을 일찌감치 불기소 처분했다. 권인숙에게는 징역 3년을 구형했다. 법원마저 권인숙의 정연한 진술을 끝내 무시한 채 징역 1

년 6개월의 실형을 선고했다.

거꾸로 된 재판이 열린 지 두 달이 지나서였다. 또 다른 고문이 공분을 일으켰다. 이번에는 남학생, 결과는 죽음이었다. 1987년 1월 서울 대생 박종철은 하숙집에서 치안본부 대공수사관들에 의해 영장 없이 불법으로 강제 연행되었다.

박종철은 경찰의 물고문에 끝내 생명을 잃었다. 쉬쉬하던 사실이 언론에 알려졌다. 경찰은 조사받던 박종철이 심리적인 압박을 받아 '충격사'했다고 발표하며 경찰 총수가 나서서 "책상을 '탁' 치니 '억' 하고 죽었다"고 버젓이 공언했다.

대다수 언론이 권력의 '심기'를 기웃기웃 살필 때다. 한민주의 목마른 가슴을 적셔준 선배는 논설위원 김중배였다. 김중배의 칼럼 '하늘이여 땅이여 사람들이여'는 젊은 기자들뿐만 아니라 수많은 독자의 심장을 울렸다.

김중배는 고정칼럼을 쓸 때마다 경건히 마음을 가다듬었다. 목욕재계하고 칼럼을 쓴 뒤 퇴고를 거듭했다. 마침내 첫 문장을 "하늘이여, 땅이여, 사람들이여. 죽음을 용서해주기 바란다. 저 죽음을 끝내 지켜주기 바란다. 저 죽음을 다시 죽이지 말아주기 바란다"고 쓴 뒤 절규하듯 써내려갔다.

흑, 흑흑…… 걸려 오는 전화를 들면 사람다운 사람들의 깊은 호곡이 울려온다. 비단 여성들만은 아니다. 어떤 중년의 남성은 말을 잇지 못한 채, 하늘과 땅을 부른다. 이 땅의 사람다운 사람을 찾는다. 그 죽음은 이 하늘과 이 땅과 이 사람들의 회생을 호소한다. 정의를 가리지 못하는 하늘은 '제 하늘'이 아니다. 평화를 심지 못하는 땅은 '제 땅'이 아니다. 인권을 지키지 못하는 사람들은 '제 사람들'이 아니다. 이젠 민주를 들먹이는 입술마저 염치없어 보인다. 민주는 무엇을 위한 민주인가. 사람이 사람답게 살아가는 하늘과 땅을 가꾸기 위해서다……이제 박종철, 그의 죽음 앞에서 '하늘이여, 땅이여, 사람들이여'의 호곡이 피어난다. 그 호곡을 잠들게 하라. 새로운 하늘, 새로운 땅, 새로운 사람들이 피어나게 하라. 그것이 그의 죽음을 영생으로 살리는 길이다.

《동아일보》 사회부도 진실 규명에 앞장섰다. 한민주는 대학 후배 윤상삼의 눈부신 취재에 뿌듯했다. 정구종 부장은 사회부 기자들의 역량을 총동원해 박종철이 물고문으로 숨졌을뿐더러 고문 가담자를 은폐했다는 사실까지 줄기차게 보도해나갔다.

민주주의 제단에는 젊은이의 피가 더 필요했을까. 1987년 6월 9일 연세대생 이한열이 교내 시위 중에 쓰러졌다. 경찰이 쏜 직격 최루탄에 머리를 맞아 급히 병원으로 옮겼으나 사실상 이미 사망했다는 진단이 나왔다.

박종철에 이어 이한열의 죽음은 방관하던 사람들도 격분케 했다. 최루탄 피격 다음 날인 6월 10일은 노태우가 대선후보로 지명되는 날이었다. 서울 잠실체육관에서 전두환과 노태우가 손을 맞잡고 호헌을 외칠 때 전국 골골샅샅에서 대통령을 직선제로 선출하자는 민중들의 개헌 열기가 분출되었다.

《동아일보》는 김중배·최일남 칼럼과 사회면 기사들로 지가를 높였다. 침묵하던 수도권의 중산층과 '넥타이 부대'까지 거리로 나서게 만들었다. 민주주의를 요구하는 민중들이 곰비임비 거리로 나오는 과정을 살피던 민주는 후배들과의 술자리를 좋아한 김중배와의 대화가 떠올랐다.

"기자란 무엇입니까?"

한민주가 김중배 선배 집에서 새벽까지 술잔을 나눌 때였다. 한밤중에 가더라도 사모님은 늘 정갈한 안주를 손수 내왔다. 정성들여 빚은 매실주 항아리를 바닥까지 비울 즈음에 한민주가 새삼 정색을 하고 묻자 김중배는 조금도 머뭇거림 없이 진지하게 답했다.

"역사를 만드는 사람이지, 히스토리 메이커."

김중배 칼럼은 실제로 역사를 만들어갔다. 한민주에게 가장 절창으로 남은 '노래'가 있다. 김중배가 군부독재와 맞서 옷깃을 여며가며 칼럼을 써갈 때 스스로를 추슬렀던 다짐이기도 했다.

어둠 속에서 스스로 몸을 살라 빛을 피우는 촛불의 자기연소만이 여명의 새벽을 기약한다. 나는 촛불의 소명을 활자의 노래로 다하고자 다짐했던 것이다.

그랬다. 활자의 노래와 민중이 만났다. 마침내 민주주의를 요구하는 민중들이 광화문 네거리에서 남대문까지 아스팔트를 가득 메우며 연인원 400~500만 명이 참여한 6월대항쟁은 6·10대회로부터 6·29선언까지 20일 내내 줄기차게 이어졌다.

정점은 6월 26일 국민평화대행진이었다. 전국 33개 시·군·읍에서 180만여 명이 시위에 참여했다. 그날 하루에만 3467명이 연행되었고, 경찰서 두 군데, 파출소 스물아홉 군데, 민정당 지구당사 네 군데, 숱한 경찰차들이 돌과 화염병에 부서지거나 불타올랐다.

민중적 저항에 직면한 전두환 정권은 '6·29선언'을 기획했다. 노태우가 돌연 직선제 개헌 수용을 선언했다. 국민적 요구인 직선제 개헌이 쟁취된 셈이지만 마치 전두환에 맞선 '노태우의 결단'으로 이루어진 듯이 청와대가 포장했고 모든 언론이 그대로 따랐다.

송건호는 자신을 발행인으로 한 해직언론인들의 매체《말》에 긴급 기고했다. '6월항쟁의 의미' 제하의 권두 시론이다. 송건호는 고립된 채 중대결단의 기로에 선 군부독재정권과 입지 상실의 위기에 처한 온건 보수세력 모두 위기를 맞았다고 현실을 진단했다.

미국은 자국의 이권유지와 그것을 대행해온 친미세력을 보호하기 위해 나섰다. 미국이 군부의 계엄발동으로 인한 유혈사태나 민중혁명을 모두 반대한 까닭이다. 송건호는 미국이 "한국 민중의 민주화 열망을 체제 내로 수렴, 개량화하고 민족민주운동 세력을 고립시키는 예방전술을 펴면서 위기관리자로서 직접 개입했다"고 분석했다.

따라서 송건호에게 6·29선언은 제도언론 논평처럼 '항복 선언'이 아니었다. 그 상황에서 "군부정권이 취할 수 있는 가장 적극적인 공격"이다. 군부정권은 부분적이고 형식적인 양보를 통해 보수 세력끼리의 협상을 유도함으로써 국민운동본부의 투쟁력을 약화시킨 뒤 그 영향권 안에 있는 "광범위한 대중도 행동을 보류한 채 대기토록 하거나 일부를 자기들 쪽으로 끌어들임으로써 결과적으로 자신들의 열세를 만회하고 민족민주운동 세력을 고립 또는 개량화시켜 재집권을 노리는 반격적인 역포위 전술을 구사하고 있는 것"이라고 경고했다.

전두환 기획에 노태우 연출인 6·29선언을 꿰뚫는 눈이 예리하다. 물론 송건호도 6·29선언이 군부정권의 일정한 패배이자 민중이 쟁취한 성과임을 부정하지 않는다. 6·29선언은 민중의 부분적 승리인 동시에 반격을 위한 지배세력의 기만책으로 양면성을 모두 보아야 옳고 실제로 그 뒤 두 흐름이 모두 지속되었다.

28

그해 최루탄이 몸에 박혀 숨진 청년은 이한열만이 아니었다. 최루탄은 또 다른 청년 이석규의 가슴도 뚫고 들어갔다. 공교롭게 두 사람 모두 스물두 살이었지만 전자는 대학생, 후자는 노동인이었고 이한열의 죽음과 달리 이석규의 이름은 시나브로 잊혔다.

6월대항쟁의 열기도 빠르게 가라앉았다. 노태우가 전두환과 상의도 없이 직선제를 수용한 듯 발표하면서였다. 언론은 이를 '6·29선언'으로 대대적으로 보도했지만 실은 전두환과 노태우가 머리를 맞대고 치밀하게 준비한 군부재집권 전략의 전술적 후퇴였다.

6월대항쟁이 직선제 수용으로 수그러들던 바로 그 순간이다. 민주주의를 한 단계 더 높이려는 움직임은 노동인들 사이에서 일어났다. 웅크리고 있던 노동인들은 7월에 들어서면서 민주노조건설, 임금인상, 노동조건 개선을 요구하며 일떠서서 민주화운동을 이어갔다.

노동인들은 6·29선언의 기만에 만족할 수 없었다. 7월 5일 현대엔진에서 노동조합을 결성하면서 막이 올랐다. 노동조합 설립의 열망은 7월 15일 현대미포조선, 21일 현대중공업, 24일 현대자동차로 퍼져갔고 울산을 넘어 마산·창원으로 번졌다.

자본가들은 노동인들의 헌법적 권리를 얌전히 받아들이지 않았다.

현대미포조선 노동인들은 노동조합 결성 신고서류를 탈취당하기도 했다. 하지만 거센 파도에 감히 그 누구도 맞설 수 없었으며 6월대항쟁에이어 7·8·9월 노동인대투쟁이 일어나 석 달 동안 노동쟁의는 3341건에 이르렀다.

울산은 현대그룹노조연합을 결성했다. 8월 17일과 18일에는 3만여명의 노동인들이 가두시위에 나섰다. 도시 전체가 마치 해방구를 연상케 했으며 마산·창원에서도 전체 노동인 15만여 명 가운데 8만여 명이투쟁에 참가했다.

부산과 거제에서도 대투쟁이 일어났다. 1987년 8월 22일 옥포 대우조선 노동인들이 나섰다. 대우조선 노동인 600~700여 명이 자본가와의 면담을 요구하는 가두 행진을 벌이며 옥포 관광호텔로 들어서는 네거리에 도착했다.

경찰은 바로 그 네거리에서 진압하겠다는 작전을 세웠다. 노동인들이 행진해온 도로를 제외한 세 방향의 도로를 모두 차단했다. 네거리까지 온 노동인들이 평화적 행진을 할 테니 길을 열어달라고 요구하자 경찰은 길에 있는 돌멩이들을 모두 청소하고 오리걸음으로 걸어가면 길을열어주겠다고 약속했다.

노동인들은 망설였다. 모욕이지만 대화를 위해 참기로 했다. 경찰의약속을 믿고 길을 깨끗이 청소한 뒤 어깨동무를 하고 열을 지어 오리걸음으로 나아갔다.

경찰은 약속대로 길을 열어주었다. 진입로를 열면서 길 양쪽 가로 늘어섰다. 노동인들이 전진하여 맨 뒤 열까지 네거리를 지나 호텔 쪽 진입로에 완전히 들어섰을 때는 경찰이 앞쪽과 길 양쪽으로 포위한 꼴이 되었다.

더욱이 진입로 양쪽은 높이 5미터 정도의 언덕이었다. 그 위에는 높이 2미터 정도의 철망 울타리까지 쳐져 있었다. 노동조합 집행부가 불길한 예감이 든 순간에 앞을 지키고 있던 경찰이 느닷없이 총류탄을 쏘아댔고 네거리 쪽을 차단한 경찰도 발사했다.

경찰은 의기양양했다. 노동인들은 '독 안의 쥐'였다. 생지옥에 떨어진 노동인들은 극히 일부가 언덕을 기어올라 철망을 뛰어넘어 도망가기도 했으나 대부분은 네거리 뒤로 후퇴하면서 기다리고 있던 경찰에게 붙들려 무수히 구타당했다.

이석규는 앞에서 세 번째 대열에 있었다. 경찰에게 맞고 도피하다가 직격탄을 맞았다. 최루탄 피격으로 노동인대투쟁의 불길에 기름을 부을까 우려한 전두환 정권은 8월 28일 이석규의 장례식을 앞두고 이른바 '좌경용공세력 척결을 위한 담화문'을 발표하며 대대적 탄압에 나섰다.

……최근 각종의 과격한 노사분규와 불법 폭력적인 집단행동은 민주화라는 이름이 부끄러울 정도로 상식과 궤도를 벗어나고 있는 실정입니다. 정치투쟁과 이념 확산을 주요 투쟁 방향으로 삼고 있는 좌경세력들은 그동안 민주화를 빙자한 여러 차례의 정치색 짙은 불법 군중집회와 과격시위를 주도해오면서 노골적인 반국가적 주장과 반체제적 구호를 외쳐왔습니다…… 자칫 잘못하면 공산적화통일이라고 하는 민족적 비극을 불러올지도 모를 것입니다. 국민의 안정과 행복을 지키고 신장해야 할 의무를 지고 있는 정부로서는 이들 좌경세력에 대하여 강력하고도 단호하게 대처하지 않을 수 없습니다. 거듭 강조해서 말씀드립니다만 정부는 지난 8월 21일 대통령 각하께서 하계 기자회견을 통해서 천명하신 좌경척결 의지에 따라 법질서 유지와 국가 기강 확립의 차원에서 앞으로 모든 공권력을 총동원하여 우리 사회에서 좌경불순세력들이 발붙일 수 없도록 강력히 발본색원해나갈 것입니다.

위기를 오히려 기회로 삼은 셈이다. 신문과 방송들이 담화문을 일제히 머리기사와 톱뉴스로 맞장구치지 않았으면 불가능했다. 이에 발맞춰 경찰은 이석규 추모식과 시위에 참가한 노동자 933명을 연행해 67명을 구속했으며 9월 4일 대우자동차와 현대중공업 파업농성장에 공권력이 들어가 농성과 시위를 벌이는 노동인들을 강제 해산하고 134명을 구속했다.

언론은 노동운동은 물론 노동인들에 적대적이었다. 대대적 탄압으로 노동운동은 잦아들기 시작했다. 하지만 노동인대투쟁 이후 1987년 연말까지 1361개의 노동조합이 새로 만들어져 민주노조운동이라는 노동운동의 새로운 흐름을 형성했다.

1987년 7·8·9월 노동인대투쟁에서 노동인들의 요구는 소박했다. 과격한 정치적 주장이라곤 없었고 인간답게 살고 싶다고 아우성쳤다. 8시간 노동, 노동악법 개정, 노동3권 보장, 자유로운 노조결성 보장, 블랙리스트 철폐, 생존권 보장, 작업조건 개선, 저임금 개선으로 기본적이고 보편적인 권리 요구였다.

전두환은 임기 끝까지 노동인들에게 몽니를 부렸다. 제3자 개입, 위장취업, 좌경용공 따위의 여론 공세를 폈다. 권력과 그에 부닐던 언론이 노동인들의 민주화운동을 고립시키고 자본가들은 휴·폐업 조치로 강경 대응했음에도 노동인들의 민주화운동은 수도권의 중소기업과 비제조업으로 퍼져가며 운수, 광산, 사무, 판매, 서비스 직종에서 파업 투쟁이 이어졌다.

하지만 6월대항쟁도 노동인대투쟁도 기득권세력의 장벽을 넘어서지 못했다. 박정희와 전두환으로 이어진 군부독재 체제는 견고했다. 노태우가 직선제를 수용할 때 예상했듯이 민주화운동에 나섰던 두 정치인, 김영삼과 김대중은 서로 자신이 대통령이 되어야 '순리'라고 주장하며 끝내 후보단일화를 이루지 못했다.

전두환은 두 김 씨가 백중세를 이뤄 서로 양보하지 않도록 공작했다. 의식했든 못 했든 언론은 두 김 씨 사이의 경쟁을 자극적으로 보도해갔다. 결국 수많은 사람들의 피로 쟁취한 대통령직선제로 치러진 선거에서 김영삼과 김대중은 단일화 요구를 외면했고 노태우가 당선되며 군부가 재집권했다.

그래서였다. 한국 민주화에 가장 큰 걸림돌로 제도언론이 꼽혔다. 마침내 노동인대투쟁이 벌어지던 1987년 9월 1일 새 신문 창간 사무국이 문을 열었고 그해 연말 대선에서 노태우가 당선되자 "민주화는 한판 승부가 아닙니다"를 내걸며 전면에 나타났다.

새 언론은 1980년 내내 해직기자들 사이에서 논의되어 왔다. 고 안종필의 옥중 구상을 공유했다. 해직기자들이 중심이 되어 1984년 발족한 민주언론운동협의회도 '새로운 언론기관의 창설을 제안한다'고 밝혔다.

우리는 지금 전개되고 있는 '민중언론 시대'의 요청에 따라 새로운 언론기관의 창설을 제안한다. 새로운 언론기관은 한마디로 민중의 현실과 의사를 대변할 뿐만 아니라 민중이 스스로의 힘으로 창설하는 언론기관이 될 것이다.

송건호는 새 신문 창간 발기위원장에 추대됐다. 전·현직 언론인과 각계 인사 1000여 명이 참석한 가운데 창간 발기선언 대회를 열었다. 세계 언론사상 처음으로 국민이 주주인 언론사를 설립하겠다고 천명하고 1988년 2월 25일 모금을 시작한 지 108일 만에 2만 7000여 명이 100만여 주를 사서 50억 원을 모았다.

마침내 새 신문 창간호가 1988년 5월 15일 나왔다. 노태우가 집권한 상황에서 '6월대항쟁의 유일한 성과물'이라는 안팎의 평가를 받았다. 줄기차게 곡필과 친일세력을 고발해온 김삼웅은 《한겨레》를 "1980년대 한국사회가 만들어낸 가장 탁월한 걸작품의 하나"라고 평가했다.

송건호는 13년 만에 현직 언론인으로 복귀했다. 동아투위를 비롯해 해직언론인들이 동행했다. 언론인으로 평생 올곧은 길을 걸어온 송건호를 믿고 민중이 쌈짓돈을 모아 신문사를 세우는 '언론사적 사건'이 일어났다.

한민주는 새 신문 합류를 망설였다. 마음으론 곧바로 달려가고 싶었다. 하지만 당시 민주가 몸담은 매체를 비롯해 모든 신문사·방송사가 노동조합을 결성하며 내부 개혁운동에 나서고 있었다.

기존 언론사에 노동조합을 세우는 일은 오래전부터 다져온 한민주의 목표였다. 기자로 첫발을 내디뎠던 1976년 3월 1일 출근길의 결심이기도 했다. 언론노동운동을 의미 있게 펴나가려면 새 신문 합류보다 기존 언론에서 노동조합 운동의 길을 선택해야 옳다고 보았다.

민주는 내부 개혁운동에 나섰다. 하지만 태생적 한계가 헨둥했다. 대다수 기자들이 노동조합에는 가입했지만 자신이 노동인이라는 인식이 없었을뿐더러 기자 직업이 주는 당근에 무척 길들어 있었다.

그러다 보니 몸담은 신문사가 차차 질곡으로 느껴졌다. 군부독재에는 가장 비판적인 신문이었다. 하지만 국민 대다수를 구성하는 민중, 곧 노동인·농민·영세자영업인들의 목소리를 지면에 담겠다는 기자는 너무 적었다.

흔히 '민간지'로 불리는 언론은 '사립 언론사'였다. 언론사를 설립한 개인, 곧 언론자본의 가문이 대를 이어 세습했다. '사주'로 불리는 그들 스스로 엄연한 자본이기에 보편적인 자본과 이해관계를 함께하며 보도의 틀을 지배하고 있었다.

한민주 기자는 '언론자본이 언론자유를 위협한다'고 주장했다. 하지만 아무런 호응이 없었다. 기자들은 저마다 자기에게 주어진 경쟁적 일상에 바빴을뿐더러 정치권력에 맞서는 저항과 달리 자신이 속한 언론사 소유주와의 쟁의는 큰 부담으로 느꼈다.

한민주는 미련 없이 사표를 던졌다. 한 달 뒤 새 신문으로 옮겨 갔다. 민족, 민주, 민중언론을 선언한 새 신문사는 한민주가 다니던 서울 광화문 네거리의 반듯한 사옥과 달리 영등포 공장지대에 허름한 2층을 빌려 제작하고 있었지만 민주는 오히려 아늑했다.

신문사에서 함께 일하며 본 송건호는 첫인상보다 더 소탈했다. 가슴에 시퍼런 칼날을 지니고도 더없이 온유했다. 경력 기자로 채용된 한민주가 처음 인사드리러 사장실을 갔을 때 송건호는 이력서를 훑어보고는 민주의 이름을 나직이 혼자 불러보며 소박한 미소로 말했다.

"한민주라, 기자 직업에 참 어울리는 이름이군요. 아무튼 이 땅에 민주주의를 구현하는 글 많이 쓰세요. 기자는 그게 가장 중요한 일이거든요."

권위 따위는 모두지 찾아볼 수 없는 말투였다. 민주는 명심하겠다고 다짐하듯 답했다. 민중이 푼돈을 모아 창간한 신문사의 대표로서 송건호가 당부한 말은 민주의 의도와 무관하게 저절로 심장에 새겨졌다.

하지만 한국 자본주의 체제에서 진보언론의 경영은 쉽지 않았다. 신문사 수입의 대부분인 광고를 대자본이 가장 많이 담당하기 때문이다. 신문사 경영이 어려움을 겪으며 내부 갈등이 점점 커져갈 무렵에 전두환 일당으로부터 당한 고문의 후유증이 나타나기 시작했다.

송건호는 언론인이지 경영자는 아니었다. 결국 1993년 모든 걸 내려놓고《한겨레》를 떠났다. 신문사를 떠난 뒤 건강이 빠르게 나빠져 긴 투병 끝에 2001년 12월 영면했다.

군부독재의 고문이 '독'이었다. 대한민국에서 민주주의를 개척해온 송건호는 고통 속에 숨졌다.《한겨레》는 민중이 성금으로 지어준 사옥 들머리에 송건호의 흉상을 세웠지만 어느새 시간이 흐르면서 그가 걸어온 길을 모르는 젊은 기자들이 다수가 되었다.

29

　최인경은 아들 민주의 강권으로 병원을 찾았다. 1985년 3월에 위암 말기 판정을 받았다. 민주는 큰 충격을 받았지만 갈강갈강한 인경은 스스로도 의아할 만큼 차분했다.

　인경은 마치 기다리기라도 했다는 듯이 진단을 받아들였다. 어머니 성녀가 위암으로 돌아가실 때가 암암했다. 인경은 어머니의 암은 아버지 사인의 원통한 죽음으로 위장에 피멍이 들어서 빚어진 병이라고 확신했었다.

　과학적 결론은 아니었다. 딸은 어머니의 운명을 닮는다는 말도 과학은 아니었다. 그럼에도 과거 어머니가 위암 말기라는 말을 들었을 때 인경은 진규의 죽음으로 자신의 가슴에 응어리진 아픔을 새삼 절감하며 언젠가 자신도 어금버금한 살매를 맞으리라는 예감이 들었다.

　아들은 흐린 얼굴로 더 큰 병원에 가보자고 졸랐다. 인경은 부질없다고 여겼지만 민주의 고집을 따라주었다. 좀 더 큰 대학병원에서도 진단받았는데 위암 말기 단계의 초입이라는 위로 아닌 위로를 받았을 뿐 결과는 같았다.

　인경은 수술을 한사코 거부했다. 더 살고 싶지 않아서는 아니었다. 내세 따위를 믿지도 않았으나 혹 인간이 모르는 세상이 있지 않을까라는 기대가 가슴 한 자락에 늘 맴돌며 오래전에 작별한 남편 진규의 착한 얼굴과 따뜻한 손길이 무장 그리웠고 박정희에서 전두환으로 이어지며 생때같은 사람들을 서슴없이 죽이는 대통령이 징그럽기도 했다.

발칙한 상상도 했다. 그리움이 자라 암세포가 되었나 싶었다. 한진규가 사무칠 때마다 피맺힌 한이 늘 서리서리 맺혔는데 그렇다면 암은 남편을 만나는 징검다리일 법했다.

진규와의 재회를 기다리다 보니 속상했다. 남편은 20대에 죽었는데 자신은 어느새 버커리가 되어서였다. 효성이 지극해 슬퍼할 아들에겐 아내와 자식이 있기에 도란도란 살다 보면 곧 이겨낼 터이고 저세상에서 남편을 만나도 자신 있게 당신의 아들을 잘 지켜냈을 뿐만 아니라 반듯한 언론인으로 키웠노라 말할 수 있다고 자부했다.

며느리 사름은 생김과 달리 그리 곰상스럽진 않았다. 더구나 여성운동을 벌이는 며느리가 처음엔 낯설기도 했다. 하지만 여성들도 평등하게 주체적으로 사회 활동에 나서야 옳다는 며느리의 생각을 곧 이해했다.

암 말기 진단을 두 병원에서 확인받고는 어느 날 며느리를 불렀다. 자신이 젊은 시절 독립운동에 나섰던 경험을 처음 들려주었다. 아버지 사인과 남편 진규를 저들의 손에 잃고 유복자 아들 민주를 홀로 키워야 했기에 다른 데 눈 돌리지 못했지만 자신도 남녀는 평등하다는 마음으로 평생 살아왔으며 여성운동을 지지한다고 말해주었는데 며느리가 감동한 듯 눈물을 글썽이며 들어주어 참 고마웠다.

그런데 '작은 기적'이 일어났다. 인경의 말기 암세포가 더는 자라지 않았다. 위암 권위자인 주치의도 고개를 갸웃갸웃했지만 인경은 암 말기라는 통보에 그랬듯이 암 진행이 멈췄다는 진단에도 의연했다.

민주는 처음으로 어머니가 거인처럼 다가왔다. 그 전까지는 무엇보다 연민이 앞섰다. 주치의는 호기심 가득한 눈길로 무슨 민간요법을 했는지 꼬치꼬치 캐물었지만 평소와 다름없이 지냈던 까닭에 인경도 민주도 딱히 할 말이 없었다.

집으로 돌아오는 길에 민주는 짐작 가는 두 대목이 떠올랐다. 시간이 지나면서 확신은 굳어졌다. 말기 암 진단을 받고도 어머니의 일상에는 드러나게 달라진 것이 없었는데 다만 암 선고를 받은 닷새 뒤였던가 해쓱하던 어머니의 표정이 언뜻 환하게 바뀌던 순간이 있었다.

어머니가 소련공산당 새 서기장 고르바초프의 1면 머리기사를 읽던 중이었다. 평소에도 인경은 돋보기를 쓰고 신문을 찬찬히 읽어갔다. 하지만 그날은 달라 1면에 이어 서둘러 3면, 4면, 5면으로 이어진 기사를 마른 종이가 물 빨아들이듯이 읽어가며 눈빛마저 반짝였다.

인경은 자신의 또래가 소련공산당 서기장이 된 사실부터 호기심이 일었다. 고르바초프가 '인간적·민주적 사회주의'를 주창해 더 반가웠다. 젊은 시절 남편 한진규와 꿈꾸던 세상을 그가 만들 수 있을지 모른다는 기대가 커져갔다.

또 하나는 어머니의 기록이다. 새벽 일찍 일어난 인경은 촛불을 켜고 공책에 뭔가를 적어갔다. 그 공책을 어머니 장례 치른 뒤에야 처음 펼쳐본 민주는 자신의 무심함, 아니 불효막심함을 통탄했다.

어머니의 글은 잘 서술된 문장은 아니었다. 요약식이었지만 의미 전달은 충분했다. 공책에는 인경이 어머니로부터 들은 아버지 최사인, 그러니까 민주의 외할아버지 생애가 압축되어있었다.

한민주는 어머니의 적바림을 보고 뒤늦게 박병도의 행방을 수소문했다. 수습기자 시절 알고 지내던 형사과장이 경찰청 고위간부로 있어 직접 방문했다. 박병도는 제주에서 저지른 만행으로 이승만의 훈장을 받고 총경으로 진급했으며 5·16쿠데타 이후 공화당 국회의원으로 활동하다가 섬유공장을 인수, 자본가로 변신해 엄청난 돈을 축적한 뒤 노동쟁의가 일어나자 재산을 모두 미국으로 빼돌려 출국했다.

민주는 박병도의 호사스러운 경력에 어이가 없었다. 직접 그를 찾아가려고 미국 어디 사는지 추궁하듯 물었다. 민주에게 자료를 건네준 경찰 간부는 정말로 자신들도 행방을 모른다며 국내 법망을 피하려고 가명을 써서 잠적했으리라 짐작하는데 그렇게 도피해서 미국의 대저택에 머물며 만년을 호의호식하는 부라퀴들이 적지 않다고 대수롭지 않게 말했다.

민주는 분노가 치밀었지만 참았다. 딴은 경찰간부가 뱉은 말처럼 박병도만이 아니었다. 평생을 외세에 빌붙어 살아가는 족속이 어디 한둘일까 싶었고 외조부 사인의 원혼을 진정으로 위로하는 길은 개인적 복수가 아니라 이 나라에서 친일세력의 확실한 청산이라고 마음을 정돈했다.

어머니의 기록에서도 최바우에 대해서는 정보가 거의 없었다. "1895년 공주 전투에서 사령관 손병희 선생을 구하고 전사"라고만 적혀있었다. 인경이 아버지 사인의 죽음에 이어 남편 진규의 짧은 생애를 정리해놓은 글을 읽으며 민주는 비로소 어머니 최인경의 슬픔이 무엇이었던가를 뼈저리게 깨달았고, 신혼의 아내가 아들을 임신했다는 사실도 모른 채 세상을 떠난 아버지가 느껴워 굵은 눈물이 따갑게 흘렀다.

사인과 성녀. 두 분이 난지도에 뿌려진 사실도 비로소 알았다. 난지도가 쓰레기장이 되었다며 어머니가 한탄하며 분노할 때 무덤덤했던 아들이 얼마나 밉살스러웠을까 헤아려보았다.

민주는 외할머니가 무당이라는 사실도 새삼 인식하고 무속의 세계도 들여다보았다. 무속이 비과학적이고 사람을 현혹하는 미신이라는 편견에서도 서서히 벗어났다. '과학적·합리적 근거가 없는 것을 맹목적으로 믿음, 또는 그런 일'이라는 사전적 정의에 충실히 따른다면 미신은 특정 종교를 지칭하기보다 신앙하는 태도, 더 나아가 삶의 미숙한 자세를 이르는 말이다.

무교·불교·기독교를 믿는 태도에 두루 미신이 있다. 불교와 기독교 경전이 깊은 성찰을 주기도 하지만 그건 무속도 마찬가지다. 무속은 오랜 세월에 걸쳐 민중들의 신앙으로 내려와 지금도 한국인의 심성 깊은 곳에 자리 잡고 있다.

민주는 무속을 공부할수록 외할머니가 그리웠다. 성녀가 각별히 사랑을 쏟아주어서만은 아니다. 민주가 철이 들 무렵에 이미 풀솜할머니는 저승에서 바리데기를 만났기에 당신의 신앙 세계에 대해 이야기를 조금도 나누지 못했다.

본디 조선 민중에게 무당은 해원과 상생의 사제였다. 죽은 원혼과 살아있는 사람의 소통을 통해 한을 풀어주는 거룩한 일을 담당했다. 민주는 현대 사회에서도 누군가 그 일을 맡아야 한다고 생각하며 자신은 글을 통해 조선의 민중적 전통을 이어가겠다고 다짐했다.

그래서라도 외할아버지·외할머니가 묻힌 난지도로 종종 산책을 나갔다. 거대한 쓰레기 더미가 악취를 풍기며 펼쳐져 있었다. 저 쓰레기 더미에 깔린 최사인과 이성녀의 사랑이 남과 북 어디에서도, 심지어 직계 후손들에게조차 정당한 평가를 받지 못하고 있는 수많은 독립운동가들의 상징처럼 다가왔다.

민주는 지식인 이전에 손자로서 참담했다. 아들 혁에게 일찌감치 역사의식을 길러주려고 대학 새내기 때 단둘이 민주지산을 찾았다. 어머니는 생전에 어린 혁을 사랑스레 들여다볼 때마다 아범의 아기 때 모습 그대로라며 모두 외할아버지를 빼닮았다고 감탄하면서도 남편 진규의 흔적이 보이지 않아서인지 얼핏 아쉬움이 스쳐가는 듯했다.

하지만 생각은 닮지 않은 걸까. 딸은 자식 걸 낳지 속 낳느냐는 말도 있지 않은가. 민주는 혁을 키우며 종종 그런 상념에 젖어 인류의 미래를 비관도 했지만 자신의 사유가 성숙해가는 과정으로 삼았다.

6월대항쟁 이후 거의 완치된 듯 다사로웠던 어머니 인경의 얼굴이 다시 어두워졌다. 노태우가 집권하면서였다. 곧이어 동유럽 공산주의 체제가 무너져가면서 어머니의 병세는 급격히 악화되어 1990년 끝내 병마를 이기지 못하고 민주를 떠났다.

평생 침묵을 강요당했지만 인경은 아버지 사인의 꿈을 남편 진규와 공유했다. 돈을 중심에 두는 세상이 아니라 인간을 하늘로 섬기는 사회가 그것이다. 인경은 바로 그래서 동년배인 고르바초프의 인간적·민주적 사회주의에 큰 기대를 걸었으나 소련공산당의 사상에는 새로운 사회를 실현해갈 주체로서 인간이 거듭나는 철학이 결여되어 있었다.

민주는 밀골 선산의 아버지 가묘에 어머니를 모시며 오열했다. '인간적·민주적 사회주의'라는 고르바초프의 설익고 성급한 실험은 파국을 맞았다. 소련으로 불리던 소비에트사회주의공화국연방이 지도에서 사라지기 전에 어머니가 눈을 감으셔서 그나마 불행 중 다행이라 여겼다.

노동계급의 국가를 자부했던 공산당 체제들은 속절없이 무너져 내렸다. 한국에서 노동운동이 맹렬하게 되살아나던 시점이었다. 소련이 해체되고 러시아와 동유럽이 자본주의의 길을 걸으면서 분업적 연관성을 잃은 이북의 경제도 큰 위기를 맞았다.

이북에서 최소 수십만 명이 굶어 죽었다. 민주는 아사의 참극을 어머니가 살아서 보았다면 얼마나 충격을 받았을까 헤아려보았다. 생전의 인경은 김일성에서 김정일로 당과 국가가 세습됐다는 사실도 오랫동안 믿지 않으며 남쪽의 반공 선전 따위로 여겼었다.

이남에선 김영삼이 집권해 군부독재에 마침표를 찍었다. 김영삼은 과단성 있게 정치군부 '하나회'를 단칼에 뿌리 뽑아냈다. 하지만 '선진국 진입'을 자신의 치적으로 삼으려고 경제협력개발기구(OECD)에 가입하며 무리한 금융개방 정책을 추진했고 그 대가는 참혹했다.

김영삼의 임기 말에 대한민국은 외환위기를 맞았다. 미국이 주도하는 국제통화기금(IMF)으로부터 구제 금융을 받아야 했다. 소련이 사라진 마당에 한국경제가 더는 체제 경쟁의 '쇼윈도'일 필요가 없으므로 미국은 그동안 '투자'한 돈을 회수하기 위해서라도 한몫 단단히 챙길 속셈이었다.

국제통화기금은 한국 경제의 틀을 미국의 이익에 맞추려 했다. 한국

민중은 경제위기 국면에서 대통령선거를 맞았다. 일찍이 '대중을 위한 대중의 경제'를 주창하며 민중의 삶을 개선할 수 있다고 자부해온 김대중을 대통령으로 선택했다.

그런데 막상 집권하자 김대중은 기대에 부응하지 못했다. 대중경제론과 반대의 길을 걸었다. 국제통화기금의 요구를 거의 그대로 받아들이며 한국경제를 '신자유주의 체제'로 만들어 비정규직 노동인들이 늘어나고 빈익빈 부익부가 깊어가다 보니 그에게 노벨평화상을 안겨준 2000년 남북정상회담도 빛이 바랬다.

그런 가운데 경기도 양주에서 참사가 빚어졌다. 여중생 신효순·심미선의 비극이다. 두 소녀는 친구의 생일을 축하해주러 가던 길에 뒤에서 다가오는 미군 장갑차 소리를 듣고 길섶으로 비켜 걸어갔음에도 참혹하게 차에 깔려 숨졌다.

2002년 6월 13일의 두 여중생 참사는 월드컵 응원 열기 속에 묻혔다. 대다수 언론이 모르쇠를 놓자 논설위원으로 일하던 민주는 분노했다. 《한겨레》인터넷에 개설한 블로그를 통해 두 여중생의 비극과 그에 침묵하는 언론, 미국의 오만한 대처를 비판하는 글을 줄기차게 올림으로써 월드컵 응원 열기에 젖어있는 '국민'의 눈길을 조금이라도 돌리려 했다.

마침내 그해 11월 서울 광화문 네거리에서 대규모 촛불시위가 열렸다. 한 네티즌이《한겨레》인터넷 게시판에 추모 촛불집회를 제안하면서부터였다. 단순히 두 여중생을 추모하던 집회는 미국이 참사를 일으킨 군인에 일방적으로 무죄 판결을 내렸다는 사실이 알려지면서 자연스럽고 당연하게 미국을 비판하는 불꽃시위로 퍼져갔다.

촛불이 전국으로 불붙자 기득권세력은 당황했다. 그들의 대변자《조선일보》는 '한미 동맹'을 우려하며 진화에 나섰다. 하지만 뜻있는 사람들은 평화적 시위에 전폭적인 지지를 보냈으며 두 여중생의 죽음을 추모하는 촛불 물결은 한국 민중의 대표적인 시위 문화로 지구촌에 각인되었다.

민중의 촛불 앞에 마침내 미 대통령이 대사를 통해 사과했다. 일주일 넘도록 두 여중생 참사를 한 줄도 보도하지 않던《조선일보》는 돌연 용춤 추고 나섰다. 조지 부시의 진위도 모를 '간접 사과'를 1면에 가장 큰 비중으로 보도하며 이제 더는 촛불이 타오를 이유가 없다고 주장했다.

촛불은 그해 12월에 열린 대선에도 영향을 끼쳤다. 미국에 사뭇 비판적 언행을 보였던 노무현 후보에 표를 몰아주었다. 유권자들은 우직하게 지역 패권주의 정치에 맞서온 노무현을 사랑하는 모임을 만들어 열정적으로 선거운동을 하고 '분배를 통한 성장'을 공약한 그를 청와대로 보냈다.

노무현 정부에서 대통령의 권위주의적 행태는 시나브로 사라졌다. 친일파들이 득세한 과거를 청산하려는 의지도 돋보였다. 하지만 분배를 통한 성장 공약은 김대중의 '대중경제'처럼 구현되지 못했고 결국 빈익빈 부익부, 세계 1위의 자살률, 세계 꼴찌의 출산율, 높은 비정규직 비율 두루 제자리를 맴돌았다.

한민주는 갑갑했다. 신자유주의 틀에 갇힌 노무현 정부를 사설과 칼럼을 통해 비판함으로써 촛불의 기대를 담아내라 촉구했다. 그렇지만 정책과 인사에 이렇다 할 변화는 없었으며 외려 2005년 서울 여의도 농민시위에 참가한 전용철, 홍덕표 두 농민이 경찰의 '과잉 진압'으로 타살당하고 포항건설노조의 비정규직 노동인 하중근이 경찰의 강제 해산 과정에서 숨지는 사건이 발생했다.

한민주는 다시 사표를 냈다. 대한민국을 나라다운 나라로 만들 정책대안 마련에 직접 나설 셈이었다. 빈익빈 부익부의 경제체제를 바꾸지 못한다면 '노사모'처럼 아래로부터 정치를 일궈가는 신선한 정치운동도 한계에 부닥칠 수밖에 없다고 생각했다.

언론인 생활을 접으며 사옥을 나올 때다. 청암의 얼굴상과 마주쳤다. 눈물이 핑 돌았으나 계단을 내려가며 마침 마주친 미더운 후배들에게 신문의 내일을 맡겨도 좋다고 생각했다.

민주화에 나섰던 학생운동 출신들과 뜻을 모아 연구소를 세웠다. 달마다 자기 수입에서 10분의 1을 낼 100명을 모아냈다. 선뜻 '십일조'를 내는 선한 사람들의 힘으로 상근 연구원 10명을 고용하고 나라의 새로운 틀을 짤 대안을 차근차근 연구하고 나섰다.

노무현 정부 5년은 많은 아쉬움을 남겼다. 대다수 기층 민중의 삶은 나아지지 못했다. '서민'들은 이명박에 인간적 신뢰감은 없더라도 '국민성공시대'를 내세운 그의 집권으로 자신의 삶이 조금이라도 나아지길 소박하게 기대했지만, 시장 만능주의 정책으로는 처음부터 이뤄질 수 없는 꿈이었다.

30

평양은 서울과 사뭇 다른 길을 걸었다. 1953년 7월 휴전 이후 전쟁의 폐허를 딛고 경제성장이 빠르게 이뤄졌다. 하지만 정치체제는 박헌영과 김원봉의 숙청이 상징하듯이 김일성 개인으로 권력이 집중되어갔다.

1960년대에도 조선민주주의인민공화국의 1인당 국민소득은 대한민국을 앞섰다. 1972년 서울에서 '유신체제'가 선포될 때 평양은 '유일사상'을 확립했다. 김일성의 아들 김정일은 '주체사상'을 '김일성주의'로 체계화하며 1974년부터 '당 중앙', 즉 사실상 '후계자'가 되었고 1980년에는 조선노동당 당 대회에서 공식적인 2인자에 올라 '친애하는 지도자 동지'가 되었다.

정치 일선에서 한 발 물러나 있던 김일성은 1994년 남북정상회담에 합의했다. 김영삼과 만나고 서울을 방문할 계획까지 세웠다. 남과 북의 두 정상이 만나 경제 협력과 군사긴장 완화에 합의를 이루리라는 기대가 퍼졌지만 김일성이 예정된 회담을 보름 앞두고 갑자기 사망했다.

김일성의 사망 이후 식량난이 조선노동당을 엄습했다. 백만 명 넘는 아사자가 발생하며 김정일 스스로 '고난의 행군'을 내세웠다. 같은 시기에 대한민국 경제도 국제통화기금으로부터 '구제 금융'을 받으며 자살자 수가 가파르게 치솟고 비정규직 비율이 높아갔다.

논설위원 한민주는 참담했다. 북은 쌀을, 남은 돈을 구걸하는 꼴이었다. 바로 그렇기에 김대중과 김정일이 2000년 6월 13일부터 6월 15일까지 평양에서 남북 정상회담을 열고 '민족경제의 균형 발전'을 비롯해 합의문을 내놓았을 때 민주는 아낌없이 박수를 보냈다.

공동선언은 통일방안도 합의했다. '남측의 연합제안과 북측의 낮은 단계의 연방제안이 서로 공통점이 있다'고 인정했다. 한민주는 남과 북의 '자주적인 연합-연방제 합의'를 평가하는 칼럼을 쓰면서 여전히 "안팎에 어둠의 세력은 건재하다"고 경계와 우려를 담았다.

어둠의 실체는 곧 드러났다. 공동선언이 발표될 때부터였다. 과거 일본제국주의, 미군정에 이어 군부독재 내내 권력에 유착했던 언론은 남북공동선언을 '친북'으로 몰아갔고 곧이어 그들의 '큰형'인 미국 대통령 자리에 조지 부시가 앉아 대북 강경책을 폈다.

부시는 2001년 미국 심장부를 강타한 9·11테러를 십분 이용했다. 아프가니스탄을 침략해 친미정부를 세운 뒤 자신감을 얻었다. 이듬해 1월에 조지 부시는 대통령 연두교서에서 조선민주주의인민공화국과 이란, 이라크를 '악의 축'으로 지목했고 실제로 이라크를 침략했다.

김정일은 긴장하지 않을 수 없었다. 부시의 강경책으로 남북공동선언의 실천도 장벽에 부딪혔다. 노무현 정부는 집권 초기에 김대중·김정일 회담이 성사된 과정을 수사했고 결국 김정일은 2006년 핵 실험에 나섰으며 가까스로 임기 말에 이뤄진 남북정상회담에서 합의한 10·4선언은 두 달 뒤 치러진 대선을 통해 이명박 정부가 들어서자 사실상 휴지가 되었다.

이명박 정권 내내 남북관계는 악화했다. 그 사이에 남북정상회담의 당사자들은 모두 세상을 떠났다. 아직 이른 나이에 안타깝게도 비극적 죽음을 맞은 노무현에 이어 노벨평화상을 받았던 김대중이 2009년 8월 눈을 감았고, 2011년 12월엔 주체사상을 앞세워 1970년대 중반부터 사실상 집권해온 김정일이 사망했다.

김정일의 후계자로 3남인 20대 김정은이 집권했다. 한민주는 허탈했다. 분단선 이북에 김일성-김정일-김정은으로 이어지는 김씨 왕조체제가 사회주의의 이름으로 확실히 세워진 셈이었다.

딴은 김일성에서 김정일로 이어질 때도 거부감이 일었다. 그럼에도 그것이 현실이라고 받아들였다. 하지만 김정일이 20대 아들에게 나라를 물려주는 행태는 도무지 이해할 수 없었고, 그 '왕조 수립'에 아무런 문제의식이 없음은 물론 적극 두남두는 통일운동가들과 마주치면서는 슬픔과 분노가 뒤섞였다.

김정일은 생전에 이미 스물다섯 살 아들을 '후계자'로 삼았다. 조선노동당은 2009년 1월부터 노래 〈발걸음〉을 적극 보급했다. "척척척 척척 발걸음 / 우리 김대장 발걸음"으로 시작하는 노래였는데 다른 지역보다 정치적으로 민감한 평양 인민들은 '김대장'이 후계자가 된다는 사실을 직감했다.

하지만 노래를 부르면서도 궁금했다. '김대장'의 실체가 분명하지 않았다. 당 중견간부들까지 '김대장' 또는 '대장동지'로 노래 불리는 그가 정확히 누구를 지칭하는지 알 수 없었다.

이윽고 그해 가을이었다. '김대장'의 정체가 드러났다. '청년대장 김정은 동지'라는 문구가 여기저기서 등장했다.

청년대장은 곧 진짜 인민군 대장이 되었다. 20대 청년이 별안간 조선인민군 대장에 오르고 조선노동당 중앙군사위원회 부위원장과 정치국 위원이 되었다. 인민군을 지휘하고 군사정책을 총괄하는 기구인 당 중앙군사위원회의 위원장 김정일이 아들 김정은을 위해 부위원장 자리를 신설했다.

정은은 열네 살인 1998년부터 2년을 스위스 베른의 국제공립학교에서 유학했다. 농구와 영화, 컴퓨터에 관심이 많은 평범한 소년이었다. 하지만 평양으로 돌아와서는 5년제 군 간부 양성기관인 김일성군사종합대학을 다녔고 외모가 할아버지인 김일성과 닮았다며 머리 모양도 똑같이했다.

과거 김정일이 후계자로 등장할 때였다. "우리는 수령복, 장군복을 대대로 누리고 있습니다"는 여론 몰이가 유행했다. 김일성은 "나야말로 인민복을 타고났다"고 거들었는데, 김정은이 나타날 때도 모든 신문과 방송이 일제히 수령복, 장군복에 '대장복(大將福)'을 더해 대를 이어 누리는 지도자복이라 홍보했다.

2011년 6월에 비석 '대장복'이 평양 시내에 등장했다. 10월에는 조선중앙TV가 김정은을 '존경하는 동지'로 찬양하고 나섰다. 두 달 뒤 김정일 위원장이 사망하고 2012년 4월 11일 김정은이 노동당 제1비서로 추대되었으며 그해 7월에는 공화국 원수 칭호를 받고 인민군 최고 계급에 올라 당·정과 군권을 모두 장악했다.

한민주는 새삼 자신이 두 눈으로 관찰한 평양이 떠올랐다. 2002년 가을, 민주는 평양을 방문했다. 공항에서 입국 수속을 담당하는 조선 '인민'의 얼굴은 다사로웠는데 평양 시내에 들어서자 '위대한 수령 김일성 동지는 영원히 우리와 함께 계신다'는 구호가 동상, 액자 사진과 함께 곳곳에 보였다.

평양은 주체연호를 사용했다. 김일성이 태어난 해인 1912년이 원년이다. 흰 저고리에 검은 치마를 입고 옷고름을 가을바람에 휘날리며 걸어가는 젊은 여성들의 자태는 청순해 보였지만 바로 이 땅에서 최소 수십만 명이 굶어 죽었다는 사실이 아프게 가슴을 파고들었다.

민중이 수십만 명 굶어 죽은 땅에 세계 최고라는 주체사상탑이 보였다. 김일성의 70회 생일을 기념한 돌탑이다. 높이 170미터로 70회 생일을 강조했고 탑의 계단 또한 앞뒤로 18계단 양옆 17계단으로 모두 70개이며, 탑에 들어간 화강암도 2만 5550개로 수령이 70년간 살아온 날을 뜻한단다.

개선문 위쪽에는 '1925'와 '1945'가 돋보였다. 김일성이 20년 동안 조국해방투쟁을 벌인 기념이라 했다. 파리의 개선문보다 높다는 설명에는 1925년 김일성이 열세 살 소년이었다는 진실이 묻혀있었다.

김일성은 아들의 '효성'에 화답했다. "수령 김일성동지께서 경애하는 장군님의 탄생 50돌에 즈음하여 친히 쓰신 송시"가 그것이다. 백두산 정일봉 아래 전시된 김일성의 한자 7언 송시 〈광명성찬가〉를 읽어보던 민주는 자신이 사회주의국가에 와있다는 사실이 도무지 실감나지 않았는데 불후의 고전적 명작들을 창작했다는 김일성은 아들을 위해 다음 시를 썼다.

백두산마루에 정일봉 솟아있고 / 소백수 푸른물은 굽이쳐 흐르누나 / 광명성 탄생하여 어느덧 쉰 돌인가 / 문무충효 겸비하니 모두 다 우러르네 / 만민이 칭송하는 그 마음 한결같아 / 우렁찬 환호소리 하늘땅을 뒤흔든다(白頭山頂正日峯 小白水河碧溪流 光明星誕五十週 皆贊文武忠孝備 万民稱頌 齊同心 歡呼聲高 震天地).

백두산 가는 길에 차창으로 본 농촌은 처연했다. 조선민주주의인민공화국은 두 개의 나라였다. 대한민국도 서울과 비서울로 나눌 수 있지만 그 차이보다 평양과 비평양의 사이는 더 커 보였고 게다가 비평양 인민은 평양으로의 거주 이전도 엄격하게 제한되어있었다.

'백두혈통' 김정은의 발걸음은 빨랐다. 집권 첫해인 2012년 조선민주주의인민공화국이 '핵보유국'임을 헌법에 명시했다. '경제건설·핵무력건설 병진노선'을 채택하며 1인 체제를 굳히는 과정에서 당과 군 간부를 무시로 숙청하고 처형했다.

김정은은 2013년 12월 고모부 장성택을 전격 처형했다. 2017년 2월 13일엔 그의 이복형이자 김정일의 장남인 정남이 말레이시아 공항에서 암살됐다. 한민주는 일제 강점기에 온몸을 던져 싸운 사회주의 혁명가들이 오늘날의 조선민주주의인민공화국을 보면 무슨 생각을 할지 헤아려보았다.

남쪽에서 1970년대 중·후반 대학생들은 이승만과 김구를 즐겨 대비했다. 송건호의 영향이기도 했다. 미국 의존적인 이승만보다 김구가 집권했다면 나라 모습이 사뭇 달라졌으리라는 이야기를 나눴다.

민주는 그때 남쪽만이 아니라 북쪽도 마찬가지 아닐까 싶었다. 선뜻 동조자를 찾기 어려워 외로운 생각이었다. 하지만 그 뒤 소련의 비밀문서들이 해제되어 스탈린이 김일성을 선택한 사실이 확인되면서 민주의 아쉬움은 더 커졌다.

박헌영은 맑스의 사상을 잘 몰랐을 김일성과 달랐다. 소련공산당의 최고 교육과정인 4년제 국제레닌학교를 졸업했다. 민주는 '스탈린의 노골적 개입이 없었다면 어떻게 되었을까' 질문하지 않을 수 없었다.

해방 직후 조선공산당 대표는 엄연히 박헌영이었다. 그가 38선 이북을 끌고 갔다면 현대사의 양상이 사뭇 달라지지 않았을까. 남과 북은 적대적 공존이 아니라 서로 민중의 나라를 세우는 아름다운 경쟁을 벌였을 법하다.

물론, 역사에 가정은 없다. 민주도 잘 알고 있다. 그럼에도 역사가 진실을 구현해가는 과정이라면 누군가는 그 부질없는 문제를 파고들어야 옳지 않을까.

역사에 물을 수 없기에 묻지 않을 수 없는 물음의 연장선이었다. 한민주는 조선민주주의인민공화국의 어둠에도 촛불을 밝히고 싶었다. 평양을 170미터 높이에서 내려다보고 있는 주체사상탑의 '햇불'로는 민중의 삶에 깃든 어둠을 밝힐 수 없다는 사실을 북과 남의 민중들과 나누고 싶어 월북한 공산주의자를 주인공으로 한 소설을 썼다.

민주는 2018년 들어 문재인과 김정은이 회담하는 모습을 생중계로 시청했다. 차분히 지켜보며 통일의 길에서 대한민국과 조선민주주의인민공화국 모두 거듭날 수 있을까 짚어보았다. 북은 북대로 남은 남대로 자신의 정치·경제 체제가 과연 얼마나 바람직한가를 진지하게 성찰하고 두 체제 각각 자신의 어두운 곳에 촛불을 밝혀 새로운 정치경제 체제를 형성해갈 때 비로소 민중이 지지하는 통일로 나아갈 수 있을 터다.

31

대통령직에서 퇴임한 노무현은 후회했다. 정권 재창출에 실패해서만
은 아니었다. 자신이 내세운 '분배를 통한 성장' 공약을 더 적극 실천하
지 못했다는 자괴감이 들었다.

내가 잘못했던 거는 오히려 예산 딱 가져오면 색연필 들고 "사회정책 지
출 끌어올려" 하고 위로 쫙 그어버리고, "경제지출 쫙 끌어내려. 여기에 맞추
어서 숫자 맞추어서 갖고 와." 대통령이면 그 정도로 나가야 되는데, 뭐 누
구는 몇 % 어디는 몇 % 깎고 어느 부처는 몇 % 깎고 어느 부처는 몇 % 올
리고 사회복지 지출 뭐 몇 % 올라가고 앞으로 몇십 년 뒤에는 어떻고 20년
뒤에는…… 이리 간 거거든. 지금 생각해보면 그거 뭐 그럴 거 없이 색연필
들고 쫙 그어버렸으면 되는 건데……. "무슨 소리야 이거, 복지비 그냥 올해까
지 30%, 내년까지 40%, 후 내년까지 50% 올려." 쫙 그려 버려야 되는데, 앉
아 가지고 "이거 몇 % 올랐어요?" 지금 생각해보면 그래. 그래 무식하게 했
어야 되는데 바보같이 해가지고…….

이미 권력은 이명박이 틀어쥐고 있었다. '성공한 인생'을 자부한 이
명박은 '국민성공시대'를 열겠다고 표를 끌어모았다. 대통령 취임 직후

워싱턴으로 건너가 광우병 위험성이 아직 말끔히 해소되지 못한 상황에서 미국산 쇠고기를 전면 개방하겠다고 공언했다.

민중은 곧바로 촛불을 들었다. 수출대기업 중심의 경제정책을 위해 국민건강권마저 시들방귀로 여기는 권력의 어둠을 밝혀갔다. 촛불집회가 100일 넘게 이어지면서 이명박은 쇠고기 협상을 다시 할 수밖에 없었고 한반도대운하도 접겠다고 발표했지만 빈익빈 부익부의 신자유주의 정책은 그대로 이어갔다.

싱크탱크 원장 한민주는 '촛불 100일'에 감격했다. 민중의 성금을 모아 연구원을 운영하며 정책 대안을 구체화해가던 참이었다. 촛불이 타오르기 직전에 출판사로 보낸 원고 '우리가 직접 정치하고 직접 경영하는 즐거운 혁명'에서 새로운 민주주의 혁명으로 '주권혁명'을 제안했기에 더 그랬다.

민주는 주권혁명을 주제로 책을 쓸 때 최사인을 떠올렸다. 외조부이자 기자 대선배였다. 최사인은 동학과 사회주의 사상을 종합해 민중직접혁명을 추구했고 아버지 한진규도 그 사상을 야학에서 가르친 사실이 마치 운명처럼 다가왔다.

어머니의 기록은 간단한 적바림에 그쳤다. 다른 자료도 찾을 수 없었다. 그럼에도 아버지와 외조부의 사상이 자신의 손끝에서 새롭게 옮겨지고 있다는 생각으로 원고를 쓰는 내내 뒤설렜다.

한민주는 촛불을 켜고 주권혁명의 논리를 적어갔다. 3·1절 60돌을 맞아 인터뷰할 때 주옥경으로부터 선물 받은 청동촛대가 유용했다. 어머니 인경이 촛불 아래 공책을 펼치고 글을 적던 모습이 그리워서인지 서재에 촛불을 켜놓는 시간들이 나이가 들수록 조금씩 늘어났다.

한민주는 몰랐다. 그 청동촛대 아래서 단재 신채호가 조선혁명선언을 쓴 사실을 알지 못했다. 자기 책상 위에 놓인 청동촛대가 단재의 정열적인 정신과 열정적인 몸을 밝혔던 사실도 몰랐으니 인연으로 이어진 숱한 세상사 가운데 인간이 인식하는 범위는 어쩌면 극히 일부일지도 모른다.

한민주는 책에서 제안한 주권혁명이 촛불집회로 구현되어 기뻤다. 연구원을 꾸려가며 두 대학에 겸임교수로 출강했다. 하지만 대학은 어느새 자본에 친화적인 교수들이 지배하고 있었고 대다수 학생들은 주어진 현실을 당연하게 받아들이고 있었다.

아니나 다를까. 2008년 촛불은 100일 넘게 도심의 어둠을 밝히다가 수그러들었다. 권력과 자본이 손잡고 형성한 신자유주의 체제를 당장 바꿀 수는 없으리라 예상했기에 민주는 실망하지 않았다.

무릇 모든 혁명은 고투 없이 이뤄지지 않았다. 새로운 민주주의를 구현하는 주권혁명은 주체의 혁명을 전제하기에 더 어렵다. 한민주는 전국으로 시국 강연을 다니며 틈나는 대로 신문과 인터넷에 '학습하는 촛불' 또는 '촛불의 학습'을 주장하는 칼럼을 썼다.

그해 가을 미국 월스트리트에서 금융 위기가 터졌다. 이듬해 봄엔 서울 용산에서 재개발 철거민 5명이 불에 타 숨지는 참사가 일어났다. 한민주는 청와대에서 일했던 경제학자를 영입해 민중의 고통을 해소해갈 대한민국의 정책 대안을 만드는 데 박차를 가했다.

2012년 5월 '소득주도성장 전략'을 뼈대로 대안 담은 책을 출간했다. 한민주는 자신이 할 일을 마쳤다고 판단해 연구원을 떠나 대학으로 자리를 옮겼다. 사립대학 재단은 학과 교수들의 의견을 묵살하고 한민주의 '정치적 편향성'을 들어 일반 전임교수로 임용할 수는 없다고 잘라 말했다.

민주는 '계약직 전임교수'라는 해괴한 신분으로 대학에 둥지를 틀었다. 정치에 관여할 수 없다는 계약조건이 거북했지만 젊은 세대와 강의실에서 만나는 즐거움에 행복했다. 그런데 민중의 성금으로 연구원을 만들어 어렵사리 내놓은 '대한민국 대안'은 언론의 외면을 받은 채 그해 대통령선거에서도 쟁점으로 부각되지 못했다.

교수 한민주는 박근혜 후보가 대통령이 되어서는 안 될 이유를 긴급히 책으로 출간했다. 그녀가 경제를 살릴 수 있다는 환상에서 벗어나야 한다고 역설했다. 하지만 오랜 세월에 걸쳐 신문과 방송이 심어놓은 '박정희 신화'는 완고했고 '국민행복시대'를 내걸며 경제 민주화까지 공약한 박근혜가 대통령에 당선됐다.

취임한 바로 뒤부터 박근혜는 '규제 완화'를 앵무새처럼 되뇌었다. 자본이 자유롭게 이윤을 추구하도록 규제를 없애갔다. 경제 민주화 공약과는 정반대로 모든 걸 시장에 맡기는 신자유주의 정책을 강행할 때 일어난 사건이 한민주를 절망에 빠트린 '세월호 침몰'이다.

세월호는 2014년 4월 15일 인천항을 출발했다. 1994년 일본에서 건조돼 18년 내내 바다를 오가다가 2012년 운항을 마쳤다. 그 '낡은 배'를 한국에서 수입해 다시 취항할 수 있었던 것은 2009년 이명박 정부가 규제를 완화한다며 여객선의 선령 제한을 30년으로 늘렸기 때문으로 더구나 세월호는 객실을 증축해 구조를 무리하게 변경도 했다.

제주로 가는 탑승객들은 들떠있었다. 특히 안산 단원고등학교 2학년 324명은 수학여행 길이었다. 4월 16일 오전 8시 49분 조류가 거센 진도 인근에서 세월호가 중심을 잃고 기울어지자 단원고 학생이 119에 구조요청 신고를 했다.

선내에서는 "가만히 있어라"는 안내 방송이 흘러나왔다. 선장과 선원들은 갑판으로 나와 다가온 해경에 제일 먼저 구조됐다. 세월호는 100분에 걸쳐 서서히 침몰했지만 120여 명만 구조되고 300여 명은 배와 더불어 바다로 가라앉고 말았다.

그런데 박근혜는 국정을 수습한다며 국무총리에 문창극을 지명했다. 문창극은 총리로 지명된 직후 나라의 기본을 다시 만들겠다고 우쭐댔다. 《중앙일보》 주필을 했던 문창극과 일선 기자생활을 같이 했던 한민주는 '나라의 기본'을 운운하는 그의 호언이 허접한 공포영화처럼 다가왔다.

문창극의 진실이 곧 동영상으로 드러났다. 교회 강연에서 일본의 식민지 지배와 남북 분단은 '하나님의 뜻'이라고 주장했다. 문창극은 "조선 사람들은 불결과 빈곤으로 자기 생애를 보내야 하는 끔찍한 거처에서 살고" 그들의 "피부는 때로 덮여있었다"거나 "살림 도구는 서툴게 진흙으로 빚어졌는데 상상할 수 없이 조잡했다"는 독일 선교사의 말을 인용한 뒤 언죽번죽 말했다.

하나님의 뜻이 있는 것입니다. '너희들은 이조 오백년 허송세월을 보낸 민족이다. 너희들은 시련이 필요하다. 너희들은 고난이 필요하다' 해서 하나님이 고난을 주신 거라고 생각합니다. 조선민족의 상징은 아까 말씀 드렸지만 게으른 거였습니다. 그러한 게으른 것을 깨자고 한 것이 그 때 들어온 기독교였습니다.

유학생들도 과학을 외면했다고 주장했다. 사회학이나 정치학처럼 "혓바닥을 놀리는 학문"에만 몰입했다며 질타했다. 그래서 윤치호가 꾸짖는 편지까지 썼다며 "조선 유학생들은 일하기 싫어합니다. 그리고 앉아서 순 말로만 하는 것을 좋아합니다. 게으르고 자립심이 부족하고 남한테 신세지고, 이게 우리 민족의 DNA로 남아있었습니다"라고 민족적 자기비하를 이어갔다.

천박한 역사의식을 스스로 폭로했다. 공산주의는 "사람들로 하여금 열심히 일하기보다는 남의 노고에 얹혀살기를 조장"한다고 주장했다. 그래서 "조선 사람들은 공산주의가 딱 맞다"는 황당한 결론을 내린 뒤 민족적 비하를 태연하게 전개했다.

공산주의도 자기가 일하는 겁니까? 자기가 일 안 하려는 것입니다. 정부가 세금을 걷어서 나는 어떻게 해서든 놀자고 하는 것이 공산주의 아닌가. 윤치호는 조선의 과거 조상들의 피에는 오히려 공산주의가 맞다고 얘기했습니다. 조금 먹고살 만한 사람들에게 달라붙는 친인척들, 조선은 옛날부터 공산주의를 해왔습니다.

문창극이 즐겨 인용한 윤치호는 차라리 솔직했다. 윤치호는 1890년 5월에 쓴 일기에서 "조선이 지금의 야만적 상태에 머무느니 차라리 문명국의 식민지가 되는 게 낫다"고 썼다. 조선의 명문가에서 태어난 윤치호는 약육강식의 국제사회에서 조선이 살아남을 수 있는 길은 일본에 의존하는 수밖에 없다고 믿은 확신범으로 1893년 11월 일기에선 "만약 내가 마음대로 내 고국을 선택할 수 있다면, 나는 일본을 선택할 것이다. 오, 축복받은 일본이여! 동방의 낙원이여!"라고 토로했다.

문창극은 윤치호를 따라가려 안간힘을 썼다. "이조 말기의 우리 민족들의 피에는 공짜로 놀고먹는 게 아주 그냥 몸에 박혀" 있었다고 부르댔다. 선교사들이 와서 변화를 준 것이라고 반복해서 강조한 문창극은 해방 뒤에도 "하나님이 너희들은 불쌍해서 독립은 시켜줬지만 앞으로도 너희들은 더 고난의 길을 갈 수 밖에 없다. 아직도 너희들의 게으름과 죄는 깨끗하게 되지 않은 것이다. 그래서 분단을 시킨 것"이라 주장했다.

단순한 개인이 아니다.《중앙일보》주필로 한국신문방송편집인회의 회장까지 지냈다. 박근혜가 국무총리로 임명할 만큼 자칭 '보수세력'의 얼굴로 그의 강연을 곰곰 살펴보면 대한민국 100년의 어둠이 캄캄하게 나타난다.

문창극은 '미군이 없는 한국'을 생각해보았는지 묻는다. 곧바로 미군이 없는 한국은 "중국의 속국이 될 수밖에" 없다고 단언한다. 심지어 6·25를 "미국을 붙잡기 위해서 하나님께서 주신 것"이라고 역설하는 괴이한 기독교 신앙을 지녔는데, 세월호 참사를 보며 "하나님이 꽃다운 아이들을 침몰시키면서 국민들에게 기회를 준 것"이라고 '설교'한 대형교회 김삼환 '원로목사'와 동급이다.

보수가 자부하는 경제성장을 보는 시각도 예외가 아니다. 박정희 시대 '공업화의 가장 큰 힘'도 '일본의 기술력'이라 주장했다. 문창극은 이어 경제 발전을 "우리 힘으로 했습니까?" 물은 뒤 "우리가 열심히 일해서 상품을 만들어서 그게 다 어디로 갔습니까. 그 당시 신발, 앨범, 흑백TV 이런 거 다 우리가 만들지 않았습니까. 그거 다 어디서 샀죠? 모두 미국에서 샀습니다. 우리 경제개발의 뿌리는 미국에서 샀기 때문입니다. 우리 경제개발도 사실 미국의 덕이 굉장히 컸습니다"라고 자답했다.

문창극에 비판 여론이 거세지자 친일유림 이명세의 손녀 이인호가 나섰다. '원로 사학자'로 불리는 이인호는 친일파의 후손이 만든 TV조선에 출연했다. 자신은 문창극 동영상에 감동을 받았다며 "태도, 눈빛, 강연을 준비한 정도에서 나라를 사랑하고 민족을 사랑하는 사람임을 알 수 있다"고 눈에 힘을 주어 말했다.

민주는 분노를 삼키며 찬찬히 100년의 어둠을 톺아보았다. 어느 순간 촛불이 보이기 시작했다. 나라가 망하기 전에도 망한 후에도 호의호식하던 먹물들이 제 민족을 불신하며 외세에 의존하거나 그들의 '개입'을 기다리고 있을 때, 주체적 실천에 나선 이들은 이 나라의 민중이었다.

녹두 전봉준과 소소 손병희가 그랬다. 뒤이어 단재 신채호도 정론을 펼쳐갔고 의병들은 일제와 맞서 싸웠다. 일본이 기록한 통계만 보더라도 1907년에서 1909년까지 무장투쟁에 나선 의병은 14만 명에 이르며 일본군과 교전한 횟수도 국내에서만 2700차례에 달한다.

숱한 '이완용'과 '윤치호'들이 나타났다. 명문가의 자제들은 제 민중을 멸시했다. 하지만 그들이 귀족이 되어 거드름을 피우며 외세의 앞잡이로 잘 먹고 잘 살아갈 때 3·1혁명으로 석 달 만에 7500여 명의 민중이 숨졌으며 그 뒤에도 6·10만세운동과 광주학생운동이 웅변하듯이 청장년들이 나라 안팎에서 독립운동에 뛰어들어 일제와 맹렬하게 싸웠다.

민중이 주체적 결단으로 역사를 일궈갈 때다. 윤치호와 그 동류들은 민중이 게으르고 공짜만 좋아한다고 '훈계'를 늘어놓았다. 또 이인호의 할아버지처럼 친일의 길로 줄달음쳐 제 자식 제 손녀를 금지옥엽으로 키우고 미국 유학까지 보내 대한민국의 대학과 언론을 지배하게 한 이들도 적지 않았다.

실제로 문창극 지지는 이인호만의 만용이 아니었다. 줄을 이어 뒤뚱뒤뚱 나왔다. 문창극을 지지하는 대학총장과 교수들 60명이 가세한 각계 인사 482명의 성명서는 왜곡보도와 마녀사냥식 인격살인이 진행되는 것을 보면서 분노와 개탄을 금할 수 없다고 부르르 떨었다.

《중앙일보》는 물론 《조선일보》와 《동아일보》도 따따부따 나섰다. 문창극 강연을 KBS가 왜곡 보도했다면서 사설과 칼럼을 연일 쏟아냈다. 언론계와 학계의 '지식인'들이 문창극의 식민사관을 적극 지원사격하는 살풍경은 지금까지 그들이 얼마나 식민사관을 음으로 양으로 확대 재생산해왔을까를 짐작케 했다.

이인호는 문창극이 국무총리에서 낙마한다면 "이 나라를 떠나겠다"고 공언했다. 여론에 밀려 문창극이 사퇴했는데 어인 일인지 이인호는 출국할 기미가 없었다. 박근혜에게 '늙은 추파'를 던져온 이인호는 곧이어 KBS 이사장 제안이 오자 날름 자리를 꿰차고 앉았다.

한민주는 텔레비전 시사토론에 나갔다. 문창극이 대한민국 국무총리가 되어서는 안 될 이유를 조목조목 밝혔다. 다음 날 소속 대학 총장으로부터 "정치적 발언을 삼가라"는 경고를 받을 때 한민주는 실소했지만 식민사관이 대한민국 정치·경제·대학·언론에 생각보다 무척 깊숙이 뿌리내리고 있음을 재확인하며 자신에게 '지식 권력'과 맞서 싸울 시간이 많이 남아있지 않아 비탄에 잠겼다.

32

한우안심과 농어구이에 전복구이와 훈제연어를 더했다. 대통령이 청와대 식탁에 내놓은 음식들이다. 대통령 박근혜와 삼성그룹을 비롯한 대기업 회장들은 호사스러운 밥을 먹기 전에 '개그맨 공연'까지 곁들여 화기애애하게 '오찬'을 즐겼다.

향기 넘친 밥값은 박근혜가 낸 걸까. 아니다. 다름 아닌 국민, 그 대다수인 노동인들이 낸 세금으로 즐긴 '공짜 점심'이었다.

노동의 피땀 묻은 돈으로 재벌들에게 진수성찬을 차린 셈이다. 정작 노동인들에겐 쌍심지를 켰다. 박근혜 정권은 비정규직 확산이 '정규직 과보호' 탓이라고 지청구를 대며 정규직의 임금과 고용에 양보가 불가피하다고 노상 부르댔는데 여기서 '양보'란 임금 삭감과 자유로운 해고의 다른 말이다.

박근혜에게 자본이 담당할 양보는 없었다. 자본이야말로 사내유보금 따위로 곳간이 넘쳐 썩어감에도 그랬다. 박근혜 정권은 그렇지 않아도 비정규직 비율이 최고인 나라에서 노동자 해고를 더 '자유'롭게 하고 비정규직 고용을 더 늘려 자본에게 더 많은 이윤을 축적케 하는 정책을 '노동개혁'으로 언구럭 부렸다.

민주가 권력과 재벌의 유착을 비판하는 글을 쓸 때마다 '경제전문가'

들이 나섰다. 그들은 삼성전자와 현대자동차가 대한민국을 먹여 살리고 있다고 부르댔다. 하지만 민주는 삼성전자와 현대자동차를 적대시하기는커녕 한국을 대표하는 수출대기업들이 지구촌 어디에서도 배척받지 않고 더 나아가 바람직한 기업으로 성숙해가려면 '재벌'이나 '무노조 경영' 따위의 낡은 틀을 벗어나야 옳기에 비판했을 따름이다.

산업화도 마찬가지다. 대한민국은 산업화와 민주화에 모두 성공한 나라라고 주장한다. 그런데 대기업이 산업화를, 시민이 민주화를 이뤘다는 식의 주장은 한민주에게 전혀 과학적이지 못한 분석이다.

산업화 민주화를 모두 이룬 것은 맞다. 다만 그 둘 모두 저임금을 참아낸 노동인들과 정의를 세우려는 민중이 있었기에 가능했다. 민주는 정부의 대대적 지원을 받으며 몸을 키워온 자본이 열악한 노동현장에서 저임의 고통을 감수해온 노동과 더불어 소득주도 성장에 솔선해서 나설 때 비로소 대한민국의 미래도 '선진화' 이름에 값할 수 있다고 보았다.

해방 70년을 맞은 2015년 그해 11월이었다. 빈익빈 부익부 체제를 더는 참을 수 없던 노동인들과 농민, 대학생들이 나섰다. 전태일이 자신을 불사른 날을 기리며 서울 광화문에서 연 민중총궐기대회에 경찰은 물대포를 쏘아댔고 직사포에 머리를 맞은 농민은 민주주의의 제단에 자신의 생명을 바쳐야 했다.

농민 백남기. 1968년 대학생이 된 백남기는 박정희의 3선 개헌에 맞서 민주화운동에 나섰다. 유신체제가 등장할 때 민주주의를 유린하는 독재자의 횡포를 정의감 두텁던 청년으로서 모르쇠 놓을 수 없었던 단과대 학생회장 백남기는 결국 경찰에 쫓겨 명동성당으로 피신했다.

사립대 학생처는 곧바로 무기정학을 통보했다. 백남기는 수도원으로 옮겨 3년 동안 수사 생활을 했다. 훗날 그의 아내는 "곧지 못한 것에 분노하는 것 말고는 욕심이 없는 사람이라 수도사가 남편의 적성에 딱 맞았다"고 회고했지만, 그 '분노'는 청년 남기를 끊임없이 현장으로 내몰았다.

1980년 '서울의 봄'에 대학은 무기정학을 종료했다고 알려 왔다. 복학한 백남기를 후배들은 가만두지 않았다. 총학생회 부회장을 맡은 백남기는 5월 15일 전두환의 상여를 만들어 교내에서 장례식을 치르고, 후배들과 더불어 '유신 잔당 퇴진하라'는 구호를 외치며 중앙대에서 한강다리를 건너 서울역까지 행진했다.

하지만 이틀 뒤 학교로 계엄군이 난입했다. 백남기는 계엄포고령 위반 혐의로 징역 2년을 선고받았다. 이듬해 가석방됐지만 대학에선 이미 퇴학 처리를 해놓았기에 복학할 수도 없었거니와 군부독재와 맞서 싸우려면 아래로부터 민중을 조직화해야 옳다며 기꺼이 서울을 떠났다.

5월항쟁 이후 대학생들이 노동현장으로 곰비임비 들어가던 시기였다. 고향 농촌으로 돌아온 백남기는 성실하게 농사를 배우고 소도 키웠다. 농민들에게 마치 '선심'이라도 쓰듯 융자와 함께 소 사육을 권장하던 전두환 정권이 예고도 없이 1985년부터 쌀·밀·콩에 소뼈까지 300가지 넘는 농·축산물 수입을 자유화하면서 소 값은 2년 만에 3분의 1로 폭락했다.

융자받아 소를 샀던 백남기도 다른 농민들처럼 빚을 떠안았다. 농사를 어느 정도 익힌 백남기는 가톨릭농민회에 들어갔다. 가톨릭농민회는 농민의 권익을 옹호하며 민주화운동을 지며리 벌였는데 가령 저녁 9시가 '땡' 하면 언제나 '전두환 대통령은'으로 시작해 '땡전뉴스'라 경멸받던 텔레비전에 맞서 1984년에 KBS수신료 거부운동을 시작한 주체도 전북 완주의 가톨릭농민회였다.

녹두 전봉준을 존경한 백남기는 농민운동에 본격 나섰다. 자전거를 타고 면 전역을 돌아다니며 농민의 권리를 찾자고 열정적으로 호소해갔다. 아래로부터 튼실하게 조직을 다져가자 농민들도 믿음을 보내 백남기는 보성·고흥협의회장에 이어 1989년 가톨릭농민회 광주·전남 회장을 맡았다.

회장 백남기는 마을 민주화운동을 벌여갔다. 면사무소에서 지정하는 '관선 이장'이 마을을 위해 일하지 않는다고 본 백남기는 투표제를 도입했다. 주민이 직접 뽑은 '민선 1호 이장' 백남기는 관선 이장들의 회의에 당당히 걸어 들어가 면사무소 행정을 줄곧 감시했다.

늘 현장을 중시한 백남기는 2000년을 맞아 모든 직함을 내려놓았다. 농민의 한 사람으로 살겠다고 선언했다. 몇몇 후배들이 총선에 나서라고 권했지만 현장에서 농사지으며 먹거리를 바로 만들겠다는 뜻이 확고했다.

그런데 국정에서 농민은 끊임없이 배제되어갔다. 2015년 11월 14일, 민중총궐기 집회가 열렸다. 전국에서 서울로 온 농민 2만 명은 비 내린 아스팔트에 앉아 '못 살겠다 갈아엎자'는 머리띠를 두르고 농민대회를 열었다.

농민들은 대안도 없이 비판만 하지 않았다. 사실 '제 이익만 챙기기'는 대기업의 전매특허였다. 가톨릭농민회는 남아도는 쌀을 북쪽으로 보내 지하자원과 교환하자는 건설적 제안을 내놓으며 '기초농산물 국가수매제'를 촉구했다.

전국농민회총연맹 의장 김영호는 늘 다부졌다. 쌀값이 한없이 떨어져도 미국 쌀을 수입하는 정부가 제대로 된 정부인가 물었다. 김영호는 평소엔 소처럼 선한 눈을 부릅뜨고 "동학농민군 정신으로 이 자리에 섰다"며 나라를 바로 세우는 데 300만 농민이 앞장서자고 굵은 목소리로 호소해 큰 박수를 받았다.

농민대회는 정부와 국회를 갈아엎자고 결의했다. 새로운 세상을 만들자며 당면한 '식량주권 사수'에 뜻을 모았다. '아스팔트 농사'를 마친 농민들은 서울 광화문에서 열리는 민중총궐기에 합류해 노동인, 청년학생들과 함께 빈익빈 부익부 체제에 항의하는 집회를 이어갔다.

백남기는 그 집회에서 경찰이 직사한 물대포를 맞았다. 그들은 일흔 살 백남기가 아스팔트에 쓰러진 뒤에도 물대포로 집중 가격했다. 가까운 서울대병원으로 서둘러 옮겼을 때 이미 의식을 잃었기에 민중총궐기 투쟁본부는 대통령 박근혜의 사과와 경찰청장의 파면을 요구하며 농성을 벌였지만, 당사자들은 콧방귀만 뀌었고 외려 전국민주노동조합총연맹 위원장 한상균 체포에 나섰다.

백남기는 열 달이 넘도록 연명 치료를 받았다. 끝내 2016년 9월 25일 세상을 떴다. 대한민국은 남도의 청년 백남기가 서울로 유학 왔을 때부터 그에게 폭력을 휘둘렀고 반세기 남짓 지나 1년 가까이 병실을 지킨 아내 박경숙이 눈물 흘리며 토로했듯이, 박정희 때 수배당해 감방에 간 백남기는 박정희의 딸 박근혜 때 끝내 목숨을 빼앗겼다.

백남기가 세상을 뜬 다음 날이다. 인터넷매체 《뉴데일리》에 '백남기 사망-지긋지긋한 시체팔이' 글을 한 대학생이 기고했다. 서울의 어느 여자대학 정치외교학과 3학년이라는 이 학생은 민중총궐기 대회를 '불법 반정부 집회'로 규정하고, 당시 현장에 빨간 우비를 입은 신원불명의 남성이 백남기를 겨눠 주먹을 내리꽂는 장면이 포착되었다며 비아냥댔다.

백남기 씨의 중태는 물대포로 인한 것일까, 아니면 '빨간 우비'의 강력한 펀치로 인한 것일까. 매번 이런 사건이 터지면, 진상규명을 외쳐대던 정치인들과 시민단체들은 이번만큼은 진실이 중요하지 않은 것 같다. 장난기 많은 아이가 사육사의 말을 무시하고, 사파리의 맹수에게 가까이 다가갔다가 공격을 당했다. 그 아이의 부러진 갈비뼈는 사육사의 탓인가, 아니면 아이의 부주의 탓일까? 마찬가지로, 불법시위를 하다가 폴리스라인을 넘어오지 말라는 경찰의 말을 무시했다가 중태에 빠지고, 사망해버린 백남기씨의 죽음은 정부의 탓일까 아니면 백씨의 범법 탓일까? 사실, 이 모든 것은 '전문 선동꾼'들에게는 중요하지 않다.

대학생은 자기 이름 뒤에 '거룩한 대한민국 네트워크 회원'이라고 밝혔다. 한민주는 서글펐다. 대체 누가 저 젊은이에게 뒤틀린 인식을 심어주었을까를 짚어보니 자신이 몸담았고 가르쳐온 언론과 대학인 듯해 바닥 모를 자괴감이 들었다.

딴은 백남기가 쓰러진 그날부터였다. '일베' 사이트는 물대포를 맞고 사경을 헤매는 일흔 살 농민을 한껏 조롱했다. 어느 네티즌은 물대포 사진을 올리고는 "아직 개장하지 않은 광화문 스키 월드에서 불법으로 썰매를 타다 일행 중 한 명이 넘어지고 있다"고 비웃었다.

일베에 그쳤다면 대한민국이 그리 참담하지 않았을 터다. 박근혜의 집권당 국회의원 김도읍, 김진태가 앞다투며 '빨간 우비'를 수사하라고 검찰을 압박했다. 국회의원들까지 나서자 고무된 일베 회원은 "저놈의 가격 솜씨는 보통을 훨씬 넘어선다, 북한의 격술 기법과 일치한다"는 글을 무람없이 올렸다.

'빨간 우비' 입은 민중은 백남기를 부축해 구하려던 사람임이 이미 밝혀졌다. 그럼에도 빈정대는 여대생이 나타났다. 철없는 학생의 글을 싣는 인터넷 매체가 버젓이 존재하고 "광주사태 때에도 북한공작원의 개입 증거가 있듯이 이번 사태에서도 역시 예외는 아닐 것"이란 글이 으스대며 인터넷에 올라왔다.

한민주는 먼저 백남기의 영전에 경의를 표했다. 서재에 촛불을 밝히고 그의 인생과 자신을 견주어보았다. 민주보다 1년 먼저 대학에 들어간 백남기의 삶은 내내 힘찼고 결국 마지막 순간까지 민중총궐기 현장에서 장렬하게 생을 마쳤다.

한민주는 자신의 삶이 얼마나 안락했는가를 자성했다. '진보 언론인'이나 '진보 교수'로 불리는 자신의 '진보성'이 더없이 민망했다. 향을 피워 백남기 형의 원혼을 위로한 한민주는 사실을 왜곡하는 글과 동영상을 올리는 언행이 다름 아닌 자신의 인간성에 얼마나 치명적인 독인가를 미처 모르는 일부 네티즌, 반인간적 국가폭력에 맞서 싸우는 사람을 '거짓말 늘어놓는 전문 선동꾼'으로 몰아치는 젊은이들을 에워싸고 있는 거대한 어둠의 정체를 힘닿는 한 밝혀가자고 다짐했다.

희망의 불씨는 살아있었다. 서울대병원이 백남기 사망진단서에 사인을 '병사'로 적은 사실을 의대생들이 비판하고 나섰을 때 한민주는 콧잔등마저 시큰했다. 그저 학교 공부에만 골몰했으리라 예단했던 서울의대생 102명은 2016년 9월 30일 '선배님들께 의사의 길을 묻습니다'라는 제목의 성명서를 통해 "외상 합병증으로 질병이 발생해 사망했으면 외상 후 아무리 오랜 시간이 지나더라도 사망의 종류는 외인사"라고 옳게 지적했으며, 다음 날엔 서울의대 동문 365명이 후배들의 용기를 격려하고 나섰다.

전국 15개 의과대학·의학전문대학원 학생 809명도 성명서를 냈다. 다음 날 서울대병원 노동조합은 사인을 '병사'라고 기재한 주치의 이름을 콕 집어 비판했다. 외압이 아니었다면 의대생보다 못한 교수는 떠나라고 사퇴를 촉구하며 명색이 '국가중심병원'인 서울대병원에 드리운 칠흑의 어둠을 밝혀나갔다.

수도사가 꼭 맞았던 농민운동가는 참혹한 주검이 되어서도 촛불이었다. 동시대인들의 삶에 경각심과 더불어 희망을 불러왔다. 지상의 마지막 순간까지 작금의 국가 폭력과 기득권세력을 어떻게 이해해야 옳은지 젊은 세대에게 일러주었다.

경찰 누구도 사과하지 않았다. 청와대는 책임자 처벌은커녕 한마디 위로조차 없었다. 대통령 박근혜는 그로부터 한 달 만에 자신을 겨누며 활활 타오르는 촛불과 마주해야 했다.

33

민중은 죽었다. 따옴표 없이 쓴 그 말은 숱한 먹물이 1990년대부터 내리 선언한 선동이다. 공개적인 학술토론장에서 한민주 교수가 민중이라는 말을 썼다는 이유로 '운동권식 관념을 아직도 청산하지 못했느냐'며 느닷없이 눈 부라리는 '진보 교수'도 있었다.

도도하게 흐르는 탁류 앞에 한민주는 외로웠다. '민중언론학'을 내걸고 대학 모퉁이에서 교수질을 하는 자신이 역겨울 때도 잦았다. 그럼에도 또래 농민의 어엿한 죽음과 의대생·간호사들의 불이익을 감수한 성명, 곧 이은 촛불로 지침의 진구렁에서 헤어났다.

촛불은 백남기가 세상을 뜬 다음 달부터 이듬해 봄까지 타올랐다. 우리 삶을 에워싼 어둠을 새록새록 밝혔다. 2016년 10월의 도심에서 타오른 촛불이 밝힌 권력의 어둠은 신문·방송과 맞닿아있었는데 조선·중앙·동아일보와 KBS·MBC·SBS는 박근혜를 노상 '신뢰의 정치인'으로 찬양해오며 심지어 '서민' 이미지까지 덧칠해왔다.

박정희를 청렴의 상징으로 치켜세운 주범도 언론이었다. 아직도 적잖은 이들이 박정희를 농민들과 논두렁에서 막걸리를 마신 대통령으로 추억한다. 고급 양주와 여색을 한껏 탐한 박정희의 실체와 달리 언론이 날마다 세뇌한 '각하'의 이미지가 하도 강렬했기 때문이다.

박정희는 돈 문제만은 깨끗했다고 두남두는 사람들도 적잖다. 천문학적 돈을 챙긴 전두환·노태우와 견주기도 한다. 박정희가 5·16쿠데타를 저지르기 전에는 육영재단도, 정수장학회도, 영남대재단도 없었던 사실이 그 '청렴'을 반증해주지만 대다수 언론이 궁땠다.

박근혜가 꾀한 재단은 그 연장이었다. 아비의 엉큼했던 탐욕을 앙큼하게 그대로 모방했다. 권력에 용춤을 추어온 3대 신문과 3대 방송이 펼쳐놓은 어둠의 장막을 밝히는 촛불은 대구의 촛불 여고생이 민주주의를 호소하는 동영상처럼 아름다웠다.

서울 광화문에서 남대문까지 촛불이 타올랐다. 한민주는 불의 물결에 끝내 눈물을 훔쳤다. 광장을 찾은 수백만의 남녀노소 한 사람 한 사람에게서 곰비임비 삶의 고통과 슬픔을 읽으며 문득《춘향전》을 오래오래 사랑해온 민중의 소망을 실감할 수 있었다.

변학도의 잔칫상 촛불에서 이몽룡은 촛농의 눈물을 읽었다. 대기업 회장들을 청와대로 불러 혈세로 화려한 오찬을 즐긴 박근혜는 노동운동 '마녀사냥'에 안달하며 나섰다. 이몽룡이 춘향─신분이 낮고 불우한 집안의 딸을 상징─을 기득권세력의 노리개 굴레에서 구해내고 탐욕스러운 지배자들의 잔치판을 뒤엎으며 모조리 잡아 가둘 때 이 나라 민중은 아낌없이 상쾌한 박수를 보냈다.

두말할 나위 없이 촛불은 서울에서만 타오르지 않았다. 3·1혁명처럼 촛불혁명도 전국을 물들였고 서울은 그 '상징'일 따름이다. 더 정확히 견주자면 3·1혁명과 달리 '전국'이 아니라 휴전선 남쪽만이지만 이윽고 국회의 박근혜 탄핵과 헌법재판소의 대통령 파면으로 촛불혁명은 '혁명'의 이름에 값할 최소한의 조건은 갖추었다.

촛불혁명은 세계사적 사건이라고 한민주는 확신했다. 다만 멈추지 말아야 한다. 한국 사회에서 여울여울 타오른 촛불이 세계사적 의미를 온전히 담아내려면 오랜 세월에 걸쳐 겹겹이 드리워진 어둠의 장막들을 쉼 없이 벗겨가는 고투가 필요하다.

자기와의 고투는 누구도 쉽지 않다. 촛불에 촛불을 들어야 할 까닭이다. 촛불 든 민중이 스스로를 민중이라 의식하지 않고 노동의 가치나 권리라는 말에도 낯설어하는 풍경이 민주는 몹시 안타까웠다.

사람이 동물과 다른 결정적 이유가 노동이다. 자유롭고 의식적인 활동 곧 노동으로 자기를 실현하는 사회적 존재가 사람이다. 한민주는 자본주의가 발생한 영어 문화권에서 쓰는 'worker'의 적실한 번역어는 '노동자'보다 노동하는 사람, 곧 '노동인'이라고 생각해서 그렇게 쓰자는 작은 운동을 벌여왔다.

가만히 둘레를 살펴보면 '민중'이나 '노동'에 거부감을 느낄 '촛불시민'은 하나둘이 아니다. 어쩌면 다수일지도 모른다. 거의 모든 신문과 방송이 오랜 세월에 걸쳐 '민중'과 '노동'이란 말에 붉은 색깔을 칠해왔고 초중고는 물론 대학에서도 노동운동과 민주주의의 깊은 관련성을 가르치지 않아온 까닭이다.

촛불 든 '시민' 대다수는 스스로 '일'을 해서 살아간다. 바로 그 일이 '노동'이고 일하는 시민은 곧 노동인이다. 우리 일상생활의 식·의·주에 모든 것, 쌀·옷·집·길을 비롯해 스마트폰, 책상, 의자, 커피, 녹차, 버스, 지하철 그 모두를 손으로 만들어오고 있는 사람들이 노동인이다.

노동인 가운데 절반이 비정규직이다. 농민은 모두에게 밥을 공급하는 노동을 해오면서도 스스로는 수출중심 경제구조에서 내내 '찬밥 신세'를 면치 못해왔다. 대기업들의 '구조조정' 일상화로 과포화상태에서 일하는 자영업인, 청년과 실업자들, 남편의 얇은 임금으로 가계를 꾸려가며 아무도 알아주지 않는 가사노동에 시달리는 여성들, 그 모든 '사람들'을 아우를 때 가장 무던한 말이 '민중'이다.

지금도 윤똑똑이들은 '민중'의 호명을 낡은 좌파의 '1980년대식 사유'로 선동한다. 명백한 사실 왜곡이다. '민중'은 서양의 좌파 사상이 이 땅에 들어오기 전인 1890년대에 전봉준이 이끈 동학농민전쟁부터 다름 아닌 민중 스스로 즐겨 쓴 말이다.

일제 강점기에도 '민중'이란 말은 신문에서 흔했다. 3·1혁명으로 창간된 《동아일보》는 사시에서 '민중의 표현기관'을 자임했다. 몇 년 뒤 슬그머니 '민족의 표현기관'으로 바꾼 까닭은 3·1혁명으로 타오른 민중의 열망을 감당하기 어려워서였다.

1987년 노동인대투쟁을 지켜본 기득권세력은 위기의식을 느꼈다. 그들을 대변해온 언론인과 학자들은 '민중'이 '좌파의 선동개념'이라고 색칠하기 시작했다. 실제는 민중이라는 말을 쓰는 사람이 선동하는 것이 아니라 그 말을 쓰지 말라는 사람이 선동하는 것임에도 그랬다.

1990년대 들어 시민운동단체가 늘어나면서 '민중'은 공론장에서 시나브로 사라졌다. 한 세대에 걸쳐 '민중'이란 말은 차츰 기피 언어가 되었다. 그 결과 2016년 촛불혁명은 '시민혁명'이라는 낡은 '이름'을 얻었고 대다수 사회구성원들이 자신을 '민중'의 한 사람으로 인식하지 않아 아버지를 아버지라 부르지 못한 '홍길동의 슬픔'을 자초했다.

한민주는 '민중'이 좌파개념이 아니라 보편적인 말임을 기회 닿을 때마다 역설했다. 본디 라틴어에서 귀족에 대립되는 '피지배자들'을 지칭했던 '피플'이란 말은 18세기 시민혁명을 거치면서 '국가와 사회의 주인'이라는 뜻으로 정착했다. 찬찬히 인류의 역사를 톺아보면 고대부터 왕족과 양반계급 또는 귀족의 지배 아래 억압받고 착취당하면서도 직접 생산에 나섬으로써 문화의 창조를 떠받쳐온 피지배자들, 곧 피플을 발견할 수 있다.

민주주의에 대한 링컨의 정의는 담백하다. 원문이 "the government of the people, by the people, for the people"이다. 권력자와 자본가들도 모두 국민의 한 사람이기에 링컨의 말을 '국민의, 국민에 의한, 국민을 위한 정부'로 번역하면 민주주의의 의미가 실종된다.

더욱이 국민이란 말 그대로 국가에 귀속된 사람이다. 하지만 조선

민중은 역사 속에서 수많은 국가를 건설해왔다. 그 국가의 기본 틀까지 민중이 스스로 결정한다는 민주주의의 기본 정의에 비춰보더라도 민중을 국민으로 번역하면 적절하지 않다.

한민주는 자료를 찾아보다가 링컨의 연설이 처음 한글로 옮겨졌던 일제 강점기엔 '인민'으로 옮긴 사실을 발견했다. 지금이라도 '피플'을 '인민'으로 복원해야 옳을까 고심했지만 고개를 저었다. '인민'이라는 이름으로 집권한 공산주의 체제가 1989년에서 1991년 사이에 세계적으로 몰락한 사실을 겸허하게 받아들인다면, 실패한 사상이 구두선으로 즐겨 쓰던 '인민'이란 말을 굳이 사용할 아무런 이유가 없다.

20세기 공산주의는 '인민'의 이름으로 민중을 지배했다. 반면에 '민중'이란 말에는 근현대사 100년의 경험이 녹아들어 있다. 1894년 녹두와 소소의 동학혁명전쟁 때 이미 널리 소통했고, 일제 강점기 독립운동 과정에선 물론 4월혁명, 5월항쟁, 6월대항쟁, 7·8·9월 노동자투쟁으로 이어지는 현대사의 성취가 두루 담긴 말이 민중이다.

본디 '민중'은 그 말이 가리키는 실체처럼 수수하고 순수하다. 철학적·종교적·문학적·예술적 의미도 담아왔다. 인내천과 사인여천의 동학 가르침은 민중불교·민중신학·민중문학·민중예술과도 맞닿아있지만 민중이 '좌경 개념'으로 둔갑하며 그 모든 문화가 '민중'이란 말과 더불어 시나브로 사라졌다.

박근혜 정권에 들어서는 극에 이르렀다. 한민주는 언론인·교수만이 아니라 헌법재판관들도 가세하는 꼴에 쓴웃음이 나왔다. '민중주권' 개념을 마치 '국민주권'의 반대 개념이라도 되는 듯이 '색깔 공세'를 폄으로써 헌법재판을 맡은 자신들의 지적 수준이 얼마나 천박한지 천기를 누설했다.

무릇 국민은 '권력이나 자본을 지닌 극소수'와 '대다수인 민중'으로 나눌 수 있다. 대한민국 헌법은 '모든 권력은 국민으로부터 나온다'고 선언한다. 논리상 그 '국민'은 권력을 지닌 사람일 수 없으므로 '권력이 없는 사람들에게서 권력이 나온다'로 풀이해야 옳다.

한 사회의 모든 권력은 어디서 나올까. 정치·경제 권력을 쥔 사람이 아닌 국민, 곧 민중으로부터 나와야 민주주의 국가이다. 민중주권과 국민주권을 대립 개념으로 파악하는 자들의 부박한 부르대기가 언론을 통해 보편적 상식으로 군림하는 현실은 왜 '민중언론학'이 절실한가를 역설적으로 증언해준다.

한민주가 제안한 민중언론학은 민중의 실학이다. 인류사는 21세기 정보과학기술 혁명으로 새 국면을 맞았다. 자본주의에 근본적 변화가 없다는 이유를 들어 그 혁명의 중요성을 간과하는 것은 자유이지만, 21세기 민중인 네티즌은 지구촌을 연결한 인터넷으로 온 세계를 드나들면서 정보를 자유롭게 활용하고 남에게 전달하는 언론활동을 일상으로 하고 있다.

한민주는 주권혁명으로 촛불혁명의 논리를 정립했고 소득주도성장과 통일 민족경제의 정책 대안도 제시했다. 그것만으로 자기소임을 다했다고 생각하진 않았다. 진보의 틀을 넓혀 주권혁명을 구현해갈 주체로서 새로운 정치세력을 만들어보려고 직접 나서기도 했지만 예상대로 쉬운 일은 아니었다.

실제로 촛불의 길은 탄탄대로가 아니다. 모든 혁명이 그렇듯이 반동이 있을 터다. 촛불이 스스로의 어둠에 촛불을 들지 못한다면 그 반동의 암흑은 밖에서 강풍마저 몰아올 수 있다.

촛불혁명은 새로운 민주주의를 구현하는 혁명이기에 긴 호흡이 미덕이다. 사회구성원 대다수의 의식 변화가 함께 이뤄져야 한다. 민주가 모든 사람이 언론활동을 하는 21세기를 맞아 민중언론학을 구상하고 적극 제시한 까닭도 촛불혁명이 장구한 혁명일 수밖에 없기 때문이다.

촛불은 과학기술혁명 시대 민중의 무기다. 단재의 언어를 빌리면 '한놈'의 무기다. 촛불은 자신의 몸을 태워 주위를 밝히기에 헌신을, 어둠을 이겨내는 빛이기에 소망을, 한놈 하나라면 바람에 쉽게 꺼지기에 힘없는 무지렁이 민중을, 하지만 여러 한놈이 들면 불의 강물을 이루기에 숱진 민중의 힘을 상징한다.

그 촛불은 21세기 어느 날 갑자기 출현하지 않았다. 숱한 '한놈'이 증언하고 있다. 대한민국 100년을 흘러온 피의 강이 없었다면 불의 강은 흐를 수 없었다.

찬찬히 톺아보면 '쓰레기통'이 맞았다. 제국주의 탐욕의 쓰레기통만이 아니다. 이 땅의 징글징글한 오욕을 비롯해 인류 현대사의 모든 찌꺼기를 무던히도 인내하며 담아왔다.

그 칙칙한 쓰레기통에서 장미는 피어나지 않았다. 그러나 기적이 일어났다. 장미보다 더 아름답고 더 향기로운 꽃들이 활짝 펴 꽃물결을 이뤘다.

난지도가 그랬다. 아름다운 섬에 온갖 오물이 1억 톤이나 쌓였다. 더는 감당할 수 없자 눈가림식 전시행정으로 쓰레기 더미를 흙으로 덮었다.

생명은 놀라워 나무들이 뿌리를 내리며 초록 숲을 이뤘다. 쓰레기산을 '하늘공원'으로 창작했다. 민주는 쓰레기더미 밑절미에 스며있던 사인과 성녀의 사랑이 그 모든 쓰레기를 맑히고 악취를 향기롭게 했다고 상상했다.

역사는 언제나 살아있는 사람들의 창조물이다. 영국 기자는 역사를 일궈가는 민중의 힘을 몰랐다. 그가 조롱한 '쓰레기통'은 그 아래서 물기를 머금고 날카롭게 창끝처럼 올라오는 새싹들에 바닥이 뚫렸고 쓰레기와 쇳가루는 두루 거름으로 곰삭았다.

촛불혁명은 혁명의 예술, 예술 혁명이다. 생명의 흙이 인류사의 모든 쓰레기를 두엄으로 품어 피운 꽃이다. 대한민국 도심을 붉게 물들이며 난만히 핀 꽃불은 한놈을 가뒀던 지옥문을 깨끗이 불사르는 깨우침의 불꽃, 마침내 소소의 하늘에 이르는 수행의 촛불로 나아갈 터다.

소소와 산월은 불의 샘이었다. 단재와 자혜를 거치며 불 개울을 이뤘다. 시커먼 하늘 아래 최바우로 시작해 사인과 인경, 민주로 이어진 촛불의 새붉은 강은 아직 바다에 이르지 않았다.

한민주는 삶의 남은 시간을 헤아렸다. 어서어서 촛불을 들고 잃어버린 '민중'을 찾자고 다짐했다. 사람 사람마다 가슴에 촛불을 비추고 무엇을 잃어버렸는지 물을 터다, 삶의 마지막 순간까지 촛불이 꺼질 때까지.

나오는 말

1

말 그대로 군말이다. 나중에 읽거나 읽지 않아도 무방하다. 사랑과 혁명으로 이어진 100년의 이야기에 마침표 찍은 2019년 1월 5일은 옹근 100년 전에 3·1혁명에 나선 동학인들이 촛불을 켜고 49일 특별기도에 들어간 날이다.

1·2·3부 각 33장으로 99장 다음은 비웠다. 무릇 100년은 숫자적 의미만 있지 않다. 100을 이르는 우리말 '온'은 '모두'와 '완전'의 뜻을 두루 담고 있다.

2016년 늦가을부터 이듬해 봄까지다. 대한민국은 야울야울 타올랐다. 100만이 훨씬 넘는 몸이 꽃불로 어둠을 밝혔다.

칼바람 매섭게 불어오던 날이다. 촛불의 불길을 따라 걸었다. 그때 촛불의 강물을 따라 종각에서 탑골공원까지 검은 새가 잔잔히 날아다녔다.

알 수 없는 세상에서 날아온 듯했다. 벅찬 감동이 밀려왔다. 매운바람에도 유유히 자유로운 비상에 거룩함마저 느껴져 검은 새를 눈으로나마 따라갔다.

어디선가 나를 부르는 소리가 들렸다. 귀에 익은 목소리다. 반가움에 얼굴을 돌리자 아른거리는 불꽃 너머로 삼일문 앞에서 하얀 수염의 한민주 교수가 미소 짓고 있었다.

내 남자 한혁의 아버지 이전에 학창시절 은사이다. 인사하며 다가서는 내 얼굴을 살피더니 칼바람이 안쓰러웠을까. 잠깐이라도 커피로 몸을 녹이자며 종로가 내려다 보이는 길가 2층으로 앞서 올라갔다.

창밖 아래로 종로에 가득 찬 촛불 행렬이 치런치런 강물처럼 흘렀다. 과연 당신은 출국한 아들 소식부터 묻고 홀로 촛불집회에 나온 나를 대견스러워했다. 나는 시어머니도 그림 창작에 몰입하고 있는 사실을 들며 혁도 지금 자기 인생을 열어가는 과정이니 심려치 마시라고 말씀드렸다.

물론, 나도 안다. 청장년을 여성운동에 바친 시어머니의 삶과 혁은 닮지 않았다. 아버지의 그늘에서 벗어나고 싶은 혁은 마치 어깃장 놓듯이 사회적 지탄을 받아온 대기업에 들어가 아내인 내게도 '재벌 3세 변호'에 열중할 만큼 '충성'을 다했다.

하지만 세월호에 혁의 완강한 고집도 기울었다. 자본이 이윤을 최우선으로 운항한 후과가 선뜩했다. 세월호 침몰로 비탄에 잠긴 채 그 학기를 마지막으로 대학에서 퇴임한 아버지가 급자기 노쇠해진 모습도 지켜본 터였다.

혁의 번뇌는 의외로 쉽게 풀렸다. 사내에서 버젓이 노동조합을 탄압하는 공작이 벌어졌다. 혁은 그룹 미래전략실의 은밀한 지시에 그것은 기업의 '미래'도 '전략'도 아니라며 단호히 거부하더니 끝내 사표를 던졌다.

서른 중반에 나름 명예를 지킨 퇴직이었다. 혁은 홀쩍 여행을 떠났다. 결혼 전부터 걷고 싶어 했던 산티아고 길 순례에 나선 것이 열흘 전이었다.

한 교수는 커피를 든 채 창밖의 불꽃들을 고즈넉이 바라보았다. 고개를 돌리고는 케이크 조각 담긴 접시를 내 쪽으로 사부자기 밀었다. 이어 나를 위로라도 하려는지 방송작가 일을 쉬는 참에 차라리 본격적으로 작가의 길을 걸어보라고 권했다.

나는 바우, 사인, 인경, 민주로 이어진 직계가 아니다. 내 남자 혁이 그 후손이다. 방송사에서 시사프로그램을 맡아 10년째 일하다가 촛불이 타오르기 일 년 전에 아무런 사전 예고 없이 일터를 잃었다.

해고 사유는 사뭇 거창했다. 내 시각이 편향됐단다. 정말이지 좌우 살피며 조심스레 살아온 청춘이었기에 지금 짚어보아도 어처구니없는 억지이지만, 이참에 비정규직으로 음지에서 일하는 현역 방송작가들이 안쓰러워 곁들여 증언하자면 고액 연봉을 받는 정규직 방송 앵커의 깔끔한 언변이나 감성적인 '촌철살인' 뒤에는 그 말과 글을 작성한 비정규직 작가들의 어둠이 있다.

화려한 방송 뒤곁의 쓸쓸함은 깊다. 모든 비정규직이 그렇듯이 저임 때문만은 아니다. 언제부터인가 시사를 예능 또는 오락으로 제작하거나 내놓고 정파적으로 흐르는 세태가 방송작가들을 더 착잡하게 만들지만 그래도 저마다 소명의식 또는 꿈을 지키고 터울대며 살아간다.

나도 그랬다. 시사방송은 동시대 사람들을 사랑하는 방법이었다. 일상에 매몰된 이들에게 지금 언덕 너머에서 무엇이 일어나고 있는지, 세상이 어찌 돌아가고 있는지를 들려주는 일은 날씨예보만큼이나 유익하다고 믿었다.

2

톺아보면 늘 허기가 있었다. 언젠가 소설을 쓰고 싶었다. 오늘날 이 땅에선 소설마저 재미를 가장 중시하지만 대한민국 문학에는 이광수에서 출발하는 이른바 '미적 자율성의 계보'와 다른 청신한 흐름이 있다.

맨 앞에 신채호의 소설이 있다. 그 뒤 민족문학, 민중문학으로 연면히 이어져 왔다. 문학을 사회구성과 변혁에 능동적으로 참여하는 독자적인 사회적 실천으로 인식하는 창작 흐름에 더하여 소설을 미감이나 쾌감 추구보다는 인식의 심화와 확장을 이끄는 문학 장르로 보는 인지주의 미학이론도 짚어볼만하다.

루카치는 신채호가 옥사한 이듬해 《역사소설론》을 출간했다. 근본적으로 새로운 것을 고안해내는 것은 중요하지 않다고 단언했다. 역사소설에서 "중요한 것은 선행한 발전 가운데 가치 있던 모든 것을 우리 것으로 동화시키고 그것을 비판적으로 재창조하는 것"이라고 강조했다.

내게 소설가의 길을 권하고 다시 창밖을 바라보던 한 교수가 말꼭지를 뗐다. 탑골공원을 거닐며 지나온 길을 톺아보니 100년의 불길이 밀려오더란다. 기자 초기에 3·1혁명 60돌을 맞아 산월을 인터뷰했을 때, 긴긴 세월 홀로 촛불 밝히며 곱다래진 노파가 혹 최사인을 아느냐고 물었을뿐더러 1919년 3월 1일 소소가 촛불을 밝히는 현장에 그가 수행비서로 함께 있었다고 회고한 말도 전해주었다.

새삼 나의 무지를 깨달았다. 하기야 가까운 역사에도 몰랐던 진실이 수두룩했다. 동학혁명전쟁에 나섰던 투사들이 3·1혁명을 앞두고 49일에 걸쳐 촛불을 켜고 특별 기도를 한 역사도, 단재가 '민중의 촛불'로 불린 사실도 처음 알았다.

혁의 비극적 가족사에도 비로소 눈떴다. 이 소설을 잉태한 순간이다. 혁의 할머니 최인경, 그분의 아버지 사인, 다시 최바우에 이르는 비극적 사랑과 손병희·신채호·송건호의 삶을 얽을 때는 앞선 현대사 연구자들의 노고에 크게 빚졌다.

소설을 착상하고 구상할 즈음이다. 산티아고에서 돌아온 혁의 눈빛은 대학시절처럼 부드러웠다. 촛불혁명이 아직 진행 중일 때여서 함께 광화문에 나가자고 혁을 유혹했지만 기대와 달리 '아직 아버지를 만날 준비가 되어있지 않다'며 골방 서재에 남았다.

순례에서 돌아온 혁은 달라졌다. 아버지가 낸 저작들을 책상에 쌓아놓고 꼼꼼히 읽어갔다. 혁은 자신이 버거워한 아버지의 그늘이 실은 역사의 어둠임을, 아버지조차 그 어둠에서 꺼질 듯 말 듯 외롭게 불 밝혀온 촛불의 하나임을 비로소 인식해갔다.

소설을 쓰는 과정에서 혁은 큰 도움을 주었다. 촛불혁명으로 정권이 바뀐 뒤 혁과 나는 더불어 우리 삶의 밑절미를 탐색했다. 30대 중반의 백수 부부가 된 우리는 이듬해 봄까지 산하 곳곳을 다니며 이 나라 모든 길이 '산티아고와 견줄 수 없을 만큼 더 깊은 순례 길' — 혁의 표현이다 — 이라는 경건한 비감에 젖었다.

이 지점에서 쓸까 말까 망설였지만 적는다. 모름지기 작가란 사사로운 이야기라도 독자에게 털어놓을 의무가 있다. '순례'를 마치고 혁과 함께 시댁으로 찾아뵈었을 때 당신은 내가 소설을 쓰고 있다는 사실을 알고는 여짓여짓 망설이다가 '대한민국을 사랑하고 있다'고 고백하듯 말했다.

솔직히 뜻밖이었다. 한 교수의 하얀 머리칼, 흰 수염이 새삼스러웠다. 내가 아는 한 당신이 조선민주주의인민공화국을 지지한 적은 없었으되 그렇다고 대한민국을 자랑스럽게 여긴 것도 아니었기에 정색을 하고 물었다.

"대한민국을 사랑하신다고 하셨나요?"

"그래, 여기 탑골공원에서 보신각을 거쳐 광화문까지 내겐 이미 정겨운 거리가 되었어. 최근 강연을 다니면서도 내 마음을 확인했는데 대한민국 골골샅샅 모두 머물며 살고 싶을 정도로 이 나라를 사랑하고 있더군."

"하지만 언론인으로 활동하셨을 때는, 아니, 저희에게 대학에서 가르치실 때도 대한민국의 천박함에 경멸감을 보이지 않으셨던가요?"

"그랬지. 그런데 말이야. 사랑하는 대상에 절망하지 않았다면, 그것을 농익은 사랑이라 할 수 있을까."

"그건 그냥 입다짐 아닐까요? 감정의 과장 없이 있는 그대로를 사랑해야 진정한 사랑 아닌가요."

"그 말이 맞아. 있는 그대로를 사랑해야지. 하지만 무엇이 있는 그대로이지? 있는 그대로를 안다는 건 정말 어려운 일 아닐까. 한 사람의 있는 그대로를 다 안다고 과연 누가 장담할 수 있을까. 자기 자신의 있는 그대로도 잘 모르는데 말이야. 상대 안에 무엇이 있는지 우리는 잘 몰라. 바로 그래서 사랑은 뒤설렘이 되는 걸 거야. 사랑하는 상대가 자신의 꿈을 키워가고 구현해가는 모습을 격려하고 도와주는 것이 진정한 사랑이라면, 분명히 나는 대한민국을 사랑하고 있어. 있는 그대로."

하얀 — '늙은'이란 말을 쓰기가 부담스럽다 — 한 교수의 생각을 모르지 않는다. 그날도 촛불의 역사가 100년에 걸쳐 연면히 이어져왔으며 한 해 한 해마다 달의 추억을 만들어 열두 달을 이뤘노라고 설명했다. 4월혁명, 5월 광주민중항쟁, 6월대항쟁, 7·8·9월 노동자대투쟁, 10월 부산·마산항쟁, 11·12·1·2·3월 촛불혁명, 2월 대구학생운동, 3·15 마산민주항쟁이 그것으로 대한민국은 3·1혁명의 촛불로 시작한 민중운동을 통해 '쓰레기'에서 꽃을 피워내는 기적을 이뤘다고 했다.

"하지만 그건 대한민국을 사랑하시는 게 아니라 이 나라 민중을 사랑하시는 거 아닌가요?"

혁이 미소 지으며 질문했다. 한민주는 아들을 부드럽게 바라보았다. 잠시 오른손 엄지와 검지로 턱수염을 만지작거리다가 손바닥을 보이며 다사로운 어조로 말했다.

"확실히 내가 늙었나 보군. 좋은 질문인데 아무튼 젊었을 때는 나도 그렇게 생각했어. 하지만 되짚어보아도 지금은 그렇지 않구나. 명확히 밝히고 싶어. 더 나은 조국을 만들고자 지난 100년에 걸쳐 민중이 사랑하고 싸움해온 결과가 오늘의 대한민국 아닐까. 아직은 그 모습이 초췌하고 서럽더라도, 바로 그렇기에 나는 더욱 이 나라가 애잔하고 그만큼 깊이 사랑을 느껴."

3

당신은 대한민국을 사랑한다며 촛불혁명의 세계사적 의미에
힘을 주었다. 그러나 산하 곳곳을 '순례'하면서도 몇 차례나 짚어보
았지만 나는 아니다. 남편 혁의 퇴직금도 바닥이 드러나는 상황에
서 몸속에 아기가 자라고 있는 30대 여성인 내가 앞으로 살아갈
대한민국은 여간 녹록치 않고 우호적이지 않으며 심지어 숱한 비정
규직 노동인들의 생존마저 위협하고 있는데 '사랑'이라니 어림없다.

다만 꿈은 공유한다. 당신에게 촛불은 예술이다. 장미보다 더
붉은 피 머금은 꽃이라 했던가, 다 피지 않아 더 예술이라고도 했
는데 그보다 더 내 가슴에 남은 말은 '혁명의 어둠까지 밝히는 혁
명의 꽃'이라는 촛불의 정의다.

과연 내가 참여한 촛불이 그럴 수 있을까. 한 교수는 프랑스혁
명과 러시아혁명에 이은 세계사적 혁명으로 한국혁명을 상정하고
있다. 언제 가능할까, 그토록 손자를 기다리던 당신에겐 아직 이야
기하지 않았지만 지금 내 몸속에서 자라고 있는 '새 사람'이 성년이
되면 가능할까, 그런 회의 또는 소망을 속살거리며 글을 써갔다.

실제로 어둠에 촉화를 든 까닭도 그랬다. 내가 밝힌 어둠에서
발견한 대한민국 100년의 진실을 담았다. 그 진실이 아마도 신문

기자와 대학교수로 살아온 당신에겐 아름다움으로 승화되었을성 싶지만 내겐 여전히 피투성이다.

소소가 3월 1일 아침에 촛불을 켜며 25년 전 우금티 원혼들을 위무했던가. 내게 촛불은 문화제에 앞서 진혼제였다. 서울을 비롯해 산하 곳곳에 타오른 촛불 하나하나가 지난 100년 이름 없이 사라진 불꽃의 피울음이었고 동시에 진혼의 꽃불이었다.

소설을 써가다가 이따금 책상에 밝힌 촛불을 보았다. 정말이지 촛농이 피눈물로 보였다. 소소와 산월, 단재와 자혜의 촛불, 식민지에 이어 해방공간과 분단을 거치며 독재에 이르기까지 100년을 타오른 불꽃, 바우·사인·성녀·진규처럼 이름조차 남김없이 스러져간 무수한 한놈의 꽃불에 경의를 느껴 가슴이 맑아왔다.

글이 써지지 않을 때는 하늘공원으로 산책을 나갔다. 촛불, 그 민주주의의 불꽃에 향기가 있다면 서로 우애를 나누는 난초와 지초의 향이 아닐까 하고 내 몸속 아기와 속삭였다. 원고에 담아가고 있는 도저한 사람들과 나를 자연스레 견줘볼 때는 내 삶의 깊이에 경멸감이 스며들어 허튼 비애에 잠기기도 했으나 같은 이유에서 갑작스레 당한 해직의 분노 따위는 말끔히 씻어낼 수 있었다.

그래서 더 힘을 냈다. 송건호도 신채호를 읽으며 자세를 가다듬지 않았던가. 내가 담아낸 피투성이 진실이 지금 가슴 스산한 모든 이에게 씩씩히 걸어가는 힘을 줄 수 있기를, 적어도 조금은 삶에 위안을 줄 핏빛 포도주이기를 소망하며 그다음 문장들을 써갔다.

나는 인간이 '최선의 존재'는 아니라고 생각한다. 다만 '최선을 추구하는 존재'임은 감히 누구도 부정할 수 없을 터다. 그 사이에 '사람이 곧 하늘'이라는 믿음이 있으며 그 미쁨을 심지로 삼을 때 삶은 곧 촛불이고, 촛불의 삶을 살 수 있다.

탈고하고 살펴보니 100년 촛불의 심지를 형상화하고픈 욕심이 앞섰다. 삶의 촛불, 촛불의 삶을 어설프게라도 그리고 싶었나 보다. 여울여울 100년을 타오른 불꽃, 기어이 '온'을 이룰 마지막 장은 지금 이 순간도 곳곳에서 누군가가 몸으로 써가고 있으리라 믿으며 삼가 이 소품을 바친다.

문득 궁금하다. 이 소설을 읽은 그대 몸엔 무슨 사랑이 숨어 있을까. 그대 살과 그대 피에도 거슬러 올라가면 실핏줄처럼 세로와 가로로 촘촘한 인연 어딘가에 누군가의 피투성이 진실이 캄캄한 어둠에서 아우성치고 있진 않을까.

군말이 한참 늘어진 참이다. 한마디 더하자면 촛불을 들고 나부터 비춰보련다. 내 몸에 깃든 사랑과 진실을 모르고 내가 누구인가를 말할 수 있겠는가.